Mary Kay Simmons ist irischer Abstammung, wurde in New York geboren und verbrachte die meiste Zeit ihres Lebens in dieser Stadt.
Sie studierte und arbeitete in den verschiedensten Berufen, bis sie die Schriftstellerei entdeckte und schon bald mit ihren aufsehenerregenden Büchern zur Bestseller-Autorin avancierte. Mary Kay Simmons lebt heute in Dublin.

Von Mary Kay Simmons ist außerdem als Knaur-Taschenbuch erschienen:

»Im Taumel des Glücks« (Band 800)

Vollständige Taschenbuchausgabe

Titel der Originalausgabe »A Fire in the Blood«

Aus dem Amerikanischen
von Siglinde Sumerer und Gerda Kurz
Umschlaggestaltung Wolfgang Lauter
Umschlagfoto Bavaria Verlag, Gauting
Satz Glücker, Würzburg
Druck und Bindung Hanseatische Druckanstalt GmbH, Hamburg
Printed in Germany · 2 · 6 · 182
ISBN 3-426-00759-2

2. Auflage

Mary Kay Simmons: Feuer im Blut

Roman

Knaur

Dank

Die Autorin ist Gary E. Hicks von der Great Western Champagne's Pleasant Valley Wine Company in Hammondsport, New York, für die Informationen über die Weinwirtschaft im Staate New York und für die Zusammenstellung der historischen Daten über den Finger Lake District zu großem Dank verpflichtet; gedankt sei auch Nellie Torres von der New Yorker Niederlassung der Great Western Company und nicht zuletzt Sheila McHugh Simmons für ihre unschätzbare Hilfe beim Recherchieren.

Für Martha Winston,
die das *sine qua non* bleibt

Erster Teil

Eine fast sommerliche Stille lag über der Prärie. Es war Mai. Orangerot glänzte der volle Mond über der dunstigen Hitze und übergoß den Klostergarten mit seinem schimmernden Licht. Heimlich stahl er sich in die Schlafräume von St. Veronica, der Anstalt für höhere Töchter, wo sich die Schülerinnen unruhig im Schlaf wälzten und die Decken zurückwarfen, ohne aufzuwachen.
In einem der Zimmer stand, tief in den Schatten zwischen Bett und Kleiderschrank gedrückt, Julie Fontaine und knöpfte mit zitternden Fingern die marineblaue Baumwolluniform über dem Korsett und den Unterkleidern zu.
Als sie sich bückte, um die Schnürsenkel zuzubinden, drehte sich auf der anderen Seite des Raumes ihre Zimmerkameradin Eileen Butler seufzend im Bett um. Einen Augenblick lang erstarrte Julie, schlich dann aber, nachdem sie sich überzeugt hatte, daß Eileen nicht aufgewacht war, zum Fenster und stieg über den Sims auf das Dach der Vorhalle hinaus. Dort hielt sie, den Rücken der Klostermauer zugekehrt, kurz inne. Aber außer den üblichen Geräuschen der Nacht war nichts zu hören. Vorsichtig schob sie sich bis zum Spalier vor, das jetzt dick mit den Blättern und Knospen der frisch erblühten Trichterwinde überzogen war. Das Holz ächzte unter ihrem Gewicht, und ihr Herz hämmerte wie wild, als sie, halb in der Erwartung, eine der Nonnen auftauchen zu sehen, die Füße auf den Boden setzte.
Julie huschte zum Schuppen des Gärtners, ängstlich darauf bedacht, die mondbeschienenen Pfade zu meiden. Unter den Baumkronen und der üppig wuchernden Hecke an der hinteren Mauer war es so dunkel, daß sie die Leiter, die sie hier am Abend kurz vor der Beichte versteckt hatte, kaum wiederfinden konnte. Vorsichtig, um sie nicht umzustoßen, tastete sie danach, bis sie schließlich darauf stieß. Erleichtert packte sie zu, kletterte in Sekundenschnelle hinauf, zog die Leiter nach und war im Handumdrehen auf der anderen Seite.
Frei! Sie hätte vor Freude laut aufschreien mögen. Nacht für Nacht hatte sie in diesem Frühjahr in ihrem schmalen Bett wach gelegen, hatte sich von einer Seite auf die andere gewälzt, unfähig zu schlafen, während draußen der Mai mit seiner verführerischen Wärme heiß lockte. Sie hatte sich über die Mauern hinausgeträumt und . . . Sie runzelte die Stirn. Bei der Beichte hatte sie heute abend Pater Calhoun widerstrebend zugeben müssen, daß sie an einen Jungen gedacht hatte. Die Vorhaltungen, die ihr der Pater daraufhin gemacht hatte, klangen ihr noch in den Ohren, und die Schwere der ihr auferlegten Strafe nagte an ihr.

Sie errötete und biß sich auf die Lippen, ihre veilchenblauen Augen verdunkelten sich. Mein Gott, sie war fast achtzehn. Ihre Mutter hatte schon mit neunzehn geheiratet. Was wußte Pater Calhoun schon! Was verstand er davon? »Fleischliche Gedanken« hatte er es genannt. Gottlob hatte sie ihm ihre Gedanken nicht genau verraten! Gottlob hatte sie verschwiegen, daß sie um Bill Robertson kreisten, der im Kolonialwarenladen des Dorfes arbeitete.
Bill. Sie gab sich einen Ruck und ging auf die Straße zu. Elf Uhr hatte er gesagt. Ob er wohl warten würde? Es mußte schon später sein. Sie fing an zu rennen und lief, ohne anzuhalten, bis sie die ersten Bäume sah, schlüpfte zwischen ihnen durch und eilte über die Felder, die zu dem Weidengebüsch führten. Das taunasse Gras hängte sich schwer an ihre dicken Röcke, und die windstille Schwüle der Nacht trieb ihr Schweißperlen auf die Stirn und kräuselte ihr die Haarspitzen an den Schläfen.
Insgeheim war sie sich bewußt, daß sie mehr riskierte, als nur eine Klosterregel zu verletzen, aber sie schob den Gedanken von sich. Da vorne wartete Bill. Bill hatte es trotz der wachsamen Augen von Schwester Thérèse und Schwester Celeste fertiggebracht, bei den allwöchentlichen Einkäufen in Eltons Grove ein paar Momente mit ihr allein zu sein. Sie spürte noch seine rechte Hand auf ihren Händen, während sie so taten, als sähen sie die Bänder durch, und sie fühlte noch das Prickeln, das sie überlaufen hatte, als er mit der anderen Hand in ihren weiten Ärmel gefahren und mit den Fingern an der Innenseite ihres Arms hinaufgeglitten war. Und heute erst! Ihr Herz schlug schneller. Heute waren sie sehr weit gegangen.
Er hatte sie um die Taille gefaßt, während sie hinter dem Stapel dikker Tuchballen standen, und seine Lippen hatten die ihren schon gestreift, als Schwester Thérèses schwere Schritte die Bretter des Fußbodens erzittern und sie aufschrecken ließen.
»Heute abend um elf beim Weidengebüsch«, hatte er geflüstert und sie gerade noch rechtzeitig losgelassen. Als Schwester Thérèse um den Ladentisch kam, rollte er schon die Stoffballen vor Julie auf, wobei er unbeteiligt vor sich hinpfiff.
Julie zitterte vor Erwartung. Da vorne waren schon die hängenden Zweige der Weiden; doch Bill war noch nicht zu sehen. Eilig lief sie darauf zu, ins Gebüsch hinein, und da stand er vor ihr; sein Gesicht war nur ein verschwommener weißer Fleck im Schatten.
»Julie«, flüsterte er. Er nahm sie bei der Hand und führte sie zwischen den Bäumen durch ans Ufer eines stillen Weihers. Dann drehte er sich um und schaute sie an; aber jetzt, als sie allein waren, wurde sie mit einemmal scheu und konnte ihm nicht in die Augen blikken.

Er zog sie zu sich auf die Wurzeln eines Baumes nieder, und einen langen Augenblick saßen sie Seite an Seite, ohne zu sprechen, bis er schließlich sagte: »Schön, das Wasser im Mondlicht.«
Sanft drückte er ihre Hand, aber sie reagierte nicht darauf. Wo war das aufregende Gefühl? Über dem verrückten Zu-ihm-Stürzen war es irgendwie verlorengegangen. Was wollte sie überhaupt hier in diesem Gebüsch? Wofür riskierte sie, entdeckt und davongejagt zu werden? Wozu riskierte sie, noch viel schlimmer bestraft zu werden als damals? Sie versuchte ihm ihre Hand zu entziehen, aber er drückte sie nur um so fester. Dann kam es zu einem kurzen, wortlosen Kampf, und er ließ ihre Hände los und faßte sie um die Taille.
»Nicht.« Aber als sie sich ihm zuwandte, um ihn abzuwehren, schlang er auch noch den anderen Arm um sie, und seine Finger berührten ihren Nacken. Da war es wieder, dieses prickelnde Gefühl, das sie gleichzeitig heiß und kalt überlief: Sie lehnte sich an ihn, schmiegte sich mit ihrem ganzen Körper in seinen Arm, und er beugte sich zu ihren Lippen herunter. Aber dieser erste Kuß war sonderbar enttäuschend – ein tastender Versuch. Er richtete sich auf und schaute auf sie herunter. Sie ließ den Kopf an seine Schulter zurücksinken und schloß die Augen halb, als sie den seinen begegneten.
»Dein Haar«, sagte er erstaunt, »ich habe es bis jetzt noch gar nicht richtig gesehen.« Er streckte die Hand aus und knüpfte das Band auf, mit dem es zusammengehalten war; es umfloß sie schwarz, seidig und dicht. Sie spürte seine Hände, wie sie es ihr aus dem Gesicht strichen, und als diesmal seine Lippen die ihren trafen, durchschoß sie eine heiße Welle von Gefühlen, und sie preßte sich enger an ihn. Sie hörte seinen schweren Atem und spürte, wie jeder Kuß tiefer und tiefer drang. Sie schlang ihre Finger um seinen Hals und fuhr ihm durch die widerspenstigen, strohblonden Locken, während seine Hände über ihren Körper, über ihre Brüste strichen und sie aufstöhnen ließen. Als er innehielt, zog sie seine Hände weg, aber er schüttelte sie ab und nestelte an den Knöpfen ihres Halsbundes herum. Als er das schwere Kleid aufmachte und das Schnürkorsett sichtbar wurde, beugte er den Kopf zu ihr herunter und küßte sie auf den Halsansatz. Sie hörte das schwache Geräusch eines reißenden Trägers und hob die Hände, um ihn wegzustoßen, aber er war zu stark für sie. Sie spürte, wie er ihr Mieder aufzubinden versuchte. Endlich war ihr Fleisch frei von jedem Zwang, und seine Hände legten sich auf ihre nackten Brüste und umschlossen sie. Sie wehrte sich nicht länger, sondern überließ sich ganz ihren Gefühlen, die ihre wildesten Träume übertrafen. Jetzt lagen sie auf der Seite und küßten sich leidenschaftlich. Immer enger zog er sie an sich, und durch die Falten ihrer Röcke spürte sie seinen Körper hart und fordernd, wenn er sie in

rhythmischen Bewegungen an sich drückte. Das Blut pochte ihr in den Ohren, und sie flüsterte wortloses Gestammel an seinem Mund. Aber als sie ihn an ihren Röcken ziehen spürte, kehrte ihr ein Rest von Vernunft zurück, und dieses Mal gelang es ihr, ihn abzuwehren. Atemlos und zitternd lagen sie nebeneinander. Julie raffte ihr Kleid zusammen, knöpfte mit ungeschickten Fingern das Leibchen zu und erhob sich auf unsicheren Beinen.
»Ich muß jetzt gehen«, erklärte sie.
Auch er erhob sich und lehnte sich an den Baum. »Ich begleite dich«, erbot er sich.
»Nein, es genügt schon, wenn sie mich allein erwischen. Mit dir zusammen ...« Plötzlich ging ihr auf, was sie getan hatte. »Ich ... weiß nicht, was sie mit mir machen würden«, schloß sie. »Nein«, sagte sie, als er sich ihr näherte. »Nein, ich gehe jetzt.«
»Kommst du morgen wieder?«
»Nein!« Sie hatte sich umgedreht und lief unter den Bäumen zurück. Er kam ihr nach und fing sie, gerade als sie die Straße erreicht hatte. Er zog sie in seine Arme und hielt sie fest.
»Ich lasse dich aber nicht gehen, bis du ja sagst«, drohte er.
Und weil sie sich einredete, daß er sie sonst doch nicht gehen ließe, kapitulierte sie. Dafür versprach sie sich auf dem Rückweg, als sie über die Klostermauer kletterte und durchs Fenster in ihr Zimmer stieg, bestimmt nicht wiederzukommen. Eileen schlief noch immer, und ihr Bett sah noch so aus, wie sie es zurückgelassen hatte. Die Kissen lagen noch genauso da, wie sie sie hingelegt hatte, daß unter der Bettdecke eine Gestalt zu liegen schien. Leise zog sie sich aus, hauchte ein Dankgebet und versprach sich noch einmal, Bill am nächsten Abend nicht zu treffen. Sie fühlte sich warm und wohlig, gleichzeitig aber von einem sonderbaren Schmerz durchzogen, und es dauerte lange, bis sie einschlafen konnte.

Das Morgenläuten weckte sie aus einem köstlichen Traum, dem sie in Gedanken noch eine Weile nachhing. Eileen trieb sie zur Eile an; sie reagierte jedoch nicht, trödelte vielmehr absichtlich mit dem Anziehen, um Eileen schon vorausgehen zu lassen und so noch eine Minute für sich zu haben. Als sie den abgerissenen Miederträger annähte, errötete sie in der Erinnerung vor Lust. Im nächsten Moment aber ließ sie die Erkenntnis ihres Sündenfalls erblassen. Sie war gestern zur Beichte gewesen und mußte heute morgen zur Kommunion. Das aber konnte sie nicht. Sie hatte gesündigt, wirklich gesündigt. Und obwohl sie sich wütend sagte, es schere sie keinen Pfifferling, wußte sie doch im gleichen Augenblick, daß sie nicht wagen würde, in diesem Zustand zur Kommunion zu gehen. Andererseits waren Messe und Kommunion außer bei Krankheit Pflicht.

Die Glocke der Kapelle erklang zum erstenmal, als Schwester Thérèse anklopfte und sagte: »Julie, du hast dich verspätet. Komm jetzt!«

Julies Mut sank, als sie der Nonne über die breite Treppe in die Empfangshalle hinunter folgte, wo sich die Schülerinnen versammelt hatten, um gemeinsam durch den überdachten Gang zur Kapelle zu gehen.

Die Messe zog sich endlos hin. Monoton plätscherte die Predigt von der Kanzel. Und doch hielt Pater Calhoun die Hostie viel zu bald zum Opfer hoch. Das Glöcklein des Meßdieners klingelte, und die Kleider raschelten unter den sich an die Brust schlagenden Fäusten. »*Mea culpa*«, murmelte auch Julie mit den anderen. »*Mea culpa.*« Ein Gedanke zuckte ihr durch den Kopf: Ob Gott sie wohl tot umfallen lassen würde, wenn sie an den Altar träte?

Zusammen mit den anderen Mädchen erhob sie sich, um sich der Prozession zum Altar anzuschließen, aber als sie hinter Eileen in den Gang hinaustrat, fühlte sie sich schwindlig und schwach.

Schwach – ohnmächtig werden! Der Gedanke erschien ihr wie ein Hoffnungsstrahl, und schon im nächsten Augenblick gab sie ihren zitternden Knien nach, die unter ihr zusammensackten. Sie hörte das erschreckte Tuscheln der Nonnen, dann lag sie mit zuckenden Lidern auf dem Boden.

Für eine gespielte Ohnmacht war das recht gut. Ihre Blässe, ihr schwacher Puls und die Lähmung durch die Angst taten das übrige. Außerdem beging sie nicht den Fehler, zu lange bewußtlos zu bleiben. Als Hände sie aufzuheben versuchten, seufzte sie, ihre Lider flatterten, öffneten sich, schlossen sich und öffneten sich wieder. Willenlos ließ sie sich aufheben und schwankend aus der Kapelle führen.

Die Ohnmacht erwies sich als doppelter Segen. Auf diese Weise konnte sie den Tag im Bett verbringen, schlafen, sich ausruhen, lesen und ihren Gedanken nachhängen.

Natürlich konnte sie nicht jeden Sonntag ohnmächtig werden; andererseits aber konnte sie Pater Calhoun auch nicht beichten. Am besten war wohl eine unvollständige Beichte. Aber wenn sie daran dachte, wie er sich aufgeführt hatte, als sie ihm gestand, von Küssen geträumt zu haben, konnte sie kaum daran zweifeln, daß er bei wirklichen Küssen eine öffentliche Buße anordnen würde. Sie erwog wegzulaufen, aber dazu fehlte ihr das Geld. Deshalb nahm sie sich, während sie so dalag, einmal vor, die Sache durchzustehen und zu beichten und Bill nie wiederzusehen, und gleich darauf, ihn vielleicht doch wiederzutreffen und mit seiner Hilfe davonzulaufen.

Auch vor dem Abendessen konnte sie sich drücken. Eine besorgte Eileen brachte ihr das Tablett. Wie schön wäre es gewesen, wenn sie sich ihr hätte anvertrauen können. Aber das war undenkbar. Unter den älteren Mädchen hieß ihre Zimmerkameradin nur die »heilige Eileen«. Im Grunde war Eileen ein gutmütiges Mädchen. Julie erinnerte sich noch an die Nacht, in der sie wegen einer stark entzündeten Backe vor Schmerzen kaum hatte schlafen können, und immer, wenn sie gepeinigt auffuhr, saß Eileen an ihrem Bett, den Rosenkranz in der Hand, und betete oder murmelte beruhigende Laute. Eileen mit ihren sanften Augen und dem glattgekämmten, zu Zöpfen geflochtenen braunen Haar glaubte steif und fest, daß schon ein Kuß zur Schwangerschaft und damit zu Schmach und Schande und Ungnade führen konnte. Wie oft schon war Julie drauf und dran gewesen, sie ein bißchen aufzuklären. Ein Kuß! Lächerlich! Obwohl ein Kuß tatsächlich allerlei vermochte, hatte er sie doch mit fünfzehn in dieses trübsinnige Kloster auf dem tiefsten Land gebracht!

Sie seufzte, und gleich fragte Eileen: »Geht es dir schlechter?«

»Nein«, antwortete Julie kurz angebunden. »Ich langweile mich nur – mir hängt dieses Kloster, diese stupide Uniform zum Hals heraus. Tag für Tag immer nur Frauen, Frauen, Frauen. Eines Tages werde ich es Holt Prescott heimzahlen.«

»Deinem Cousin? Was hat er damit zu tun?«

»Nichts. Ich bin nur schlechter Laune. Und im übrigen bin ich nicht hungrig.« Sie warf einen angeekelten Blick auf den Hühnereintopf und den Reispudding. »Nimm das wieder mit, sei so gut, Eileen.«

Eileen nahm das Tablett auf und sagte: »Aber du solltest etwas essen. Du mußt doch wieder zu Kräften kommen.«

»Oh, ich komme schon wieder zu Kräften«, erwiderte Julie. »Wenn ich erst einmal hier heraus bin, werde ich mich wieder richtig wohl fühlen. Noch einen Monat, und dann sehe ich St. Veronica und die fette alte Schwester Thérèse und Schwester Celeste mit ihrer ewigen Beterei von hinten und ...« Eileen machte ein entsetztes Gesicht, und Julie fügte hastig hinzu: »Ich meine das doch nicht so, Eileen. Ich bin nur schlechter Laune und fühle mich nicht wohl.« Sie legte sich wieder in die Kissen zurück, zog die Decke bis unters Kinn und machte die Augen zu.

Sie hörte Eileen leise die Tür schließen. Nein, mit Eileen konnte sie nicht reden. Aber auch mit keinem der anderen älteren Mädchen. Das Gerede würde sich bald genug herumsprechen, bis zu Schwester Thérèse, die die Augen eines Frettchens und die Ohren eines Luchses hatte und wie ein Ochse ausschaute – ein rotgesichtiger Ochse. Drei Jahre war sie nun schon in St. Veronica – drei Jahre, angefüllt mit Regeln und Vorschriften, und außer dem Gärtner und Pater Calhoun

war kein Mann weit und breit. Es war eine Welt, die nur aus Mädchen und Nonnen bestand. Und die Sommer in Camp Joy, das von einer anderen Nonnengruppe desselben französischen Ordens geführt wurde, waren auch nicht besser. Dort wurde Krocket gespielt und gestickt und an Altartüchern gewebt; dort dominierte beim Essen die französische Konversation, und die Abende waren musikalischen Veranstaltungen gewidmet und wurden zur Krönung mit einem Gebet beschlossen. Dort waren selbst die Picknicks am See keusche Beutezüge, auf denen wilde Blumen und Kräuter für die Nonnen gesammelt wurden, die Duftkissen daraus machten und verschiedene Kräutermedizinen zusammenbrauten. Und als wäre das noch nicht genug, hatte sie die Winterferien bei ihrer alten Cousine dritten Grades, Bertha Fontaine, in Vincennes, Indiana, verbringen müssen.
Wie zu Königin Victorias Zeiten! Dabei schrieb man 1915. Ein Krieg tobte in Europa und drohte Amerika in seinen Strudel zu ziehen. Gerüchte über eine Revolution in Rußland liefen um. Irgendein König oder Herzog war ermordet worden. Frauen wurden verhaftet, weil sie für das Wahlrecht demonstrierten. Noch dazu recht ehrbare Frauen!
Anderswo hatten sie die schweren Korsetts abgeschafft und die Rocklänge gehoben, um einen Blick auf die Fesseln freizugeben. Selbst hier in Eltons Corners, Iowa, konnte man schon sehen, daß das Alte abgewirtschaftet hatte. Aber nicht in St. Veronica oder in Camp Joy; und ganz bestimmt nicht bei Cousine Bertha, die immer noch für enge Korsetts und Gebete und gute Werke plädierte.
Aber so konnte es nicht ewig weitergehen. Das war der letzte Sommer in Camp Joy für sie. Noch ein solcher Sommer – das schien ihr plötzlich unerträglich: all diese öden Tage, die ihr bevorstanden, und die Nächte, in denen sie sich mit brennendem Körper herumwälzte und ihre Gedanken vergeblich zu unterdrücken versuchte. Nach Hause – sie wollte nach Hause.
Der Mai war schön zu Hause, wenn das Wasser schäumend und klar in die Seen und Flüsse strömte, die nicht schnell genug ins Meer kommen konnten; und erst der Sommer, wenn die Weintrauben schwer und süß am Stock hingen und ein betäubender Rosenduft in der Luft lag; selbst der Herbst mit seinen kühlen Nächten unter dem großen, gelben Mond und der Winter, der draußen um das große alte Prescotthaus heulte, in dem Holzfeuer brannten – Feuer, die in glücklicheren Tagen auch sie gewärmt hatten.
Unvermittelt setzte sie sich im Bett auf. Es mußte einen Ausweg geben. Sie versuchte sich kurz vorzustellen, welcher Empfang ihr zu Hause wohl bereitet würde. Onkel Jason war vermutlich leicht zu gewinnen, aber nicht Tante Millicent, die ja auch an ihrer Verbannung

nach St. Veronica schuld war. Und alles nur, weil Holt gesehen hatte, wie ihr der siebzehnjährige schüchterne Andrew Clay einen verschämten Kuß auf die Wange gedrückt hatte. Wenn man Holt glauben wollte, hatte sich Julie nahezu wie eine Hure aufgeführt. Aber Holt war der Stolz seines Vaters und der Liebling von Tante Millicent.

Nein, es war nicht Millicents Schuld – der armen alten Jungfer, die ihrem Bruder und seiner Frau und dann, nachdem Sara Prescott weggelaufen war, Jason und Holt den Haushalt führte. Es war Holts Schuld. Er war nur vier Jahre älter als sie, hatte sie aber zu Lebzeiten ihres Vaters, solange sie noch im Fontainehaus gewohnt hatte, hinter dem sich gleich ihres Vaters Weingärten ausdehnten, immer betont gleichgültig behandelt. Als sie nach dem Tod ihres Vaters ins Prescotthaus umgezogen war, hatte sich Holts Gleichgültigkeit in Abneigung verwandelt, die er kaum zu verbergen suchte.

An ihre Mutter dachte Julie schon seit langem kaum mehr; es geschah nur noch, wenn sie ein flüchtiger Hauch von Parfüm traf oder wenn sie ein altes Wiegenlied hörte. Ihr Vater dagegen stand ihr noch lebhaft vor Augen: groß, schwarzhaarig, mit einem weißblitzenden Lächeln unter dem großen schwarzen Schnurrbart. Selbst jetzt, fünf Jahre später, schmerzte sie die Erinnerung an ihn noch.

Als sie die Nachricht von seinem Tod erhalten hatte – es war ein kalter Novembertag gewesen, die Sonne hatte eisig auf dem ersten Schnee geglitzert –, war sie wie betäubt gewesen. Sie hatte es einfach nicht fassen, nicht glauben können. Aber als die Betäubung des Schocks gewichen war, hatte sie ihren Vater in Alpträumen auf einem alten Indianerklepper am Watkins Glen entlangreiten sehen. Immer wieder träumte ihr, das Pferd sei ausgebrochen, und sie versuche es auf ihrer Stute Blythe einzufangen. Stummes Entsetzen erfaßte sie, sooft der Boden unter ihnen beiden nachgab. Aber irgendwie wachte sie stets auf, ehe sie selber unten aufschlug, und es war ihr bewußt, daß ihr Vater tot war.

In Gedanken daran begannen ihre Augen vor ungeweinten Tränen zu brennen. Hätte er noch gelebt, sie wäre heute nicht hier. Nie hätte er sie hierhergeschickt. Obwohl er sich nach außen konventionell gab, war er insgeheim allen Regeln und Vorschriften abhold, und hätten die streng presbyterianischen Prescotts etwas davon geahnt, wären sie schockiert gewesen. Für Millicent und Jason war es schon schlimm genug gewesen, daß ihre jüngere Schwester einen Katholiken geheiratet hatte.

Jason Prescott war, wie schon sein Vater, Kirchenältester und gewaltig stolz auf seine hervorragende Stellung in der Öffentlichkeit sowie auf den Namen Prescott überhaupt. Das einzige, was ihn einigerma-

ßen über die Mesalliance seiner Schwester hinwegtrösten konnte, war das im Dorf umlaufende Gerücht, die Fontaines stammten vom französischen Dauphin ab, der irgendwie aus der Bastille geflohen und nach Amerika gebracht worden sein sollte.
Deshalb hatte Jason nie hören wollen, wenn sich ihr Vater über diese ziemlich fragwürdige Geschichte mokierte und etwa sagte: »Wahrscheinlicher ist schon, daß der erste Fontaine ein schlichter Royalist war, der sich glücklich pries, der Schreckensherrschaft entronnen zu sein.«
Und von dieser Meinung ließ sich Julies Vater nicht abbringen, auch wenn Jason auf das Beweisstück zu sprechen kam, einen ererbten Anhänger mit der Miniatur einer Dame aus dem 18. Jahrhundert, die Marie Antoinette ähnlich sah. Das brachte ihn zu Jasons Zorn nur auf noch schlimmere Gedanken. »Also kein Royalist«, pflegte John Fontaine dann vergnügt zu erwidern, »sondern vielleicht ein Dieb von niedriger Geburt, der sich als blinder Passagier auf einem Handelsschiff aus dem Staub gemacht hat.«
Julie lächelte in Gedanken daran, wie sehr ihrem Vater das Kloster mißfallen und wie gut er sie verstanden hätte. Die Vorstellung beschwichtigte ihre Schuldgefühle und ihr Unbehagen, ließ nur leider ihr Problem ungelöst.
Den ganzen restlichen Abend rang sie um eine Entscheidung. Bald war sie fest entschlossen, davonzulaufen, bald wollte sie zur Beichte gehen und sich die Absolution erteilen lassen.
Als Eileen zu Bett gehen wollte, stellte sich Julie schlafend. Reglos lag sie zwischen den Laken, während sich ihre Gedanken überstürzten. Pater Calhoun war nach der Frühmesse weggegangen und würde erst am Samstagabend zur Beichte zurückkommen, das heißt, wenn im Kloster kein geistlicher Notfall eintrat, zu dem der Pater von dem rund fünfzig Kilometer entfernten St. Michael in Des Moines gerufen werden mußte. Wenn man ein solch unvorhergesehenes Ereignis aber einmal ausklammerte, blieben ihr für ihre Entscheidung sechs Tage Zeit.
Durch diese Vorstellung getröstet, versuchte sie sich zu entspannen, aber als Eileens regelmäßige tiefe Atemzüge verrieten, daß ihre Zimmerkameradin eingeschlafen war, schlüpfte Julie aus dem Bett und stopfte automatisch die Kissen unter die Decke. Irgendwann, zwischen zwei Gedanken, mußte sie wohl beschlossen haben, sich lieber ganz auf die Seite der schwarzen Schafe zu schlagen, wenn sie nun schon die gerechte Strafe dafür erdulden sollte. Die schwüle Nacht lockte sie aus ihrem Gefängnis heraus. Vielleicht entschloß sie sich doch zum Davonlaufen. Sie konnte ja einen Priester aufsuchen, der sie nicht kannte, und ihm beichten und damit alles in Ordnung brin-

gen. Sie zog die Uniform über das Nachthemd, zog die langen schwarzen Baumwollstrümpfe an, rollte sie bis zu den Knien hinunter und machte sich ohne Schuhe auf den Weg.

In einem geheimen Teil ihres Herzens war sie entsetzt über sich selber, aber der Gedanke an die vergangene und die kommende Nacht trug den Sieg davon. Der Entschluß war gefaßt, der Geist war rebellisch und die Leidenschaft nicht zu bändigen. Die guten Lehren langer Jahre schmolzen dahin wie Butter an der Sonne. Und als sie im Weidengebüsch Bill ungeduldig wartend vorfand, angestachelt durch die Enttäuschung der vergangenen Nacht, warf sie alle Bedenken über Bord.

Er zog sie tief ins Gebüsch bis zu einem kleinen freien Platz, wo er eine Wagendecke ausgebreitet hatte. Diesmal sank sie willig in seine Arme, und als ihr weicher korsettloser Körper mit seinem verschmolz, stieß er einen Laut der Überraschung aus.

Wenige Augenblicke später war die Uniform ausgezogen, und einzig der dünne Batist des Nachtgewandes bedeckte noch ihren zitternden Körper. Sie küßten und küßten sich immer wieder und wurden heiß und wirr vor Leidenschaft. Als er plötzlich von ihr abrückte, entrang sich ihr halb unbewußt ein Laut des Protestes. Aber als sie sich auf den Ellbogen aufstützte, kam er auch schon wieder zurück, ohne Hemd und Hose, und gleich darauf lag er wieder neben ihr. Der grobe Stoff seiner Unterhose erregte sie, und sie überließ sich seinen Liebkosungen; das Fieber, das ihren Körper durchströmte, ließ sie kaum mehr wissen, wo sie war.

Seine freie Hand glitt unter ihr Nachthemd, knetete ihr Fleisch, drückte ihre Brüste, zog sanft an ihren Brustwarzen. Sie preßte sich fester an ihn, und seine Hand streichelte ihre Oberschenkel, schob sie auseinander, um die weiche Innenseite zu spüren, und glitt hinauf zwischen ihre Beine. Ein Schauer der Erregung packte sie, und sie öffnete fast unwillkürlich die Beine. Tiefe Laute entrangen sich seiner Kehle, und er führte ihre Hand über seinen Körper, führte sie in die aufgeknöpfte Unterhose, legte sie stöhnend um sein Glied. Das steigerte ihre Erregung noch mehr, und im nächsten Augenblick hatte er ihr das Nachthemd über den Bauch gestülpt und lag auf ihr. Sie erstarrte auf der Stelle und preßte die Oberschenkel zusammen. Aber er fuhr mit der Hand dazwischen, um sie auseinanderzupressen.

»Nein!« keuchte sie, »nein!« Schweigend kämpften sie ein paar Minuten miteinander, dann rollte er weg, zog ihre Hand an sich und zeigte ihr, ehe er mit seinen Händen ihren Körper wieder suchte, wie sie an ihm auf und ab gleiten sollte. Sie stieß seine Hand zurück, wünschte aber gleichzeitig, er möge nie aufhören, und ihre Erregung stieg, bis sie schließlich ihren ganzen Körper erfaßt hatte und sie mit seufzendem Stöhnen in krampfhafte Zuckungen verfiel. Das wiederum schien ihn noch mehr zu erregen, und seine Hand schloß sich um ihre, lenkte und lehrte sie, bis er aufseufzte und eine feuchte Wärme sich über ihren Bauch ergoß.

Sie war über und über mit Schweiß bedeckt, und ihr Geist war von der abklingenden Erregung noch ganz benommen. Gemeinsam schliefen sie, bis kurz vor Morgengrauen kühle Winde aufkamen und Mond und Sterne untergingen.

Als Julie über die Klostermauer zurückkletterte, wurde der Himmel bereits hell. Auf halber Höhe des Spaliers glaubte sie ein Flüstern zu vernehmen. Aber als sie stillstand, um genauer hinzuhorchen, blieb alles ruhig. Doch als sie leise über das Sims in ihr Zimmer stieg und sich zu entkleiden begann, ging die Tür auf, und Schwester Thérèse stand im Rahmen, eine Petroleumlampe in der Hand, und ihr rotes Gesicht schien noch röter denn je in dem flackernden Licht.

2

In den Tagen, die auf Schwester Thérèses triumphale Entdeckung von Julies Abwesenheit folgten, wurde das normale Klosterleben von dem ewig wiederkehrenden Refrain »Bekenne deine Sünden, um Vergebung zu erlangen!« begleitet, der wie das jämmerliche Klagen einer Oboe in einem Musikstück klang.

Aber sosehr ihr dieser Zustand auch auf die Nerven ging, sie machte den Mund nicht auf. Selbst Pater Calhoun, der wegen Julies standhafter Weigerung, eine Erklärung abzugeben, geholt worden war, mußte schließlich feststellen, daß weder Schmeicheleien noch Geduld, noch auch Drohungen im Hinblick auf den Zustand ihrer unsterblichen Seele etwas vermochten.

»Sie ist nicht mehr zu retten«, verkündete Schwester Thérèse, woraufhin Schwester Celeste sofort in die Kapelle eilte, um für ihre Seele zu beten.

Zu Julie selbst wurde Eileen geschickt, um ihrerseits einmal ihr Glück zu versuchen. »Du mußt die Wahrheit sagen«, bat sie. »Du mußt doch wenigstens beichten und Buße tun.«

»Aber ich habe nichts zu beichten«, log Julie, und je öfter sie das behauptete, desto fester glaubte sie schließlich selber daran. Mehr und mehr kam sie zu der Überzeugung, daß das, was der Priester und die Nonnen für sündig hielten, im Grunde keine Sünde war. Früher oder später empfanden und taten doch alle, was sie empfunden und getan hatte. Wo kämen sonst die Babys her? Gewiß hatte Gott diese Lust in den Menschen gelegt, und wenn ER damit schon nicht gewartet hatte, bis das Aufgebot bestellt und das Eheversprechen gegeben worden war, warum sollte sie dann zögern? Die Idee, eine solche Betrachtungsweise könnte ketzerisch sein, kam ihr nicht in den Sinn. Dazu war ihr Denken viel zu sehr von der Frage nach dem Empfang zu Hause und von der Sehnsucht nach Bill beherrscht.

Schließlich wandte sich Pater Calhoun brieflich an ihre Angehörigen, während sie auf ihr Zimmer verbannt wurde, um dort die erbetene telegraphische Antwort abzuwarten. So verbrachte sie, von Eileen abgesehen, ihr letztes Wochenende in St. Veronica nahezu in Einzelhaft.

»Mich wundert nur«, sagte sie eines Abends zu Eileen, nachdem sie ihr Abendbrot, bestehend aus Brot und Milch, erhalten hatte, »warum sie dich zu mir lassen. Haben sie denn keine Angst, daß ich dich anstecke?«

Eileen errötete. »Sie denken, daß ich . . .« Sie brach ab. »Es ist albern«, stieß sie hervor. »Wenn du nichts zu beichten hast, warum glauben sie dir dann nicht?«

»Sie glauben, ich lüge«, antwortete Julie mit einem kurzen Auflachen und fügte unbekümmert hinzu: »Und damit haben sie auch ganz recht.«

Aber auch von Eileen ließ sie sich nicht erweichen.

»Es ist besser, du weißt erst gar nichts«, erklärte sie weise. »Zwei Herren kann keiner dienen.«

»Hast du dich . . . mit jemandem getroffen?« fragte Eileen.

»Und wenn es so wäre?«

Eileen blickte sie zweifelnd an. »Ich weiß nicht recht. Aber wenn du . . . wenn ihr nur miteinander geredet habt . . .«

»Ich setze doch nicht Kopf und Kragen aufs Spiel, um mit einem Mann zu *reden*«, erklärte Julie.

»Aber du hast doch nicht . . . du kannst doch nicht . . .« Eileen, die den Boden gänzlich unter den Füßen verlor, war ehrlich betroffen.

»Ich kann was nicht?« Eileens verschämter Einwand ließ Julie laut auflachen. »Mir scheint«, meinte sie, »ich muß dich tatsächlich noch ein bißchen aufklaren, ehe ich weggehe. Vom Küssen allein bekommt man keine Kinder.« Und als Eileen rot anlief, fügte sie eilig hinzu: »Ich bin nicht schwanger, falls du das befürchten solltest.«

Vor so viel Offenheit konnte die arme Eileen nur noch die Flucht ergreifen; wahrscheinlich lief sie, Schwester Celestes Beispiel folgend, in die Kapelle. Wenn aber so viele Leute um ihr Seelenheil beteten, glaubte sich Julie vorerst, bis sie nach Hause kam, doch sicher aufgehoben. Sie spürte, daß Pater Calhoun mit der Behauptung, hinter ihrer sturen Dickköpfigkeit verberge sich Angst vor der Strafe, viel-

leicht gar nicht so unrecht hatte.
Aber wenn sie die Wahl gehabt hätte, wie Eileen zu sein, nachgiebig, gehorsam, voll Vertrauen zu den Lehrern der Schule und Kirche und ohne die Versuchung, auszubrechen – letztlich hätte sie es wohl nicht gewollt. Seelenfrieden aufgrund eines reinen Gewissens kam ihr wie Stumpfsinn aus Ängstlichkeit vor. Was erwartete Eileen denn schon, wenn sie diesen Sommer nach Chicago zurückkam? Ein Leben, ausgefüllt mit Nächstenliebe und guten Werken und Kirchgängen und bald wohl auch mit einem entsprechend stumpfsinnigen Ehemann.
Die Butlers waren reich, reicher als die Familien der anderen Mädchen, und Eileen war eine gute, begehrenswerte Partie mit einer ehrgeizigen Mutter. Julie mußte an den Abend denken, den sie mit den Butlers in deren großem, steinernem Lebkuchenhaus am Michigansee verbracht hatte. Mr. Butler war ein herzlicher, rotgesichtiger Selfmademan, der in Eileen vernarrt war. Und Mrs. Butler mit ihrem hageren, asketischen Gesicht, Abkömmling einer alten Familie, die schon bessere Zeiten gesehen hatte, ging unverhohlen darauf aus, ihre Tochter an einen Jungen aus ihren Kreisen zu verheiraten. Und Eileen selbst tat gewiß brav, was ihre Eltern wollten.
Das wäre nichts für mich, sagte sich Julie. Wenn ich keinen bekomme, der mir das Gefühl gibt, lebendig zu sein, heirate ich lieber gar nicht ... Ihre Gedanken wanderten zu Bill, und die Sehnsucht nach dem Weidengehölz, dem silbrigen Mondlicht auf dem Teich und den seufzenden Baumkronen über ihnen überfiel sie wie ein körperlicher Schmerz. Die Erinnerungen waren derart lebendig, daß der Schmerz schier unerträglich wurde. Hastig begann sie ihre Sachen zu sortieren, um zu entscheiden, was sie mitnehmen und was sie ein für allemal hierlassen wollte. Die Uniform blieb da. In ihrem ganzen Leben würde sie sich im Winter nicht mehr in marineblauen Serge und im Sommer in marineblaue Baumwolle zwängen, nie wieder würde sie zahllose Unterröcke und hochgeschnürte Stiefel tragen und nie wieder so einen entsetzlichen Hut aufsetzen, der das ganze Haar bedeckte und an den Seiten Klappen hatte, die wie Scheuklappen aussahen.
Sie ging zum Schrank und zog das Kleid heraus, das sie im Sommer auf der Rückfahrt von Camp Joy gekauft hatte. Dieses Kleid konnte man wenigstens anschauen. Es war ein silbrig-violettes Gewand mit einem sich nach unten verengenden, aber diskret geschlitzten Rock. Ganz hinten im Schrank lag noch ein Paar ausgeschnittener Schuhe, die sie zum Abgang aus dem Kloster freilich nicht anzuziehen wagte. Vielleicht ergab sich in New York eine Gelegenheit, wo sie mit ein bißchen Glück ein Paar jener hübschen schwarzen Seidenstrümpfe

kaufen konnte, die an der Seite verziert waren.
Sie zog den Hut aus dem obersten Fach und wickelte ihn aus dem Seidenpapier. Neben dem violetten Seidengewand wirkte er, weiß Gott, wie ein reichlich kindisches Gebilde, aber sie hatte keinen anderen außer den Schulhüten. Sie stülpte sich den schwarzen, breitkrempigen Pfannkuchen auf den Kopf und begutachtete in dem kleinen Spiegel die Wirkung. Mit den nach hinten flatternden Bändern sah er wirklich albern aus, wie ein richtiger Schulmädchenhut. Aber das ließ sich ändern. Sie brauchte die Bänder bloß abzuschneiden und statt dessen vielleicht eins der lavendelfarbenen Haarbänder herumzuschlingen, die sie in der Stadt gekauft hatte. Angeregt ging sie zu ihrem Nachttisch hinüber, auf dem eine kleine Obstschale mit wächsernen grünen Trauben stand. Ein paar davon zusammengebunden und an das Band genäht, würden dem Hut immerhin einen gewissen Schick verleihen.
Zu Hause konnte sie dann ja Kleider kaufen. Zwar war ihr Geld in mündelsicheren Papieren bis zu ihrem 21. Geburtstag fest angelegt. Aber bereits an ihrem achtzehnten Geburtstag stand ihr eine noch unbekannte Summe zu, mochten sich Onkel Jason oder Tante Millicent oder Mark Douglas auch auf den Kopf stellen.
Mark! Sie hatte ihn fast schon vergessen gehabt. Mark war ihres Vaters Assistent gewesen, war dann sein Juniorpartner in der Fontaineschen Weinkellerei geworden und verwaltete heute zusammen mit Onkel Jason ihren Besitz. Seit dem Tod ihres Vaters hatte er sich um die Kellerei gekümmert und den Weinanbau beaufsichtigt.
Er und Onkel Jason waren nie miteinander ausgekommen. Jason hatte es nicht verwinden können, daß ihm der damals Dreiundzwanzigjährige als Vermögensverwalter an die Seite gestellt worden war, aber ihr Vater hatte darauf bestanden. Er hatte Mark vertraut. Sie selbst hatte Mark seit Jahren nicht mehr gesehen. Dennoch hatte er ihr pflichtgetreu zweimal jährlich eine Abrechnung geschickt, der er jedesmal ein paar freundliche, wenn auch sehr förmliche Zeilen beilegte.
Sie konnte ihn sich kaum noch vorstellen. Undeutlich erinnerte sie sich an einen großen, breitschultrigen Mann mit dunkelrotem Haar, der in ihrer Erinnerung aus irgendeinem Grund stets zornig war. Sie seufzte. Vermutlich konnte sie sich von ihm nicht mehr Verständnis erhoffen als von ihren Verwandten, den Prescotts.
Ein Klopfen an der Tür riß sie aus ihren Gedanken, und hastig schob sie die ausgeschnittenen Schuhe in den Schrank zurück, ehe sie antwortete. Es war Schwester Celeste, die ihr mitteilte, daß das Telegramm von zu Hause eingetroffen war und sie sich für die Abfahrt am nächsten Morgen fertigmachen sollte.

Die Fahrt nach Des Moines mit Pater Calhoun und Schwester Thérèse verlief schweigsam. Als das alte Auto des Priesters durchs Dorf ratterte, hatte Julie einen Blick auf Bill Robertson erhascht, der in der Ladentür stand und sich mit zwei Mädchen aus der Stadt unterhielt; ein momentanes Gefühl der Eifersucht und des Bedauerns durchfuhr sie. Er hatte aufgeschaut, als er das Auto vorbeifahren hörte, und sie hoffte halb und halb, sein Blick möge auf sie fallen; aber dann wieder hoffte sie, er möge sie nicht sehen, und ließ sich in den Fond zurücksinken. Bis jetzt hatte ihr niemand etwas nachweisen können, und ohne Beweise konnten sie selbst zu Hause nichts machen, was immer sie denken mochten.
Am Bahnhof in Des Moines wartete Mrs. Miller, das geschäftige, mollige Oberhaupt der Altargemeinde von St. Michael, um Julie und Schwester Thérèse nach New York zu begleiten, wo Julie laut Jasons Telegramm von Holt in Empfang genommen werden sollte.
Wieso ausgerechnet von Holt, war ihr unbegreiflich. Noch unbegreiflicher freilich war ihr, warum er überhaupt in diesen Vorschlag eingewilligt hatte. Etwas Gutes für sie konnte das gewiß nicht bedeuten.
Sie grüßte höflich lächelnd, als Pater Calhoun sie Mrs. Miller vorstellte, einer großen, streng gekleideten Matrone, die nicht daran dachte, ihr Lächeln zu erwidern, sondern deren Gruß ebenso kühl und niederschmetternd war wie Schwester Thérèses beleidigtes Schweigen. Unter diesen Umständen mochte die Reise ja lustig werden!
Ehrerbietig trat Julie zur Seite, um die beiden vorbei und vor sich einsteigen zu lassen; aber Mrs. Miller rührte sich nicht vom Fleck und bedeutete ihr, Schwester Thérèse zu folgen. Und so trat Julie nach einem flüchtigen Abschied von Pater Calhoun, von beiden Frauen eingerahmt, ihre schweigsame Reise nach New York an.
Die Fahrt hinterließ ihr kaum Eindrücke. Gleichgültig stieg sie in Chicago an der Union Station aus, wo sie sonst, wenn sie zu Weihnachten ihre Cousine Bertha besucht hatte, auf der Hin- und Rückfahrt stets so gern in Harveys Restaurant eingekehrt war. Aber diesmal schmeckte ihr das Fleisch wie Sägespäne. Und die Fabriken in Gary, Indiana, die Felder von Ohio und die wogenden Hügel von Pennsylvania zogen wie nichtssagende Bilder an ihr vorbei. Ein Tag und eine schlaflose Nacht vergingen, und nur das einsame Pfeifen der Lokomotive an den Bahnübergängen blieb ihr im Bewußtsein.
Schwester Thérèse und Mrs. Miller plauderten liebenswürdig miteinander, bezogen sie aber nur ein, wenn es absolut unumgänglich war. Einmal ertappte Julie Mrs. Miller dabei, wie sie sie mit kalten, vor Neugierde glänzenden Augen musterte.

Wie sie wohl reagieren würden, wenn sie jetzt plötzlich sagte: Lassen Sie mich Ihnen alles erzählen? Und sie malte sich aus, wie sie den verblüfften Visagen alle Einzelheiten ihrer Nächte mit Bill vorsetzte.
Darüber mußte sie lächeln, und sofort wies sie Mrs. Miller scharf zurecht: »Du hast wenig Grund zu lachen, mein liebes Kind. Soviel man hört, sind deine Angehörigen sehr ärgerlich.«
Julies Gesicht wurde ernst, aber die Augen senkte sie nicht. Sie erwiderte Mrs. Millers starren Blick kalt und mit einem jäh aufspringenden Trotz in den Augen. Es war Mrs. Miller, die als erste wegschaute, zwei rote Flecken auf den Pausbacken.
War die Fahrt bis New York unerquicklich genug gewesen, so erstrahlte sie nach der Begegnung mit Holt im Licht einer wahren Vergnügungsreise.
Als sie den riesigen Kuppelbau von Pennsylvania Station betraten, kam Holt auf sie zu; er hatte zwei Nonnen im Schlepptau, die Mrs. Miller und Schwester Thérèse in Empfang nehmen und in den sicheren Hort eines hiesigen Klosters bringen sollten, damit sich die beiden vor der Rückreise kurz ausruhen konnten.
Obwohl Julie gewiß nicht für Holt schwärmte, ließ sie der Anblick des ersten vertrauten Gesichtes von zu Hause nach drei Jahren unwillkürlich lächeln. Voll Freude lief sie auf ihn zu. Er sah großartig aus mit dem dichten blonden Haar und den leuchtenden blauen Augen der Prescotts. Und wie immer war er tadellos gekleidet. Er trug einen dunklen Sommeranzug mit weißem Seidenhemd und schmaler, ordentlich gebundener kastanienbrauner Krawatte. Den grauen Homburg in der Linken, die Rechte ausgestreckt, kam er auf sie zu, ging jedoch, obwohl ihm Julie die Hand schon entgegenhielt, an ihr vorbei, nahm Mrs. Millers Hand und dankte ihr warm für die »Freundlichkeit, daß sie eine so außerordentlich schwierige Aufgabe übernommen« habe.
Eine tiefe Röte zog über Julies Gesicht, und die kleinere der beiden Nonnen, die sie mit ihrem sanften Gesicht an Eileen erinnerte, nahm die Hand, die Holt verschmäht hatte, und sagte: »Ich bin Schwester Josephine, meine Liebe. Machen Sie sich keine Sorgen. Wenn Sie sich nur an das halten, was Ihnen Ihr Herz sagt, kommt alles wieder in Ordnung.«
Das waren die ersten freundlichen Worte, die sie seit Tagen zu hören bekommen hatte, und Julie spürte einen dicken Kloß in ihrer Kehle aufsteigen und mußte zwinkern, um die Tränen zurückzuhalten.
»Ich danke Ihnen, Schwester«, konnte sie nur leise hervorstoßen. Zum erstenmal, seit sie Schwester Thérèses ärgerliches Gesicht im Türrahmen gesehen hatte, überkam sie ein Gefühl von Schuld und

Reue. Jetzt hätte sie beichten können; ja, sie hätte gern gebeichtet, weil sie dann der Vergebung und des Mitleids sicher gewesen wäre.

Als Holt zu ihr trat, murmelte sie ein paar reuige Worte, die er sofort mit kalter Stimme unterbrach: »Nun, Julie, wie ich sehe, ist es dir wieder einmal gelungen, Schande über uns zu bringen.« Im Nu waren vor Ärger und Demütigung alle anderen Gefühle weggefegt. Ohne daran zu denken, daß sie sich an einem öffentlichen Ort befanden, brauste sie auf: »Seit wann bist du denn so anständig geworden, Holt Prescott? Du bist und bleibst doch derselbe miese kleine Petzer, der du immer warst. Scher dich zum Teufel!« Und ohne sich von den anderen zu verabschieden, stolzierte sie durch die Eingangshalle auf den Ausgang zu. Auch um das Gepäck, das noch immer an der Sperre stand, kümmerte sie sich nicht. Es war noch früh am Morgen, und die Reisenden starrten das gutgekleidete Mädchen an, das mit hoch erhobenem Haupt und wippendem Hut so schnell davontrippelte, als der Rock es ihr erlaubte, und das dabei hellgrüne wächserne Weinbeeren wie rollende Murmeln hinter sich fallen ließ.

An der Treppe zur Straße holte Holt sie ein. Er packte sie so fest am Arm, daß sie aufschrie.

»Wo willst du hin? Oder soll ich die Polizei holen? Vielleicht wäre es das beste. Dann würdest du in ein Heim für schwererziehbare Mädchen gesteckt, und wir wären dich ein für allemal los.«

Er hatte ihren Arm losgelassen und lächelte, aber seine Augen funkelten vor Wut, und seine Stimme klang giftig. Julie hatte schon immer ein bißchen Angst vor Holt gehabt. Unter der glatten Oberfläche lauerte eine Grausamkeit, die sie als Kind veranlaßt hatte, dem Teufel der biblischen Geschichten, die sie damals las, Holts Gesicht zu geben.

Ein kalter Schauer überlief sie. Trotz seines aufreizenden, selbstzufriedenen Grinsens schwieg sie. Vorläufig war sie in seiner Gewalt, und sie hatte ihn schon zu oft in Wut erlebt, als daß sie Lust gehabt hätte, einen neuerlichen Zornesausbruch heraufzubeschwören.

»Sei nicht albern, Holt«, sagte sie mit einer Ruhe, die sie keineswegs empfand. »Ich laufe doch nicht davon. Im Gegenteil, ich brenne darauf, nach Hause zu kommen. Wann geht der Zug nach Hammondsport?«

»Das klingt schon besser«, antwortete er, »viel besser. Nur was deine brennende Sehnsucht nach zu Hause angeht, so wird sie das Empfangskomitee wohl etwas abkühlen. Abgesehen von Mark Douglas natürlich, der anscheinend alles für einen Witz hält. Aber das ist kein Wunder. Wer selber hurt, findet Huren in Ordnung.«

Julie lag eine scharfe Entgegnung auf der Zunge, aber sie beherrschte

sich. Statt dessen meinte sie: »Ich kümmere mich wohl besser um mein Gepäck«, und folgte Holt, sanft wie ein Lamm, zur Sperre zurück.
So erwartete sie also nicht nur kein fröhlicher Empfang, sondern Schlimmeres. Von Mark Douglas abgesehen. Nun, ein Freund war mehr, als sie zu hoffen gewagt hatte. Mit neuer Zuversicht reckte sie das Kinn in die Luft und gab von diesem Augenblick an, bis sie die Treppen zum Haus der Prescotts hinaufstieg, Holt keinen Anlaß zu Ärger mehr.

Als sie die Außenbezirke von Elmira erreichten, begann ihr Puls wie rasend zu schlagen, und als der Zug eine halbe Stunde später in Bath einfuhr und sie die ihr seit ihrer Kindheit vertraute Umgebung wiedersah, atmete sie erleichtert auf.
Am Bahnhof stand schon Amos, der, solange sie zurückdenken konnte, die Prescotts chauffiert hatte, mit Onkel Jasons neuem Packard, um sie ins weiter nördlich gelegene Prescottville zu fahren.
»Miss Julie«, begrüßte er sie und verzog das Gesicht zu einem breiten Grinsen. »Sie haben uns sehr gefehlt. Margaret ist auch mitgekommen. Sie wollte Sie gleich sehen.« Und mit seiner knotigen Hand strich er sich über das silbergraue Haar, ehe er die Mütze wieder aufsetzte und den hinteren Schlag öffnete.
»Wie gut, dich wiederzusehen, Amos.« Julie lächelte ihm zu. Sie war so dankbar, daß sich wenigstens einer über ihre Heimkehr freute. Und als sie so auf ihn hinunterschaute, mußte sie daran denken, daß ihr Vater immer gesagt hatte, Amos sehe wie ein kleiner wilder Kampfhahn aus und habe doch die Seele eines Lammes. Wieder mußte sie lächeln.
»Ich möchte bloß schnell noch Margaret begrüßen«, sagte sie. Amos machte die vordere Tür auf.
Margaret, die Amos fast um Haupteslänge überragte, errötete vor Freude. »Du bist, weiß Gott, eine junge Dame geworden«, sagte sie und tätschelte ihr mit ihrer weichen Hand die Backe. »Kaum zu glauben, daß du einmal das Baby warst, das zu uns in die Küche gekommen ist und um Brot und Marmelade gebettelt hat.«
»Nun, wenn ich auch kein Baby mehr bin, Margaret«, antwortete Julie, »um dein selbstgebackenes Brot und deine Marmelade werde ich dich doch wieder anbetteln, das kannst du mir glauben.«
Hinter ihr sagte Holt steif: »Julie, willst du bitte einsteigen? Ihr könnt ja zu Hause weiterreden.«
Im Auto zischte er ihr dann zu: »Und was steckt in Wirklichkeit hinter dieser Zuckerbäckerfassade?« Sie gab keine Antwort, sondern strich nur ihren Rock glatt und zog die Handschuhe aus.

Als sie auf den alten Fuhrwegen dahinholperten, mußte Julie den Hut mit einer Hand auf dem Kopf festhalten. Sie konnte sich nicht sattsehen an der Landschaft, und jedem, der zu Pferd oder mit dem Wagen vorbeikam, lächelte sie zu.

Immer vertrauter wurde ihr die Gegend. Dort am Rande des kleinen Sees, in dem sie und ihr Vater immer gebadet hatten, war Crater's Mill, da Douglas' Molkerei, die Marks Cousin Art als erster modernisiert hatte – er baute auch jetzt wieder eine Molkereigenossenschaft auf; und hier die kleine Farm, die der erste Prescott erbaut hatte und die immer noch Jason Prescott gehörte, wenn sie heute auch verpachtet war; und so weit das Auge reichte, die Weinberge; und in der Ferne endlich ihr Vaterhaus, weiß und alleinstehend zwischen den Eichen.

Das Herz schlug ihr bis zum Hals, und ihre Augen füllten sich mit Tränen. Daheim! Wie gerne wäre sie sofort in das Haus eingezogen. Aber das war nicht möglich. Mark Douglas bewohnte es oder doch zumindest einen Teil davon. Die restlichen Räume waren verschlossen und die Möbel mit Schonbezügen zugedeckt; nur Amos' Frau Margaret nahm sie zweimal jährlich zum Frühjahrs- und Herbstputz ab.

Eines Tages aber, schwor sie sich, eines Tages, wenn ich einmal verheiratet bin, werde ich wieder einziehen. Nie und nimmer werde ich zulassen, daß das Haus verkauft wird. Und ein warmes Gefühl der Dankbarkeit für Mark stieg in ihr auf, der sich Onkel Jasons Vorschlag, das Haus zu verkaufen, widersetzt und sich statt dessen anerboten hatte, es dafür, daß er einen Teil davon bewohnte, instand zu halten. Auf diese Weise hatte er es für sie bewahrt. Und mit einundzwanzig konnte sie selber über ihren Besitz verfügen. Mit einundzwanzig konnte sie tun und lassen, was sie wollte; niemand hatte ihr mehr etwas vorzuschreiben.

Befriedigt seufzte sie auf und lehnte sich zurück. Sie zog die große Hutnadel heraus, die den Hut schlecht und recht festgehalten hatte, und ließ ihn herunterrutschen. Lachend fuhr sie sich durchs Haar, das sie am liebsten offen über dem Rücken getragen hätte.

»Du bist recht fröhlich für ein Mädchen, das den Löwen zum Fraß vorgeworfen werden soll«, meinte Holt säuerlich und brach damit sein verstocktes Schweigen.

»Hunde, die bellen, beißen nicht«, antwortete sie. »Im übrigen sind wir gleich da.« Sie deutete zum Fenster hinaus, als das Auto in die Seneca Avenue einbog und das Prescotthaus in Sicht kam.

Es war das größte Haus in der Straße und das älteste, wie es sich für den Sproß des Gemeindegründers und Bankeigners auch gehörte. Es war im Kolonialstil des Südens erbaut und schaute auf den Deer-

Hill-Park und den Wide-Waters-Weiher hinaus, auf dem im Sommer immer Schwäne und Enten nisteten.

»Oh, der Flieder«, rief Julie aus. »Ich hatte ganz vergessen, daß er jetzt blüht!« Massen violetter und weißer Blütenbüsche standen auf dem Rasen und schickten ihren schweren, süßen Duft über den Weiher.

Als sie aus dem Auto stiegen, atmete sie tief und zufrieden auf, um gleich darauf mit weit ausgebreiteten Armen auf dem Rasen herumzutanzen. »Daheim!« jubelte sie. »Endlich daheim!«

»Benimm dich, Julie«, befahl Holt.

Aber jetzt fühlte sie sich sicher genug, um ihm die Stirn zu bieten. »Rutsch mir den Buckel runter, Holt Prescott. Geh und such dir einen anderen, auf dem du herumhacken kannst.« Und ohne eine Antwort abzuwarten, lief sie die Treppe zu den Säulen der Vorhalle hinauf, wo im gleichen Moment die Tür aufging und Millicent Prescotts Gesicht auftauchte, mit einer sonderbaren Mischung aus Willkommen und Tadel. »Julie«, setzte sie an, kam aber nicht weiter.

Denn Julie, in ihrer Freude, wieder daheim zu sein, warf die Arme um ihre kleine Tante und erdrückte sie fast mit ihrer ungestümen Begrüßung. »Nicht schimpfen«, rief sie, »Tante Millie. Ich habe kein Verbrechen begangen, und ich verspreche dir, von jetzt an ganz lieb und brav zu sein.«

Einen Augenblick lang schwankte Millicent Prescott innerlich. Dann entschied sie sich, streng zu sein, verspürte jedoch dabei eine Art Schuldgefühl, wenn sie an die Gründe dachte, derentwegen sie Julie weggeschickt hatte – Gründe, die, wie sie selber zugeben mußte, wenig mit jenem albernen Flirt zu tun hatten –, und sagte, nachdem diese Anwandlung vorüber war und sie die Umarmung kurz erwidert hatte: »Da fang aber um Himmels willen gleich damit an, Julie. Du bist viel zu alt, um dich wie ein Kind aufzuführen, und ich kann dir auch nicht versprechen, daß Onkel Jason ein Auge zudrücken wird.«

Die erste Schlacht war geschlagen, und Julie hatte das Gefühl, daß, wenn Millicent schon nicht raste und tobte, auch Jason nur laut werden wurde, um das Gesicht zu wahren.

»Laß dich anschauen«, fuhr Millicent fort, trat einen Schritt zurück und musterte ihre Nichte wohlgefällig. »Du bist groß geworden, wirklich groß«, meinte sie schließlich, und in ihrer Stimme klang sowohl Bedauern als auch Befriedigung mit.

Und an Julie vorbeischauend, rief sie: »Holt, Lieber, wie war denn die Fahrt?«

»Lausig«, antwortete Holt. »Und völlig unnötig. Julie hätte genausogut allein fahren können. Sie verschafft sich schon, was sie will.«

Der Hohn war nicht zu überhören, aber Julie war sich sicher, an dieser Front gewonnen zu haben, und hielt es für besser, ihm freundlich zuzustimmen.
»Armer Holt«, sagte sie lachend. »Es ist schon schlimm, eine dumme Cousine abholen und sich um sie kümmern zu müssen. Stell dir vor, Tante Millie, als ich aus dem Bahnhof hinaus wollte, fürchtete er, mir könnte etwas zustoßen, und kam wie eine Gluckhenne hinter mir hergelaufen. Lieber Holt«, sagte sie und wandte ihm ihr lächelndes Gesicht zu, »es tut mir leid, daß ich dir Sorgen bereitet habe.« Mit wahrer Wonne sah sie, wie die Wut in seinen Augen aufblitzte.

3

Das Abendessen war gar nicht so schrecklich ausgefallen, wie Julie befürchtet hatte. Sie hatte sich oben in ihrem früheren Zimmer aufgehalten, als Jason Prescott von der Bank nach Hause gekommen war, und hatte es für ratsam gehalten, die Lektion, die ihr Onkel Jason sicherlich erteilen würde, ja mußte, so lange wie möglich hinauszuzögern.
Sie hatte ihre alten Kleider von vor drei Jahren, die frisch gewaschen und sauber gebügelt im Schrank hingen, anprobiert und eins ums andere als zu klein oder als hoffnungslos kindlich weggelegt. Einzig ein hellblaues Baumwollkleid mit einem alten Kimonooberteil und weiten, kurzen Ärmeln kam noch in Frage. Auch die Leinenunterröcke paßten noch, wenn sie auch etwas kurz waren.
Sie zog einen alten Morgenrock an und trat zu dem Waschgeschirr aus geblümtem Porzellan, um sich gründlich zu waschen. Lieber hätte sie zwar gebadet, aber dazu hätte sie in die Halle hinunter gemußt, und jetzt wollte sie ihrem Onkel unter keinen Umständen schon in die Arme laufen.
Als sie den Unterrock über das Mieder und die Schlüpfer streifte, fiel ihr Blick auf den Spiegel an der Wand, und neugierig trat sie auf ihr Spiegelbild zu.
In St. Veronica war es streng verboten gewesen, den eigenen Körper anzuschauen, und so hatte sie sich seit Weihnachten nicht mehr gesehen. Sie hatte sich verändert. Ihr Körper war in der Taille schlanker und an den Hüften voller geworden, und ihre Brüste hatten eine verführerische Rundung gewonnen. Außerdem mußte sie auch ein bißchen gewachsen sein. Sie hob den Unterrock, um ihre Beine zu begutachten, die noch in den verhaßten schwarzen Baumwollstrümpfen steckten. Sie waren lang und wohlgeformt, die Fesseln

waren schlank, und oben beim Strumpfband schimmerte ein alabasterweißer Streifen.
Befriedigt zog sie sich fertig an und trat dann noch einmal vor den Spiegel. Blau stand ihr gut, auch wenn Lavendel ihre veilchenblauen Augen dunkler und das Haar und die Brauen sowie die dichten schwarzen Wimpern gegen ihren blassen Teint noch schwärzer erscheinen ließ.
Noch einmal bürstete sie ihr Haar, das unter den Borsten der Schildpattbürste knisterte, raffte es zusammen, glättete die widerspenstigen Locken mit leichter Hand und rollte es zu einem flachen Knoten im Nacken zusammen. Fertig! Sie warf einen letzten prüfenden Blick in den Spiegel, steckte befriedigt ein Leinentaschentuch in den Gürtel und ging hinunter.
Als sie das Speisezimmer betrat, waren die anderen bereits versammelt. Holt rückte zu Onkel Jasons Rechter gerade Millicents Stuhl zurecht und ging, ohne sie eines Blickes zu würdigen, ans untere Ende des Tisches, wo er normalerweise Jason gegenübersaß, wenn Millicent nicht bei Einladungen als Gastgeberin auftrat.
Julie schlüpfte an ihren Platz ihrer Tante gegenüber und sagte hastig: »Guten Tag, Onkel Jason. Entschuldige, daß ich zu spät komme.«
Nach kurzem Schweigen meinte Jason: »Dein Zuspätkommen ist wohl das geringste deiner Vergehen, Julie.«
Sie schaute ihn an. Er war stark gealtert.
»Entschuldige, wenn ich euch Schwierigkeiten bereitet habe«, antwortete sie. »Aber sie machten ein Mordsgeschrei um nichts. Es war heiß und stickig im Zimmer, und ich wollte nur eine Weile hinaus ... um mir die Nacht anzuschauen und einmal allein zu sein.« Sie zögerte nur kurz, ehe sie die Lüge aussprach, die ihr inzwischen glatt von der Zunge ging.
»Aber es verstieß gegen die Vorschriften«, erwiderte Jason streng.
»Ich weiß, aber es war ganz harmlos.« Bill und die letzte Nacht kamen ihr in den Sinn, und sie errötete und war gleichzeitig wütend über dieses verräterische Zeichen. Aber sowohl ihre Tante als auch ihr Onkel deuteten es dankbar als Verlegenheit und Reue, nur Holt, dem Julie einen schnellen Blick zuwarf, war nicht so naiv. Er begegnete ihrem Blick mit einem kleinen, verächtlichen Lächeln, und sie senkte die Augen.
»Wir wollen beim Essen nicht mehr darüber reden«, erklärte Tante Millicent. »Bitte, Jason«, setzte sie schnell hinzu, und ehe er etwas entgegnen konnte, ging die Tür auf, und Jenny, das Dienstmädchen, kam mit der Suppenterrine herein, die sommers wie winters das Prescottsche Dinnerritual einleitete.
Während des Essens wurde nicht viel gesprochen. Jason Prescott, ein

schwerer Mann, dessen Backen über den gestärkten Stehkragen hinunterhingen, liebte das Essen zu sehr, um sich dabei durch Reden stören zu lassen. Er war jetzt achtundfünfzig, und sein Haar begann sichtlich zu ergrauen und an den Schläfen weiß zu werden. Millicent, sechs Jahre jünger als er, hatte sich weit besser gehalten. Sie war klein und hager, am Körper wie im Gesicht, und trug die Haare aufgesteckt, so daß die grauen, falls sie überhaupt welche hatte, durch die Frisur sorgfältig verdeckt wurden. Vom Körperbau abgesehen, hätte sie Jasons Zwillingsschwester sein können, so sehr glichen sie sich in Hautfarbe und Gesichtsschnitt. Nach den Bildern zu schließen, die Julie von ihrer Mutter in Erinnerung hatte, mußten die Prescotts alle eine ausgeprägte Familienähnlichkeit haben. Deshalb wurde Holt von Fremden auch oft für Millicents Sohn gehalten. Und bis auf die kurze, niedliche Oberlippe, die Julie geerbt hatte, war auch ihre Mutter eine typische Prescott gewesen.
»Du bist keine richtige Prescott«, pflegte Millicent zu Julie zu sagen. »Du bist von Kopf bis Fuß eine Fontaine – außer den Augen, mein liebes Kind, und da möchte ich wissen, wo du dieses Veilchenblau her hast.« Als sie noch klein war, hatte sie sich auf solche Reden hin immer als Wechselbalg gefühlt. Heute dagegen war sie froh, eine echte Fontaine genannt zu werden.
In Gedanken versuchte sie sich vorzustellen, wie wohl Sara, Holts Mutter, ausgesehen haben mochte. Nachdem Sara mit einem »durchreisenden Whiskyvertreter«, wie Tante Millicent sich ausdrückte, weggelaufen war, hatte Jason alle Bilder von ihr verbrannt, und auch nur ihren Namen zu erwähnen galt als Verbrechen. Das Wenige, was Julie über Holts Mutter wußte, hatte ihr Margaret, die Köchin, erzählt. Holt sprach selten von seiner Mutter, was Julie wunderte. Immerhin war er schon vier gewesen, als sie fortgegangen war, also alt genug, um sich noch an sie zu erinnern. Früher einmal hatte Millicent zu Julie gesagt: »Du bist genauso wie Sara, immer am Flirten und immer lustig, aber du weißt ja, was aus ihr geworden ist.« Mehr aber hatte sie, sosehr Julie sie auch drängte, nicht sagen wollen. Was war denn aus Sara geworden? Nach Margaret hatte sie eines Nachts einfach ihre Sachen zusammengepackt und einen Brief hinterlassen, dessen Inhalt außer Jason nur Millicent kannte. Seither hatte man von ihr nichts mehr gesehen oder gehört.
Einmal, kurz vor dem Tod ihres Vaters, war ein Brief aus New York eingetroffen, und ihres Vaters Gesicht war sehr traurig geworden, als er ihn las. Er war sofort zum Schreibtisch gegangen und hatte zwei Briefe geschrieben. Auf einem Stuhl zusammengerollt, hatte ihn Julie über ihrem Buch von Zeit zu Zeit seufzen hören und war neugierig geworden, was wohl in dem Brief stehen mochte.

Als er mit Schreiben fertig war, zog er sein Scheckbuch aus der mittleren Schublade, stellte einen Scheck aus und steckte ihn in den kleineren der beiden Umschläge, die er adressiert hatte. Da wurde er ans Telefon gerufen, und Julie hatte, von Neugier getrieben, einen Blick auf die Umschläge geworfen. Auf dem kleineren stand einfach »Sara«; der andere war an eine Mrs. Paraglie oder Pargalie in New York adressiert, deren Namen Julie noch nie gehört hatte, wohingegen sie wußte, daß Sara die weggelaufene Tante war.

Nachdem ihr Vater in die Bibliothek zurückgekommen war, versiegelte er den kleineren Umschlag und steckte ihn in den größeren. Dann hatte er etwas Seltsames getan. Er hatte den an ihn gerichteten Brief in lauter kleine Fetzen zerrissen und in den Kamin geworfen und mit dem Schürhaken darin herumgestochert, bis er verbrannt war.

»Julie«, sagte Tante Millicent laut, und Julie schreckte hoch. »Was träumst du denn? Onkel Jason redet mit dir.«

»Entschuldigung. Anscheinend muß ich mich dauernd entschuldigen.« Sie wandte sich Jason zu.

Er räusperte sich und sagte: »Heute abend kommt Mark Douglas vorbei. Wir wollen das Testament deines Vaters noch einmal durchgehen. Du erhältst eine Summe, die mir für ein achtzehnjähriges Mädchen viel zu groß erscheint. Aus irgendwelchen Gründen ist dein Vater auf die Idee verfallen, du könntest zu diesem Zeitpunkt gern über eine größere Summe verfügen wollen. Meines Erachtens solltest du jedoch den größten Teil davon wieder anlegen. Schließlich steigt auch dein Taschengeld, und das bedeutet umgekehrt, daß weniger Geld in den Mündelfonds zurückfließt. Nun besitzt du zwar ein ganz schönes Vermögen, aber der Markt ist unsicher, und wenn Wilson wiedergewählt wird, kann es innerhalb von drei Jahren ganz schön zusammengeschmolzen sein. Schließlich ist Krieg in Europa, auch wenn dieser Idiot von Wilson im Weißen Haus von Frieden herumredet – Frieden! Wie können wir denn Frieden haben, wenn die Deutschen unschuldige Amerikaner töten? Stellt euch doch nur vor, wie viele jetzt wieder auf der Lusitania den Tod gefunden haben.« Er brach ab und biß sich auf die Lippen; das tat er immer, wenn er vom Thema abgekommen war, was nicht selten passierte. »Narren«, hob er wieder an, »allesamt Narren! Wer hat sie denn mitten im Krieg auf einem britischen Handelsschiff fahren geheißen? Trotzdem, die Deutschen hatten kein Recht, sie zu versenken. Aber Wilson ruht und rastet ja nicht, bis er dieses Land an den Rand des Abgrunds gebracht hat. Ich habe dem verschrobenen Professor ohnehin nie über den Weg getraut. Wie oft habe ich schon gesagt: Der ruiniert das Geschäft noch. Aber«, fragte er und wandte sich plötzlich an Millicent,

»wo war ich denn stehengeblieben?«
»Du wolltest Julie überreden, ihr Geld wieder zu investieren.«
»Wie? Ach ja. Überleg dir also, was ich dir gesagt habe, Julie. Schließlich wirst du in Kürze über dein gesamtes Geld verfügen. Und außerdem solltest du dir, nachdem du von jetzt an ein Wörtchen mitreden darfst, auch einmal ein paar Gedanken über die Weinkellerei machen. Die Prohibition kommt so sicher auf uns zu wie das Amen in der Kirche. Darum ist es an der Zeit, sich darüber klarzuwerden, ob Fontaine umgestellt oder verkauft werden soll.
Ich persönlich halte solche Entscheidungen für eine Achtzehnjährige freilich für zu schwierig. Nicht, daß sich Mark Douglas groß Gedanken über die Zukunft gemacht hätte, solange er deine Anteile mitverwaltete. Aber ich habe ohnehin nie verstehen können, warum John ausgerechnet Mark aus Kalifornien mitbringen mußte, wo hier in Prescottville weiß Gott kein Mangel an tüchtigen jungen Männern herrschte. Umgekehrt habe ich auch Marks Vater nicht begriffen, der Prescottville verlassen, seinen Anteil am Douglasland und an der Molkerei an seinen Bruder verkauft hat und nach San Francisco gegangen ist, wo er in weiß Gott welche Familie eingeheiratet hat. Wildes Blut! Alle Douglas haben wildes Blut. Mark ist vielleicht noch gar nicht der Schlimmste. Sein Vetter Art dort droben in der Molkerei, der es sich, kaum daß sein Vater im Grab lag, in den Kopf gesetzt hat, eine Genossenschaft aufzuziehen, ist noch viel schlimmer. Eine Genossenschaft! Hypotheken auf Milchfarmen aufnehmen, aber die Farmer nicht hinauswerfen, sondern ihnen helfen! Sozialistische Hirngespinste. Der Mann ist nicht weniger verrückt als jener Eugene Debs. Man müßte sie alle miteinander einsperren. Sie ruinieren dieses Land noch . . .« Er war rot angelaufen, und die geplatzten Äderchen auf den Wangen zeichneten sich dunkelviolett ab.
»Jason, Lieber, bitte«, sagte Millicent besorgt. »Du darfst dich nicht so aufregen, besonders nicht nach dem Essen. Du weißt doch, was der Doktor gesagt hat: Das ist schlecht für deinen Blutdruck.« Sie legte ihrem Bruder die Hand auf den Arm und lächelte in sein ihr zugewandtes ärgerliches Gesicht. Ihr Lächeln war sanft und liebevoll, und irgend etwas in ihren Augen schien ihn zu beruhigen.
»Nun, wenn es die Sozialisten nicht schaffen, dann werden es doch die Ärzte fertigbringen«, brummte er; aber seine Wut war verraucht.
»Vater«, sagte Holt, der sich zum erstenmal ins Gespräch einschaltete, »ich möchte gern noch vor morgen mit dir über die Hypothek von Schultz reden. Es gibt da Probleme – nicht, daß ich nicht damit fertig würde, aber mir scheint, du solltest auch auf dem laufenden sein.«

»Schluß mit den Geschäften für heute abend«, entschied Tante Millicent. »Du kannst mit deinem Vater auch morgen früh darüber reden. Schließlich ist heute Julie zurückgekehrt, und Mark soll herüberkommen ...« Und wieder zu Jason gewandt, sagte sie: »Du willst doch nicht schon wieder krank werden, Jason? Für heute heißt es: früh zu Bett und keine Aufregung mehr!«

Damit war Holts Frage ebenso abgetan wie eventuelle Ermahnungen oder gar Gardinenpredigten. Millicent, die sich Jason und Holt gegenüber stets achtungsvoll, ja ehrerbietig verhielt, hatte eine ruhige, sanfte Art, aber wenn sie sich einmal einmischte, was selten genug geschah, setzte sie im allgemeinen ihren Willen auch durch.

Nach dem Essen zogen sich Jason und Millicent wie gewöhnlich ins Wohnzimmer zurück, um Carusoplatten zu hören. Holt bockte nach wie vor und rempelte Julie grob an, als er sie in der Halle auf dem Weg ins Freie überholte. »Wahrhaftig gerissen«, sagte er. »Nicht einmal Vorhaltungen haben sie dir gemacht. Und dabei täte dir nichts so not wie eine ordentliche Tracht Prügel.«

»Kümmere dich um deine Angelegenheiten, Holt«, brauste Julie auf. »Ich bin kein Kind mehr.«

Ohne zu antworten, schlug er die Tür hinter sich zu; und wie sie hinter ihm die zugeworfene Tür anstarrte, mußte sie plötzlich wieder daran denken, wie er ihr einmal vor langer Zeit, als sie vielleicht sechs und er zehn gewesen war, einen üblen Streich hatte spielen wollen. Damals hatte er versucht, ihr, als sie auf einen Apfelbaum in ihres Vaters Garten kletterte, die Hosen herunterzuziehen. Auf ihr Geschrei hin war ihr Vater, der bei Onkel Jason zu Besuch war, aus dem Haus gelaufen; und obwohl Holt sofort von ihr abgelassen hatte, hatte sie auf ihres Vaters Arm weitergeschluchzt und erzählt, was er getan hatte. »Er wollte mich herunterziehen«, hatte sie gesagt, und ihr Vater hatte Holt, der auszureißen versuchte, am Kragen gepackt und ins Haus vor Onkel Jason geschleppt.

Noch immer heulend, war Julie ihnen nachgelaufen und hatte gerade noch gesehen, wie Holt die Hand seines Vaters wegstieß. Daraufhin hatte Jason Holt verprügelt, ihn vor jedermann verprügelt, bis Julies Vater sagte: »Mein Gott, Jason, du tust ihm noch was, wenn du so weitermachst.« Und Jason, rot vor Zorn und schwer atmend, hatte ihn schließlich losgelassen.

»Ich hasse euch!« hatte Holt geschrien, »ich hasse euch alle! Ich hasse euch!« und war aus dem Haus gerannt.

Julie schauerte. Noch heute war Holt voller Haß. Außer für Millicent empfand er wohl für niemanden etwas, nicht einmal für seinen eigenen Vater.

Es würde nicht leicht sein, mit ihm unter einem Dach zu leben. Das

klügste war wohl, ihm aus dem Weg zu gehen. Beunruhigt seufzte sie auf. Mit einemmal schien ihr das Haus sonderbar eng. Draußen lockte die immer später einfallende Dämmerung der Frühlingstage, und ziellos schlenderte sie über den Rasen, über die Seneca Avenue hinüber und erging sich zwischen den Fliederbüschen im Park.
Die Klosterzeit und die Ferien in Camp Joy und bei Cousine Bertha schienen seit ihrer Rückkehr unendlich ferngerückt, ja, fast schon Teil eines Alptraumes zu sein, aus dem sie gottlob endlich erwacht war. Selbst Bills Gesicht schien bereits zu verschwimmen, obwohl sie seine Hände noch warm auf ihrem Fleisch spürte.
Morgen wollte sie alte Freunde besuchen. Ab morgen würde sie wieder am geselligen Leben von Prescottville teilnehmen: auf dem Wide-Waters-Weiher Boot fahren, Tennis spielen, im Park von Deer Hill spazierengehen, in Brenners Department Store an der Main Street einkaufen und, falls möglich, Millicent und Jason überreden, sie nach Elmira fahren zu lassen, um dort ein paar Kleider für sie zu erstehen – nur ein paar, denn das meiste Geld wollte sie für den Einkauf in New York bei McCreerys, Franklin Simon, Best's oder auch in diesem neuen französischen Laden an der 57. Straße, den ihr Alice Bradford in ihrem Brief geschildert hatte, aufheben.
Ja, morgen fing das Leben wieder an. Die von Wohlgerüchen durchzogene Luft, das Meer der Obstbaumblüten am Fuß des Hügels, der Himmel, der sich im Westen rosa und türkis zu färben begann, und die ersten schwach schimmernden Sterne am dunkleren Osthimmel – all das erfüllte sie mit namenlosem Entzücken. Sie fühlte sich leicht beschwingt, fast als schwebe sie. Ihre Haut war kalt, aber im Innern glühte sie. Einer plötzlichen Eingebung folgend, begrub sie das Gesicht in den dunklen Blüten eines Fliederbusches, bis sie das ärgerliche Summen einer späten Biene in die Wirklichkeit zurückrief und sie sich aufrichtete, ein bißchen über ihre eigene Dummheit lachte und sich wieder auf den Heimweg machte.
Als sie aus dem Park trat, sah sie am Anschirrpfosten vor dem Haus einen großen Rotschimmel stehen. Es war dunkler geworden, der Himmel war nun marineblau, und hinter den zugezogenen Vorhängen des Hauses schimmerte bereits Licht. Die sanfte Brise der Dämmerung hatte sich in einen kühlen Abendwind verwandelt; sie fröstelte in ihrem leichten Kleid, deshalb lief sie über die Straße und das breite Rasenstück, nahm die flachen Treppen mit einem Sprung und langte erhitzt und atemlos vor der Tür an.
Ohne sich weiter um ihr Aussehen zu kümmern, platzte sie, noch vom inneren Schwung beflügelt, ins Wohnzimmer und kam erst zum Stehen, als Jason und Millicent ihre erstaunten Gesichter ihr zuwandten.

Es war noch eine dritte Person anwesend – ein großer, breitschultriger Mann, von dem eine solche Vitalität ausstrahlte, daß es ihr schier den Atem verschlug. Nußbraune Augen musterten sie amüsiert, und sein dunkelrotes Haar glänzte im Licht wie poliertes Zedernholz. Sie konnte gerade noch konstatieren, daß er es ungescheitelt und länger trug, als es gerade Mode war, ehe er mit den Worten auf sie zutrat: »Schau an, Julie wieder von den Nonnen zurück und schon ganz erwachsen!« Mit einem schnellen Blick musterte er sie von Kopf bis Fuß, ohne die Bewunderung in seinen Augen zu verhehlen.

Noch ganz rot im Gesicht und erhitzt, ordnete sie rasch ihr Haar, das ganz zerzaust sein mußte, und wünschte sich nur, sie hätte das hübsche violette Seidenkleid für den ersten Abend zu Hause aufgehoben. Sie konnte ihm nicht recht in die Augen schauen und sagte, wobei sie ihm die Hand entgegenstreckte, förmlich: »Guten Tag, Mark. Ich hätte dich fast nicht wiedererkannt.« Ihre schlanken Finger fühlten sich in seiner warmen Hand wie verloren, und instinktiv trat sie einen Schritt zurück, als würde seine Gegenwart ihren Körper umfangen, genauso wie seine Hand jetzt ihre Finger umschlungen hielt.

Von seinem Platz am Feuer, das für den Abend angeschürt war, schlug Jason vor: »Ich denke, wir kommen jetzt besser zum Geschäft. Gehen wir in die Bibliothek hinüber.« Schwerfällig erhob er sich und klopfte Millicent im Vorübergehen auf die Schulter.

Mark hielt Julies Hand noch immer fest und sagte irgend etwas, daß es doch nett sei, sie wieder zu Hause zu haben, trotz der »Eskapade«, der sie ihre verfrühte Rückkehr zu verdanken hätten.

Beim Wort »Eskapade« schaute sie schnell auf, ihm direkt ins Gesicht, und sie blickte dabei in Augen, die so voller Lachen und Herausforderung steckten, daß sie förmlich Funken zu sprühen schienen. Widerstreitende Gefühle stiegen in ihr auf. Am liebsten hätte sie gleichzeitig gelächelt und ein böses Gesicht gemacht. Sie versuchte, ihm ihre Hand zu entziehen, aber er hielt sie noch einen Augenblick länger fest, als wollte er seine Macht über sie beweisen, bis er sie schließlich freigab.

»Also auf«, sagte er und trat beiseite, um ihr mit einer leichten Verbeugung den Vortritt zu lassen, »auf zu den geheimnisumwitterten Wünschen und Vorstellungen eines achtzehnjährigen Mädchens, das mit einem Haufen Geld und dem Recht, bei der Fontaineschen Geschäftspolitik ein Wörtchen mitzureden, auf die Menschheit losgelassen wird.«

»Aber Mark«, sagte Millicent vorwurfsvoll.

»Ich mache doch bloß Spaß, Miss Prescott«, antwortete er. »Schließlich steht sie noch drei Jahre unter Kuratel, kann also noch nicht wirklich machen, was sie will.«

In der Bibliothek setzte sie sich etwas abseits auf einen der Lederstühle, faltete die Hände im Schoß und senkte die Augen.
Jason räusperte sich mehrmals. Dann begann er: »Wie ich dir schon beim Abendessen sagte, bekommst du mehr Geld, als ich für richtig halte. Fast zehn Prozent deines gesamten Vermögens, also zehntausend Dollar.«
Julie riß vor Erstaunen Mund und Augen auf. Zehntausend! Das war mehr, als sie in ihren kühnsten Träumen erwartet hatte. Mit so viel Geld konnte man ja fast alles machen. Damit konnte sie . . .
»Nun gehört es zwar dir«, fuhr Jason fort, »aber ich bin immer noch dein Vormund, und Mark ist mit mir einer Meinung, daß du etwas Vernünftiges damit anfangen solltest.«
Julie murmelte ein kurzes: »Natürlich«, während sie heimlich dachte, daß sich das, was Jason und Mark unter »vernünftig« verstanden, wohl kaum mit ihren Plänen für dieses Geld deckte. Zehntausend! Sie setzte sich in ihrem Stuhl zurück und hörte aufmerksam zu.
Das Wort führte fast ausschließlich Jason; Mark schien ihm weitgehend zuzustimmen. Nur in einem Punkt gingen ihre Meinungen auseinander, nämlich darin, was mit dem Geld geschehen sollte. Nach Mark hätte Julie einen Teil davon wieder in den Weinhandel investieren sollen, nach Jason dagegen das Geld ihm beziehungsweise seiner Bank zu einer »gescheiteren Investition«, wie er sich ausdrückte, überlassen sollen.
Darüber kam es zu einer hitzigen Debatte, bei der Jason mit Nachdruck die Meinung verfocht, mit Wein sei kein Geschäft mehr zu machen, einmal wegen der schlechten Ernte des Vorjahres und zum anderen, weil die restlichen fünfzehn Staaten dem Ansturm der Prohibitionisten nicht standhalten und spätestens nach dem Verfassungsänderungsantrag ins Lager der Trockenen überwechseln würden. »Deshalb heißt es jetzt umstellen. Macht das, was Charles Welch drüben in Chautauque County macht. Produziert Saft. Oder verkauft den Weinhandel an Steuben. Oder reißt die Reben heraus und baut Getreide an.«
»Ich habe dir doch oft genug gesagt, Jason, daß ich die Isabellas und Catawbas nicht herausreißen kann und werde. Die Reben sind jetzt im besten Alter. Und wie lange, glaubst du, braucht man, um einen Weinstock hochzubringen? Das geht nicht über Nacht. Es handelt sich ja schließlich nicht um Kartoffeln! Und was diesen Phantasten und Prohibitionisten Charles Welch angeht, so würde er nicht davor zurückschrecken, Schwefel und Sirup in Flaschen zu füllen und zu verhökern, wenn er das Land dadurch nur trockenlegen könnte. Aber die fünfzehn Staaten machen nicht mit, nie und nimmer. Vor allem Kalifornien nicht. Und auch die Bundesregierung wird ein solches

Gesetz nicht erlassen.«
»Das wird sie eben doch«, entgegnete Jason.
»Nun, und wenn schon. Das Gesetz dann auch wirklich durchzubringen wird nicht einfach sein. Noch heute gibt es in den Bergen aller trockenen Staaten Brennereien.«
»Du redest von illegalen Betrieben.«
»Ich rede vom gesunden Menschenverstand. Du kannst noch so viele Gesetze gegen den Alkohol erlassen und wirst den Leuten das Wein- und Schnapstrinken doch nicht abgewöhnen. Zum Teufel, seit Cäsars Zeiten und noch länger trinken sie Wein! Du glaubst doch nicht im Ernst, daß die guten Damen vom christlichen Mäßigkeitsverein den Sieg über die menschliche Natur davontragen?«
»Dennoch ist es riskant, am Weinhandel festzuhalten. Selbst wenn es so kommt, wie du glaubst, ist eine Weinkellerei nicht so solide wie eine Bank.«
»Zugegeben. Aber Julie hat ein persönliches Interesse daran. Schließlich hat sie einen bedeutenden Anteil der Aktien geerbt, und wenn die fallen, verliert sie Geld. Natürlich nicht das, was von deiner Bank in Aktien und Pfandbriefen klug angelegt worden ist. Wenn es aber wirklich dazu kommt, Jason, daß der Weinhandel zurückgeht, so wird das für ganz Prescottville ein Verlust sein, den auch deine Bank zu spüren bekommt. Denn du darfst die Arbeitskräfte nicht vergessen, die wir beschäftigen und die durch ihre Einkäufe den Handel mittragen. Es ist, wie wenn man einen Kieselstein in einen Weiher wirft: Die Wellen breiten sich nach allen Seiten aus.«
Julie, die die ganze Zeit über die beiden Männer beobachtet hatte, zog unwillkürlich einen Vergleich zwischen ihnen: Jason war sichtlich ein alter Mann, dickbäuchig und fettleibig, mit unerschütterlichen, verbohrt konservativen Ansichten, Mark dagegen von lebhaftem Temperament und trotz seines breiten Knochenbaus und seiner harten Muskeln schlank. Er hätte sogar als hübsch gelten können, hätte er nicht diesen unregelmäßigen Knochenbau und die halbmondförmige Narbe über der linken Augenbraue gehabt, die ihm selbst dann ein etwas höhnisches Aussehen verlieh, wenn er die Brauen nicht in spöttischer Belustigung hob.
Sie selber hatte bis jetzt kein Wort gesagt, aber schließlich beendeten die beiden ihren Streit und wandten sich an sie.
»Nun, Julie, mit wem wirst du es halten?« fragte Mark.
»Mit keinem«, antwortete sie ruhig. »Ich werde mein Geld so anwenden, wie es mir paßt. Was ja auch Vaters Absicht war.«
Mark lachte, aber Jason nahm es ernst und begann sofort, von Mark halbherzig unterstützt, ihr davon abzuraten. Sie versteifte sich ein paar Minuten lang aufs Neinsagen, lauerte aber in Wirklichkeit nur

auf einen günstigen Zeitpunkt, um ihren Kopf mit möglichst geringen Zugeständnissen durchsetzen zu können.
Als Jason einen Augenblick lang schwieg, um sich den Schweiß von der Stirn zu wischen, sagte sie: »Nun, ich könnte die Hälfte neu anlegen, wenn ich den Rest selber verwenden und mit Tante Millicent nach New York fahren dürfte, um dort ein paar ordentliche Sachen zum Anziehen einzukaufen.«
Jason verschlug es die Sprache. Sein Gesicht lief dunkelrot an, so daß Julie Angst bekam, er könnte kurz vor einem Schlaganfall stehen.
»Fünftausend Dollar für Kleider erscheint mir reichlich viel«, warf Mark ein. »Dir nicht auch, Jason?«
»Das kommt überhaupt nicht in Frage«, entschied Jason. »Lächerlich!«
»Dann behalte ich das Geld eben, bis ich frei darüber verfügen kann. Und danach fahre ich nach Paris und kaufe für alles, was ich habe, nichts als Kleider.«
»Mitten im Krieg?« wollte Mark wissen.
»Der Krieg dauert nicht ewig. Vor allem, wenn wir eintreten.«
Bei diesen Worten konnte Jason nur noch in wortlosem Erstaunen die Hände heben.
»Fünftausend ist zuviel.« Mark blieb unnachgiebig.
»Schön, dann behalte ich eben vier«, willigte Julie ein. »Aber einem Verkauf der Weinhandlung werde ich nie zustimmen, Onkel.«
»Wo sie nur diese Ideen her hat?« fragte Jason in den Raum hinein. »Wir haben sie auf eine Klosterschule geschickt, und sie kommt mit Ideen zurück, die keinem anderen Mädchen ihres Alters in den Sinn kämen.«
»O doch«, entgegnete Julie. »Sogar wenn man sie nicht mitten in der Prärie in häßliche alte Uniformen gesteckt hätte. Nur daß die meisten von ihnen über keine zehntausend Dollar verfügen.«
Mit verstockter Miene lehnte sie sich in ihren Sessel zurück. Letztlich würde sie ihren Kopf doch durchsetzen; es kam jetzt nur darauf an, soviel wie möglich herauszuschlagen.
Schließlich ließ sie sich auf zweitausendfünfhundert herunterhandeln und versprach, den Rest zwischen der Bank und der Weinkellerei aufzuteilen. Dafür bestand sie ihrerseits auf einer Einkaufsfahrt nach New York und einem Vorwegausflug nach Elmira. »Ich habe überhaupt nichts mehr zum Anziehen«, erklärte sie fest und weigerte sich hartnäckig zu versprechen, nicht die gesamten zweitausendfünfhundert Dollar für Kleiderkäufe zu verwenden. »Wir werden im Waldorf absteigen«, verkündete sie. »Dafür komme natürlich ich auf«, fügte sie großspurig hinzu. »Außerdem will ich mindestens drei Tage in New York bleiben, wenigstens einmal ins Theater gehen

und in so netten Restaurants wie zum Beispiel dem Delmonico essen. Dann komme ich wieder zurück.«
Jason gab nach. So hart er bei Geschäften war und sosehr er der Herr im Hause zu sein schien, im Umgang mit Julie oder mit seinem eigenen Sohn Holt hatte er, wenn ihm Millicent nicht den Rücken stärkte, keine besonders glückliche Hand. Millicent aber war gottlob in den zauberhaften Gesang des Tenors in »Ridi, Pagliacci« versunken, den nicht einmal die blecherne mechanische Wiedergabe gänzlich verhunzen konnte.
Mark ging nicht mehr mit ins Wohnzimmer zurück, sondern verabschiedete sich gleich an der Tür. Jason überließ es Julie, ihn hinauszubegleiten, und als sie miteinander in der Eingangshalle standen, sagte Mark sanft: »Ich bewundere deinen Mut, Julie. Wer hätte gedacht, daß du dich einmal so herausmachst?«
»Wie herausmachst?« fragte sie.
»Nun, daß du so viel Verstand entwickelst – ein bißchen verquer zwar, wegen des Kleidertheaters. Sicher hast du dir dein Vorgehen im voraus genau überlegt.«
Sie lächelte. »Nicht einmal. Mein Verstand fing erst an zu arbeiten, seit ich wußte, wieviel ich bekomme.«
»Zum Glück hat dir dein Vater nicht die Weinkellerei vermacht oder doch wenigstens nicht allein überlassen. Denn das, meine liebe Julie, ist meine Domäne, abgesehen von den anderen Aktionären, die aber alle bis auf eine Ausnahme Männer sind.«
»Vielleicht wirst du eines Tages noch froh über meine Hilfe sein«, antwortete Julie, »und gerne mein Geld nehmen, wenn Onkel Jason mit seinen Befürchtungen recht behält.«
»Wenn Onkel Jason recht behält, mein liebes Mädchen, wirst du kaum mehr viel Geld haben.« Lachend verabschiedete er sich, während sie ihm mit unerklärlichem Ärger nachschaute.
Im Kloster waren ihr die Tage und Nächte trotz der strengen Zeiteinteilung, die nur wenige freie Augenblicke gelassen hatte, endlos erschienen. Daheim vergingen die zwei Wochen bis zu ihrem Geburtstag, obwohl sie nur mit Vergnügungen und keinerlei Verpflichtungen ausgefüllt waren, wie im Flug. Von Zeit zu Zeit meinte Tante Millicent, Julie solle ihre Zeit etwas sinnvoller anwenden, zum Beispiel in der Bibliothek lesen oder sich bei dem neu eingerichteten örtlichen Roten Kreuz betätigen. Sie selber fände, obwohl sie sich um den Haushalt kümmern müsse, schließlich auch für beides und darüber hinaus sogar noch für die Missionsgesellschaft der Ersten Presbyterianischen Kirche Zeit.
Auch über Julies anderen Betätigungen schwebte die Religion als drohende schwarze Wolke. Sonntag bedeutete Kirchgang, und wenn

sie nicht die Messe in St. Stephen besucht hätte, hätte sie mit den Prescotts zum Gottesdienst fahren müssen. Von beidem erschien ihr aber die Messe noch als das geringere Übel.

Während ihrer Abwesenheit war Pater Cassidy gestorben und Pater Gannett an seinen Platz getreten. Dieser würde sich zwar wundern, warum sie nicht zur Kommunion kam, sie aber sicher erst nach einiger Zeit darauf ansprechen, falls er es überhaupt tat. Dazu kam ein weiteres Plus: Holts gräßliche Prophezeiungen in New York waren nicht eingetroffen.

Sie war Holt möglichst aus dem Weg gegangen. Das war nicht besonders schwierig gewesen. Bei den Mahlzeiten hielt er vom Reden nicht mehr als sein Vater, und abends war er selten zu Hause. Nur einmal hatte er sie, als sie vom Bad die Halle durchquerte, beim Arm gepackt und gesagt: »Du trägst den Kopf ganz schön hoch, Julie. Vergiß nur nicht, daß Hochmut vor dem Fall kommt.«

»Wenn Hochmut vor dem Fall kommt, Holt«, hatte sie erwidert und sich losgerissen, »hättest du dir schon mindestens ein dutzendmal das Genick brechen müssen. Im übrigen kann ich auf mich selber aufpassen. Also laß mich gefälligst in Ruhe.«

»Wer wird es diesmal sein? Noch einmal Andrew Clay? Oder ein anderer grüner Junge? Oder vielleicht einmal ein richtiger Mann? Vielleicht Mark Douglas? Er ist in letzter Zeit verdächtig oft hier gewesen.«

»Sei nicht albern, Holt. Mark kommt in Geschäften.«

»Ach, tatsächlich? Warum sucht er dann nicht Vater in der Bank auf? Oder läßt dich ins Kellereibüro kommen?«

Ohne ihn einer Antwort zu würdigen, ging sie ihrer Wege. Im Grunde mochte sie Mark nicht besonders. Sie fühlte sich in seiner Gegenwart schüchtern und unsicher, weil er sich über sie lustig zu machen schien, wie über einen Pudel, der auf zwei Füßen geht.

Am nächsten Morgen rief Alice Bradford, Julies beste Freundin aus der Kinderzeit, an, um sie für den Nachmittag zum Tee einzuladen.

»Ich habe meinen Ohren nicht getraut, als ich hörte, du wärst zurück«, plapperte Alice los. »Am liebsten wäre ich sofort hinübergekommen, aber Mutter hat heute nachmittag ihre Damen zum Tee da, und da muß ich dabeisein. Du machst dir keinen Begriff, wie genau sie alles nimmt, seit Vater Bürgermeister geworden ist.«

»So genau wie die Nonnen kann sie's gar nicht nehmen«, antwortete Julie mitfühlend.

»Ach, ich hab' dir soviel zu erzählen und bin so neugierig, was du zu berichten hast! Es muß doch schrecklich gewesen sein, einfach vor

die Tür gesetzt zu werden. Ich dachte immer, du würdest erst zu Weihnachten oder in den Sommerferien kommen.«
»Ja, es war schrecklich«, antwortete Julie, »aber jetzt ist alles vorbei. Ich freue mich schon auf einen richtigen Schwatz mit dir.«
»Zum Glück hat deine Tante abgesagt, weil sie zum Arzt muß. Die ist also schon einmal nicht in Hörweite. Heh!« brach sie ab. »Das war Kenneth, der telefonieren will. Also bis vier.«

In Bradfords hübschem Wohnzimmer spürte Julie genau, als sie von dem süßen Tee nippte und an dem Brunnenkressensandwich knabberte, wie sie von einem Teil der anwesenden Damen insgeheim beobachtet wurde. Es war ihr unbehaglich zumute. Sie glaubte zwar nicht, daß Jason oder Millicent die Gründe für ihre Rückkehr ausgeplaudert hatten. Doch Holt? Bei Holt war alles möglich. Aber Familienangelegenheiten hätte wohl auch er nicht an die große Glocke gehängt.
»Wetten«, flüsterte Julie leise Alice zu, »daß über mich geredet wird? Mrs. van Houten hat mich angeschaut, als wäre ich ein seltenes Tier. Erzähl mir bloß nicht, es würde nicht über mich geklatscht.«
»Nicht daß ich wüßte«, antwortete Alice. »Ich glaube, daß Mrs. van Houten wie die andern ist. Du hast dich verändert, Julie. Du bist«, sagte sie und machte dabei eine vage Handbewegung, »schön ... und ...«
Julie errötete. »Sei nicht albern. Ich habe dasselbe Gesicht wie eh und je. Und früher hat mich niemand angestarrt.«
»Aber jetzt bist du erwachsen.«
»Das bist du auch«, meinte Julie. Und das stimmte. In ihrer Erinnerung war Alice ein dürres kleines Mädchen mit lustigen braunen Augen und einem unschuldigen runden Gesicht gewesen. In den vergangenen drei Jahren war sie nicht nur in die Höhe geschossen, sondern auch in die Breite gegangen. Sie war zwar nicht dick, aber doch in einer ansprechenden Weise mollig geworden. Die Grübchen auf beiden Seiten ihres vollen Mundes hatten sich vertieft, und alles an ihr wirkte irgendwie übermütig.
»Sag mal«, fing Julie an und hoffte inständig, es möge beiläufig klingen, »weil wir schon dabei sind, über die Leute zu reden: Mark Douglas ist anscheinend auch nicht mehr der alte. Daheim machen sie immer so Andeutungen, als wäre er ein Wüstling geworden.«
»Mark?« fragte Alice. »Mark? Ach, ich weiß nicht. Man redet davon, daß er sich in Violas Kneipe herumtreibt, aber das tut mein ehrenwerter Bruder Kenneth auch. Im übrigen ist Mark sehr beliebt, zumindest bei den Damen. Letzte Weihnacht hat er Elisabeth van Houten zum Ball geführt, und du kennst Mr. van Houten doch. Der hätte

Elisabeth lieber in Ketten gelegt, als sie mit einem Wüstling ausgehen zu lassen.«
»War sie früher nicht sehr zurückhaltend und ein richtiger Bücherwurm?« fragte Julie.
»Ist sie immer noch. Mark trifft sich auch nicht mehr mit ihr. Jedenfalls nicht, seit er sich um Miranda Latham bemüht. Mittlerweile sogar in aller Öffentlichkeit. Soviel man hört, treffen sie sich schon seit dem Tode ihres Mannes; und der ist ein Jahr, nachdem du nach St. Veronica kamst, gestorben. Ray Latham hat Aktien der Fontaineschen Kellerei gehabt, und deshalb hat Mark seine Witwe schon aus geschäftlichen Gründen aufsuchen müssen«, fuhr Alice fort und kicherte. »Natürlich hat er sie vor Ablauf des Trauerjahres auf keine Party oder sonstwohin mitgenommen. Hinterher aber hat man sie überall miteinander sehen können. Miranda ist offensichtlich dabei, sich einen neuen Mann zu angeln.«
»Aber Miranda ist doch schon ziemlich alt«, meinte Julie. »Dreißig, fünfunddreißig . . .«
»Dreiunddreißig. Meine jüngste Tante ist mit ihr im Internat gewesen«, erwiderte Alice schnippisch. »In Prescottville gibt's keine Geheimnisse. Das könntest du doch noch wissen, Julie. Mark scheint sich freilich aus dem Klatsch nicht viel zu machen. Und Miranda auch nicht. Jedenfalls bindet er sein Pferd am hellichten Tag vor ihrem Haus an.«
»Warum muß er denn die ganze Zeit reiten?« fragte Julie. »Er hat doch ein Auto. Außerdem steht unser alter Wagen noch in der Remise, wenn er schon unbedingt die Pferde bewegen will.«
»Liegt wohl an seiner kalifornischen Erziehung«, meinte Alice. »Die meiste Zeit trägt er sogar Cowboykleider, natürlich nicht auf Partys; dabei stehen ihm Abendanzüge einfach fabelhaft. Natürlich setzt er Miranda nicht vor sich auf den Sattel, sondern holt sie im Buick ab.«
»Wird Mark Miranda heiraten?«
Alice zuckte die Schultern. »Sein Cousin Art Douglas sagt, Mark sei zum Junggesellen geboren. Aber ich weiß nicht recht. Miranda gehört zu den Frauen, die ihren Kopf durchzusetzen wissen. Sie und Mark passen recht gut zusammen. Miranda hat heißes Blut, und Mark Douglas . . . nun, er ist auch irgendwie anders: er rebelliert gegen alles, wie die Leute sagen. Anscheinend wollte er kein Rancher werden. Und als ihn seine Leute deshalb nach West Point schickten, hat er dort nach zwei Jahren ebenfalls aufgehört.«
»Mir liegt Mark nicht besonders«, gestand Julie. »Er ist mein Treuhänder oder einer von ihnen, weil ihn mein Vater für einen Ausbund an Vollkommenheit gehalten hat. Aber ich weiß nicht recht. Mir

kommt er ziemlich hart vor.«
»Er will eben niemandes Sklave sein«, antwortete Alice. »Weißt du, wie er zu der Narbe auf seiner Stirn gekommen ist?« Julie schüttelte den Kopf. »Bei einer Schlägerei in einer kalifornischen Weinkellerei, wo er nach seiner West-Point-Zeit gearbeitet hat. Anscheinend hat ihm einer eine Weinflasche über den Kopf geschlagen. Dafür soll er dem dann den Arm gebrochen haben.«
»Wie?« fragte Julie mit einem Schauer der Erregung.
»Ich weiß nicht. Kenneth meint, möglicherweise habe Mark den Arm des anderen über seinem Knie zerbrochen.«
»Komisch, daß ich von dieser Geschichte nie gehört habe, obwohl Mark Vaters Freund war und ich ihn schon seit Jahren kenne. Woher weißt du das alles?«
»Während du in Iowa warst, Julie, bin ich hier in Prescottville gesessen. Hat man aber einmal ein bestimmtes Alter erreicht, wird man nicht mehr wie früher aus dem Zimmer geschickt, wenn geklatscht wird. Aber keine Angst«, neckte sie, »ich halte dich schon auf dem laufenden.«
»Was habt ihr Mädchen denn dauernd zu tuscheln?« fragte Mrs. Bradford tadelnd. »Man könnte meinen, ihr wärt zwölf und nicht achtzehn. Mrs. van Houten hat euch gerade zur Dinnerparty für ihre Nichte eingeladen, die nächste Woche von Philadelphia herkommt.«
Die beiden beeilten sich, eine Entschuldigung zu stammeln und die Einladung dankend anzunehmen, und vergaßen darüber ganz ihr Gespräch. Auch Julie schnitt das Thema nicht wieder an, obwohl sie weiter daran denken mußte. Am nächsten Tag fragte sie, ob Amos sie nicht einmal in den Weinberg hinüberfahren könne, sie wolle ihn nach all der Zeit gern einmal wiedersehen.
Sie zog eins der hübschesten Kleider an, die sie in Elmira gekauft hatte, einen sommerlich weißen Tüllrock und eine Bluse mit Lochstickereiborten und hellrosa Gürtel, der in der Farbe zu den Blumen auf ihrem Strohhut paßte. Die Füße steckten in weißen Seidenstrümpfen, und unter dem Rocksaum lugten raffiniert ausgeschnittene weiße Schuhe hervor, wie sie vor dem Spiegel mit großer Befriedigung feststellte.
Kühl und elegant, dachte sie, und so Mark Douglas sicher gewachsen. Mochte er sie zu Hause wie ein Kind behandeln, wenn sie in diesem Kleid sein Büro betrat, würde er ihr bestimmt mit mehr Ehrerbietung begegnen. Schließlich war er nicht viel älter als sie.
Mochte er auch die Attraktion der Stadt sein und das Herz aller Mädchen höher schlagen lassen, auf sie verfehlte er seine Wirkung. Irgendwie würde sie ihm heute nachmittag mehr Respekt abnötigen

oder, besser noch, ihn ein bißchen in sich verliebt machen und ihn dann auslachen.
Mit der ganzen Romantik ihrer achtzehn Jahre und dem aus ihren kürzlichen Liebesexperimenten gewonnenen Selbstvertrauen segelte sie davon. Sie sah sich schon, wie sie einen verdrossenen, aber zudringlich werdenden Mark Douglas bei dieser Zusammenkunft mit kühler Gleichgültigkeit behandelte, während alle Frauen der Stadt vor Neid platzten.

4

Mark war mit Joe Damien, dem Fontaineschen Kellermeister, im Weinberg, als einer der Arbeiter kam und meldete, George Schultz warte in seinem Büro auf ihn, und außerdem sei Miss Julie Fontaine da.
»Ich komme gleich«, beschied er den Mann und wandte sich erneut der Weinblüte zu. »Man merkt das vorzeitige Frühjahr und die Hitze«, sagte er zu Joe. »Wenn es im Sommer so weitergeht, bekommen wir dieses Jahr eine hervorragende Ernte.«
»Das können wir nach der letzten auch brauchen«, meinte Joe und wischte sich mit einem großen farbigen Taschentuch über das zerfurchte Gesicht. »Übrigens soll Schultz Ärger mit der Bank haben. Vielleicht ist das der Grund, warum er dich sprechen will. Es wäre ja ein Jammer, wenn wir ausgerechnet dies Jahr seine Ernte nicht bekämen. Vielleicht solltest du die Bürgschaft für ihn übernehmen?«
Mark machte eine ungeduldige Handbewegung. »Du weißt doch, daß wir gerade so durchkommen. Avery Bertram liegt mir schon dauernd in den Ohren, ich solle die Betriebskosten senken.«
Joe zuckte die Schultern. »Zwei Jahre schlechtes Wetter, Mark, dazu den Mehltau vor zwei Jahren, der den Reben stark zugesetzt hat, und dann der letzte Sommer, der keiner war – am liebsten hätte man sich die alten Zeiten zurückgewünscht, als die Regierung den Zusatz von Zucker noch nicht verboten hatte.«
»Du meinst die neunziger Jahre«, sagte Mark.
»Damals konntest du eine Weinbeere noch nicht von einer Heidelbeere unterscheiden.« Joe grinste. »Ich höre meinen Vater noch heute darüber schimpfen. Hab' ich dir schon einmal erzählt ...«
»Nicht jetzt, Joe. Ich muß in die Kellerei zu Schultz. Außerdem möchte ich wissen, was Julie Fontaine hier will.«
»Vermutlich ihren Besitz inspizieren«, antwortete Joe sanft. »Ich bleibe noch ein Weilchen hier und schaue mir die Reben weiter oben an.« Er winkte, und sein gedrungener, muskulöser Körper zog sich

unter der Tuchjacke zusammen, als er sich in Bewegung setzte. Mark schaute ihm nach. Joe schien momentan nicht so ganz auf dem Damm zu sein. Und sein Sohn Peter, der zwar ein ebenso guter Kellermeister wie sein Vater und Großvater zu werden versprach, war noch viel zu jung.
Schade, daß sich Joes älterer Sohn nicht für die Weinkellerei interessierte, sondern die Milchwirtschaft vorgezogen hatte. Er war acht Jahre älter als Peter, und dazwischen waren nur Mädchen. Mit dreißig konnte Armand an die Stelle seines Vaters treten, falls diesem etwas zustoßen sollte, wie Joe damals an die Stelle seines Vaters, des ersten Armand, getreten war.
Die Fontaines hatten Glück gehabt, die Damiens zu bekommen. Zu verdanken hatte Julies Urgroßvater dieses Glück der Reblausplage, die 1865 fast die gesamten französischen Weinbestände ruinierte. »Das Winzergewerbe liegt ihnen im Blut«, hatte John Fontaine immer von Joe Damien behauptet. Und wenn auch der zweite Armand einen anderen Beruf ergriffen hatte, der junge Peter würde es gewiß eines Tages seinem Vater gleichtun. Es war nur zu hoffen, daß Joe die Arbeit bis dahin fortführen konnte.
Mark zog ein Taschentuch heraus und wischte sich den Schweiß von Nacken und Gesicht. In Levi's-Jeans, mit offenem Hemdkragen und in den Stiefeln, von denen er sich nur trennte, wenn das Protokoll einen förmlichen Anzug erforderte, glich er trotz der Weinstöcke ringsum eher einem Cowboy aus einem Westernfilm als dem Manager einer Winzergenossenschaft an der Ostküste.
Auf halber Höhe des Hügels drehte sich Joe um, und Mark winkte zu ihm hinauf. Joe war in Ordnung. Das beste Stück der ganzen Kellerei. Er hätte Fontaine schon vor Jahren verlassen und sich verbessern können, aber er hatte die Angebote der größeren Firmen ausgeschlagen. »Mir reicht das Geld«, hatte er zu John Fontaine gesagt. »Und hier gefällt es mir. Hier bin ich zu Hause.« Er war als fünfjähriger Junge nach Prescottville gekommen und hatte keine Erinnerung mehr an seine französische Heimat; deswegen betrachtete er das Haus unweit der Kellerei, in dem er aufgewachsen war, noch heute als sein Vaterhaus.
Gewaltsam schob Mark die schon wieder aufkeimenden Sorgen um Joes Gesundheit beiseite. In der Kellerei wartete Schultz, und außerdem saß da noch Julie, die wohl kaum gekommen war, um ihren Besitz in Augenschein zu nehmen. Wenn er all die verschiedenen Anzeichen richtig deutete, war sie für ein Liebesabenteuer reif. An die harmlose Version ihrer Klostereskapade, die sie ihm hatte andrehen wollen, hatte er ohnehin nicht eine Minute lang geglaubt. Sie hatte etwas Sinnliches an sich. Das spürte man allein schon an der Art, wie

sie ging, wie sie sich hielt und wie sie die Männer mit schrägen Blikken anschaute.
Auf dem Weg ins Büro überlegte er kurz, wer wohl der Junge in Iowa gewesen sein mochte, und zu seinem Erstaunen stellte er fest, daß ihn die Idee, es könnte einen anderen geben, ärgerte.
Was zum Teufel! Was war denn mit ihm los? Erst Joe und jetzt diese albernen Gedanken um Julie: Es mußte an der Hitze liegen. Es war der heißeste Juni, an den er sich seit seinen kalifornischen Tagen erinnern konnte.
Vor dem Eingang zur Kellerei blieb er stehen, wischte sich noch einmal den Schweiß vom Gesicht und zog das feuchte Hemd zurecht. Er war ärgerlich über sich selber, und sofort verdüsterte sich seine Miene; mit grimmigem Gesicht betrat er das angenehm kühle, alte Steingebäude. George Schultz saß in seinem Büro und unterhielt sich mit Avery Bertram; Julie war nirgends zu sehen.
»Miss Fontaine ist mit Peter in die Keller gegangen«, erklärte Avery und schüttelte George Schultz zum Abschied die Hand; er wollte wieder in sein eigenes Büro gehen, um dort über seinen Zahlen zu brüten, die Kosten zusammenzuzählen und in steigender Sorge die falschen Zähne aufeinanderzubeißen.
»Nun, George«, sagte Mark und streckte dem kleineren Mann die Hand hin, »was kann ich für dich tun?«
George Schultz, im besten Sonntagsstaat, hüstelte nervös und öffnete und schloß die Hände über den Oberschenkeln. Er hat sich ja regelrecht feingemacht, schoß es Mark durch den Kopf. Sauber gewaschen und glattrasiert, das Haar sogar mit Pomade festgeklebt – so hatte er George seit der Hochzeit seiner Jüngsten im vergangenen Frühjahr nicht mehr gesehen. George trug in der Tat seinen Sonntagsstaat, und wenn er selber zur Kirche gegangen wäre, hätte Mark ihn Sonntag für Sonntag so sehen können, wenn auch vielleicht nicht ganz so geschniegelt und nicht ganz so nervös.
»Etwas nicht in Ordnung, George?« fragte Mark beiläufig, während er sich in seinem Stuhl zurücklehnte und seine Pfeife herauszog, sie gemächlich putzte, stopfte und die Flamme des Streichholzes leicht hineinsog.
»Hm, ja und nein.«
Wieder hüstelte George.
»Bin gerade im Weinberg gewesen«, fuhr Mark fort. »Wenn das Wetter anhält, gibt's heuer die beste Ernte seit Jahren. Und das wird wohl im ganzen Tal so sein. Jedenfalls hat mir Benson erzählt, daß seine Stöcke auch gut stehen, und die von Selkirk sollen sogar noch besser sein. Das können wir brauchen nach den letzten zwei Jahren.«
»Ja, ja, die Ernte verspricht gut zu werden«, antwortete George ha-

stig. »Wie du sagst, wenn das Wetter anhält. Und nach dem Hundertjährigen Kalender hält es. Wir können zufrieden sein.«

»Was ist denn dann los, George?« fragte Mark. Er legte die Pfeife beiseite und beugte sich vor.

»Nun ... nun, Prescott hat mir die Hypothek gekündigt, und nun ... ich habe ein gutes Angebot von einer Kellerei unten in Hammondsport. Ein wirklich gutes Angebot.« Er nannte eine Zahl, die gut fünfzehn Prozent über dem von Fontaine bisher gezahlten Preis lag.

»Wie bist du zu dem Angebot gekommen?« fragte Mark mit ausdruckslosem Gesicht.

»Mr. Prescott hat mir gesagt, die Kellerei kaufe die Ernte auch auf die Gefahr hin, daß sie dann gar nicht so gut ausfällt.«

»Und du hast das Angebot angenommen?«

George schüttelte den Kopf und zupfte an dem hohen, gestärkten Kragen herum, über den der Hals etwas herausquoll. »Ich wollte erst mit dir darüber sprechen. Ich glaube, das bin ich dir schuldig. Nicht um zu feilschen«, fügte er hastig hinzu. »Es ist nur – Mr. Prescott verlängert die Hypothek nicht mehr. Das heißt, er hätte es ja vielleicht getan, aber der junge Holt Prescott hat die Sache zuerst in Händen gehabt, und jetzt will er die Entscheidung nicht mehr umstoßen. Dafür hat er mir gesagt, wo ich die besten Dollar bekomme. Und Mark, ich kann nicht den Weinberg und das Haus verlieren. Das begreifst du doch?«

Er schaute Mark eindringlich an und wurde blaß, als er dessen Gesicht sich vor Zorn röten sah. Mark Douglas stand im Ruf eines streitbaren Mannes, und nur wenigen wäre daran gelegen gewesen, diesem Ruf auf den Grund zu gehen, am wenigsten von allen George Schultz.

Der Bastard! dachte Mark. Wenn er Holt richtig einschätzte, war das Absicht. Aber jetzt war es zu spät, um Jason klarzumachen, daß ein solcher Schachzug nicht nur der Kellerei schadete, sondern auch Julie und den anderen Aktionären. Wenn er George den ihm angebotenen Preis zahlte, mußte er an alle anderen Weinbauern, von denen sie kauften, ebensoviel zahlen. Das würde den Gewinn, der die beiden schlechten Jahre hätte ausgleichen sollen, erheblich mindern. Andererseits würde er die ganze Ernte verlieren, wenn er nicht mitzog und sich das herumsprach. Es blieb ihm also gar keine Wahl. Er hörte schon jetzt Avery Bertram empört aufheulen.

Im Moment lief ja alles noch gut. Die Kellerei zehrte von den alten Beständen. In drei Jahren jedoch würden sie die Einbuße zu spüren bekommen. Und in drei Jahren konnte Julie über ihren Anteil selbst verfügen. »Du wirst mich eines Tages wegen meines Geldes noch

brauchen.« Der Ton ihrer Stimme klang ihm noch im Ohr, und er mußte lächeln.
Erleichtert sank George Schultz in den Stuhl zurück. Die Sache war durchgestanden, und ermutigt sagte er: »Ich hätte mich nicht dazu entschlossen, wenn es nicht unbedingt hätte sein müssen.«
»Natürlich nicht, George.« Mark lächelte ihn an. »Aber einmal angenommen, wir halten mit?«
»Halten mit?« fragte George. Der Mund blieb ihm offenstehen. »Ja, aber sicher. Ich habe nicht den geringsten Anlaß, die Ernte an jemanden anders zu verkaufen, außer um mehr Geld.«
»Wann brauchst du den Vorschuß?«
»In etwa einer Woche.«
»Wart hier«, sagte Mark. »Ich denke, wir können das noch heute erledigen.«
Er durchquerte das Büro und die große Eingangshalle und betrat Averys Büro. Mit Schultz mußte eine Abmachung getroffen werden, ehe er sich anders besann. Und dann hieß es, zu den anderen gehen. Sofort. Die Ernte mußte gesichert werden. Weiß Gott, wie viele Hypotheken Holt Prescott noch kündigte!
Avery war viel zu sprachlos, um Einwände zu machen. Noch ganz benommen, stellte er an alle Winzer, die ihre Ernte an Fontaine verkauften, Schecks aus. Dann ließ er sich, das Gesicht noch zerknitterter und die dürre Gestalt noch zerbrechlicher denn je, erschöpft in seinen Stuhl zurücksinken.
»Wenn der Wein nichts wird«, konnte er gerade noch hervorbringen, »ist es aus mit Fontaine.«
»Alles wird gutgehen«, entgegnete Mark. »Joe Damien kann man vertrauen, wenn auch sonst nicht vielen.«
Er ging in sein Büro zurück, um George den Scheck auszuhändigen. Julie hatte er ganz vergessen, und wenige Augenblicke später verließ er den Weinberg, um den Handel mit den anderen perfekt zu machen.

Es war schon nach fünf, als er zurückkam, zufrieden mit der Arbeit des Tages und zufrieden damit, Holt Prescott einen Strich durch die Rechnung gemacht zu haben. Zu seiner Überraschung war Julie immer noch da, ebenso Peter Damien. Er hatte einen verwirrten Ausdruck auf dem sonnenverbrannten, erhitzten Gesicht.
»Ich wollte gerade gehen«, erklärte sie Mark. »Schade, daß du vor lauter Geschäften keine Zeit für mich gefunden hast, aber Peter hat dich reizend vertreten.« Sie belohnte den jungen Peter Damien, der etwas Unverständliches vor sich hinmurmelte, mit einem strahlenden Lächeln.

»Gehst du zu Fuß zurück?« fragte Mark.
»Aber nein, Amos wartet ja draußen.«
»Amos ist fort«, unterbrach sie Mark und mußte über ihre Verlegenheit lächeln.
»Wahrscheinlich war es Zeit für ihn, Jason und Holt von der Bank abzuholen. Aber vermutlich kommt er zurück. Andererseits möchte ich dich hier nicht gern allein lassen.«
»Allein?«
»Peter wird nach Hause zum Essen müssen, Mr. Bertram ist bereits fort, und ich bin am Gehen.«
»Aber laufen kann ich nicht gut«, sagte sie. Sie schaute auf ihre Schuhe hinunter und zupfte an ihrem Rock herum. »In diesem Aufzug brauche ich ja eine Ewigkeit.«
»Sieht aber hübsch aus«, meinte er anerkennend. »Nur für einen langen, staubigen Spaziergang ist das wohl wirklich nicht das richtige. Folglich werde ich dich nach Hause bringen müssen. Also komm bitte.«
Sie folgte ihm brav, bis ihr aufging, daß er sie vor sich aufs Pferd setzen wollte. Da begehrte sie auf.
»So kann ich auf keinem Pferd reiten«, protestierte sie. »Das hält mein Kleid nicht aus.«
»Das Reiten besorge schon ich«, erklärte er. »Du kommst bloß mit. Hinter mir kannst du allerdings nicht sitzen, da der Reitsitz in dem Rock wohl kaum in Frage kommt.« Er schwang sich in den Sattel, beugte sich hinunter, faßte sie um die Taille, hob sie herauf und setzte sie vor sich.
»Wie gut, daß ich einen Sattel aus dem Westen habe«, meinte er grinsend. »Auf so einem hohen englischen Ding würden wir uns das Kreuz brechen.«

Sie antwortete nicht, sondern hielt sich so steif und gerade, daß sie seinen umfangenden Arm kaum mit dem Rücken berührte. Auf sein Schnalzen hin setzte sich das Pferd in Bewegung, und während er sich im Sattel wiegte, wurde Julie vor ihm richtig durchgeschüttelt. Dann ließ er das Pferd in Handgalopp fallen, und Julie mußte sich an ihn lehnen, wobei er seinen Arm enger um sie legte, um sie fester halten zu können. Er spürte die Weichheit ihres Körpers und nahm den von ihrer Haut und ihrem Haar ausströmenden süßen und doch frischen Duft wahr. Und als sie sich während des Reitens entspannte, einen Arm lockerließ und ihn um seine Taille legte, spürte er die Rundungen ihrer Brüste durch das Hemd, und mit einem leisen Seufzen ließ er das Pferd wieder im Schritt gehen. Sie rührte sich nicht, sondern kuschelte sich nur noch fester an ihn.

Diese Hexe! dachte er. Sie weiß genau, was sie tut, und ist sich ihrer Wirkung sicher. Im übrigen konnte er dem schnelleren Heben und Fallen ihrer Brust entnehmen, daß auch sie gegen die Berührung nicht unempfänglich war.

Er legte den Kopf zurück und schaute seitlich auf sie hinunter. Die breite Hutkrempe verdeckte die obere Partie ihres Gesichtes, der volle Mund und das weiche Kinn jedoch waren im Licht der untergehenden Sonne zu sehen.

Plötzlich hob sie den Kopf, und als sie seinem Blick begegnete, lächelte sie und sagte sanft: »Du kommst doch morgen abend zu meiner Geburtstagsparty, nicht wahr?« Irgend etwas in ihren Augen, ein mutwilliges Funkeln und die Freude an seiner Verlegenheit, stiegen ihm zu Kopf. Er hielt das Pferd an, und als sie sich ihm empört und protestierend zuwandte, beugte er sich über sie und preßte seine Lippen auf ihren schmollenden Mund und schloß sie so fest in die Arme, daß sie an seiner Brust wie gefesselt war.

Eigentlich hatte er ihr nur eine Lektion erteilen und sich ein bißchen von dem Druck befreien wollen, der sich in ihm aufgestaut hatte. Aber als er ihre Lippen berührte, überkam ihn ein solches Verlangen nach ihr, daß er zitterte. Sie wand sich in seinen Armen, aber er umschloß sie nur noch fester, bis sie stillhielt. Dann ließ er sie los und schaute auf sie hinunter und fühlte, wie die Erregung auf sie übersprang. Das Blut pochte ihm in den Ohren. Ihre Augen waren riesengroß, dunkelviolett, fast schwarz, ihr Gesicht bleich, und der einzige Farbfleck darin war ihr feuchter, roter, großer Mund. Er stöhnte auf und beugte den Kopf wieder hinab, und diesmal schien sie ihm halb entgegenzukommen. Die aufwallende Leidenschaft verwirrte seinen Verstand, und betroffen dachte er: Ich zerre sie noch hinter den nächsten Busch. Er wandte sich so heftig ab, daß das Pferd scheute und einen Satz nach vorn machte. Mark zog die Zügel an, gerade noch rechtzeitig, um zu verhindern, daß der Rotschimmel ausbrach. Julie hielt ihn jetzt mit beiden Armen umklammert, während Mark das Pferd wieder im Schritt gehen ließ. Erst sprachen beide kein Wort, dann sagte er abrupt: »Setz dich gerade hin, Julie. So bist du zu verführerisch. Ich muß mich vergessen haben.« Er hörte, wie sie beleidigt die Luft anhielt, und fuhr fort: »Ich hoffe nur, du läßt das nicht zur Gewohnheit werden. Erst dein Farmer in Iowa, dann heute Peter in der Kellerei und jetzt ich.«

»Peter!« rief sie. »Peter! Du glaubst doch nicht, daß ich mich mit einem Arbeiter einlasse?«

»Arbeiter? Keine Rede, du kleiner Snob. Peter ist Joe Damiens Sohn. Und Joe Damien war Armand Damiens Sohn. Und ohne die Damiens hätten die Fontaines Traubenmarmelade machen oder ihre Ernte an andere Kellereien verkaufen können. Arbeiter? Du solltest lieber den Himmel bitten, daß Joe Damien und Peter uns erhalten bleiben. Fontaine ist, verglichen mit den anderen, nur eine kleine Kellerei. Und Peter kann eines Tages hingehen, wo er will. Hätte sich Joe nicht deinem Vater verpflichtet gefühlt, er wäre ihm vom Fleck weg weggeschnappt worden. Warum, glaubst du wohl, gehört ihnen ein Teil von Fontaine?«

»Das wußte ich nicht«, erwiderte sie verwirrt. Dann fügte sie temperamentvoll hinzu: »Und überhaupt bist du an allem schuld, Mark Douglas! Du wirfst mir vor, daß ich . . . daß ich . . .«

»Das mit Peter nehme ich zurück«, sagte er, »aber das andere nicht.« Halb und halb hoffte er, sie würde ihm widersprechen, aber sie sagte nur: »Woher weißt du, daß da in Iowa etwas gewesen ist?«

»Bis vor kurzem habe ich es nur vermutet«, erklärte er. »Aber das war offensichtlich nicht dein erster Kuß. Bestimmt nicht.«

Sie erwiderte nichts darauf, sondern saß nur steif vor ihm. Einige Augenblicke später kam der Prescottsche Packard in Sicht; Mark zog die Zügel an und stieg ab. Er hielt die Arme auf, um Julie herunterzuhelfen, aber sie hatte sich im Sattel umgedreht und war bereits ohne seine Hilfe herabgeglitten. Dabei hatte sie sich den Fuß vertreten, aber sie unterdrückte den Schrei und gab nicht zu erkennen, daß ihr etwas wehtat.

Amos trat an den rückwärtigen Schlag und öffnete ihn, als Julie näher kam. Mark hörte sie noch sagen: »Danke schön, Amos. Es tut mir sehr leid, daß du die Fahrt zweimal machen mußt.« Ihre Stimme klang so besorgt, daß Mark lächeln mußte. »Auf Wiedersehen, Julie!« rief er. Aber sie würdigte ihn keiner Antwort. Trotzdem wartete er neben dem Pferd, bis das Auto gewendet hatte und in die Straße zur Stadt eingebogen war.

Als er sich wieder in den Sattel schwang, ging ihm auf, daß er noch nie ein so starkes Verlangen nach einer Frau gehabt hatte wie nach diesem achtzehnjährigen Mädchen – John Fontaines Tochter, Jason Prescotts Nichte. Den einen hatte er wie seinen eigenen Vater geliebt, und den anderen verabscheute er von Herzen. Julie! Und mit einemmal fiel ihm wieder John Fontaines Ausspruch ein: »Ach, wie schön wäre es, Mark, wenn ich einmal einen Schwiegersohn bekäme, den ich so gut leiden kann wie dich.«

Schwiegersohn, nicht Liebhaber. Also heiraten? Nein, nie und nimmer! Frauen ja, Ehefrauen nein. Die Erinnerung an seine eigene Kindheit und Jugend stand ihm noch lebhaft vor Augen: Sein Vater, der unter dem zänkischen Gekeif seiner Mutter immer mehr in sich zusammenfiel, und seine beiden älteren Schwestern, Grace und Carrie, die erst ihn und später ihre Männer knechteten.

Seinen Vater hatte er geliebt, er liebte seine Güte im Umgang mit Tieren, Pflanzen und seinen eigenen Kindern, seine Fähigkeit, etwas darzulegen und zu erklären, vor allem aber die Klarheit seines Denkens und seine unparteiisch kühle Logik. Zu den Arbeitern war sein Vater freundlich, aber fest gewesen, und Mark hatte sich stets gewundert, daß ein Mann, der sich bei Männern und Untergebenen Respekt verschaffen konnte, das nicht auch bei seiner Frau und seinen beiden älteren Töchtern fertigbrachte.
Seine Mutter war, seit er denken konnte, der Herr im Haus gewesen, hatte mit eiserner Hand und spitzer Zunge geherrscht, und seine Schwestern hatten ihr darin nicht nachgestanden. Sie waren in ihrer ganzen Art ebenso kaltherzig wie ihre Mutter, die nur zu Valerie, ihrem jüngsten Kind, das seit einer Kinderkrankheit eine zarte Gesundheit hatte, freundlich und zärtlich gewesen war, so gut es einer Frau ihrer Art überhaupt möglich war.
Mark hatte sie am härtesten von allen behandelt. Zwischen ihnen hatte es, soweit er auch zurückdenken konnte, nie irgendeine Zuneigung gegeben. Wenn er an seine Mutter dachte, sah er stets eine reifere bis ältliche Frau vor sich, die nie jung gewesen war. Und doch hatte er Jugendbilder von ihr gesehen, Bilder, die ein blühendes, sinnliches Mädchen mit dichtem, hellem Haar und einem kokett schrägen Blick zeigten, von einer Koketterie, die er heute nachmittag bei Julie Fontaine wiedergefunden hatte.
Er begehrte Julie Fontaine, gut. Aber nicht um den Preis seiner Freiheit. Und doch war das der einzige Weg, sie zu besitzen. Sie war für ihn nicht irgendeine Frau. Vor allem aber war sie ganz bestimmt keine Miranda Latham, die ihr Verhältnis mit Witz und leichter Hand zu lenken verstand und ihrerseits den Gedanken an eine Wiederverheiratung entsetzt von sich wies, die im Bett aber große Erfahrung besaß, so daß sie für ihn immer wieder aufregend war.
Julie und Miranda trennten Welten. Mochte er die erste auch begehren, mit der zweiten jedenfalls kam er gut zu Rande.
Er stieß dem Pferd die Fersen in die Seite und ließ es über die Felder zum Obstgarten hinter Mirandas Haus galoppieren.
Miranda war gerade in ihrem Schlafzimmer, als sie Mark das Pferd vor dem Haus anbinden hörte. Halb belustigt und halb ärgerlich dachte sie, wie seine fixe Idee, immer mit dem Pferd zu kommen, dafür sorgte, daß seine Ankunft im Nu meilenweit bekannt war.
Mehr als einmal hatte sie ihm vorgeschlagen, das Auto oder doch wenigstens einen Wagen zu nehmen, da sich beide für »Geschäftsbesuche« besser schickten; aber er hatte nur mit den Achseln gezuckt. »Ich sitze ohnehin zuviel«, hatte er erklärt, »und reite gern. Das Auto nehme ich nur, wenn es gar nicht anders geht. Und um übers Feld

zu dir zu kommen, brauche ich es nicht.«
Das mußte sie zugeben. Zu Pferd konnte er einen viel kürzeren Weg nehmen und direkt in ihren Obstgarten kommen.
Als Ray sie während der Verlobungszeit zum erstenmal in dieses Haus hier gebracht hatte, war sie über die abgelegene Lage entsetzt gewesen. Jahrelang hatte sie ihn bestürmt, es zu verkaufen und dafür ein Haus an der Seneca Avenue oder drüben an der Tuscarora Road zu nehmen; aber so nachgiebig er ihr gegenüber sonst auch war, in diesem Punkt war er hart geblieben. Nach seinem Tode hatte sie das Haus beinahe schon verkauft, aber da war Mark gekommen, und jetzt dankte sie Gott dafür, daß außer den fernen Nachbarn und einem zufällig vorüberkommenden Wagen, der zu den anderthalb Kilometer weiter unten an der Straße gelegenen Douglas-Molkereien fuhr, eigentlich niemand über ihr Treiben Bescheid wußte.
Sie war gerade dabei, sich für eine Einladung umzukleiden, und gab sich, als Mark ankam, äußerlich gelassen, trotz der Erregung, die sofort in ihr aufstieg und die ihre blasse, zarte Haut rosa schimmern und ihre Augen aufleuchten ließ. In einer Hinsicht war es schade, daß Lenore und Fenton heute abend da waren. Sie und Mark mußten immer auf der Hut sein, falls jemand von Fentons klopfte, um etwas auszurichten oder das oder jenes zu fragen. In anderer Hinsicht freilich verlieh gerade diese Gefahr ihrer Liebe einen gewissen Reiz. Es lag etwas Aufregendes in der Vorstellung, daß sie und Mark entdeckt werden könnten. Die Notwendigkeit, ihre Liebesgeschichte zu verheimlichen, ließ ihn ihr nur um so begehrenswerter erscheinen.
Allerdings war er auch ohne das ein idealer Liebhaber: Er war leidenschaftlich mit einer Neigung zur Grausamkeit, die er jedoch zu zügeln wußte; er war fordernd, wo Ray nachgiebig, und kühn und erfinderisch, wo jener schüchtern und sanft gewesen war.
Bei Lenores leisem Klopfen holte Miranda tief Luft, strich sich den Rock glatt, wandte sich zur Seite, um in den Spiegel schauen zu können, und sagte: »Herein.«
»Mr. Douglas wartet unten«, sagte Lenore mit ausdruckslosem Gesicht, obwohl ihre Augen verrieten, daß sie im Bilde war.
»Schon wieder etwas zum Unterschreiben«, rief Miranda gelangweilt aus.
»Ich weiß nicht, Mrs. Latham. Papiere hat er nicht dabei«, antwortete Lenore.
»Dann ist sicher wieder irgend etwas mit der Kellerei los«, meinte Miranda angewidert. »Ich wünschte, Ray hätte seinen Anteil an Jason Prescott verkauft. Ich habe bloß Ärger damit.«
»Ja, Ma'am«, antwortete Lenore. Dieses Spiel hatten sie und Mrs. Latham schon mehr als einmal gespielt. Auch Fenton kannte es.

Aber nicht ums Sterben hätten sie oder Fenton etwas gesagt. Sie hatten es beide bei Mrs. Latham recht gut. Sie wurden glänzend bezahlt, und ihnen beiden war klar, daß die Lohnerhöhung kurz nach den ersten Besuchen von Mark Douglas eine Art Schweigegeld war.
An solchen Tagen hielten Lenore und Fenton sich in ihren eigenen Räumen auf – ganz gleich, ob Mr. Douglas Mrs. Latham von einer Party oder einer geschäftlichen Unternehmung nach Hause brachte und sofort wieder aufbrach oder ob Mrs. Latham ihrerseits das Auto nahm, um, wie sie sagte, schnell noch am Abend ein bißchen spazierenzufahren. Nach Fentons Meinung fuhr sie gewiß hinüber zum alten Fontaineschen Haus und ging zu Mark Douglas ins Bett.
»Also schön, sag, ich komme gleich. Und bitte Fenton, das Auto vorzufahren. Es ist schon nach sechs, und um sieben Uhr muß ich bei Fremonts sein.«
»Ja, Mrs. Latham. Fahren Sie selber?«
»Nein, heute abend nicht. Aber Fenton kann mit dem Auto wieder zurückfahren. Die Fremonts bringen mich nach Hause.«
»Du siehst ja aus«, sagte sie zu Mark, als sie das Wohnzimmer betrat und die Tür hinter sich schloß, »als wären die Furien hinter dir her. Hast du schon wieder Ärger gehabt?«
»Schon wieder einen Zusammenstoß mit den Prescotts«, seufzte er, als er sich neben ihr auf dem Sofa niederließ. »Aber das erzähle ich dir später.«
»Ich esse heute abend außerhalb«, erklärte sie. »Genau gesagt, muß ich in einer halben Stunde weg.« Sie streckte die Hand aus und fuhr ihm mit dem Finger verführerisch den Nacken entlang. »Du hättest eher kommen sollen.«
»Sei nicht zimperlich, Miranda«, antwortete er mit rauher Stimme und packte ihre Hand. Er zitterte vor Erregung, was sie an ihm bisher nicht kannte, worauf sie vorsichtshalber jedoch nicht zu sprechen kam. Statt dessen lehnte sie sich sanft an ihn. Einige Momente später sagte sie: »Du ruinierst meine ganzen Kleider«, und dann: »Mark, paß doch auf, die Dienstboten.« Aber er lachte nur.
»Das gefällt dir doch, gesteh's nur. Die Idee, daß wir eines Tages dabei erwischt werden, ist doch aufregend für dich.« Vorwurfsvoll setzte sie sich zurück und dachte: Verdammt noch mal, er kennt mich wirklich gut. Aber er wiederholte nur: »Sei nicht so zimperlich, gib's doch zu.«
Sie waren bestens aufeinander eingespielt und hatten außerdem gelernt, sich jeder Situation anzupassen. Noch immer erregten sie sich schnell aneinander, und Mirandas Begabung, sich immer Neues auszudenken, brachte sie rasch und mühelos zum Höhepunkt des gegenseitigen Vergnügens.

Hinterher dachte Miranda, während sie ihre Kleider zusammenraffte: Wir verstehen uns gut, und er langweilt mich auch nicht. Demnächst werde ich ihn doch noch zur Heirat bringen, was er eigentlich nicht will. Sie war drei Jahre älter als er. Zwei hatte sie ihm gestanden und ihm vorsorglich weisgemacht, daß sie an einer Wiederverheiratung nicht im geringsten interessiert sei. Mittlerweile aber hatte sich die Beziehung zwischen ihnen intensiviert, so daß sie jetzt bald daran denken sollte, ihm etwas aus dem Weg zu gehen; sie wollte kleinere Reisen unternehmen und sich die Aufmerksamkeiten anderer Männer gefallen lassen. Mark war kein Durchschnittsmann, aber schließlich ließ sich jeder auf diese Art und Weise zu einem Heiratsantrag verleiten. Allerdings mußte sie aufpassen; er durfte keinesfalls ahnen, was sie vorhatte, sonst war alles umsonst.
»Was heckst du denn jetzt schon wieder aus, Miranda?« Mark schien ihre Gedanken zu erraten.
»Ich überlege, wie ich mir ein nochmaliges Umziehen ersparen kann«, log sie.
»Es ist doch alles in Ordnung. Noch ein bißchen Puder und das Haar noch einmal gerichtet, und kein Mensch ahnt, wie du die Zeit vor der Abfahrt verbracht hast.« Er grinste sie an. »Bis morgen abend dann.«
»Ach ja, Julie Fontaines Geburtstags- und Rückkehrparty. Wie macht sie sich denn nach den drei Jahren Kloster? Ich glaube, es war die beste Idee, die die Prescotts je gehabt haben. Das Mädchen war einfach ein bißchen zu frühreif. Es ist auch kein Wunder bei all dem französischen Blut.«
»Oh, Julie ist schon in Ordnung«, antwortete er kurz angebunden, und etwas in seiner Stimme ließ sie aufhorchen. Sie schaute ihn scharf an, und obwohl sein Gesicht undurchdringlich schien, entging ihr die Spannung um seinen Mund nicht.
Ohne daß sie Gründe dafür hätte angeben können, spürte sie, daß er sich zu Julie hingezogen fühlte. In ihrer Erinnerung tauchte Julies schlanker, hochgeschnürter Körper auf, ihre makellose Haut und ihre kesse Art im Umgang mit Männern. Ganz beiläufig sagte sie: »Du solltest Julie so nach und nach in die Arbeit der Weinkellerei einführen. Sie wird bald volljährig sein, und es ist wohl nicht gut, wenn du sie ganz den Prescotts überläßt. Soll ich sie demnächst einmal zu dir raufbringen, damit du sie herumführen kannst?«
»Sie war schon draußen«, erwiderte er. »Peter Damien hat sie heute herumgeführt.«
Das also war es. Daher der kurz angebundene Ton und der stürmische, unerwartete Besuch bei ihr. Miranda spürte plötzlich wütende Eifersucht in sich aufschießen und beschäftigte sich einige Sekunden

lang damit, ihren Rock zu glätten, ehe sie wieder sprach.
»Es hilft wohl nichts. Ich werde da und dort noch einmal Hand anlegen müssen. Entschuldige mich, Liebling. Ich muß noch einmal hinauf.« Sie drückte ihm einen leichten Kuß auf die Wange und sagte: »Bis morgen abend also. Gegen neun?«
Sie lächelte ihm zu und lächelte noch immer, als sie ihn hinausbegleitete, und erst als sich die Tür hinter ihm geschlossen hatte, verzog sich ihr Gesicht vor Zorn.
Er war also von einem Zusammensein mit Julie Fontaine zu ihr gekommen, als wäre sie eins von Violas Mädchen. Ihre Wut wurde noch größer, und sie brauchte ein paar Minuten, um sich wieder zu fassen. Als ihr Zorn allmählich nachließ, fühlte sie sich ganz elend. Sie ging in ihr Zimmer hinauf und brachte ihre Toilette langsam wieder in Ordnung, obwohl sie sich auf diese Weise verspäten mußte. Aber sie war entschlossen, heute nacht nur Fröhlichkeit zur Schau zu tragen. Wieder daheim im Bett, wollte sie sich dann den nächsten Schritt überlegen. Julie Fontaine! Albern! Lächerlich! Ein kleines Mädchen! Das ist doch keine Rivalin für dich, dachte sie und lächelte getröstet.

5

Millicent stand neben ihr, als Julie ihre Gäste empfing. Jeden begrüßte sie mit dem immer gleichen Lächeln. Das Haus erstrahlte in hellem Licht, und in der Halle spielte eine Dreimannkapelle am Fuß der Treppe abwechselnd altmodische Walzer und die neuesten Tänze, die gerade in Mode waren.
Tante Millicents und Onkel Jasons Geburtstagsgeschenke waren eine echte Überraschung gewesen. Nicht einmal Holts Nähkorb hatte ihr das Vergnügen an dem wunderschönen neuen Kleid und den Accessoires, die Millicent aus New York hatte kommen lassen, verderben können.
Endlich war Schluß mit den engen Röcken, die noch immer in den Geschäften der Gegend auslagen. Das leuchtend dunkelblaue Kleid hatte einen weiten Rock, der ein paar Zentimeter von den Fesseln sehen ließ. Und ebenso war Schluß mit den langen Unterhosen. Statt dessen gab es jetzt eine neue Sorte, die nur bis zum Knie gingen und die, genau wie die neuen Unterröcke, aus besticktem Crêpe de Chine waren. Dazu hatte sie zum Kleid passende blaue Abendschuhe erhalten. Sie hatte das Haar hochgekämmt und mit dem alten Brillantschmuck ihrer Mutter festgesteckt. Um den Hals trug sie das goldene Filigranhalsband mit den winzigen Diamanten, das ihrer Urgroß-

mutter Fontaine gehört hatte.
Sie wußte, daß sie hübsch aussah, aber durch die Aufregung, die sie erfaßt hatte, konnte sie sich kaum daran erfreuen. Seit gestern hatte sie an nichts anderes denken können als an den Ritt mit Mark, und sie fühlte sich hin und her gerissen zwischen der beseligenden Erinnerung an den Kuß und der Demütigung seiner wütenden Anschuldigungen. In dem einen Augenblick wünschte sie sich, in seinen Armen zu liegen, und im nächsten, ihn ebenso grausam zu beleidigen wie er sie.
Während sie lächelte und lächelte und Hände drückte, bis ihr die Finger weh taten, hielt sie in Wirklichkeit fieberhaft Ausschau nach Mark. Aber kurz nach zehn, als sich die Prescotts von ihrem Empfangsposten zurückzogen, war Mark noch immer nicht da.
Julie ging zwischen den Gästen umher, nippte am Château de Brugarde, einem Champagner, den Onkel Jason unbedingt von einem französischen Importeur in New York hatte kommen lassen müssen, und kostete lustlos von den Hors d'œuvres. Einige der Jüngeren hatten auf dem polierten Boden der weiträumigen Halle bereits zu tanzen begonnen, und Andrew Clay kam auf sie zu, um sie um einen Tanz zu bitten.
Er hatte sich irgendwie verändert. Sie hatte ihn ziemlich groß und schmal in Erinnerung; aber jetzt war er kaum größer als sie mit ihren eins siebzig; dafür war er recht in die Breite gegangen. Und als er sie tolpatschig zu den Klängen von »Syncopated Walk« über den Boden schwenkte, schwitzten seine Hände durch die Handschuhe hindurch.
Abgesehen von einem schüchternen Kompliment über ihr Aussehen und einer noch zaghafteren Anspielung auf den Vorfall im Weinberg, war er viel zu beschäftigt damit, den Takt nicht zu verlieren und ihr nicht auf die Zehen zu treten, um noch etwas sagen zu können. Als einer der Van-Houten-Jungen sie abklatschte, fühlte sie sich regelrecht erleichtert.
Um elf Uhr – sie hörte eben der Unterhaltung zwischen Mr. van Houten und ihrem Onkel Jason über die bevorstehenden Senatswahlen zu – gab sie die Hoffnung auf, Mark an diesem Abend noch zu sehen. Das Gerede machte ihr förmlich Kopfschmerzen. Sie murmelte eine Entschuldigung und ging in die Halle, um sich über die Hintertreppe in ihr Zimmer hinaufzustehlen. Und da war plötzlich Mark! Er stand in der Eingangstür, überragte Andrew Clay, der neben ihm stand, mit Haupt und Schultern und war mindestens noch einmal fünf Zentimeter größer als Holt. Sein Jackett war untadelig, und sein sonnenverbranntes Gesicht leuchtete über der schlohweißen Hemdbrust. Als seine Augen ihren begegneten, erfaßte sie ein

sonderbarer Schauer, der sich in immer größeren Wellen strahlenförmig nach oben und unten ausbreitete.
Seine blauen Augen wurden noch dunkler und glühten so heftig, daß sie schier Flammen zu werfen schienen. Sie starrte zurück, viel zu aufgeregt, um zu lächeln. Aber da schaute er bereits wieder weg, und der Bann war gebrochen. Die Knie waren ihr weich geworden, und ihre Hände zitterten.
Es schien ja fast, als liebte sie ihn – Mark! Gewiß, es hatte ihr Spaß gemacht, ihn zu küssen. Aber es hatte ihr auch mit Bill Robertson Spaß gemacht. Sie hatte Bill wirklich gern gehabt. Sie versuchte sich an ihn zu erinnern, aber es gelang ihr nicht, sein Bild heraufzubeschwören. Mark! Sie mochte ihn nicht halb so gern wie Bill. Er machte sie wütend. Er hatte ihre Gefühle verletzt. Trotzdem ging sie auf ihn zu, um ihn zu begrüßen. Doch im selben Augenblick bemerkte sie Miranda Latham an seiner Seite. »Julie, Liebe, wie geht es dir?« girrte Miranda. »Meine Güte, du bist ja richtig erwachsen geworden. Sieht sie nicht süß aus, Mark?«
»Sehr hübsch«, stimmte er lächelnd zu.
»Danke«, erwiderte Julie säuerlich. Sie wußte, daß sie sich damit eine Blöße gab, konnte aber ihren Ärger nicht hinunterschlucken.
»Mir kommt es wie gestern vor, daß du noch ein kleines Schulmädchen warst«, fuhr Miranda fort.
»Es war ja auch erst gestern«, fügte Mark hinzu und wandte sich dann ab, um mit seinem Vetter Art Douglas zu sprechen.
Julie hätte vor Wut platzen mögen und steuerte der Eingangstür zu, um frische Luft zu schöpfen. Als sich die Tür hinter ihr schloß, hörte sie Gelächter aufklingen, das sie in der Verwirrung ihrer Gefühle gleich auf sich bezog. Das steigerte ihre Wut noch mehr, und ein paar Minuten lang stand sie unter den Säulen, unschlüssig, was sie jetzt tun sollte. Schließlich ging sie ums Haus herum in den hinteren Garten, wohin sich schon der eine oder andere vor der Wärme und dem Lärm im Hause geflüchtet hatte. »Ach, da ist ja unser Geburtstagskind«, begrüßte Bürgermeister Bradford sie. »Du erinnerst dich noch an meinen Sohn Kenneth?«
Julie lächelte Kenneth an und dachte: Er sieht nett aus, und sein Vater ist ein bedeutender Mann; wenn ich mit ihm ins Haus zurückkomme, wird es aussehen, als hätte ich ihn draußen gesucht.
»Natürlich! Aber du hast dich kolossal verändert«, sagte sie. »Ich hatte dich kleiner in Erinnerung, und außerdem bist du ... nun ... ich weiß nicht recht ...« Sie täuschte eine leichte Verwirrung vor, warf ihm einen schnellen schrägen Blick zu und wandte sich dann ab.
»Dasselbe könnte ich von dir sagen«, antwortete er mit erwachen-

dem Interesse. »Als ich dich das letztemal sah, hast du noch Zöpfe gehabt und mit Alice Puppen gespielt.«

»Du machst dich über mich lustig, Kenneth. Ich war immerhin fünfzehn, als ich nach St. Veronica kam.«

»Nun, Alices Freundinnen haben mich damals nicht besonders interessiert. Schließlich war ich schon zwei Jahre lang stolzer Student an der Universität Rochester.«

»Entschuldigt mich«, brummte sein Vater. »Ihr beiden werdet uns wohl nicht vermissen, und deine Mutter will hineingehen, Kenneth. Ich sehe es ihr an, weil sie dauernd in diese Richtung schaut und die Brauen hochzieht. Also muß ich sie erlösen. Jedenfalls ist es schön, dich wieder hier zu haben, Julie«, fügte er hinzu und gab ihr einen freundschaftlichen Klaps auf die Schulter.

Nach seinem Weggehen entstand eine kleine Pause, die Julie mit den Worten unterbrach: »Ich glaube, ich sollte auch lieber wieder hineingehen.«

»Dann komme ich mit«, erbot sich Kenneth. »Wie wär's mit einem Tanz?«

»Warum nicht?« antwortete sie und fühlte ihr Selbstvertrauen wiederkehren.

Sie tanzte, bis zum Essen gebeten wurde. Sie lächelte, flirtete und machte den Eindruck, als amüsierte sie sich auf ihrer Party mindestens so gut wie ihre Gäste.

Beim Essen füllte Kenneth Bradford ihr den Teller, und Andrew brachte ihr ein Glas Punsch, als sie sich beklagte, vom vielen Champagner Kopfschmerzen zu bekommen. Sie hockte zwischen den beiden Kavalieren kauend auf der Treppe und erhaschte von Zeit zu Zeit einen Blick auf Mark, der entweder tanzte oder sich unterhielt, von Mädchen zu Mädchen und von Gruppe zu Gruppe spazierte, leutselig und umgänglich. Die Party war schon fast vorüber, als er mit Miranda auf sie zukam.

»Ich habe dich den ganzen Abend nicht gesehen, Julie. Immer wieder habe ich Ausschau nach dir gehalten, aber du mußt verschwunden gewesen sein.« (Lügner! dachte sie wütend.) »Du siehst süß aus! Kompliment, meine Liebe!« fuhr er fort und hauchte ihr einen onkelhaften Kuß auf die Wange. »Und damit ich es nicht vergesse, hier ist ein kleines Geschenk.« Er zog ein zierliches Etui aus der Tasche. »Herzlichen Glückwunsch zum Geburtstag«, sagte er.

»Nun, schaust du denn nicht hinein?« mischte sich Miranda ein. »Wenn ich einen Vormund hätte, käme ich um vor Neugier, was er mir wohl geschenkt haben mag.«

»Mark ist nicht mein Vormund«, erwiderte Julie, die zu ihrer Freude Eifersucht in Mirandas Tonfall mitschwingen hörte. »Er ist nur ein

Freund der Familie.«
»Und einer deiner Treuhänder«, fügte Mark hinzu. »Treuhänder überreichen ihren Mündeln immer Geburtstagsgeschenke. Früher habe ich dir Bücher und Spiele geschickt. Doch mit achtzehn schienst du mir dafür zu alt.«
Miranda lachte und sagte, wobei sie Mark einen leichten Schlag auf den Arm gab: »Sei doch einmal ernst, Mark. Du redest, als wäre Julie noch ein Kind.« Ihre Stimme schien dabei zu sagen: Verletz doch nicht immerzu die Würde des armen Kindes! »Mein Gott, Julie, mach doch schon auf.« Diesmal war es Alice. »Ich sterbe vor Neugier.«
Julie konnte sich nicht länger zieren, ohne kindisch zu erscheinen, und deshalb wickelte sie das Etui aus und öffnete den Deckel. Den Zuschauern entfuhr ein Laut der Überraschung. Auf dem Satinfutter lag eine Brosche in Form eines Sterns, dessen Spitzen mit Zuchtperlen besetzt waren, während in der Mitte ein herzförmiger Granat glühte.
»Aber das . . . das ist ja zauberhaft!« jubelte Julie. »Ich . . . danke dir Mark!« Sie stellte sich auf die Zehenspitzen und gab ihm einen flüchtigen Kuß.
»Steck sie doch an«, drängte Alice.
»Nein, jetzt nicht«, weigerte sie sich. »Ich . . . da wollen ein paar Leute gehen, mit denen ich noch sprechen muß. Dank dir noch einmal, Mark!« Und ohne ihn direkt anzuschauen, lächelte sie in seine Richtung und lief davon.
Sie sah ihn an diesem Abend nicht mehr, was ihr im Grunde sehr lieb war. Der Gedanke, daß er ihr ein Familienerbstück geschenkt hatte, mehr noch: daß er wußte, daß sie es wußte, brachte sie vollständig durcheinander. Warum mir? Wie konnte er sie übersehen, beleidigen, auslachen und ihr gleichzeitig etwas schenken, was er für seine Frau oder . . . zumindest doch für eine nahe Verwandte hätte aufheben müssen? Es sei denn, er . . . aber das war undenkbar. Ihr fiel wieder das erste und einzige Mal ein, als sie die Brosche gesehen hatte. Es war im Jahr nach dem Tod von Marks Vater gewesen. Sie war damals höchstens elf. Die Brosche hatte Mr. Douglas' Mutter gehört, und außerdem war noch die Uhr von Marks Großvater dabeigewesen, eine flache goldene Uhr mit Kette und Anhänger, die Mark nur selten trug, sowie der Ring seiner Großmutter, ein kleiner, makelloser Saphir inmitten eines Sterns von Brillanten.
Mark hatte diese Dinge ihrem Vater gezeigt, der vorschlug, sie im Safe aufzubewahren. Danach waren sie in ein Gespräch geraten, ein trauriges, bitteres Gespräch, das sie nicht ganz begriff, das aber irgend etwas damit zu tun hatte, warum Mark mit seiner Familie in

Kalifornien gebrochen hatte und nie wieder nach Hause zurückkehren wollte und warum er sich seinen Vettern in Prescottville verbundener fühlte als seinen eigenen Schwestern.
Als sie sich an jenem Abend auszog, fiel ihr wieder ein, daß ihr Vater Mark damals als den hellsten der ganzen Douglas-Sippschaft bezeichnet hatte. Ihr Onkel dagegen hatte Mark arrogant und verdrossen genannt, worauf ihr Vater Mark in Schutz genommen hatte: »Er hat seinen eigenen Kopf, Jason, das stimmt. Aber er ist ein prächtiger Bursche, der seinen Mann steht. Er will sich niemandem unterordnen. Vielleicht wird er mit der Zeit diplomatischer. Aber an seinem Willen, sich zu behaupten, wird das nichts ändern.«
Als sie sich noch wach im Bett hin und her wälzte, begannen die Ereignisse des Vortags mit denen dieses Abends zu verschmelzen und allmählich einen Sinn zu bekommen. Er liebte sie, hielt sie aber für ein albernes, kleines Ding, das nur darauf ausging, den Männern den Kopf zu verdrehen, und tat deswegen auch so, als machte er sich nichts aus ihr. Aber das ließ sich ändern. Sie wußte um die Bedeutung seines Geschenkes und würde morgen vor ihn hintreten und ihm ein Geständnis abverlangen. Lächelnd schlief sie ein.

Ein Wiedersehen mit Mark herbeizuführen war indessen schwieriger, als sie es sich vorgestellt hatte. Amos war am nächsten Tag nicht abkömmlich, und als sie einen Spaziergang machen wollte, erinnerte Tante Millicent sie daran, daß heute Empfangstag sei und Mrs. van Houten und Elisabeth vorbeikommen wollten; Julie sollte also unbedingt zu Hause bleiben.
Die Erwähnung des Namens van Houten erinnerte Julie daran, daß sie vergangene Nacht, als sie mit allen anwesenden Männern geflirtet hatte, James van Houten versprochen hatte, an diesem Abend mit ihm eine Vorstellung von »Wie es euch gefällt« unten in Elmira anzuschauen.
Am nächsten Tag hielt sie es schon nicht mehr für so leicht, Mark wiederzusehen und ihm ein Geständnis abzupressen. Sie hörte förmlich, wie er sie auslachte und bestritt, irgendein anderes Motiv gehabt zu haben als das eines freundschaftlich verbundenen Treuhänders, der seinem jungen Mündel ein Geschenk macht. Sie verbrachte den Tag mit Nichtstun und zog sich nach dem Essen mit leichten Kopfschmerzen mißgestimmt in ihr Zimmer zurück.
Als sie später am Abend wieder herunterkam, hörte sie zornige Stimmen aus der Bibliothek dringen.
»... ein bewußter Versuch, die Kellerei zu sabotieren.« Das war Mark.
Darauf ihr Onkel Jason: »Zum Teufel, Mark. Fontaine kann es sich

nicht leisten, mit den großen Genossenschaften zu konkurrieren. Wenn du schlau wärst, würdest du jetzt verkaufen, ehe das Land trockengelegt wird. Schon um Julies Besitz zu erhalten. Ich weiß aus zuverlässiger Quelle, daß dir die Steuben-Kellerei ein gutes Angebot machen würde. Im übrigen sind auch noch andere Aktionäre meiner Ansicht.«

»Aber ich verkaufe nicht. Und ich habe die Stimmenmehrheit, zumindest im Augenblick noch. Und wenn dir wirklich so um Julies Besitz zu tun ist, dann sage doch deinem Sohn, er soll aufhören, hinter meinem Rücken den Weinbauern die Hypotheken zu kündigen und sie dann Steuben oder sonst einem anderen in die Arme zu treiben, der ihre Ernte zum Höchstpreis aufkauft. Ja, glaubst du denn, Steuben wird diese Preise weiterzahlen, wenn er Fontaine erst geschluckt hat? Nie und nimmer. Es ist ein Jammer mit dir und Holt, daß ihr so kurzsichtig seid. Ihr könnt mich nicht ohne Grund abwählen. Aber wenn ihr so weitermacht, werde ich das Fontainesche Konto bei euch schließen und in Zukunft mit der First City Bank in Elmira arbeiten. Und meinen Vetter überrede ich leicht dazu, sich mir anzuschließen. Den Einfluß, den Art bei den Milchfarmern hat, kennst du ja. Also überleg dir gut, was du tust. Wenn du noch einmal versuchst, Fontaine zu ruinieren, tue ich alles, was in meinen Kräften steht, um deine Bank in Schwierigkeiten zu bringen.«

»Wenn du das machst, bringst du nur Julie um ihr Geld und diejenigen, die solche Pressionen nicht durchstehen können. Mich nicht.« Jason brüllte jetzt. »Ich bin nicht von der Prescott-Bank abhängig, und die Prescott-Bank ist nicht von Fontaine oder den Douglas-Molkereien abhängig. Wenn es zum Kampf kommt, gibt es noch genug Geschäftsleute in der Stadt, die zu uns halten.«

»Meinst du?« Mark sprach jetzt so leise, daß Julie ihn fast nicht mehr verstehen konnte. »Wenn so etwas einmal ins Rollen kommt, Jason, zeigt sich oft, daß man weniger Freunde hat, als man glaubt. Jedenfalls: mir ist es total gleich, wen es erwischt, wenn Fontaine in Gefahr ist. Du brauchst es nur zu versuchen. Aber wie immer die Sache ausgehen wird, Jason, auch du wirst merken, daß du dich auf einen Kampf auf Leben und Tod eingelassen hast.«

Marks Stimme klang durch die Tonlosigkeit und den Haß, der darin lag, weitaus bedrohlicher als Jasons Gebrüll. Es entstand eine Pause, und schließlich sagte Jason, schon merklich weniger aggressiv: »Du bist seit eh und je stur gewesen, Mark. Ich versuche doch nicht, Fontaine zu ruinieren. Und auch Holt hat die Hypothek nur gekündigt, weil es ein gutes Geschäft war. Alles, was ich hinterher versucht habe, war, George Schultz zu retten. Schließlich ist er seit dreißig Jahren Kunde unserer Bank.«

»Ich bin gern bereit, dir die Rolle des guten Samariters abzunehmen, wenn du mir dein Wort gibst, deinen Herrn Sohn zurückzupfeifen, wenn es um die Kellerei geht.«
»Aber Holt und ich sind einer Meinung. Jetzt muß verkauft werden. Auch er sieht das Menetekel an der Wand, für das anscheinend nur du keine Augen hast.«
»Verschone mich mit deinen Belehrungen. Natürlich sehe ich, daß die Partei der Trockenen eine verdammt gute Chance hat, die Prohibitionsgesetze durchzubringen. Aber wie ich dir schon sagte – und ich sage es dir noch einmal –, selbst wenn sie sie durchbringen, halten können sie sie nicht, jedenfalls nicht lange.«
»Aber vielleicht lange genug, um die Kellerei zu ruinieren.«
»Ich lasse es darauf ankommen«, erwiderte Mark. Julie hörte Stühlerücken und schlüpfte schnell aus dem Haus. Die Stimmen hinter ihr näherten sich, und leichtfüßig sprang sie die Treppe hinunter bis an die Mauer des Prescottschen Besitzes. Als jedoch nach mehreren Minuten noch niemand aufgetaucht war, schlenderte sie in den Park hinüber, wo sie, ein Auge stets auf die Haustür gerichtet, herumlungerte, bis Mark aus dem Haus kam.
Sie wartete, bis er bei seinem Pferd stand, trat dann an den Straßenrand und rief leise seinen Namen. Er schaute auf, und einen Finger auf die Lippen gelegt, winkte sie ihm. Er zögerte einen Augenblick, kam aber dann zu ihr herüber.
»Was soll die Geheimnistuerei?« fragte er.
»Keine Geheimnistuerei. Ich habe nur dich und Onkel Jason streiten hören und möchte jetzt wissen, was los ist, ohne gleich meinerseits von Onkel Jason angebrüllt zu werden. Es ist um die Kellerei und Geld gegangen, nicht wahr?«
»Ja, aber das verstehst du nicht.« Er lächelte sie an.
»Erklär es mir. Schließlich bin ich der größte Hauptaktionär, ihr sagt es beide immer wieder. Wäre es da nicht besser, ich begriffe, was gespielt wird? Schließlich werde ich eines Tages einundzwanzig sein«, fügte sie hinzu.
Er schaute sie nachdenklich an und meinte: »Vielleicht hast du recht. Mal sehen, was du schon kapierst.«
»Können wir dazu etwas spazierengehen?« fragte sie. Und ohne seine Antwort abzuwarten, schlug sie den Weg durch die Fliederbüsche ein, die mittlerweile ziemlich verblüht waren und mit ihrem letzten Duft nur noch schwach an ihre einstige Pracht erinnerten. Vor ihnen lag der Wide-Waters-See, und sie folgten dem Weg um die Bucht zu den großen Binsen hinüber, wo die Schwäne nisteten.
Mark redete ein paar Minuten lang ununterbrochen, während sie schweigend den Sinn seiner Worte zu begreifen versuchte. Am Ufer

verstummte er. Er packte ihren Arm und hielt sie an.
»Keine Fragen? Hast du überhaupt etwas kapiert?«
»Ich denke schon. Holt hat versucht, die Kellerei um die Ernten zu bringen, und deshalb Schultz' Hypothek gekündigt, und das wiederum hat dazu geführt, daß du mehr zahlen mußt; wenn nun die Ernte nicht so gut ausfällt, wie du hoffst, sieht es schlecht aus; aber selbst wenn alles gutgeht, ist die Kellerei knapp bei Kasse.«
»So ist es in groben Zügen«, nickte er zustimmend. »Wir können uns finanziell schon jetzt kaum rühren. Deshalb wollte ich auch, daß du dein Geld wieder in Fontaine investierst. Im übrigen hängt die Größe deines Vermögens letztlich auch vom Schicksal der Kellerei ab.«
»Also schön, dann investiere ich alles ... bis auf die zweitausendfünfhundert.«
»Die Hälfte hast du aber Jason versprochen«, erinnerte er sie. »Und so angenehm es wäre, sie zu haben, so wenig steht und fällt Fontaine damit.«
»Ich mache es trotzdem. Schließlich ist es mein Geld.«
Er schwieg eine Zeitlang, dann setzten sie sich auf das gegenüberliegende Ufer der Wide Waters zu wieder in Bewegung.
»Warum diese plötzliche Sinnesänderung?« fragte er.
»Oh, ich weiß nicht. Wahrscheinlich, weil es um Familienbesitz geht. Ich erinnere mich noch, wie Vater von der Zeit erzählte, als der allererste Fontaine sich das Haus baute und die wilden Reben, die er hier vorfand, kultivierte. Er machte erst einmal Wein für sich, und als die Weinstöcke sich gut entwickelten, begann er zu verkaufen. Aus der ersten Anpflanzung wurden schließlich Weinberge, die immer besseren Wein hervorbrachten. Du glaubst nicht, wie ich damals die Ohren gespitzt habe. Keinesfalls möchte ich, daß Fontaine von den Steubens aufgekauft wird, wie es mit so vielen kleinen Kellereien geschieht. Ich werde dem Verkauf bestimmt nie zustimmen.«
Er blieb ruckartig stehen und drehte sie zu sich herum, um ihr ins Gesicht zu schauen. »Du bist ein sonderbares Mädchen, Julie Fontaine. Kaum bin ich zu der Überzeugung gelangt, daß auch du nur ein dummes, albernes Gör bist, zeigt sich, daß du mehr Intelligenz besitzt als ...«
Er unterbrach sich, als sie sich an ihn lehnte und sagte: »Ich bin nicht so, wie du letzthin von mir behauptet hast, als ... als du mich nach Hause gebracht hattest und ...« Sie konnte nicht weitersprechen. Er starrte sie mit einer solchen Intensität an, daß ihr ganz komisch wurde.
»Mark«, flüsterte sie, und plötzlich, sie wußte später nicht wie, lag sie in seinen Armen. Es schien, als wollten sie miteinander verschmelzen. Er küßte sie, lange und sanft und dann immer leiden-

schaftlicher, so daß er ihren ganzen Körper in Aufruhr versetzte. Die Welt drehte sich um sie; sie preßte sich enger an ihn und spürte an den angespannten, harten Muskeln, wie sehr sein Körper nach ihr verlangte.

Die Zeit stand still; es gab nichts weiter als seinen Mund, der ihre Lippen teilte, und seine Hände, die ihr über den Rücken strichen. Ihr Herz schlug wie ein gefangener, flatternder Spatz, und sein Herz hämmerte gegen ihres. Wie lange dieser Zustand dauerte, wußte sie nicht. Sie wußte nur, daß sie ihm nicht nahe genug kommen konnte. Dann wanderten seine Lippen abwärts, und er bog sie rückwärts, so daß sich ihr Körper gegen seinen wölbte. Und plötzlich war alles vorbei. Mit einem unverständlichen Laut schob er sie von sich, daß sie benommen schwankte und Schwierigkeiten hatte, ihr Gleichgewicht wiederzuerlangen.

Schließlich legte sich ihre Verwirrung etwas, und sie konnte ihn anschauen. Er lehnte an einem Baumstamm und zündete sich mit zitternden Fingern seine Pfeife an.

Sie kam auf ihn zu, aber er sagte leise: »Nein, Julie, nicht. So geht es nicht. Ich bin nicht der, für den du mich hältst. Da ... nein, die Sache ist nichts für dich.« Als er das gesagt hatte, schien er neue Festigkeit zu gewinnen, und er straffte sich, als wäre er wieder Herr seiner Gefühle. »Ich will nicht bestreiten, daß ich dich begehre«, sagte er. »Du ... nun, egal. Aber ich möchte dich nicht heiraten, während du, Julie, einfach reif für die Ehe bist. Eines Tages werde ich von Fontaine fortgehen. Ich habe bereits einigen Besitz ... Weinberge. Wenn es soweit ist, solltest du jemanden heiraten, der die Kellerei übernehmen kann. Ich für meinen Teil werde eine Zeitlang erst nach dem Westen gehen und dann nach Frankreich, falls ich zurückkomme, werde ich experimentieren und versuchen, Rebsorten anzubauen, aus denen man einen den großen französischen Bordeaux- und Burgunderweinen ebenbürtigen Rotwein keltern kann. In Straßburg soll ein Mönch mit Erfolg fremde Reben auf einheimische Rebstöcke aufgepfropft haben. Momentan kümmert sich kaum ein Mensch darum, aber vielleicht könnte man auf diese Art und Weise eines Tages die Viniferatraube im Osten ansiedeln.«

Er redete wie im Fieber, als käme es nicht so sehr darauf an, was er sagte, als vielmehr darauf, überhaupt etwas zu sagen. Für sie hatte das meiste keinen Sinn. Die einzigen Sätze, die sie begriff, waren: »Ich will dich nicht heiraten ... Eines Tages werde ich von Fontaine fortgehen ... Dann solltest du jemanden heiraten, der die Kellerei übernehmen kann.«

»Vielleicht sollte ich mich doch um Peter Damien kümmern«, sagte sie. »Er ist jung und kennt sich mit Wein aus, und darauf kommt es ja

wohl an. Ich glaube auch nicht, daß es mir schwerfallen würde, ihn dahin zu bringen, mir einen Heiratsantrag zu machen.«
»Sei nicht kindisch«, sagte er grob.
»Ich bin nicht kindisch. Morgen abend komme ich in die Kellerei. Vielleicht hat Peter es dann gar nicht so eilig, zum Essen nach Hause zu gehen, wie du immer glaubst.«
»Mach, was du willst«, sagte er. »Ich werde dich jetzt jedenfalls nach Hause bringen.«
»Das kannst du dir schenken. Ich kenne den Weg.« Sie ging mit hocherhobenem Kopf an ihm vorbei, und ihre Augen glänzten vor verhaltenen Tränen. Nie würde sie ihm zeigen, wie sehr er sie verletzt hatte.
Sie hörte ihn hinter sich auf dem Weg herankommen, drehte sich aber nicht um und sagte auch kein Wort mehr. Am Rande des Parks angelangt, überquerte sie die Straße und den Rasen zum Haus und war, noch ehe Mark sein Pferd losgebunden hatte, vor der Haustür. Als sie die Halle betrat, hörte sie die Hufschläge des Rotschimmels auf der Straße widerhallen, die sie Schlag für Schlag mitten ins Herz trafen.

Julie machte ihre Drohung, am nächsten Tag in die Kellerei zu kommen, nicht wahr. Statt dessen ging sie, getrieben von dem Bedürfnis, sich körperlich auszuarbeiten, zu den alten Ställen hinter den Gärten bei der Tuscarora Road. Sie standen leer, seit Holt das Oldsmobile bekommen hatte und ihr Pony Blythe vor ihrer Abreise nach St. Veronica verkauft worden war.
Von der prächtigen neuen Garage durch eine hohe Hecke getrennt, waren die Ställe mittlerweile von Kletterpflanzen überwuchert, und die Mäuse liefen erschreckt auseinander, als sie die muffigen Gebäude betrat.
Sie brauchte fast drei Tage, um den ganzen Staub und Dreck sowie die Gerätschaften beiseite zu schaffen, die sich im Laufe der drei Jahre hier angesammelt hatten. Vor lauter Arbeitseifer machte sie sogar den Versuch, einen alten Wagen zu säubern. Aber er war zu verrostet, als daß es sich gelohnt hätte, deshalb ließ sie die Idee wieder fallen. Als sie endlich fertig war, ging sie zu Bekins Gestüt am Stadtrand und kaufte eine junge Stute, die von derselben Mutter stammte wie ehemals ihr Pony Blythe.
»Fancy ist kräftig und trotzdem sanft wie ein Lamm«, sagte George Bekins. »Sie hat sich beim Einreiten wie ein Champion benommen und ist jetzt gerade fertig, Julie. Ein Mann aus Elmira hat auch schon für seine Tochter Interesse an ihr gehabt, aber wer zuerst kommt, mahlt zuerst.«

Der Kauf der Stute hob Julies Lebensgeister, und die nächsten Tage waren für sie mit Stallknechtsarbeiten, Füttern und langen Ritten ausgefüllt. Eines Morgens, etwa eine Woche, nachdem sie Fancy gekauft hatte, packte sie sich ein Lunchpaket zusammen und ritt nach Watkins Glen, wo ihr Vater verunglückt war. Sie hatte das schon lange vorgehabt, es sich aber bis jetzt nicht recht zugetraut. Nun jedoch trieb sie Fancy vorwärts, und die Jahre fielen von ihr ab. Sie war wieder das kleine Mädchen von ehedem, das mit dem Vater auf dem schwarzen Wallach ausritt.

Von ganz neuer Unbekümmertheit beseelt, lenkte sie das Pferd auf den Pfad, den ihr Vater damals an jenem Unglückstag eingeschlagen hatte, bis sie zu jener Stelle kam, an der ihm damals das Pferd durchgegangen war. Es hatte sich aufgebäumt und war in die felsige Schlucht hinuntergestürzt. Sie hielt an und versuchte sich, während sie auf die Felsen hinunterstarrte, den Vorgang vorzustellen und sich zu erinnern, wie sie davon früher geträumt hatte. Aber nichts in der Schlucht deutete auf das Unglück hin, und sie konnte sich jenen längst vergangenen Tag nicht mehr vergegenwärtigen.

Schließlich ritt sie weiter und ließ das Pferd, wobei sie sich hinter seinen Hals duckte, in schnellem Galopp unter den tief herunterhängenden Zweigen dahinreiten, bis sie das Tempo bei einer scharfen Kurve zurücknehmen mußte. Sie war atemlos und aufgewühlt, als hätte sie, ohne es zu wissen, einen Entschluß gefaßt.

Beim Zubettgehen fiel sie allabendlich vor Erschöpfung sofort in tiefen Schlaf. Nur in wenigen Augenblicken, vor dem Einschlafen, beim Aufwachen oder über irgendeiner Arbeit, sah sie Mark Douglas vor sich. Diese Erinnerung verwirrte sie und tat ihr körperlich weh. Aber dann ermahnte sie sich streng: Vergiß ihn, und sie zwang sich, an etwas anderes zu denken.

Am Tag nach dem Ritt durch die Schlucht ging sie wie gewöhnlich zum Stall, um Fancy zu füttern und kurz auszureiten, und hinterher verbrachte sie den restlichen Morgen mit der Erledigung alter Briefschulden. Darunter lag nun schon seit einer Woche eine unbeantwortete Einladung von Eileen Butler aus Chicago, die ihre Heimkehr aus St. Veronica feiern wollte.

Aber Schreiben war ihr unmöglich gewesen. Dazu hätte sie sich ruhig hinsetzen müssen; und dann fiel ihr immer noch nicht ein, was sie hätte berichten können. Zu Millicents Überraschung hatte sie sogar den Ausflug nach New York mit der Begründung verschoben, lieber bis zum Eintreffen der Herbstkollektion warten zu wollen.

Mit Jason war es zu einer Szene gekommen. Als sie ihm mitgeteilt hatte, daß sie ihr Geld mit Ausnahme des ausbedungenen Betrages nun doch ganz in die Kellerei investieren wolle, da diese das Geld

brauche, hatte Jason einen Wutanfall bekommen. Aber er hatte sofort zu poltern aufgehört, als sie Holts Trick mit der Schultzschen Hypothek erwähnte.
»Das Geld gehört mir«, erklärte sie entschieden. »Ich kann damit machen, was ich will, und ich werde es in der Kellerei investieren.«
Jason hatte dann nicht weiter versucht, sie umzustimmen. Aber Holt, der die Geschichte natürlich auch erfuhr, fing sie eines Abends, als sie von einem Spaziergang nach Hause kam, in der Eingangshalle ab.
»Du magst Vater mit deinem Geschwätz den Kopf verdrehen, aber nicht mir. Als ob es dir um Fontaine ginge! Du tust es doch nur Mark Douglas zuliebe. Aber er gehört nicht zur Familie, und deshalb solltest du es lieber mit uns halten. Wäre ich Geschäftsführer von Fontaine – wie es sich gehörte –, würdest du, ohne mit der Wimper zu zucken, verkaufen, falls Mark es wollte, und dein Geld in die Molkerei oder jedes andere Unternehmen stecken, an dem er beteiligt wäre.«
»Du warst erst siebzehn, als Vater starb«, entgegnete Julie ruhig. »Laß meinen Arm los, Holt, oder ich schreie, daß die Nachbarn zusammenlaufen.«
Er lachte brüsk auf und nahm die Hand weg. »Eines Tages bekommst du noch, was du längst verdient hast, und zwar von mir.«
Sie hatte ihn keiner Antwort gewürdigt und mit keiner Miene verraten, daß ihr seine Drohungen noch immer Angst machten. Jedenfalls hatte sie es seither vermieden, allein mit ihm im Haus zu sein. An den wenigen Abenden, an denen er zu Hause blieb, während Jason und Millicent ausgingen, ritt sie zu Alice Bradford hinüber oder kam einer der Einladungen nach, die sie erhalten hatte. Sie war in letzter Zeit ohnehin nicht sehr gesellig gewesen, und Tante Millicent fing schon an, sich Sorgen zu machen. »Bleibst du denn heute abend schon wieder zu Hause, Julie?« fragte sie. »Warum hast du Kenneth Bradfords Einladung zum Sommerball in Hammondsport nicht angenommen?«
Auf alle solche Reden fand Julie nur die eine Antwort: Sie sei müde vom Reiten, müsse aber dringend noch eine Weile trainieren, da sie im Kloster und in Camp Joy drei Jahre lang keine Gelegenheit zum Reiten gehabt hätte. Die Erwähnung des Klosters hatte im allgemeinen zur Folge, daß es Millicent unbehaglich wurde und sie entweder das Thema wechselte oder nachgab.
Julie warf einen Blick auf ihren halbfertigen Brief an Eileen, fügte dann hastig noch ein paar Sätze hinzu, unterzeichnete und adressierte den Umschlag. Auf ihrem Schreibtisch lagen noch weitere Briefe, die sie aus den überquellenden Brieffächern herausgezogen hatte, als

der Gong zum Mittagessen ertönte. Sie hatte den ganzen Morgen verträumt und gar nicht gemerkt, wie die Zeit vergangen war.
Der Nachmittag lag leer vor ihr. Da sie Fancy gestern zu sehr hergenommen hatte, konnte sie vor Abend nicht ausreiten, und sie wußte nun nicht, was sie mit dem restlichen Tag anfangen sollte. Die Kellerei fiel ihr ein, aber sie verwarf die Idee wieder. Dann erwog sie, einkaufen zu gehen, Alice aufzusuchen und ein bißchen mit ihr zu plaudern oder weitere Briefe zu beantworten. Letztlich jedoch tat sie nichts von alledem, sondern nahm den Brief an Eileen und ging zu Fuß den ganzen Weg zum städtischen Postamt, einem kleinen, grauen Gebäude, das sich schutzsuchend an das große Rathaus anlehnte. Sie frankierte den Brief, kaufte noch ein paar Briefmarken und ging dann in die Bibliothek auf der anderen Seite des Platzes.
Neue Romane gab es nicht, und so wählte sie einige ihrer alten Lieblingsbücher aus, *Scaramouche* und *The Mill on the Floss*. Und als sie beim Weiterschmökern einen verstaubten Band mit dem Titel *Sutter Mill Days: A History of the California Gold Rush* entdeckte, nahm sie den auch noch mit.
Sie kam erst spät nach Hause und fand kaum noch Zeit, sich zum Essen umzuziehen. An diesem Abend war die Atmosphäre bei Tisch besonders bedrückend. Das Wetter war für die Jahreszeit ungewöhnlich heiß, und seit Wochen schon hatte es nicht mehr geregnet. Die schwüle Luft draußen lastete schwer auf dem Haus. Millicent sah bleich aus und rührte die Speisen kaum an, während Jason mit rötlich schwitzendem Gesicht herzhaft über seinen mit Rindfleisch, Kartoffeln und Gemüse vollgehäuften Teller herfiel.
Mitten über dem Essen sah Julie, wie Millicent zusammenzuckte und die Hand auf die Brust legte. Sie wollte schon etwas sagen, aber da schüttelte Millicent fast unmerklich den Kopf.
Während der restlichen Mahlzeit ließ Julie ihre Tante insgeheim nicht mehr aus den Augen, die immer blasser wurde, bis sie sich schließlich, nach Luft ringend, an die Schulter griff.
Erschrocken schaute nun auch Jason auf und erkundigte sich besorgt.
»Nein, nein, es ist alles in Ordnung«, versicherte seine Schwester lächelnd. »Nur eine kleine Indisposition, das ist alles.«
»Wenn du dich nicht wohl fühlst, Millicent, können wir bei den Bradfords auch absagen«, bot er ihr ängstlich an.
»Aber nicht doch, Jason, es ist nur eine harmlose Magenverstimmung, das ist alles, und dazu noch diese entsetzliche Hitze. Im Gegenteil, ich liebe Bridge, und wir haben schon so lange nicht mehr gespielt. Das wird mich auch über das Wetter hinwegtrösten. Um neun wird es ja schon kühler.«

Holt, der an diesem Abend ungewöhnlich verdrossen war, heiterte sich merklich auf. »Ich für meinen Teil«, meinte er, »bleibe heute lieber zu Hause. Bei dem Wetter kann man doch nichts unternehmen. Das Gewitter hängt ja schon fast über uns.«
»Und du, Julie, bleibst du auch zu Hause?« wandte sich Millicent müde an Julie, doch mit so beunruhigter Stimme, als würde sie sich Sorgen um sie machen.
»Nein«, antwortete Julie rasch. »Ich muß Fancy noch etwas ausreiten; und da dachte ich, ich reite schnell zu Alice Bradford hinüber. Sie hat eine neue Modezeitschrift bekommen, die ich mir gern anschauen würde.«
Nicht um die Welt wäre sie mit Holt allein im Haus geblieben. Sie hatte ihn ohnehin im Verdacht, das Ganze absichtlich so arrangiert zu haben, weil Millicent und Jason ausgehen wollten. Sie traute ihm durchaus zu, daß er sie quälen und womöglich zu einem Wutausbruch reizen wollte, um sie dann durch physische Grausamkeit genüßlich zu bestrafen. Kein Mensch hätte ihm das dann nachweisen können. Aber sie hatte schon zu viele blaue Flecke auf den Armen davongetragen, und zu oft schon hatte er ihr das Handgelenk verdreht, als daß sie sich dieser Gefahr noch einmal aussetzen mochte.
Kurz ehe Millicent und Jason davonfuhren, ging Julie in den Stall hinüber und sattelte Fancy. Der geschlitzte Reitrock klatschte ihr schwer gegen die Beine, und die Hemdbluse klebte ihr am Leib. Die Füße schwitzten in den bei der Hitze unbequemen Reitstiefeln. Sie führte Fancy durchs Hintergatter auf den Weg über die Prescottschen Besitzungen zur Tuscarora Road, ging eine Zeitlang zu Fuß neben dem Pferd her und saß dann am Ende der Straße bei der Gabelung auf.
Einen Augenblick blieb sie stehen, dann dirigierte sie, ohne sich darüber klarzuwerden, Fancy nach rechts auf die Straße zur Kellerei, weg von der Stadt. In der Ferne zuckten Blitze über den Himmel, und der Donner grollte. Trotzdem ritt sie weiter. Allmählich wurde die Luft kühler. Erste Vorboten des fernen Sturmes begannen die unerträgliche Hitze zu vertreiben.
Sie gab Fancy einen Klaps auf die Flanke, und die Stute setzte sich, als wittere sie die angenehmere Kühle vor sich, in einen leichten Galopp.
Die Spannung, die in der Luft lag, die aufkommenden Winde, die Blitze und der immer lauter werdende Donner erregten Julie dermaßen, als ginge all das durch sie selbst hindurch. Das lange Haar, das sie hinten mit einem Band zusammengehalten hatte, flog von einer Seite auf die andere, als suchte es sich aus seiner Gefangenschaft zu befreien. Und als die Kellerei im Dunkeln vor ihr auftauchte, war das

Band längst abgefallen, und ihr Haar flatterte wild im Wind.

Als rechter Hand ihr Vaterhaus in Sicht kam, aus dem der Schimmer von Lampenlicht drang, zog sie die Zügel so scharf an, daß Fancy leise aufwiehernd zurückscheute. »Immer mit der Ruhe, meine Gute!« Sie tätschelte Fancys Hals. »Nicht böse sein.« Und als sich Fancy beruhigt hatte, dirigierte Julie sie sanft nach links, auf den Weg, der hinter dem Haus vorbeiführte. Regentropfen klatschten auf ihre Bluse, und in angenehmem Schauern hob sie das Gesicht.

Etwas Wildes, Elementares bemächtigte sich ihrer. Die Winde, die entfesselten Elemente, ihr frei wehendes Haar, die ersten Regentropfen auf ihrem Körper, die Flanken des Tieres zwischen den Schenkeln und der näher kommende Sturm erregten sie so, daß sie Fancy die letzten Meter bis zum Haus im Galopp jagte, absprang und die Zügel über das Verandagitter warf. Alles in einer einzigen, fließenden Bewegung.

Ohne anzuklopfen, drehte sie den Knopf und platzte, glühend vor Aufregung, in die Küche. Als Mark sie erkannte, der auf dem Weg zur Tür stehengeblieben war, lief sie wortlos auf ihn zu, warf sich ihm in die Arme und preßte sich an ihn.

»Julie«, war alles, was er sagte, ehe er sie auf die Arme nahm und aus dem Zimmer trug. Sie hörte, wie er eine Tür mit dem Stiefel aufstieß, und dann waren sie im Dunkeln. Er drehte sie zu sich, schloß sie in seine Arme und küßte sie und flüsterte ihren Namen wieder und wieder.

Seine Lippen suchten ihren Hals und wanderten weiter abwärts, und wo sie auf Kleidungsstücke stießen, schienen diese wie von selbst zu verschwinden. Seine Hände fühlten sich auf ihrem Fleisch warm und fest an, und sein Mund wanderte sanft und dann immer fordernder darüber, bis sie aufstöhnte und in einem Anfall von Leidenschaft, der sie alles andere vergessen ließ, aufschrie.

Irgendwie war sie mit einemmal nackt. Sie lag auf seinem Bett, er neben ihr, und sein Fleisch versengte sie.

Er beugte den Kopf vor, küßte sie zwischen die Brüste und umschmeichelte ihre Brustwarzen sanft mit der Zunge. Und während sich der Arm, mit dem er sie hielt, hart anfühlte, glitt er mit seiner freien Hand sanft über ihre Schenkel, rieb langsam ihre Haut und wurde dann immer schneller. Sie stieß kleine, unartikulierte Schreie aus, streckte die Hand aus, um ihn ebenfalls zu berühren, und dann kam er über sie. Einen Augenblick lang, aber nur einen winzigen Augenblick lang, versteifte sie sich in Abwehr, doch er bedrängte sie weiter, bis sie sich ihm entgegenbog.

Jetzt tat er ihr weh, und dennoch wäre es unerträglich gewesen, hätte er jetzt aufgehört. Sie umschlang ihn, drückte sich fester und fester an ihn, bis ihr Körper mit einem durchdringenden Schmerz die Ekstase der äußersten Hingabe erfuhr, während draußen, wie in harmonischer Ergänzung, der Sturm losbrach.

Sie war, zitternd in der ausklingenden Erregung, in Marks Armen eingeschlafen, und als sie etwas später aufwachte, hörte sie den Regen fallen und den Sturm toben. Sie fühlte sich sehnsuchtsvoll benommen und wußte, daß er sie mit sanften Liebkosungen aufgeweckt hatte. Sie faßte eine seiner Hände, legte sie auf ihre Brust, und ein süßer Schmerz durchfuhr sie, als er sie preßte. Sie nahm seinen Kopf in beide Hände, fuhr ihm leise über den Nacken und wiegte ihn hin und her. Und wieder liebten sie sich, nur dieses Mal langsam, um sich gegenseitig nach der Überstürztheit der ersten Begegnung in vollen Zügen auszukosten. Doch mit einemmal kam es wieder über sie, drängender noch als zuvor. Und hinterher fühlte sie sich schwach, fast körperlos; sie hatte das Gefühl, als schwebte sie über sich selbst, während ihr Körper noch immer zitterte und Mark sie durch beruhigende Laute und Streicheln zu besänftigen versuchte.

Er legte die Decke um sie und hüllte sie ein, als wäre sie ein kleines Kind. Zufriedenheit umfing sie, und ihr Herz schmerzte vor Liebe, die weit über die physische Erfüllung hinausging. Das Wort Liebe war nicht gefallen, aber jetzt flüsterte er neben ihr: »Du gehörst mir.«

Sie antwortete nur: »Ja.« Weitere Worte waren nicht nötig. Sie waren durch ein unsichtbares Band verbunden, das, wie Julie trotz ihrer geringen Erfahrung wußte, nie reißen würde. Das hatte sie gleich in der ersten Nacht zu Hause an der knisternden Erregung, die sie in seiner Gegenwart überkommen hatte, erkannt.

Kurz vor dem Wiedereinschlafen wunderte sie sich noch, wie es wohl gekommen sein mochte, daß sie, ohne es zu wollen, zu ihm geritten war, und als ihr darüber der Ritt durch die Nacht und Fancys Aufbäumen wieder einfiel, rief sie laut: »Fancy.«

Neben ihr rekelte sich Mark und fragte verschlafen: »Was ist, Liebling?«

»Meine Stute. Ich bin mit dem Pferd gekommen. Und habe es draußen gelassen.«

Er rollte von ihr weg, sprang aus dem Bett und war mit einem Schlag hellwach. Rasch zog er die Jeans an und lief, während er sie noch zuknöpfte, schon zur Tür.

Ein paar Minuten später war er, vom Regen durchnäßt, wieder da. »Fort«, sagte er. »Du hattest sie wohl nicht angebunden. Aber sicher ist sie inzwischen in den Stall zurückgelaufen.«

Julie setzte sich im Bett auf, zog die Decke um sich und fragte: »Aber wenn ihr etwas zugestoßen ist?«

Er schüttelte den Kopf. »Unwahrscheinlich. Doch das werden wir gleich wissen. Ich bringe dich jetzt nach Hause. Der Regen hat fast aufgehört.«
»Wie spät ist es?« fragte sie.
»Fast drei. Am besten sagst du, Fancy habe dich abgeworfen, und du seist hierhergekommen.«
»Nicht nach Hause?«
»Hierher war es näher. Das geht schon in Ordnung. Schau mich nicht so ängstlich an. Du bist wirklich noch unglaublich jung«, sagte er, und ein Schatten flog über sein Gesicht. Abrupt stand er auf. »Komm«, meinte er, »zieh dich an. Ich sattle Rusty.« Auf dem Heimweg war er schweigsam, fast mürrisch. Diesmal hatte er sie hinter sich aufs Pferd gesetzt, und sie hielt die Arme um seine Taille und drückte ihr Gesicht an seinen Rücken. An dem Weg, der zu den Ställen führte, hielt er an. »Den Rest gehen wir besser zu Fuß«, meinte er. »Wenn Fancy in den Stall zurückgefunden hat, kannst du dich ins Haus schleichen, und kein Mensch ahnt etwas.«
Er nahm sie bei der Hand und zog sie wortlos mit sich. Er sah aus, als wäre er mit seinen Gedanken weit fort. Das ängstigte sie, und sie flüsterte: »Bist du mir böse, Mark?«
»Nein«, sagte er rätselhaft. »Dir nicht.«
Er wartete vor dem Gatter, während sie im Stall nachschaute. Fancy war tatsächlich da; sie war noch immer gesattelt und zitterte vor Kälte. Julie warf ihr eine Decke über und lief zu Mark zurück, um es ihm mitzuteilen.
»Also, dann gehe ich jetzt«, meinte er, und als sie den Kopf hob, streifte er leicht ihre Lippen. »Gute Nacht«, flüsterte er, und mit einemmal war er verschwunden, geräuschlos wie eine Katze, die durch hohes Gras schleicht.
Es dämmerte schon fast, als Julie endlich fertig war. Sie hatte das Pferd abgerieben, wobei die arme Fancy gezittert und leise gewiehert hatte. Nun warf ihr Julie noch Heu vor und versorgte sie mit Hafer und Wasser.
Schließlich schlich sie sich ins Haus. Leise stieg sie die Treppe hinauf, dicht an der Seite und sorgfältig darauf bedacht, die knarrenden Mittelteile der Stufen zu vermeiden. Sie mußte an ihr Einschleichen ins Kloster denken, nur tauchte diesmal niemand plötzlich aus dem Schatten der oberen Etage auf, und sie konnte ungesehen ihr Zimmer erreichen. Sie roch nach Pferd und Schweiß und hätte gern gebadet, begnügte sich aber damit, nur den schlimmsten Dreck abzuwaschen. Schließlich sank sie mit schmerzenden Gliedern ins Bett.
Das Bett fühlte sich fremd an, als ob sie nicht mehr hierhergehöre. Ihre Gedanken wanderten zu Mark und in sein Zimmer neben der

Küche im alten Haus. Mit einemmal erschien es ihr wirklicher, vertrauter als dieses blauweiße Zimmer mit der geschnitzten Bettstatt, dem Schreibtisch und dem massiven alten Schrank.
Mark war so schweigsam geworden, so fern und hatte genauso ärgerlich ausgesehen wie früher, obwohl sich sein Ärger anscheinend nicht auf sie bezog. Auf wen aber dann? Doch ehe sie diese Frage beantworten konnte, schlief sie ein und wachte am nächsten Tag gerade rechtzeitig genug auf, um den Gong zum Frühstück nicht zu überhören.
Hastig zog sie sich an und vertuschte die Spuren der vergangenen Nacht, so gut es ging. Sie kam zu spät, und ihre Erklärung, Fancy sei ihr durchgegangen und habe sie abgeworfen, so daß sie durch den Sturm nach Hause habe laufen müssen, wurde ohne Kommentar aufgenommen, obwohl sie den schnell ausgetauschten Blicken entnehmen konnte, daß das Stillschweigen nicht etwa gläubiges Einverständnis bedeutete. Erst später war Millicents Miene wieder weicher geworden, als sie in den Stall gegangen war und den Tierarzt von Bekins hatte rufen müssen, weil Fancy fiebernd heiß auf der Seite lag.
Holt blieb mißtrauisch und flüsterte ihr in dem allgemeinen Durcheinander unbemerkt zu: »Von wegen! Durchgegangen! Sie ist fünf Stunden früher gekommen als du! Wo bist du wirklich gewesen, Julie?«
»Du hast sie gesehen und bist nicht in den Stall gegangen, um sie zu versorgen?« explodierte Julie.
Holt zuckte die Schultern. »Warum sollte ich? Schließlich ist es dein Pferd, und ich bin nicht dein Stallknecht.«
»Aber ... aber in einem solchen Zustand kann man ein Tier doch nicht sich selber überlassen«, rief sie. »Ich hätte mich um jedes Tier gekümmert, um jedes. Ja, ich hätte ...« – sie machte eine Pause –, »ja, ich hätte nicht einmal, wenn dein blödes altes Auto kaputtgegangen wäre, nägelfeilend zugeschaut. Ist dir übrigens, als Fancy allein heimgekommen ist, überhaupt nicht der Gedanke gekommen, mir könnte etwas passiert sein?«
Er lächelte dünn. »In gewisser Hinsicht ja und nein, liebe Cousine. Zunächst einmal vermutete ich, du hättest Besseres zu tun gefunden, als Fancy zu reiten. Aber dann fuhr mir natürlich auch durch den Kopf, daß dir etwas zugestoßen sein könnte. Es tut mir leid, es zu sagen, aber die Vorstellung, daß du tot sein könntest, machte mich nicht traurig. Wahrscheinlich wäre dein Tod für uns alle die beste Lösung. Schließlich erben wir als deine nächsten Angehörigen den Fontaineschen Anteil und könnten dann machen, was wir wollen. Mark Douglas wäre draußen und ich drin. Genaugenommen würde mir dein Tod wirklich keinen Kummer bereiten.«

Sie starrte ihn voller Abscheu an. Bis jetzt hatte sie Holts Abneigung als eine der unerfreulichen Tatsachen ihres Lebens hingenommen. Auch sie liebte ihn nicht. Aber jetzt mußte sie erkennen, daß es von seiner Seite weit mehr als Abneigung war. Warum? Sie sprach den Gedanken laut aus und fügte hinzu: »Was habe ich dir getan, Holt, daß du mir so viel Böses wünschst?«
»Nichts«, antwortete er unverschämt. »Du bist nur da, das ist alles. Du existierst. Und ich habe dein süßes Lärvchen stets durchschaut. Du bist eine Hure. Du siehst ja, ich beobachte dich, Julie, und ich weiß Bescheid. Wie ich auch weiß, wo du vergangene Nacht warst, und was du getan hast. Hältst du mich für so dumm, nicht zu wissen, wie eine Frau aussieht, wenn sie mit einem Mann zusammen war?«
Aber er hatte sie ja letzte Nacht, als sie nach Hause kam, gar nicht gesehen. Also konnte er auch nichts wissen. Oder doch? Ihre Gedanken spiegelten sich auf ihrem Gesicht wider, und Holt fuhr fort: »Du siehst, Julie, du kannst mir nichts vormachen. Ich weiß sogar, mit wem du zusammen warst – mit Douglas.« Er spie das Wort förmlich aus, und sie wurde abwechselnd rot und weiß. »Und jetzt kümmere dich um dein Pferd«, sagte er voller Verachtung. »Hier kommt der liebe Onkel Doktor, der es wahrscheinlich erschießen wird.« Wie von Furien gehetzt, lief Julie zum Stall.

6

Die Redaktionsräume des *Prescottville Weekly Banner* lagen auf der Nordseite des Prescottviller Marktplatzes. Das Gebäude war ursprünglich einmal ein Saloon gewesen. Nach dem Erlaß von 1875, der alle Saloons aus dem Stadtbereich verbannt hatte, hatte es lange Zeit leer gestanden, bis Sam Howard das Haus in den neunziger Jahren gekauft und seine Druckerpresse und andere Utensilien darin untergebracht hatte. Sam ging jetzt auf die Sechzig zu. Er war ein hochgewachsener Mann mit silberweißem Haar und einem schmalen, traurigen Gesicht, aus dem ein Paar helle Augen die Welt mit einer Mischung aus Zynismus und Humor zu betrachten schienen. Seine Leitartikel waren gelegentlich sogar in der *New York Sun* und anderen Großstadt-Tageszeitungen abgedruckt worden, und auf diese Weise war er über die Grenzen der Stadt hinaus zu einem gewissen Ruhm gelangt, der ihm auch in Prescottville selbst zu etlichem Ansehen verhalf, das er sonst wohl kaum genossen hätte.
Zum Leidwesen der einflußreichen konservativ republikanischen Elemente in der Stadt waren Sams Leitartikel unparteiisch. Das

heißt, er dachte nicht daran, sich bei den Wahlen für irgendeine Partei ins Zeug zu legen, es sei denn, er hielt einen der Kandidaten für hoffnungslos unfähig oder nicht ganz ehrlich. Setzte er sich also tatsächlich einmal für einen Kandidaten ein, so hieß das im Grund nichts anderes, als daß dessen Gegenspieler in seinen Augen ein Narr oder ein Dieb oder womöglich beides war. In den gut dreißig Jahren, in denen er seine Zeitung nun schon herausbrachte, hatte er bei den Lokalwahlen nur einmal einen Kandidaten unterstützt – Bürgermeister Willis Bradford, der 1912 gegen einen gewissen Horace Chantler angetreten war. Zwei Jahre nach der Wahl, die auch prompt Bradford gewonnen hatte, wurde besagter Horace Chantler wegen versuchter Bestechung eines US-Senators verurteilt, und seitdem stand Sam in der Stadt im Geruch der Allwissenheit.

Am Dienstag nach dem Unwetter grübelte Sam in seinem Büro über einen Polizeibericht nach, demzufolge eines der Mädchen in *Violas Roadhouse* in der Nacht zuvor überfallen, geschlagen und vergewaltigt worden war. In der Tat hatte das Mädchen behauptet, nicht nur geschlagen, sondern auch vergewaltigt worden zu sein, was die Polizei jedoch für abwegig hielt. Schließlich wußte jedermann, wovon Violas Mädchen lebten. Dafür aber mußte das Mädchen wirklich gewaltig geschlagen worden sein. Trotzdem konnte man den Täter nicht identifizieren – konnte oder wollte nicht. Jedenfalls hatte die Polizei vergeblich versucht, ein paar konkrete Angaben aus ihr herauszuquetschen, und Sam konnte sich des Verdachtes nicht erwehren, daß sie aus Angst schwieg.

In den vergangenen anderthalb Jahren war bei Viola schon zweimal etwas Ähnliches vorgefallen. Sam hatte die Mädchen jedesmal hinterher gesprochen und die Male auf ihrem Körper gesehen, die wirklich schauerlich waren.

Das konnte kein zufälliges Zusammentreffen mehr sein. Nach Sams Meinung steckte jemand aus Prescottville oder aus einer der benachbarten Städte dahinter, der bei Viola ein und aus ging und ihr recht gut bekannt war.

Er seufzte. Es hatte keinen Sinn, die Stadt mit Spekulationen aufzuheizen. Es war aber ebenso sinnlos, eine Geschichte über eine Vergewaltigung zu bringen, deren einziger Beweis die Aussage des Mädchens war. Seine Zeitung war ein Familienblatt. Also lieber erst einmal ein bißchen abwarten. Am besten ging er selber einmal zu Viola hinaus und versuchte, das Mädchen zu interviewen. Er spannte ein Blatt Papier in seine alte L. C. Smith und begann langsam zu tippen: »Vergangene Nacht wurde eine Kellnerin in *Violas Roadhouse* von Dieben überfallen und, als sie sich zur Wehr setzte, schwer mißhandelt. Sie befindet sich auf dem Weg der Besserung. Die Täter konnten unerkannt entkommen.« Diese Zeilen wollte er auf der dritten Seite seiner sechsseitigen Zeitung einrücken. Die Schlagzeile der Woche sollte heißen: WILSON WILL FRIEDEN, NICHT KRIEG. Und außerdem hatte er noch zwei Sonderberichte vorgesehen, die lauteten: »Bei dem Unwetter am Samstag wurde Miss Julie Fontaine auf der Hillcrest Road von ihrer durchgehenden Stute Fancy abgeworfen. Während Miss Fontaine unverletzt blieb, hat sich Fancy noch nicht völlig wieder erholt.« Und: »Mr. Mark Douglas von der Fontaineschen Weingenossenschaft prophezeit den Weinbauern des Tales eine Jahrhunderternte.« Schließlich untersuchte er in seinem Leitartikel noch die Auswirkungen von Amerikas Eintritt in den Krieg auf nationaler und lokaler Ebene.

Als er damit fertig war, steckte er eine zusammengefaltete Zeitung in die Tasche, machte die Lichter aus und verließ das Büro. Es war schon fast fünf Uhr, eine günstige Zeit für sein Vorhaben. Um diese Stunde waren noch nicht allzu viele Gäste in der Bar, und so konnte er die Mädchen leichter sprechen und ausfragen.

Violas Roadhouse lag hinter einer hohen, sorgfältig zugeschnittenen Hecke verborgen und etwas zurückgesetzt an der Straße nach Penn Yan. Auf den ersten Blick sah es wie eine typisch behagliche Familiengaststätte aus. Das Haus hatte früher einmal einem Vetter der Prescotts gehört. Als Viola Remsen es kaufte, hatte niemand geahnt, daß es ein Bordell werden sollte – das heißt keiner, außer vielleicht Jason Prescott.

Hinter dem alten Gebäude hatte Viola noch einen Flügel angebaut, so daß es jetzt zwei Zugänge gab: einen direkt von der Straße aus und einen, den man von der Seite durch ein dichtes Gehölz und über eine Lichtung erreichte, wo diejenigen Kunden, die nicht gesehen werden wollten, ihre Pferde anbinden oder ihre Autos parken konnten.

Das große Holzhaus hatte etwas Vornehmes und Einladendes an sich und wirkte stets äußerst gepflegt. Nie war der Verputz schmutzig oder blätterte ab; ja, selbst das Schild mit der Aufschrift *Violas Roadhouse* sah immer wie neu aus.

Um so verblüffter war man, wenn man durch die Tür des gediegenen Hauses trat und gleich in den großen Barraum gelangte, von dem es links in die Garderobe ging und rechts eine Wendeltreppe zum ersten Stock hinaufführte.

Der Raum war mit seinen Messingspucknäpfen und den goldbefransten Samtvorhängen im victorianischen Stil gehalten. Ein großer, reichverzierter Spiegel hing direkt über der Bar, in dem sich das Gemälde von der gegenüberliegenden Wand spiegelte; es war eine auf einem prunkvollen Diwan ruhende Rubens-Figur, die den Oberkör-

per mit einem roten Samtumhang bedeckt hatte, der Arme, Beine und eine sinnlich volle Brust freiließ.
Gegenüber dem Eingang trennten perlenbesetzte Vorhänge die Bar vom Speisesaal ab, in dem die Tische mit weißem Leinen und schwerem Besteck gedeckt waren. Auf der einen Seite befand sich eine Reihe von Nischen. Waren sie unbesetzt, ließen die mit Goldkordeln zurückgebundenen roten Samtvorhänge ein Sofa mit einem Tisch sehen. Ein Handgriff jedoch genügte, das Innere der Nischen neugierigen Blicken diskret zu entziehen.
Der Preis für die Benützung der Alkoven war entsprechend gesalzen. Denn nach Violas Ansicht »schadeten« die Männer, die ihre eigenen Mädchen mitbrachten und nicht nach Mädchen aus dem Haus verlangten, dem »Geschäft, was ja irgendwie ausgeglichen werden muß«.
Als Sam an jenem Abend den Raum betrat, stand Viola an der Bar und unterhielt sich mit dem Barmixer Jack. Gewöhnlich waren Viola und die Mädchen, dem Rahmen entsprechend, wie *dancehall girls* aus dem alten Westen gekleidet. Im Augenblick jedoch trug Viola noch ihre normale Kleidung und hatte das blond gefärbte Haar noch nicht zur hohen Pompadourfrisur aufgesteckt. So sah sie ganz normal aus – abgesehen von der Haarfarbe unterschied sie sich kaum von anderen Frauen mittleren Alters. Ihr dunkelblaues Kleid war tief ausgeschnitten und hatte einen weiten Rock. Das Haar hatte sie im Nacken zu einem Knoten geschlungen, und ohne Make-up schaute ihr Gesicht weiß und müde aus.
»Wenn das nicht Horace Greeley in eigener Person ist«, sagte sie und begrüßte Sam.
»Wohl auf der Jagd nach Neuigkeiten? Aber hier gibt es keine Neuigkeiten, Sam. Francie geht es gut, und den Dieb hat sie nicht erkannt.«
Sam grinste sie an. »Na schön, dann eben einen Drink«, meinte er. »Einen Bourbon bitte, Jack.«
Jack warf Viola einen Blick zu, den sie mit einem leichten Nicken beantwortete, woraufhin er das Glas extra voll schenkte und es Sam mit den Worten vorsetzte: »Erster Gast des Abends. Geht auf Rechnung des Hauses, Mr. Howard.«
Sam dankte, nahm das Glas und ging auf Viola zu.
»Auf dein Wohl, Viola«, sagte er und goß das Getränk in einem Zug hinunter. »Und darauf, daß du das nächstemal ein bißchen mehr Glück hast. Oder noch besser: daß die Räuber nicht so schnell wiederkommen. Wie viele waren es denn diesmal? Drei, vier?«
Sie starrte ihn kühl an, aber Sam sah, wie sich ihre Hand auf dem Rock zusammenballte.

»Du weißt ja, Viola«, fuhr er sanft fort, »daß ich nie irgendwelche Gerüchte in der Zeitung gebracht und nie etwas veröffentlicht habe, was die ehrbaren Damen von Prescottville schockieren könnte. Warum also willst du mich nicht mit Francie reden lassen? Ich werde gewiß nicht aus der Schule plaudern.«
»Francie möchte aber mit niemandem reden«, erwiderte Viola kurz angebunden.
»Gestattest du, daß ich mich davon selbst überzeuge?« Sam gab nicht nach. »Ich bin kein Fremder hier, aber auch kein Polizist. Ich hätte die Geschichte gern aus erster Hand. Das macht sie überzeugender. Verstehst du? Auf diese Art und Weise wird der Bericht, daß eine deiner Kellnerinnen von Dieben überfallen worden ist, glaubwürdiger.«
»Wenn's aber die Wahrheit ist«, antwortete Viola, »kannst du's doch getrost drucken.«
Sam seufzte. »Deswegen bin ich ja herausgekommen. Ich habe die Geschichte schon wer weiß wie oft umgeschrieben, und jedesmal klingt es mehr nach einer Ausrede.«
»Du versuchst nur, mich ins Bockshorn zu jagen«, entgegnete Viola anklagend.
»Ich dich ins Bockshorn jagen? Wo denkst du hin! Bin ich denn nicht immer ein guter Bargast gewesen, und habe ich dich und deine Mädchen nicht stets gut behandelt? Sag selbst, habe ich je etwas gedruckt, was dir Schwierigkeiten bereitet hätte?«
»Nun«, meinte Viola zögernd, »ich glaube nicht, daß Francie . . .«
»Richte Francie jedenfalls einmal aus, daß ich hier bin. Vielleicht läßt sie mich rauf«, schlug er ruhig vor. Eine Pause entstand. Jack wischte die Gläser aus und hielt den Kopf leicht vorgeneigt, um kein Wort der Unterhaltung zu verlieren. Viola hatte den Blick gesenkt und biß sich unentschlossen auf die Lippen, während Sam bequem an die Bar gelehnt wartete.
Nach einem Augenblick oder zwei straffte sich Viola und schaute ihm in die Augen.
»Also gut«, willigte sie ein. »Aber du mußt mir versprechen, sie nicht zu piesacken und ihr die Geschichte so abzunehmen und zu schreiben, wie sie sie dir darstellt.«
»Abgemacht«, erwiderte Sam prompt.
»Warte hier. Ich schaue nach, ob sie wach ist.« Sie ging nach oben und winkte ihm schon nach kurzer Zeit von der Treppe her, ihr zu folgen.
Francies Zimmer lag am Ende des Ganges im neuen Flügel, unmittelbar neben der zweiten Eingangstür. Viola brachte Sam zu ihr und bedeutete ihm einzutreten.

»Ich muß mich noch umziehen«, sagte sie, »bin aber gleich zurück.«
Im Zimmer war es dunkel, die Vorhänge waren zugezogen. Das Mädchen, das auf dem Bett lag, bewegte sich nicht, als er eintrat. Sie hatte die Arme über das Gesicht gelegt. Sam ging leise auf sie zu und schaute auf sie hinab. Ruhig sagte er: »Ich bin's, Sam Howard, Francie.«
»Ich weiß.« Ihre Stimme klang erstickt.
»Er soll dich ganz schön erwischt haben. Wie ist das denn passiert? Erzähl doch einmal.«
»Da gibt es nichts zu erzählen.« Ihre Stimme klang kräftiger. »Wie ich schon dem Sergeanten berichtet habe, hat der Bursche mir aufgelauert. Er muß die Hintertreppe heraufgekommen sein. Jedenfalls sprang er mich, als ich heraufkam, an und versuchte mir mein Geld abzunehmen, und als ich schrie, schlug er mich. Ich schrie weiter, aber bei all der Musik und dem Lärm da unten hat mich niemand gehört.«
Sam hüstelte. »Waren denn alle anderen Mädchen unten?«
»Wahrscheinlich«, murmelte Francie.
»Nach Mitternacht?« fragte Sam mild. Aber das Mädchen wurde sofort mißtrauisch und nahm die Hände vom Gesicht. Bei ihrem Anblick entrang sich Sam ein Laut des Mitleids und Entsetzens.
Das eine Auge war vollkommen zugeschwollen, das andere übel zugerichtet. Die Lippen waren geschwollen und aufgeplatzt, und das übrige Gesicht war von zahllosen Striemen und Prellungen gezeichnet.
»Ich weiß, es sieht gräßlich aus«, sagte Francie verstockt. »Der Doktor meint, in ein paar Tagen würde es wieder besser, und in ein paar Wochen wäre alles verheilt.«
»Weißt du, Francie« – Sams Stimme hatte einen festen Klang –, »eins ist mir unklar: Du mußt bei solchen Prügeln doch so laut geschrien haben, daß dich unbedingt jemand hätte hören müssen. Wer war es?«
Francie schüttelte stöhnend den Kopf.
»Francie, du kannst ihn doch nicht einfach so davonkommen lassen. Wer war es? Bestimmt kein Dieb oder Einbrecher. Einbrecher halten sich im allgemeinen nicht damit auf, Mädchen zu schlagen, bis sie schreien. Ebensowenig scheint das bei Vergewaltigungen üblich zu sein, wenn haufenweise Leute in Hörweite sind.«
»Aber ich habe Ihnen doch schon gesagt«, antwortete Francie aufgebracht, »daß unten ein Mordsradau war. Und keins der Mädchen hielt sich auf seinem Zimmer auf.«
»Sag mir die Wahrheit«, ließ Sam nicht locker. »Oder habe ich je et-

was Böses über dich oder eines der Mädchen gesagt?«
»Nein. Aber ich kann seinen Namen nicht sagen, weil ...« Als ihr aufging, daß sie die Wahrheit bereits halb verraten hatte, brach sie ab.
»Na schön.« Sam schien zu kapitulieren. »Ich werde dich nicht wieder nach seinem Namen fragen, aber ich würde doch gern wissen, warum du ihn deckst.«
»Sie würden ja doch zur Polizei gehen.«
»Ich würde nicht zur Polizei gehen, darauf hast du mein Wort.«
Francie richtete sich im Bett auf und schaute ihn flehentlich an. »Es wäre mein Tod, Mr. Howard. Zumindest würde mich Viola hinauswerfen, und dann wäre ich das ganze Geld los, das sie für uns aufhebt. Wie es Greta im vergangenen Jahr ergangen ist. Sie hat den Mund nicht halten können und hat über die Männer geplaudert, die zu ihr kamen. Viola hat sie einfach vor die Tür gesetzt. Ich darf nichts sagen. Ich arbeite jetzt seit einem Jahr hier. Noch vier oder fünf Jahre, und dann habe ich genug und kann wie Mabel gehen. Sie hatte fast zweitausend Dollar zusammengespart. Ich werde wahrscheinlich mehr bekommen bei meinen regelmäßigen Einkünften. Für fünf Jahre muß man sich verpflichten. Aber danach ist man auch ziemlich fertig. Die Gäste haben sich an einen gewöhnt und wollen ein neues Gesicht und einen neuen Körper. Nun, ich für meinen Teil habe Glück gehabt. Seit ich hier bin, hält er mich aus. Ich darf nur für ihn allein dasein. Was ihn einen ganz schönen Batzen Geld kostet.«
Schwer atmend sank sie aufs Bett zurück, und Tränen glitzerten auf ihren runden Kinderbacken. Mein Gott, überlegte Sam, sie kann höchstens neunzehn sein. Und er mußte wieder daran denken, wie sie in die Stadt gekommen war. Sie war ein nettes kleines Ding gewesen, ruhig, mit einem süßen Lächeln und einer hübschen Figur, die durch das Kostüm aus dem 19. Jahrhundert aufs vorteilhafteste hervorgehoben wurde. Aber schon nach ein paar Monaten hatte sie sich merklich verändert. Ihr Blick war hart geworden und ihr Auftreten bewußter und schlauer. Er seufzte.
»Warum«, fragte er, »warum, Francie, führst du diese Art Leben?«
»Was könnte ich denn sonst schon machen?« fragte sie zurück. »Soll ich irgendeinen kleinen Farmer heiraten wie meine Mutter? Jedes Jahr ein Kind bekommen und Schläge beziehen, wenn ich nein zu etwas sage, was mein Mann will? Mutter haßte Vater und ging doch Nacht für Nacht mit ihm ins Bett und machte alles, was er wollte, weil er sie sonst hinausgeworfen oder erschlagen hätte. Aber ist ja egal. Mit vierzig war sie alt und zwei Jahre später tot. Wenn es nach ihm gegangen wäre, hätte ich zu Hause bleiben und mich um das Ba-

by und die Kleinen kümmern sollen, weil ich die Älteste war. Er nahm mich von der Schule und kam abends immer grölend und betrunken nach Hause, um dann in die Stadt zu dieser Frau zu gehen, die ihm für sein Geld zu Willen war. Bei der erstbesten Gelegenheit aber nahm ich mir etwas Geld aus seiner Hosentasche und machte mich auf und davon. Drunten in Albany traf ich dann Mabel, die mir von *Violas Roadhouse* erzählte. Aber hier ist es genau dasselbe. Immerhin bekomme ich Geld dafür und bin versorgt. Trotzdem genau dasselbe«, wiederholte sie. »Denn wenn ich nicht will, was er will, schlägt er mich.«

»Also ist es dein Stammkunde, der dich schlägt?«

Erschreckt fuhr Francie hoch und flüsterte: »Allmächtiger Gott, sagen Sie bloß Viola nicht, daß ich es Ihnen erzählt habe. Ich wollte es auch gar nicht. Bitte, bitte. Er gehört zu Violas besten Kunden. Deswegen habe ich auch dieses Zimmer an der Haustür bekommen. Jedes Mädchen, das er für sich aussucht, bekommt dieses Zimmer. Und mehr Geld. Wenn Sie es der Polizei sagen, wird er mich oder Viola ... Sie müssen es mir versprechen.« Sie zog ihn weinend am Ärmel.

»Schon gut, ich werde es niemandem sagen. Aber auch du mußt mir etwas versprechen. Versprich mir, mir seinen Namen zu nennen, wenn du hier fortgehst, ja?«

Sie ließ ihre Hand fallen und legte sich ins Bett zurück. »Ja«, sagte sie müde. »Wenn ich einmal gehe ... wenn er mich gehen läßt ... Doch das wird er sicher; sicher wird er bald genug von mir haben, und dann brauche ich keine Angst mehr vor ihm zu haben.«

Sam legte ihr sanft die Hand auf die Schulter. Die Kehle zog sich ihm vor Mitleid zusammen. Sie war ein närrisches kleines Ding, nicht sehr klug und ohne Chancen. Als er die Tür ihres Zimmers hinter sich zuzog, stieß er im Gang auf Viola. »Nichts zu sagen gegen die Kleine«, meinte er. »Du hast sie gut erzogen, Viola. Aber vielleicht sagt sie sogar die Wahrheit. Jedenfalls solltest du in Zukunft besser aufpassen, sonst bringen sie dir eines Tages noch eines deiner Mädchen um, und dann ist es aus mit dem Raub- und Vergewaltigungsmärchen.«

»Ich habe jetzt einen Wächter hinten im Hof«, antwortete Viola. »Das hätte ich längst machen sollen. Ich habe regelrecht ein schlechtes Gewissen, daß ich nicht früher darauf gekommen bin.«

Sam antwortete nicht. Er war nicht nur auf den Mann wütend, der Francie geschlagen hatte, sondern auch auf Viola. Da stand sie vor ihm: gepudert, in voller Kriegsbemalung, in einem tief ausgeschnittenen Kleid, das die Schultern und den halben Busen freiließ, die Spuren des Alterns im Gesicht durch Kosmetika verdeckt, der Körper noch in guter Form. Eine Frau in den besten Jahren. Und so eine machte Geld mit Mädchen wie Francie! Und deckte einen guten Kunden aus Gewinnsucht!

»Jetzt brauche ich wirklich einen Schluck«, sagte er. »Das Mädchen ist ja übel zugerichtet. Glaubst du wirklich, daß sie wieder in Ordnung kommt?«

»Der Arzt ist zuversichtlich. Und außerdem ist sie jung und gesund. Ich habe schon schlimmere Fälle gesehen.«

»Das glaube ich dir«, antwortete Sam und ging an ihr vorbei zur Bar hinunter.

Der Raum hatte sich mittlerweile gefüllt. Jack hatte alle Hände voll zu tun, obwohl ihm ein anderer, Sam bis jetzt unbekannter Barmann half. Auch die Mädchen waren inzwischen in ihrem ganzen Staat angetreten. Eine von ihnen, eine hübsche Blondine, unterhielt sich am anderen Ende der Bar mit Mark Douglas. Und nachdem er sich einen Drink besorgt hatte, ging Sam zu ihnen hinüber.

»Du bist genau der Mann, den ich suche«, meinte Mark zu seiner Begrüßung. »Habe unterwegs schon in deinem Büro vorbeigeschaut und fast vermutet, dich hier zu treffen.«

»Irgendwelchen Kummer?« fragte Sam.

»Setzen wir uns an einen der Tische«, schlug Mark vor. »Entschuldige, Dawn«, wandte er sich an das Mädchen, »bis später.«

»Aber ich wollte dir doch noch erzählen . . .«

»Später . . .« unterbrach er sie, angelte in seiner Tasche nach einem Dollar und warf ihn auf die Theke. »Wenn du gerade einmal Zeit hast, Jack, ein Bier für Dawn.« Er winkte dem Mädchen zu und gab ihr im Vorbeigehen einen Klaps auf den Hintern. Sie dankte ihm mit einem breiten Lächeln, kassierte den Dollar und steckte ihn sich in den Ausschnitt.

»Mit allen Mädchen auf du und du«, sagte Sam anzüglich.

»Sind nicht schlecht, die Mädchen«, antwortete Mark gutgelaunt. »Zwar habe ich mit keiner etwas im Sinn, aber sie sind in Ordnung. Frauen, die gefallen wollen, sind immer eine gute Gesellschaft. Um die ewig nörgelnden, keifenden Beißzangen sollte man lieber einen Bogen machen.«

Sam zog eine Augenbraue hoch. »Was für harte Worte«, sagte er. »Ich habe gar nicht gewußt, daß du mit alten Beißzangen zu tun hast. So etwas passiert Junggesellen doch selten.«

»Auch Junggesellen haben Mütter«, antwortete Mark, und sein Gesicht verdüsterte sich.

»Ich war gerade bei Francie oben«, bemerkte Sam beiläufig, um das Thema zu wechseln.

»Bei dem Mädchen, das geschlagen wurde?« erkundigte sich Mark

interessiert. »Hat sie was gesagt?«
Sam schüttelte, im Grunde über sich selber verwundert, den Kopf. Noch vor einer Minute hätte er Mark im Vertrauen auf dessen Verschwiegenheit das eine oder andere Detail erzählt. Nicht, daß er Mark plötzlich mißtraut hätte. Bei Gott, nein! Aber dieses zerschlagene Gesicht, die Angst in den Augen des Mädchens ... Nein, solange er nicht herausgefunden hatte, wer der Mann war, wollte er alles für sich behalten. »Die alte Geschichte«, behauptete er, »Raub und Vergewaltigung.«
Mark lachte unfroh. »Was auch sonst?« meinte er. »Jedenfalls muß der Mann für Viola und die Mädchen sehr wichtig sein, wenn sie so eisern den Mund halten.«
»Hm.« Sam lehnte sich im Stuhl zurück und meinte: »Aber worüber wolltest du mit mir reden?«
»Ich könnte einen guten Rat brauchen, Sam«, entgegnete Mark.
»Schieß los.«
»Ich habe Ärger mit den Prescotts – dem Vater und dem Sohn.« Er grinste. »Paß auf. Ich schildere dir eine hypothetische Situation, und du sagst mir, was der *Banner* tun würde. Angefangen hat die Sache damit, daß sie den Preis für die diesjährige Ernte hochgetrieben haben.« Und ausführlich beschrieb er den Vorfall.
»Nun hat mir Jason zwar mehr oder weniger versprochen, diesem Treiben ein Ende zu setzen, aber ich traue ihm nicht recht, und beim nächsten Schritt, den er oder Holt gegen uns unternimmt, werde ich meine Drohungen wahrmachen.«
»Und jetzt möchtest du wissen, ob ich dich unterstütze, mein Konto ebenfalls kündige und einen Leitartikel schreibe? Aber mit welcher Tendenz, Mark?«
»Vor allem möchte ich wissen, was du dazu meinst, und ob du auf meiner Seite stehst.«
Sam rutschte unbehaglich auf seinem Stuhl hin und her und runzelte die Stirn. »Ich will dir einmal etwas sagen«, meinte er schließlich. »Zuerst einmal brauche ich Beweise für irgendeine heimliche Gaunerei. In Familienfehden – und auch wenn du nicht mit ihnen verwandt bist, ist es doch so etwas Ähnliches – mische ich mich grundsätzlich nicht ein. Da schaut man nie durch. Du bist Treuhänder von Julie Fontaine und Geschäftsführer der Kellerei, die zum größten Teil sie erbt; Jason ist ebenfalls Treuhänder und ihr Vormund.« Er schüttelte den Kopf. »Was du erzählt hast, reicht mir nicht. Gib mir etwas Solideres. Wenn sich die Sache weiter zuspitzt, stehe ich hinter dir. Aber die Sache muß Hand und Fuß haben. Ich lege mich nicht mit Jason Prescott und Willis Bradford und Ned van Houten und dem Rest an, wenn es nicht hundertprozentig gerechtfertigt ist. Wenn sie

freilich Fontaine ruinieren, ruinieren sie auch eine Menge anderer Menschen. Und um das zu verhindern, würde ich kämpfen. Aber nicht wegen eines Familienstreites.«

»Keine Sorge, ich vergeude meine Zeit auch nicht mit persönlichen Dingen. Wenn die Prescotts Fontaine an sich bringen wollen – und das wollen sie meines Erachtens –, kann ich dir auch Beweise dafür liefern.«

»Abgemacht.« Sams Miene hellte sich auf. »Und auf welcher Seite steht Julie?« fragte er.

»Weiß ich nicht«, antwortete Mark kurz angebunden, und etwas in seinem Gesicht veranlaßte Sam, ihm einen scharfen Blick zuzuwerfen.

Also doch, sagte er sich. Die vagen Gerüchte stimmen anscheinend. John Fontaine wäre zufrieden gewesen. Jason Prescott dagegen wohl kaum.

Laut sagte er: »Sie soll vergangenen Samstag auf der Straße zur Kellerei von ihrem Pferd abgeworfen worden sein. Ein verrücktes Ding, bei einem solchen Wetter so weit zu reiten. Sie kann ja von Glück reden, daß ihr nichts passiert ist.«

»Ja.«

Mark erhob sich, wie es Sam trotz der Dunkelheit schien, mit gerötetem Gesicht. Die Leute sind doch leichter zu durchschauen, als sie meinen, dachte er, selbst diejenigen, die sich gut in der Gewalt haben – oder richtiger, gerade diejenigen, die sich gut in der Gewalt haben, verbesserte er sich. Sein abweisender Ton und die angespannten Gesichtsmuskeln verrieten ihn, und dabei hätte die Situation lediglich ein paar mitfühlende Bemerkungen erfordert.

»Nun, Julie scheint ja noch sehr jung und eigensinnig zu sein. Ersteres gibt sich mit der Zeit, und letzteres wird ihr wohl bald eine starke Hand austreiben.«

»Die sich hoffentlich finden wird«, antwortete Mark. »Entschuldige, Sam, aber ich muß jetzt gehen. Wie wär's nächste Woche mit einer Partie Poker? Art, du und ich und vielleicht noch Joe Damien, falls er soweit in Ordnung ist?«

»Stimmt etwas nicht mit Joe?«

Mark schüttelte den Kopf. »Nein, er ist nur ein bißchen mitgenommen. Zuviel Arbeit. Aber sonst ist alles in Ordnung. Sagen wir Montag abend?«

»Ja, Montag. Bei dir?«

»Nein, bei Art. Seine Frau ist nächste Woche in Albany bei ihrer Mutter zu Besuch. Also bis dann.«

Kaum hatte sich die Tür von *Violas Roadhouse* hinter ihm geschlossen, schlug Mark zu seiner eigenen Überraschung den Weg zum

Prescottschen Haus ein. Seit Julie bei ihm gewesen war – das war drei volle Tage her –, hatte er mit sich gerungen. Schließlich kannte er sich gut genug, um zu begreifen, daß es mehr als nur reine Begierde war, was er für sie empfand; und Gott allein mochte wissen, warum er den Kopf so vollständig verloren hatte, als sie am vergangenen Samstag zitternd, mit bebender Brust, das Gesicht wie eine Zigeunerin von ihrem dichten, seidig schwarzen Haar umflossen, in der Tür gestanden war. Ja, es war viel mehr zwischen ihnen. Der Gedanke, sie den Armen eines anderen Mannes zu überlassen, war ihm unvorstellbar. Und in den drei Tagen war er auch dahin gekommen, doch in den sauren Apfel, der Ehe hieß, zu beißen. Achtzehn. Zehn Jahre jünger als er. Und Jungfrau, als sie zu ihm gekommen war. Johns Tochter. Vor drei Tagen noch hätte er der Versuchung, sie zu sehen, allein mit ihr zu sein, widerstehen können. Vor drei Tagen noch hätte er die Mausefalle der heiligen Ehe durchaus zu vermeiden gewußt. Jetzt, nach einer wilden Nacht, saß er mit einemmal mittendrin.
Er war fest entschlossen, sie zu heiraten. Dummerweise aber war Julie noch keine einundzwanzig; sie brauchte also Jasons Zustimmung, die dieser freilich kaum geben würde, ohne irgendwelche Zugeständnisse dafür zu verlangen. Jason hatte das an sich schon große ererbte Vermögen noch beträchtlich gemehrt. Er besaß die Bank, und er hatte Grundbesitz. Dazu hatte er eine Menge weiteres Land und das Vorkaufsrecht auf etliche Grundstücke erworben. Außerdem hatte er Viola ins Geschäft geholfen – obwohl diese Transaktion ohne Wissen der Öffentlichkeit vollzogen worden war – und war Miteigentümer in einem halben Dutzend Unternehmen in der Stadt und in Albany. Mark hätte sich nicht gewundert, wenn Jason stiller Teilhaber der Steuben-Kellerei gewesen wäre. Sein Anteil an Fontaine war zwar nicht groß. Den größten Teil der Aktien hielten Mark, Joe Damien und Miranda, und natürlich Julie. Und deshalb hatte Jason, solange Julie sich nicht umbesann und sich auf die Seite ihres Onkels schlug, nicht viel zu sagen, selbst wenn er die Anteile all der anderen Kleinaktionäre noch hinzuerwarb.
Allein schon aus diesem Grund würde Jason nicht ohne weiteres seine Einwilligung zu der Heirat geben. Sie konnten natürlich auch durchbrennen und heimlich oder auch im Angesicht der ganzen Stadt offiziell heiraten, aber das würde Julie ihr Stimmrecht und die Verfügung über ihr Vermögen bis zu ihrem dreißigsten Lebensjahr kosten. Denn John Fontaine hatte in seinem Testament bestimmt: »Sollte sie vor Vollendung des einundzwanzigsten Lebensjahres ohne die Zustimmung ihres Vormundes heiraten, so soll ihr Vermögen bis zu ihrem dreißigsten Geburtstag unter Treuhandschaft bleiben.« Auf diese Art und Weise hatte John seine Tochter vor Mitgiftjägern

schützen wollen.
Mit einem Wort, unter diesen Umständen versprach die Unterredung mit Jason nicht eben lustig zu werden.
Ein unterwürfiger Amos öffnete Mark die Tür und führte ihn, als er nach Julie fragte, ins Wohnzimmer. Einen Augenblick später bereits hörte Mark Julie die Treppe herunterspringen und durch die Halle laufen. Vor der Tür blieb sie stehen, und er stellte sich vor, wie sie sich jetzt übers Haar strich und versuchte, eine kühle, gesammelte Miene aufzusetzen. Er mußte lächeln und lächelte immer noch, als sie das Zimmer betrat, die Tür hinter sich zuzog und gesetzt auf ihn zukam.
Amüsiert machte er einen tiefen Bückling vor ihr. »Miss Julie Fontaine, wenn ich nicht irre«, sagte er.
»Mach dich nicht über mich lustig, Mark«, antwortete Julie und hatte eine Sekunde später die Arme um seinen Nacken geschlungen und sich auf die Zehenspitzen gestellt, um ihn zu küssen.
Er hielt sie von sich ab und betrachtete sie, bestrebt, ernst auszusehen. »Nicht jetzt«, meinte er. »Du verwirrst mich. Ich bin gekommen, um dir etwas zu sagen, und das geht vor.«
»Nichts Schlimmes hoffentlich«, meinte sie mit zitternder Stimme.
»Nun, das ist Ansichtssache. Ich bin gekommen, um dich zu fragen, ob du mich heiraten willst.«
»Aber natürlich«, antwortete sie ohne Umschweife. »Das habe ich doch stets gewollt. Also mach jetzt keine Umstände mehr, und küß mich.« Sie schmiegte sich wieder an ihn und flüsterte an seinen Lippen: »Ich habe dich so vermißt, Mark. Als du nicht kamst, dachte ich ...« Plötzlich brach sie ab.
Die dreitägige Trennung hatte seine Gefühle nur gesteigert, und für eine kurze Ewigkeit vergaß Mark, daß sie im Haus der Prescotts waren und jederzeit ein Mitglied der Familie hereinkommen konnte.
Schließlich schob er sie mit aller Kraft von sich. »Wir haben zu reden«, erklärte er.
»Schön, dann bring mich für ein Weilchen hier heraus.«
»O Julie«, stöhnte er, »du machst es mir nicht gerade leicht.«
»Wozu auch?« meinte sie. »Ich sagte dir doch, daß ich dich vermißt habe. Und außerdem«, fügte sie offen hinzu, »gefällt es mir, wenn du mich liebst.«
»Hat dir nie jemand beigebracht, daß sich ein Mädchen mit den Tugenden der Bescheidenheit und der Geduld zieren soll?«
»O doch, alle haben davon geredet. Aber es ist reine Zeitverschwendung. Warum soll ich so tun, als wärst du mir egal? Nach jener Nacht? Damit du mir nachläufst und ich dich dann abblitzen lasse? Wäre dir das lieber?«

»Nein«, sagte er, »ich mag dich, wie du bist.«
»Du magst mich?« Sie zog die Augenbrauen hoch, und er lachte.
»Gut dann: Ich liebe dich«, antwortete er, und diese Worte, die er noch nie zuvor gesagt hatte, klangen sonderbar in seinen Ohren.
»Ich dich auch. Und du weißt es. Warum also stehen wir hier herum? Warum gehen wir nicht irgendwohin, wo wir allein sind?«
»Können und werden wir. Aber erst muß ich mit dir reden und dann mit Jason. Also setz dich, Julie, und sei vernünftig.«
»Nein«, trotzte sie.
»Jetzt setz dich endlich«, befahl er und nötigte sie in einen Sessel und ließ sich ihr gegenüber nieder. »Und hör mir gut zu.«
Als er mit seiner Erklärung zu Ende gekommen war, meinte sie: »Erstens kannst du Jason jetzt nicht sprechen, weil er nicht da ist, und zweitens ist Tante Millicent krank. Irgend etwas mit dem Herzen, sagt Dr. Vincent, der ihr Pillen und mindestens zwei Wochen strikte Bettruhe verordnet hat. Insofern ist momentan kein günstiger Zeitpunkt, um mit Onkel Jason zu sprechen. Außerdem ist es immer besser, erst Tante Millicent zu gewinnen. Selbst Holt hört auf sie.«
»Nun ja«, meinte er trocken, »die Frauen herrschen wohl überall. Es ist . . .« Sein Gesicht umwölkte sich. »Nun, egal«, fuhr er mit rauher Stimme fort. »Du jedenfalls wirst in meinem Haus einmal nicht herrschen, Julie.«
»Schon gut, Mark. Aber warum gehen wir nicht endlich?« Sie warf ihm einen strahlend verführerischen Blick zu.
»Also schön, machen wir einen Spaziergang«, willigte er ein. »Aber wenn Jason nach Hause kommt, werde ich mit ihm sprechen und die Sache klären.« Er kam sich wie jemand vor, der, nachdem er sich einmal zu etwas nie zuvor Beabsichtigtem durchgerungen hat, es gar nicht erwarten kann, sein Vorhaben in die Tat umzusetzen, aus lauter Angst, Zweifel könnten ihn befallen und wieder anderen Sinnes werden lassen. Zu seiner Überraschung stimmte sie seinem Vorschlag gleichmütig zu. Beim Verlassen des Hauses hielten sie gewissenhaft Abstand, aber kaum waren sie auf dem Weg zum Deer-Hill-Pfad, der hinter dem Park zur River Road hinausführte, schob sie ihre Hand in seine.
Um diese frühe Abendzeit war der Himmel von einem blassen Blau, und die Vögel piepsten schläfrig, während sie es sich in ihren Nestern für die Nacht bequem machten. Die Buschrosen am Ufer des alten ausgetrockneten Flußbettes waren in der Dämmerung kaum mehr zu erkennen.
»Warum heißt dieser Weg eigentlich River Road, Flußstraße?« fragte Julie. »Das Flußbett führt nie Wasser und ist außerdem so eng, daß es selbst mit Wasser bestenfalls ein Bach wäre.«

»Vor Jahren noch war es breiter und voller, bis sie irgendwo im Norden einen Staudamm gebaut und das Wasser abgeleitet haben. Wahrscheinlich hat es niemand der Mühe wert gefunden, den Straßennamen zu ändern. Hast du das nicht gewußt?«
»Nein. Ich habe auch nie darüber nachgedacht. Allerdings bin ich auch nicht oft hierhergekommen, weil es so einsam ist – eine schöne Einsamkeit, jetzt, da wir zwei allein sind.«
»Nicht mehr lange«, meinte er, als in der Ferne Motorengeräusch aufklang.
»Holt!« rief Julie aus. »Verstecken wir uns! Er darf uns nicht sehen.«
Mark lachte laut. »Julie, was bist du doch für ein Kind! Es kommt doch nicht darauf an.«
»Du kennst Holt nicht«, rief sie verzweifelt. »Er hat auch das von neulich herausgefunden. Ich weiß nicht, wie. Aber er hat. Und er kann uns Schwierigkeiten machen. Ja, das kann er. Dann haben wir es mit Onkel Jason viel schwerer.« Sie zog ihn am Arm zwischen die Bäume. Er folgte ihr und bog die Zweige auseinander, um sie vor sich durchgehen zu lassen.
Wenige Augenblicke später fuhr Holt vorbei. Er bremste leicht, als wollte er halten, und Mark spürte, wie Julie sich verkrampfte. Er schlang seinen Arm um sie und wartete, bis das Auto wieder beschleunigte und mit quietschenden Reifen weiterfuhr.
Als sich das Motorengeräusch in der Ferne verlor, sagte Mark leichthin: »Na also.« Er fühlte, wie sie erleichtert aufatmete, drehte sie zu sich herum und bettete ihr Gesicht an seine Schulter. »Eines Tages«, sagte er, »mußt du mir einmal genau erzählen, was Holt eigentlich treibt.« Dabei fuhr er mit der Hand ihre weiche Wange entlang und hob ihr Gesicht zu sich empor.
Aber das war ein Fehler, wie er gleich feststellen mußte. Ihre gegenseitigen Gefühle waren noch zu neu, ihre Leidenschaft noch zu feurig. Eines fernen Tages, den er sich kaum vorstellen konnte, mochte eine sanfte, ruhige Zuneigung zwischen ihnen möglich sein – jetzt jedenfalls noch nicht. Dieses Mädchen erregte ihn so rasch, ließ sein Begehren so ungestüm auflodern, daß er, so eisern er sich sonst in fast allen Situationen in der Hand hatte, immer gleich die Herrschaft über sich verlor. Ihre unverstellten Reaktionen, ihr stürmischer Charakter und ihre Sinnlichkeit, die er bereits am ersten Abend ihrer Rückkehr gespürt hatte, erhöhten sein Verlangen nur noch. Bei einer anderen Frau hätte ihn ein solcher Übereifer vielleicht abgestoßen. Aber bei Julie war das etwas anderes.
Er hielt sie, ihren Kopf gegen seine Schulter gepreßt, hielt sie mit harten Armen und versuchte die Flammen der Leidenschaft zu er-

sticken, die in ihnen beiden brannten. Sie regte sich, drängte sich enger an ihn, als hielten sie die Arme, die sie umschlangen, immer noch nicht fest genug.

»Nicht hier«, sagte er mit erstickter Stimme. »Ich kann dich hier nicht nehmen.« Er riß sich los und zog sie blindlings mit sich auf die Straße hinaus, so schnell, daß sie ihm kaum zu folgen vermochte. Erst als er merkte, daß sie zurückblieb, ging er langsamer.

An der Ecke zur Seneca Avenue blieb er endlich stehen und wartete, bis sie, nach Luft schnappend, nachgekommen war.

»Mach deine Frisur zurecht«, befahl er kurz. »Ich bringe dich jetzt nach Hause.«

Julie gehorchte, und schon ein paar Augenblicke später gingen sie zum Haus hinauf. Jason war mittlerweile heimgekommen. Sie konnten ihn in der Bibliothek mit Holt sprechen hören. »Geh hinauf«, sagte Mark und klopfte seinerseits an die Tür.

Was an diesem Abend in der Bibliothek geschah, sollte Julie nie im einzelnen erfahren. Sie hatte sich noch oben auf dem Treppenabsatz herumgedrückt, als mit einemmal lautes Stimmengewirr ertönte und Jason bellte: »Nein und nochmals nein!« Dann trat für einen Augenblick Stille ein.

Und ich werde Mark doch heiraten, dachte sie, auch wenn Onkel Jason dagegen ist. Sie versuchte, das Unbehagen zu ersticken, das sie bei der herausgebrüllten Absage befallen hatte.

Wieder schwollen unten die Stimmen an. Diesmal hörte sie Holt knurren, ohne jedoch seine Worte verstehen zu können, und dann befahl Onkel Jason mit heiserer Stimme: »Mein Gott, Holt, entschuldige dich.« Eine Sekunde später krachten Möbel, und Jason brüllte abermals.

Sie war der Szene in der Bibliothek so aufmerksam gefolgt, daß sie mit keinem Gedanken an Millicent gedacht hatte. Sie war die Treppe schon halb hinuntergeeilt, voller Angst zwar, aber entschlossen, hineinzugehen, als sie ihre Tante ihren Namen hauchen hörte. Sie drehte sich um und sah gerade noch, wie Millicent sich mit der Hand an die Brust griff und auf die Treppe zuwankte.

Mein Gott, schoß es ihr in jähem Schrecken durch den Kopf, sie wird herunterfallen! Und in der verzweifelten Hoffnung, sie noch rechtzeitig auffangen zu können, lief sie die Treppe wieder hinauf. Als sie auf der vorletzten Stufe angelangt war, verlor Millicent das Gleichgewicht und stürzte nach vorn. Ein paar Sekunden lang schwankte Julie unter Millicents Gewicht, aber dann gelang es ihr, sich gegen die Wand zu stemmen und den Stoß abzufangen und ihre Tante mit einer herkulischen Kraftanstrengung schließlich auf den Treppenabsatz zurückzuschleppen. Noch immer hing Millicent wie leblos in ih-

ren Armen, und sie rief laut um Hilfe.
Das brachte den Haushalt auf die Beine und drang bis zu den streitenden Männern in die Bibliothek vor. Jason war als erster da und riß ihr Millicent förmlich aus den Armen. Holt, der hinter ihm hergelaufen kam, kreischte: »Du Schlampe, das ist dein Werk.« Aber Julie war noch viel zu starr vor Entsetzen, um ihn zu beachten, und folgte Jason in Millicents Zimmer.
»Ruf Dr. Vincent«, sagte Jason zu Holt. Und zu Julie: »Hol Jenny und Margaret. Du hast für einen Abend genug Unheil angerichtet.«
Ehe er Julie die Tür vor der Nase zuschlug, sah sie Millicent weiß und still auf dem Bett liegen, fast wie eine Tote.
Sie lief, um Jenny und Margaret zu holen, und machte sich dann auf die Suche nach Mark, der das Haus jedoch bereits verlassen hatte. Darauf ging sie auf ihr Zimmer und lauschte auf die Versuche der anderen, Millicent wieder ins Leben zurückzurufen, bis endlich Dr. Vincents Stimme auf dem Gang vor ihrem Zimmer zu hören war. Die Tür zu Millicents Zimmer öffnete und schloß sich, und dann war es still.
Etwa eine Stunde später kam Jason den Gang entlang, und Dr. Vincent sagte: »Sie wird durchkommen. Aber noch einmal darf so etwas nicht passieren. Jetzt braucht sie absolute Ruhe und regelmäßige Pflege. Vor allem dürfen die Medikamente nicht vergessen werden. Sie hat Angina pectoris. Damit kann sie noch Jahre leben, wenn sie nur gut auf sich aufpaßt und Aufregungen vermeidet.«
Jason murmelte, schon auf der Treppe, etwas Unverständliches, und Julie folgte ihnen und nickte Dr. Vincent zu, ehe sie die Bibliothek betrat.
Gleich darauf kam Jason herein, hob die umgeworfenen Stühle und den umgestoßenen Aschenbecher auf und versuchte mit ein paar Handgriffen, wieder Ordnung zu schaffen.
»Du wirst Mark Douglas nicht heiraten«, begann er ohne jede Einleitung. »Jedenfalls nicht mit meiner Einwilligung.«
»Dann eben ohne sie«, erwiderte sie entschlossen.
»Meinst du? Nur daß Mark an einer solchen Heirat gar nicht soviel gelegen ist; denn dann muß er zwölf Jahre lang warten, bis er die Hand auf dein Vermögen legen kann.«
»Das ist eine Lüge«, entfuhr es ihr.
»Frag ihn selbst. Reite morgen zur Kellerei hinüber, denn ich habe ihm das Haus verboten.«
Ohne ihn einer Antwort zu würdigen, ging sie an ihm vorbei in ihr Zimmer hinauf, zog sich um und wartete, bis alle zu Bett gegangen waren und es still im Haus war. Kurz nach Mitternacht schlich sie

sich hinunter ins Freie. Mit dem Auto brauchte man zu ihrem alten Heim knapp eine Viertelstunde, zu Pferd eine halbe, aber zu Fuß langte sie erst kurz nach ein Uhr nachts an. Das Haus lag dunkel vor ihr, die Hintertür war versperrt. Sie ging zum Stall hinüber, aber auch Rustys Box war leer.

Sie hatte so sicher erwartet, Mark anzutreffen, daß sie sich vor Enttäuschung kaum zu fassen vermochte. Sie lehnte sich an die Stalltür, und Tränen rannen ihr übers Gesicht, die sie mit dem Saum ihres Reitrockes abwischte, und dann setzte sie sich auf die Küchenveranda. Irgendwann mußte er ja zurückkommen, und dann wollte sie dasein. Sie kuschelte sich in die Ecke von Verandageländer und Haus und schloß die Augen. Die Stille der warmen Nacht hüllte sie ein. Der Sturm der Gefühle in ihrem Innern fiel in sich zusammen, und mit einemmal fühlte sie sich erschöpft und ausgelaugt. Halbfertige Gedanken schossen ihr durch den Kopf, und nach einer Weile schlief sie ein.

Einige Zeit später wurde sie durch das Geräusch von Hufschlägen geweckt und war sofort hellwach. Rusty kam die vordere Auffahrt herauf; vor dem Rasen bog er ab. Mit einemmal war alle Schläfrigkeit wie weggeblasen. Sie beobachtete Mark, wie er zum Stall ritt, abstieg, das Pferd hineinführte, und hörte, wie er ihm beim Absatteln unverständliche Worte ins Ohr murmelte.

Als er aus dem Stall kam, streckte er eine Hand aus, wie um das Gleichgewicht zu bewahren. Sie stand auf und ging ihm entgegen, wobei sie leise seinen Namen rief.

Falls es ihn überraschte, sie hier zu treffen, zeigte er es mit keiner Regung. Er öffnete nur die Arme, und Julie lief hinein. Sein Atem roch nach Whisky, und wenn er nicht wirklich betrunken war, so fehlte doch nicht viel.

»Gehen wir hinein«, drängte sie, und er legte seine Arme um ihre Schultern und führte sie zur Haustür. Nachdem er aufgesperrt und sie hereingezogen hatte, machte er in der Küche Licht.

Seine Augen waren blutunterlaufen, und seine Stimme klang etwas verzerrt, aber sonst schien ihm der Whisky nichts gemacht zu haben.

»Wie geht es deiner Tante?« fragte er.

»Ganz gut.«

»Und Jason?«

»Er hat mir alles gesagt.«

»Na also.« Er machte eine Handbewegung.

»Es ist aber nicht wahr, was Onkel Jason gesagt hat, oder?«

»Was hat er denn gesagt?«

»Daß du ... daß du mich ohne seine Zustimmung nicht heiraten

willst, weil ich dann die Aktien nicht bekomme.«
»Das sieht ihm ähnlich. Aber es stimmt. Denn sieh mal, Julie, wenn ich dich trotzdem heirate, bist du Jason und Holt vollständig ausgeliefert. Sie können machen, was sie wollen; investieren, wie sie wollen, und vermutlich auch über deinen Anteil verfügen, wie sie wollen. Wo aber bleiben dann du, ich und die Damiens, mit einem Wort: Fontaine?«
»Das ist mir egal«, meinte sie. »Ich will nur dich.«
»Aber mir ist es nicht egal«, sagte er. »Ich habe nicht die Absicht, Fontaine den Prescotts zu überlassen.«
»Dann ist es also doch wahr? Dann wolltest du doch nur die Aktien und nicht mich?« Die Vorstellung schien ihr so ungeheuerlich, daß sie sich auf ihn stürzte und ihm mit den Fäusten auf die Brust trommelte und schrie: »Du . . . du Schuft, du . . . oh!« Dann trat sie einen Schritt zurück, während er sie gespannt beobachtete, ohne eine Miene zu verziehen. Dadurch noch mehr gereizt, schlug sie ihm mitten ins Gesicht. Eine Minute lang rührte er sich nicht, aber dann packte er sie, ehe sie sich's versah, legte sie übers Knie, zog ihr den Rock über den Kopf und die Hosen herunter und schlug ihr mit harter, fester Hand auf den nackten Hintern.
Sie schrie vor Schmerz und Demütigung, obwohl er nicht oft zuschlug, und versuchte dabei, sich loszuwinden. Nachdem er aufgehört hatte, packte er sie, drehte sie roh zu sich herum und küßte sie mit einer Härte und Brutalität, die sie bis jetzt noch nicht von ihm erfahren hatte.
Sie wehrte sich dagegen, aber sosehr sie auch zappelte und ihn zu kratzen versuchte, er hielt sie fest, nahm sie in seine Arme und trug sie zum Bett hinüber. Dort warf er sie auf die Kissen und schmiß sich neben sie.
Er hielt weiter ihre Arme gefangen, so daß ihr alles wilde Aufbegehren nichts nutzte. Dann begannen seine Hände über ihren Körper zu wandern, glitten mit der Übung langer Praxis unter ihr Kleid, und obgleich sie sich noch immer wehrte, spürte sie doch ein wildes Verlangen in sich aufsteigen. Und plötzlich erwiderte sie seine Küsse, drängte sich enger an ihn, bis alles miteinander verschmolz und seine Berührung das Eigentliche ihres Seins wurde.
In dieser Nacht kehrte sie nicht mehr nach Hause zurück. Als sie aufwachten, war es schon heller Tag, und in der Erinnerung an die lange Nacht spürte Julie noch ihren Körper glühen. Sie wandte Mark ihr Gesicht zu, und er küßte sie und streichelte sanft die Stelle, auf die er sie in der Nacht zuvor geschlagen hatte.
»Es tut noch immer weh«, klagte sie.
»Erheb nie mehr die Hand gegen mich«, warnte er sie ruhig. Sie ant-

wortete nicht, sondern machte sich statt dessen mit sicherem Instinkt daran, ihn auf die einzige ihr mögliche Weise zu zähmen. Sie streichelte ihn, glitt mit einer Hand an seinem Bauch hinunter, machte unter seinem Nabel halt und glitt mit der Hand auf und ab, streifte flüchtig die pulsierende Spitze seines Gliedes, bis sie schließlich ihre warme Hand darum schloß. Sie hörte, wie er den Atem einzog, und fuhr mit der Hand über die sich erhärtende Schwellung.

Sie blickte ihn an und sah, wie er sie mit einem schrägen Blick beobachtete. Der Umstand, daß er sich nicht rührte, erregte sie, und sie begann seinen Körper zu küssen, wie er den ihren geküßt hatte. Sie ging mit offenem Mund über sein Glied, biß ganz zart zu und umschloß es schließlich mit ihren feuchten Lippen. Da wurde er plötzlich lebendig; er packte sie und setzte sie rittlings auf sich, so daß sie sich wie durchbohrt fühlte. Er hielt sie fest und schwang sie rhythmisch auf und ab, bis sie die Initiative übernahm. Dann hob er den Kopf vom Kissen und zog sie zu sich herab, bis er mit den Lippen ihre Brüste erreichen konnte.

War es aufregend gewesen, ihn zu erregen, so war sein Versuch, das immer stärker werdende Drängen der Lust noch zu steigern und gleichzeitig hinauszuzögern, noch erregender. Gerade schien alle Zeit der Welt vor ihnen zu liegen, als er sie mit einemmal umklammerte, sie schneller hob und senkte und heiser stöhnte: »Jetzt, jetzt!« Und gemeinsam empfanden beide etwas wie eine elektrische Gefühlsentladung, und zuckend sank sie in den Nachwehen der Leidenschaft auf ihm zusammen.

Es war schon fast neun Uhr, als sie das Haus verließen.

»Ich fahre dich schnell hinüber«, schlug Mark vor.

»Lieber nicht. Das soll lieber ein anderer machen. Das ist einfacher für mich.«

Schließlich willigte er ein, und in der Kellerei erbot sich Avery Bertram einzuspringen. Er half ihr wie einer Königin in sein altes Elektroauto. Unterwegs wußte er auf alle ihre Gelegenheitskommentare zum Wetter nichts weiter als »Ja, jawohl!« zu antworten. Vor dem Hause angekommen, half er ihr wieder wie einer königlichen Hoheit aus dem Auto.

Als Julie die Halle betrat, kam Jenny gerade mit Tante Millicents Frühstückstablett die Treppe herunter.

»Guten Morgen, Miss«, sagte sie. »Sie sind heute aber schon früh draußen gewesen.«

»Ja«, antwortete Julie. Folglich hatte man sie nicht vermißt. Sie ging ins Eßzimmer, denn ihr knurrte der Magen vor Hunger. Holt war bereits fort, aber Onkel Jason saß noch am Tisch bei einer zweiten Tasse Kaffee.

Sie legte sich von der Wärmeplatte auf der Anrichte etwas auf den Teller und sagte, während sie sich auf ihren gewohnten Platz setzte. »Guten Morgen, Onkel Jason, ich möchte mit dir sprechen.«
»Wo bist du gewesen?« fragte er statt einer Antwort.
»Draußen«, erwiderte sie. »Aber darauf kommt es jetzt nicht an. Was ich dir sagen möchte, ist, daß ich Mark, wenn du einer Heirat nicht zustimmst, nicht heiraten will.«
»Das dachte ich mir doch!«
»Im übrigen hast du ganz recht gehabt. Auch er will mich nicht heiraten.«
»Ich habe dich ja gewarnt«, brummte er.
»Deshalb«, fuhr sie fort, »werde ich seine Geliebte. Ich werde mit ihm schlafen und wahrscheinlich schwanger werden. Dann allerdings wirst du in einem sonderbaren Licht dastehen, wenn du deine Zustimmung nicht gibst. Jedermann wird denken, daß es dir nur um die Kontrolle über mein Geld geht.«
Nach dieser unverschämt frechen Rede nahm sie die Gabel und fiel ungerührt über ihr Rührei her. Jason dagegen war sprachlos vor Wut und unfähig, einen klaren Gedanken zu fassen.
Das schlimme war, daß er nicht laut werden durfte, um Millicent nicht aufzuregen; Dr. Vincent hatte ihn eindringlich vor einem neuen Anfall gewarnt. Dafür verschonte er Julie nicht mit harten Worten und Beschimpfungen. Sie jedoch aß äußerlich vollkommen ruhig weiter. Was Mark dazu sagen würde, falls er dahinterkam, daran wagte sie allerdings nicht einmal zu denken. Im übrigen konnte sie tatsächlich schon in der vergangenen Woche schwanger geworden sein. Aber was kümmerte sie das? Jason war unbändig stolz auf seinen Namen, und eine solche Schande hätte er nie verwinden können. Deshalb würde er sie gewiß nicht, selbst wenn er ihr jetzt damit drohte, in ihr Zimmer einsperren, bis sie wieder zur Vernunft kam. Ich werde schon noch siegen, dachte sie, wenn ich nur jetzt nicht vor seinen Augen zusammenfalle.
»Dein Cousin Holt muß mich ja für verrückt halten«, wütete Jason.
Da wußte Julie, daß sie gewonnen hatte. Sie legte die Gabel hin und schaute ihn an. »Wenn du Holt von unserer Unterhaltung erzählst, gibt es nur noch einen weiteren Skandal. Er wird sich mit Mark anlegen, gegen den er keinerlei Chance hat, oder aber mir etwas antun, und dann wird Mark ihn umbringen. Deshalb würde ich Holt an deiner Stelle nichts von der ganzen Sache sagen. Du brauchst ja nur zu erklären, daß du deine Meinung geändert hast.«
Er schaute sie lange an. »Ich habe dich immer gern gehabt, Julie«, sagte er schließlich. »Aber jetzt muß auch ich einsehen, daß du ein

intrigantes, halsstarriges, zügellos ausschweifendes Ding bist. Also gut. Du sollst deinen Willen haben. Auf einem aber bestehe ich: auf einer angemessenen Verlobungszeit. Eine Hochzeit kommt nicht vor nächstem Sommer in Betracht.«

»Diesen Sommer.«

»Nicht vor dem Frühjahr.«

»Diesen Herbst«, hakte sie nach, »nach der Ernte.«

Er erhob sich, warf die Serviette auf den Tisch und sagte: »Also gut, im Herbst, vorausgesetzt, deine Tante ist auf der Höhe. Du hast gewonnen, Julie, aber merk dir eins: Diesen Sieg wirst du noch bitter bereuen.«

7

In diesem Verlobungssommer trug Julie den Kopf hoch. Sie hatte über Jason triumphiert und die Einwilligung ihrer gefügigen Tante erhalten. Ja, Millicent hatte sogar direkt erleichtert ausgesehen. So jedenfalls war es ihr vorgekommen. Vielleicht stand sie gar nicht auf Onkel Jasons Seite. Holt dagegen war wütend, konnte aber aufgrund von Millicents Krankheit seinem Ärger nicht freien Lauf lassen, sondern mußte sich mit gelegentlichen gemeinen Bemerkungen begnügen.

Doch Holts Bemerkungen kümmerten Julie herzlich wenig. Sie trug jetzt Marks Saphierring mit dem sanft glänzenden Stern am Finger, und der Sommer entfaltete seine ganze Pracht und Herrlichkeit. Die Trauben röteten sich in der Sonne und wurden so schwer, daß sie die Stöcke nach unten zogen. Die Luft war erfüllt von Blumenduft, und die Hitze wurde in den heißen Monaten Juli und August durch kühle Brisen gemildert, die von den Hügeln und vom See her wehten. Ein Sommer, wie man ihn sich nicht schöner wünschen konnte, sagten die Leute, und Julie echote: Der herrlichste Sommer meines Lebens. Falls sich die Leute in der Stadt über Jasons plötzliche Zustimmung zu einer Hochzeit, die er doch eigentlich nicht billigen konnte, wunderten, so war in der Öffentlichkeit nicht viel davon zu merken. Außerdem schien er Holt tatsächlich zurückgepfiffen zu haben. Jedenfalls demonstrierte dieser bei der Einladung, die Art und Lillian Douglas zur Verlobung gaben, eine fast überzeugende Familiensolidarität.

Art Douglas gefiel Julie. Er war etwa fünfzehn Jahre älter als Mark und sah ihm sehr ähnlich. Er war nur kleiner und hatte keine hellbraunen, sondern hellblaue Augen und dunkelrotes Haar. Aber sein Gesicht war ebenso scharf und kühn geschnitten wie das von Mark.

Lillian dagegen, seine Frau, war völlig anders. Klein und plump, sah man ihr unbestreitbar ihre fünfundvierzig Jahre an, ohne daß sie den Frohsinn der Douglas hatte. Sie war schwer zu durchschauen.
»Kommt jemand von Marks Familie zur Hochzeit?« fragte sie Julie nach dem Essen, als der Tanz begann.
»Ich denke schon«, antwortete Julie. »Zumindest doch seine Schwestern mit ihren Männern. Seine Mutter dagegen wird sich der langen Reise kaum gewachsen fühlen.«
»Und seine Schwester Valerie wohl auch kaum«, fügte Lillian hinzu. »Du weißt doch, was es mit Valerie auf sich hat?«
»Ja«, antwortete Julie, »Mark hat es mir erzählt. Er mag sie sehr gern. Ich glaube, sie ist seine Lieblingsschwester.«
»Das wird wohl so sein«, erwiderte Lillian geheimnisvoll. »Mark liebt schwache und willfährige Frauen.«
Das war eigentlich eine Unverschämtheit, dachte Julie, aber dann fiel ihr ein, daß Lillian Douglas Miranda Latham, mit der sie noch immer eng befreundet war, sehr gern als zukünftige Schwägerin gesehen hätte.
»Dann ist es nur gut, daß ich nicht stark und eigensinnig bin«, meinte sie und grinste bei dem Gedanken, wie Mark wohl über die Unterhaltung lachen würde.
In diesem Moment kam Sam Howard auf sie zu, und Lillian behielt ihre Antwort lieber für sich. »Du siehst wunderhübsch aus, Julie«, sagte er. »Du wirst eine strahlende Braut abgeben – wie das meinen Lokalberichten nach zu schließen angeblich bei allen Frauen der Fall ist. Nur daß bei dir das Wort ›wunderhübsch‹ ausnahmsweise einmal keine Übertreibung ist.«
»Waren Sie auch so überrascht wie wir?« fragte Lillian, ehe Julie noch eine Antwort geben konnte.
Nicht doch. Ich wußte es schon die ganze Zeit. Wahrscheinlich schon, ehe der junge Mann seinen Antrag machte. Es gehört eben zu meinem Beruf, das Gras wachsen zu hören«, sagte er und warf Lillian einen durchdringenden Blick zu, der ihr das Blut ins Gesicht trieb. Sie wendete sich ab.
»Ach«, rief sie, »da kommen Miranda und Alec Fremont. Entschuldigt mich bitte.«
»Laß dich von den alten Schachteln nicht einschüchtern, Julie. Schau, daß du glücklich wirst und Mark glücklich machst«, riet ihr Sam, als Lillian außer Hörweite war.
Sie lächelte ihn dankbar an. »Das will ich«, versprach sie.
»Deinen Vater hätte es gefreut«, fügte er hinzu. »John hatte Mark von Anfang an für dich ausersehen. Natürlich hat er es abgestritten, wenn ich ihn damit aufzog, aber ich weiß es doch; kurz vor seinem

Tod hat er es mir noch gestanden. Fast als hätte er etwas Böses geahnt. Das ist natürlich Unsinn. Ich glaube selber nicht an Hellseherei und Vorahnungen. Trotzdem hatten wir in dem Monat vor seinem Unfall ein langes, ernstes Gespräch miteinander.«

»Erzählen Sie mir doch bitte davon«, bat Julie, und Tränen der Wehmut traten ihr in die Augen.

»Nicht, wenn du dich naß machst«, meinte Sam irritiert. »Du bringst mich ja sonst in Verruf.« Sie mußte lachen. »Im übrigen gibt es da nicht viel zu erzählen«, fuhr er fort. »Ich habe dir schon fast alles gesagt. Er äußerte nur noch die Hoffnung, du möchtest dich so weiterentwickeln wie bisher. Denn er war stolz auf dich, Julie. Aber heute wäre er noch stolzer. Mark ist ein guter Mann. Er mag schwierig und eigensinnig und nicht immer diplomatisch sein, aber schließlich brauchst du auch einen Mann, dem du nicht auf der Nase herumtanzen kannst.«

»Ich mag Mark so, wie er ist«, antwortete Julie. »Aber da kommt Miranda. Ich möchte ihr lieber nicht begegnen. Sie macht immer ein solches Getue mit mir, als wäre ich ein junger Hund.«

»Dann schau, daß du fortkommst.« Sam lächelte. »Ich verschaffe dir Rückendeckung.«

Er fragte sich, ob Julie wußte, daß in der Stadt darüber geklatscht wurde, wie Miranda Latham Marks Treulosigkeit aufnahm. Allem Anschein nach machte sie sich nicht viel daraus. Aber er wußte, wie es in Wahrheit um sie stand.

Sam Howards Vermutungen trafen im übrigen ins Schwarze. Nach außen hin hatte Miranda die Sache auf die leichte Schulter genommen. Nicht einmal Mark hatte sie ihren Kummer verraten. Insgeheim jedoch kochte sie vor Zorn, genauso wie Sam es vermutete. Unermüdlich sann sie darüber nach, wie sie diese Heirat hintertreiben könnte. In Jason Prescott hatte sie einen nur allzu willigen Verbündeten gefunden; aber falls nicht etwas Unvorhergesehenes eintrat, schien es nicht viel Hoffnung zu geben.

Miranda machte sich nichts vor. Sie wünschte sich, daß das Unmögliche möglich würde. Aber wenn sie auch im Wünschen die Kraft besaß, ihre Rivalin aus dem Weg zu räumen, in Wirklichkeit fand ihr Haß nur ein Ventil: die Hoffnung, Julie würde verunglücken.

Im August fühlte sich Millicent wieder so weit hergestellt, daß sie daran denken konnte, mit Julie nach New York zu fahren, um die Aussteuer zu kaufen. Doch Dr. Vincent wollte nichts davon hören, und deshalb mußte Julie schließlich mit Mrs. Bradford fahren. Aber so dankbar sie für dieses freundliche Anerbieten auch war, sie fühlte sich doch durch die Angst ihrer Anstandsdame und deren Mißtrauen

vor der riesigen »Metropole«, wie sie New York zu nennen pflegte, sehr behindert. Aus diesem Grund kam Julie relativ früh zurück.
Die Zeit der Ernte rückte näher, und als die Weinlese begann, ging Julie oft in den Weinberg hinüber, um den Pflückern zuzuschauen, wenn sie die vollen Kiepen zu den Frauen trugen, die mit scharfen Scheren die vertrockneten, unreifen oder schlechten Beeren ausschnitten, so daß zum Schluß nur lauter makellose dunkelrote Trauben zurückblieben.
Die Tage in der Sonne bräunten ihr Gesicht, ihre Arme und Hände und verliehen ihrem schwarzen Haar einen rötlichen Schimmer.
»Wenn das so weitergeht«, neckte Mark sie eines Tages, »bekomme ich noch eine Zigeunerin zur Frau.«
»Das gibt sich vor der Hochzeit schon wieder«, meinte Julie ruhig. »Ach Mark«, fügte sie hinzu, »ich habe diesen Sommer geliebt. Ich habe die Partys geliebt, und ich habe den Weinberg geliebt. Ich liebe die Sonne, und ich liebe . . . oh, einfach alles.«
»Darf ich mir schmeicheln, daß in diesem ›allem‹ auch ich mit inbegriffen bin?« fragte er lächelnd.
»Oh, dieses alles bist du«, versicherte sie ihm.
»Und wirst du in fünf Jahren auch noch so denken?« fragte er. »In zehn?«
Der Ernst in seiner Stimme ließ sie aufhorchen. Aber sie hing diesem Gedanken nicht weiter nach, sondern sagte leichthin: »In fünfzig noch, mindestens.«
Zu Hause zeichnete sie sich durch vorbildliches Verhalten und mustergültige Zuvorkommenheit aus. Nichts konnte ihr die gute Laune verderben oder einen Schatten auf ihr Glück werfen, und selbst Jason schien sich, sosehr er anfangs dagegen gewesen war, mit der Heirat abgefunden zu haben. Er tat gerade so, als hätte er sie seit eh und je befürwortet.
Insgeheim jedoch kochte er, genau wie Miranda, vor Wut. Dabei war es ihm ein schlechter Trost, daß er letztlich an der Situation selber schuld war. Sein Schwager hatte ihm die Verfügung über Julies Aktien während ihrer Minderjährigkeit nur deshalb entzogen, weil er ihn ein Jahr vor seinem Tod so hart bedrängt hatte, an die Steuben-Kellereien zu verkaufen. Jetzt freilich schien sich eine Fusion mit den Steubens auf Zeit und Ewigkeit zerschlagen zu haben. Nur ein Wunder konnte die Heirat vehindern, und ein zweites Wunder war nötig, um Mark, der Julie und Joe Damien fest in der Hand hatte, die Kontrolle über Fontaine zu entreißen.
Doch dann trat das Unvorhergesehene ein: Mitte September, drei Wochen vor der Hochzeit, die Ernte war gerade eingebracht, und die Trauben in der Kelter, starb Marks Mutter. Und als Erbe und Te-

stamentsvollstrecker mußte Mark nach Kalifornien reisen.
»Eine Sache von zwei Wochen«, sagte er zu Julie, die in Tränen schwamm. »Ich komme rechtzeitig zurück.«
»Aber ich habe das deutliche Gefühl, daß etwas dazwischenkommt«, erwiderte sie. »Nimm mich bitte mit.«
»Sei nicht kindisch, Julie. Nichts kommt dazwischen. Ich denke nicht daran, dich mitzunehmen und auf diese Weise alles ganz unnötig zu verzögern. Millicent würde auf einem Anstandswauwau bestehen, und wir haben nicht die Zeit, das Hochzeitsdatum zu verschieben. Also sei vernünftig.«
Sie konnte ihn nicht umstimmen, und da ihn ihre Bitten nur verdrossen machten, ohne daß er sich durch sie im mindesten hätte erweichen lassen, gab sie schließlich auf. Millicent, bei der sie sich über Mark beklagte, sagte lediglich: »Es ist höchste Zeit, daß dir jemand einmal die Stirn bietet, Julie. Es ging schon viel zu lange nach deinem Kopf. Mark Douglas ist genau der Richtige für dich. Bei ihm kommst du mit Drohungen nicht durch.«
Julie schwieg. Also hatte Jason ihr erzählt, wie sie ihm die Zustimmung zur Hochzeit abgerungen hatte.
»Ja«, fuhr Millicent trocken fort, als könnte sie Julies Gedanken lesen, »ich weiß Bescheid. Und ich bin, wie dein Onkel, überzeugt, daß du deinen Eigensinn eines Tages noch bitter bereuen wirst.«
»Mark ist schon in Ordnung«, erwiderte Julie. »Du und Onkel Jason mögt ihn vielleicht nicht, aber dafür hat ihn mein Vater geliebt und ihm vertraut.«
»Das weiß ich. Aber der Fehler deines Vaters war es eben, anderen zu schnell zu vertrauen. Mark hat sich diese Stellung in der Weinkellerei erschlichen. Er hat es bei seiner eigenen Familie in Kalifornien nicht ausgehalten und wollte auch nicht ins Molkereigeschäft gehen wie sein Vetter Art. Immer und überall muß er sich mit den Leuten anlegen. Aber wozu jetzt darüber reden? Was geschehen ist, ist geschehen. Du hast diese Hochzeit durchgesetzt, genauso wie du es damals durchgesetzt hast, von hier fort ins Kloster zu kommen. Du warst ganz schön von dir eingenommen, Julie. Und ich muß ehrlich gestehen, es ist mir nicht unangenehm, zuzusehen, wie dir einer einmal die Zähne zeigt. Das macht mir Mark sympathisch. Du brauchst eine starke Hand, und eine starke Hand wirst du ...« Millicent schnappte nach Luft und zog aus der Rocktasche ein Fläschchen mit der Medizin, die ihr Dr. Vincent verschrieben hatte. Sie war kalkweiß im Gesicht, und von Gewissensbissen getrieben, eilte Julie ihrer Tante zu Hilfe.
Kurz nachdem diese die Medizin geschluckt hatte, entspannte sie sich, und der gespenstisch verzerrte Ausdruck auf ihrem Gesicht ver-

lor sich nach und nach. »Ich sollte mich nicht immer aufregen«, sagte sie. »Das tut mir nicht gut. Geh jetzt, Julie. Ich brauche Ruhe.«
Zwei Tage später fuhr Mark ab, und Julie fühlte sich verlassen und schutzlos. Sie hatte ein Gefühl, das sie nicht abschütteln, eine Vorahnung, die sie nicht loswerden konnte, obwohl sie sich sagte, daß dazu gar kein Grund vorlag.
Die ersten Tage verbrachte sie von früh bis spät im Weinberg, bombardierte die Damiens mit Fragen und schaute fasziniert zu, wenn der Traubensaft aus den alten Eisenkeltern tröpfelte.
»Ich verstehe so wenig davon«, sagte sie eines Tages zu Joe Damien.
»Ach Julie, Weinkenner wird man nicht in ein paar Stunden oder Tagen, ja nicht einmal in ein paar Jahren. Ich kann dir zeigen, wie die Trauben sortiert werden, wie der Saft aus der Kelter ins Sammelbekken rinnt und noch vieles mehr, von der ersten Kelterung bis zur letzten, bis der minderwertigste Saft, der Nachlauf, gewonnen wird. Und Peter kann dich zu den Gärbottichen bringen und dir den Most zeigen. Und wenn wir dir alle Phasen gezeigt haben und du mir zugeschaut hast, wie ich die Cuvées aussuche, wie ich die besten bestimme und die weniger guten, die nur zu einem Verschnitt taugen, und wenn du zuletzt noch die Flaschenabfüllung gesehen hast – selbst dann verstehst du vom Wein nicht viel mehr als ein Schulmädchen.«
»Du meinst, ich werde nie etwas davon verstehen?« fragte sie entmutigt.
»Nein, aber du wirst nur etwas davon verstehen lernen, wenn du wieder und immer wieder kommst und zuschaust und dann selber mit Hand anlegst. Die Weinfabrikation lernt sich nicht über Nacht.«
»Aber ich kann die Qualität eines Weines sehr wohl schmecken«, protestierte sie. »Ich kann durchaus einen guten Champagner von einem schlechten unterscheiden und einen Fontaineschen von einem französischen.«
»Na hoffentlich, Julie.« Joe lachte. »Sie schmecken auch ganz anders.«
»Ich mag den Geschmack der Fontaineschen Weine«, meinte Julie.
»Ich auch. Aber das versteht sich in unserem Fall wohl von selbst.«
»Ich werde jetzt jedes Jahr zur Lese herkommen und beim Keltern zuschauen, bis ich alles gelernt habe.«
»Sehr löblich. Nächstes Jahr werden wir dich zu den Frauen stecken, die die schlechten Beeren wegschneiden; im Jahr danach darfst du bei der Kelter helfen, und so Jahr für Jahr, bis du vierzig bist. Dann weißt du alles, was ich weiß.«

»Du machst dich über mich lustig«, meinte sie anklagend und schaute zu ihm auf.
»Nur ein bißchen. Ich mußte gerade denken, wie ähnlich du deinem Vater bist. Und wie er sich freuen würde, wenn er dich heute sehen könnte. Braun wie eine Zigeunerin und so voller Ver. . .«
Keuchend brach er ab, und Julie fragte besorgt: »Was ist?«
Einen Augenblick antwortete er nicht, hielt sich nur die Seite, dann sagte er: »Nichts, nur ein Muskelkrampf. Es tut teuflisch weh, hat aber nichts zu bedeuten.«
Doch bald darauf schickte er sie unter dem Vorwand weg, er habe noch viel zu tun. Peter war im Weinkeller beschäftigt, und da auch sonst niemand da war, mit dem sie reden konnte, holte Julie voller Bedauern Fancy vom Feld jenseits der Kellerei. Als sie an dem Gebäude vorbeiritt, warf sie gewohnheitsmäßig einen Blick durch das große Fenster von Marks Büro und sah Joe dort in Marks Stuhl sitzen; er hatte den Kopf auf die gekreuzten Arme gelegt. Das beunruhigte sie, aber schon am nächsten Tag schien Joe sich wieder erholt zu haben. Jedenfalls war er bei der Arbeit und bereit, ihre endlosen Fragen zu beantworten.
Mark fehlte ihr sehr, trotz aller Mühe, die sie sich gab, sich die Zeit sinnvoll zu vertreiben. Öfter ritt sie auch zu den Douglas-Farmen hinaus. Sie gab vor, dort einen Familienbesuch machen und mit Lillian reden zu wollen, in Wirklichkeit wollte sie nur Art sehen, dessen Ähnlichkeit mit Mark ihr wohl und weh in einem tat.
»Nächste Woche wird er wiederkommen«, meinte Art bei ihrem dritten Besuch. »Ob du dich dann bei uns auch noch so oft sehen läßt?« Sie wurde rot, weil sie sich durchschaut fühlte.
»Nun, ganz so oft wahrscheinlich nicht mehr«, antwortete sie schlagfertig wie bei jeder Herausforderung. Art lachte.
»Mit dir wird Mark zu tun haben! Meinst du nicht auch, Lillian?«
»Das wird er«, antwortete Lillian honigsüß.
Als sich ihre Augen begegneten, errötete Julie erneut. Lillians Warnung fiel ihr wieder ein: »Mark liebt schwache und willfährige Frauen.«
Die Hochzeit sollte in St. Stephen stattfinden, und Julie und Mark hatten schon mit Pater Gannett darüber gesprochen. Ihr war der Priester reichlich streng erschienen, aber Mark hatte gemeint: »Er ist schon in Ordnung; besser als die meisten, nicht so neugierig und ständig mit irgendwelchen schönen Reden bei der Hand.«
Julie hatte ihn eigentlich noch einmal allein aufsuchen wollen. Denn Hochzeitsmesse bedeutete Beichte, und seit ihrer überstürzten Abreise von St. Veronica war sie nicht mehr zur Beichte gegangen. Aber im Grunde hatte sie wenig Lust dazu, und deshalb verschob sie die

Angelegenheit immer wieder.
Mittlerweile hing schon das Hochzeitskleid im Nähzimmer, lag die Aussteuer fix und fertig im Schrank, waren die Einladungen verschickt und beantwortet, die Hochzeitsgeschenke auf dem langen Tisch in der Bibliothek aufgestellt und die Danksagungen abgeschickt. Es gab nichts mehr zu tun, außer auf Mark zu warten und Pater Gannett aufzusuchen.
Als am Sonntag vor Marks Rückkehr das Aufgebot zum letzten Mal verlesen wurde, fühlte sich Julie unbehaglich an den überfälligen Besuch beim Pater erinnert, den sie nun lange genug verschoben hatte.
Sie hatte mit Mark vor seiner Abreise darüber zu sprechen versucht, aber er hatte sie wegen ihrer Bedenken ausgelacht. »Was kann er dir denn schon tun?« hatte er gefragt. »Du beichtest, gibst zu, gesündigt zu haben, und er erteilt dir die Absolution. Das ist eine saubere Sache.«
»Aber er wird mich schelten«, erwiderte Julie.
»Das gehört zum Geschäft.«
»Auch du wirst hingehen müssen«, meinte sie.
»Na und?« antwortete er. »Großes Hochzeitstrara mit Hochzeitsmesse – das war schließlich deine Idee. Natürlich kann es sich das Brautpaar nicht leisten, bei der eigenen Hochzeitsmesse zu fehlen. Es wird zwar langweilig sein, aber wir werden auch das überstehen. Du solltest dir nicht um nichts und wieder nichts Gedanken machen.«
Doch das war kein Trost für sie, und obwohl sie ihm innerlich recht gab, machte sie sich dennoch auf eine Demütigung gefaßt.
»Dabei halte ich das alles gar nicht für eine Sünde«, hatte sie mißmutig hinzugefügt.
»Was alles?«
»Liebe und dergleichen«, hatte sie geantwortet, und er war in schallendes Gelächter ausgebrochen.
»Trotz allem prüde«, neckte er sie. ». . . und dergleichen«, äffte er sie nach. »Nun, ich auch nicht, aber die Kirche und Pater Gannett tun es, und ich sehe nicht ein, warum wir ihnen nicht ihre Meinung lassen sollen.«
»Aber Mark, das ist ja Abtrünnigkeit vom rechten Glauben. Du gehst also zur Beichte und glaubst an gar nichts? Ich meine, die Kommunion . . .«
»Genau. Es handelt sich um eine reine Formsache, um die ich mich normalerweise nicht kümmere, außer jetzt, wo sie nicht zu umgehen ist.«
»Und du hast keine Angst?« fragte sie.
»Wovor?«

»Vor der Hölle, dem Teufel, vor Gottes Zorn?«
»Erstens glaube ich nicht an die Hölle, und zweitens waren alle Teufel, die mir in meinem Leben begegnet sind, Menschen. Was Gottes Zorn angeht, so frage ich dich, was das ist. Wenn eine ganze Stadt durch ein großes Erdbeben ausgelöscht wird wie San Francisco – ist das Gottes Zorn? Wenn ja, so macht er wenig Unterschiede. Denn damals haben unschuldige, ja fromme Personen genauso gelitten wie die Sünder. Wenn aber alle den gleichen Lohn erhalten, kann man ebensogut sündigen.«
»Aber ... aber das zählt doch nicht. Ich meine, das hier auf Erden. Doch erst das im Himmel.«
Er lächelte. »Du siehst wie eine Frau aus und benimmst dich auch wie eine, wenn es zu Dingen wie ›dergleichen‹ kommt; aber im Grunde bist du noch ein Kind. Mein Gott, soweit ich sehe, kann ein Mann sein ganzes Leben lang lügen, betrügen, stehlen und die Ehe brechen, ja sogar morden; wenn er auf dem Totenbett beichtet, wird ihm vergeben genau wie demjenigen, der täglich zur Beichte läuft. Und beide kommen in den Himmel.«
»Aber der Sünder kommt erst ins Fegefeuer.«
Mark zuckte die Schultern. »Doch zuletzt kommt er eben auch in den Himmel.«
»Dann glaubst du wenigstens ans Fegefeuer und an den Himmel?« fragte Julie erleichtert.
»Das habe ich nicht gesagt. An eins jedenfalls glaube ich bestimmt nicht: An Perlentore und Harfen und Flügel.«
»Aber woran glaubst du dann?«
»Ich glaube an mich! Aber genug Religion für heute. Heirate im Pfarrhaus, und laß die Messe sausen, oder geh zur Beichte, aber hör endlich auf, dir Sorgen darüber zu machen. Es ist zu spät, die Kirche zu wechseln. Heute morgen wurde das Aufgebot in St. Stephen verlesen.«

Ein leiser Stoß gegen ihren linken Ellenbogen riß Julie aus ihren Betrachtungen, und sie merkte, daß die Messe vorbei war. Beim Verlassen der Kirche sah sie Pater Gannett am Eingang stehen und seine Gemeindemitglieder begrüßen und stellte sich abwartend auf die Seite. Jetzt oder nie, dachte sie, und als der letzte Gottesdienstbesucher gegangen war, trat sie auf den Priester zu und bat ihn, ihr die Beichte abzunehmen.
Sonderbarerweise ging alles viel leichter, als sie erwartet hatte. Als sie danach in den Sonnenschein des frischen Oktobermorgens hinaustrat, hatte das Gefühl bevorstehenden Unheils spürbar nachgelassen – was sie später, als sie daran zurückdachte, wunderte. Im Au-

genblick war sie ganz erfüllt von dem strahlenden Tag, der Nachsichtigkeit des Priesters, der leichten Buße und vor allem von dem Gedanken, daß Mark schon am nächsten Freitag wiederkommen würde. Die Straßen lagen wie verlassen da. Die Kirchen hatten sich bereits geleert, und die Gemeindemitglieder eilten zum großen Sonntagmittagsschmaus nach Hause. Julie dagegen schlenderte gemächlich heimwärts und genoß den Tag und ihr eigenes Wohlbefinden. Als sie jedoch in die Seneca Avenue einbog und die in der Auffahrt geparkten Autos von Bürgermeister Bradford, Mr. van Houten und Avery Bertram sah, befiel sie mit einemmal eine namenlose Angst.
Sie zögerte, und nur widerstrebend stieg sie die Stufen hinauf. Die Eingangshalle war leer. Aus der Tiefe des Hauses hörte man das Klappern von Porzellan und Tischsilber, und hinter der geschlossenen Bibliothekstür war das dumpfe Murmeln von Männerstimmen zu vernehmen. Noch immer halb in Trance ging sie direkt in ihr Zimmer hinauf, um den Hut abzulegen und sich frisch zu machen. Gleich darauf klopfte es leise an die Tür, und Tante Millicents »Julie!« ließ ihr Herz schneller schlagen.
»Herein«, rief sie und erkannte ihre eigene Stimme kaum wieder. Das Gesicht, das Tante Millicent beim Hereinkommen machte, bestärkte sie in ihrer Angst.
»Was ist?« flüsterte sie. »Ist ... ist etwas ... ist Mark etwas passiert?«
»Nein«, entgegnete Millicent barsch. »Und ich bedauere, daß ich sagen muß: leider. Nur, er kommt am Freitag nicht zurück. Deine Hochzeit ist auf unbestimmte Zeit verschoben. Heute morgen kam sein Telegramm. Und hier noch eins für dich.«
»Das kann ich nicht glauben.« Julies Stimme kippte um.
»Irgendwelche Geschäfte«, fuhr Millicent fort, »aber das ist noch nicht alles. Es ist noch ein drittes Telegramm gekommen.« Sie gab Julie die drei gelben Umschläge. »Aber lies sie am besten selbst.«
»Ich möchte nicht«, antwortete Julie.
»Das dritte Telegramm stammt von Miranda Latham, die mich darin bittet, dir die Neuigkeit mitzuteilen. Anscheinend haben sie und Mark vergangene Woche geheiratet. Sie ist mit ihm nach Kalifornien gefahren. Hast du gewußt ...« Sie unterbrach sich. Julies Gesicht war immer blasser und ihre Augen waren immer größer geworden, bis sie schließlich in Ohnmacht fiel.

Als Julie wieder zu Bewußtsein kam und die Augen aufschlug, drehte sich das Zimmer noch um sie, und Tante Millicent schlug ihr abwechselnd auf die Handgelenke und fuchtelte ihr mit einem Riechsalzfläschchen unter der Nase herum.

»Ich kann mich nicht erinnern, daß sie schon einmal ohnmächtig geworden ist«, sagte sie zu einer anderen Person im Zimmer, und als Julie sich umschaute, entdeckte sie hinter ihrer Tante Onkel Jason.
»Sie hat heute morgen nicht gefrühstückt. Das zusammen mit dem Schock ...«
»Es ist alles in Ordnung«, erklärte Julie schwach. »Ich ... gebt mir die Telegramme. Ich kann es einfach nicht glauben.«
Aber auch der Anblick der geschriebenen Worte half ihr nichts. In Marks Telegramm stand nur:

»DRINGENDE GESCHÄFTE. KANN NICHT ZUM VEREINBARTEN ZEITPUNKT ZURÜCKKOMMEN. BRIEF FOLGT.«

Das an Tante Millicent gerichtete Telegramm war allerdings schmerzhaft deutlich:

»MARK UND ICH SEIT HEUTE MITTAG VERHEIRATET. BITTE NACHRICHT SCHONEND BEIBRINGEN.«

Es war mit Miranda Latham Douglas, Fairmont Hotel, San Francisco, unterzeichnet. Aber sooft sie es auch las, Julie konnte es einfach nicht akzeptieren. »Ich kann es nicht glauben«, wiederholte sie ein ums andere Mal. »Miranda. Mark. Ich kann es nicht glauben!«
»Wenn du es nicht glauben kannst«, meinte Jason, »ruf doch Mark selber an. Frag ihn. Er ist im Fairmont. Und ein Telefongespräch nach Kalifornien ist heute kein Problem mehr.«
Julie schüttelte stumm den Kopf. Hinter ihr feixte Holt: »Natürlich, du hast Angst, weil du nur allzu gut weißt, daß es wahr ist. Wir haben dir ja immer von Mark Douglas abgeraten, aber ...«
»Ich werde ihn anrufen!« unterbrach Julie seinen Redeschwall. »Willst du mich bitte mit Fairmont verbinden, Onkel Jason?«
Sie stand trotz Millicents Protest auf und ging den anderen voran in die Halle hinunter. Jason hob den Hörer ab und meldete das Gespräch an. Danach drehte er sich zu Julie um und meinte: »Ich habe Mark Douglas nie gemocht, aber ein Mädchen ohne ein Wort der Erklärung sitzenzulassen, das hätte ich ihm denn doch nicht zugetraut. Du kannst froh sein, daß du ihn los bist.«
»*Wenn* es wahr ist«, antwortete Julie mit weißen Lippen, »würde ich es eher Miranda Latham zutrauen.«
»Sag so etwas nicht, Julie«, entgegnete Millicent. »Geh wieder nach oben. Es dauert doch länger, bis die Verbindung zustande kommt, und du machst dich besser ein bißchen frisch.«
»Ja, das wird wohl das beste sein«, antwortete Julie teilnahmslos und folgte ihrer Tante nach oben.

Als die beiden Frauen außer Sichtweite waren, sagte Holt zu Jason: »Hoffentlich hat Miranda alles richtig gemacht, damit die Sache in Ordnung geht.«

»Natürlich hat sie«, erwiderte sein Vater irritiert. »Ich habe sie ja immer wieder danach gefragt. Sie hat sich im Fairmont unter dem Namen ›Douglas‹ eingetragen. Und Mark ist noch auf der Ranch und kommt bestenfalls in einer Woche nach San Francisco. Ein Glück, daß er die Hochzeit verschieben mußte. Sonst wäre es zu schwierig gewesen.«

»Warum?« meinte Holt. »Mir macht eher die Verschiebung Sorgen. Damit erhöht sich die Wahrscheinlichkeit, daß sich Mark mit Julie in Verbindung setzt, ehe wir sie aus der Stadt bringen können.«

»Unsinn«, erwiderte Jason. »Wir können ihre Post in Zukunft doch genausogut abfangen wie sein Telegramm und seinen Brief. Und ein Telefon gibt es auf der Ranch nicht. Wenn er sie dann von San Francisco aus anzurufen versucht . . .«

»Was dann?« fragte Holt.

»Nun, bis dahin haben wir noch über eine Woche Zeit«, antwortete sein Vater gereizt. »Bis dahin ist Julie mit Millicent nach New Orleans unterwegs. Was für ein Glück, daß der Arzt Millicent zur Erholung fortschickt. Wir können Julie sicher überreden, sie zu begleiten.«

»Das wird sich zeigen«, meinte Holt. »Manchmal ist sie sehr schwer zu überreden.«

»Halt nur du die Finger raus«, warnte Jason. »Wenn jemand Julie bockig machen kann, dann bist du es, Holt. Der Gedanke, Miranda einen Tag vor Marks Ankunft an die Küste zu schicken und sie einen Besuch auf der Ranch machen zu lassen . . . das war raffiniert. So weit so gut. Aber von jetzt an misch dich besser nicht mehr ein. Und nun müssen wir zu den anderen zurück. Ich hoffe nur, der Anruf kommt durch. Julie wird niemals auf Mark verzichten, solange sie von seiner Hochzeit mit Miranda nicht überzeugt ist.«

Als Julie quer über dem Bett liegend das Telefon klingeln hörte, sprang sie auf und lief an Millicent vorbei so schnell die Treppe in die Vorhalle hinunter, daß sie fast gestürzt wäre. Als sie den Hörer abhob, tauchten Jason und Holt aus der Bibliothek auf.

»Komm doch kurz einmal in die Bibliothek, wenn du fertig bist, Julie«, sagte Jason. »Wir haben noch etwas anderes mit dir zu besprechen.«

Sie nickte, während sie schon »Hallo, hallo!« in die Muschel rief.

Mirandas Stimme schnurrte sanft in der Ferne. »O Julie! Ich hätte nie gedacht, daß du anrufen würdest. Arme Kleine! Ich kann mir vorstellen, wie dir zumute sein muß. Aber, Julie . . .«

»Ich möchte mit Mark sprechen«, schnitt ihr Julie das Wort ab.
»Er ist im Augenblick leider nicht da. Heute ist er schon sehr früh fort. Soll er dich anrufen, wenn er zurückkommt? Ich richte es ihm gern aus. Oder vielleicht wartest du doch lieber, bis sein Brief kommt? Er hat dir nämlich geschrieben, Julie, Liebes – oder zumindest hat er es mir versprochen.«
Wie betäubt legte Julie den Hörer auf, ohne zu antworten. Sie empfand ein Gefühl der Unwirklichkeit, die vertraute Umgebung erschien ihr fremd wie in einem Traum. Sie betrat die Bibliothek, wo Mr. van Houten, Avery Bertram, Bürgermeister Bradford und ihr Onkel beisammensaßen.
Sie schloß die Tür hinter sich und stützte sich mit den Händen dagegen. Das Gesicht den Männern zugewandt, fragte sie: »Sie haben mir etwas zu sagen?«
»Setz dich erst einmal«, meinte Mr. van Houten freundlich.
Sie schüttelte den Kopf. »Sagen Sie es mir nur gleich«, forderte sie die Männer auf. Sie wollte nicht vor ihnen zusammenbrechen. Erst später, wenn sie wieder allein war. Nicht hier.
Sie begriff nur wenig von dem, was gesagt wurde. Mißwirtschaft ... ihre Aktien praktisch wertlos ... Mark nicht da. Onkel Jason würde übernehmen müssen ... und irgend etwas von ihrer Zustimmung. Er würde den Rechtsweg wählen und Mark beschuldigen müssen ...
»Was ist mit meinen Aktien?« wiederholte sie. »Was soll ich damit machen?«
»Verkaufen, Julie. Wir haben ein Angebot von den Steubens. Natürlich nicht so gut, wie es sein könnte, wenn Fontaine ordentlich liefe«, erklärte Onkel Jason.
»Nein«, erwiderte sie. »Einem Verkauf stimme ich nicht zu. Mögen Sie sich entscheiden, wofür Sie wollen, ich stimme einem Verkauf nie und nimmer zu. Notfalls würde ich mich sogar gegen Sie stellen.«
Weg, dachte sie. Alles ist weg. Außer der Weinkellerei ist mir nichts geblieben. Das ist alles, was ich noch habe.
»Außerdem wollen wir Mark als Geschäftsführer ablösen. Aber das ist einfacher, wenn du uns deine Zustimmung gibst, Julie. Sonst müssen wir ihn vor Gericht bringen. Und das wäre doch sehr unangenehm für ihn. Wahrscheinlich wird er ja gleich in Kalifornien bleiben, aber dennoch ...«
»Machen Sie, was Sie wollen«, erwiderte Julie. »Gibt es sonst noch etwas?« Mark, dachte sie, und es schmerzte sie, wie hast du so etwas tun können? Wie hast du nur?
»Nein, das wäre alles. Dann wird vorerst Mr. Bertram die Geschäftsführung übernehmen.«

»Ich begreife«, sagte Julie. »Also auch Sie, Mr. Bertram. Und was ist mit Joe Damien?«
»Nun, er ... Wir brauchen seine Zustimmung im Grunde nicht«, antwortete Jason. »Es tut mir leid, Julie, aber ich habe ja immer versucht, dich zu warnen«, setzte er hinzu. Obwohl seine Stimme mitleidig klang, sah sie in seinen Augen eine kaum verhohlene Genugtung aufblitzen, und mit einem steifen Nicken verließ sie den Raum.

Die folgenden Tage vergingen wie in einem schrecklichen Alptraum. Halb aus Scham und halb aus gebrochenem Herzen verbrachte Julie den größten Teil der Zeit auf ihrem Zimmer, in gespannter Erwartung eines Telefonanrufs und der Post, die sie jeden Vormittag und jeden Nachmittag fieberhaft durchsuchte.
»Einen solchen Brief zu schreiben fiele jedem Mann schwer«, versuchte Tante Millicent sie zu trösten.
»Du freust dich, daß alles so gekommen ist«, beschuldigte Julie sie.
»Ja, ich bin froh, daß das jetzt und nicht später passiert ist. Mark ist nicht wie die anderen. Er ist wild und egoistisch und gottlos dazu.«
Julie ließ ihre früheren Gedanken an sich vorbeiziehen und dachte: Dann bin ich genauso.
Nacht für Nacht weinte sie sich in Schlaf, und morgens wachte sie mit einem bleischweren Kopf auf. Sie hatte eingewilligt, Millicent nach New Orleans zu begleiten, mochte aber weder Pläne schmieden noch sich überlegen, was sie mitnehmen sollte. Drei Tage vor der Abfahrt meinte Millicent: »Wenn du so weitermachst, wirst du noch krank.«
Julie antwortete: »Was kümmert das mich?«
»Du wirst dich besser fühlen, wenn wir erst in New Orleans sind«, seufzte Millicent, »und ich mich auch. Ich bin mittlerweile fast froh, daß mir Dr. Vincent diese kleine Reise verordnet hat. Denn dir tut sie auch gut, glaub mir. Dabei hast du noch das ganze Leben vor dir, das dir irgendwann auch wieder einen guten, anständigen Mann bescheren wird.«
»Ich danke dafür«, erwiderte Julie. »Mir liegt nichts daran. Ich habe nicht die Absicht, zu heiraten.«
»Aber natürlich doch. Alle Mädchen heiraten.«
»Du hast ja auch nicht geheiratet«, konstatierte Julie, und ihre Tante wurde rot.
»Ich ... ich habe den Mann verloren, den ich ...«
»Genau wie ich«, antwortete Julie. »Genau wie ich.«
»Sei vernünftig, Julie. Du brauchst Abwechslung. Ruf Alice an ... ach«, unterbrach sie sich, »das geht ja nicht. Ich habe ganz vergessen,

daß das Telefon kaputt ist. Na gut«, fuhr sie rasch fort, »dann lauf doch zu den Bradfords hinüber. Ein Spaziergang wird dir guttun.«
»Ich will aber die Bradfords nicht besuchen«, antwortete Julie. »Der Bürgermeister war nicht sehr entzückt über meine Weigerung, Fontaine zu verkaufen.«
»Aber Alice ist doch deine beste Freundin«, wandte Millicent ein.
»Gewesen. Anscheinend hält sie mich neuerdings auch für eine dumme Kuh.«
Alice, der sie sich gern anvertraut hätte, hatte die Sache mit einer forschen Antwort abgetan. »Ach Julie«, hatte sie gesagt, »es gibt doch noch andere Fische im Teich. Außerdem hast du angefangen und Mark Miranda weggeschnappt.«
Das hörte sich an, als freute sie sich darüber, dachte Julie.
Am selben Abend wandte sich Holt an Julie. »Du machst dich lächerlich, merkst du das nicht?« fing er ohne Einleitung an. »Die ganze Stadt spricht schon davon, daß du Angst hast, dein Gesicht zu zeigen.«
»Scher dich zum Teufel!« antwortete sie, und ihre alte Aggressivität kehrte zurück. »Du mit deinem ›Was-die-Leute-denken‹! Von mir aus können sie denken, was sie wollen.«
»Aber, aber, Julie«, höhnte er. »Es gibt doch noch andere Männer. Und außerdem kenne ich dich gut genug. Kaum bist du über die Enttäuschung hinweg, läufst du . . .«
»Zumindest bin ich nicht mit einem Whiskyvertreter durchgebrannt«, schleuderte sie ihm ins Gesicht. Mit einem Satz stand er neben ihr, riß sie vom Stuhl hoch und starrte sie mit zorngerötetem Gesicht an, die Hand zum Schlag erhoben.
»Ich schreie«, sagte sie ruhig. »Und wenn du mich schlägst, wirst du dich schwertun, eine Erklärung dafür zu finden.«
Einen Augenblick stand er wie erstarrt da, dann stieß er sie auf den Stuhl zurück. »Das wirst du eines Tages noch bereuen«, preßte er zwischen den Zähnen hervor.
Aber die Drohung ängstigte sie nicht mehr. In den letzten Tagen hatte sie sich ganz ihrer Hoffnungslosigkeit überlassen. Der Tod schien ihr noch das beste, aber selbst dafür lohnte sich keine Anstrengung. Mochte er kommen oder nicht, dachte sie. Sie war innerlich so leer und kalt, daß sie in letzter Zeit abends in ihrem Zimmer ein Feuer im Kamin gemacht und sich davor zusammengekauert hatte, als könnte die Wärme das Eis in ihrem Inneren schmelzen.
Am Abend darauf gingen die Prescotts geschlossen zu dem alljährlich von der Kirche veranstalteten Gemeindefest. Julie genoß das Alleinsein. Sie saß den ganzen Abend im Wohnzimmer und spielte Grammophon.

Kurz nach neun hörte sie Holt vorfahren. Hastig erhob sie sich, stellte das Grammophon ab und ging nach oben. Als sie auf halber Höhe der Treppe war, stieß Holt die Haustür auf, und sie beschleunigte den Schritt, so daß sie oben im Gang schon beinahe rannte. Nur darauf bedacht, ihr Zimmer rechtzeitig zu erreichen, hatte sie ihn nicht hinter sich heraufkommen hören und schrie vor Schreck auf, als er sie plötzlich um die Taille packte. Heiser auflachend, raunte er dicht an ihrem Ohr: »Diesmal entkommst du mir nicht, süße Cousine. Und diesmal ist niemand da, der dich hören könnte.« Halb trug, halb zerrte er sie in ihr Zimmer und warf die Tür zu. Im dunklen Licht der Nachttischlampe funkelten seine Augen wie die eines Wahnsinnigen. Sein Gesicht war gerötet, und sein Atem roch nach Brandy.
»Sie müssen jeden Augenblick heimkommen«, konnte sie nur mit Mühe hervorstoßen, »und werden sehen, wenn du mich schlägst.«
Er lachte sein häßliches, leises Lachen. »Man wird dir gar nichts ansehen, Julie, es sei denn Brandwunden, weil du zufällig in den Kamin gefallen bist.« Sie wich vor ihm zurück, aber er folgte ihr, baute sich vor ihr auf und zwang sie auf die Knie.
»Keinen einzigen blauen Fleck wird man sehen«, sagte er sanft. »Und doch wirst du dir, wenn ich mit dir fertig bin, wünschen, du wärst mit einem Whiskyvertreter durchgebrannt.«
Er zog sie so dicht ans Feuer, daß sie die Hitze spürte, und brachte ihr Gesicht in gefährliche Nähe der Flammen.
Sie war so eingeschüchtert, daß sie jeden Widerstand aufgab. »Um Gottes willen, Holt«, stieß sie hervor, »laß mich in Ruhe. Was hast du . . .« Sie brach ab. Holt hatte sie hochgezogen und riß ihr jetzt die Kleider vom Leib. Sie schrie auf, doch im gleichen Moment bog er sie zurück gegen den Kamin und packte sie hart an den Brüsten. In ihrem Entsetzen erstickte sie den schmerzlichen Aufschrei.
»Willst du wohl ruhig sein«, bellte er. Sie nickte stumm vor Angst; dann ließ er sie frei. »Aber rühr dich nicht!« befahl er. »Halt still!«
Er zog sie weiter aus, wenn auch langsamer, um sich an ihrer Angst zu weiden. »Es tut gut, dich gezähmt zu sehen, Julie«, lachte er triumphierend. »Sehr gut.«
»Der Körper einer Hure«, kommentierte er, als sie schließlich nackt und zitternd vor ihm stand. »Komm her«, befahl er, und in ihrer Angst gehorchte sie und wußte nichts Besseres, als zu beten, irgend jemand möchte nach Hause kommen. Wie spät war es? Seit wann waren sie alle schon weg?
»Knie nieder!« Holts Stimme durchbrach ihre sinnlosen Gebete.
Aber irgend etwas weckte ihren Widerstandsgeist, und sie schoß durchs Zimmer auf die Tür zu. Doch ehe sie den Knopf drehen konnte, war er bei ihr und rang mit ihr. Seine Hände auf ihrem nackten

Fleisch lösten einen so tiefen Abscheu in ihr aus, daß sie sich verbissen wehrte. Er hatte sie mit einer Hand mit dem Gesicht gegen die Wand gedrückt, und während er sie mit seinem Körper festhielt, konnte sie spüren, wie er mit etwas hantierte. Plötzlich drehte er sie zu sich um und zwang sie auf den Boden. Sie wehrte sich noch immer. Er ist verrückt, dachte sie, verrückt. Dann sah sie, daß er sich, während er sie gegen die Wand gepreßt hatte, die Hosen ausgezogen hatte. Als sie anfangen wollte zu schreien, warf er sie auf die Knie und zerrte sie zum Feuer hinüber. Sie versuchte, sich ihm zu entwinden, aber er schlug sie nur abermals zu Boden. Und als sie, kaum war sie wieder auf Händen und Knien, erneut wegzukriechen versuchte, stieß er sie so nahe an die Flammen, daß die Hitze ihr Gesicht versengte. Da zwang er sich ihr von hinten, wie rasend vor Wut, auf. »Dafür sind Huren gut«, sagte er, »sonst taugen sie ja zu nichts.« Und gewaltsam drang er in ihren Körper ein und zerriß den schmalen Gang, bis sie vor Schmerz und Hitze halb bewußtlos war.
Aber er konnte sich nicht erleichtern. Welcher Art auch seine Begierden waren, wie sehr ihre Erniedrigung ihn auch erregte, es gab ihm keine Befriedigung, und mit einem letzten krampfhaften Ruck stieß er sie von sich. Sie wäre ins Feuer gefallen, hätte sie sich nicht in letzter Sekunde noch auf die Seite rollen können.
Ohne sich weiter um sie zu kümmern, zog er sich wieder an und ging aus dem Zimmer. Sie hörte ihn die Treppe hinunterstapfen und die Haustür zuknallen. Aber selbst als der Motor ansprang und das Auto die Auffahrt hinunterfuhr, blieb sie noch liegen. Sie konnte sich vor Übelkeit und Ekel nicht rühren. Endlich raffte sie sich auf und schleppte sich zum Bad hinunter, wo sie die Wanne mit kaltem Wasser vollaufen ließ, um die brutalen Spuren von Holts Vergewaltigung abzuwaschen.
Zitternd kehrte sie in ihr Zimmer zurück und kauerte sich vor dem Feuer nieder. Sie hörte die anderen heimkommen und sich gute Nacht wünschen. Gleich darauf war Millicents Schritt oben im Gang zu hören. Anscheinend schaute sie bei Holt ins Zimmer und stellte fest, daß er noch nicht da war. Dann blieb sie vor Julies Tür stehen, klopfte und drehte schweigend den Knopf, ging aber, als sie die Tür verschlossen fand, weiter.
Etwas später folgte Jasons Schritt. Dann herrschte Ruhe im Haus, und Julie öffnete leise die Tür. Sie wollte mit ihrer Tante sprechen. Sie mußte ihr das mit Holt sagen oder doch wenigstens einen Teil davon, um ihm in Zukunft nicht schutzlos ausgeliefert zu sein.
Als sie den Gang hinunterschaute, sah sie, daß Millicents Tür nur angelehnt war, und schlich sich, um Jason nicht zu wecken, leise hin.
Sie öffnete die Tür noch ein bißchen weiter und steckte den Kopf hin-

ein, um den Namen ihrer Tante zu flüstern. Aber das Wort erstarb ihr auf den Lippen. Millicent saß im Bett, und über sie gebeugt stand, seinen Mund auf ihren gepreßt, Jason.
Julie schnappte nach Luft, ihr schwindelte. Millicent hatte ihre dünnen Arme um Jasons Hals geschlungen, während er ihr mit einer Hand den Rücken streichelte. Es war der Kuß von Liebenden. Sie gingen so darin auf, daß sie Julies unterdrücktes Keuchen und ihre Flucht den Gang hinunter nicht hörten.
Blutschande! Immer wieder tauchte das Wort in ihrem Hirn auf. Blutschande. Millicent und Jason. Diese Heiligen! Diese Hochgeistigen! Diese Kirchgänger! Und Jasons Sohn Holt hatte eine ebenso unnatürliche sexuelle Veranlagung, auch wenn er sie nicht befriedigen konnte!
Ich muß hier fort, dachte sie. Aber wo kann ich hin? Sie lag mit offenen Augen auf dem Bett, bis der Morgen dämmerte, dann erhob sie sich. Ihr Entschluß war gefaßt. Ruhig zog sie das Reitkleid an, packte die alte Reisetasche so voll, wie es nur ging, und steckte den Schmuck in die Handtasche. Als sie die Brosche, den Ring von Mark und die Kette, die sie an ihrem Geburtstag getragen hatte, beiseite legte, schnürte sich ihr die Kehle zusammen. Dann betrachtete sie das kleine Diadem, die winzigen Perlen aus ihrer Kindheit und den Erbschmuck mit der Miniatur aus dem 18. Jahrhundert.
»Ich gehe fort«, schrieb sie eilig an Jason. »Weit weg. Und kehre nie wieder in dieses Haus zurück. Ich weiß alles über euch, und wenn ihr Fontaine verkauft, packe ich aus.«
Marks Schmuck legte sie in ein Extrakästchen, zusammen mit einem Zettel an Joe Damien, um es unterwegs vor dessen Haustür niederzulegen.
Die Zeilen an Jason legte sie auf ihr Kopfkissen. Mit unendlicher Vorsicht schlich sie sich aus dem Haus zum Stall hinüber. Sie hatte beschlossen, mit Fancy nach Elmira zu reiten, um sie dort zu verkaufen. Dieses Geld, zusammen mit den vierhundertzwanzig Dollar, die ihr von der Einkaufsexpedition übriggeblieben waren, genügten, um fürs erste in einem Hotel in New York unterzukriechen. Was sie dort sollte, wußte sie freilich noch nicht. Aber sie konnte arbeiten. Vielleicht als Lehrerin, vielleicht auch als Gouvernante. Sie würde ihren Namen ändern und zeitlebens nie wieder einen Fuß nach Prescottville setzen – zumindest nicht, solange die Prescotts noch in der Gegend waren.

8

Obwohl er nun schon seit drei Wochen in Kalifornien war, wunderte sich Mark auf dem Heimweg von der Bank in Napa erneut über den unwahrscheinlichen Verfall der Douglas-Ranch. Es war nicht zu fassen, daß eine der großen kalifornischen Ranches in sieben Jahren fast bis zum Bankrott heruntergewirtschaftet werden konnte.
Zu Lebzeiten seines Vaters waren Zucht und Verbesserung der Rinder selbstverständlich gewesen, und für Douglasbullen oder -färsen waren Höchstpreise bezahlt worden. Die Ranch hatte von ihren Viehverkäufen leben, die laufenden Ausgaben durch eine kluge Holzwirtschaft bestreiten und Tiere wie Menschen von den eigenen Ernten, Milchkühen und Hühnern ernähren können.
Seit seines Vaters Tod jedoch blieb die Zucht mehr oder weniger dem Zufall überlassen, es wurde immer weniger Geld auf die Veredelung der Rasse verwendet und das Vieh statt dessen immer häufiger zu Niedrigpreisen verkauft. Die Zahl der Milchkühe war gesunken und der Ernteertrag zurückgegangen.
Nach den Zahlen, die Mark den Abrechnungen seines Schwagers Harper King entnommen hatte, stand, wenn nicht sofort etwas geschah, in ein paar Jahren der Bankrott vor der Tür.
In den wenigen Wochen seit seiner Rückkehr aber waren alle Sanierungsmaßnahmen an Familienstreitigkeiten gescheitert. Valerie, die sich seit jeher vor lauten Stimmen gefürchtet hatte, flüchtete sich in ihr Zimmer oder an den Fluß, wo sie manchmal stundenlang endlose Binsenketten flocht.
Grace wollte verkaufen, Carrie wollte ebenfalls verkaufen, aber keine wollte glauben, wie er es auch immer darstellte, daß sie vom Erlös das erträumte faule Luxusleben in San Francisco keineswegs führen konnten. Wäre Valerie nicht gewesen, für deren Zukunft gesorgt werden mußte, er hätte sich versucht gefühlt, den Verlust an seinem Anteil hinzunehmen, nur um ihre Enttäuschung zu sehen. Dann endlich würden sie erkennen müssen, wie teuer ein solch luxuriöses Leben in San Francisco war. Aber Valerie mußte versorgt werden.
Oben auf dem Hügel hielt Mark das Pferd an und ließ seine Augen über das Land schweifen, über die ausgedehnten Wälder im Westen und die Silhouette des Mount St. Helena, die sich im Norden schemenhaft abzeichnete. Ein Flüßchen oder Bach teilte den Besitz. Im Osten erstreckte sich das Weideland bis zu den hügeligen Vorbergen des Küstengebirges, während die im Westen gelegenen Getreidefelder und Scheunen durch einen Zaun vom Wald abgegrenzt waren, hinter dem in der Ferne die nach Süden verlaufende Kette der Diablo Mountains aufragte.

Die Lage in dem kleinen fruchtbaren Tal an der Grenze zwischen Sonomo und Napa, dazu das fließende Wasser machten die Ranch zu einem wertvollen Besitz, oder richtiger: hatten sie, als sie noch richtig bewirtschaftet worden war, zu einem wertvollen Besitz gemacht. Momentan war, wenn Mark seine Blicke darüber hingleiten ließ, nur das Haus selbst noch in Ordnung. Mit seinem frischen weißen Verputz nahm es sich inmitten des grünen Rasens und zwischen den Blumen und Bäumen vor dem neuen Zaun recht schmuck aus. Das war auch so eine Idee von Grace gewesen: einen neuen Zaun um das Haus ziehen zu lassen, während die Weidezäune viel dringender hätten repariert werden müssen, die Futterernten zurückgingen und die Wirtschaftsgebäude mehr und mehr verfielen.

Noch zwei Wochen müßte er hierbleiben, hatte er Julie geschrieben. Um zwei Wochen mußte er seine Hochzeit verschieben. Und das alles nur wegen seiner Familie, deren Unterhalt von der Ranch abhing und die so sehr darauf brannte, Geld in die Finger zu bekommen, daß sie dafür sogar ihre Zunkunft verkaufen würde.

Er gab dem Pferd die Sporen und sprang am Hoftor aus dem Sattel. Einer der Knechte kam gelaufen, um das Pferd in den Stall zu führen.

»Reib es gut ab, Sancho«, sagte Mark.

»Si, Señor«, antwortete der Mann.

Es war Samstag, und die Familie hatte sich nach dem Essen zu einer Tasse Kaffee im Wohnzimmer versammelt. Als Mark eintrat, wurde die Unterhaltung kaum zu seiner Begrüßung unterbrochen.

»Schön, daß ihr hier seid, Carrie und Tom«, fing er ohne Einleitung an. »Das wird unser letzter Familienrat sein. Ich verschwende hier meine Zeit, habe aber nicht vor, so weiterzumachen. Zunächst einmal also: Die Ranch wird nicht verkauft, solange sie nicht mehr wert ist.«

Empörter Protest schlug ihm entgegen. Er wandte sich an seine Schwester Grace. Eigentlich, dachte er, habe ich sie nie wirklich leiden können. Interessiert beobachtete er, wie ihr scharfes Gesicht vor Ärger allmählich rot anlief und wie ihre Augen hervortraten, während sie sich innerlich auf den Streit mit ihm vorbereitete. Hinter ihr entfuhr Valerie ein klägliches Jammern, und Mark sagte freundlich: »Val, sei lieb und geh in die Küche und bitte Mrs. Winters, noch etwas Kaffee zu machen.« Dankbar eilte Valerie aus dem Zimmer. Mark wandte sich wieder Grace zu.

»Von dir möchte ich jetzt kein Wort hören«, sagte er grimmig. »Kein Wort. Jetzt rede ich. Ich scheue mich nicht, dich zu schlagen, Grace, oder dich, Carrie.« Mit einem Ruck drehte er sich zu Carrie herum, die nervös blinzelte, während ihre lange, dünne Oberlippe zu zittern begann.

»Moment mal«, sagte Harper unbehaglich.
Mark schaute seinen Schwager kalt an. »Das sind keine leeren Worte«, versicherte er. »Und wenn ich es mit euch allen aufnehmen müßte.«
»Immer schön langsam, Mark«, witzelte Tom. »Wir sind zwar alle ein bißchen nervös, aber trotzdem dulde ich nicht, daß du meine Frau beleidigst.«
Mark schaute sich die beiden Männer an. Harpers knochige Gestalt schien unter seinem Blick zusammenzuschrumpfen, Tom dagegen, kampfbereit wie alle großen, dicken Männer, blähte sich regelrecht auf.
»Gib nicht so an«, sagte Tom ärgerlich. »Du hast keinen Grund, mit den Frauen so umzuspringen.«
»Ich gebe nicht an«, antwortete Mark. »Ich meine, was ich sage. Ich mach' jetzt reinen Tisch, weshalb auch du den Mund hältst, Tom, und mich reden läßt.«
»Feigling«, zischte Grace ihren Mann an.
»Grace«, sagte Mark warnend, und mit einem giftigen Blick verstummte sie. »Ich habe mir das, was ich euch jetzt sagen werde, genau überlegt. Zunächst einmal: Von jetzt an gibt es für überflüssigen Kram keinen Pfennig mehr, zumindest nicht, bis wir wieder eine ordentliche Herde haben und die Wirtschaftsgebäude repariert sind und der Boden wieder seinen vollen Ertrag abwirft. Am Westhang werden keine Bäume mehr geschlagen, bis neue nachgewachsen sind, wie überhaupt nichts mehr abgeholzt wird, ohne daß nachgepflanzt wird.
Im übrigen werde ich diese Woche nach San Francisco fahren, um mit Wells Fargo über einen Kredit zu verhandeln. Dann stelle ich ein Budget auf. Ihr bekommt etwas für euren Lebensunterhalt, der Rest wird für die Verbesserung der Herde, des Bodens und des Waldes verwendet.«
Er legte eine Pause ein und schaute sich in dem großen, niedrigen Raum um.
»Teppiche und Möbel und was weiß ich alles habt ihr für die nächsten Generationen ohnehin genug gekauft. Auch für Kleider habt ihr genug Geld rausgeworfen und euch überhaupt bis jetzt keinen Wunsch versagt.«
»Ich nicht«, warf Carrie ein. »Denn immer, wenn Tom oder ich etwas wollten, ist Grace zu Mama gelaufen und hat ihr erzählt, die Ranch stünde vor dem Zusammenbruch, und es wäre kein Geld übrig.«
»Das stimmt nicht«, unterbrach Grace sie wütend. »Wer hat denn Mama dazu überredet, das ganze Geld ins Holzlager zu stecken?«

»Aber das war nichts im Vergleich zu dir. Schau dir doch das hier an.« Und sie fuchtelte mit dem ausgestreckten Arm durch die Luft, wobei sie Tom unterm Kinn traf. Der schnaufte nur.

»Jetzt ist es genug.« Marks Stimme fuhr wie ein Peitschenhieb dazwischen. »Ihr habt die Ranch mit vereinten Kräften ruiniert. Und was soll jetzt aus Valerie werden?«

»Aus Valerie«, fragte Grace. »Valerie wird es genauso gehen wie Mama, lieber Mark. Du warst freilich seit Papas Tod nicht mehr hier. Mit Mama ist es nämlich immer schlimmer geworden, bis sie schließlich nicht mehr ganz bei Trost war. Und nach dem Schlaganfall konnte man überhaupt nicht mehr mit ihr reden. Du hast leicht kritisieren! Aber wo warst du eigentlich gewesen, als wir uns um die Ranch und Mama und Valerie gekümmert haben?«

»Ich habe mir meinen Lebensunterhalt verdient«, erwiderte Mark, »statt bei einer verkalkten alten Frau zu schmarotzen.«

»Deinen Anteil von der Ranch scheinst du aber recht gern mitzunehmen«, höhnte Grace.

»Ja, den werde ich mitnehmen, und zwar hundertprozentig. Vor sieben Jahren war diese Ranch noch doppelt soviel wert, nicht wahr, Harper?«

»Das stimmt«, entgegnete Harper und richtete sich beflissen auf. »Aber du kannst Grace nicht vorschreiben, was sie mit ihrem Besitz machen soll. Komisch ist nur«, fügte er mit einem Anflug von Witz, den Mark noch nie an ihm bemerkt hatte, hinzu, »daß die Ranch für Grace immer ›meine Ranch‹ ist. Das Geld jedoch, das ich von meiner Ranch in Nevada bekomme – es ist wenig genug –, ist stets ›unser Geld‹.« Grace funkelte ihn an, aber Harper fuhr ungerührt fort: »Letztlich gebe ich dir recht, Mark. Wenn du mir eine Vollmacht erteilst und dafür sorgst, daß Grace mich nicht hinausbeißen kann, bringen wir die Ranch schon wieder in die Höhe.«

»Und du, Tom?« wandte sich Mark an seinen anderen Schwager.

»Wahrscheinlich hast du wirklich recht. Warten wir mit dem Verkauf, bis wir einen besseren Preis bekommen«, räumte Tom widerstrebend ein. »Allerdings brauche ich etwas Bargeld für die Mühle.«

»Ich gebe dir ein Darlehen«, schlug Mark vor. »Aber ich möchte es zurück haben. An wieviel hast du denn gedacht?« Als er den Betrag hörte, pfiff er durch die Zähne und meinte: »Da kann ich nicht mithalten. Da mußt du schon zur Bank gehen.«

»Da habe ich keinen Kredit mehr«, gestand Tom geknickt.

Mark seufzte unwillkürlich auf, und Carrie wurde rot. »Es ist nicht so einfach, ein Geschäft aufzubauen und es dann mit Gewinn zu führen«, nörgelte sie. »Dir ist immer alles in den Schoß gefallen, Mark.

Aber wo stündest du heute, wenn Mr. Fontaine nicht einen Narren an dir gefressen hätte, als du damals bei Vetter Art zu Besuch warst?«
»Jedenfalls habe ich keine Ranch ruiniert und nicht meinen Kredit bei der Bank verspielt«, antwortete er. »Und was John Fontaine angeht, so hätte er mir den Posten nie gegeben, wenn ich nach West Point nicht zwei Jahre für die Lodi-Kellerei gearbeitet hätte. Aber schauen wir, was wir für dich tun können, Tom. Sehen wir zu, was wir aus der Ranch erwirtschaften können und was ich für dich loseisen kann. Dafür möchte ich allerdings, daß die Mühle und das Holzlager zum Rest geschlagen werden. – Und jetzt zu Valerie. Wie schon gesagt, möchte ich, daß für sie gesorgt ist. Wenn ihr mit meinem Vorschlag einverstanden seid, bin ich meinerseits bereit, über einen Verkauf mit mir reden zu lassen, wenn die Ranch wieder etwas wert ist – falls ihr dann noch wollt.«
»Das scheint mir fair«, meinte Tom als erster.
»Dann wollen sie vielleicht in der Tat nicht mehr«, grinste Harper. »Es ist doch ein Unterschied, ob man eine Douglas von der Douglas-Ranch ist oder eine King« – er machte eine Verbeugung zu Grace hinüber, die keine Miene verzog –, »das heißt jemand, der von einem festen Einkommen in der Stadt lebt. Grace bildet sich nämlich ein, daß wir uns mit ihrem Anteil auf Nob Hill einrichten können, und ist nicht zur Vernunft zu bringen. Vielleicht gelingt es dir.«
»Die Mühe mache ich mir erst gar nicht«, erwiderte Mark müde. »Jedenfalls könnt ihr nicht ohne meine Einwilligung verkaufen. Und mit meinem Vorschlag könnt ihr es halten, wie ihr wollt.«
Sie nahmen ihn natürlich an, wenn auch widerstrebend und ohne ihren Unmut zu verhehlen. Carrie und Tom brachen sofort auf, und Harper folgte Grace, wobei er allerdings einen halb entschuldigenden Blick zu Mark hinüberwarf.
Valerie, die ein paar Minuten später mit dem Kaffeetablett hereinkam, blieb verblüfft stehen. »Wo sind sie denn hin?« fragte sie.
»Carrie und Tom mußten gehen«, antwortete Mark und nahm ihr das Tablett ab. »Und Grace und Harper machen nur einen Spaziergang.« Er setzte das Tablett auf den Tisch und meinte: »Mach dir keine Sorgen, Val. Es ist alles in Ordnung. Du bleibst hier auf der Ranch und die anderen auch – jedenfalls noch für längere Zeit.«
»Aber du gehst wieder fort?« fragte sie enttäuscht.
Er schaute sie an, und einen Augenblick sah er sie wieder vor sich, wie sie vor ihrer Krankheit gewesen war: lustig, eifrig und voller Übermut. Sie war so lebhaft gewesen wie die anderen, vielleicht sogar noch lebhafter als ihre beiden älteren Schwestern. Aber die Krankheit hatte ihren Körper verwüstet, hatte sie hinfällig und zer-

brechlich gemacht und ihren einst lebhaften Geist stumpf und scheu werden lassen. Er zog sie an sich und legte die Arme um sie. »Du weißt doch, daß ich dich gern glücklich sehen würde, nicht wahr, Val?«

Sie nickte. »Ich freue mich, daß wir hierbleiben. Aber du fehlst mir, Mark, wenn du nicht da bist. Ich wünschte, ich könnte mit dir kommen und bei deiner Hochzeit dabeisein.«

»Aber ich kann dich nicht zurückbringen, und Grace und Carrie fahren nicht in den Osten. Du hättest also niemanden, der dich zurückbegleiten könnte.«

»Ist Julie hübsch?«

»Schön«, versicherte Mark.

»Sieht sie wie die Dame aus, die dich vergangene Woche besucht hat?«

»Wie Miranda?« Er lachte. »Julie ist viel schöner.«

»Bringst du sie einmal mit zu uns?«

»Nächstes Frühjahr«, versprach er.

»Wie schön. Hier ist es nämlich nicht sehr lustig.« Sie brach ab und runzelte die Stirn. »Grace und Carrie sind in letzter Zeit so gemein, Mark. Sie streiten dauernd, und Harper ... Nun, ich mag Harper gern«, sagte sie unschuldig. »Aber Grace macht sich, glaube ich, nicht viel aus ihm.«

Mark empfand Gewissensbisse. Es war vielleicht falsch, Val hierzulassen. Aber er konnte sie nicht nach Prescottville mitnehmen. Jedenfalls nicht jetzt. Nicht so kurz vor der Hochzeit. Später, dachte er, um sein Gewissen zu beruhigen. Später, wenn Julie und ich schon eine Zeitlang verheiratet sind. Dann läßt sich das einrichten. Denn Valerie fällt niemandem zur Last. Sie braucht nur Freundlichkeit und Liebe, nur die Möglichkeit, ihren Träumen nachzuhängen und sich ein bißchen im Haushalt nützlich zu machen. Julie wird sie liebgewinnen. Man muß Val einfach liebhaben. Der Gedanke an Julie erfüllte ihn mit Ungeduld. Er wollte hier endlich fertig werden und nach Prescottville zurückkehren. Ein paar Tage mußte er noch in San Francisco bleiben, aber dann – adieu. Eine Woche war schließlich keine Ewigkeit.

»Wird uns Miranda noch einmal besuchen?« fragte Valerie.

»Miranda? Nein, das glaube ich nicht. Sie hält sich nur zu einem kurzen Besuch in Kalifornien auf.«

Es hatte ihn überrascht, Miranda in Kalifornien zu treffen. Und noch mehr hatte es ihn überrascht, als sie, begleitet von ihrem französischen Mädchen, zu einem Beileidsbesuch zur Ranch herausgekommen war. Plötzlich grinste er. Das war typisch Miranda. Das Wiedersehen mit ihr in San Francisco versprach amüsant zu werden. Sie hatte den Bruch ihres Verhältnisses mit erstaunlicher Haltung hingenommen und sich seither wie eine gute alte Bekannte aufgeführt. Das reizte seine Neugier. Er war auf eine Szene gefaßt gewesen, als er ihr seine Verlobung mit Julie mitgeteilt hatte; als sie auf der Ranch aufgetaucht war, hatte er abermals eine heftige Auseinandersetzung befürchtet. Statt dessen hatte sie sich gefällig, charmant und hilfsbereit gezeigt, ja sogar eine Suite für ihn im Palace Hotel gebucht, wo sie ebenfalls abgestiegen war. Das paßte eigentlich gar nicht zu ihr. Er runzelte die Stirn, von einem unerklärlichen Unbehagen befallen.

»Was ist, Mark?« fragte Valerie, und sofort glättete ein Lächeln sein Gesicht.

»Nichts, Val. Ich habe nur gerade nachgedacht und mir überlegt, daß ich dich bald zu Julie und mir in den Osten hole. Würdest du gern bei uns bleiben?«

»O ja«, antwortete sie begeistert. »Es ist immer mehr los, wenn du da bist.«

»Also schön. Und jetzt gehen wir zum Fluß hinunter. Vielleicht geht uns ein Fisch an die Angel.«

»Aber Grace kann Fischgeruch nicht leiden«, meinte Valerie zweifelnd.

»Kümmere dich nicht um Grace«, empfahl er ihr, »kümmere dich um überhaupt nichts, Val.«

Am Montag darauf quartierte sich Mark im Palace Hotel ein, um die neuen Besitzverhältnisse der Ranch noch ins Grundbuch eintragen zu lassen. Es war eine langwierige Prozedur, und die zahllosen Formulare und Papiere, die er auf dem Erbschaftsgericht vorlegen mußte, drohten ihn um den letzten Rest seiner Geduld zu bringen.

Am Mittwochnachmittag schließlich war das Wichtigste erledigt, und er begann schon Hoffnung zu schöpfen, daß er ein paar Tage früher als geplant nach Prescottville zurückkehren könnte.

Als er an jenem Abend ins Hotel zurückkam und beim Empfang stehenblieb, um ein Telefongespräch mit Julie anmelden zu lassen, wurde ihm die Post ausgehändigt, die ihm von der Ranch nachgeschickt worden war.

Er schaute sie schnell durch, in der Hoffnung, einen Brief von Julie darunter zu finden, entdeckte aber nur einen von der Fontaineschen Weinkellerei und ein Telegramm, das er zuerst aufschlitzte. Die Worte trafen ihn wie ein Schlag: »JULIE HAT DIE HOCHZEIT ABGESAGT UND PRESCOTTVILLE VERLASSEN. IHR AUFENTHALTSORT IST UNBEKANNT.« Unterzeichnet hatte Millicent Prescott.

Benommen riß er den anderen Umschlag auf. Er enthielt eine kurze,

förmliche, von Jason Prescott unterschriebene Mitteilung, daß die Mehrzahl der Aktionäre ihn als Geschäftsführer der Fontaineschen Kellerei abgewählt habe. Die Mehrzahl? Julie, Jason, vielleicht Bradford und van Houten. Aber das genügte nicht. Joe . . . oder Miranda! Mit einemmal begann er zu begreifen. Miranda. In Kalifornien. Ihr Besuch auf der Ranch. Gelangweilt. Zu gelangweilt. Zum Teufel! Er fluchte leise.
»Soll ich den Anruf jetzt durchgeben, Sir?« fragte der Portier.
»Wie? Ein Anruf? Nein, nein. Jetzt nicht. Ich möchte lieber Mrs. Latham eine Nachricht schicken. Sie ist doch hier?«
»Ja, Sir, sie ist hier.« Der Portier gab ihm Papier und Bleistift. Hastig kritzelte Mark eine Einladung zum Abendessen darauf und gab sie dem Portier, mit der Bitte, sie Miranda zukommen zu lassen.
Er war noch keine zehn Minuten auf seinem Zimmer, als der Hotelboy klopfte und Mirandas Zusage brachte. Mark lächelte dünn. Angebissen, dachte er.
Irgend jemand mußte Julie kopfscheu gemacht haben. Sein Telegramm an sie war klar genug gewesen, und in seinem Brief hatte er ihr das Problem noch einmal ausführlich auseinandergesetzt. Julie mochte enttäuscht gewesen sein, aber daß sie wegen einer unvermeidlichen Verschiebung von vierzehn Tagen alles über Bord warf, war ausgeschlossen.
Offensichtlich hatten die Prescotts ihre Finger im Spiel. Aber wie war es ihnen gelungen, Julie so ins Bockshorn zu jagen? Miranda – sie war die einzige Erklärung. Was für ein erstaunlicher Zufall, daß sie gerade jetzt in Kalifornien war! Und mit einemmal fiel ihm auch ihre scheinbar so unschuldige Bemerkung draußen auf der Ranch wieder ein: »Ach, du verschiebst die Hochzeit? Wie ärgerlich für Julie.« Die Worte klangen ihm noch im Ohr. Aber dann hatte sie noch etwas gesagt. Was war es nur gewesen? Irgend etwas, wie daß sie an dem großen Tag nicht in Prescottville sein wolle und deshalb eine größere Reise nach dem Westen unternommen habe. Was für ein Narr war er doch gewesen! Was für ein erbärmlicher Narr!
Er kannte Miranda lange genug, um wissen zu müssen, daß sie eine Niederlage nicht mit der freundlichen, frohlichen Resignation hinnehmen würde, die sie allen in Prescottville vorgespielt hatte.
Blieb nur noch herauszufinden, wie die Sache eingefädelt worden war. Er ballte die Fäuste, daß die Knöchel weiß anliefen, um die in ihm aufsteigende übermächtige Wut niederzukämpfen. Miranda zu schlagen, wie sie es verdient hätte, hätte ihn nur für einen Augenblick besänftigt. Es gab bessere Möglichkeiten, mit ihr fertig zu werden, bessere Möglichkeiten, ganz hinter die Wahrheit zu kommen. Kühl begann er zu planen. Seine Wut hatte sich gelegt; er glättete

das zusammengeknüllte Telegramm und ging in die Halle, um die Antwortbriefe zu schreiben und Joe Damien ein Telegramm zu schicken.
Beim Abendessen, das Mark und Miranda im Pal Court einnahmen, achtete Mark darauf, daß Mirandas Weinglas stets voll war. »Mir ist nach einer kleinen Feier zumute«, sagte er ganz weich und zärtlich, als wollte er sie liebkosen. »Wir sind doch alte Freunde«, fügte er vielsagend hinzu und amüsierte sich, daß sie darauf einging.
Nach dem Essen brachte er sie auf ihr Zimmer, schlug dann aber vor, den Champagner, den er bestellt hatte, in seinem Apartment zu trinken. »Ich weiß nicht recht«, zierte sie sich zuerst, »mit einem verlobten Mann?«
»Das ist ja einer der Gründe für meine kleine Feier«, antwortete er.
»Und was hat es mit dieser Feier auf sich?« schnurrte sie, als sie an ihrem Champagner nippte. Sie sprach stockend, und ihre Augen schimmerten feucht von dem ungewohnten Alkohol.
»Errätst du's nicht? Warum, meinst du, bin ich noch immer in Kalifornien? Ich hätte ja wie geplant zurückkehren und Julie für die Flitterwochen mit hierhernehmen können.«
Ihre Lippen formten sich zu einem bestürzten »Oh!«, und in ihren Augen blitzte etwas auf. War es Enttäuschung oder Schrecken? Er hätte es nicht zu entscheiden vermocht.
»Aber«, fuhr er fort, »ich langweilte mich. Junge Mädchen haben ihre Reize . . . aber . . . ich komme mir wie ein Schuft vor«, gestand er. »Zum Glück ist Julie noch jung und wird darüber wegkommen. Ich bin jedenfalls trotz des Wahnsinns, der mich in diesem Sommer gepackt hat, nicht der Typ, der heiratet, was ich eigentlich schon immer gewußt habe.«
»Arme Julie!« Miranda versteckte ihr Entzücken hinter einer süßlich-mitleidigen Stimme.
»Und armer Mark«, setzte Mark hinzu. »Denn für mich wird die Rückkehr auch nicht ganz einfach sein. Schließlich ist Julie stimmberechtigt, wenn sie natürlich auch ohne die Stimmen der andern nicht allzuviel ausrichten kann. Sie brauchte meine und die von Joe Damien und vielleicht noch deine. Oder meine, die von Jason und wiederum deine. Aber das ist alles reichlich unwahrscheinlich. Es sei denn, sie unterstellten mir Fehler in der Geschäftsführung, grobe Fehler. Dann kämen Joe und ich auch ohne Julie oder dich in Schwulitäten.«
Er hörte, wie sie nach Luft schnappte, und fuhr scheinbar harmlos fort: »Aber reden wir nicht mehr davon. Wenn ich nur lange genug wegbleibe, wird Julie einen ihrer Wutanfälle bekommen und die Verlobung von sich aus lösen. Und dann . . .« Er beugte sich vor und

zog sie in seine Arme, wobei er den Champagner umstieß, so daß er sich über ihr Seidenkleid ergoß. »Du hast mir gefehlt, Miranda«, flüsterte er.

Das läßt sich ja fast zu leicht an, dachte er kalt und schaute sich selbst zu, wie er sie ganz bewußt verführte, wie er sie Stück um Stück auszog, während er vollständig angekleidet blieb, bis sie schließlich völlig nackt war und stöhnend auf seinem Schoß lag. Da stand er so abrupt auf, daß sie mit einem Aufschrei zu Boden fiel.

»Wie hast du es gemacht?« herrschte er sie an und stellte sich über sie. »Wie habt ihr, du und die Prescotts, es gemacht?«

»Mark!« flehte sie. »Du mußt verrückt sein. Was gemacht?«

Er riß sie hoch und hielt ihren Arm mit eisernem, schmerzhaftem Griff umklammert. »Ich habe heute morgen das Telegramm erhalten. Also – wie habt ihr es gemacht? Was habt ihr Julie gesagt? Wie habt ihr sie dazu gebracht, fortzulaufen?«

Sie krümmte sich zusammen, versuchte ihren Körper zu bedecken und die Kleider, die sie ein paar Augenblicke zuvor so willig abgestreift hatte, wieder anzuziehen. Sie keuchte und weinte und zitterte vor Aufregung.

»Bitte ... ich ... ich habe nichts getan ...« Er schlug ihr mit der flachen Hand ins Gesicht, daß sie vor Entsetzen aufschrie.

»Die Wahrheit«, forderte er. »Das ist deine einzige Chance, Miranda.«

Schluchzend stieß sie die Geschichte hervor, wobei sie immer bestrebt war, ihren eigenen Anteil möglichst herunterzuspielen. Von Julies Anruf und ihrem Täuschungsmanöver im Fairmont wagte sie ohnehin nichts anzudeuten. Davon konnte er nichts wissen, und deshalb behielt sie die Sache für sich und log aufs Geratewohl drauflos.

»Warum?« fragte Mark. »Warum bloß? Was hast du von dieser Rache?«

»Dich«, antwortete sie. »Jason wollte Fontaine in die Hand bekommen, und ich wollte dich.«

»Aber du bist leer ausgegangen, Miranda«, erklärte Mark. »Jason hat Fontaine, aber du hast nichts. Zieh dich an«, fuhr er sie an, raffte ihre Kleider zu einem Bündel zusammen und warf es ihr zu. »Nackt machst du dich nicht besonders vorteilhaft.«

Sie drückte das Bündel an sich; sie hatte keine große Lust, sich unter seinen verächtlichen Blicken anzuziehen.

»Du, du hast mich ausgenutzt«, griff sie ihn ihrerseits an.

»Ich kenne dich, Miranda, und habe dir nichts vorgemacht. Zieh dich an. Inzwischen kannst du mir noch mehr erzählen. War Joe Damien auch mit von der Partie?«

»Nein.« Hastig zog sie das Kleid über, ohne sich darum zu kümmern, wie sie aussah oder was er dachte. Sie fühlte sich tief erniedrigt; aber plötzlich überschwemmte sie eine Welle heißer Wut.
»Wer dann?«
»Jason, ich, Willis Bradford, Ned van Houten und . . . Avery Bertram auch. Julie hat dem Verkauf nicht zugestimmt, Joe auch nicht. Sie waren nicht dazu zu bewegen. Da sie aber einen von ihnen beiden mindestens noch brauchen, muß Fontaine irgendwie weitergeführt werden, bis Julie endlich in den Verkauf einwilligt.«
Es trat eine kleine Pause ein, dann sagte Mark: »Da hast du dich ja mit einer feinen Sippschaft eingelassen, Miranda: Telegramme unter falschem Namen, Briefe, die ihren Bestimmungsort nicht erreichen, Lügen, Diebstähle, falsche Beschuldigungen. Du kannst deiner sauberen Gesellschaft ausrichten, daß ich Julie suchen und Fontaine wieder in meine Hand bringen werde. Dann solltest du dich allerdings woanders niederlassen, meine Liebe. Nicht hier natürlich, denn auch hier bin ich daheim. Ich empfehle dir, deine Abreise für morgen früh vorzubereiten. Ich kann dir nicht versprechen, was passiert, wenn wir einander zufällig noch einmal begegnen. Und jetzt hinaus mit dir!«
»Aber . . . aber so kann ich mich nicht aus dem Zimmer wagen«, wandte sie ein.
»Warum nicht? Gewiß hat dieses Hotel schon mehr verrufene Frauenzimmer gesehen. Los, raus mit dir!« Im nächsten Augenblick riß er die Tür sperrangelweit auf, bis sie, ihre Unterwäsche und die Schuhe an sich gedrückt, unter seinem Arm hindurch hinausschlüpfte.
Sie erreichte ihr Zimmer, ohne irgend jemandem zu begegnen. Auf das entrüstete »*Madame!*« ihrer französischen Zofe stieß sie eine Flut von Schimpfwörtern aus, die ihre Wut aber nur zu einem winzigen Teil besänftigten.

Als Miranda am nächsten Morgen aufwachte, hatte sie eine Idee, wie sie Mark seine Gemeinheit heimzahlen und die Situation retten konnte. Sie erprobte die Idee an ihrer Zofe. Mit sanfter, versöhnlicher Stimme bat sie die weiße, schweigsame Carmen verlegen: »Ich muß mich bei dir entschuldigen. Es war gedankenlos und grausam von mir, meine Niederlage an dir auszulassen . . . Ich weiß nicht, wie ich mich entschuldigen soll, ohne dir die Wahrheit zu gestehen. Aber das fällt mir schwer. Jener Herr aus Prescottville, Mr. Douglas – du erinnerst dich doch?«
Carmen nickte, ihrer gekränkten Ehre war durch die Entschuldigung Genugtuung widerfahren, und nun erwachte ihre Neugier. Sie hatte

schon irgendeine Abscheulichkeit vermutet, aber nie im Leben an eine Vergewaltigung oder eine ähnliche Brutalität gedacht. Niemals hätte sie geglaubt, daß so etwas in Prescottville vorkommen könnte oder daß ein so feiner Herr wie Mr. Douglas dazu imstande sein sollte. Sie dankte dem Himmel, daß Mr. Douglas nicht mit ihnen zurückkehren würde, denn sie, Carmen, verspürte wenig Lust, an einem Ort zu leben, wo solche Greueltaten ungestraft passieren konnten. Arme *Madame!* Von Vergebung und Mitleid durchdrungen, stieß sie beruhigende Laute aus und eilte, um *Madame* das Frühstück aufs Zimmer zu bringen.

Miranda sank in die Kissen zurück, ein kleines, gehässiges Lächeln auf dem Gesicht. Wenn Carmen ihre Geschichte unter den Dienstboten verbreitete und Jason Prescott dafür sorgte, daß sie in der Stadt die Runde machte, konnte sich Mark Douglas glücklich preisen, wenn er nach seiner Rückkehr nach Prescottville nicht gesteinigt wurde. Am nächsten Morgen war Mark Zeuge ihres überstürzten Aufbruchs. Er stand im Foyer lässig an einen Pfeiler gelehnt, während sie die Prozession der Hotelpagen mit den Bergen ihres Gepäcks dirigierte und ihm nervöse, giftige Blicke zuschoß. Offensichtlich hatte sie mit einem langen Aufenthalt gerechnet. Wahrscheinlich hatte sie sich eingebildet, die Neuigkeiten aus Prescottville würden ihm keine andere Wahl lassen, als gute Miene zum bösen Spiel zu machen und zurückzukehren. Aber wenn sie oder irgend jemand sonst sich so etwas eingebildet hatte, dann waren sie schief gewikkelt.

Am Freitag waren seine Geschäfte so weit abgeschlossen, daß er die Rückreise in Angriff nehmen konnte. Er hatte die Angelegenheiten mit der Ranch geregelt und konnte nun die Prescottsche Sache anpacken, wie es ihm am tunlichsten schien. Er erwog kurz, Joe Damien oder seinen Vetter Art anzurufen, verwarf den Gedanken aber wieder. Es war wohl das beste, er kam unangemeldet und überraschend.

Am nächsten Freitag stieg er in Bath aus dem Zug und ließ sich von einem Taxi über die weniger befahrenen Straßen, die an Hammondsport und Prescottville vorbeiführten, zum alten Fontaineschen Haus fahren, wo er sein Gepäck ablud.

Dort hielt er sich gerade lange genug auf, um die Wäsche zu wechseln und sein Pferd zu satteln. Dann ritt er in vollem Galopp über die Felder zu den Weinbergen. Wo die Felder aufhörten, band er Rusty an einem jungen Baum fest und legte den Rest des Weges zu Fuß zurück.

Die alten Steingebäude glühten im Licht der untergehenden Sonne in einer geradezu mittelalterlichen Farbigkeit, und dahinter reckten die Weinstöcke ihre frisch abgeernteten Zweige anklagend gen Himmel. Der Nebel, der vom See aufstieg, verhieß einen frühen Frost. Der Sommer mit seinem Tun und Treiben war vorüber. Nachdem die Ernte eingebracht war, breitete sich Ruhe über das ausgelaugte Land.

Mark überquerte lautlos die Straße und die Wiese und betrat leise die Kellerei. Die Tür zu Averys Büro stand offen, und hinter dem Schreibtisch saß ein junger Mann, in dem Mark einen ehemaligen Angestellten der Prescott-Bank erkannte. Die Tür zu seinem eigenen Büro war geschlossen. Leise ging er darauf zu und öffnete sie geräuschlos. Dann schlug er sie krachend zu, so daß Avery Bertram wie von der Tarantel gestochen von seinem Sitz auffuhr. Als er Mark erkannte, wurde sein Gesicht aschfahl.

»Du . . . du? Ich dachte, du wärst in Kalifornien?« stieß er hervor.

»Das war ich auch. Aber was hast du mieser kleiner Bastard an diesem Schreibtisch verloren?«

Er hatte sich, während er sprach, rasch auf ihn zubewegt und zog ihn jetzt an den Rockaufschlägen hoch.

»N . . . nimm d . . . deine H . . . H . . . Hände weg«, stotterte Avery und wurde mit jedem Wort nervöser.

»Heraus mit der Sprache«, befahl Mark und stieß Avery auf den Stuhl zurück. »Was führt ihr im Schilde, ihr alle miteinander? Sag mir die Wahrheit, Avery, sonst bringe ich dich, so wahr mir Gott helfe, hier auf der Stelle um.«

»Bitte«, begann Avery, »ich habe überhaupt nichts im Schilde geführt. Mr. Prescott hat mich nur um eine Abrechnung gebeten. Die anderen . . . Bürgermeister Bradford, Mrs. Latham, Miss Fontaine haben dem zugestimmt . . .« Er brach ab. »Bitte, Mark, ich kann doch nicht, wenn du so über mir stehst . . .«

»Also schön.« Mark zog sich einen Stuhl heran und ließ sich, die Lehne zwischen den Händen, rittlings darauf nieder. »Und jetzt immer schön der Reihe nach, Avery. Und versuch nicht, mir etwas vorzulügen. Ich möchte die Wahrheit wissen.«

Die Geschichte war bald heraus. Offensichtlich wußte Avery nichts über die Sache mit Julie, ja anscheinend nicht einmal, daß sie Prescottville verlassen hatte.

»Und wo ist Joe Damien?« fragte Mark, als Avery zu Ende gekommen war.

»In Elmira im Krankenhaus. Er wurde an der Gallenblase operiert und ist sehr krank gewesen. Außer seinen nächsten Angehörigen darf ihn noch niemand besuchen.«

»Und wo ist Peter?«

Avery rutschte unruhig auf seinem Stuhl hin und her. »Nun . . . wie

die Dinge lagen ... Peter, das heißt, also, Peter ist nicht mehr hier gewesen. Seit letzten Mittwoch.«
»Ich begreife. Ihr habt ihn vor die Tür gesetzt.«
»Hm, nein ... Das heißt, begreifst du denn nicht? Joe war krank, und die Ernte ... nun ... wir haben einen Teil ... weil die Kosten gestiegen sind ...«
»Was ist aus dem Wein geworden?« fragte Mark gefährlich ruhig.
»Wir ... nun ... wie Joe so krank geworden ist, haben wir es für das Beste gehalten, die meisten Fässer zu ... na ja, an andere Weinkellereien zu verkaufen. Du verstehst: Joe fort und niemand da, der ihn hätte ersetzen können ... Wer hätte denn das Abfüllen und das Verschneiden überwachen sollen? Wir hatten ja keine Ahnung, wie lange Joe noch das Bett hüten muß und ob er überhaupt zurückkommt.«
Mark ließ den Kopf auf die Arme sinken. Diese großartige Ernte, dieser Jahrhundertwein – fort! Mochte Julie sich auch geweigert haben zu verkaufen, auf diese Weise war der Verkauf, ob mit oder ohne ihre Einwilligung, nicht aufzuhalten. Das bedeutete das Ende von Fontaine.
Er hob den Kopf. »Wie viele Fässer sind noch übrig?« fragte er und schöpfte aus Averys Antwort einige Hoffnung. Es war zwar wenig im Vergleich zu dem, was hätte sein können, aber immerhin noch etwas. Er stand auf.
»Versuch nicht, Jason Prescott anzurufen«, warnte er. »Ich komme doch dahinter. Und sag auch sonst niemandem, daß ich hier bin, Avery. Ich mache mir nicht die Mühe, einen Wurm zu zertreten, es sei denn, er kehrte sich gegen mich, verstehst du?«
Avery nickte, und Mark verließ das Büro. Hinter der geschlossenen Tür blieb er einen Augenblick lang lauschend stehen. Als er Murmeln hörte, riß er sie wieder auf, und Avery erstarrte, den Hörer am Ohr. »Die Nummer bitte?« konnte Mark gerade das Fräulein vom Amt fragen hören. »Welche Nummer, bitte?« Er ging zur Wand, riß das Kabel heraus und brachte so die Stimme zum Schweigen.
»Das nächstemal breche ich dir sämtliche Knochen«, drohte er, als er ging.

Er machte sich nicht die Mühe, sich dem Prescottschen Hause mit besonderer Vorsicht zu nähern. In vollem Galopp kam er von der Kellerei angeprescht und sprang erst unmittelbar vor dem Haus aus dem Sattel. Offensichtlich hatte man ihn gehört. Als er die Treppe hinaufstürmte, wurde hastig an einem der oberen Fenster der Vorhang fallengelassen. Ohne anzuklopfen, stieß er die Tür auf, so laut er nur konnte.

»Hörst du mich, Jason?« schrie er. »Ich bin wieder da. Miranda hat mir ihre Geschichte erzählt. Jetzt bist du an der Reihe.«
Und tatsächlich tauchte Jason schon im nächsten Augenblick oben an der Treppe auf. Mit zitternden Fingern knöpfte er sich die Jacke zu.
»Bitte, Mark, schrei nicht so. Meine Schwester ist krank.«
»Zum Teufel, ich schreie so laut, wie ich will. Deine Schwester war auch nicht zu krank, um sich nicht an deinen schmutzigen Intrigen zu beteiligen. Komm herunter, oder ich komme zu dir hinauf.«
Jasons Blick schweifte ab, und Angst spiegelte sich auf seinem Gesicht wider. Plötzlich schrie er: »Holt, nicht! Überlaß das der Polizei!« Als Mark sich umdrehte, sah er Holt mit einem Schürhaken aus dem Wohnzimmer kommen. Er stürzte sich auf ihn und entrang ihm den Haken und schleuderte ihn mit aller Kraft durch die offene Tür. Dann holte er zu einem kurzen, scharfen Kinnhaken aus, der Holt als ein Häufchen Elend zu Boden schickte.
An Jason gewandt, meinte er, nun etwas abgekühlt: »Demnächst wirst du deinen Sohn doch noch einsperren müssen. Aber jetzt komm endlich herunter, Jason. Ich will Auskunft von dir.«
»Wieso? Du bist als Geschäftsführer entlassen und kannst mit deinem Anteil machen, was du willst. Wir haben nämlich Julies Stimme, und Julie ist fort.«
»Wo ist Julie?« fragte Mark.
»Das wissen wir selbst nicht. Sie ist fortgelaufen. Ich ... ich habe einen Zettel von ihr.«
»Zeig ihn mir«, befahl Mark.
Jason wandte sich um und ging den Gang entlang. Mark hörte ihn mit Millicent sprechen. »Es ist weiter nichts. Du kennst doch Mark. Nein, Holt ist in Ordnung. Um Himmels willen, reg dich nicht auf. Bleib hier, bis der Lümmel aus dem Hause ist.«
Gleich darauf war Jason zurück und kam langsam die Treppe herunter, den Zettel steif von sich streckend.
Beim Anblick des vor Angst schlotternden Jason verzogen sich Marks Lippen zu einem verächtlichen Grinsen. »Nur Mut, Jason. Ich habe noch nie einen fetten alten Mann geschlagen, wenn er nicht selber angefangen hat.«
Mark nahm Jason das Blatt Papier ab. »Was hat das zu bedeuten?« fragte er, nachdem er es gelesen hatte. »Ich werde auspacken?«
Jason schüttelte den Kopf. »Eine leere Drohung. Außerdem können wir ohne ihre Unterschrift ohnehin nicht verkaufen. Die Stimmen reichen nicht aus. Aber eines schönen Tages ist Fontaine bankrott, und dann kann sie stimmen, wie sie will.«
»Das also ist euer Ziel? Wie viele Steuben-Aktien gehören dir, Jason? Und wie lange gibst du Fontaine noch, bis es zum Konkurs kommt?

Aber eins sage ich dir: Joe Damien lebt, und ehe ich dir das durchgehen lasse ...« Er brach ab. »Doch lassen wir das. Wo ist Julie?«
»Ich sage dir doch, ich weiß es nicht. Ich weiß weder, warum sie fortgelaufen ist noch wohin.« Hinter ihnen machte Holt Anstrengungen, sich aufzurappeln, und Jason eilte ihm zu Hilfe, doch Holt stieß seinen Arm zurück.
»Das zahle ich dir heim«, sagte er wuterstickt zu Mark.
»Schau lieber erst, daß du wieder auf die Beine kommst«, antwortete Mark gleichmütig und verließ ohne ein weiteres Wort das Haus, Julies Zettel fest in der Hand.
Noch am selben Abend fuhr er mit dem Buick nach Elmira ins Krankenhaus. Er mußte seine gesamten Überredungskünste aufbieten, damit die Schwester Joe ein paar Zeilen von ihm überbrachte. Danach war es allerdings relativ einfach. Joe wollte ihn unbedingt sehen und machte der Schwester, als sie den Besuch nicht vorlassen wollte, die Hölle so heiß, daß sie ihn schließlich doch hereinführte.
»Du siehst besser aus, als ich erwartet hatte«, log Mark, als Joe seine Hand drückte. Joes Haar, vor kurzem noch eine schwarze, nur da und dort von einem silbernen Faden durchzogene Lockenpracht, war ganz grau geworden, an den Schläfen sogar schlohweiß. Außerdem war er stark abgemagert, wodurch sein Gesicht ganz eingefallen wirkte. Nur seine braunen Augen hatten ihren klaren, festen Blick nicht verloren, so daß Mark doch eine gewisse Hoffnung schöpfte.
»Mir geht es schon viel besser«, meinte Joe. »Nächste Woche darf ich nach Hause, muß dann allerdings noch zwei Wochen das Bett hüten. Aber« – er hob vielsagend die Hände – »es hätte schlimmer ausgehen können. Die Schmerzen waren schrecklich. Ich dachte, es wäre das Herz.«
»Zum Glück war es das nicht«, antwortete Mark. »Kannst du denn überhaupt reden?«
»Über Fontaine? Natürlich. Hör zu, ich weiß, was sie gemacht haben. Peter hat es mir berichtet. Der Wein ist fort. Diese Hunde! Aber mach dir nichts draus, Mark. Sie können mich nicht vor die Tür setzen. Noch vor Weihnachten bin ich wieder zurück. Unter uns ...«
»Erst muß ich Julie finden«, warf Mark ein. »Weißt du, wo sie ist?«
»In New York. Sie hat in der Nacht, in der sie fortgelaufen ist, ein Päckchen vor unserem Haus deponiert ... deinen Ring und die Brosche, die du ihr geschenkt hast. Auf dem beigelegten Zettel stand, daß sie nach New York wolle und ich dir ...« Er brach ab. »Du hast doch Miranda nicht wirklich geheiratet, nicht wahr?« fragte er.
»Nein.«
Joe seufzte. »Wenn Julie doch erst mit mir gesprochen hätte! Ich hätte es ihr sagen können. Ich hatte so ein böses Gefühl. Es ... ich konn-

te mir einfach nicht vorstellen, warum du so etwas tun solltest. Miranda!«

»Laß gut sein, Joe«, antwortete Mark. »Aber du könntest mir einen Gefallen tun. Ich gebe Art Douglas meine Vollmacht für den Fall, daß du sie brauchst, solange ich in New York bin. Wahrscheinlich bin ich ja zurück, ehe du hier herauskommst. Aber was auch immer passiert, Joe, geh nicht von Fontaine weg. Wir machen die Schlappe schon wett. Das verspreche ich dir.« Er klopfte Joe auf den Arm und stand auf. »Ich gehe lieber, ehe mich die Schwester hinauswirft.«

»Ich fühle mich ungeheuer erleichtert«, erklärte Joe.

»Auf bald«, erwiderte Mark.

Er war todmüde, als er endlich am Fontaineschen Grundstück anlangte. Er parkte sein Auto vor dem Eingangstor und schlug den Weg zum Hintereingang ein. Er wünschte sich nur noch eins: schlafen, aber trotz seiner Erschöpfung warnte ihn ein nervöses Prickeln, daß irgend etwas nicht in Ordnung war. Ohne den Schritt zu wechseln, schlug er einen kleinen Bogen um die Hausecke und entging so mit knapper Not Holt Prescotts Schlag. Eine Sekunde später stürzte sich Holt auf ihn, landete aber sofort kopfüber auf dem Boden, und einen Augenblick später kniete Mark rittlings über ihm, drückte ihn nieder und schlug ihn ein paarmal mit aller Kraft ins Gesicht.

»Bekommst du nie genug?« keuchte er und hob erneut die Faust. »Wo ist Julie?«

Holt duckte sich. »Laß sein. Mir reicht's«, sagte er weinerlich.

Mark stand auf und trat vorsichtshalber einen Schritt zurück, als sich Holt erhob.

»Warum ist Julie weggelaufen?« fragte Mark.

»Weißt du das nicht? Es wundert mich, daß Miranda dir das nicht berichtet hat. Sie hat dir doch sonst alles haarklein erzählt.«

»Ja. Daß ihr Julie belogen habt, ich hätte an ihrer Stelle Miranda geheiratet, und daß ihr ihr, um sie auf eure Seite zu ziehen, eingeredet habt, ich hätte die Kellerei ruiniert.«

Holt kicherte. »Und du hast dich nicht gewundert, warum sie uns geglaubt hat?«

»Doch. Und ich werde sie danach auch fragen, wenn ich sie gefunden habe.«

Holt lachte. »Wenn du sie je findest. Nicht einmal wir wissen, wohin sie verschwunden ist. Das ist die reine Wahrheit. Aber warum sie uns geglaubt hat, kann ich dir verraten.«

»Warum mit einemmal so freundlich?«

Holt rieb sich das Gesicht. »Damit die Angelegenheit ein für allemal aus der Welt geschafft ist. Mögen sich jetzt die anderen ihre Tracht Prügel holen. Ich habe meine bezogen. Miranda hat das Telegramm geschickt. Aber das weißt du ja schon. Was du dagegen noch nicht weißt, ist, daß sie es vom Fairmont Hotel aus geschickt und mit Miranda Latham Douglas unterzeichnet hat. Wir haben Julie das Telegramm gezeigt, und als sie noch immer nicht glauben wollte, haben wir sie überredet, anzurufen. Miranda hat das Gespräch als Mrs. Mark Douglas entgegengenommen. Und daraufhin hat uns Julie alles aufs Wort geglaubt.«

Mark erwiderte nichts.

»Wahrscheinlich«, fuhr Holt fort, »ist Miranda die einzige, die weiß, wo Julie steckt. Sie bestreitet es zwar, aber ihre Zofe hat in letzter Zeit Andeutungen gemacht, aus denen man schließen darf, Miranda könnte es doch wissen. Wenn wir wollten, könnten wir sie natürlich schon zum Reden bringen.«

Er ging rückwärts auf sein Auto zu, als Mark mit einemmal sagte: »Mach, daß du hier fortkommst.«

Er wartete, bis Holt davongefahren war, und holte dann sein eigenes Auto. Seine Müdigkeit war mit einem Schlag verflogen. Wenn Miranda wußte, wo Julie sich aufhielt, konnte er es bestimmt aus ihr herausbringen.

Als er die Auffahrt hinauffuhr, lag Mirandas Haus total dunkel vor ihm. Trotzdem wurde die Tür auf sein Klopfen hin sehr schnell geöffnet. Miranda stand im Rahmen, in eine weite Robe gehüllt. Sie konnte einen kleinen Aufschrei nicht unterdrücken, als sie ihn erkannte, und Mark folgte ihr, als sie vor ihm ins Haus zurückwich.

»Es tut mir leid, daß ich dich enttäuschen muß«, sagte er mit einem Blick auf ihr Hauskleid und fügte hinzu: »Wahrscheinlich hast du einen anderen erwartet. Ich werde dich auch nicht lange aufhalten, Miranda. Vielleicht können wir die Sache kurz im Wohnzimmer besprechen. Mach ruhig Licht. Ich wandle heute nicht auf Liebespfaden.«

»Bitte«, begann sie zu flehen.

»Bitte was? Sei nicht kindisch, Miranda. Geh hinein und mach Licht.« Sie ging voraus und zog beim Betreten des Raumes die Lichtschnur.

»Was willst du von mir?« fragte sie ängstlich.

»Ich möchte wissen, wo Julie ist«, antwortete er kalt. »Und lüg mich nicht an.«

»Ich weiß es nicht. Woher soll ich das wissen, wenn nicht einmal ihre Familie es weiß?«

»Du weißt es ganz genau, Miranda. Das habe ich gerade aus Holt herausgeprügelt. Also sag, wo ist sie?«

Er trat auf sie zu, und sofort begann sie zu schreien und ihr Kleid zu zerreißen. »Hilfe, Hilfe, er bringt mich um!«

Das geschah so überraschend, daß Mark völlig perplex war.
Für einen Augenblick verlor er die Fassung. »Was zum Teufel soll das heißen?« fragte er schließlich. Sie schrie von neuem.
Ihr Schreien wurde im Gang von Carmen weitergegeben, und schon im nächsten Augenblick heulten Polizeisirenen auf.
Mark, der eben Miranda packen wollte, ließ ihren Arm los. Seine Augen zogen sich zu schmalen Schlitzen zusammen. »So kommst du mir nicht davon«, sagte er scharf. »So nicht.« Und als er die Polizei an der Tür hörte, ging er schnell zu einem Stuhl auf der anderen Seite des Zimmers und ließ sich ruhig darauf nieder.
Miranda schrie immer noch, als der Sergeant mitsamt einem zweiten Polizisten das Zimmer betrat. Ihr Kleid war vorn zerrissen. Sie schluchzte herzzerbrechend, während sie es mit einer Hand zusammenraffte. »Genau wie in Kalifornien. Er ist verrückt. Er hat versucht, mich umzubringen.«
Der Polizist folgte Mirandas dramatischer Handbewegung und sah Mark ruhig auf seinem Stuhl sitzen, einen amüsierten Ausdruck auf dem Gesicht.
»Ich weiß nicht, was das Ganze soll«, begann Mark belustigt. »Aber Mrs. Latham bat mich herein und fing dann an, ihr Kleid zu zerreißen und zu schreien.«
Der Sergeant schaute verwirrt drein. »Das sieht nicht nach einer Gewalttat aus«, meinte er.
»Er hat Sie rechtzeitig gehört und mich dann losgelassen. Fragen Sie meine Zofe. Carmen!« rief sie.
Zaghaft und mit schneeweißem Gesicht trat die Zofe ein. »Es stimmt, *Messieurs*«, versicherte sie mit zitternder Stimme. »*Oh, mon Dieu!* Ich habe solche Angst! Es ist genau dasselbe wie in San Francisco. Da hat er *Madame* auch die Kleider heruntergerissen, und sie hat ihm kaum entkommen können. Und jetzt wieder . . . ach, wie ich ihren Schrei gehört habe . . .«
»Sehr gut, Carmen«, applaudierte Mark.
»Genug«, sagte der Sergeant. »Schauen Sie, Mr. Douglas. Ich weiß nicht, was Sie im Hause dieser Dame zu suchen haben. Aber vor zehn Minuten hat jemand angerufen und uns mitgeteilt, Mrs. Lathams Leben sei in Gefahr.«
»Schauen Sie sie doch an«, erwiderte Mark. »Sieht sie aus, als hätte man ihr etwas getan?«
»Ihr Kleid ist zerrissen. Wahrscheinlich sind wir wirklich gerade noch zur rechten Zeit gekommen. Im übrigen hat man uns auch mitgeteilt, daß Sie auf dem Weg hierher seien. Nun . . . genaugenommen nicht Sie, sondern derjenige, der die Mädchen draußen in *Violas Roadhouse* zusammengeschlagen hat. Deshalb sind wir so schnell

gekommen. Und wen haben wir getroffen? Sie. Also werden Sie wohl oder übel mitkommen müssen.«

Mark erhob sich. Alles hing jetzt davon ab, daß er Ruhe bewahrte und nicht die Beherrschung verlor. Er warf Miranda einen vernichtenden Blick zu, und sie schlug die Augen zu Boden und stieß ein ängstliches Wimmern aus.

»So kommst du mir nicht davon, Miranda«, wiederholte er ruhig. »Ich habe es dir schon einmal gesagt. Und bitte richte das auch den Prescotts aus.«

Er wandte sich an den Sergeant. »Ich stehe zu Ihrer Verfügung«, erklärte er. »Aber von der Polizeiwache aus möchte ich meinen Vetter Art anrufen.

»Ein Anruf steht Ihnen zu«, antwortete der Sergeant. »Und den haben Sie auch dringend nötig, Sie müssen nämlich wissen, daß, gerade als wir fortfuhren, Holt Prescott eintraf, ziemlich übel zugerichtet. Er hat behauptet, Sie hätten ihn zusammengeschlagen.«

»Das habe ich auch«, gab Mark zu. »Mrs. Latham dagegen habe ich mit keinem Finger angerührt.«

»Trotzdem wird man Sie unter Anklage stellen.«

»Sie müssen Ihre Anschuldigungen erst einmal beweisen. Gute Nacht, Miranda. Wir sehen uns bald.«

»Ja – vor Gericht«, ergänzte der Sergeant mit plumpem Witz.

»Mark, der Rächer«, frotzelte sein Cousin Art am nächsten Tag. »Welcher Teufel hat dich denn geritten, bei Miranda einzubrechen?«

»Ich habe nicht eingebrochen. Sie hat mir die Tür eigenhändig aufgemacht. Alles andere ist erlogen«, erwiderte Mark müde. »Sie muß die Polizei angerufen haben, als ich die Auffahrt hinauffuhr oder ... schon vorher«, sagte er plötzlich. »Was bin ich doch für ein Idiot! Holt und die anderen haben mir diese Sache eingebrockt. Seit ihrer Rückkehr hat Miranda Lügen über mich verbreitet. Ihre Zofe schwört, ich hätte Miranda im Palace Hotel überfallen. Aber natürlich! Deshalb ist die Polizei schon ein paar Minuten nach mir eingetroffen. Mein Gott, ich höre sie noch schreien und sehe sie ihr Hauskleid zerreißen.«

»Ich nehme dir diese Geschichte ja ab«, erklärte Art. »Und Sam Howard wohl ebenfalls. Aber verdammt, Mark, du mußt sehen, daß du hier wieder herauskommst. Sie sind hinter dir her. Sam und ich werden unsere liebe Not haben, die Polizei zur Vernunft zu bringen. Sie sehen in dir den Verrückten, der bei Viola die Mädchen grün und blau schlägt. Zu dumm, daß während deiner Abwesenheit niemand ausgeraubt oder niedergeschlagen worden ist.«

»Aber das ist doch höchst durchsichtig, Art – auf diese Art und Weise wollen mich die Prescotts doch nur aus Prescottville vertreiben. Die Polizei hat mich gestern nacht nicht verhaftet, oder? Und freiwillig gehe ich nicht«, sagte Mark eigensinnig.
»Du sollst ja auch nicht für alle Zeiten verschwinden«, erklärte Art. »Aber im Augenblick ist nicht einmal mehr mit Lillian vernünftig zu reden. Anscheinend hat Miranda sie überzeugt, daß du so eine Art *Jack the Ripper* bist.«
»Wenn mir Miranda zwischen die Finger kommt!« drohte Mark.
»Recht so, das sind genau die richtigen Reden«, meinte Art. »Schau lieber, daß du dich für eine Weile aus der Stadt verziehst. Bis jetzt ist noch keine Anklage gegen dich erhoben. Such Julie, und laß Sam und mich hier machen.«
»Wahrscheinlich hast du recht«, stimmte ihm Mark endlich zu. »Wenn ich Julie gefunden habe, kommt die ganze Geschichte ohnehin an den Tag.«
»Das erste vernünftige Wort«, meinte Art fröhlich. »Du hast als einzelner keine Chance gegen die ganze Stadt. Der Bankier, der Bürgermeister und die Polizei – alle sind gegen dich. Ein Sturm ist gegen dich losgebrochen. Warte, bis er sich gelegt hat.«
»Also gut. Aber du mußt mir einen Gefallen tun, Art. Ich weiß nicht, wie lange ich fort sein werde, und räume dir inzwischen alle Vollmachten ein. Halt dich an das, was Joe sagt. Joe hat auch noch ein paar Dinge von mir – ich meine, seine Frau zu Hause. Hol sie ab und leg sie bei dir in den Safe.«
Den Rest des Vormittags verbrachten sie mit Plaudern. Um Mittag trennten sie sich. Art kehrte zu seiner Molkerei zurück, um Lillian zu besänftigen, und Mark startete mit seinem Buick in Richtung New York.

Zweiter Teil

Im März 1917 wurde New York vom Kriegsfieber geschüttelt. Europa machte Schlagzeilen. Das Schlachtenglück neigte sich zunehmend den Mittelmächten zu; und was den Ausschlag gab: die Deutschen drangen mit ihrer U-Boot-Offensive nun schon bis zur amerikanischen Küste vor.

Mit jedem Bericht über weitere Schiffsverluste wurde der Schrei nach Rache lauter, und Präsident Wilsons vorsichtige Neutralitätspolitik wurde von Mal zu Mal unpopulärer.

Dennoch ging es in der City lustig zu. Am Broadway wurden kaum ernste Stücke gegeben; dafür feierten immer mehr Revuen, Komödien und Lustspiele Triumphe, je weiter die Kriegsstimmung um sich griff. Flo Ziegfelds *Follies*, die *Scandals* und Lew Belmonts *Parade* führten den Reigen der Ausstattungsrevuen an. Die *Follies* verdankten ihren Ruhm vor allem Marilyn Miller und Fanny Brice sowie den Schlagern Irving Berlins, während das Belmont-Theater in der 40. Straße Madeline James und dreißig schöne Showgirls anpries, darunter die »unvergleichliche Angela Grant«.

Julie Fontaine schlenderte den Broadway in südlicher Richtung hinunter, vorbei an der Belmont-Reklame.

In den ersten düsteren Winterwochen in New York, in denen sie tagsüber von Vermittlung zu Vermittlung gelaufen war und nachts in einem kleinen Frauenclub wieder und wieder ihre zusammenschmelzende Barschaft gezählt hatte, war ihr eine Anstellung als Gouvernante als höchstes Glück erschienen. Sie besaß zwar gute Zeugnisse, aber keine Empfehlungen auf ihren angenommenen Namen. So hatte man sie zwei- oder dreimal wohl in die engere Wahl gezogen, doch im letzten Augenblick hatte man sich dann stets anders entschieden.

In ihren kühnsten Träumen hätte sie damals nicht zu hoffen gewagt, eines Tages mit der Welt des Theaters in Berührung zu kommen. Als sie sich damals bei Madeline James vorstellte, war sie viel zu nervös gewesen, um Mrs. James, die eine kleine Tochter namens Cecilia hatte, mit dem Hauptstar der *Lew Belmont Productions* in Verbindung zu bringen.

»Wie eine Gouvernante sehen Sie ja nicht gerade aus«, hatte Madeline James zweifelnd bemerkt. »Aber versuchen können wir's ja einmal. Nächsten Herbst kommt Cecilia sowieso in ein Internat, und bis dahin braucht sie zweifellos ein paar Nachhilfestunden, vor allem in Französisch.«

Dann kam der kritische Moment, in dem Julie gestehen mußte, daß sie keine anderen Referenzen als die der Agentur besaß. Aber Madeline James sah großzügig darüber hinweg. »Ich habe gleich gemerkt, daß man dich brauchen kann«, hatte sie später gemeint. »Aber frag mich nicht, wieso; ich kann es nicht sagen.«

Meine erste und einzige Gouvernantenstelle! dachte Julie lächelnd. Cecilia war ein nettes kleines Mädchen gewesen, willig und fügsam. Doch Julie hatte sich noch nicht richtig an ihre neue Arbeit gewöhnt, als sie sie auch schon wieder verlor, nicht nur Lew Belmonts wegen, sondern auch, weil Madeline James Vorsicht für angezeigt hielt.

In den ersten vierzehn Tagen hatte Julie Lew Belmont nicht zu Gesicht bekommen. Als sie dann in der dritten Woche eines Nachmittags mit Cecilia vom Schlittschuhlaufen nach Hause kam, war ein großer schwerer Mann neben Madeline James am Wohnzimmerfenster gestanden.

Mit den Worten: »Oh, Onkel Lew, du bist wieder da«, war Cecilia durchs Zimmer auf ihn zugestürzt und hatte ihm einen Kuß gegeben, den er herzlich erwidert hatte. Bei der Begrüßung hatte Lew Belmont ihr einen prüfenden Blick zugeworfen und bemerkt: »Gouvernante? Danach sehen Sie gar nicht aus«, und sie mit ungewöhnlichem Interesse gemustert.

Er strahlte erfolgsgewohnte Zuversicht und einen unbestimmbaren Charme aus. Unwillkürlich war Julie unter seinem unverhohlen bewundernden Blick rot geworden. Doch im selben Augenblick hatte sie auch gemerkt, daß Madeline an diesem Blick weniger Vergnügen fand.

In den nächsten Tagen hatte sie festgestellt, daß Lew Belmont häufig Gast im Haus war und daß seine Gegenwart das gute Einvernehmen zwischen ihr und ihrer Arbeitgeberin trübte.

Als er einmal allein im Haus mit ihr zusammengetroffen war, hatte er zu ihr gesagt: »Sie sind viel zu hübsch für einen Job wie diesen.« Dann war er auf sie zugetreten, hatte ihr eine Hand auf die Schulter gelegt und sie zu sich herumgedreht.

In diesem Augenblick war Madeline mit Cecilia ins Zimmer getreten. Lew hatte seine Hand auf Julies Schultern liegen lassen und ruhig hinzugesetzt: »Was hältst du davon? Mir scheint, sie hat die richtige Größe und das richtige Gewicht. Sicher braucht ihr auch niemand erst das Laufen beizubringen.«

»Ich glaube, du hast recht«, hatte Madeline lächelnd geantwortet. Aber Julie hatte gesehen, wie wachsamer Argwohn in ihren Augen aufgeblitzt war.

»Also schön. Dann probieren wir's«, hatte Lew gemeint. »Laurel geht ohnehin im nächsten Monat. Und das hübscheste Gesicht ist ge-

rade gut genug, um sie zu ersetzen.«
»Was probieren?« hatte Julie überrascht gefragt.
»Wie Sie sich zum Showgirl eignen«, hatte Madeline geantwortet.
Julie hatte ihren Ohren nicht getraut. Showgirl? Anfangs hatte sie sich dagegen gewehrt. Aber schließlich hatte sie sich überreden lassen, vor allem von Madeline.
»Sie ahnen ja nicht, wie viele Mädchen die Gelegenheit mit Freude beim Schopf packen würden«, hatte sie gemeint. »Seit bekannt ist, daß Laurel geht, stehen die Mädchen Schlange vor Lews Büro.«
»Aber wenn ich mich nicht eigne? Wenn ich ...«
Madeline hatte die Achseln gezuckt. »Versuchen Sie's doch«, hatte sie geraten. »Sie haben ja nichts zu verlieren.«
O doch, hatte Julie gedacht. Diese Stelle. Aber schließlich hatte sie eingewilligt.

Ihr Blick hing noch immer an den Leuchtbuchstaben »Angela Grant«. Selbst nach anderthalb Jahren war ihr New Yorker Erfolg noch immer ein Wunder für sie. Doch wieviel aufregender wäre es, stünde dort oben mein richtiger Name, dachte sie.
Als sie sich endlich anschickte, das Theater zu betreten, fuhr soeben Madeline in ihrem Auto vor.
»Schaust du immer noch nach, ob dein Name auch wirklich da oben steht?« fragte sie und trat neben sie.
»Anscheinend werde ich das nie begreifen. Wenn mir das einer vorausgesagt hätte, als ich mich bei dir bewarb ...«
»Bei deinem Gesicht und deiner Figur wärst du als Cecilias Gouvernante tatsächlich fehl am Platze gewesen. Außerdem reiße ich mich nicht unbedingt um eine Rivalin unter meinem Dach. Zum Glück hat Lew in dir gleich vom ersten Tag an das Showtalent gesehen. Hier habe ich dich wenigstens unter Kontrolle.«
Sie lachte, als sie wieder einmal ihr Lieblingsthema Julie und Lew anschnitt. Aber ein kleines Körnchen Wahrheit steckte doch darin. Julie wußte nur allzu gut, daß Lew ohne Madelines Wachsamkeit längst eine engere Beziehung mit ihr angeknüpft hätte. Sie hatte sich schon oft gefragt, ob es jenen Mr. Stanley James, der bald nach Cecilias Geburt an Lungenentzündung gestorben sein sollte, wirklich gegeben hatte. Vor zwölf Jahren war Madeline mit einer Operettengruppe herumgezogen. Cecilia, jetzt elf und im Internat, hatte Madelines rote Locken und grüne Augen und die gleichen Sommersprossen auf der Nase. Eine Ähnlichkeit mit dem fast fünfzigjährigen Lew Belmont zu entdecken war schwierig. Aber der Klatsch hinter den Kulissen ließ keinen Zweifel an seiner Vaterschaft.
Daß Madeline Belmonts Geliebte war, war ein offenes Geheimnis.

Anfangs hatte sich Julie gewundert, warum sie nicht geheiratet hatten. Doch eines Tages erfuhr sie, daß Belmont in Virginia eine erwachsene Tochter und eine Frau hatte, die von einer Scheidung nichts wissen wollte.

»Alles, was sie will, ist verheiratet zu sein«, hatte Madeline Julie einmal erklärt. »Sie haßt Lew, aber sie wird ihn nie freigeben. Sie ist nun einmal Mrs. Schoenberg, und das will sie bleiben.«

Einmal hatte Julie Lew gefragt, wie er auf den Namen Belmont verfallen sei, und er hatte ihr erklärt: »Das ist das französische Wort für Schoenberg. Und da einst ein netter Judenbengel aus Österreich namens Augustus Schoenberg bei uns zu August Belmont und reich geworden ist, hat sich ein anderer netter Judenbengel aus der Delancey Street denselben Namen zugelegt, in der Hoffnung, ebenfalls reich zu werden.«

Madeline und Lew waren sehr nett zu Julie gewesen. Sie hatten ihr die Geschichte, daß sie keine Familie mehr besaß, ebenso abgenommen wie den Namen, den sie sich zugelegt hatte. Inzwischen war Julie schon oft versucht gewesen zu sagen: »Seht her, ich heiße nicht Angela Grant, sondern Julie Fontaine und habe auch eine Familie.« Aber sie fürchtete, daß sich ihr Geheimnis bis nach Prescottville herumsprechen könnte, und hielt deshalb lieber den Mund.

Sie hatten schon viel für sie getan. Ihre Gage war nicht schlecht, und sie hatte sich eine kleine Wohnung mieten und ein Dienstmädchen nehmen können.

Die Wohnung, in der Stadt gelegen, bestand aus einem kleinen Wohnzimmer, einer Küche, einem großen Schlafzimmer und einer kleinen Kammer für das Mädchen. Die Lage war günstig, und die Hauseigentümer, die die beiden oberen Stockwerke bewohnten, waren umgänglich. Aber so behaglich die Wohnung im Winter war, so heiß war sie im Sommer. Aber Madeline hatte sie getröstet: »Mach dir nichts draus. An den Wochenenden kommst du zu uns, vor allem im August, wenn Theaterferien sind.«

»Guten Abend, Miss Grant.« Es war Fred, der Pförtner. Sie war an ihm vorbeigegangen, ohne ihn zu bemerken.

»Oh«, sagte sie. »Entschuldigen Sie, Fred. Wie geht's?«

»Gut, gut. Wahrscheinlich bekommen Sie heute abend wieder korbweise Blumen. Gestern waren es fünfzehn Sträuße. Und heute sind schon wieder eine Menge Buketts oben.«

»Verteilen Sie sie, Fred, und geben Sie mir nur die Karten.«

Madelines Garderobe lag wie die der anderen Stars im ersten Stock, Julies dagegen im zweiten, am Ende des Ganges, hinter den beiden großen Umkleideräumen für die einfachen Ballettmädchen. Die Tür zum ersten stand offen, und sie winkte im Vorbeigehen hinein. Sie hatte sich wohl gefühlt bei den anderen Mädchen, aber in ihrem eigenen kleinen Raum gefiel es ihr doch besser.

Sie dachte nur noch selten an Prescottville, und wenn, dann kam ihr die Zeit mit Jason, Millicent und Holt wie ein Alptraum vor. An dem Morgen, an dem sie fortgelaufen war, hatte sie alle Brücken hinter sich abgebrochen. Von ihren früheren Bekannten wußte nur Eileen Butler, ihre Zimmerkameradin aus der Klosterschule, daß sie noch am Leben war, und Eileen würde ihr Vertrauen bestimmt nie mißbrauchen.

Wenn Julie überhaupt einen Gedanken an zu Hause verschwendete, so war das gleichbedeutend mit der Erinnerung an Mark, und allein schon aus diesem Grunde versuchte sie Prescottville aus ihrem Gedächtnis zu verdrängen. Anfangs hatte sie noch von ihm geträumt, war Morgen um Morgen traurig mit seinem Bild vor Augen aufgewacht und hatte mit zitternden Lippen seinen Namen geflüstert. Aber das kam heute nur noch selten vor. Sie hatte sich mit aller Kraft auf ihre neue Aufgabe konzentriert, hatte gearbeitet, geübt, gelernt, Gesangs- und Ballettunterricht genommen, bis sie kaum mehr an Mark dachte. Ab und zu freilich genügte ein Wort, eine Redewendung, ein Ortsname, um Mark wieder lebendig vor ihr erstehen zu lassen, und einen Augenblick lang durchfuhr sie dann der alte durchdringende Schmerz.

Eines Tages wollte sie wohl nach Prescottville zurückkehren. Eines Tages, wenn sie volljährig geworden war und Jason keine Macht mehr über sie besaß. Dann wollte sie zurückkommen, um ihr Recht auf ihr Eigentum geltend zu machen. Aber sonst hatte sie mit der alten Heimat abgeschlossen. Vor ihr lag eine Zukunft, die mit der Vergangenheit nichts mehr zu tun hatte, auch wenn, wie sie sich insgeheim eingestand, ihr jetziges Leben noch in manchem davon bestimmt wurde. Marks Treulosigkeit und Holts Gemeinheit hatten das Feuer in ihr erstickt. Fast alle Mädchen ihrer Show wurden mit Einladungen, Geschenken, Liebes- oder Heiratsanträgen überhäuft, und sie gehörte zu den beliebtesten.

Sie hatte sich nicht abgekapselt. Sie hatte Einladungen zu Diners, zu Champagnersoupers, zu Bällen und Partys angenommen. Aber kein einziger Mann konnte sich rühmen, ihr mehr als einen keuschen Kuß auf die Wange gedrückt zu haben.

Manchmal dachte sie an die alten Zeiten zurück, wie sie früher gewesen war. Sie erinnerte sich dunkel an die Nächte zwischen den Weiden und sehr lebhaft an die Zeit mit Mark. Ein leidenschaftliches Fieber hatte sie damals verzehrt, und die Liebe hatte ihr höchstes Entzücken bedeutet. Jetzt schreckte sie allein schon vor dem Gedanken

zurück, ein Mann könnte sie berühren.
Die anderen Mädchen nannten sie die »heilige Angela«, was ihr ein schmerzliches Lächeln entlockte; denn das war damals Eileens Spitzname in St. Veronica gewesen.
»Eines Tages wirst du dir einen Mann suchen, und dann gnade dir Gott, Angela«, pflegte Madeline zu sagen. Gelegentlich fügte sie hinzu: »Mit Steven Randall würdest du gar nicht so schlecht fahren, Liebling. Er ist reich, sieht gut aus und ist verrückt genug nach dir, um die ›Rühr-mich-nicht-an-Nummer‹ mitzuspielen.«
Als sich Julie für den ersten Akt umzog, gingen ihr diese Worte durch den Sinn, und sie runzelte die Stirn. Gewiß, Steven war ein netter Kerl, aber sie verspürte wenig Lust, ihre Welt mit der seinen zu vertauschen. Sie dachte nicht daran, seine Geliebte zu werden. Das hatte sie ihm von allem Anfang an erklärt. In letzter Zeit jedoch hatte er ihr einen regelrechten Heiratsantrag gemacht. Eine Ehe mit Steven hätte freilich ein Ende ihrer Bühnenlaufbahn bedeutet. Ehe! Allein schon der Gedanke daran weckte Widerwillen in ihr. Nicht jetzt. Später vielleicht. Vielleicht auch nie. Sie war noch jung. Sie hatte noch viele Jahre vor sich. Als Star, das war ihr allerdings klar, hatte sie letztlich keine Chancen. Sie war nicht wie Madeline. Ihr fehlte der Ehrgeiz, der Antrieb. Ihre gegenwärtige Stellung machte ihr Spaß, gewiß; aber wenn sie ihr gutes Aussehen verlor, mußte sie sich etwas anderes einfallen lassen.
Es wurde heftig an die Tür geklopft, und der Assistent des Inspizienten rief: »Noch fünf Minuten, Miss Grant.«
Julie brummte eine Antwort und betupfte ihre Nase ein letztes Mal mit Puder. In ihrer Garderobe roch es nach Fettschminke und den verschiedensten Blumen, die in jeder freien Ecke des Raumes standen. Zu Stevens allnächtlich abgeliefertem Korb roter Rosen waren die Blumen anderer Leute gestellt worden, die sie zum Abendessen einladen oder nach der Vorführung sprechen wollten. Steven hatte sie gebeten, heute abend mit ihm zur Mitternachtsshow von Tony Pastor zu kommen.
Sie seufzte. Irgend etwas stimmte nicht mit ihr. Sie hatte Erfolg. Sie hatte Bewunderer und einen Verehrer, der sie heiraten wollte. Sie war jung und galt als schön. Eigentlich hätte sie überschäumen müssen vor Lebensfreude. »Ja, früher einmal«, sagte sie laut vor sich hin und lief die Treppe hinunter.
Als sie nach ihrem zweiten Auftritt mit Jimmy Harrigan, dem Hauptdarsteller, wieder hinter die Kulissen kam, wartete Steven schon auf sie.
»Was hast du denn hier verloren?« fragte sie und wollte an ihm vorbei. »Ich habe jetzt keine Zeit für dich.«

»Ich habe heute abend ein paar Freunde eingeladen, die dich kennenlernen möchten«, antwortete er. »Du kommst doch mit zu Pastor?«
»Ja, ja, ich komme. Aber bitte, Steven, ich habe nur fünf Minuten Zeit, um mich umzuziehen.« Sie hörte selber die Ungeduld in ihrer Stimme und wunderte sich, daß er sich das gefallen ließ. Und genau das steigerte ihren Ärger noch, so daß sie, während ihr Jeanine, die Schneiderin, beim Umziehen half, ihre Zusage schon bereute. »So einen Mann soll ich heiraten«, murmelte sie laut vor sich hin.

Als Julie nach der Show mit Steven in die Stadt fuhr, klang ihr noch im Ohr, was die Menge gemurmelt hatte, als sie mit Steven aus dem Theater zum Auto geeilt war: »Was für ein hübsches Paar! Ob sie wohl heiraten?«
Rein äußerlich, dachte Julie, passen wir wirklich gut zusammen. Steven war ausgesprochen hübsch. Sein glänzendes Haar war so dunkel wie das ihre, und seine Augen über dem strengen römischen Profil wirkten fast schwarz. Die weiße Krawatte stand ihm vortrefflich, und er gehörte zu den wenigen Männern, die mit einem Zylinder nicht lächerlich aussahen.
Nichts schien ihn ernsthaft zu interessieren, und stets fand er Zeit für ein Spiel. Steven Randall III. – vermögender Sproß einer alten Familie aus North Carolina und Absolvent der Yale University – hatte, seit er erwachsen war, fast ausschließlich in New York gelebt. »Es ist zu langweilig auf der alten Pflanzung«, pflegte er zu antworten, wenn Julie ihn auf seine seltenen Besuche in North Carolina ansprach. Er fühlte sich in New York zu Hause, wie er überhaupt den Norden bevorzugte. Dabei hatte er seinen Südstaatenakzent nie ganz ablegen können – oder vielleicht auch nicht wollen. Julie jedenfalls hatte ihn im Verdacht, daß er sich damit interessanter machen wollte. Er war ein Junggeselle, und die Frauen von halb New York beneideten sie, weil er nur noch in ihrer Begleitung gesehen wurde.
Er besaß in der Tat alle Vorzüge, die Madeline an ihm gepriesen hatte. Und dennoch war er einfach nicht Julies Typ. Nichts rührte sich in ihr an seiner Seite. !Aber das wird mir wohl überhaupt nicht mehr beschiedensein, dachte sie seufzend und kuschelte sich in den Pelzkragen ihres Abendmantels.
»Ist dir kühl?« fragte er. »Willst du das Plaid?«
»Nein, danke, Steven. Steven?«
»Ja?«
»Was treibst du eigentlich den ganzen Tag? Gehst du nur deinem Vergnügen nach, oder arbeitest du manchmal auch etwas?«
Erstaunt wandte er sich ihr zu. »Das ist das erstemal, daß du mich etwas Ernsthaftes fragst. Darf ich daraus auf ein neuerwachtes Inter-

esse schließen?« fragte er mit leichtem Spott.
»Sei nicht albern. Ich möchte es nur gern wissen. Ich treffe dich ja immer nur abends oder hin und wieder einmal zum Mittagessen. Deshalb stelle ich mir, wenn ich an dich denke . . . «
»Was du hoffentlich oft tust«, warf er ein.
». . . stelle ich dich mir immer in einem Abendanzug vor, so wie jetzt. Undenkbar, daß du in einem Büro sitzen oder auch nur durch den Park spazierengehen könntest.«
»Das heißt, du hältst mich für den Märchenprinzen, der erst am Abend zum Leben erwacht.«
»Sei doch einmal in deinem Leben ernst.«
»Ich bin ein Tunichtgut«, erwiderte er. »Jedenfalls brauche ich nicht zu arbeiten. Ich kann tun und lassen, was mir gefällt. Ich spiele Tennis und Polo und reite. Ich sammle alles mögliche und führe Damen zum Frühstück, Mittagessen und Abendessen aus. Ich besuche Rennen, Theater und die Oper, und hin und wieder treffe ich mit Rechtsanwälten, Buchhaltern, Bankiers und Maklern zusammen. Aber viel lieber mache ich Damen den Hof, vor allem einer. Könntest du dir nicht vorstellen, daß du mich heiratest und besserst? Wir könnten seßhaft werden und gute Werke tun oder den Herzenswunsch meines Vaters erfüllen und uns auf die endlosen Tabakfelder in North Carolina zurückziehen. Ich bin sicher, es würde dir bei mir zu Hause gefallen.«
»Du hast nichts als Unfug im Kopf«, meinte sie obenhin. »Aber ich bin auch nicht die, die ich scheine.«
»Oh, ein süßes Geheimnis«, erwiderte er. »Enthülle es mir. Wer bist du wirklich?«
»Jetzt nicht. Wir sind gleich da, und deine Freunde warten schon auf uns.«
Die Köpfe drehten sich nach ihnen um, als sie zu dem Tisch gingen, an dem Stevens Freunde bereits versammelt waren. »Angela Grant«, hörte Julie eine Frau flüstern und dachte: Nein, Julie Fontaine. Und das zumindest werde ich Steven und Madeline und Lew Belmont in den nächsten Tagen sagen müssen.
Steven übernahm die Vorstellung. Mr. und Mrs. Tyler aus North Carolina, Freunde aus seiner Kindheit; Miss Eleanor Marriot, ebenfalls eine alte Bekannte; Graf René de Brugarde, ein hochgewachsener, gutaussehender, dunkelhäutiger älterer Herr.
»Brugarde?« meinte Julie. »Das erinnert an den Château de Brugarde, einen ausgezeichneten französischen Champagner.«
»Dessen Produzent ich bin, Mademoiselle. Oder richtiger zu sein versuche; denn die Deutschen halten den größten Teil der Champagne besetzt«, antwortete er mit einem Lächeln. »Aber woher kennen

Sie den Château de Brugarde? Er ist doch bei weitem nicht so bekannt wie andere Champagnersorten.«
»Mein Onkel und ich mögen ihn gern.«
»Erstaunlich, wie gut Sie sich trotz Ihrer Jugend auskennen.«
»Schließlich bin ich in einer Kellerei aufgewachsen ... Das heißt, ich habe einen Teil meiner Kindheit zwischen Weinbergen verlebt, allerdings im Staat New York, nicht in Frankreich. – Sie leben jetzt in Amerika?« wechselte sie abrupt das Thema.
»Nein, ich bin nur geschäftehalber hier, dringender Geschäfte wegen, und kehre nach Europa zurück.«
»Trotz der U-Boote?«
René de Brugarde zuckte die Schultern. »Das ganze Leben ist ein einziges Risiko. Morgen breche ich auf. Ich muß mich beeilen, denn lange wird es mit Amerikas Neutralität nicht mehr dauern.«
»Unter den gegenwärtigen Umständen scheint es mir trotzdem sehr mutig zu sein, die Reise über den Atlantik zu wagen«, mischte sich Mr. Tyler ein.
»Vielleicht bin ich ein bißchen verrückt«, wehrte René das Kompliment ab. Dann fuhr er fort: »Da heute mein letzter Abend in New York ist, darf ich Sie bitten, meine Gäste zu sein. Ich habe sonst keine Gelegenheit mehr, mich für ihre Gastfreundschaft zu revanchieren. Dieser Krieg« – er schüttelte den Kopf und sah für einen Augenblick sehr traurig aus –, »dieser Krieg, fürchte ich, wird noch lange dauern.«
Die andern murmelten zustimmend, und das Gespräch wandte sich wieder allgemeineren Themen zu. Mrs. Tyler jedoch schwieg beharrlich, und Julie hatte den Eindruck, als würde sie sie nicht aus den Augen lassen. Sie nimmt mich unter die Lupe, dachte sie und hob stolz den Kopf. Schau nur, dachte sie weiter, schau und erzähl daheim von Stevens Ballettmädchen. Was würdest du wohl sagen, wenn du erst wüßtest, daß ich ihn nicht an mich heranlasse?
Julie wollte das Wort an René de Brugarde richten, aber als sich ihre Blicke trafen, fühlte sie es für einen kurzen Moment heiß in sich aufsteigen. Verwirrt wandte sie sich ab, und ohne ein Wort zu sagen, legte sie ihre Hand leicht auf Stevens Arm, als suchte sie festen Halt.

Auf der Rückfahrt bedrängte Steven Julie mit Fragen, aber sie hatte keine Lust, sich ihm jetzt anzuvertrauen, und speiste ihn kurz ab: »Bitte, Steven, es ist schon spät, und meine Geschichte ist nicht so schnell erzählt. Ich bin sehr müde.«
An der Tür hielt sie ihm die Wange zum Kuß hin. Aber er drehte ihr Gesicht gewaltsam zu sich herum und küßte sie auf die Lippen. Mit einem schmerzlichen Lächeln meinte er: »Du machst mich noch

ganz verrückt, Angela. Du wirkst so warm und leidenschaftlich und bist doch so kalt. Ich kann mir selber nicht erklären, warum ich nicht aufhöre, einen Narren aus mir zu machen. Gute Nacht.«
»Gute Nacht, Steven«, erwiderte sie ungerührt.
Kaum hatte Steven die Außentür hinter sich zugezogen, als die Tür des Mädchenzimmers aufging.
»Ich habe Sie kommen hören«, erklärte Elsie. »Ich bin noch auf gewesen, um mir eine Tasse Tee zu machen. Mögen Sie auch eine?«
»Nein, danke, Elsie. Ich habe heute abend von allem zuviel erwischt. Auch vom Champagner. Mir ist ein bißchen schwindlig. Geh nur ruhig zu Bett.«
Sie hatte Glück gehabt mit Elsie – oder richtiger, es war ein Glück, daß Madeline Elsie für sie aufgetrieben hatte. Madeline hatte sehr viel Instinkt und konnte zudem einer traurigen Geschichte nie widerstehen. Elsie hatte für Madame Roland gearbeitet, Madelines Lieblingsmodistin, und mit achtundzwanzig ihre alte Mutter verloren, deren ein und alles sie seit Jahren gewesen war.
»Sie hat für einen Sklavenlohn gearbeitet«, hatte Madeline damals gesagt. »Madame Roland zahlt nämlich nicht gut. Ich habe mit Elsie gesprochen. Sie ist alleinstehend und wohnt in einem Zimmer in einer Pension. Sie ist begeistert, für jemanden ›vom Theater‹ arbeiten zu dürfen. Du könntest ihr ja Unterkunft und Verpflegung geben und so viel zahlen, daß sie davon noch etwas beiseite legen kann.«
Vor einem halben Jahr war Elsie noch leicht wie ein Vogel gewesen. Jetzt hatte sich ihre kleine Gestalt gerundet. Aber sie sorgte für tadellose Ordnung, kochte gut und erledigte fast alles zu Julies Zufriedenheit. Solange Julie im Theater war, nähte sie für andere Leute, und allmählich hatte sie sich einiges Geld zusammengespart.
»Sie gibt nichts für sich aus«, hatte Julie einmal zu Madeline gesagt, »und hat eines Tages bestimmt mehr als ich.«
Madeline hatte sie scharf angesehen und gesagt: »Wer einmal so arm war, daß er sich fragen mußte, wovon er am nächsten Tag leben soll, der wird, wenn er Geld zwischen die Finger bekommt, zu einem regelrechten Hamster.«
Julie hatte nichts entgegnet; der Tadel in Madelines Stimme hatte sie verlegen gemacht. Gern hätte sie erwidert: Auch ich bin einmal arm und hungrig gewesen. Aber genau das konnte sie nicht. Sie war stets vom Glück begünstigt gewesen.
Ob es freilich so bleiben würde? Ob sie mit einundzwanzig noch etwas ihr eigen nennen konnte? Ob dann von Fontaine noch etwas übrig war? Von ihrer Gage hatte sie kaum etwas erspart. Sie hatte das Geld mit vollen Händen ausgegeben. Und mit einemmal fiel ihr auf, daß sie mit keinem Gedanken je an die Zukunft gedacht hatte, in der

sie vielleicht arm und alt und auf die Freundlichkeit anderer angewiesen war. Steven allerdings bot ihr Sicherheit. Er bot ihr die Ehe und Geld, soviel sie wollte. Er bot ihr die Möglichkeit, Prescottville für immer den Rücken zu kehren.
Aber mir liegt nichts an ihm, dachte sie. Und ihm läge wohl auch nicht soviel an mir, wenn ich ihm nicht die kalte Schulter zeigte. Sie versuchte, sich ein Leben mit Steven vorzustellen, ein Leben, in dem sie seine Umarmungen über sich ergehen ließe. Mark ging ihr durch den Sinn; die Erinnerung schmerzte noch immer. Nicht daran denken, sagte sie sich und versuchte den Schmerz mit diesem alten Zaubermittel zu vertreiben. Aber es wollte in dieser Nacht nicht wirken. Und sosehr sie sich auch bemühte, an etwas anderes zu denken, Mark kam und ging durch ihre Gedanken, bis sie einschlief. Und als sie am nächsten Morgen aufwachte, war er noch immer bei ihr.

10

Am dritten Tag des Monats April erklärte der amerikanische Kongreß Deutschland und Österreich-Ungarn den Krieg. Fast über Nacht wurde New York von Truppen überschwemmt. In und um die Stadt schossen Ausbildungslager wie Pilze aus dem Boden – immerhin sollten bis Ende des Jahres fünfhunderttausend Mann unter Waffen stehen.
Im Central Park schlugen die Bäume aus, und der See, auf dem es noch vor ein paar Wochen nur so von Schlittschuhläufern gewimmelt hatte, war jetzt mit Booten übersät. Eine Stimmung von unerschütterlichem Optimismus lag in der Luft. Mochte kommen, was wollte: Amerika würde dem Krieg schon ein Ende machen.
Die vielen Soldaten ließen auch die Zahl der Theaterproduktionen am Broadway in ungeahnte Höhen schnellen. Irving Berlin komponierte bereits die ersten Songs für eine neue patriotische Revue, die im Herbst Premiere haben sollte. Und in Belmonts »Parade von 1917« wurde Angela Grants Lied »Pariser Liebespaar« durch »Mein Soldatenschatz« ersetzt.
Steven Randall wurde zum Offizier befördert und als Stabsoffizier beim Kommandeur der New Yorker Feldgendarmerie einquartiert.
»Ein bequemer Posten«, meinte Madeline zu Julie. »Aber ich muß zugeben: er sieht in seiner Uniform hinreißend aus. Du solltest nicht länger zögern, Angela.«
»Er hat mich in letzter Zeit gar nicht mehr gefragt.« Julie lächelte.
»Du müßtest verrückt sein, dir einen solchen Fisch durch die Lappen gehen zu lassen.«

Aber Julie antwortete nicht. Das ganze Frühjahr über hatte sie mit dem Gedanken gespielt, Steven zu heiraten, hatte sich aber zu keinem Entschluß durchringen können. Als sie eines Tages nach der Anprobe neuer Kostüme gegen Abend nach Hause kam, fand sie Eileen Butler vor. Sie erkannte sie kaum wieder. Eileen war dicker geworden, sie sah schlecht aus, ihr sonst so ordentlich gekämmtes Haar hing ihr wirr um den Kopf.

»Julie«, sagte sie, »ich habe sonst niemanden ...« Verwirrt brach sie ab.

»Was ist denn los, Eileen? Du ... du siehst so anders aus.«

»Ich bekomme ein Kind ... und bin nicht verheiratet«, stieß Eileen hervor und brach in krampfhaftes Schluchzen aus.

»Aber Eileen, das kann doch nicht wahr sein! Bist du sicher? Wie ist es denn passiert?« überschüttete Julie sie mit Fragen, während sie den Arm um sie legte, um sie zu beruhigen.

»Es war nur ein einziges Mal«, erzählte Eileen stockend. »Und er hat mir versprochen ... versprochen, mich zu heiraten ... Aber als ich nicht wollte, bis ... bis ... er Vater gefragt hätte, ist er nicht mehr gekommen. Da bin ich zu ihm und habe ihm gesagt, daß ich ein Kind bekomme. Er hat mir gesagt, ich brauchte keine Angst zu haben, und da bin ich wieder heim. Aber am nächsten Tag war er fort. Ich weiß nicht, wohin. Ich habe meiner Mutter gesagt, du hättest mich eingeladen – und jetzt bin ich hier.«

»Warum hast du deiner Mutter nicht die Wahrheit gesagt?«

»Die Wahrheit? O Julie, du kennst sie doch. Und meinen Vater ebenfalls. Sie hätten mich umgebracht. Was soll ich bloß machen?«

»Uns wird schon etwas einfallen«, meinte Julie geistesabwesend. Ausgerechnet Eileen! Ihr, Julie, hätte das passieren sollen! Aber ihr war nichts passiert. In diesem Punkt war Mark anscheinend vorsichtig genug gewesen. Aber er hatte ihr genauso die Ehe versprochen und dann sein Verprechen aufs brutalste gebrochen.

»Jetzt weiß ich, was wir machen«, sagte Julie plötzlich lebhaft. »Ich rufe eine Freundin von mir an. Sie wird uns helfen. Madeline James, ihr kannst du vertrauen.«

Madeline verschwendete nicht viel Zeit mit taktvollen Fragen und zartfühlenden Vorschlägen.

»Ich kenne das«, erklärte sie offen. »Ich erzähle Ihr Geheimnis nicht weiter und Sie meines nicht. Einverstanden?«

Eileen nickte wortlos angesichts der Selbstsicherheit dieser elegant gekleideten Frau, die gleichermaßen mit blendender Schönheit und praktischer Veranlagung ausgestattet war, als ginge das immer Hand in Hand.

»Die Ratte, mit der ich mich eingelassen hatte, hat es mit mir genauso gemacht. Er war bei derselben Show wie ich; dann machte er sich aus dem Staub, und ich mußte gehen. So stand ich mit achtzehn da, ohne Arbeit und Familie, nur mit einem Kind im Bauch. Ich hatte nicht einmal eine Freundin wie Angela. Ich habe mir dann eine Arbeit in Bilox besorgt, bei einer Schneiderin. Ich machte ihr weis, daß ich verwitwet und schwanger sei. Zum Glück hatte ich ein Foto von Cecilias Vater und mir, das in irgendeiner Kleinstadt aufgenommen worden war, wo wir mit der Show einmal gastiert hatten. Ich weiß nicht, ob Mrs. Larrimer mir geglaubt hat oder nicht – jedenfalls gab sie mir Arbeit, bis Cecilia auf der Welt war. Auch danach half sie mir weiter. Sie war gut zu mir. Eines Tages mußte ich Kleider zum Star einer anderen Show bringen, die gerade in Bilox gezeigt wurde. Und dabei traf ich Lew Belmont. Er war nur wegen dieser Frau gekommen und stand im Zimmer, als ich hereinkam. Das nächste, was ich noch weiß, ist, daß er Mrs. Larrimer nach mir fragte. Er mochte mich – liebte mich vielleicht sogar. Er erzählte mir die Wahrheit, und deshalb schenkte ich ihm gleichfalls reinen Wein ein. Dann nahm er uns beide, Cecilia und mich, nach New York mit, gab mir wieder Arbeit in meinem alten Beruf und machte mich zu dem, was ich heute bin.«
Madeline beendete ihre Geschichte mit einem leisen Lächeln.
»Deshalb möchte ich Ihnen helfen«, fuhr sie endlich fort. »Sie können bei mir wohnen. Wenn Sie wollen, können wir auch eine Hochzeit inszenieren. Ich könnte einen der jungen Männer vom Theater dazu überreden. Dann brauchen Sie sich nur noch einen Namen auszusuchen, einen Ehering zu kaufen und Ihrer Familie zu schreiben, Sie seien durchgebrannt.«
Nie und nimmer würde man ihr eine solche Geschichte abnehmen, widerprach Eileen, die bis dahin stumm vor Staunen zugehört hatte.
»Aber du kannst doch nicht einfach vom Erdboden verschwinden«, wandte Julie ein.
»Warum nicht? Du hast es schließlich auch getan.«
»Aber das war doch etwas ganz anderes.«
»Julie Fontaine, das war keinen Deut anders«, erwiderte Eileen. In der Hitze des Gefechtes merkte keins von den beiden Mädchen, daß Julies wirklicher Name gefallen war; nur Madeline war es nicht entgangen.
Nachdem sie Eileen in Julies Schlafzimmer untergebracht hatten, fragte sie: »Sag, Angela, was bedeutet dieses ›Julie Fontaine‹?«
Julie hatte Madeline schon längst ins Vertrauen ziehen wollen; freilich hätte sie es lieber unter anderen Umständen getan. Doch jetzt blieb ihr keine Wahl, und sie erzählte ihre Geschichte, stockend und unter Auslassung von Holts Vergewaltigung.

»Und wo ist er jetzt, dein Held?« wollte Madeline wissen.
Julie zuckte mit den Schultern. »Ich habe keine Ahnung. Und es ist mir auch ganz gleich.«
»Es ist dir eben nicht gleich. Das hört man an deiner Stimme. Männer sind schrecklich. Nur Lew macht da eine Ausnahme. So einen wie ihn findest du unter Millionen nicht wieder. Natürlich tobt er sich hin und wieder aus. Manchmal gefällt ihm eine Frau, und er schlägt über die Stränge – wie es mit dir passiert wäre, wenn ich nicht aufgepaßt hätte. Aber das macht mir nicht soviel aus. Und sein Befürfnis, sich bei fremden Frauen zu beweisen, wird immer geringer.« Madeline grinste. »Schließlich ist er nicht mehr der Jüngste, und außerdem verstehen wir uns besser und besser. Ich war zwar nicht verrückt nach ihm, als wir zusammenkamen, sondern nur dankbar und zärtlich. Aber er hat soviel für mich getan. Und heute liebe ich ihn mit ganzem Herzen. Es ist zwar nicht dieser berühmte Rausch, aber ohne den geht es auch. Sei nicht dumm, Angela, und heirate Steven Randall. Er ist verrückt nach dir und wird gut zu dir sein, und wenn du gut zu ihm bist . . . Du triffst es bei ihm besser als die meisten.«
Madeline stand auf und reckte sich. »Mein Gott, jetzt komme ich mir wie eine Lehrerin vor. Ich habe mir den Mund fusselig geredet. Und dabei schlagt ihr, deine kleine Freundin und du, meinen Rat bestimmt in den Wind. Ihr seid viel zu behütet aufgewachsen und lauft einfach fort, wenn ihr in Schwierigkeiten kommt. In diesem Punkt habe ich es besser gehabt. Ich habe wenigstens Überleben gelernt.«
»Ich überlebe auch«, erwiderte Julie trotzig.
Madeline musterte sie beifällig. »Ja, das stimmt. Und wenn mich nicht alles täuscht, brennt unter deiner Blümchen-rühr-mich-nicht-an-Miene noch genügend Feuer, von dem du womöglich selbst nichts ahnst.« Sie lächelte. »Sorg für deine Sicherheit, Angela. Das ist das oberste Gebot für Mädchen. Ich hätte Lew geheiratet, wenn es möglich gewesen wäre. Aber er hat auch so für mich gesorgt. Was immer geschieht, mir droht weder das Armenhaus noch irgendeine erniedrigende Arbeit, wenn meine Schönheit einmal dahin ist. Verlaß dich nicht auf deine Familie. Du hast ja selber gesagt, du könntest dich glücklich preisen, wenn dir dein Onkel sechs Dollar läßt. Also bis später.«
Am nächsten Tag zog Eileen in Madelines Wohnung, und zwei Abende später gab Julie Steven Randall ihr Jawort.
Ihre Beichte über ihre Herkunft und ihr früheres Leben nahm er mit Befriedigung hin: »Ich habe doch gleich gewußt, daß du nicht ein x-beliebiges Revuemädchen bist.«
Woraufhin Julie meinte: »Was für eine snobistische Bemerkung, Steven!«

»Ich bin ein Snob«, antwortete er gelassen, »und habe nie ein Hehl daraus gemacht. Mich interessiert nur das Extravagante, das Elegante. Alles andere langweilt mich.« Er schloß sie in seine Arme und meinte: »Aber jetzt, nachdem wir verlobt sind, scheint mir ein Zeichen der Zuneigung doch gerechtfertigt.«

Sie spürte seine hungrigen warmen Lippen auf den ihren. Es war schon lange her, seit sie sich von einem Mann hatte in die Arme nehmen lassen, und für ein paar Augenblicke durchströmte sie ein wohliges Gefühl. Aber wie heftig sie auch seine Küsse erwiderte, die alte Leidenschaft kehrte nicht zurück. Steven schien das allerdings nicht zu merken; ja, es störte ihn nicht einmal, daß sie ihn sanft wegschob, als seine Küsse immer zudringlicher wurden.

Nein, er wird es nie merken, dachte sie, und ich werde ihn mit der Zeit lieben lernen. Sie konnte nicht ewig in der Gegenwart leben, sowenig wie sie die Vergangenheit ewig hatte betrauern können. Leben oder sterben. Das war das Geheimnis. Die Schwachen starben; die Starken überlebten. Eileen zum Beispiel war, was immer noch geschehen mochte, am Ende. Nein, sie war nicht Madeline. Sie würde ihr Schicksal selbst in die Hand nehmen.

»Ich würde gern am Erntedankfest heiraten«, meinte Julie, »und zwar hier in New York. Meine Familie will ich erst unterrichten, wenn alles vorbei ist.«

Steven machte Einwände. Er wollte eine glanzvolle Feier veranstalten und träumte davon, seine Familie aus dem Süden kommen zu lassen: Seine Mutter werde sich sowieso nur schwer damit abfinden können, daß die Hochzeit nicht bei ihnen zu Hause stattfände.

»Das ist ihre Sache«, erklärte Julie eigensinnig. »Ich mag nun einmal das ganze Brimborium nicht. Schließlich sind wir im Krieg, und du kannst deiner Mutter sagen, daß man heute bescheidener feiert. Wir können ja gleich in die kleine Kirche nebenan gehen.«

»Die ist protestantisch«, erwiderte er, »und du bist katholisch.«

»Ich bin gar nichts mehr. Mir ist es egal, wo wir getraut werden.«

Sie zweifelte nicht, daß sie ihren Willen durchsetzen würde. Er begehrte sie. Und die Ehe war der einzige Weg, sie zu bekommen. Bei Mark war das anders gewesen. Damals hatte sie bedingungslos in alles eingewilligt. Aber damals war es auch sie gewesen, die bis über beide Ohren verliebt gewesen war. Sie wunderte sich nur, warum er sich überhaupt die Mühe gemacht hatte, ihr die Ehe zu versprechen. Er hätte sie ja bloß zu nehmen brauchen. Wahrscheinlich hatte ihn ein Rest von Anstand daran gehindert. Sie konnte schon fast nüchtern über die Geschichte nachdenken. Anscheinend bin ich doch endlich darüber weg, dachte sie. Aber der Gedanke hatte wenig Befreiendes an sich.

Im August begannen die Ferien, und im September sollten die Proben für die neue Aufführung anfangen. In der Zwischenzeit traten die Belmont-Girls zusammen mit den anderen New Yorker Showstars bei Wohltätigkeitsbasaren zugunsten der Armee auf und ließen sich für Werbeplakate mit Soldaten photographieren.
Es war ein lustiger, fröhlicher Krieg, und Amerika würde ihn für die Alliierten gewinnen. Unerfahrene Rekruten bevölkerten die in aller Eile eingerichteten Truppenübungsplätze und wurden gleich darauf nach New York zum Abtransport weitergeschleust. Der Broadway ertrank in Lichterfülle; Restaurants, Theater und Vergüngungslokale waren Abend für Abend überfüllt. Dabei liefen landauf, landab die Fabriken auf Hochtouren, arbeiteten neben den Männern auch übermüdete Frauen und sogar Kinder in der Rüstungsindustrie, um das nötige Kriegsmaterial zu produzieren. Julie, die ihre Rolle für die neue Revue einstudierte, hatte das Gefühl, die Welt drehe sich wie im Irrsinn, und sie selbst würde wie in einem tollen Wirbel dorthin mitgerissen, von wo es kein Zurück mehr gab.
Die Nachricht von ihrer bevorstehenden Heirat riß Madeline zu Entzückensschreien hin, während Eileen einen sehnsuchtsvollen Blick bekam. Ihr Leib war in letzter Zeit immer unförmiger, ihr Gesicht dafür immer schmaler geworden.
Nur Lew Belmont meldete Bedenken an. »Hast du Steven gesagt, daß du bei der neuen Revue dabei bist?« fragte er eines Tages.
»Nein, wozu? Er weiß ja, daß ich einen Vertrag habe.«
Lew schüttelte den Kopf. »Steven hat mich gestern aufgesucht. Er erwartet, daß du, sobald ihr verheiratet seid, aufhörst. Und das scheint in Ordnung so, Angela ... äh ... Julie. Jedenfalls habe ich ihm versprochen, dich aus deinem Vertrag zu entlassen.«
»Aber das möchte ich auf keinen Fall!« rief Julie empört. »Wie kann Steven es nur wagen, so etwas hinter meinem Rücken anzuzetteln!«
»Er finanziert die Show. Hast du das nicht gewußt?«
Sie schüttelte den Kopf.
»Nun, es ist aber so. Ich bin zwar nicht auf sein Geld angewiesen, aber ... Ich will damit sagen, wir schlagen uns gemeinsam durch, Steven und ich. Er gibt das Geld, und ich gebe ihm den Gewinn. Deswegen ist er zwar noch nicht Leiter der Show, aber ...«
»Dann heirate ich ihn nicht«, entschied Julie. »Oder zumindest nicht vor dem Ende der nächsten Show. Ich werde selbst mit ihm darüber sprechen.«
Lew schaute sie nachdenklich an. »Liebst du ihn denn? Oder heiratest du ihn nur, um versorgt zu sein? Aber das paßt eigentlich gar nicht zu dir.«
»Es ... es ist ein bißchen schwierig zu erklären. Ich ... Nun, ich

werde bestimmt niemals ein großer Star.«
Lew nickte zustimmend.
»Was bleibt mir also andres übrig? Steven ... Ich mag Steven sehr gern und werde ihm eine gute Frau sein.«
»Ach so. Er ist also sozusagen eine Notlösung.«
Julie wurde rot.
»Nun hör mir einmal gut zu. Madeline ist überglücklich, daß sie euch zusammengebracht hat. Und sie denkt, es ist das beste für dich. Aber du bist nicht Madeline. Du bist anders. Du kommst aus einer anderen Welt.« Er hob abwehrend die Hand, als Julie ihn unterbrechen wollte. »Nein, das habe ich schon gewußt, ehe du deine Geschichte erzählt hast. Ich weiß nicht woher, und außerdem hat es mich nicht weiter interessiert. Aber ich habe die ganze Zeit über gewußt, daß du vor etwas davongelaufen bist. O ja, du würdest ohne weiteres in das Leben der Randalls passen – zumindest nach außen hin. Aber wenn du nur Zuneigung mit in die Ehe bringst ... Siehst du, ich rede zu dir, als wärst du meine eigene Tochter ... Überleg dir genau, was du tust.«
»Setzt du mich vor die Tür, wenn ich Steven im Herbst heirate?« fragte Julie.
»Dich vor die Tür setzen? Nein. Du hast einen Vertrag, und in dem steht nichts, daß du nicht heiraten darfst. Ich habe Steven lediglich erklärt, daß ich dich aus dem Vertrag entlasse. Der Rest ist deine Sache.«
»Dann bleibe ich bei der Show«, beschloß Julie. »Mit Steven komme ich schon zurecht.«

11

Der Juli erstickte New York mit seiner Hitze. Die Lokale waren zum Bersten überfüllt. Die Prohibitionisten hatten beim Kongreß für die Dauer des Krieges das Alkoholverbot durchgedrückt, und nun tranken die Leute, ehe das Gesetz in Kraft trat, als wäre jedes Glas ihr letztes.
Verschwitzte, angetrunkene Massen strömten in die Theater und machten die Hitze vollends unerträglich. Die elektrischen Ventilatoren halfen nicht viel; auf der Bühne im Belmont zerfloß das Ensemble förmlich unter dem Licht der Scheinwerfer.
Ein Gutteil der Zuschauer waren Soldaten in Uniform. Sie klatschten laut, riefen die Mädchen heraus und belagerten den Zugang zur Bühne. Diese Männer wollten sehen, wollten anfassen, um dann nach Hause schreiben zu können: »Ich habe mit Marilyn Miller oder Ma-

deline James gesprochen. Ich habe Elsie Janis angefaßt. Ich habe ein Autogramm von Will Rogers.«
Der letzte Theatermonat zog sich endlos hin. Selbst die immer gutgelaunte Madeline verlor öfter die Nerven. Für Eileen wurde das Leben im Haus der James von Tag zu Tag deprimierender. Ihre Beine waren geschwollen, und sie konnte sich nur mühsam bewegen. Trotzdem griff sie zu, wo sich eine Arbeit bot, und saß nähend und stopfend auf ihrem Zimmer.
»Wie eine arme Verwandte«, meinte Madeline. »Aber wenn ich sie herauszulotsen und ein bißchen abzulenken versuche, erklärt sie immer, Arbeit helfe ihr am besten.«
Auch Julie hatte kein Glück bei ihr. Auf alle ihre Bemühungen antwortete Eileen nur mit einem lieben, traurigen Lächeln. Ihr Gesicht war neuerdings von einer fast überirdischen Schönheit und leuchtete gleichsam von innen heraus.
Am 1. Oktober sollte das Kind zur Welt kommen. In nicht ganz drei Monaten also. Vor einiger Zeit hatte sich Eileen dazu überreden lassen, ihren Eltern telegrafisch ihre Heirat mit einem gewissen Peter Wilson mitzuteilen, der sich angeblich in einem Ausbildungslager befand. Die Butlers hatten enttäuscht und verärgert reagiert. Aber für den Augenblick war diese Entfremdung nur zu begrüßen.
An einem Sonntag Mitte Juli gelang es Madeline und Julie, Eileen am späten Nachmittag aus ihrem Zimmer zu einer Tasse Tee ins Wohnzimmer zu locken.
Eileen fühlte sich anscheinend sehr wohl. Sie lächelte und plauderte wie früher im Kloster, und ein rosiger Hauch von Gesundheit lag auf ihrem Gesicht.
Mit einemmal jedoch, mitten in einem Satz, wurde sie kalkweiß und griff sich an den Bauch. »Mein Gott!« stieß sie hervor, »tut das weh!« Sie krümmte sich vor Schmerz.
»Bring sie ins Bett«, befahl Madeline Julie. »Ich rufe Dr. Johnson an.«
Dr. Johnson, der aus seiner nahe gelegenen Praxis sofort herbeigeeilt war, befahl Madeline schon nach dem ersten Blick auf Eileen, den Notwagen anzurufen. Julie, die die schrecklichen Krämpfe, die Eileens Körper durchliefen, aus nächster Nähe mit ansah, biß sich so heftig auf die Lippen, daß sie bluteten.
»Ich hätte nie gedacht, daß es so weh tut«, stieß Eileen hervor. »Mutter Gottes im Himmel, hilf mir! Lieber Gott, vergib mir!« Dann fing sie erneut zu schreien an, und wenige Minuten später kam das Kind zur Welt, dunkel und schlaff und übelriechend.
»Tot«, sagte Dr. Johnson bitter und griff nach der Chloroformflasche. »Da«, sagte er brüsk zu Julie, »legen Sie ihr dieses Tuch über

die Nase und lassen Sie es dort, bis ich Ihnen sage, es wegzunehmen.«
Julie gehorchte. Eileens Züge entspannten sich, und das Schreien und Flehen wurde schwächer, bis es schließlich gänzlich verstummte.
»Wegnehmen«, befahl Dr. Johnson. Er arbeitete fieberhaft, um die Blutung zu stillen.
»Holen Sie mir saubere Handtücher«, befahl er Julie. Sie gehorchte mechanisch, ohne recht zu begreifen, was sie tat.
Die immer so kühle, überlegene Madeline stand vor der Tür, unfähig einen Fuß in das Zimmer zu setzen. »Ich kann nicht«, sagte sie schwach. »Ich kann kein Blut sehen ... Ich glaube, mir wird übel.«
Julie kam mit einem Stoß Handtücher zurück. Aber die Blutung war nicht zum Stillstand zu bringen.
»Sie ist nicht zu retten«, erklärte Dr. Johnson und fluchte kräftig.
Eileen bewegte sich und stöhnte schwach. Als sie Julies Namen rief, nahm diese ihre abgezehrte kalte Hand und drückte sie, als könnte sie durch die Wärme ihres Körpers die fliehende Lebenskraft zurückhalten.
»Ich sterbe«, flüsterte Eileen. »Julie, hol bitte einen Priester. Bitte.«
»Einen Priester«, sagte Julie zu Dr. Johnson. »Ich kenne keinen Priester.«
»Gehen Sie zu St. Ignatius«, antwortete Dr. Johnson. »Das ist gleich um die Ecke.«
Hinterher konnte sich Julie nicht mehr daran erinnern, wie sie durch die heißen, stickigen Straßen gelaufen war. Aber sie hatte einen Priester gefunden, der ihr, ohne viel Worte zu machen, mit der Hostie gefolgt war. Madeline öffnete ihnen die Tür. »Ich glaube«, sagte sie mit zitternder Stimme, »sie ist schon gestorben.«
Der Priester schob sie jedoch beiseite und folgte Julie zu Eileens Zimmer.
Er trat zu der totenbleichen Gestalt, die auf dem Bett lag, und beugte sich über sie. Eileens Augenlieder flatterten und öffneten sich, und sie hauchte: »Segnen Sie mich, Vater, denn ich habe gesündigt. O Vater, ich habe so schwer gesündigt!«
Dr. Johnson wandte sich ab, und Julie sah Tränen in seinen Augen.
»Gehen wir hinaus«, flüsterte sie. »Bei der Beichte darf niemand dabeisein.«
Da war draußen das Martinshorn des ärztlichen Notdienstes zu hören, und kurz darauf erschienen die Krankenpfleger mit der Bahre.
Eileen überlebte die Nacht und die Überführung in das Krankenhaus, wo man aber auch nichts für sie tun konnte. Julie saß an ihrem Bett,

hielt ihre Hand und redete beruhigend auf sie ein, sobald Eileen vorübergehend das Bewußtsein erlangte. Gegen Morgen sah sie besser aus, fast als könnte sie sich doch wieder erholen. »Es ist ja gut, Julie«, sagte sie. »Ich sterbe gern. Weine nicht. Tröste meine Mutter und meinen Vater. Und sage ihnen . . . sage ihnen, daß ich sie liebgehabt habe.«

Julie meinte ersticken zu müssen. »Das werde ich tun«, erwiderte sie gepreßt.

»Es ist ganz sonderbar«, fuhr Eileen fort. »Ich fühle mich leicht . . . aber ich bekomme keine Luft. Kannst du mich etwas aufrichten, Julie?«

Julie legte ihren Arm um Eileens Schultern und hob ihren zarten Körper hoch.

»So ist es besser«, meinte Eileen. »Danke, Julie.« Aber plötzlich fiel ihr Kopf nach hinten – sie war tot.

Die Tage nach Eileens Tod vergingen Julie wie im Traum. Die Butlers, die gekommen waren, um ihre Tochter nach Hause zu holen, glichen selbst zwei wandelnden Leichnamen, als hätte der Tod ihres einzigen Kindes ihnen jede Lust am Leben genommen. Sie gaben sich mit der Erklärung zufrieden, Eileens Mann sei irgendwo in Frankreich stationiert, und sie selbst hätte sich schon gefreut, nach ihrer Niederkunft zu ihren Eltern zurückzukehren. Außerdem tröstete sie Dr. Johnsons freundliche Lüge, Eileen sei zu schwach gewesen, um je ein Kind haben zu können.

»Dann ist es eigentlich gar nicht so schlimm«, meinte Mrs. Butler ergeben. »Dann wäre es in jedem Fall passiert, wen sie auch geheiratet hätte. Ich . . . Es freut mich, daß sie wenigstens ein bißchen glücklich war.«

Julie nickte schweigend. Sie sah die arme, geschlagene Eileen der letzten Monate vor sich. Vergib mir, Eileen, sagte sie im stillen. Aber ich kann ihnen die Wahrheit nicht sagen. Es würde ihnen zu weh tun. Du kannst es ja selber tun, wenn ihr euch einmal im Himmel trefft, falls es einen gibt.

Währenddessen ging die Show weiter. Julie trat allabendlich auf und war selber erstaunt, wie sie das schaffte.

Steven war für ein paar Wochen nach Washington beordert worden, worüber sie ganz froh war. Sie konnte ihn jetzt nicht um sich brauchen. Dabei stellte sie fest, daß ihr seine Gegenwart nie viel bedeutet hatte. Sie wurde von Tag zu Tag dünner und in sich gekehrter, und einen Tag vor dem Ende der Saison nahm Lew Belmont sie beiseite und sagte: »Ich hoffe, du hast ein bißchen zugenommen, wenn wir wieder anfangen und mit den Proben beginnen. Du verlierst ja noch

deine ganze Figur, Julie. Reiß dich doch zusammen!«
»Keine Angst, das kommt schon wieder in Ordnung.« Sie lächelte ihn an. »Nach der Show fahre ich mit Madeline in euer Haus nach Rye hinauf. Wir müssen beide einmal richtig ausspannen.«
»Und wann heiratest du?«
»Heiraten?« wiederholte sie ernst. »Am Erntedankfest, denke ich.« Er zog die Augenbrauen hoch. »Denkst du? Hast du auch einmal über das nachgedacht, was ich dir neulich gesagt habe?«
»Natürlich, Lew. Es ist auch längst alles geregelt. Steven will gar nicht, daß ich aufhöre, solange die neue Show läuft.«
»Und dann«, meinte er und tätschelte ihr den Arm. »Paß gut auf dich auf, Julie. Wie gesagt, wir können keine Mädchen brauchen, die wie eine Bohnenstange aussehen.«
Am gleichen Abend klopfte Bert während der Pause an ihre Garderobentür und brachte einen Zettel. »Ein Soldat ist draußen und behauptet, er wäre ein alter Bekannter von Ihnen«, sagte er und blinzelte. »Aber das sagen sie ja alle.«
Julie, die den Zettel bereits gelesen hatte, hörte ihm kaum zu. Andrew Clay. Nicht zu glauben – ausgerechnet Andrew!
»Soll ich auf eine Antwort warten?« fragte Bert, als sie nichts erwiderte.
»Ja, ja«, erwiderte Julie eifrig. »Er kommt aus meiner Heimatstadt.« Hastig kritzelte sie ein paar Zeilen auf ein Blatt Papier, das sie Bert gab. »Und sagen Sie Joe, er möchte ihn hinterher bitte heraufIassen.«
»Wird gemacht.«
Andrew Clay in New York! Ihr Geheimnis, das sie nun schon so lange bewahrt hatte, war bedroht, falls es ihr nicht gelang, ihn dazu zu überreden, sie nicht zu verraten. Es würde nicht einfach sein. Die Geschichte verlockte ja geradezu zum Erzählen. Kaum war der letzte Vorhang gefallen, eilte sie in ihre Garderobe. Sie war ganz damit beschäftigt, sich etwas einfallen zu lassen, womit sie Andrews Schweigen erkaufen konnte. Vielleicht war die Wahrheit sogar das Beste. Während sie sich abschminkte und umzog, knobelte sie immer noch an dieser Frage herum. Als sie letzte Hand an ihre Frisur legte, klopfte es, und sie rief mit einer Fröhlichkeit, die sie keineswegs empfand: »Nur hereinspaziert, Andrew.«
Die Tür ging auf, aber im Garderobenspiegel sah sie, daß nicht Andrew, sondern Holt Prescott im Türrahmen stand.
»Nur hereinspaziert, Andrew«, äffte Holt sie höhnisch nach. »Ja, meine liebe Cousine, du siehst ganz richtig. Ich bin es. Weil ich Zweifel hatte, ob du mich willkommen heißen würdest, ließ ich mich lieber unter dem Namen eines deiner Liebhaber melden. Andrew

war doch dein Liebhaber, nicht wahr?«
Ich darf ihn nicht merken lassen, daß ich Angst vor ihm habe, schoß es Julie durch den Kopf. Er kann mir hier ja nichts tun. Sie warf den Kopf zurück und kniff die Augen zusammen. Ohne sich umzudrehen, sagte sie: »Hinaus mit dir, Holt. Du hast vollkommen recht, du bist hier in der Tat nicht willkommen.«
»Wirklich nicht?« erkundigte er sich kühl, trat ein, zog die Tür hinter sich zu und schloß ab.
Nun wandte sich Julie doch um.
»Das hier ist nicht Prescottville«, sagte sie ruhig. »Ein Schrei, und man tritt die Tür ein. Du Schwein.« Sie sprach die Worte ganz deutlich aus. »Du dreckiges, verrücktes Schwein.«
Sein Gesicht lief rot an, und er machte einen schnellen Schritt auf sie zu. Sie griff hinter sich und schloß die Hand um ihre Nagelschere. Der kalte Stahl gab ihr ein Gefühl der Sicherheit.
»Raus mit dir«, wiederholte sie.
Er machte eine knappe Verbeugung, trat zurück und holte sich einen Stuhl, der neben der spanischen Wand stand.
»Vater wird überrascht sein, wenn er das erfährt! Du bildest dir doch wohl nicht ein, daß er dich hierläßt. Wie bist du überhaupt zum Theater gekommen? Aber das kann man sich leicht zusammenreimen. Überall dort, wo Huren ...«
»Ich fordere dich noch einmal auf«, unterbrach ihn Julie ruhig, »geh jetzt.«
»Ich habe meinen Augen nicht getraut, als ich dich auf der Bühne erkannte«, fuhr Holt ungerührt fort. »Stell dir vor: hätte ich diesen Befehl nicht bekommen, wäre ich jetzt nicht zufällig auf dem Weg nach Washington, dann hätte ich dich nie entdeckt. Der Lauf der Welt ist manchmal wirklich kurios. Wir hatten so gehofft, etwas von dir oder besser noch über dich zu hören! Am liebsten wäre es uns natürlich gewesen, man hätte uns von deinem Tod unterrichtet. Aber das ist nun auch einerlei.«
Er stellte sich dicht vor sie hin. »Was ist dir lieber, Julie? Möchtest du uns freiwillig deine Stimme überschreiben, oder soll ich es mit anderen Überredungskünsten versuchen?«
»Hör auf«, sagte sie und versuchte, die Angst in ihrer Stimme zu unterdrücken. »Rühr mich nicht an, Holt. Ich bin nicht mehr das verängstigte kleine Mädchen von früher. Ich bin jederzeit bereit, alles, was ich über dich weiß, zu sagen. Auch die Polizei schreckt mich nicht.«
»Geh nur zur Polizei«, meinte er höhnisch. »Nur vergiß eins nicht: Wem werden sie wohl eher glauben, einem übelbeleumdeten Mädchen, das von zu Hause fortgelaufen ist, oder mir? Versuch es doch!«

Er hob die Hand und schlug ihr mitten ins Gesicht. Sie schrie einmal und noch einmal, bis heftig an die Tür geklopft wurde.
Holt ließ von ihr ab. »Nun, wir werden ja sehen«, meinte er finster und ging zur Tür. Er sperrte auf. »Meine Cousine hat einen kleinen hysterischen Anfall«, begann er.
Cousine? Fred und Bert schauten sie an. Hinter ihnen liefen die Revuegirls zusammen und renkten sich den Hals aus, um einen Blick ins Zimmer werfen zu können.
Julie riß sich zusammen und richtete sich gerade auf. »Dieser Mann ist nicht Andrew Clay«, sagte sie mit zitternder Stimme. »Er . . . bitte schafft ihn von hier raus.« Die beiden Männer packten Holt, der wütend protestierte: »Ich bin ihr Vetter! Sie ist von zu Hause fortgelaufen, und ich soll sie im Auftrag meines Vaters zurückbringen.«
Aber Julie erklärte: »Er lügt. Bitte schafft ihn fort.«
»Also kommen Sie schon, Leutnant«, sagte Bert. »Uns geht es nichts an, wer Sie sind. Aber Miss Grants Garderobe darf keiner betreten, den sie nicht zu sehen wünscht.«
»Also gut.« Holt versuchte Haltung zu bewahren. »Ich gehe. Aber bestimmt komme ich auf diese Angelegenheit noch einmal zurück. Nur werde ich nicht ein zweitesmal so dumm sein, dich hier aufzusuchen.« Er legte einen leichten Nachdruck auf das Wort »hier« und konnte zu seiner Genugtung feststellen, daß seine Bosheit saß.
Die Mädchen verliefen sich, und Bert und Fred zogen mit Holt in der Mitte ab. Da erklang plötzlich Stevens Stimme: »Was zum Teufel ist hier los?«
Mit einemmal gaben Julies Knie nach. Jetzt, nachdem alles vorüber war, sank sie vor ihrem Schminktisch zusammen.
»Liebling«, sagte Steven von der Tür aus, »was ist denn passiert?«
»Ach, jetzt ist alles in Ordnung«, antwortete Julie und kam ihm entgegen. »Ich erkläre dir alles später. Steven, ich bin ja so froh, daß du wieder da bist. Frag mich jetzt nicht. Bitte, bring mich nach Hause.«
Steven stand vor einem Rätsel. Aber so neugierig und so besorgt er war, er machte dennoch im Augenblick keine Anstalten, mehr zu erfahren.
Steven, der Gentleman, dachte sie mit plötzlich aufwallender Zuneigung. Mark hatte sie verlassen, und Holt . . . Unwillkürlich schauderte sie.
In ihrer Wohnung angelangt, fragte Steven: »Kannst du es mir jetzt sagen? Ich sehe doch, wie dich die Sache mitgenommen hat.«
»Es ist eine lange Geschichte«, antwortete Julie, »und keine sehr schöne. Ich bin nämlich nicht nur aus purer Abenteuerlust von zu Hause weggelaufen.«
Er wollte etwas sagen, aber sie unterbrach ihn. »Laß mich dir die Ge-

schichte erzählen, Steven. Fragen kannst du hinterher.«
Stockend berichtete sie ihm das Wichtigste, ohne jedoch Millicents und Jasons Verhältnis zu erwähnen oder Holts Vergehen im einzelnen zu schildern. Sie ließ nur eben gerade genug durchblicken, um ihre Angst vor ihm zu begründen.
Als sie mit ihrer Beichte fertig war, nahm er sie mit den Worten: »Mein armer Liebling!« in die Arme. »Es gibt Mittel und Wege, mit Männern vom Schlage deines Vetters fertig zu werden. Überlaß das nur mir. Er wird dir nie wieder zu nahe treten.«
»Aber . . .« wandte sie ein.
»Vertrau mir, Julie«, erwiderte er. »Ich werde ihm eine faire Warnung zukommen lassen. Und falls er die nicht beachtet . . . Doch das braucht uns jetzt nicht zu kümmern. Denk nicht mehr daran.«
Er zog sie auf das Sofa und bettete ihren Kopf an seine Schulter. »Ich liebe dich«, fuhr er fort, »und wir werden bald heiraten. Und ich bilde mir schon ein, daß ich den Prescotts gewachsen bin – dem Vater und dem Sohn und allen möglicherweise noch dazukommenden Prescotts.«
Er beugte den Kopf über sie und küßte sie zärtlich. Seine Lippen waren warm und angenehm, und aufgerührt erwiderte Julie seinen Kuß mit einer Leidenschaft, die er bis jetzt nicht an ihr gekannt hatte. Steven spürte es, und seine Küsse wurden drängender. Mit der Zunge öffnete er ihre Lippen, dann glitt sein Mund weiter nach unten, küßte ihren Hals und suchte ihren tiefen Ausschnitt. Zum erstenmal seit jener Nacht mit Mark flammte wieder Begehren in ihr auf. Steven zog sie auf seinen Schoß. Sie schmiegte sich an ihn und erzitterte in ihren tiefsten Tiefen, als seine Hände sich zu ihrem Körper durchtasteten, das Korsett beiseite schoben und ihre prallen Brüste umfingen. Sie überließ sich ganz diesem Gefühl. Wie ein Schatten fuhr ihr der Gedanke an Eileen durch den Kopf; aber es schien keine Bedeutung mehr zu haben.
Ihr Kleid fiel auf den Boden, seine Hände schlüpften unter den dünnen Seidenunterrock und glitten über ihre Schenkel. Keuchend vor Erregung preßte sie sie zusammen.
»Nicht hier«, sagte er, »nicht hier. Komm.« Er hob sie hoch und trug sie ins Schlafzimmer. Er stieß hinter sich die Tür zu, und Dunkel umfing sie.
Noch mit dem Rücken an die Tür gelehnt, ließ er sie heruntergleiten und zog sie, ohne sie aus seinen Armen zu lassen, gänzlich aus. Sie spürte die Härte seines Gürtels auf ihrem Fleisch und die Knöpfe seiner Uniform wie kleine kalte Kreise auf ihren Brüsten. Langsam knöpfte sie seinen Rock auf, bis ihre Hände in sein Hemd faßten und sie die Wärme seiner Brust spüren konnte. Sie sehnte sich danach,

dieses Fleisch an ihrem zu spüren, und drückte sich enger an ihn. Als er sie freiließ, um sich vollends auszuziehen, taumelte sie, und dann sah sie seinen in der Dunkelheit nur undeutlich erkennbaren hellen nackten Körper auf sich zukommen.

Einen Augenblick lang preßte er sie so an sich, daß ihr Fleisch zu verschmelzen schien, und langsam zog er sie zum Bett. Sie fiel quer darüber und streckte ihm die Arme entgegen, bis sie sein Gewicht auf sich spürte und ihn mit einem Seufzer der Erleichterung in sich eindringen fühlte. Sie bewegten sich langsam und rhythmisch, bis sie sich mit einemmal wie in verzweifelter Wut umklammerten und sich endlich in den Wogen der Ekstase entspannten.

Steven schlief fast sofort ein, und Julie dachte, schon halb im Schlaf: Jetzt weiß er also, daß er nicht der erste war. Ob es ihm etwas ausmacht? Aber die Befriedigung, die ihren Körper erfüllte, ließ keinen Raum für Sorgen, und so schlief auch sie gleich darauf ein.

Madeline hatte ihr zwar geraten, den Ehering abzuwarten, um die Hochzeit nicht aufs Spiel zu setzen. Aber das war nicht nötig. Diese gemeinsame Nacht bestärkte Steven nur noch in seinem Wunsch, Julie endgültig zu besitzen. War er vordem einverstanden gewesen, bis zum Erntedankfest zu warten, so begann er sie nun zu bedrängen, das Datum doch vorzuverlegen. Und Julie versprach ihm, sich die Sache zu überlegen.

Den August verbrachte sie mit Madeline in Rye, während Steven in Washington war. Julie wurde von einem ähnlich fieberhaften Verlangen geschüttelt, wie es sie vor der Nacht mit Mark gequält hatte. Manchmal träumte sie von Liebe, aber nie war der Partner Steven. Immer war es ein Mann ohne Gesicht, der so heftige Gefühle in ihr auslöste, daß sie zitternd erwachte und nur hoffen konnte, bald wieder mit Steven zusammenzusein.

Bei ihrer Rückkehr nach New York im September fand sie einen Brief von Jason vor, der ihr zeigte, daß Steven Holt tatsächlich aus dem Feld geschlagen hatte.

»Daß dein sogenannter Verlobter Holt mit Maßnahmen seitens der Armee zu drohen wagt, ist eine grobe Unverschämtheit«, hieß es unter anderem in dem Brief. Doch von einer weiteren Einmischung in ihre Pläne war keine Rede mehr.

Jason bedrängte sie nur aufs neue, dem Verkauf von Fontaine zuzustimmen, und versprach ihr, ihr dafür die mittlerweile aufgelaufenen Gewinne zukommen zu lassen. »Im nächsten Sommer erhältst du dein Treuhandvermögen. Triff bitte die nötigen Bankanordnungen.« Das Vermögen sei freilich, so hieß es weiter, von den kriegsbedingten Marktschwankungen nicht verschont geblieben.

Außerdem wurde sie gebeten, sich nicht mit ihrer Tante in Verbindung zu setzen, die immer noch nicht wieder richtig gesund sei und mit Bestürzung zur Kenntnis genommen habe, daß ihre Nichte in die vulgäre Welt des Showgeschäfts eingetreten sei. Als ob sie so fein wären! dachte Julie voller Verachtung und warf den Brief beiseite. In einem kurzen Antwortschreiben bekräftigte sie ihre Absicht, Fontaine nicht zu verkaufen.

Immerhin hatte Jasons Brief ihre Ängste beschwichtigt. Eine Woche vor Beginn der neuen Spielzeit willigte Julie ein, die Hochzeit auf Mitte Oktober vorzuverlegen. Seit sie zu Steven ein anderes Verhältnis hatte, erfüllte sie ein nie gekanntes Wohlgefühl. Das Leben schien ihr alles zu bieten, was sie sich wünschte. Weil Steven so häufig nach Washington fuhr, wurde die Liebe für sie zu einem einschneidenden Ereignis, auf das sie sich schon lange im voraus freute, so daß er einmal zu ihr sagte: »Wer hätte je gedacht, daß du so bist?«

»Wie bin?« fragte sie.

Statt einer Antwort streichelte er ihren Rücken und lächelte über ihre prompte Reaktion. »So«, sagte er zufrieden. »Außen kühl und innen feurig.«

Sie antwortete nicht direkt, sondern warf sich ihm mit einem kleinen Seufzer in die Arme. »Ich habe bis jetzt immer geglaubt, Männer wären erpichter auf die Liebe als Frauen«, sagte sie. »Aber das stimmt wohl nicht.«

12

Der lange Truppentransportzug wand sich durch das Delawaretal. Es ging langsam voran, denn in jedem Dorf und in jeder Stadt wurde er von winkenden und blumenwerfenden Menschenmassen aufgehalten.

Anfangs hatten sich die Soldaten ans Fenster gedrängt und zurückgewinkt und zurückgejubelt. Inzwischen waren sie der Sache jedoch überdrüssig geworden, und als sich der Zug seinem Bestimmungsort näherte, glich er mehr und mehr einem Geisterzug, der die jubelnden Mengen draußen durch sein gespenstisches Schweigen wie in Erstarrung zurückließ.

In einem der vorderen Waggons verlor durch ein plötzliches Rucken der Gemeine Lindstrom, 7. Kompanie, 3. Bataillon, 2. Division, Kalifornien, im Mittelgang für einen Augenblick das Gleichgewicht und torkelte gegen seinen Kompanieführer.

»Entschuldigen Sie, Captain«, brummte er, als er wieder fest auf sei-

nen Füßen stand. »Immer mit der Ruhe, Lindstrom«, erwiderte Mark Douglas.
Lindstrom ging zur Latrine weiter, während Mark den Kopf schüttelte. »Sie sind alle so verdammt jung«, sagte er zu seinem Lieutenant, Dan Sebastian.
»Sind wir doch alle«, meinte Dan und verzog sein sonst so ernstes Gesicht zu einem breiten Grinsen. »Bei einer Truppe, bei der man mit dreißig binnen eines Jahres zum Captain avanciert, kann man unter den Gemeinen kaum alte Leute erwarten. Was hat dich eigentlich bewogen, dich noch vor Kriegsbeginn freiwillig zu melden?«
»Das weiß ich selber nicht genau. Wahrscheinlich die Hoffnung, unter den ersten zu sein.«
»Wolltest wohl General werden und in der Etappe bleiben?«
»Mindestens Oberst.« Mark lächelte abwesend. Er mußte an die Ereignisse denken, die ihn zu seinem Entschluß gebracht hatten. Angefangen hatte es wohl damals, vor zwei Jahren, als sich sein Leben mit einem Schlag geändert hatte, als er innerhalb weniger Wochen sowohl seine Arbeit wie auch sein Mädchen verloren hatte. Es wollte ihm noch immer nicht recht in den Kopf, daß Julie so mir nichts, dir nichts davongelaufen sein sollte. Das sah ihr so gar nicht ähnlich. Aber wie gut kannte er sie? Zwischen ihnen war diese mitreißende Leidenschaft gewesen, wie er sie bis dahin noch bei keiner Frau verspürt hatte. Trotzdem hatte er ihrem Verhältnis nicht allzulange nachgetrauert. Dazu war er zu praktisch veranlagt. In den vergangenen zwei jahren hatte er andere Frauen gehabt; denn Frauen gehörten nun einmal zu seinem Leben.
Daß sie ihn aus Fontaine verdrängt hatten und daß Miranda ekelhafte Lügen über ihn verbreitete, wog da schon viel schwerer. Bei der Erinnerung, wie nah er daran gewesen war, Miranda zu erwürgen, ehe sie sich zu ihrem Vetter im New Yorker Hinterland geflüchtet hatte, krallte er unbewußt die Finger zusammen. Ob er ihr wohl wirklich etwas angetan hätte? Damals wäre seine Wut fast mit ihm durchgegangen. Jetzt hingegen erfüllte ihn, wenn er an sie oder die Prescotts dachte, nur noch tiefer Abscheu.
In der ersten zornigen Verzweiflung hatte er Julie zu finden versucht. Wochenlang hatte er in New York die Hotels abgeklappert und war auf der Suche nach Sara Prescotts alter Adresse die Straßen auf und ab gelaufen. Ohne Erfolg. Vermutlich war Sara inzwischen endgültig dem Alkohol verfallen. Nach John Fontaines Andeutungen hatte sie ihm schon damals kräftig zugesprochen. Im übrigen war die Hoffnung gering, Julie könnte sie aufgesucht haben, nur weil sie ihm einmal erzählt hatte, ihr Vater habe Sara Geld geschickt. Den Rest der Geschichte kannte sie offensichtlich nicht, was wohl auch

besser war. Denn in ihrer direkten Art hätte sie sicher Holt gegenüber kein Blatt vor den Mund genommen und die ohnehin ziemlich heikle Situation im Prescottschen Haushalt völlig unhaltbar gemacht.
Mark schüttelte sich ungeduldig. Wozu noch darüber nachdenken? Alles war längst vorbei und abgetan. Außerdem war nicht alles schlecht gewesen, was gefolgt war. Zumindest hatte er die Ranch wieder halbwegs in die Höhe gebracht. Und wenn Harper auch nur ein bißchen aufpaßte und sie nicht wieder verkommen ließ, hatte Valerie ein gesichertes Zuhause.
Selbst die Zeit in Biancos Kellerei war trotz des plötzlichen Endes nicht für umsonst gewesen. Er selbst wäre sowieso über kurz oder lang gegangen. Die Brüder Bianco waren ihm, als sie mit seinen Kenntnissen ihr Geschäft aufgebaut hatten, mit der Kündigung nur zuvorgekommen. Aber schließlich hatte er nie vorgehabt, auf die Dauer für andere zu arbeiten. In Fontaine war er doch immerhin sein eigener Herr gewesen.
Jetzt ging er mit der Armee nach Frankreich. Er verzog den Mund zu einem sarkastischen Lächeln. Nun, das war auch eine Möglichkeit. Falls er den Krieg überlebte, blieb er vielleicht sogar dort. Weiß Gott, wie die Weinberge der Champagne aussahen, nachdem der Krieg über sie hinweggezogen war!
Nach dem Krieg mußte sicher viel wiederaufgebaut werden – das heißt, falls dieser Krieg überhaupt je ein Ende nahm. Im Gegensatz zu der allgemein vorherrschenden Meinung, die Deutschen würden allein schon beim Anblick der Yankees kehrtmachen, war er eher pessimistisch gestimmt. Da war vor allem die Unerfahrenheit der amerikanischen Truppen, von seinem eigenen Mangel an Erfahrung ganz zu schweigen. Captain! Er brachte dafür kaum mehr mit als der junge Lindstrom, der vor ein paar Minuten gegen ihn getorkelt war. Zwei Jahre West Point hatten ihm vielleicht ein paar Einblicke in strategische Fragen vermittelt, aber das war auch alles. Mark seufzte. Zwischen seiner Kompanie und dem Tod auf dem Schlachtfeld stand einzig und allein ein alter Sergeant, Jim Malone, der wenigstens den spanisch-amerikanischen Krieg mitgmacht hatte.
»Du siehst aus, als gäbst du den Krieg schon verloren, noch ehe wir die Nase hineingesteckt haben«, meinte Dan.
»Mir sind nur gerade ein paar Dinge durch den Kopf gegangen, an die ich seit einer Ewigkeit nicht mehr gedacht habe«, erwiderte Mark.
»Wir sollen nach Fort Dix gelegt werden«, fuhr Dan fort. »Hast du eine Ahnung, für wie lang?«
»Mindestens für ein paar Wochen. Denn soviel ich weiß, werden wir mit der Siebten verschifft, und die liegt noch unten in Georgia. Im

übrigen kommen wir jetzt nach Newark«, setzte er hinzu. »Also heißt es bald raus. Malone soll die Truppe in Marschordnung aufstellen. Ich möchte, daß diesmal Disziplin beim Aussteigen herrscht. Auch wenn draußen wieder Mädchen mit Blumen und Kuchen warten. Ich will kein derartiges Durcheinander mehr wie in Chicago. Und vor allem möchte ich nicht noch einmal eine Stunde nach Lindstrom suchen müssen. Vielleicht hat Malone ja recht; vielleicht ist er tatsächlich nicht sehr gescheit. Aber ich werde den Verdacht nicht los, daß er uns nicht aus purer Dummheit verlorenging.«
»Jawohl, Captain«, witzelte Dan.
»Immer mit der Ruhe, Lieutenant«, antwortete Mark im selben Ton, den er Lindstrom gegenüber angeschlagen hatte.
Er begann seine eigene Ausrüstung zusammenzusuchen. Also wieder einmal ein paar Wochen New York! Ob Julie wohl noch da war? Oder war sie vielleicht doch nach Prescottville zurückgekehrt? Er hatte schon lange nichts mehr von dort gehört. Valerie, die von allen schlechten Briefschreibern noch die beste war, brachte auch nur alle paar Monate einen Brief zustande. Seit er beim Militär war, hatte sie außerdem angefangen, Kuchen und Plätzchen für ihn zu backen, und natürlich packte sie ihre Sendungen so unüberlegt zusammen, daß das Gebäck gewöhnlich zerbrochen und die beigelegte Post völlig verschmiert war. Aber er brachte es nicht übers Herz, ihr das zu schreiben.
Der Zug fuhr langsamer und hielt. Malone gab die nötigen Befehle, die Kompanie trat an und marschierte ab. Dan an der Spitze, Malone am Ende. Im Grunde sind sie in Ordnung, sagte sich Mark. Jung, unerfahren und schlecht ausgebildet. Aber sie sind in Ordnung.
Der Lastwagenkonvoi nach Fort Dix kam nur langsam voran, und als die Männer endlich untergebracht waren und Mark schließlich selbst sein Quartier aufsuchen konnte, neigte sich der strahlend schöne Oktobertag bereits seinem Ende zu. Von Kansas war ihm Post nachgeschickt worden, darunter auch neue Liebesgaben von Valerie. Als erstes schaute er die Briefe durch: ein Schreiben von seiner Bank in San Francisco und ein Brief von einem Mädchen aus San Francisco, an das er sich nur noch dunkel erinnerte. Dann öffnete er Valeries Päckchen und fischte aus dem Durcheinander von Schokoladenkuchen und Vanilleplätzchen einen unentzifferbaren Zettel von ihr und einen Brief von seinem Cousin Art heraus.
Zuerst nahm er Arts Brief vor. Sicher würde er von neuen Versuchen berichten, die Kellerei zu verkaufen. Der erste Satz entlockte ihm ein Lächeln: »Lieber Bruder Soldat, die Prescotts pressen wieder einmal.« Aber dann wurde sein Lächeln dünn. Julie war aus der Versenkung aufgetaucht! Julie. »Du möchtest bestimmt wissen, woher ich

das weiß«, hieß es weiter. »Von Miranda Latham, der es Jason im Vertrauen gesagt hat, die aber kein Geheimnis vor Lillian kennt, die wiederum mir nichts verschweigen kann. Stell dir vor, die kleine Julie Fontaine ist unter die Schauspieler gegangen! Sie nennt sich Angela Grant und tritt in der Belmont-Show auf. Natürlich halten die Prescotts die Sache geheim. Eine Schauspielerin in dieser hochehrenwerten Familie – den guten Mann hätte fast der Schlag gerührt. Anscheinend hat Holt sie aufgespürt. Holt hat es übrigens verstanden, sich einen schönen Druckposten in Washington zu verschaffen. Vielleicht interessiert es dich, daß sich Julie nicht verändert hat. Sie will Fontaine nach wie vor nicht verkaufen. Sonst ist alles beim alten. Joe Damien führt die Geschäfte, als gäbe es keine Prohibition, und Avery Bertram läuft den Prescotts nach wie ein Hund, der er ja auch ist.«
Mark ließ den Brief sinken. Julie! Julie lebte, noch dazu in New York ... Er warf einen Blick auf das Datum des Briefes: 31. Juli, und fluchte leise. Der Brief war fast ein Vierteljahr alt. Valerie hatte ihn in diesem Sparsamkeitsfimmel aufgehoben, um ihn in ihrem Päckchen mitzuschicken – wie immer, falls sie die Post nicht überhaupt verlegt hatte und noch wiederfand. Er mußte Grace das einmal schreiben, dachte er. Doch gleich fiel ihm Julie wieder ein. Sie lebte ein paar Kilometer von ihm entfernt! Sorgfältig las er den Brief noch einmal. Kein Wort darüber, warum sie von Prescottville fortgelaufen war, nichts von einem anderen Mann.
Er schaute auf die Uhr. Fast neun. Wenn er sich beeilte, konnte er noch vor dem Ende der Show in der Stadt sein. Und selbst wenn die Show schon vorbei war, fand sich sicher jemand, der ihm sagen konnte, wo sie wohnte.
Knapp eine halbe Stunde später war er, frisch gewaschen und rasiert, unterwegs nach Manhattan.
Doch auf Fred machte Marks Hauptmannsuniform keinen tieferen Eindruck als der Streifen eines Gefreiten.
»Da kommt niemand rauf ohne Miss Grants Erlaubnis«, erklärte er. »Wenn ich alle rauflassen wollte, die behaupten, Miss Grant zu kennen, könnte sie sich vor Leuten nicht mehr retten. Schreiben Sie ein Billett, oder gehen Sie wieder.«
Mit plötzlich aufleuchtendem Gesicht schaute Mark an ihm vorbei. »Schon gut«, erklärte er, »da ist sie ja selbst.« Und als Fred sich umdrehte, lief er an ihm vorbei die Treppe hinauf, immer zwei Stufen auf einmal nehmend.
»He, Sie da«, schrie Fred ihm nach, »zurück, oder ich rufe die Polizei!«
Im zweiten Stock steckte Mark den Kopf durch eine halb offene Tür

und wurde von dem empörten Aufschrei der Revuegirls begrüßt, die sich gerade umzogen.
»Entschuldigen Sie, meine Damen«, sagte er. »Ich suche Angela Grant.«
»Am Ende des Ganges«, antwortete eine.
Und eine andere sagte: »Machen Sie doch um Himmels willen die Tür zu.«
Er ging den Korridor hinunter, bis er das kleine Schild MISS ANGELA GRANT entdeckte.
Er klopfte und drehte auch schon im selben Moment den Knopf. Als sich die Tür öffnete, erkannte er sie sofort. Sie stand mitten im Zimmer, in den Armen eines Soldaten, und hatte den Kopf auf das Geräusch hin der Tür zugewandt.
Mark erstarrte. Das Bild brannte sich ihm tief in die Seele – die besitzergreifende Geste des Mannes und ihr schreckensbleiches Gesicht.
»Mark!« sagte sie schwach. »Es ist Mark.«
»Ah, es ist Mark«, meinte der Soldat. »Aber wer Sie auch sein mögen – vom Anklopfen halten Sie wohl nichts?«
»Das ist Mark Douglas ... ein ... alter Freund von mir«, erklärte Julie mit halbwegs fester Stimme. Aber Mark sah, wie ihre Lippen zitterten. »Und das hier ist mein Verlobter, Captain Steven Randall.«
»Meinen Glückwunsch«, antwortete Mark. Die Kehle war ihm wie zugeschnürt. »Ich habe von Art erfahren, daß du in New York bist. Eine ganz schöne Überraschung!«
»Und wie geht es Miranda?« fragte Julie.
»Miranda? Aber ich ...« Er unterbrach sich. Verdammt noch mal, er konnte doch nicht vor diesem Captain erzählen, wie sich Miranda aufgeführt hatte.
»Ich habe nicht die leiseste Ahnung, wie es Miranda geht oder wo sie ist«, erwiderte er. »Julie, ich muß mit dir sprechen.«
»Ich wüßte nicht, worüber«, entgegnete sie. Sie hatte sich wieder in der Hand. Er konnte es am Dunklerwerden ihrer Augen sehen. Sie griff Randall am Arm und sagte: »Steven und ich wollten gerade zum Essen gehen. Ich würde dich ja gern einladen, aber ich habe Steven versprochen, diesen Abend mit ihm allein zu verbringen.«
»Ich muß dich sprechen«, wiederholte Mark mit Nachdruck. »Ein paar Minuten wirst du wohl Zeit für mich haben.«
»Sie haben gehört, was Miss Grant gesagt hat«, mischte sich Randall ein. »Also machen Sie keine Geschichten, und gehen Sie.«
»Ich gehe, wann es mir paßt«, erwiderte Mark. »Aber ich muß etwas aufklären.«

»Wenn es sich um Fontaine handelt«, antwortete sie, »so habe ich schon gesagt, was ich will: daß ich nicht verkaufen werde. Es wundert mich, daß du anscheinend annimmst, ich könnte meine Meinung geändert haben.«
»Ich habe dich nicht gebeten, deine Meinung zu ändern«, antwortete Mark. »Ich habe dich vielmehr gebeten, mir ein paar Minuten zuzuhören, damit ich ...«
»Und ich habe dir gesagt, daß ich jetzt keine Zeit für dich habe. Du kannst mir ja schreiben. Wir machen dann einen Termin aus, vielleicht für nächste Woche.« Sie zog ihre Handschuhe an; und wie sie die Finger sorgfältig einzeln glattstrich, wirkte ihre Geste so anmaßend wie ihr Ton.
»Mach kein solches Theater«, sagte Mark mit steigender Wut. »Wenn Sie so gut wären, uns für ein paar Minuten allein zu lassen ...«
Aber Randall fiel ihm ins Wort. »Wenn *Sie* so gut wären, *uns* allein zu lassen«, antwortete er scharf. Er packte Mark am Arm.
»Nehmen Sie Ihre Hände weg.« Marks Stimme wurde eisig. Als Steven nicht reagierte, fuhr Marks Arm hoch und traf Steven genau am Kinn.
Steven verlor fast sofort das Bewußtsein. Langsam glitt er an der Wand zu Boden. Julie stieß einen kleinen spitzen Schrei aus: »Was hast du da wieder angerichtet? Für wen hältst du dich eigentlich? Kommst nach zwei Jahren hier hereingeschneit und kommandierst uns herum? Du hast, was du wolltest. Du hast Miranda ...«
»Miranda ist nicht ...«
»Laß mich doch mit Miranda in Frieden«, fauchte sie ihn wütend an. »Wahrscheinlich hast du sie inzwischen einfach satt. Aber bilde dir ja nicht ein, du brauchtest bloß zurückzukommen, und ich fiele auf dich herein. Ich werde Steven Randall heiraten.«
Sie wollte an Mark vorbei, doch er packte sie und sagte: »Jetzt hältst du einmal den Mund, Julie, und hörst mir endlich zu. Ich bin nicht mit Miranda verheiratet. Und war es nie.«
»Ach nein? Was hast du dann mit ihr im Hotel gemacht? Warum war sie in deinem Zimmer?«
In sprachloser Verwirrung schüttelte er den Kopf. »Wovon redest du überhaupt? Hör mir doch erst einmal zu!«
»Ich denke nicht daran. Du hast mich verlassen. Ich habe dich angefleht, es nicht zu tun, aber du bist trotzdem gegangen. Und hast mich natürlich nicht mitnehmen können. Das hätte ja nicht in deine Absichten mit Miranda gepaßt. Ich bin heilfroh, daß sie dich aus der Kellerei hinausgeworfen haben, und was mich angeht, so kommst du auch nicht mehr hinein. Im übrigen ist es mir egal, mit wem du ver-

heiratet bist.« Sie starrte ihn wütend an. »Dir lag ja auch nichts an mir. Du warst immer nur hinter der Kellerei her.«
Mit einem raschen, harten Griff zog Mark sie zu sich heran und preßte seinen Mund brutal auf den ihren. Sie wehrte sich und versuchte ihn wegzustoßen – vergeblich. Und mit einemmal spürte sie hinter all ihrer Wut und Erniedrigung wieder das alte Rauschen in den Ohren. Sie fühlte sich schwach werden und begann, seine Küsse trotz allem zu erwidern.
Ein Geräusch aus Stevens Richtung brachte sie zur Besinnung. Sie wandte sich ab und sagte: »Hör doch auf, hör auf!«
Da ließ Mark sie los. »Wie du willst«, sagte er. »Wir sprechen uns noch, Julie . . . eher, als du denkst.«
Und mit einem Blick auf den langsam zu sich kommenden Randall fügte er voll überlegener Ironie hinzu: »Entschuldigen Sie die Belästigung, Captain. Ich lasse Sie jetzt wirklich allein.«
Nachdem sich die Tür hinter Mark geschlossen hatte, herrschte ein drückendes Schweigen. Steven rappelte sich hoch, betastete sein Kinn und wies Julies verspätete Hilfe schroff zurück.
»Das ist ja eine hübsche Geschichte«, sagte er kalt. »Erst wird man bewußtlos geschlagen, und wenn man wieder zu sich kommt, findet man seine Zukünftige in einer leidenschaftlichen Umarmung mit einem . . . wie hast du doch gesagt? . . . mit einem ›alten Freund‹.«
»Er bedeutet mir nichts mehr«, versicherte Julie.
»Ich wollte, ich könnte es dir glauben. Ich habe zwar gewußt, daß ich nicht der erste Mann in deinem Leben war, und war auch bereit, darüber hinwegzusehen. Aber deswegen war ich doch nicht darauf gefaßt, *irgendeiner* in deinem Leben zu werden.«
»Du bist nicht irgendeiner«, erwiderte Julie. »Und was deine ›Bereitschaft, darüber hinwegzusehen‹, angeht – für wen hältst du dich eigentlich? Bin ich denn die erste Frau in deinem Leben?«
»Natürlich nicht«, antwortete er kühl. »Aber das ist ja wohl etwas anderes.«
»Etwas anderes?« schrie sie. »Wenn es dir nicht paßt, dann nimm doch deinen Ring, und gib ihn einem Mädchen, das deiner würdiger ist!« Sie riß den linken Handschuh herunter und zog den Saphirring vom Finger. Da ging die Tür auf, und Madeline und Lew Belmont standen im Rahmen, gefolgt von Fred.
»Was geht denn hier vor?« fragte Lew Belmont. »Fred sagt, ein Soldat hätte sich gewaltsam Zutritt verschafft, aber du hättest erklärt, es wäre alles in Ordnung. Dann hätte es eine Rauferei gegeben . . .« Er brach ab und starrte Randall an. »Wie ich sehe, scheint das zu stimmen. Also, was ist los?«
»Nichts«, entgegnete Steven. »Der Mann wurde zudringlich, und

ich habe versucht, ihn hinauszuwerfen. Und jetzt ist Julie wütend auf mich.«

Madeline schaute Julie an. »Wer war dieser rothaarige Riese, der an meiner Garderobe vorbeigetobt ist, Julie?«

»Mark Douglas«, antwortete Steven, noch ehe Julie den Mund aufbrachte. Madeline riß die Augen auf, sagte aber nichts.

»Sie kommen jetzt besser mit mir in mein Büro, damit wir Ihr Kinn verpflastern«, fiel Lew Belmont rasch ein. »Ihr könnt ja nachkommen, wenn ihr soweit seid«, wandte er sich an Madeline.

»Er ist also wieder da«, fing Madeline an, kaum daß die beiden Männer gegangen waren. »Was weiß Steven von ihm?«

»Nichts«, antwortete Julie. »Überhaupt nichts.«

»Dann sag ihm auch nichts. Du ... was machst du denn da mit deinem Verlobungsring?«

»Ich wollte ihn gerade zurückgeben«, sagte Julie wie betäubt.

»Sei nicht albern. Männer wie Mark Douglas kommen und gehen; aber die Randalls bleiben für immer.«

»Ich weiß«, erwiderte Julie tonlos.

»Mach dein Leben nicht kaputt«, riet ihr Madeline. »Mark ist verheiratet ...«

»Er behauptet, er wäre es nicht«, unterbrach Julie sie.

»Was hat er dann mit der anderen Frau gemacht?«

»Ich weiß es nicht«, antwortete Julie. »Es ist mir auch völlig egal«, fügte sie plötzlich an. »Und Steven Randall ist mir ebenfalls egal. Ich möchte überhaupt niemanden heiraten. Sei nicht bös, Madeline, aber ich kann jetzt nicht weiter darüber reden.« Julie steckte den Ring in die Tasche und langte nach ihrem Mantel. »Ich gehe. Sag bitte Steven, ich wäre zu müde, um ihn heute abend noch zu sehen.«

»Wenn du mich fragst, begehst du einen Fehler«, meinte Madeline.

»Oh, ich mache viele Fehler«, antwortete Julie. »Aber ich muß jetzt allein sein und einmal in Ruhe nachdenken. Danke für alles, Madeline, du bist wirklich die beste Freundin, die ich je gehabt habe. Und ich verspreche dir, nichts zu überstürzen.« Sie zwang sich zu einem Lächeln. »Bist du zufrieden?«

Es gelang ihr, aus dem Theater zu schlüpfen, ohne Steven zu treffen. Aber als sie zu Hause in ihrem eigenen Bett lag, begann sie ihren Entschluß zu bereuen.

Mark! So lange hatte sie ihm nachgetrauert, so schmerzhaft, und nun mußte er ausgerechnet jetzt zurückkommen, da sie ihr Leben endlich in geordnete Bahnen gelenkt hatte – das war nicht fair.

Seine Küsse brannten noch auf ihrem Mund, und die alten Erinnerungen an die Nächte mit Mark stiegen wieder in ihr auf, um sie erneut zu quälen.

Es dauerte lange, bis sie Schlaf fand. Als sie am nächsten Morgen aufstand, war sie fest entschlossen, den Bruch mit Steven rückgängig zu machen und Mark und die Vergangenheit ruhen zu lassen. Auch wenn er nicht mit Miranda verheiratet war: sie hatten doch im Fairmont in seiner Suite zusammen gewohnt, und zwar als Mr. und Mrs. Mark Douglas. Wenn er jedoch dazu imstande war, so war er auch fähig zurückzukommen, nur um sie abermals zu verlassen. »Und zweimal mach' ich das nicht mit«, sagte sie laut.
Kurz vor eins rief Steven an. Sein Ton verriet, daß er die letzte Nacht zwar noch nicht verwunden hatte, daß er aber eisern an seinen Plänen festzuhalten gedachte. Wir sind zum selben Schluß gelangt, dachte sie erleichtert.
Trotzdem lehnte sie seine Einladung zum Mittagessen ab. Sie hätte Kopfschmerzen, erklärte sie.
»Douglas ist aber nicht wieder aufgekreuzt?« fragte Steven.
»Nein, und er wird es auch in Zukunft nicht tun«, antwortete Julie entschlossen. Mark würde weder bitten noch sich aufdrängen. Dafür kannte sie ihn zu gut.
Die Tage vergingen wie vor Marks Auftritt, nur daß Steven jetzt jede wache Stunde mit Julie verbrachte, als befürchtete er, sie könnte ihm noch vor der Hochzeit davonlaufen. Und sie verweigerte sich Steven: »Nach der Hochzeit, Steven. Es sind zu viele Worte gefallen. Ich möchte nicht behandelt werden wie eine . . . nun . . . nach der Hochzeit.«
»Kannst du denn gar nicht vergessen? Mir ist deine Vergangenheit gleich; mir geht es nur um die Zukunft.«
»Die Zukunft bricht in fünf Tagen an«, erwiderte sie. Samstag nach der Show wollten sie einen Ausflug nach Gretna Green machen. Und dann brauchte sie keine Angst mehr zu haben, daß die Vergangenheit in Gestalt der einen oder anderen Person wieder in ihr Leben trat. Steven hatte sie vor Holt gerettet, und er hatte verhindert, daß Jason sie zur Rückkehr zwang. Steven, nicht Mark. Auf Steven konnte sie sich verlassen; er war der Richtige für sie.

Am Freitagabend nach der Show gab Madeline, die alle Mädchen vom Theater zu sich eingeladen hatte, für Julie eine Abschiedsparty vom Ledigenstand, während Lew am gleichen Abend ein Junggesellenessen für Steven veranstaltete. Als Madelines Gäste aufbrachen, rief Steven an. Er war angetrunken, aber gut gelaunt.
»Ich komme vorbei und hol' dich ab«, sagte er.
»Das geht nicht«, erklärte sie. »Es bringt Unglück, wenn der Bräutigam die Braut am Hochzeitstag sieht. Außerdem ist es gleich drei Uhr früh.«

»Ich habe Angst, dich aus den Augen zu lassen«, gab er zu.
Sie lachte. »Es ist alles in bester Ordnung. Madeline läßt mich mit ihrem Wagen heimbringen. Bis später.«
Der Chauffeur wartete, bis Julie ihren Schlüssel gefunden hatte. Erst als sie die dunkle Wohnung betrat, hörte sie ihn wegfahren. Sie machte Licht im Wohnzimmer und fühlte sich mit einemmal entsetzlich einsam. In ihren Ohren klang noch das Gelächter der Party wider; dagegen wirkte die Stille in der leeren Wohnung geradezu unheimlich. Sie hätte gern mit irgend jemandem geredet und bedauerte, daß sie Elsie zwei Wochen Urlaub gegeben hatte. Es war kalt in der Wohnung; sie zündete im Wohnzimmer Feuer an. Dann zog sie ihr Nachthemd an und kehrte noch einmal ins Wohnzimmer zurück, um ein Feuergitter vor den Kamin zu stellen und das Licht zu löschen. Als sie sich ins Bett legte, läutete die Türglocke.
»Steven?« sagte sie laut. Er war unmöglich! Sie sollte wirklich nicht aufmachen. Aber da drückte er schon wieder heftig auf die Glocke, und resigniert zog sie den Morgenrock über und ging zur Tür.
»Du wirst es noch bereuen«, sagte sie, als sie den Riegel zurückschob. »Es bringt Unglück ... oh!« Sie schlug sich vor Überraschung auf den Mund. »Mark!« rief sie. »Du ... was tust du denn hier?«
Er stieß sie in die Wohnung und zog die Tür hinter sich zu. Dann nahm er sie am Arm und führte sie ins Wohnzimmer.
»Ich habe dir doch gesagt, daß ich mit dir sprechen will«, meinte er. »Und jetzt ist die Gelegenheit gerade günstig. Ich möchte nicht gern noch einmal hinausfliegen.« Sein Gesicht wirkte totenstarr, doch seine Augen glühten.
»Mark«, begann sie, »ich möchte nicht ...«
»Es ist mir egal, was du möchtest«, antwortete er grob. »Ich habe aus deinem Mädchen herausgebracht, daß du heute heiratest und gestern vom Alleinsein Abschied gefeiert hast. Ziemlich geschwätzig, deine Elsie. Deshalb habe ich beschlossen zu warten, um dich allein abzufangen.«
»Willst du damit sagen, daß du die ganze Nacht meine Wohnung beobachtet hast?« fragte sie.
»Nicht gerade. Ich hatte geschätzt, die Party würde ein, zwei Stunden dauern. Aber es muß eine Menge los gewesen sein«, fügte er hinzu. »Jedenfalls war ich zu bald da. Du warst noch nicht zurück. Ungefähr eine Stunde habe ich gewartet.«
»Einfach so auf der Straße?«
»Ich habe dir doch gesagt, daß ich mit dir reden wollte. Können wir jetzt damit anfangen?«
»Mark«, erwiderte sie schwach und fühlte, wie Angst in ihr aufstieg, »ich ... es gibt nichts mehr zu bereden. Ich habe mich entschlossen,

Steven zu heiraten. Fertig, aus. Ich liebe ihn.« Sie senkte die Augen vor seinem durchdringenden Blick.
»Du liebst ihn?« fragte er.
»Ja«, erwiderte sie trotzig, »ich liebe ihn. Und er liebt mich. Er hält zu mir. Und läuft nicht einfach weg und schläft mit anderen Frauen und ...«
Er hatte sie, während sie sprach, hart in seine Arme genommen. Sein Mund fand ihren und verschloß ihn. Sie versuchte noch einmal, ihn abzuwehren, aber im nächsten Augenblick war es schon zu spät. Es war immer zu spät, dachte sie. Und mit einemmal kam es auch nicht mehr darauf an, wie Mark war, was er getan oder nicht getan hatte. Und Steven ... Für den Bruchteil einer Sekunde tauchte sein Gesicht vor ihr auf. Sie spürte ihre Lippen unter Marks Küssen zittern, spürte, wie sie schwach wurde, und plötzlich spülte sie eine Woge der Leidenschaft hinweg.
Wahnsinn erfaßte sie, und sie erwiderte seine Zärtlichkeiten auf dieselbe heftige Weise. Sie biß ihn in die Lippen und schmeckte das Salz seines Blutes in ihrem Mund, während er eine Hand in ihr Haar wikkelte und daran zog, bis sie aufschrie. Wieder preßte sich sein Mund auf den ihren, und gewaltsam zerrte er an ihrem Nachthemd, bis die Seide riß. Dann begann er ihr Fleisch langsam und wollüstig zu massieren. Doch da löste sie sich unter Aufbietung aller Kräfte von ihm; nackt und keuchend stand sie mitten im Zimmer. Sein Gesicht wirkte im Schein des Feuers wie das eines wilden Heiden. Schnell streifte er seine Kleider ab, während sie noch immer reglos dastand. Er ließ sie nicht aus den Augen, aber als er sie packen wollte, entwischte sie ihm, schlüpfte ihm durch die Hände, drehte und wand sich, bis er sie zum Schluß festhielt, auf die Knie zwang und immer tiefer zu Boden zog, während die tanzenden Flammen einen rötlichen Schimmer über sie warfen.
Er kam brutal über sie, und wieder schrie sie auf und wand sich unter ihm, bis er sich mit dem ganzen Gewicht seines Körpers auf sie legte und sie dadurch absolut in seine Gewalt bekam. Sie schlang ihre Arme um seinen Nacken und antwortete ihm mit gierigen Lippen, während ihr Körper ihn liebte, als besäße er einen eigenen Willen, der sich ihrer Kontrolle entzöge. Sie geriet völlig außer sich, und der Höhepunkt war so heftig, daß sie wild aufstöhnte, wie ein Tier.
Nur nicht aufhören! war ihr einziger Wunsch, und als Mark von ihr abließ, kroch sie zu ihm zurück und klammerte sich in ungestillter Begierde an ihn.
»Du gehörst mir«, sagte er, genau wie beim erstenmal.
Und wie beim erstenmal flüsterte sie zurück: »Ja.«
Als das Feuer nach einer Weile im Kamin erlosch, stand er auf, zog

sie hoch und sagte: »Komm, gehen wir zu Bett.«
Unter der Decke eng aneinandergeschmiegt, schliefen sie eine Zeitlang. Dann liebte er sie abermals, und er machte ihr Herz offen und weit, daß sie die ganze Welt hätte umarmen mögen.
Es hatte keiner weiteren Worte bedurft. Zwischen Nacht und Tag hatte Julie erkannt, daß es, was auch geschehen mochte, für sie keinen anderen Mann geben konnte. Von einer Hochzeit mit Steven konnte keine Rede mehr sein, und als sie schließlich miteinander zu sprechen begannen, sagte sie ihm das auch.
»Ich wäre sowieso bei dir geblieben«, gestand sie ihm, »selbst wenn nicht alles erlogen gewesen wäre und du Miranda wirklich mit nach San Francisco genommen hättest.«
»Sag so etwas nicht«, bat er.
»Warum nicht?« fragte sie.
»Ich . . . o nichts. Es schneidet mir nur ins Herz, weil ich dich so liebe. Und dabei«, fuhr er fort, »wollte ich nie in diese Falle gehen.«
Sie legte ihre Hand auf seine. »Ich weiß. Ich schon. Ich bin gern in dieser Falle gefangen.«
»Natürlich«, sagte er.
»Was Steven betrifft . . .« fing sie an.
Er unterbrach sie brüsk. »Ich will nichts mehr von Steven hören. Du brauchst mir kein Geständnis abzulegen. Vorbei ist vorbei.«
»Wann mußt du ins Lager zurück?«
»Heute abend. Aber nächste Woche habe ich drei Tage Urlaub. Und dafür müssen wir uns etwas einfallen lassen. Ich kann nicht fort, ehe du nicht vor dem Gesetz meine Frau bist.«
»Ich kann es mir noch gar nicht vorstellen«, erwiderte Julie verzagt. »Und was, wenn . . .«
»Es passiert schon nichts. Natürlich mußt du es heute Randall gestehen. Oder soll ich mitgehen?«
»Nein, ich bin es Steven schuldig, daß ich es ihm allein erkläre. Steven ist ein Gentleman. Du brauchst dir keine Sorgen zu machen.«
»Wenn du so sicher bist . . .«
Nachdem Mark ins Lager zurückgekehrt war, rief sie Steven an. Seine Stimme klang gelöst und heiter und wurde noch fröhlicher, als sie ihn fragte, ob er sie nicht vor der Show noch kurz im Theater besuchen könnte.
»Aber ich dachte, es bringt dem Bräutigam Unglück, die Braut . . .«
»Das war gestern abend«, fiel sie ihm ins Wort. »Und heute ist heut. Also um sieben, abgemacht?«
»Es ist doch alles in Ordnung?« fragte er besorgt.
»Ich muß dich unbedingt sehen, das ist alles«, wich sie aus. »Aber jetzt muß ich auflegen, sonst komme ich zu spät.«

Sie hatte eine schmerzliche Auseinandersetzung erwartet, aber Steven nahm ihre Eröffnungen mit männlicher Fassung entgegen. »Ich glaube, ich wußte es seit jener Nacht, als ich dich ihn küssen sah«, sagte er mit einem Anflug von Bitterkeit. »Mich hast du nie so geküßt.«
Sie zuckte zusammen, und er meinte: »Ein paar böse Gefühle mußt du mir schon zubilligen. Ich bin nicht ganz der vollendete Sportsmann, der ich manchmal scheine. Im Grunde hasse ich es, zu verlieren. Aber«, setzte er hinzu und nahm seinen Hut, »ich möchte auch keine Frau, die lieber einen anderen hätte. Auf Wiedersehen, Julie, und alles Gute.«
Trotz Stevens Einverständnis blieb Julie ein bitterer Nachgeschmack. Aber als sie sich für die Vorstellung fertigmachte, gewann die Tatsache, daß sie und Mark wieder zusammen waren, mehr und mehr Gewicht, bis alles andere daneben bedeutungslos erschien. Sie saß vor ihrem Schminkspiegel und starrte in Erwartung des Klopfens, das ihren ersten Auftritt ankündigte, ins Leere, als Madeline und Lew eintraten. Ein Blick belehrte Julie, daß Steven die beiden bereits unterrichtet hatte.
»Du mußt den Verstand verloren haben«, begann Madeline ohne Umschweife. »Nicht genug damit, daß du Steven einem treulosen Liebhaber zuliebe den Laufpaß gibst – jetzt ist er auch noch aus dem Geschäft ausgestiegen.«
»Bitte, Madeline.« Lew hob die Hand. »Siehst du, Julie, was mich angeht, so bin ich der Meinung, jeder lebt sein eigenes Leben. In Madelines Augen verschenkst du eine große Chance. Ich bin da nicht ganz ihrer Meinung. Aber jedenfalls hat mich Randall eben aufgesucht, um unsere Partnerschaft zu kündigen. Offen gestanden ist der Zeitpunkt nicht gerade günstig.« Er machte eine Pause und zuckte die Schultern. »Aber wenn ein Geschäft nur davon abhängt, ob ein Mädchen heiratet oder nicht, dann war's ohnehin keine sehr zuverlässige Verbindung.«
»Moment einmal«, unterbrach ihn Madeline. »Es war eine verdammt gute Partnerschaft – über Jahre hinweg. Wenn du ihn von vornherein nicht heiraten wolltest, Julie, hättest du es nicht so weit kommen lassen sollen. Schließlich ist Steven auch mit anderen Mädchen ausgegangen. Er hat sie nicht alle gehabt. Aber du hast ihn schlicht und einfach zum Narren gehalten. Und welcher Mann verträgt das schon?«
»Ich habe ihn nicht zum Narren gehalten«, rechtfertigte sich Julie. »Es ... irgend etwas war ... ich kann es nicht erklären. Mark ... ich liebe Mark. Das ist alles. Aber es ist nicht wahr ... Wenn ihr Mark erst einmal kennt ...«

»Das Schlimmste an dir ist, daß du so verzogen bist, Julie«, unterbrach sie Madeline. »Und was deinen Freund angeht, so kann er mir gestohlen bleiben.« Damit fegte sie aus der Garderobe.

»Mach dir nichts draus«, meinte Lew. »Sie ist nur enttäuscht. Und außerdem wütend, weil Steven ausgestiegen ist. Aber glaub mir, Julie, sie fängt sich schon wieder. Und was ein Treffen mit Mark angeht – du kennst Madeline ja. Die Neugierde würde sie umbringen, wenn sie ihn nicht kennenlernte. Du bringst ihn abends einmal mit, und wir essen zusammen. Wenn Madeline sich erst einmal an diesen Gedanken gewöhnt hat, wird sie glauben, er stamme von ihr.«

Im Grunde konnten nicht einmal Madelines Vorwürfe Julies Glück trüben.

Sie wollte Mark mit keinem Menschen teilen und war deshalb mit Madelines Ablehnung durchaus zufrieden. Doch als Mark am folgenden Samstag anrief, hatte sich Madeline bereits eines Besseren besonnen und meinte: »Also gut, schauen wir uns deinen Musterknaben einmal an.«

Die Einladung war ein voller Erfolg. Mark zeigte sich von seiner besten Seite. Lew gegenüber gab er sich als aufmerksamer, interessierter Zuhörer, und zu Madeline war er der vollendete Kavalier. Sie war von ihm hingerissen. Offen erklärte sie: »Diesmal beneide ich dich wirklich, Julie. Er mag nicht so viel Geld haben wie Steven, aber sonst fehlt ihm bestimmt nichts, im Gegenteil. Wenn du nicht meine Freundin wärst, würde ich wahrscheinlich versuchen, ihn dir auszuspannen.«

»Aber du hast doch Lew«, erinnerte Julie sie.

»Natürlich habe ich Lew, und ich liebe ihn auch, allein schon, weil er soviel für mich getan hat. Aber eine Romanze – das ist wieder etwas anderes. Sogar kluge Frauen wie ich sehnen sich ab und zu nach ein bißchen Romantik. Ich kann mir noch so oft sagen, daß ich alles habe, was ich will; aber glaub mir, Julie, ich wäre doch gern verheiratet.«

»Vielleicht ...«

»Nein.« Madeline ließ die Puderdose mit einem klickenden Geräusch zuschnappen. »Nein. Das wird ewig ein Wunsch bleiben.«

»Wie haben sie dir gefallen?« fragte Julie Mark, sobald sie allein waren.

»Gut. Er scheint einer von den Männern zu sein, mit denen man sich unterhalten kann, und sie ist verdammt hübsch und klug dazu.«

»Sie waren beide sehr gut zu mir«, sagte Julie. »Und ich weiß nicht, was ohne sie aus mir geworden wäre ... O Mark, dann hättest du mich vielleicht nie wiedergefunden.«

»Schluß damit«, entschied er. »Oder hast du noch mehr gesellschaftliche Verpflichtungen auf Lager?«

»Nein, ich will dich ganz für mich«, sagte sie.
»Dann bin ich für drei Tage dein«, antwortete er. »Das heißt genauer gesagt, bis zum Montag. Und jetzt reden wir einmal über uns.«
»Nicht jetzt«, wehrte sie ab. »Ernst sein, für die Zukunft planen und das Hochzeitsdatum festsetzen können wir immer noch. All das hat Zeit.«
Als sie in dieser Nacht fröstelnd aufwachte, murmelte sie: »Du darfst mich nie wieder verlassen, Mark.«
Und er bestätigte ganz nah an ihren Lippen: »Nein, nie wieder«, und unterdrückte den Impuls, ihr die Wahrheit zu sagen. In Wirklichkeit würde er sie bald verlassen müssen. In den Tagen der Trennung hatte er die Situation nüchtern und kalt abgewogen, während es ihm jetzt, ihren weichen, warmen, nachgiebigen Körper an seiner Seite, nahezu unvorstellbar erschien, sie allein zu lassen.
Am nächsten Tag sagte er ihr die Wahrheit und schlug vor, vorher zu heiraten. »Ich möchte nicht, daß du wieder ohne Schutz dastehst«, erklärte er stirnrunzelnd.
»Eigentlich komisch«, meinte Julie am Montagmorgen, während sie warteten, um den Antrag auszufüllen, »aber ich kann nicht genug von dir bekommen. Ich wünschte, wir wären jetzt hier auf der Stelle allein.«
Er stöhnte im Spaß. »Unverbesserlich«, murmelte er. »Was willst du denn machen, wenn ich . . .« Abrupt brach er ab.
»Wenn du in Übersee bist?« führte sie seinen Satz ruhig zu Ende. »Das habe ich mich auch schon gefragt. Mark, kannst du es denn nicht wie Steven Randall machen? Dich dem Stab eines Generals zuordnen lassen, der hierbleibt?«
»Und den Krieg in Sicherheit verbringen, meinst du?«
Sie nickte.
»Julie, du kennst mich nicht.«
Sie entgegnete nichts und senkte unter seinem strengen Blick die Augen. Aber später, zu Hause, kam sie noch einmal darauf zurück.
»Nein«, erwiderte er. »Mach es mir nicht noch schwerer, Julie. Ich gehöre zwar nicht zu jenen törichten Helden, die im Krieg nur eine Gelegenheit sehen, sich auszuzeichnen. Aber es ist meine Kompanie, verstehst du. Ich war dabei, als diese Jungen ausgebildet wurden, und weiß, wieviel Ausbildung sie noch brauchen. Die meisten sind gerade alt genug, um sich zu rasieren. Sie . . . Für sie gibt es nur eine Chance: daß sie bei ihrer Kompanie bleiben, bei den Offizieren, mit denen sie vertraut sind, bei ihrem guten, alten Sergeant Malone. Ich habe schon gewußt, worauf ich mich einließ, als ich mich gemeldet habe. Und schließlich: ich kann genausogut morgen auf einer Straße in

New York umkommen. Wenn du erst einmal anfängst, darüber nachzudenken, dann lauern hinter jeder Ecke Tod und Gefahren. Du mußt an mich glauben. Glaube, daß ich zu dir zurückkomme.«

Sie schluckte ihre Tränen hinunter und sagte mit nur leicht zitternder Stimme: »Ich glaube an dich, Mark. Ja, ich glaube an dich.«

»Mein gutes Kind!« Er lächelte und zog sie an sich und vergrub sein Gesicht in ihrem Haar. »Ich liebe dich, Julie. Mein Gott, wie ich dich liebe!«

Sie kam nicht wieder auf ihre Ängste zurück. Trotzdem konnte sie in den letzten gemeinsamen Stunden sogar bei der Liebe das Gefühl nicht loswerden, daß auch diesmal wieder das Schicksal grausam zupacken und ihr Glück zerschlagen werde. Ihr war, ohne daß sie einen Grund dafür hätte angeben können, als würde sie heute zum letztenmal ihr ganzes Herz und ihre ganze Seele in den Liebesakt legen. Und etwas Ähnliches schien auch Mark zu empfinden.

»Donnerstag also«, sagte er, als er sie vor dem Theater absetzte. »Schau, daß du diesen einen Tag freibekommst. Ich möchte mich in unserer Hochzeitsnacht nicht gern am Bühneneingang herumdrükken, obwohl wir uns«, fügte er flüsternd hinzu, »über die Flitterwochen nicht beklagen können.«

Sie lächelte, ohne ihn anzublicken, um ihm nicht zu zeigen, mit welch bangen Ahnungen sie dieser Abschied erfüllte. »Donnerstag«, flüsterte sie. »Ich liebe dich, Mark. Und ich werde dich immer lieben.«

In den nächsten Tagen stürzte sich Julie Hals über Kopf in die Arbeit, um ihre düsteren Gedanken zu vertreiben. Dummes Zeug, sagte sie sich. Nach allem, was sie wußte, konnte Marks Regiment womöglich noch den ganzen Winter in der Nähe von New York stationiert bleiben. Oder der Krieg war morgen vorbei. Warum sollte sie sich nicht lieber an solche Gedanken klammern, als in einer dauernden Weltuntergangsstimmung zu leben?

Am Mittwoch besprach sie mit Madeline die Hochzeitsfeier. Sie wollte nichts Großes. »Nur du und Lew und Dan Sebastian, Marks Freund. Niemand sonst. Ich möchte nur eins: Mark heiraten, ehe . . . Ach was«, fiel sie sich selbst ins Wort.

»Das muß die wahre Liebe sein«, neckte sie Madeline. »Jetzt begreife sogar ich, daß du Steven nicht heiraten konntest, obwohl ich damals ganz schön wütend auf dich war.«

»Madeline, hilf mir, ein wirklich schönes Kleid zu finden.«

»Und ein schönes Negligé und ein Nachthemd dazu. Denn das ist ja wohl noch wichtiger.«

»Natürlich«, antwortete Julie gesetzt. Heimlich dachte sie: In zehn

Jahren vielleicht! Jetzt brauchte sie Mark noch nicht mit raffinierten Nachthemden zu reizen. Ihr fiel jene erste gemeinsame Nacht wieder ein, in der sie im klatschnassen Reitkleid und mit zerzaustem Haar zu ihm gekommen war. Die Erinnerung daran überwältigte sie so, daß ihr mitten auf der Fifth Avenue schwach vor Begierde wurde.
»Wetten«, meinte Madeline, »daß das deine letzte Belmont-Show ist? Ich sehe dich schon in einem jener hübschen weißen Häuschen sitzen, mit Rosen im Vorgarten, umringt von einer Schar Kinder.«
»Sag so etwas nicht«, erwiderte Julie scharf.
»Warum? Was um Himmels willen ist los?«
»Nichts«, murmelte Julie. »Mir sind nur die Nerven durchgegangen. Ich habe solche Angst, daß noch etwas schiefgeht . . . Mein Gott«, unterbrach sie sich, »schau auf die Uhr. Wir sollten uns beeilen.«
Lew wartete schon auf sie, und bei seinem Anblick schlug Julie das Herz plötzlich bis zum Hals. Sie hob abwehrend eine Hand, wie um das, was auf sie zukam, noch einmal abzuwenden.
»Er war schon hier«, erklärte Lew. »Mark. Er hatte nur ein paar Minuten Zeit. Sein Schiff liegt am Pier 54. Wenn du dich beeilst, kannst du ihn noch erwischen. Ein Freund von mir, ein Sergeant, bringt uns hin.«
»Nein«, rief sie. »Er kann doch jetzt nicht fort.«
»Möchtest du ihn noch sehen, Julie? Dann beeil dich.«
Völlig benommen ließ sie sich zu dem wartenden Auto führen. Jetzt ist es also doch geschehen, mußte sie immer wieder denken. Ein Bibelvers fiel ihr ein, und sie sprach ihn laut vor sich hin: »Was ich am meisten gefürchtet habe, ist über mich gekommen.« Sie hatte das Schlimmste befürchtet, und jetzt war das Schlimmste eingetreten. O Gott, betete sie, laß ihn wenigstens lebendig zurückkommen, und ich will nie wieder glauben, daß etwas Böses geschieht!
Lew und der Sergeant halfen ihr durch die am Dock wartende Menschenmenge. Kapellen spielten, und Soldaten standen an der Reling und winkten. Am Kai waren alle Gesichter zum Abschied nach oben gewandt, unbekümmerte Mädchengesichter, die nur die Uniform, aber nicht den Mann darin geliebt hatten, und daneben die tränennassen Gesichter von Ehefrauen, Geliebten und Müttern.
Mark stand an der Gangway, und kaum hatte Julie ihn entdeckt, stürzte sie blindlings und stolpernd auf ihn zu. Er fing sie in seinen Armen auf, preßte einen Kuß auf ihre Lippen und strich ihr beruhigend übers Haar.
»Ich komme wieder, Liebes, glaub mir. Wir haben einander nicht wiedergefunden, nur um uns erneut zu verlieren. Glaub an mich, Julie.« Er sprach leise, aber eindringlich.
»Ich glaube an dich«, flüsterte sie mit schmerzender Kehle. »Ich wer-

de immer an dich glauben. O Mark, ich liebe dich so!«
»Ich dich auch«, flüsterte er. Und als das langgezogene, einsame Heulen der Schiffssirene zum Abschied rief, riß er sich von ihr los und lief, während ringsum laute Hochrufe aufbrandeten, die Gangway hinauf.
Sie schaute ihm nach, wie er an Deck ging. Dann verlor sie ihn für ein paar Minuten aus den Augen, bis er mit ernstem Gesicht und starr auf sie gerichteten Blicken wieder an der Reling auftauchte.
Abermals heulte die Schiffssirene, und wieder brandete Beifall auf. Die Gangway wurde eingezogen; aber Mark hielt Julie noch immer mit den Augen fest. Die Kapellen spielten mit voller Lautstärke, das Rufen und Schreien wurde dringender, und endlich glitt das Schiff, von Schleppern gezogen, vom Pier weg in den Hafen hinaus. Julie stand wie festgewurzelt, die Augen unverwandt auf Mark gerichtet, bis sie ihn nicht mehr erkennen konnte. Da legte ihr Lew Belmont den Arm um die Schultern. »Komm, Julie. Ich bring dich nach Hause.«
Sie schüttelte den Kopf. »Nein«, sagte sie fest, »ich möchte gleich an die Arbeit gehen, Lew. Und ich kann.«
»Gutes Kind.« Er streichelte sie liebevoll. »Aber für deine Ersatztänzerin wird es eine arge Enttäuschung sein.«
»Mark kommt wieder«, sagte sie. »Er kommt doch wieder, nicht wahr?«
»Natürlich kommt er wieder«, antwortete Lew.
Ich bin ganz Schmerz, dachte sie. Beim erstenmal habe ich nichts empfunden, außer Elend in meinem Herzen. Aber jetzt schmerzt mich der ganze Körper, als wäre ich gefallen.
»Sag etwas«, wandte sie sich plötzlich an Lew. »Irgend etwas. Erzähl mir, wie du ins Showgeschäft gekommen bist.«
»Aber die Geschichte kennst du doch, Julie.«
»Erzähl sie noch einmal«, beharrte sie. »Erzähl mir irgend etwas mit einem *Happy-End*. Geschichten mit einem *Happy-End* sind so tröstlich.« Sie spürte nicht, daß ihr die Tränen über die Wangen liefen, bis ihr Lew sein Taschentuch gab und ruhig zu erzählen begann.

13

Mark hatte sich an einem Mittwoch eingeschifft. In den folgenden Wochen hatte sich Julie mit Arbeit zu betäuben versucht. Rastlos tätig sein, das war ihr Allheilmittel, mit dem sie instinktiv ihre Angst beschwichtigte und alles aus ihrem Gedächnis ausstrich, was sie nicht wahrhaben wollte.

Sie betätigte sich bei zahlreichen Wohltätigkeitsveranstaltungen und schloß sich einer Gruppe freiwilliger Rotkreuzhelfer an, wo sie unter anderem an einem Kurs für Erste Hilfe teilnahm.

Dank dieser vielfältigen Beschäftigungen und ihrem Auftreten in der Belmont-Show wurde sie mit der Zeit sehr bekannt. Die Zeitungen bemühten sich immer häufiger um sie. Ein besonders gewitzter Reporter hatte sogar ihren wirklichen Namen herausgefunden und eine Geschichte mit dem Titel »Kellerei-Erbin als Girl bei der Belmont-Show« gebracht.

Der Artikel trug ihr einen kühlen Brief von Jason ein, mit der Bemerkung, daß ihr »Ruhm« hauptsächlich Millicent abstoße. Sie antwortete nicht.

An einem Sonntagnachmittag, zwei Wochen nach Erscheinen des Artikels, erhielt Julie Besuch. Sie war spät aufgestanden und allein in der Wohnung, als es läutete. In der Annahme, es werde Madeline sein, ging sie zur Tür. Aber als sie öffnete, stand eine kleine, dünne Frau mit rotgefärbtem Haar und blassem, faltigem Gesicht im Treppenhaus. Sie war billig gekleidet und roch nach einem aufdringlichen Parfüm, das trotzdem kaum den schalen Whiskydunst des ausgepichten Trinkers übertönte.

»Ich bin Sara Prescott«, stellte sich die Frau vor. »Darf ich hereinkommen?«

»Sara«, entgegnete Julie. »Ich . . . wir dachten . . .«

»Daß ich längst gestorben sei. Ja. Nach dem Tod deines Vaters gab es niemanden mehr, dem ich hätte schreiben können. Darf ich hereinkommen?« fragte sie noch einmal.

»Aber natürlich.« Julie öffnete die Tür und ließ Sara eintreten. Sie sah wie eine Straßendirne aus; nur ihre leise, kultivierte Stimme unterschied sie von einer gewöhnlichen Hure.

»Darf ich dir Kaffee oder Sandwiches anbieten?« fragte Julie.

»Wein wäre mir lieber . . . etwas anderes hast du wohl sowieso nicht im Haus?«

Julie nickte. »Doch, einen Brandy«, antwortete sie. Ihr fiel die Flasche ein, die ihr Lew zur Hochzeitsfeier herübergeschickt hatte. »Irgendeinen Brandy«, wiederholte sie. »Aber auch Wein.«

»Danke, der Brandy wäre mir lieber, aber es kommt nicht darauf an«, erwiderte Sara.

Nachdem sie ihr ein Glas eingeschenkt hatte, meinte Julie: »Ich hätte nie und nimmer erwartet, dich je einmal zu treffen.« Dabei sah sie gebannt zu, wie Sara den Schwenker mit zitternden Händen zu den stark geschminkten Lippen hob.

»Das glaub' ich dir gern«, erwiderte Sara. «Ich bin gekommen, um . . . um . . .«

»Ja?« half Julie.
»Durch das Prohibitionsgesetz ist alles so schwierig geworden«, erklärte Sara und trank aus. Julie goß ihr nach.
»Weißt du überhaupt, warum ich Jason Prescott verlassen habe?« fragte Sara plötzlich.
»Mark hat es mir gesagt. Ach, entschuldige, du weißt ja gar nicht, wer Mark ist. Ist ja auch egal. Mein Vater hat großes Vertrauen zu ihm gehabt. Jedenfalls weiß ich, daß Holt in Wirklichkeit Millicents Sohn ist.«
»Das stimmt. Armer Kleiner ...« Sie brach ab. »Ich habe ihn adoptiert – Jason und ich. Es war alles sehr schlau eingefädelt. Wir verbrachten unsere Flitterwochen in Frankreich, während Millicent offiziell eine alte Schulfreundin in Virginia besuchte. Sie kam natürlich zu uns nach Frankreich. Die Flitterwochen dauerten ein ganzes Jahr.« Sara lachte häßlich auf und hielt Julie ihr Glas hin. »Alle meine Freundinnen haben mich glühend beneidet. Bei unserer Rückkehr brachten wir Holt mit – samt seiner ordentlichen Geburtsurkunde. Sie war von der amerikanischen Botschaft ausgestellt worden. Du begreifst: Millicent war als Mrs. Jason Prescott ins Krankenhaus gegangen. Es konnte also niemand dahinterkommen.«
»Warum erzählst du mir das alles?« fragte Julie.
»Ich ... ich muß es dir einfach erzählen. Jason ... Jason war genaugenommen gar nicht mein Mann. Er hat mich selbst anfangs kaum angerührt und später überhaupt nicht mehr. Dabei hätte ich gern selber ein Kind gehabt.« Ihr Mund zitterte, und ihre dunklen Augen füllten sich mit Tränen.
Julie sah Jason und Millicent vor sich, wie sie sie beim letzten Mal gesehen hatte, und sie fragte sich, ob es wohl schon immer so gewesen sei. Da schoß ihr unwillkürlich durch den Kopf, daß ... Aber nein, das konnte nicht sein. »Wer ist Holts wirklicher Vater?« hörte sie sich mit trockenem Mund fragen.
Sara schaute weg. »Holt bedeutete Millicent alles. Es machte sie wahnsinnig, daß er mich ›Mutter‹ nannte. Sie verzog ihn nach Strich und Faden und ließ ihm alles durchgehen. Er war ein schwieriges Kind, ein wahnsinnig schwieriges Kind. Diese Wutausbrüche! Ich erinnere mich noch so gut daran. Aber ich durfte ihn nie bestrafen. Das letzte Wort hatte stets Millicent. Schließlich ist es ihr Kind, pflegte Jason zu sagen. Ich hätte es von Anfang an wissen müssen. Mit Millicent unter einem Dach zu leben konnte nicht gutgehen. Aber als Jason mich bat, seine Frau zu werden ... bildete ich mir ein, ich wäre in ihn verliebt. Du weißt ja, wie das ist.« Sie schaute Julie an, die mitleidig nickte.
»Ich war neunzehn. Jason war zwölf Jahre älter als ich, ein einge-

fleischter Junggeselle; jedenfalls hielt ihn alle Welt dafür. Er war ... er war damals hübsch. Nicht fett. Fett wurde er erst, nachdem wir geheiratet hatten. Ich weiß nicht ... ich weiß nicht mehr, wann ich anfing, mich einsam zu fühlen. Ich lebte in einem schönen Haus. Ich hatte einen reichen, erfolgreichen Mann, ein wunderhübsches Baby und Kleider in Hülle und Fülle. Oh, Jason war mir gegenüber nie geizig. Er zahlte mir gewissermaßen Schweigegeld für alles, was er mir antat. Und dann« – ihre Stimme wurde plötzlich sehr leise, und Julie hatte Mühe, sie noch zu verstehen –, »und dann ertappte ich sie, Millicent und Jason. Ich war aufgewacht, und Jason war nicht in seinem Zimmer nebenan. Ich war damals so nervös ... Also ging ich ins Eßzimmer hinunter, um mir einen Brandy zu holen. Weißt du, Brandy und Wein waren so eine Art Schlafmittel für mich. Sie sind es heute noch«, fuhr sie fort und füllte sich unaufgefordert von neuem ihr Glas. Ihre Hände zitterten schon weniger.

»Danach ging ich wieder nach oben. Oder vielmehr, ich schlich, aus Angst, ich könnte jemanden aufwecken. Da hörte ich sie. Ich ging zu Millicents Tür und hörte sie. Weißt du, man muß nicht immer alles sehen. Man kann es auch hören! Da drehte ich durch. Ich begann zu schreien und gegen die Tür zu hämmern.«

Julie starrte sie unverwandt an.

»Ich weckte das ganze Haus auf«, fuhr Sara fort. »Holt brüllte, die Dienstboten kamen schreiend aus ihren Zimmern gelaufen, und Jason stürzte wütend aus Millicents Zimmer. Er schlug mich, bis ich beinahe bewußtlos war, und zerrte mich in mein Zimmer. Den anderen sagte er, ich wäre hysterisch und seit der Geburt des Jungen nicht mehr recht in Ordnung gewesen. Er schickte alle auf ihre Zimmer zurück, und auch Holt hörte schließlich auf zu schreien. Dann erklärte mir Jason, was er mit mir vorhätte. Er wollte mich einliefern. Wenn ich den Mund aufmachte, wollte er mich einliefern. Und die ganze Zeit stand Millicent in der Tür und lächelte. Ich dachte, ich halte das nicht aus. Aber ich nahm mich zusammen, und es gelang mir ... Lieber Gott, es gelang mir sogar, mich zu entschuldigen!« Während des Erzählens hatte Sara am ganzen Leib zu zittern begonnen. Julie schenkte ihr noch ein Glas Brandy ein und hielt es ihr an den Mund, bis sie einen kräftigen Schluck genommen hatte und wieder ruhiger wurde.

»Du bist wie dein Vater«, sagte Sara. »Ganz wie dein Vater. Er war gut zu mir. Ich habe es ihm nie gesagt ... das mit Jason und Millicent ... nur daß Holt nicht mein Kind ist. Ich hatte Angst. Ich hatte Angst, John könnte es Jason vorhalten, und Jason könnte mich irgendwie einsperren lassen. Ein bißchen Geld hatte ich. Dein Vater ... wenn ich ihm schrieb ... wenn das Geld verbraucht war ... dein

Vater besuchte mich in New York. Er versuchte mir zu helfen. Ich habe eine Zeitlang gearbeitet. Er verschaffte mir eine Stelle in einem kleinen französischen Importladen, wo ich Spitzen und Stickereien ausbesserte. Ich war seit je geschickt in solchen Dingen. Aber ich blieb nicht lang. Ich konnte nie ohne das da leben.« Sie hob ihr Glas und trank es aus. »Du bist weggelaufen«, sagte Julie. »Ich ebenfalls. Auch, weil ich es gewußt habe. Allerdings nicht, daß Holt Millicents Sohn ist. Aber Holt haßt dich dafür, daß du weggelaufen bist. Holt ist . . . Holt ist anders, sonderbar . . . aber es ist nicht nur sein unausgeglichenes Temperament.«

Als hätte Julie kein Wort gesagt, fuhr Sara fort: »Sie haben mich mißbraucht. Jason hat mich nur geheiratet, weil Millicent schwanger war. Ein halbes Jahr nach unserer Hochzeit wurde Holt geboren, und als wir ein weiteres halbes Jahr später nach Hause fuhren, gaben wir ihn für ein Kind von drei Monaten aus. Alle Welt wunderte sich, wie groß er schon war.« Sie lachte. »Wenn sie die Wahrheit geahnt hätten! Aber sie dachten, Jason hätte mich schnell heiraten müssen, weil ich . . . aber ich war es nicht. – Zwischen Jason und Millicent war für niemanden Raum außer für Holt. Schließlich war er ja auch Jasons Sohn, verstehst du?«

Eigentlich, dachte Julie angeekelt, habe ich das schon die ganze Zeit gewußt. Es hätte mir niemand zu sagen brauchen.

»Warum bist du gekommen? Und warum hast du mir das erzählt?«

»Ich brauche Geld«, antwortete Sara. »Und ich dachte . . . Nun, ich wollte, daß du weißt, warum ich so geworden bin. Früher war ich hübsch. Als ich nicht mehr arbeiten konnte und auch von deinem Vater kein Geld mehr bekam, mußte ich mit Männern . . . Aber jetzt bin ich alt und sehe . . . sehe nach dem aus, was ich bin . . . was ich geworden bin . . . wozu Jason mich gemacht hat.«

Julie wollte etwas sagen, aber Sara fuhr fort, als hätte sie Julies Gedanken erraten: »Und wozu ich mich selbst gemacht habe. Aber weißt du, mir fehlte der Mut, mich umzubringen. Ich habe oft daran gedacht – die Schande, die Erniedrigung, die mir angetan worden war. Aber mir fehlte der Mut zu allem. Wenn meine Eltern noch gelebt hätten, wenn ich einen Bruder oder sonst jemanden gehabt hätte, an den ich mich hätte wenden können . . . aber ich hatte niemanden.«

»Ich kann dir etwas Geld geben«, sagte Julie. »Das hätte mein Vater auch gewollt. Aber warum hast du meinen Vater nicht eingeweiht? Wenn du ihm die Wahrheit gesagt hättest, hätte er mich nie und nimmer Jason und Millicent anvertraut.«

»Ich hatte Angst«, antwortete Sara. »Ich habe immer Angst gehabt.

Nur jetzt ist mir alles egal.« Sie stopfte das Geld, das Julie ihr gegeben hatte, in die Tasche.
»Ich kann dir jeden Monat etwas schicken«, bot Julie ihr an. »Du mußt mir nur sagen, wohin.«
»Ich habe keine feste Adresse. Aber ich kenne einen Bonbonladen und werde die Inhaber fragen, ob du Briefe für mich hinterlassen darfst. Ich schreib's dir dann.« Mit einemmal hatte sie es schrecklich eilig, fortzukommen. »Ich schreibe dir.«
Julie hatte nicht geglaubt, je wieder von Sara zu hören, aber schon am nächsten Dienstag traf ein kurzer Dankesbrief mit der Adresse des Bonbonladens ein.
Da Julie dienstags immer beim Roten Kreuz war, regelte sie die Angelegenheit gleich bei ihrer Bank und gab den Auftrag, monatlich eine kleine Summe an die angegebene Adresse zu schicken.

Irgendwann war Julie zu einem Entschluß gekommen. Das Leben war kurz und die Liebe kostbar. Was hatte sie in Amerika verloren, wenn Mark in Frankreich war? Ich werde ihm nachfahren, dachte sie laut. Und wenn ich erst einmal drüben bin, werde ich ihn sicher auch sehen. Ich werde ihn sogar öfters sehen und mit ihm zusammensein können. Wenn er erfährt, daß ich in Frankreich bin, wird er, sobald es geht, zu mir kommen.
Um als freiwillige Rotkreuzhelferin nach Frankreich geschickt zu werden, mußte sie eine Menge komplizierter Formalitäten erfüllen. Aber weil sie fließend Französisch sprach, hatte ihr Antrag Aussicht, angenommen zu werden. Zum erstenmal verspürte sie ihrer alten Schule St. Veronica und dem verhaßten Camp Joy gegenüber einige Dankbarkeit.

Anfang November hatte sie den Antrag gestellt, und im Februar fiel die Entscheidung. Die Zwischenzeit hatte sie benutzt, um noch möglichst viel zu lernen. Sie hatte an freiwilligen Einsätzen teilgenommen und Krankenhäuser und Erste-Hilfe-Kurse für Fortgeschrittene besucht.
An dem Tag, an dem Julie an Bord des Handelsschiffes *Patrick Henry* nach Frankreich in See stach, brach ein scharfer Schneesturm los. Schon im Hafen herrschte ein unruhiger Seegang, und als sie auf das offene Meer hinauskamen, trieb sie der Sturm im Rücken noch schneller durch die grauschwarzen Wogen des Atlantik.
An Bord der *Henry* befanden sich zwölf freiwillige Rotkreuzhelferinnen und fünfundzwanzig Schwestern. Sie waren in einem gesonderten Teil des Schiffes untergebracht, der vom Außendeck abgesperrt war.

»Als ob ein Mensch bei diesem Wetter an Deck wollte«, meinte Kitty Behrens, die mit Julie die Kabine teilte.
Kitty saß finster auf dem Rand der unteren Koje. Sie war fünfundzwanzig, sah aber in ihrer sanften Zuckerbäckerschönheit wie achtzehn aus. Klein und gut proportioniert, erinnerte sie an eine Meißner Porzellanfigur. Bei der Belmont-Show hätte man sie wahrscheinlich in ein Schäferinnenkostüm gesteckt, das ihren rosig-weißen Teint und das blasse Blau ihrer Augen sicher aufs vorteilhafteste zur Geltung gebracht hätte.
»Wo sind Sie her?« fragte Julie.
»Cleveland, Ohio. In den letzten zwei Jahren habe ich allerdings bei meiner älteren Schwester und deren Mann in New York gewohnt. Ich wollte Krankenschwester werden. Aber nach einem Jahr habe ich es aufgegeben. Ich kann kein Blut sehen.«
»Weiß das das Rote Kreuz?« fragte Julie amüsiert.
»Natürlich nicht. Niemand weiß das. Und Sie dürfen es auch niemandem weitersagen. Wer bezahlt mir sonst meinen Frankreich-Ausflug?«
»Warum haben Sie sich freiwillig gemeldet?« fragte Julie.
»Ich weiß nicht recht. Wahrscheinlich, weil es sich so toll anhörte. Aber Sie verstehe ich nicht. Sie haben doch ein fabelhaftes Leben in New York geführt. Ich habe selber gesehen, wie sie Sie am Pier verabschiedet haben, und außerdem kenne ich Sie von Zeitungsartikeln her. Eine herrliche Reklame für das Rote Kreuz! ›Bezauberndes Revuegirl fährt zu unseren tapferen Infanteristen, um ihr Teil zur Erringung des Friedens beizutragen.‹«
»Ich will hier keine Show aufziehen, sondern . . . ich muß einfach. Das ist alles«, sagte Julie bestimmt.
»Da steckt bestimmt ein Mann dahinter«, meinte Kitty altklug. Ihr zarter Körper schüttelte sich. »Es ist trotzdem nicht zu begreifen. Soviel Glanz und Ruhm! – Oh, ich glaube, mir wird übel.«
Ein Blick auf Kittys grünes Gesicht genügte, und Julie rannte schnell nach einem Eimer.
»Ich möchte aber nicht seekrank werden«, erklärte sie entschieden, als sich ein säuerlicher Geruch in der Kabine ausbreitete und Kitty stöhnend auf ihre Koje zurückfiel.
»Ich glaube, ich sterbe«, jammerte sie.
»Nein, das tun Sie nicht. Übrigens soll das eben das Schlimme sein – daß man nicht stirbt.«
Kitty stöhnte erneut.
Die Überfahrt dauerte nahezu zwei Wochen, und fast die ganze Zeit über herrschte ein so schwerer Seegang, daß sich Kittys Zustand kaum einmal besserte. Nur hoch im Norden klarte es endlich auf,

und aus dem strahlend blauen Himmel stach die Sonne mit einer solchen Kraft herunter, daß die Spiegelung auf dem Wasser unerträglich blendete. Julie verbrachte wie die andern, die sich auf den Beinen halten konnten, möglichst viel Zeit in der kalten Luft, ging das erlaubte Stück Deck auf und ab und turnte, wann immer es möglich war, ein bißchen, um sich von der muffigen Luft und der erstickenden Hitze in der Kabine im eisig kalten Nordwind zu erholen.

Sie aß mit gutem Appetit und versuchte nach Kräften, es der leidenden Kitty einigermaßen bequem zu machen. Nachts hielt sie im Bett Marks einzigen Brief umklammert, den sie in New York bekommen hatte. Sie hatte ihm eine Woche vor ihrer Abfahrt geschrieben, und nach ihrer Ankunft in Frankreich würde sie ihn bestimmt bald sehen. Es dauert nicht mehr lange, tröstete sie sich selbst.

Als sie am Morgen des dreizehnten Tages aufstand, war es diesig. Durch das Bullauge konnte sie die französische Küste erkennen. Sie hatten es also geschafft! Sie waren durchgekommen! Schnell zog sie sich an und weckte Kitty, um ihr das Ende der Überfahrt anzukündigen.

Beim Frühstück jedoch heulte die Sirene auf. Sie hatten sich noch ein, zwei Stunden vor der Landung so sicher gefühlt, daß sie der Alarm völlig unvorbereitet traf. Aber sie waren so gut trainiert, daß alles ganz mechanisch klappte.

Als sich die Frauen, halb erdrückt von der schweren Kleidung unter dem Rettungsring, an Deck versammelt hatten, verhielten sie sich unnatürlich still und ruhig. Ein paar Minuten später verkündete die Stimme des Ersten Offiziers, daß es leider falscher Alarm gewesen sei. Die Landung werde, wie vorgesehen, in etwa einer Stunde erfolgen. Und plötzlich, nachdem die Gefahr vorüber war, brachen die siebenunddreißig Frauen in Tränen aus und fielen einander um den Hals, bis schließlich das Weinen in Lachen überging, während zwei Matrosen, denen sie im Wege standen, sie auseinanderzutreiben versuchten.

14

Eine Woche vor Ostern schrieb Julie an Madeline: »Frankreich mag im Krieg sein, aber in Paris merkt man kaum etwas davon. Vielleicht ist es nicht ganz so lustig wie in New York, aber trotzdem vermag man nicht zu glauben, daß hundertzwanzig Kilometer entfernt gekämpft wird.« Sie hielt inne und kaute am Federhalter. Die Luftangriffe erwähnte sie wohl lieber nicht. Sie waren ohnehin selten und hatten bis jetzt kaum Opfer unter der Zivilbevölkerung gefordert.

Sie las ihren Brief noch einmal durch. Bis jetzt klang er eher nach einem geruhsamen Urlaub. »Von Mark habe ich diesen Monat noch nichts gehört«, fuhr sie fort. »Seine Kompanie ist den britischen Streitkräften an der Somme zugeteilt worden. Ich weiß nicht, wann ich ihn sehen kann. Das Hauptquartier des Roten Kreuzes liegt mitten in der Stadt. Ich teile ein Zimmer mit einem Mädchen aus Ohio, Kitty Behrens. Wir wohnen in der Nähe der Rotkreuzdienststelle und können vom Fenster aus den Kirchturm von St-Gervais sehen. Die Leiterin der Dienststelle heißt Mrs. Jones und ist eine etwa fünfzigjährige Frau, sehr groß und sehr stark, die uns alle ganz schön herumkommandiert.

Im übrigen ist das Leben hier nicht viel anders als in New York. Wir versorgen die Soldaten mit Kuchen und Kaffee, wickeln Binden, verpacken Medikamente und erledigen Büroarbeiten. Bis jetzt habe ich noch keinen amerikanischen Verwundeten gesehen außer einem Ambulanzfahrer, der sich das Bein gebrochen hat, als sein Auto gegen eine Mauer fuhr.«

Wieder legte sie eine Pause ein. Was konnte sie noch schreiben? Weder das Haus, in dem sie wohnte, noch die große, glückliche Familie Gautier, der das Gebäude samt der Bäckerei im Erdgeschoß gehörte, würden Madeline oder Lew sonderlich interessieren. Eher schon Monique Gautier, die mit fünfzehn bereits eine große Schönheit zu werden versprach.

Seit Julie und Kitty das Zimmer in der Mansarde bezogen hatten, war Monique fast jeden Abend heraufgekommen und hatte, scheu auf dem Bettrand sitzend, unermüdlich Fragen über Amerika gestellt. Und wenn ihr Julie Geschichten aus New York, vom Theater oder aus ihrem eigenen Leben erzählte, glühten ihre großen, ausdrucksvollen Augen vor Bewunderung.

»Nicht einmal hier lassen sie dich in Ruhe«, sagte Kitty einmal. Sie duzten sich inzwischen. »Theater bedeutet eben Ruhm und Glanz, und selbst Monique, die schon jetzt dazu verdammt ist, einmal eine simple Hausfrau zu werden, träumt davon, ein Star zu werden.«

Julie mußte lächeln. Ganz traf das bei Monique Gautier nicht zu. Sie war neugierig, intelligent und interessiert an einer Lebensform, die sie nicht kannte. Im übrigen ging ihr Leben ganz in der Schule, im Haushalt und im Laden auf, wo sie ihren Eltern half.

Es klopfte leise an die Tür, und auf Julies »*Entrez!*« steckte Monique den Kopf herein.

»Wenn man vom Teufel spricht . . .« meinte Julie lachend.

»*Pardon?*«fragte Monique.

»Nichts. Ich habe nur gerade an dich gedacht. Komm herein, Monique.«

»Nein, danke. Meine Mutter läßt fragen, ob Sie Lust hätten, mit uns Schokolade zu trinken?«
»Mit Vergnügen.« Julie legte den halbfertigen Brief beiseite und folgte Monique.
Die Gautiersche Wohnung war klein und mit den Sachen der sechs Kinder vollgestopft, aber sie wirkte sehr anheimelnd. Die kleineren Kinder lagen bereits im Bett. Auf dem Tisch standen der große geblümte Schokoladentopf, Butter und Marmelade, und in der Mitte lag ein frisch angeschnittenes Brot.
Madame Gautier begrüßte Julie mit einem Lächeln, während sich Monsieur Gautier von seinem Platz am Ofen erhob, um ihr einen Stuhl anzubieten.
»Es ist kalt heute abend, deshalb habe ich Schokolade gekocht«, meinte Madame Gautier. »Leider ist es etwas eng bei uns, und weil wir wegen der Flugzeuge immer die Vorhänge zuziehen müssen, fühlt man sich so eingesperrt.«
Julie fiel es schwer, eine Ähnlichkeit zwischen Monique und ihren Eltern festzustellen. Madame Gautier war fast so groß wie sie selbst, mit breiten, schweren Hüften. Sie hatte ein einfaches Gesicht, das ganz von den wachen schwarzen Augen beherrscht wurde. Ihr Mann, etwas kleiner als sie, hatte ein längliches Gesicht mit hellen braunen Augen. Er war fünfzehn Jahre älter als seine Frau und bereits ergraut. Und diese so durchschnittlichen Leute hatten eine Schönheit wie Monique zur Welt gebracht!
»Ohne meine Schwester, die im Süden einen Bauernhof hat und uns jede Woche etwas zu essen schickt«, meinte Madame Gautier, »hätten wir nicht so reichlich Butter und Marmelade und Käse.«
Monsieur Gautier räusperte sich. »Der Krieg dauert eben zu lange«, meinte er. »Der letzte war schon nach einem Jahr vorbei.«
»Na und?« meinte seine Frau. »Dafür haben wir ihn auch verloren. Diesen dagegen werden wir gewinnen.«
»Hoffen wir's«, erwiderte er. »Vielleicht glückt es mit Hilfe der Amerikaner tatsächlich.« Er lächelte Julie zu. »Jedenfalls sollen sich die amerikanischen Truppen, den ersten Berichten nach zu schließen, sehr tapfer schlagen.«
»Sie, Julie«, meinte Madame Gautier, »werden auch recht froh sein, wenn der Krieg vorbei ist und Sie Ihren jungen Mann wiederhaben. Es war recht mutig von Ihnen, hierher nach Frankreich zu kommen. Aber ihr Amerikanerinnen seid eben viel selbständiger als wir Französinnen.«
»Ich weiß nicht, ob das stimmt«, antwortete Julie. »Unternehmungslustiger vielleicht.«
»Doch, ich halte Sie für mutig, Mademoiselle«, mischte sich

Monique scheu ein. »Ich würde nicht gern so weit von zu Hause weggehen. Ich käme mir da viel zu einsam vor.« Sie wurde rot und schlug die Augen nieder.

»Was redest du da?« warf ihr Vater ein. »Du bist noch viel zu jung, um daran zu denken, von zu Hause fortzugehen.«

»Ja, Papa«, antwortete Monique.

»Hör sich einer den Mann an!« Madame Gautier lachte. »Fünfzehn ist freilich noch jung. Aber lang wird es nicht mehr dauern, und Monique heiratet. Sie wartet bestimmt nicht, bis sie eine alte Frau von achtundzwanzig ist.«

»*Alors*«, sagte Monsieur Gautier, zu Julie gewandt, »uns blieb damals nämlich nichts weiter übrig, als zu warten. Erstens einmal war ich ihrem Vater nicht reich genug. Und dann mußte ich erst das Haus hier und den Laden abbezahlen, ehe er seine Zustimmung gab. Das hat sieben Jahre gedauert. Und ich war ohnehin nicht mehr der Jüngste.«

»Erzähl doch, was Großvater damals gesagt hat, Papa«, drängte Monique.

»*Alors*, mein Schwiegervater war Bauer, müssen Sie wissen. Und ich war ein einfacher Bäcker, noch dazu in diesem Sündenbabel Paris. Wäre ich ein reicher Bäcker gewesen, hätte er mir vielleicht noch verziehen. Aber so mußte ich obendrein ein Dummkopf sein. Noch am Hochzeitstag sagte er zu meiner Braut: ›Also wenn du diesen Idioten schon unbedingt heiraten mußt, dann wundere dich nicht, wenn er dich eines Tages in den Backofen schiebt und an deiner Stelle Brot mit ins Bett nimmt.‹«

Alle lachten, als hätten sie die Geschichte noch nie gehört. »Er hat es dann aber nicht getan«, sagte Madame Gautier freundlich. »Ich hatte nie irgendwelche Zweifel. Anfangs sagte ich immer: ›Schön, dann warte ich eben noch.‹ Mein Vater hoffte nämlich, daß ich mich in einen andern verlieben würde, wenn wir einander so lange nicht sähen. Aber ich hatte Vertrauen und glaubte an ihn, und dann war die Zeit auch schon vorbei, und wir konnten heiraten.«

»Haben Sie die ganze Zeit im Süden auf dem Land verbracht, während Monsieur Gautier in Paris war?« fragte Julie.

»Natürlich. Manchmal habe ich ihn monatelang nicht gesehen ... einmal sogar über ein Jahr nicht. Aber« – sie zuckte vielsagend die Schultern – »wenn zwei zusammengehören, kriegen sie sich auch, mögen die Väter sagen, was sie wollen.«

Sie wechselte einen Blick mit ihrem Mann, und Julie sah, wie es in ihren Augen aufleuchtete. Sehnsucht überkam sie, und sie dachte: Jetzt werde ich endgültig sentimental.

»Ja«, stimmte ihr Monsieur Gautier zu, als wäre er das Echo seiner

Frau, »mögen die Väter sagen, was sie wollen.«
»Nun, dann denk auch daran, wenn es bei Monique einmal soweit ist«, lachte seine Frau.
»Aber ich will gar nicht heiraten«, warf Monique ein.
»Ach, das habe ich auch immer behauptet. Aber warte nur, bis der Richtige kommt«, erwiderte ihre Mutter freundlich.
Monique verstummte. Die Höflichkeit verbot ihr, mit ihrer Mutter zu streiten.

Marks Kompanie war nun schon seit drei Monaten im Einsatz. Eigentlich stand den Männern in nächster Zeit ein Kurzurlaub in Paris zu. Aber das konnte sich auch noch bis zum Herbst hinziehen. Julie ging ans Fenster, öffnete es und lüftete einen Zipfel der Verdunklung, um auf die Dächer und den sanft im Mondlicht schimmernden Kirchturm von St-Gervais zu schauen. Kitty war noch nicht zurück, und Julie bedauerte es schon, nicht mit ihr und ihrem Freund Michel, einem von Kittys vielen Soldatenverehrern, ausgegangen zu sein. Im Zimmer war es zum Ersticken heiß.
Julie machte die Lampe aus und zog die Vorhänge zurück, um das Fenster zu öffnen und die Nachtluft hereinzulassen. Sie beugte sich hinaus und holte tief Luft. Wie stets, wenn sie eine freie Minute fand, wanderten ihre Gedanken zu Mark. Sosehr sie sich nach ihm sehnte und so schmerzlich es war, ihm so nahe und doch so fern zu sein, so tröstlich war doch der Gedanke, daß die Entfernung zwischen ihnen nicht groß war und daß ihr zumindest die Hoffnung blieb, ihn bald wiederzusehen.
Im Norden war dumpfes Donnern zu hören. Julie zog sich rasch ins Zimmer zurück, schloß das Fenster, zog die Vorhänge zu und zündete die Lampe wieder an. Offensichtlich ein deutscher Luftangriff. Automatisch bekreuzigte sie sich, eine Gewohnheit, die sie in letzter Zeit angenommen hatte, und murmelte ein wortloses Gebet.
Das winzige Zimmer, das sie mit Kitty teilte, bot keine Möglichkeit, auf und ab zu gehen. Zwei Betten, ein Schrank und ein Tisch, der auch als Schreib- und Frisiertisch diente, ließen gerade Platz genug zum Stehen.
Seufzend begann sich Julie langsam auszuziehen, als plötzlich das Zimmer erzitterte. Unmittelbar darauf folgte eine laute Explosion. Sekunden später fegte Kitty mit vor Entsetzen weit aufgerissenen Augen ins Zimmer.
»Weiß Gott, was los ist«, sagte sie. »Keine Flugzeuge und trotzdem Bomben. Hast du die letzte gehört?«
»Ja, aber es müssen Flugzeuge da sein. Die Deutschen sind zu weit entfernt, um uns mit Kanonen beschießen zu können.«

»Wirklich?« Kittys Zähne schlugen aufeinander. »Michel war überzeugt, daß irgend etwas nicht in Ordnung ist. Er ist in die Kaserne zurück.«

»Wir werden bald genug die Wahrheit erfahren«, antwortete Julie. Sie legte sich ins Bett, während Kitty unentschlossen auf der Bettkante sitzen blieb. »Es ist hier eigentlich gar nicht so toll«, meinte sie nachdenklich.

»Ach, ich weiß nicht.« Julie lächelte. »Dir geht es doch gut. Du bist der Liebling der französischen Soldaten, gehst jeden freien Abend aus, trinkst und ißt vornehm zu Abend und erlebst Paris wie ein amerikanischer Tourist. Ich dagegen sitze bloß herum, schreibe Briefe oder lese.«

»Dafür bin ich auch nicht verliebt«, erwiderte Kitty. »Und bis jetzt kann ich mir auch niemanden vorstellen, der mir so wie dir den Kopf verdrehen könnte. Mark muß schon ein fabelhafter Mann sein, daß du ihm zuliebe sogar das Theater aufgegeben hast und nach Frankreich gegangen bist.«

»Ist er auch«, entgegnete Julie kurz. »Aber leg dich jetzt endlich hin. Du siehst doch, es ist wieder alles ruhig. Keine Bomben mehr.« Sie drehte sich um und zog die Decke über den Kopf.

»Du hast Nerven«, beschwerte sich Kitty. »Wahrscheinlich würdest du selbst im Schützengraben noch behaupten, das Feuer würde im nächsten Augenblick eingestellt.«

»So gut sind meine Nerven nun auch wieder nicht«, erwiderte Julie trocken. »Aber ich kann nicht einsehen, warum ich mich über etwas aufregen soll, was ich für unmöglich halte. Also komm, Kitty, und laß mich endlich schlafen.«

Als sie jedoch am folgenden Nachmittag in ihre Dienststelle kamen, herrschte große Aufregung. Die Deutschen hatten Paris aus über hundertzwanzig Kilometer Entfernung beschossen, und zwar nicht nur einmal. Also war mit weiteren Beschießungen zu rechnen. Panik machte sich breit, und schon jetzt flohen viele Pariser aufs Land.

»Durch die zweite Granate sind acht Menschen ums Leben gekommen und Dutzende verletzt worden«, teilte Kitty Julie mit. »Aber du hast es für unmöglich erklärt. Ich hätte doch auf Michel hören ...«

»Und was tun sollen?« fiel ihr Julie ins Wort. »Die ganze Nacht aufbleiben? Mir jedenfalls passiert nichts. Das weiß ich ganz sicher.«

»Ich wollte, ich wäre so ruhig wie du«, antwortete Kitty nervös. »Aber schau mich an, meine Hände zittern richtig.«

Julie antwortete nicht. Sie beherrschte nur ein Gedanke: Wenn sie Paris verließ, konnte sie Mark unmöglich wiederfinden. Und die Angst, daß aus den Monaten der Trennung wieder Jahre werden könnten, war stärker als alle anderen Befürchtungen. Während der

ganzen Woche wurde die gelegentliche Beschießung fortgesetzt, ohne jedoch ernsthaften Schaden anzurichten. Die Panik legte sich, und obwohl es Karwoche war, erwachte das gesellige Treiben der Stadt allmählich zu gewohntem Leben. Am Karfreitag allerdings war es ungewöhnlich still. Als Julie das Haus verließ, stieß sie mit Madame Gautier zusammen, die ihre beiden jüngsten Töchter bei sich hatte.
»*Bonjour*«, begrüßte sie Madame Gautier. »Ich . . . komme . . . ach . . .« Sie brach ab und lächelte. Dann fuhr sie fort: »Angesichts der vielen Amerikaner und Engländer, die in Paris sind, sollte ich eigentlich ein bißchen Englisch können. Aber es fällt mir sehr schwer. Der Kopf macht nicht mehr mit.« Sie klopfte sich gegen die Stirn.
»Man muß täglich üben«, erwiderte Julie.
»Dafür fehlt mir die Zeit. Bei fünf Mädchen und zwei Jungen und einem Mann steht man den lieben langen Tag am Herd. Übrigens, schönes Wetter heute, nicht wahr?«
»Ja, und zur Abwechslung einmal ganz ruhig. Ihr seid ja heute schon recht früh auf den Beinen«, meinte Julie und lächelte den rotbackigen kleinen Mädchen zu.
»Ich habe sie in die Kirche mitgenommen. Monique bereitet inzwischen das Frühstück. Die andern schicke ich hinterher mit ihr zum Gottesdienst. Ich weiß wahrhaftig nicht, was ich ohne das Mädchen täte.«
»Ein hübsches Kind«, sagte Julie, »und schon sehr erwachsen für ihr Alter.«
»Sie hat seit je eine Menge Verantwortung tragen müssen«, seufzte Madame Gautier. »Aber die andern sind so schnell gekommen. Fünf Jahre lang hat sie mich ganz für sich gehabt, und dann, mit einem Schlag, sind die andern sechs nachgekommen. Kein Wunder, daß sie Nonne werden will.«
Monique? dachte Julie verwundert. Monique mit dem hübschen ovalen Gesicht und den dunklen, ausdrucksvollen Augen und mit einem Gang, daß ihr alle Jungen hinterherschauten?
»Ja, Monique ist sehr fromm. Heute nachmittag will sie den Kreuzweg beten und dann noch am letzten Nachmittagsgottesdienst teil nehmen. Meine Älteste ist einfach zu gut. Die anderen, na, das sind Racker.« Sie scheuchte die kleinen Mädchen die Treppe hinauf.
»*A bientôt*«, rief sie Julie zu.
»*A bientôt*«, antwortete sie und winkte zurück. Es war wirklich ein herrlicher Tag! Sie hätte für ewig in Paris bleiben mögen.
Am Nachmittag packte sie Medikamente für die Frontlazarette zusammen. Kitty half ihr dabei.
Gerade stellte Julie ein Paket beiseite, da zerriß eine ohrenbetäubende Explosion die Stille. Die Granate mußte ganz in der Nähe explo-

diert sein, denn gleichzeitig mit dem Schlag zerbarst eines der Fenster.

Bevor sie sich noch von dem Schreck hatten erholen können, flog die Tür auf, und ein Mann kam hereingestürzt und schrie auf französisch: »*M'aidez, m'aidez! St-Gervais, elle est détruite ... des bombes ... Mon Dieu, les femmes, les petits ... beaucoup de petits enfants ...*« Seine Stimme erstickte in Schluchzen.

»Lieber Gott«, rief Julie. »Sie haben St-Gervais getroffen, und es waren Frauen und Kinder drin ... »*S'il vous plaît*«, fragte sie den weinenden Mann, »*est-ce qu'il y a beaucoup de blessés ou ... ou plus de morts?*«

»*La même chose. La même chose*«, erwiderte er. »*Dépêchez-vous, mademoiselle.*«

»Was sagt er?« fragte Kitty.

»Daß es ebenso viele Verwundete wie Tote in der Kirche gibt. Du bleibst da, Kitty, und wartest auf Mrs. Jones und sagst ihr, was passiert ist. Und ruf bitte die Ambulanz und die Feuerwehr an. Irgend jemand muß mit mir gehen und mir die Erste-Hilfe-Ausrüstung tragen.«

Der Anblick, der sich ihnen auf der Straße bot, war grauenhaft. St-Gervais, bis auf den letzten Platz mit Frauen und Kindern vollgestopft, hatte einen Volltreffer erhalten. Die Verwundeten strömten aus den zertrümmerten Mauern, einige zu benommen, um zu reden, und andere unter lautem Weinen.

Eine Frau packte Julie mit blutverschmierten Händen am Arm und schrie: »Mein kleiner Sohn. O bitte, ich bringe ihn nicht heraus!«

Julie folgte ihr in die Kirche. Das Schiff war ein einziger Trümmerhaufen. Überall lagen Tote und Sterbende. Sie stolperte über irgend etwas, und als sie hinschaute, sah sie, daß es das abgerissene Bein eines Mannes war. Es steckte in einer blauen Wollhose.

»Hierher, hierher!« rief die Frau, und Julie folgte ihr zu einer zersplitterten Kirchenbank, unter der das blasse Gesicht eines kleinen Jungen hervorschaute. Julie beugte sich zu ihm hinunter, fühlte ihm den Puls und legte das Ohr auf seine Brust. Kein Lebenszeichen. Seine Augen waren geschlossen. Sie konnte keine äußere Verletzung entdecken. Sie versuchte, ihn wiederzubeleben; aber als sie den kalten Mund beatmete, wußte sie, daß es hoffnungslos war.

»Ziehen Sie ihn doch heraus!« schrie die Mutter. »Ziehen Sie ihn heraus!«

Julie machte sich daran, den Schutt beiseite zu räumen. Endlich konnte sie den Jungen hochheben.

»Geben Sie ihn mir!« bat die Frau.

»Bitte«, sagte Julie sanft. »Er ist ... er ...« Sie konnte das Wort nicht herausbringen. Aber es war auch gar nicht nötig. Die Mutter begriff auch ohne das und riß Julie das Kind aus den Armen. Sie redete auf es ein, flehte es an, etwas zu sagen, schüttelte es, als ob sie es dadurch zum Leben erwecken könnte. Doch die dünnen Arme sanken nur schlaff hinunter, und der Kopf fiel zurück. Die Frau schrie gellend auf.

Auch wenn sie hundert Jahre alt werden würde, nie würde Julie diesen Schrei vergessen können. In ihm lag alles Elend der Welt. Als er verklungen war, schien aus der Frau alles Leben gewichen zu sein. Ihr Gesicht glich einer offenen Wunde. Julie wandte sich erschüttert ab.

Sekundenlang war Julie unfähig, sich von der Stelle zu rühren. Dann hörte sie ihren Namen rufen. Mrs. Jones war eingetroffen. Als Julie ihre große, beherrschende Gestalt erblickte, fühlte sie ihre Kraft wiederkehren.

Sie arbeiteten Stunden um Stunden und gingen den Krankenpflegern und Ärzten bei der Versorgung der Verwundeten zur Hand. Und während auf der Straße Klappbetten aufgeschlagen und von den benachbarten Häusern Decken gebracht wurden, mobilisierte Mrs. Jones ihre ganze Dienststelle. Sie ließ heiße Suppe und Kaffee austeilen, die Angehörigen der Verwundeten ausfindig machen und Name und Adresse derer aufschreiben, die ins Krankenhaus gebracht wurden. Außerdem beantwortete sie die zahllosen Fragen besorgter Verwandter.

Bei Einbruch der Dunkelheit setzten die Rettungskolonnen, die die Trümmer nach Verwundeten und Toten durchsuchten, ihre Arbeit beim Licht von Fackeln fort, wodurch die Szenerie noch gespenstischer wurde.

Eine endlose Folge von Tragbahren mit Toten und Verwundeten reihte sich aneinander. Auf einer lag auch die junge Monique Gautier, die Augen geschlossen, das schöne ovale Gesicht und die langen Haare von Blut und Dreck verschmiert.

»Monique«, flüsterte Julie und beugte sich über sie.

»Sie ist bewußtlos«, sagte eine Stimme. Als Julie aufschaute, erblickte sie die beiden Gautiers. Angst und verzweifelte Hoffnung spiegelten sich auf ihren Gesichtern wider.

»Mein Engel«, sagte Madame Gautier: »Mein erstes Kind!«

Julie empfand den Schmerz der Frau, als wäre es ihr eigener. »Sie lebt«, sagte sie rasch. »Sie lebt. Und sie wird wieder gesund werden.«

Es war schon fast Mitternacht, als die Arbeiten endlich abgeschlossen waren. Erschöpft schleppte sich Julie die lange, schmale Treppe zu ihrem kleinen Dachzimmer hinauf. Sie war elend an Leib und Seele von all dem Leid, das sie gesehen hatte, und viel zu kaputt, um an Es-

sen zu denken. Kitty hatte schon vor Stunden die erstbeste Gelegenheit benutzt und sich aus dem Staub gemacht. Irgendwo in der Stadt tröstete sie irgendwelche Hinterbliebenen ... und womöglich erzählte sie die Geschichte auch bloß dem Soldaten, den sie sich für diesen Abend ausgesucht hatte.
Ohne sich auszuziehen, warf sich Julie aufs Bett. Als sie die Augen schloß, sah sie alles noch einmal vor sich: die Verstümmelten, die Verzweifelten, die Toten. Und es dauerte lange, ehe sie in Schlaf sank, in den Schlaf der äußersten Erschöpfung. Trotzdem wachte sie schon beim ersten Morgengrauen mit schmerzendem Leib und bedrücktem Gemüt wieder auf.

Das Massenbegräbnis für die fast neunzig Opfer des Angriffs fand am folgenden Dienstag, einem milden Apriltag, statt. Madame Gautier zuliebe nahm Julie daran teil; denn Monique war noch am Samstag ihren Verletzungen erlegen.
Die Kirche war mit Trauernden überfüllt. Die Aufzählung der Toten schien nicht enden zu wollen. Unter ihnen waren auch die Namen von Mathilde Thibault, Renée Dupres und Monique Gautier. Mitleid und Kummer schnürten Julie die Kehle zu.
»Mögen ihre Seelen in Frieden ruhen«, stimmte der Priester an.
»Und im ewigen Licht leben«, murmelte Julie gemeinsam mit den übrigen.
Nach dem Ende der Messe erhob sich die Gemeinde und schaute schweigend zu, wie die Särge, gefolgt von den trauernden Angehörigen, den Gang hinuntergetragen wurden. Dann schlossen sich die übrigen der Prozession an. Sie traten hinaus in das blendende Licht des strahlenden Frühlingstages, der vom vielstimmigen Gesang der Vögel widerhallte.
Der Angriff auf St-Gervais war nur der Auftakt gewesen. Aber schon nach ein, zwei Wochen fand sich Paris mit der Tatsache des Dauerbeschusses ab. Wenn man Glück hatte, war man nicht dort, wo es einschlug. Wenn man freilich Pech hatte ... *bien* ... dann ließ sich's eben nicht ändern.
Mitte April war die Tragödie von St-Gervais schon weitgehend vergessen. Nur in den Straßen rings um die Kirche, deren Reste wie ein ernstes Mahnmal in den Himmel ragten, sprachen die Leute noch davon. Und auch im Hause der Gautiers erinnerten die traurigen Gesichter der Kinder und Eltern Julie und Kitty ständig an das, was geschehen war.
»Ich wünschte, wir könnten irgendwo anders wohnen«, meinte Kitty schließlich. »Es ist schrecklich, das Tag für Tag mit anschauen zu müssen.«

»Zieh doch um«, schlug Julie vor.
Kitty wurde rot.
»Ich weiß schon, ich bin egoistisch. Ich möchte auch nur dann gehen, wenn du mitkommst. Es ist nur . . . wenn ich sie sehe und an ihr Unglück denke, komme ich mir immer ganz schäbig vor, weil ich manchmal so fröhlich bin.«
»Sei nicht albern, Kitty. Wir leben nur einmal. Und mit einem langen Gesicht herumzulaufen hilft ihnen auch nichts.«

Gegen Ende April trafen die ersten Amerikaner von der Front in Paris ein. Amerikanische Verwundete wurden aus den Frontlazaretten in die Krankenhäuser überführt, und für die Mitarbeiter des amerikanischen Roten Kreuzes gab es viel zu tun.
Oft kam Julie, die abwechselnd in der Dienststelle, in der Kantine und abends im Krankenhaus tätig war, erst kurz vor Mitternacht nach Hause. Selbst Kitty konzentrierte sich jetzt mehr auf die Arbeit.
Julie lebte wie im Traum. Die Hoffnung, von Mark zu hören, hatte sie beinahe aufgegeben. Um so fassungsloser war sie, als sie ihn eines Tages beim Betreten der Kantine erblickte, wie er an der Theke lehnte und sich von Kitty eine Tasse Kaffee geben ließ. Ein paar Minuten lang stand sie wie angewurzelt, dann ging sie zu ihm hin und zupfte ihn am Ärmel.
»Mark?« sagte sie in hohem, fragendem Ton. Er fuhr wie vom Blitz getroffen herum und hätte fast seinen Kaffee ausgeschüttet.
»Julie«, antwortete er. »Ich war schon bei dir zu Hause. Ich habe dich überall gesucht. Wir sind erst heute morgen angekommen.« Er hielt noch immer die Tasse in der Hand, und ihre Hand lag noch immer auf seinem Arm.
»Schön, daß du da bist«, sagte sie. Sie redeten ruhig miteinander, fast förmlich, aber ihre Augen sprachen eine andere Sprache.
»Wann bist du fertig?« fragte er.
»In etwa einer Stunde«, antwortete sie.
Er stellte die Tasse zurück, obwohl er noch keinen Schluck getrunken hatte, und zog sie von der Theke weg.
»Komm zu mir ins Hotel«, sagte er leise. »Ich weiß noch nicht, wie lange wir hier bleiben, werde es aber in Kürze erfahren. Jedenfalls habe ich mir in einem kleinen Hotel in der Nähe des Boulevard Montparnasse ein Zimmer genommen. Es heißt Picardy. Kennst du es?«
Sie nickte.
Er nahm ihre Hand und drückte sie, und sie schob ihre Hand in seine und streichelte seinen Handrücken mit dem Daumen.

»Du hast mir so gefehlt«, sagte er. »Ich hätte dich verprügeln mögen, als ich erfuhr, daß du nach Paris gegangen bist. Aber jetzt bin ich verdammt froh, daß du hier bist.«

»Ich hätte beinahe schon aufgegeben«, erwiderte sie mit unsicherer Stimme. »Ich habe so lange nichts von dir gehört, und . . .«

»Und die deutsche Großoffensive an der Somme und danach bei Lys«, ergänzte er. »Sie haben uns ganz schön herumgejagt. Demnächst sollen wir zu den Franzosen kommen.«

»Ist deine ganze Kompanie hier?« fragte sie.

»Ja. Wir haben mehr Glück gehabt als Verstand. Ich konnte sogar Lindstrom vor dem Ärgsten bewahren.« Er grinste.

»Wer ist Lindstrom?«

»Du solltest lieber fragen: *Was* ist Lindstrom«, meinte Mark. »Wenn etwas schiefgeht, erwischt es ihn bestimmt als ersten. Vermutlich wird er als einziger die Armee nach vier Jahren als einfacher Gemeiner verlassen. Aber reden können wir später.« Er warf einen Blick auf die Uhr. »Jetzt ist es fünf. Sagen wir um sieben im Picardy. Zimmer vierzehn, dritter Stock.«

Er ließ ihre Hand noch immer nicht los, und einen Augenblick verweilten sie Seite an Seite. Sie spürte ihn mehr, als daß sie ihn sah, als ob elektrische Ströme vom einen zum anderen flossen.

»Bis heute abend also.«

Julie empfand eine sonderbare Ruhe, nachdem Mark gegangen war. Sie löste Kitty hinter der Theke ab und entwickelte bei der Ausgabe von Kaffee, Kuchen und amerikanischen Zigaretten eine solche Geschwindigkeit, daß sie selbst überrascht war. Um sechs kam Kitty zurück, und Julie machte sich aus dem Staub, um schnell nach Hause zu laufen und sich umzuziehen.

Kurz nach sieben betrat Julie das Picardy und ging, ohne beim Portier haltzumachen, direkt zu dem mit einem schmiedeeisernen Gitter versehenen Aufzug. Sie war sich selbst ganz fremd, und als ihr Mark die Tür öffnete und sie ins Zimmer zog, schlang sie ihm nicht, wie sonst immer, die Arme um den Hals.

Statt dessen stellte sie ihre Tasche ab, zog den Mantel aus und schaute sich im Zimmer um. Es war dreimal so geräumig wie das, das sie mit Kitty teilte. Gegenüber dem Kamin stand ein mächtiges Himmelbett an der Wand, der Teppich war weich und dick, und selbst der massive geschnitzte Schrank und die Kommode nahmen dem Zimmer nichts von seiner Größe. Die Fenster gingen auf einen kleinen, hübschen Garten hinaus, der in der hereinbrechenden Dämmerung ein Bild des Friedens bot.

Sie drehte sich zu Mark um, der bei der Tür stehengeblieben war,

und sagte: »Ein hübsches Zimmer, Mark – das hübscheste, in dem wir bisher miteinander waren.«
»Das Beste ist gerade gut genug für dich«, antwortete er und schaute sie fragend an.
Sie wandte sich wieder dem Fenster zu und meinte: »Auch die Aussicht ist hübsch.«
Dann hörte sie ihn durchs Zimmer kommen und hinter sich treten; doch sie drehte sich nicht um.
Da legte er seine Arme um sie und verschränkte sie unter ihren Brüsten, beugte den Kopf zu ihrem Hals hinunter und begann sie sanft hinters Ohr zu küssen. Leise fragte er zwischen den Küssen: »Was ist, Julie?«
»Ich weiß nicht. Ich komme mir selber kindisch vor, aber ich fühle mich ...« Sie wollte sagen: Ich fühle mich so fremd dir gegenüber. Aber sie schluckte den Satz hinunter.
»Fühlst du was?« drängte er und drehte sie in seinen Armen herum, so daß ihr Gesicht an seiner Brust lag. »Schau mich bitte an«, forderte er.
Sie hob die Augen, und sofort spürte sie das alte Fieber in ihren Adern brennen, als sie in sein dunkles, undurchdringliches Gesicht und seine samtbraunen Augen blickte.
»Julie«, hauchte er an ihrem Mund. Plötzlich drehte sich das Zimmer um sie, und ihr Körper wurde von einer Flut von Gefühlen fortgerissen. »Ich habe von dir geträumt und mich manchmal so sehr nach dir gesehnt ...«
»Pst!« unterbrach sie ihn. »Ich bin ja da.« Alle Ängste und Sehnsüchte und alle versagte Liebe flossen in eine einzige große Empfindung zusammen. Wie sehr ich ihn liebe! dachte sie erstaunt. Ich liebe alles an ihm: seine Haut, seinen Haarwuchs, die breite Festigkeit seiner Hände, die dunklen Haare auf seiner Brust und seinen Geruch. Wie auf einer Woge wurde sie davongetragen.
Als sie später noch wach dalag, während er, den Kopf an ihrer Schulter, schon eingeschlafen war, nahm sie ihn in die Arme und hielt ihn wie ein Kind. Jedesmal, wenn sie zusammen waren, schien ihre Liebe zu wachsen, sich zu wandeln und zu vertiefen, als befande sie sich auf einer nicht endenden Entdeckungsreise, bei der sie auf immer neue, noch köstlichere Schätze stieß. Er bewegte sich sacht, und sie zog die verrutschte Decke über sie beide und wickelte ihn zärtlich ein, ohne ihn dabei aus den Armen zu lassen. Sein Kopf sank tiefer, und sie fühlte sein Haar an ihrem Mund. Sie beugte sich hinunter, um seinen Kopf zu küssen, und endlich schlief auch sie ein, ihre Lippen in seinem Haar.

15

Diese Woche war die glücklichste, die Julie seit Jahren erlebt hatte. Trotz der Bombenangriffe und trotz der wachsenden Arbeitslast war sie fröhlich und guter Dinge – wie in jenem Sommer vor drei Jahren. Sie bat um drei Tage Urlaub und bekam ihn auch.
»Sie haben ihn verdient«, meinte Mrs. Jones, die nur selten Komplimente machte.
»Mir hätte Mrs. Jones keinen Urlaub gegeben«, bemerkte Kitty, als sie sich abends beim Umziehen trafen. »Wahrscheinlich ist sie der Überzeugung, ich tue ohnehin nicht allzuviel. Und das stimmt ja auch«, fügte sie hinzu.
»Hättest du Lust, auszugehen?« fragte Julie. »Mark möchte mir ein paar seiner Freunde vorstellen: Dan, seinen Lieutenant, und Jim Malone, seinen Sergeant.«
»Wie ist denn dieser Dan Sebastian?«
»Keine Ahnung. Ich kenne ihn ja selber nicht. Aber verliebe dich nicht in ihn. Soviel ich weiß, hat er daheim eine Verlobte.«
»Zum Glück ist Michel diese Woche nicht in Paris«, entgegnete Kitty. »Der Mann entwickelt allmählich Besitzansprüche. Man könnte meinen, ich wäre mit ihm verheiratet. Wie gefällt er dir eigentlich, Julie?«
Michel? Julie dachte nach. Sie hatte ihn nur zwei- oder dreimal gesehen. Er war mittelgroß, schlank und hatte ein schmales Gesicht mit einem dichten Bart. Er war leise und ein bißchen schüchtern; aber nach Kitty war er offensichtlich ganz verrückt.
»Ich kenne ihn zuwenig«, erwiderte sie.
»Das habe ich mir schon gedacht. Er gefällt dir nicht.«
»Das ist doch dummes Zeug, Kitty. Ich kenne ihn nur nicht. Er scheint nett zu sein und sieht gut aus«, log Julie, ohne mit der Wimper zu zucken.
»Ja, nett ist er. Und mir ist er der Liebste von allen. Darum darfst du ihm auch nicht verraten, daß ich in seiner Abwesenheit mit Dan ausgegangen bin.«
»Fällt mir doch nicht im Traum ein«, versicherte Julie. »Aber vielleicht gefällt dir Dan auch gar nicht.«
Sie hätte nicht mehr danebentippen können, erzählte Julie später Mark. »Schau sie dir bloß an«, sagte sie und deutete zur Tanzfläche hinüber, wo Dan Kitty in den Armen hielt.
»Die reinste Kriegsromanze.« Mark grinste. Jim Malone murmelte etwas Unverständliches und stand auf.
»Hat mich gefreut, Sie kennenzulernen«, sagte er zu Julie. »Aber für mich wird's jetzt Zeit. Also vielen Dank, Captain.« Ein Lächeln über-

flog sein grobes Gesicht.
»Soviel auf einen Sitz hat er während der ganzen drei Stunden nicht gesagt«, meinte Julie.
»Jim ist der Beste von allen«, antwortete Mark. »Ohne ihn wäre unsere Kompanie nur noch halb so stark.«
»Sag so etwas nicht.«
»Also schön.« Er lächelte sie an und nahm ihre Hand. »Genug vom Nachtleben?« Sie nickte, und er drückte ihre Hand. »Wir warten noch, bis Romeo und Julia an unsern Tisch zurückkommen. Dann gehen wir. Einverstanden?«
»Da sind sie schon«, antwortete sie, als Kitty mit hochrotem Kopf auf ihren Stuhl sank.
»Möchten Sie tanzen, Julie?« fragte Dan höflich.
»Nein, danke. Ich bin ziemlich müde. Und mir scheint, Mark auch. Er hat schon vom Heimgehen gesprochen.«
Dan quetschte sich auf seinen Stuhl und beugte sich zu Mark hinüber, um ihm etwas zu sagen. Kitty nützte die Gelegenheit und flüsterte Julie zu: »Aber doch nicht heim in unser Zimmer, oder?« Julie schüttelte den Kopf. »Fein«, atmete Kitty erleichtert auf.
»Aber paß auf, Kitty. Er gehört einer anderen, und außerdem ist da noch Michel.«
»Ich weiß schon. Aber verdirb mir nicht den Spaß, Julie.«
»Also gut. Mach, was du magst«, antwortete Julie. Ein paar Minuten später verließ sie mit Mark das Lokal.

Als Mark an die Front zurückkehrte, regnete es in Strömen. Fest überzeugt, daß nichts mehr schiefgehen konnte, ertrug Julie die neuerliche Trennung mit Fassung. Bald würde der Krieg zu Ende sein, und dann blieben sie für immer zusammen.
»Glaubst du«, hatte Mark sie am letzten Tag gefragt, »glaubst du, daß wir je einmal den Gang zur Kirche ganz schaffen werden?«
Aber Julie hatte ihm den Mund zugehalten. »Still! In dem Punkt bin ich abergläubisch. Aber das eine verspreche ich dir: Das nächstemal lasse ich dich nicht wieder fort, ehe wir nicht geheiratet haben.«
Die Stimmung in Paris war besorgt und gespannt. Erst als sich im Juli zeigte, daß sich die amerikanischen Truppen bewährten, schöpften die Pariser neue Hoffnung auf einen baldigen Frieden.
»Immerhin haben wir die Deutschen bei Château Thierry zum Stehen gebracht«, schrieb Mark, »wenn sie auch den Marne-Brückenkopf noch halten. Aber nicht mehr für lange.«
Im August gab Julie um Versetzung in ein Frontlazarett ein. Sie wurde einer frisch aufgestellten Abteilung von Rotkreuzhelferinnen zugeteilt, die mit einem Konvoi von Lastwagen den amerikanischen

und französischen Streitkräften folgten. Unterwegs richteten sie ständig neue Lazarettstationen ein, mußten aber immer schon bald wieder abbrechen, um nicht den Anschluß an die vorrückenden Truppen zu verlieren.
Hier, unmittelbar hinter der Front, gehörten Artillerieüberfälle zum täglichen Brot. Und nach dem ersten Erschrecken hatte sich Julie auch schon daran gewöhnt.
Im September erlebten sie den Angriff an der Maas mit. In Paris hatten die Einnahme von Amiens und der Rückzug der Deutschen auf die Siegfried-Linie Jubel ausgelöst; hier an der Front jedoch blieb die Freude angesichts der steigenden Zahl von Verwundeten stumm.
Das Schicksal derer, die starben, rührte Julie weniger als das derer, die als Krüppel weiterleben mußten. Der Anblick eines Jungen aus Texas, der aus der Narkose erwachte und feststellen mußte, daß er den linken Arm verloren hatte, schnitt ihr ins Herz wie auch das Schicksal all der anderen Männer, die schwer verletzt waren, die taub geworden oder erblindet waren – sie konnte sich einfach nicht an den Anblick gewöhnen. Jeder neue Verwundete war für sie wie der erste.
Anfang Oktober hörte sie zum erstenmal wieder etwas von Mark. Sie brachte Binden zu Dr. Gilbert, der sich gerade über das Feldbett eines schwerverwundeten blonden Soldaten beugte.
»Lindstrom, 7. Kompanie, 3. Bataillon, 1. amerikanische Armee«, murmelte der Soldat. »Ich kann Sie nicht sehen, Doc«, fuhr er fort. »Ich sehe überhaupt nichts.«
»Das kommt schon wieder in Ordnung«, beruhigte ihn der Arzt. »Sie sind verwundet, und ich habe Ihre Augen verbunden.« Zu Julie schüttelte er jedoch den Kopf.
»Lindstrom?« fragte sie. »Von Captain Douglas' Kompanie?«
Lindstrom lächelte unter den Binden, die seine Augen und einen Teil seines Gesichtes verdeckten. »Ja, von Captain Douglas' Kompanie.«
»Wie geht es Captain Douglas?«
»Er hat getobt, als es mich erwischt hat. Er hat behauptet, ich wäre nicht ordentlich in Deckung gewesen. Ich war es aber, Schwester, ich schwöre es Ihnen. Wir heben diese Gräben ohnedies so tief aus, daß wir demnächst sicher auf Grundwasser stoßen.«
»Ich bin Julie Fontaine«, sagte sie, »keine Schwester. Eine Rotkreuzhelferin.«
»Gibt's Kaffee?«
»Tut mir leid. Da müssen sie schon warten, bis Sie wieder aufstehen und ihn sich selber holen können.« Sie warf Dr. Gilbert einen fragenden Blick zu, aber wieder schüttelte er den Kopf.

»Täte mir aber gut, ein Kaffee. Ist verdammt kalt hier drinnen.«
Julie, die selbst wegen der für diese Jahreszeit ungewöhnlich hohen Temperatur naß von Schweiß war, fühlte sich unwillkürlich an ein anderes Sterbelager versetzt. Auch Eileen hatte an einem solch heißen Tag geflüstert: »Mir ist so kalt.«
»Haben Sie ein Mädchen, dem ich für Sie schreiben soll?« fragte sie. Wieder verzerrte sich der blasse, müde Mund unter den Binden zu einem Lächeln. »Zu viele Mädchen«, antwortete er. »Aber Sie könnten meiner Mutter schreiben.«
Julie zog ein Notizbuch aus der Tasche und schrieb die Adresse auf. Irgendwie machte das Wissen, wer Lindstrom war, alles noch schlimmer. Aber vielleicht war das für seine Mutter ein kleiner Trost.
»Sie werden bald wieder in Ordnung kommen«, sagte sie, als ihm der Arzt eine Morphiumspritze gab. »Jetzt ruhen Sie sich erst einmal aus.« Sie streichelte ihm über seinen unbandagierten Arm.
Als sie dem Arzt zu dem nächsten Kranken folgte, meinte der: »Wenn Sie seiner Mutter schreiben, erwähnen Sie auch, daß er friedlich gestorben ist. Er wird tot sein, ehe die Wirkung des Morphiums nachläßt.«
Er stieß es brüsk heraus, und sie stellte keine weiteren Fragen. Aber unaufgefordert fuhr er fort, als spräche er zu sich selbst: »Ein Splitter hat direkt seinen Kopf getroffen. Zuerst dachte ich, ihm fehlte nicht viel, aber als ich die Decke wegzog ...« Er räusperte sich. »Ich konnte ihn nicht einmal mehr nähen.«
Er machte eine Pause, dann sagte er ruhig: »Die Jungen neben ihm können mit dem nächsten Transport nach hinten geschickt werden. Sie kommen alle durch. Aber der da nicht«, setzte er heftig hinzu und schaute auf die bewußtlose Gestalt eines Lieutenants, über dessen Gesicht schon die graublauen Schatten des Todes lagen.

Ende Oktober begann auch das Lazarettpersonal zu spüren, daß das Ende nahe bevorstand. Julie hatte seit Lindstroms Tod keine Nachricht mehr von Mark bekommen. Nur ein Sanitäter hatte ihr berichtet, daß er noch am Leben sei. Das hatte sie getröstet. Wenn er es so lange geschafft hatte, würde er die letzten Tage auch noch überstehen, dachte sie.
Am 10. November war es soweit.
»*C'est fini*«, begrüßte sie am Morgen ein französischer Korporal fröhlich. »*Et moi, je vive. Un peu blessé mais vivant.*«
Leicht verwundet, aber am Leben. Das trifft auch auf mich zu, dachte sie. Und auf Mark. Es ist vorbei. Bald würde Mark nach Paris zurückkehren. Und was dann? Egal, was. Sie würde mit ihm gehen. Sie würde sich nie mehr von ihm trennen.

Es war vorbei. Und doch nicht vorbei. Der Waffenstillstand war unterzeichnet: Die Deutschen sollten das linke Rheinufer räumen, sollten ihre gesamten Waffen abliefern und die eroberten Gebiete zurückgeben. Es war eine bedingungslose Kapitulation, und doch leisteten die kriegsmüden deutschen Truppen noch hinhaltenden Widerstand, um den Rückzug des deutschen Heeres zu sichern.
»Aus – bei meinem Arsch!« fluchte Mark. Er lag mit seiner Kompanie vor Sedan. »Warum, zum Teufel, kämpfen wir noch, wenn der Krieg vorbei ist?«
»Wir kämpfen ja nicht offiziell.« Dan lachte. »Du kennst doch das Militär und die Politiker. Alles geht genau nach Plan. Jesus!« Er hielt die Luft an, als eine Granate über ihre Köpfe hinwegrauschte. Er schoß zurück, und plötzlich tauchte vor ihnen eine deutsche Batterie auf, die aus allen Rohren auf sie feuerte.
Es war der letzte deutsche Angriff, und er war genauso blutig und grausam wie die Schlacht an der Somme oder vor Verdun.
Rechts von sich hörte Mark Dan Sebastian aufschreien. Er duckte sich und lief gebückt im Zickzack über das offene Gelände. Er packte Dan und zog ihn mit sich in den Schützengraben zurück. Während einer kurzen Feuerpause ließ Malone die Männer vorsichtig ausschwärmen. »Das Bein«, sagte Dan zu Mark. »Gewehrschuß. Um Himmels willen, geh doch in Deckung, Mark!« Aber noch ehe er zu Ende gesprochen hatte, explodierte eine Granate in unmittelbarer Nähe, und Malone wirbelte herum, den Körper hoch aufgebäumt, um dann plötzlich schlaff zusammenzusacken.
»Baker!« schrie Mark. »Alle Mann zurück! Neu formieren! Feuert, was die Gewehre hergeben!«
Anschließend lief er zu Malone hinüber. »Malone?« fragte er.
Tatsächlich bewegte sich Malone und schlug die Augen auf. »Schulter und Rücken«, murmelte er. »Aber ich habe nicht alles abbekommen. Der kleine Fallon drüben . . .« Er nickte traurig.
»Immer mit der Ruhe«, antwortete Mark, »die Sanis kommen gleich.«
»Rufen Sie lieber den Teufel zu Hilfe«, empfahl Malone. »Den Lieutenant und mich hat's erwischt. Bleibt Corporal Baker als Kompaniechef, wenn Sie ausfallen. Und Gott allein weiß, was der macht, der Eisenfresser.«
»Ich schaff' Sie in den Schützengraben«, sagte Mark und schleppte Malone zu Dan.
»Unterhaltet euch gut.« Er grinste. »Sanitäter!« brüllte er. »Tragbahren, hierher!«
Und schon war er fort und lief wieder im Zickzack seinen Leuten hinterher.

»Er hat's geschafft«, sagte Dan zu Malone. Aber plötzlich erfolgte eine Explosion, die das Gewehrfeuer übertönte. Eine weiße Rauchwolke verhinderte die Sicht, und als sie sich verzogen hatte, war Mark Douglas verschwunden.
Stunden später sagte Dan, der auf seiner Tragbahre den Abtransport ins Lazarett erwartete: »Und wo ist Captain Douglas?«
Corporal Baker trat vor. »Tot, Lieutenant. Ich habe ihn fallen sehen. Er und Berger und Fallon. Fallon hat es schlimm erwischt. Berger ist verwundet. Aber der Captain, Sir . . . war sofort tot. Ich dachte«, fügte er hinzu, »der Krieg wäre aus?«
»Der Captain wußte es besser«, antwortete Dan. »Genausogut hätte es mich oder Malone erwischen können«, fuhr er fort. »Der Captain hat uns das Leben gerettet.« Lautlos rannen ihm die Tränen über das dreckverkrustete Gesicht.
»Wir bringen Sie ins Feldlazarett, Lieutenant«, sagte Baker. »Nehmen Sie's nicht so tragisch.«

Am nächsten Tag um elf trat der Waffenstillstand in Kraft, und überall strömten die Leute auf die Straße, um den lang ersehnten Augenblick zu feiern. Nur in den Lazaretten und Krankenhäusern, wo Männer lagen, die nie wieder würden gehen können, rührte sich nichts.
Als Julie an diesem Morgen in ihre Station kam, entdeckte sie Dan Sebastian unter den Neuzugängen. »Du siehst recht ordentlich aus«, begrüßte sie ihn. »Du bist jetzt schon der zweite von eurer Kompanie, den ich treffe.« Aber etwas in seinem Gesicht jagte ihr einen Angstschauer über den Rücken. In plötzlicher Furcht fuhr sie rasch fort: »Du hast ja von dem armen Kerl, Lindstrom, gehört. Mark hatte mir von ihm erzählt. Ich habe seiner Mutter geschrieben. Es muß traurig sein, einen Sohn oder überhaupt jemanden zu verlieren. Wenigstens bist du durchgekommen, und so wie du aussiehst, wirst du auch bald wieder auf den Beinen sein.«
»Julie«, unterbrach er sie ruhig, und sie verstummte.
»Mark«, sagte sie. »Ich habe es gleich gewußt, als ich dich sah. Aber ich kann es nicht ertragen. Sag es mir nicht«, flehte sie. »Es ist nicht wahr. Es kann nicht wahr sein. Ich würde es wissen. Ich würde wissen, wenn . . . Ich würde es wissen«, wiederholte sie tonlos.
»Er hat mir das Leben gerettet«, erwiderte Dan. »Ich habe ihm noch zugerufen, in Deckung zu gehen. Aber dann habe ich . . . ich habe ihn fallen sehen, Julie.«
»Nein«, stöhnte sie.
»Ich habe Soldaten hinausgeschickt, um ihn holen zu lassen, aber sie sagten . . .«

Sie drehte sich wortlos um und ging. Der Arzt rief ihr irgend etwas nach, und sie hörte Dan sagen: »Es tut mir so leid.« Aber sie ging weiter, vorbei an den Feldbetten, vorbei an den Bahren, vorbei an den Leuten, die sie aufzuhalten versuchten. Wie blind lief sie, ohne zu wissen, wohin, nur von dem Bedürfnis getrieben, wegzukommen. Sie war schon ein ganzes Stück die Straße hinuntergegangen, als ein Sanitätswagen neben ihr hielt.
Der Fahrer beugte sich aus dem Fenster. »Dahin würde ich nicht gehen, Miss«, sagte er. »Da ist gestern noch gekämpft worden, und da sind eine Menge ...« Er brach ab und schaute sie an. »Alles in Ordnung?« fragte er.
»Ja, alles in Ordnung«, meinte sie. »Ich muß jemanden suchen.«
»Aber nicht dort! Die Verwundeten sind alle abtransportiert. Da ist niemand mehr ... das heißt ...«
»Ich muß ihn finden«, wiederholte sie, »ich muß ihn finden.«
»Warten Sie, Miss. Sie sehen nicht so aus, als ob es Ihnen gut ginge.« Er stieg aus und faßte sie beim Arm.
Bei der Berührung brach sie in Tränen aus. »Lassen Sie mich bitte los.«
Nur mit Mühe konnte er sie zurückhalten, aber schließlich gab sie nach. »Sagen Sie mir, um wen es sich handelt, und ich werde ihn für Sie suchen. Aber auf dem Schlachtfeld ... sind nur noch ... nur noch die deutschen Gefallenen. Wir haben unsere Toten schon heute morgen in aller Frühe geholt. Und begraben. Also kehren Sie um. Wir haben alle Erkennungsmarken und persönlichen Dinge aufgehoben. Erkundigen Sie sich beim Kommandanten. Er kann Ihnen sagen, was Sie wissen möchten.«
Das Schlachtfeld war kein Anblick für eine Frau. Wenn sie die toten Deutschen sah, denen die Leichenfledderer zum Teil schon Schuhe und Uniformen ausgezogen hatten ...
»Wenn ich jetzt hinausgehe«, sagte er in beruhigendem Ton, »werde ich nachschauen. Ich verspreche es Ihnen. Wie heißt der Mann?«
»Mark«, antwortete sie, »Mark Douglas. Captain Mark Douglas.«
»Gut. Wenn er nicht auf unserer Liste steht und nicht dort draußen liegt, ist er vielleicht mit seiner Einheit weitergezogen. Haben Sie schon einmal an diese Möglichkeit gedacht?«
»Sie haben gesehen, wie er gefallen ist«, erwiderte sie. Sie weinte nicht mehr, ihr Gesicht war wie versteinert.
»Er kann ja wieder aufgestanden sein. Sie dürfen den Mann nicht begraben, ehe sie nichts Genaues wissen. Und jetzt tun Sie mir den Gefallen und gehen zum Lazarett zurück.«
»Danke«, sagte sie. Gehorsam drehte sie sich um und ging den gleichen Weg zurück, den sie gekommen war.

In der Woche vor Weihnachten kehrte Julie allein nach Paris zurück. Sie traf Kitty in einem Freudentaumel – sie stand kurz vor der Hochzeit mit Michel. »Bei mir hat's geklappt«, platzte Kitty heraus, während Julie ihr Gepäck abstellte und ihre total verdreckte Uniform auszog.

»Weißt du noch, wie ich mir immer ein glanzvolles Leben gewünscht habe? Und jetzt? Was Michel mir bietet, genügt mir. Er hat ein Haus in der Provence und ist weiß Gott nicht arm. Letzte Woche hat er mich seinen Eltern vorgestellt, denen ich gut gefallen habe. Am zehnten Januar wollen wir heiraten. Ich bin ja so froh, daß du wieder da bist! Du sollst meine Trauzeugin sein.«

»Das freut mich für dich, Kitty«, antwortete Julie und zwang sich zu einem Lächeln. »Was ist mit dir los?« fragte Kitty. »Du ... du siehst so anders aus ... älter. Ich weiß nicht ...«

»Mark gilt als vermißt«, antwortete Julie ausdruckslos. »Wahrscheinlich ist er gefallen. Er ...« Sie brach ab. »Sie suchen noch nach ihm. Er ist getroffen worden, und dann hat man nichts mehr von ihm gesehen.«

»O Julie!« Kitty trat auf sie zu, schuldbewußt und voller Mitleid. Liebevoll legte sie ihr den Arm um die Schultern, aber Julie versteifte sich unter der Berührung.

»Nicht«, sagte sie. »Ich weiß, du meinst es gut. Aber ich kann Mitleid nicht ertragen. Es ... es zerreißt mir das Herz.«

Verlegen trat Kitty zurück. »Es tut mir so leid«, sagte sie.

»Ja. Jedem tut es leid. Es ist seltsam. Diesmal war ich so sicher, und jetzt ...« Sie zuckte die Schultern. »Hier«, sagte sie und griff in die Tasche, »ich habe eine Flasche Wein mitgebracht. Mach sie bitte auf. Wir stoßen auf dein Glück an.«

»Aber doch nicht jetzt!« protestierte Kitty.

»Warum denn nicht? Außerdem muß ich ein Glas Wein trinken. Das lenkt ab.« Sie packte den Morgenrock und ihre Toilettensachen aus, während Kitty zwei Wassergläser voll Wein schenkte.

»Nicht gerade sehr fein«, meinte sie und reichte Julie ein Glas. »Hm, aber gut!«

»Ein Wein aus Burgund, ein Beaujolais. Ich habe noch mehr davon im Koffer.«

»Mehr? Willst du denn eine Party geben?«

»Nein. Aber ich brauche den Wein. Ich kann sonst nicht einschlafen. Schau bitte nicht so entsetzt! Es ist ja kein Schnaps. Und ein Glas Wein hat noch keinem geschadet.«

Wortlos nippte Kitty an ihrem Glas.

»Nun red schon, Kitty. Erzähl mir, was du vorhast und wie Michel dir seinen Heiratsantrag gemacht hat. Schweigen ertrage ich ebenso-

wenig wie Mitleid. Außerdem muntern mich gute Nachrichten immer auf.«
Julie leerte ihr Glas und schenkte sich nach. Dann ging sie zum Bett hinüber, stellte das Glas auf dem Nachttisch ab und streckte sich auf dem Bett aus. »Nun aber los!« befahl sie. »Wie war's hier den Sommer über?«
»Schrecklich. Diese dauernden Bombenangriffe ... Aber dann, als die Deutschen den Rückzug antraten, war es ... oh ... wie wenn der Krieg schon lange aus wäre. Und jetzt denkt überhaupt niemand mehr an den Krieg, abgesehen von den vielen amerikanischen Soldaten, die auf ihre Einschiffung warten und von denen manche ...« Sie verlor den Faden und schloß kläglich: »Alles, was ich sage, erinnert mich ...«
»Die amerikanischen Soldaten habe ich auch gesehen«, erwiderte Julie. »Mehr noch, ich treffe mich heute abend mit einem – mit Dan Sebastian. Du erinnerst dich doch noch an ihn?«
Kitty wurde rot und sagte nervös: »Du verrätst doch Michel nichts davon?«
»Natürlich nicht. Keine Angst. Du warst damals ja noch gar nicht verlobt.«
»Nein. Aber Michel ist schrecklich eifersüchtig. Ich darf keinen fremden Mann auch nur ansehen. Wie soll das erst nach der Hochzeit werden?«
»Das sollte man sich wirklich überlegen«, stimmte ihr Julie zu. Bedächtig nahm sie einen Schluck, und ein Gefühl der Wärme und Entspannung breitete sich in ihr aus.
»Ich habe schon darüber nachgedacht«, spann Kitty ihren Faden weiter. »Aber ich glaube, ich werde besser mit ihm fertig, wenn wir erst einmal verheiratet sind. Meinst du nicht auch?«
Nein, dachte Julie, das meine ich nicht. Aber wer bin ich schon, um dir gute Ratschläge zu geben? Laut sagte sie: »Wenn du ihn liebst, mußt du dich mit seinen Eigenarten abfinden – da hilft nichts.«
Kitty lächelte glücklich. »Im Grunde finde ich es auch gar nicht so schlimm. Stell dir bloß vor, in einem Monat schon bin ich Madame Michel Delibes. Ich habe ein eigenes schönes Haus, und Michel steigt wieder in das Baugeschäft seines Vaters ein. Vielleicht werden wir noch reich, und dann will mir Michel eine kleine Wohnung in Paris mieten.«
In diesem Ton ging es weiter, aber Julie hörte nicht mehr zu. Es war schon fast fünf, und sie wollte vor ihrer Verabredung mit Dan um acht Uhr gern noch etwas schlafen. Sie hoffte inständig, daß er etwas in Erfahrung hatte bringen können. Irgendeine Erklärung mußte es ja geben. Schließlich mußte Mark ja irgendwo geblieben sein, ob er

nun lebte oder ... oder nicht.
»... aber du solltest dich vielleicht ein bißchen ausruhen«, unterbrach Kitty ihre Erzählung. »Michel und ich fahren übers Wochenende zu seiner Tante nach St-Cloud.«
»Ja, ich glaube, ich werde jetzt ein bißchen schlafen«, erwiderte Julie und stellte das leere Glas weg. »Bis Montag also.«
Sie hörte noch, wie Kitty beim Packen leise durchs Zimmer ging, und dann ließ sie sich vom Schlaf davontragen.

Es war ein eigenartiges Gefühl, nach all den Monaten in Uniform wieder normale Kleider zu tragen. Julies rotes Poiret-Samtkleid, das sie gleich nach ihrer Ankunft in Paris gekauft hatte, machte sie jedoch sehr blaß, und deshalb trug sie etwas von Kittys Rouge auf.
In Wirklichkeit aber fühlte sie sich, wie schon in den vergangenen sechs Wochen, wie zerschlagen. Vielleicht weiß Dan doch etwas Genaueres, dachte sie, als sie die Treppe hinunterstieg, um ihn zu treffen.
»Du siehst hinreißend aus«, sagte er, als sie in einem Restaurant an den Champs-Élysées saßen. Unterwegs hatten sie nur über Belanglosigkeiten gesprochen, und auch jetzt noch schien Dan hinauszögern zu wollen, was er zu berichten hatte.
Sie beugte sich vor und sagte: »Also, Dan, es gibt nichts Neues, nicht wahr? Oder ... oder ist es schlimmer?«
Er nahm ihre Hand, die auf dem Tisch lag. Die anderen Gäste, denen die schöne, dunkelhaarige Frau und der hübsche blonde amerikanische Soldat aufgefallen waren, lächelten. Sie sahen wie ein Liebespaar aus.
»Schlimmer«, entgegnete er ernst. »Es gibt keinen Zweifel mehr, Julie. Ich wünschte bei Gott, ich brauchte dir das nicht zu sagen. Aber morgen früh bekommst du die offizielle Nachricht. Julie, hör mir zu. Ich war ja schließlich dabei und habe alles selbst gesehen. Als das Gemetzel vorbei war, wollten wir alle glauben, daß Mark noch am Leben sei, daß er mit dem Rest der Armee weitermarschiert sei. Aber das stimmt einfach nicht.«
Sie machte ihre Hand frei, griff zum Glas und nahm einen tiefen Schluck. »Das wär's also«, sagte sie lakonisch, als der Ober herantrat, um nachzuschenken.
»Du wirst bald heimfahren.« Dan war nicht wohl in seiner Haut. Er hatte befürchtet, sie würde in Tränen ausbrechen – jetzt wünschte er sich das beinahe. Ihr maskenhaft starres, totenbleiches Gesicht mit den großen Augen, in denen Verzweiflung stand, war viel entsetzlicher.
»Ja«, erwidertw sie. »Vermutlich fahre ich bald heim.« Dann sagte

sie: »Erzähl mir etwas, Dan. Ich möchte heute abend viel erzählt bekommen, und ich möchte viel Wein trinken.«
»Sei lieber vorsichtig«, warnte er. »Allzuviel ist ungesund.«
»Keine Angst, ich habe das Weintrinken schon als Kind gelernt und vertrage etwas.« Sie lächelte. »Und du?« fuhr sie fort. »Wirst du nach San Francisco zurückgehen und dein Mädchen heiraten?«
»Ja und nein, ich weiß noch nicht. Ich habe noch nicht darüber nachgedacht, was ich nach der Entlassung aus der Armee tue. Ende der Woche schiffen wir uns ein. Und wann fährst du?«
»Ich weiß ebenfalls noch nicht. Im Augenblick sind die Krankenhäuser noch voll von Verwundeten, und man kann mich gut brauchen. Das scheint mir sinnvoller, als zum Belmont-Theater zurückzugehen – falls mich Lew überhaupt wieder aufnähme. Für seine Begriffe bin ich wahrscheinlich viel zu dürr geworden. Vielleicht fahre ich im Frühjahr zurück.«
Aber sie glaubte selber nicht daran. Mark war tot. Mit dem Verstand begriff sie das, aber ihr Herz wollte es nicht glauben. Deshalb konnte sie unmöglich Frankreich verlassen. Später vielleicht, aber jetzt noch nicht.
Dan und Julie tranken weit mehr, als ihnen guttat. Als er sie mit dem Taxi nach Hause brachte, vergaß er, daß sie Mark gehört hatte und daß Mark sein Freund gewesen war. Als sich Julie schutzsuchend an ihn lehnte und ihr Haar ihn streifte, küßte er sie, ohne es eigentlich zu wollen. Und sie schmiegte sich an ihn und erwiderte seine Küsse. Vor der Pension angelangt, sagte sie: »Komm mit hinauf. Kitty ist nicht da.«
Aber so groß die Versuchung auch war, irgend etwas an ihrem Verhalten ließ ihn zögern. Sie blickte ihn mit verschleierten Augen an, die Lippen halb geöffnet. Er hielt sie noch immer um die Taille gefaßt und spürte, wie ihr Körper nachgab. Aber plötzlich wußte er, was ihn störte: Es war ihre Gleichgültigkeit. Sie ist nicht nur mir gegenüber gleichgültig, dachte er, sondern zu jedem Mann. An meiner Stelle könnte sonstwer sein; es war ganz gleich.
»Du bist sehr verführerisch«, meinte er. »Aber wir sagen uns besser hier gute Nacht. Morgen würdest du es doch nur ... schließlich ist da Mark.«
»Mark ist tot«, erwiderte sie mit schwerer Zunge, »und wir leben. Was kümmert uns das Morgen?«
»Es kommt doch auf das Morgen an«, versicherte er und drängte sie zur Tür. »Gute Nacht. Fahr zurück nach Hause, Julie. Daheim bist du am besten aufgehoben.« Er küßte sie sanft auf die Stirn.
Aber sie antwortete nur: »Gute Nacht, Dan, und alles Gute.«
Er sollte sie nie wiedersehen.

Am letzten Tag im Juni saß Julie im Café des Deux Magots am Boulevard St-Germain und nippte an ihrem Aperitif. Ein amerikanischer Soldat, der jetzt, sieben Monate nach Unterzeichnung des Waffenstillstands, aus dem Krankenhaus entlassen worden war und in Kürze in die Staaten zurückkehren wollte, redete eifrig auf sie ein. Er hat Glück gehabt, dachte sie flüchtig. Er ist am Leben geblieben, trotz seiner schweren Verwundung. Ein neuer Anfang liegt vor ihm.
». . . nicht hierbleiben. Kommen Sie mit zurück nach Amerika«, sagte er, als sie ihm ihre Aufmerksamkeit wieder zuwandte. Einen Augenblick lang wollte ihr sein Name nicht einfallen, und sie empfand wie immer über solche Gedächtnislücken einen kleinen Schreck. Alexander Rollins. Genannt Sandy, wegen seiner rotblonden Haare. Vierundzwanzig Jahre alt. Von . . . wo kam er doch her? O ja, von Paris in Texas. Das hatte ja die anderen Soldaten im Krankenhaus so belustigt.
»Ich fahre bald zurück«, sagte sie, um einer Diskussion aus dem Weg zu gehen. »Sie sind einer unserer letzten Patienten. Ich habe schon jetzt kaum noch etwas zu tun. Vielleicht reise ich im Juli ab. Im August ist es hier so schrecklich heiß.«
»Warum kommen Sie nicht gleich mit? Ich fahre in ein paar Tagen. Kommen Sie mit mir nach Texas. Es würde Ihnen dort gut gefallen.«
Ausdruckslos lächelte sie ihn an. »Das ist sehr nett von Ihnen, Sandy. Aber meine Familie erwartet mich. Vielleicht schreibe ich Ihnen, wenn ich mich wieder eingerichtet habe. Dann können Sie mich gern besuchen.«
Das war natürlich nicht ernst gemeint, aber er griff den Vorschlag sofort auf und begann von neuem von seiner texanischen Heimat zu schwärmen.
Julie leerte ihr Glas und winkte dem Ober, damit er ihr noch eins brachte.
»Meinen Sie nicht, Sie könnten einen Schwips bekommen?« fragte Sandy besorgt.
»Nein, das glaube ich nicht«, erwiderte Julie. »Und jetzt muß ich ohnehin gehen. Ich habe noch eine Menge zu erledigen.«
»Aber Sie essen doch mit mir zu Abend?« drängte er.
»Das geht leider nicht. Dafür hatten wir ja diesen kleinen Abschiedstrunk.«
Er hob das Glas, und sie stieß mit ihm an.
»Auf unser Wiedersehen in Amerika«, sagte er. Sie murmelte etwas Zustimmendes. Er bedrängte sie abermals zu bleiben, doch sie packte

ihre Sachen und wollte soeben aufstehen.
»Verzeihen Sie«, sagte da plötzlich ein Mann neben ihr. Julie schaute auf. Das Gesicht kam ihr bekannt vor, aber sie wußte es nicht recht einzuordnen.
»Sie sind doch Miss Grant, nicht wahr?« fragte er. »Ich bin Graf René de Brugarde. Wir haben uns vor ein paar Jahren in New York kennengelernt . . . bei Monsieur Randall.«
»Das hier ist Miss Julie Fontaine.« Kampfbereit sprang Sandy auf.
»Entschuldigen Sie die Störung. Ich war meiner Sache so sicher . . .«
»In der Tat war ich einmal Miss Grant«, mischte sich Julie lächelnd ein und sagte dann, zu Sandy gewandt: »Es stimmt tatsächlich. Es ist eine lange Geschichte, aber der Herr täuscht sich nicht.« Dann stellte sie die beiden Männer einander vor. Mit Vergnügen bemerkte sie, welchen Eindruck Renés Titel auf Sandy machte.
»Ich hätte nie erwartet, Sie in Paris wiederzutreffen«, fuhr René fort. »Sie müssen mir gestatten, Sie einmal anzurufen. Vielleicht können wir irgendwann miteinander essen gehen. Meine Tochter und ihr Mann sind mit mir in Paris. Sie würden sich freuen, Sie kennenzulernen.«
Sandy, der sich beruhigt hatte, wollte abermals aufbegehren, doch Julie erhob sich: »Ich wohne in der Rue de Genet, Nummer 7. Heute abend bin ich allerdings verhindert. Vielleicht ein andermal.«
Er machte eine Verbeugung. »Wenn es Ihnen recht ist, rufe ich Sie morgen an. Oder sollen wir uns gleich für morgen abend um sieben verabreden?«
»Mit Freuden.« Julie streckte ihm lächelnd die Hand hin, die er prompt an seine Lippen führte. »A demain soir«, sagte er.
»*A bientôt*«, erwiderte sie.
»Aber *ich* wollte Sie doch zum Abendessen einladen«, beschwerte sich Sandy, als sie aufbrachen und den Boulevard zur Seine hinuntergingen. »Schließlich ist es mein letzter Abend in Paris.«
»Das tut mir leid. Aber ich muß diesen Mann sprechen, den ich zu Hause bei Bekannten kennengelernt habe. Verzeihen Sie mir?«
Er wollte ihr nicht verzeihen. Vor ihrer Haustür unternahm er einen letzten Versuch, sie umzustimmen. Dann zog er beleidigt von dannen.
Als sie die Vortreppe hinaufstieg, rief Madame Gautier sie von der Ladentür aus an. »Sie kommen heute aber schon zeitig nach Hause«, meinte sie. Schnaufend kam sie die Treppe herauf. Vor Moniques Tod war sie flink und ausdauernd gewesen. Jetzt hatten sich Falten in ihr Gesicht gegraben, und ihr dunkles Haar wurde grau.
»Ich muß mich ausruhen«, entgegnete Julie.
»Sie haben zuviel gearbeitet, sich zu sehr abgerackert. Immer sind sie

auf den Beinen gewesen, nie haben Sie sich Ruhe gegönnt.«
»Ich bin wie eine Kerze, die an beiden Enden brennt«, erwiderte Julie.
»Das ist nicht gut. Sie sind noch jung, und wenn Sie so weitermachen, sind Sie mit dreißig eine alte Frau.«
»Heute nacht schlafe ich mich einmal tüchtig aus«, versprach Julie. »Wie geht's den Kleinen?«
»Gott sei Dank gut.« Bei diesen Worten wanderten Madame Gautiers Augen zum Turm von St-Gervais hinüber, der über die Dächer emporragte. »Der Krieg ist vorbei, und die schlimmsten Sorgen sind wir los.«
Julie stieg, gefolgt von Madame Gautier, die Treppe hinauf. Als sie die steile Treppe betrat, die zu ihrem Mansardenzimmer führte, rief ihr Madame Gautier nach: »Fast hätte ich es vergessen: Sie haben einen Brief aus Amerika bekommen.« Sie zog einen Umschlag aus ihrer Schürzentasche. »Vielleicht von einem alten Freund?«
Julie warf einen Blick auf den Brief und erkannte Jasons schwer leserliche Handschrift. Sie schüttelte den Kopf. »Eher von einem alten Feind«, erwiderte sie.
Wieder einmal schlug Jason vor, Fontaine an Steuben zu verkaufen, der sich seit Einführung der Prohibition auf Traubensaft umgestellt hatte. Julie verzog das Gesicht vor Ekel. Traubensaft und Kochwein mit Salzzusatz, um ihn ungenießbar zu machen! Im vergangenen Jahr war mit ihrer Großjährigkeit das Treuhandverhältnis aufgelöst worden. Ihr Geschäftsanteil, der ihr ein bescheidenes Auskommen sichern sollte, hatte bedeutend an Wert verloren. Seit Jahren waren keine Dividenden mehr ausgeschüttet worden, und sie hatte sogar auf die ihr zustehende Vergütung als Mitglied des Verwaltungsrates verzichtet, um Fontaine über Wasser zu halten.
»Deine Tante Millicent hat die Grippe gehabt und sie, was an ein Wunder grenzt, überstanden. Im letzten Jahr sind so viele daran gestorben – zwanzig Millionen, glaube ich. Sie fühlt sich freilich noch immer sehr schwach und möchte gern wissen, wann du zurückkommst.«
Julie warf den Brief auf die Kommode, ohne ihn zu Ende zu lesen. Die Erwähnung der Grippeepidemie weckte schmerzliche Erinnerungen in ihr. In den wenigen Wintermonaten nach dem Waffenstillstand waren so viele gestorben – Millionen mehr als im Krieg. Auch einige von Julies New Yorker Freunden waren der heimtückischen Krankheit erlegen – unter anderem Lew Belmont. Sein Tod hatte sie tief getroffen.
Es fiel ihr schwer, sich Madeline ohne Lew oder New York ohne die Belmont-Girls vorzustellen. Vor Lews Erkrankung hatte Madeline

geschrieben, in den dichtbesiedelten Wohngebieten der Lower East Side stürben täglich so viele Menschen, daß an Einzelbegräbnisse nicht mehr zu denken sei. Täglich rollten Wagen durch die Straßen, und die Kutscher schrien: »Bringt eure Toten heraus! Bringt eure Toten heraus!«

Die Armen wurden von einem Schicksalsschlag ja immer am schnellsten und härtesten getroffen. Doch diesmal hatte sich die Seuche bis in die Häuser der Wohlhabenden ausgebreitet. Allein in Amerika hatte sie eine halbe Million Menschenleben gefordert.

Die kränkelnde Millicent hatte überlebt; Lew Belmont, gesund und kräftig und in den besten Jahren, war gestorben. Mark hatte schon recht gehabt. Es kam nicht darauf an, ob einer gut oder schlecht, anständig oder gemein war.

Julie warf sich aufs Bett. Sie fühlte sich unbeschreiblich elend. »Meine Tage sind so leer«, sagte sie laut. Kitty, die mittlerweile glücklich in der Provence verheiratet war, hatte sie damals doch immer wieder von ihren trüben Gedanken abgelenkt. In den vier Monaten, die sie nun schon fort war, hatte Julie ihre Vereinsamung erst richtig zu spüren begonnen.

Für heute abend hatte sie eigentlich nichts vor. Sie konnte, wenn sie sich dazu aufraffte, ein Bad nehmen und sich die Haare waschen, dann Brot und Käse zu Abend essen, den sie bereits eingekauft hatte, und Onkel Jason neuerlich einen abschlägigen Brief schreiben. Außerdem sollte sie Joe Damien schreiben; denn wenn Steuben Traubensaft und Kochwein verkaufte, konnte Fontaine das auch.

Und morgen? Morgen nachmittag war sie im Krankenhaus. Und abends? . . . Sie setzte sich auf. Für morgen abend hatte sie Graf René de Brugarde zum Essen eingeladen – das war doch etwas. Sie gab sich einen Ruck und ging hinunter, um sich ein Bad einzulassen.

Am nächsten Abend zog sich Julie mit einer Sorgfalt an, wie sie sie seit Monaten nicht mehr an den Tag gelegt hatte. Sie entschied sich für ihr weißes, nach der neuesten Mode geschnittenes ärmelloses Seidenkleid mit dem tiefen Rückenausschnitt und dem glitzernden Straßbesatz.

Wirklich schick, sagte sie zu ihrem Spiegelbild, aber eigentlich solltest du noch zum Friseur gehen. Sie hatte ihr Haar eng an den Kopf gekämmt und die Wellen glattgestrichen, um eine Art Bubikopf zuwege zu bringen. Sie steckte es mit den alten Brillantspangen fest.

Eins der Gautierschen Kinder klopfte an die Tür und meldete, unten warte ein Herr auf sie. Das Kind konnte seine Aufregung nur mit Mühe verbergen, und Julie wurde neugierig. Sollte René tatsächlich solches Aufsehen erregen? Sie nahm ihren goldenen Seidenschal und ihre bestickte Handtasche und eilte die Treppe hinunter.

In dem kleinen Foyer wartete René in einem eleganten Abendanzug. Er sah gut aus, aber doch auch nicht viel anders als andere Männer. Dennoch hörte man aus der Gautierschen Wohnung immer noch das unterdrückte Kichern der Kinder und die geflüsterten Ermahnungen der Eltern.

Auf der Straße begriff Julie dann: Nicht René hatte die Gautiers so aus dem Häuschen gebracht, sondern der glänzend polierte Rolls-Royce samt dem höflich beim hinteren Schlag stehenden Chauffeur.

»Hélène und Guy warten im ›Maxim‹ auf uns. Mein Schwiegersohn wird Ihnen gefallen. Er hat einige Zeit in Ihrem Land verbracht und Ihre Landsleute regelrecht ins Herz geschlossen.«

»Und Sie?« fragte sie lächelnd.

»Ich natürlich auch«, erwiderte er galant und half ihr ins Auto.

Er hatte nicht gesagt, daß ihr seine Tochter gefallen würde, und in der Tat war Hélène de Perrier wenig nach ihrem Geschmack. Sie war schlechter Laune, stellte einmal eine belanglose Frage und verschanzte sich im übrigen hinter mürrischem Schweigen. Julie schätzte sie auf Ende Zwanzig. Ihr glattes, dunkles, nach der letzten Mode geschnittenes Haar rahmte ein hübsches, schmales Gesicht mit großen, dunkelbraunen Augen ein, und ihre schlanke, fast knabenhafte Gestalt steckte in einem eng anliegenden, flammendroten Crêpe-de-Chine-Gewand. Alles an ihr war von raffinierter Eleganz.

Ganz anders dagegen ihr Mann Guy, ein plumper, blonder, gutmütiger Kerl mit hervorquellenden hellblauen Augen. Er war eine Seele von Mensch und sprach mehr oder weniger fließend Englisch, so daß sie sich eine Zeitlang auf englisch unterhielten. Dann unterbrach Hélène die Konversation. »Sie werden zurückkehren bald?« fragte sie in gebrochenem Englisch.

»Ich weiß noch nicht recht«, entgegnete Julie. »Paris gefällt mir. Ich habe mich hier recht gut eingewöhnt. Vielleicht bleibe ich, vielleicht auch nicht, mal sehen.«

»Aber es muß sein, wie sagen Sie, *difficile,* nicht zu haben hier andere Amerikaner?« Sie quälte sich sichtlich, und so antwortete Julie auf französisch.

»Aber Sie sprechen ja großartig Französisch!« rief Guy und warf Julie einen bewundernden Blick zu.

»Es geht. Ich habe seit meiner Kindheit Französischunterricht gehabt, war dann bei französischen Nonnen in der Schule, und jetzt bin ich fast zwei Jahre in Paris.« Freundlich wandte sie sich an Hélène. »Hielten Sie sich zum Beispiel ein Jahr in New York auf, Sie sprächen bestimmt besser Englisch als ich Französisch.«

»Sehr freundlich von Ihnen, Mademoiselle Fontaine«, entgegnete

Hélène mit einem Anflug von Gehässigkeit in der Stimme. »Nur leider – Englisch langweilt mich entsetzlich.«
»Hélène!« sagte ihr Vater scharf.
Sie zuckte die Schultern. »Entschuldigen Sie«, sagte sie. »Das war wohl unhöflich von mir.«
»Jetzt müssen aber endlich auch Sie Ihr Geheimnis lüften«, mischte sich René ein. »Verraten Sie uns, wie Angela Grant, das Idol vom Broadway, und die eifrige Rotkreuzhelferin Julie Fontaine zusammenhängen. Wer sind Sie wirklich?«
»Julie Fontaine.« Julie lächelte leicht. »Zumindest ist das mein wirklicher Name. Ich ... eh ... den anderen habe ich nur angenommen, damit mich meine Familie nicht einfach vom Theater wegholen konnte.« Sie zögerte sekundenlang, ehe sie die Lüge über die Lippen brachte.
»Dafür hätte mich mein Vater umgebracht«, bemerkte Hélène kühl.
»Mein Vater lebt nicht mehr«, erwiderte Julie, »und meine Mutter auch nicht.«
»Eine Waise also?« fragte René. »Meine Hochachtung! Waisen haben es besonders schwer im Leben.«
»Ich stamme eben aus einer robusten Familie.« Julie lachte. »Natürlich hatte ich auch einen Vormund.«
»Schauspielerin!« murmelte Hélène abfällig.
René warf ihr einen scharfen Blick zu und sagte: »Sie dürfen es meiner Tochter nicht übelnehmen. Sie vermißt ihr Zuhause und langweilt sich mit ihrem Vater in Paris.«
Hélène wurde rot; denn seine Stimme war ebenso scharf wie sein Blick. Seine Mißbilligung war nicht zu überhören.
Jedenfalls verlief der Rest der Mahlzeit weniger schwierig. Hélène bemühte sich offensichtlich, ihrem Vater keinen Anlaß mehr zu Tadel zu geben.
»Ich erinnere mich noch«, sagte Julie, »wie tapfer Sie uns erschienen, als Sie während der deutschen U-Boot-Offensive den Atlantik überquerten.«
»Ich? Aber nicht doch«, wehrte René bescheiden ab.
»Nein, nein, er ist zu anständig«, schaltete sich Guy ein. »Mein Schwiegervater war damals in einer wichtigen Mission drüben. Aber er ist einfach zu zurückhaltend. Aus diesem Grund war er auch ein so guter Agent. Ich bin das nicht.«
»Hören Sie nicht auf ihn«, widersprach René. »Es verhält sich gerade umgekehrt. Mein Schwiegersohn war der Agent. Seine Mutter stammt aus dem Elsaß, und Guy spricht mehrere Sprachen. Deutsch zum Beispiel noch besser als Englisch. Ich habe nur eine einzige klei-

ne Reise gemacht, während Guy den ganzen Krieg über unterwegs war. Er ist der Bescheidene. Ich bin zu Hause geblieben und habe meine Weinberge vor den Deutschen bewacht, während er hinausging, um dem Vaterland zu dienen.«
Er erzählte das lachend, aber Julie konnte selbst aus dem leichten Plauderton die gegenseitige Bewunderung der beiden Männer heraushören, während Hélènes verkniffene Lippen verrieten, daß sie an dieser Freundschaft wenig Gefallen fand.
»Es war aber gar nicht so einfach, die Weinberge zu behüten – oder richtiger zu verteidigen«, bemerkte Guy.
»Die Deutschen haben wohl großen Schaden angerichtet?« fragte Julie René.
»Nein, ich hatte mehr Glück als viele andere«, antwortete René. »Die Weinberge vom Schloß blieben vor dem Schlimmsten bewahrt. Allerdings hatten wir erhebliche Schwierigkeiten mit der Schädlingsbekämpfung.«
»Die Reblaus soll ja fast fünfzig Prozent des Anbaugebietes, vor allem um Reims, vernichtet haben«, warf Julie ein.
»Woher verstehen Sie etwas von Wein?« fragte Hélène.
»Mein Vater besaß eine Kellerei. Das heißt, genaugenommen existiert sie noch, die Fontaine Wines Company im Staat New York. Im übrigen stellen auch wir Champagner her. Oder haben ihn doch bis vor kurzem hergestellt.«
»Nicht zu glauben!« René war aufrichtig erstaunt. »Eine Schönheit, die Schauspielerin ist, fließend Französisch spricht und noch dazu aus einem Weinbauerngeschlecht stammt!«
Guy lächelte breit und zustimmend. »Sie müssen uns unbedingt ein bißchen mehr von sich erzählen«, fuhr René fort. Und ab sofort drehte sich das Gespräch nur noch um Wein, Julies Herkunft, das Château de Brugarde, seine schöne Umgebung, Lacon, das nächste Dorf, und Hautvilliers, die nächstgelegene größere Stadt.
Julie, die zum ersten Mal seit Monaten ihren Kummer vergaß, plauderte angeregt. Die Männer machten nur zu gern mit – lediglich Hélène trug, von einem gelegentlichen Wort der Zustimmung abgesehen, kaum etwas zur Unterhaltung bei.

In der Woche nach dem ersten Abendessen im »Maxim« war Renés Rolls-Royce allnächtlich vor Nummer sieben in der Rue de Genet zu sehen. Trotzdem verlor er seine Anziehungskraft für die Gautierschen Kinder nicht, die sich im Gegenteil sogar jedesmal noch aufgeregter gebärdeten.
Gelegentlich kamen auch Guy und Hélène mit. Aber Julie sah sie immer seltener, und schließlich kehrten die beiden auf Hélènes Drän-

gen nach Hause zurück.
»Hélène ist recht eigenwillig«, erklärte René. »Ich habe sie zu sehr verwöhnt.«
In den Tagen und Nächten, die sie miteinander verbrachten, erzählte er ihr eine Menge aus seinem Leben. Er hatte seine Frau schon vor vielen Jahren verloren. Hélène war damals sechs gewesen, als ihre Mutter ein paar Wochen nach einer Totgeburt gestorben war. Zwei Totgeburten waren dem traurigen Ereignis schon vorausgegangen; es wären alles Söhne gewesen. »Es war mir eben nicht bestimmt, einen Sohn zu haben«, meinte René. »Vielleicht habe ich deshalb meine Tochter so verzogen. Aber wohl auch, weil ihre Kindheit so traurig war – die Krankheit ihrer Mutter, die Trauer um die Kinder und dann ihr Sterben.«
Julie fühlte sich zu René hingezogen, teils aus Mitgefühl, teils aber auch, weil er es verstand, ihre Begegnungen so anregend und fröhlich zu gestalten. Im Gegensatz zu den anderen Männern, die sie gekannt hatte, wurde er nie zudringlich und verlor nie den Unterschied zwischen Freundschaft und Liebe aus den Augen. Er erzählte viel von sich und wollte andererseits auch viel aus ihrem Leben wissen. Also berichtete sie ihm von Mark, und wie sie ihn immer wieder verloren hatte.
Erst an einem der letzten Abende vor seiner Abreise aus Paris wurde ihnen bewußt, wie sehr sie sich zueinander hingezogen fühlten. Sie hatten im »Ritz« zu Abend gegessen und waren hinterher in ein kleines Café am Montmartre gegangen, wo sie Champagner getrunken hatten.
Auf der Heimfahrt lehnte sich Julie in die Polster zurück. Als ihr Kopf Renés Arm berührte, umschlang er sie und zog sie zu einem Kuß zu sich heran. Es war ein zarter Kuß, aber Julie, vom Champagner beflügelt, erwiderte ihn inniger als sonst. Darauf wurden seine Küsse tiefer und drängender. Sie rückte näher zu ihm, und Begierde flammte in ihr auf. Doch schon im nächsten Augenblick entzog er sich ihr und sagte, die Augen auf den steifen Rücken des Chauffeurs gerichtet, flüsternd: »Ich glaube, ich könnte mich in Sie verlieben.«
Statt einer Antwort lehnte sie sich an ihn und küßte ihn.
»In ein paar Tagen muß ich nach Lacon zurück«, fuhr er fort und rückte etwas beiseite.
»Ich weiß«, entgegnete sie. Diesen Satz hatte sie in den Monaten nach Marks Tod immer wieder gehört, und nur zu oft hatte sie, einsam und verzweifelt, wie sie war, aus der letzten Nacht mehr gemacht, als es hätte sein müssen. René würde ebenfalls bald fort sein. Warum also nicht auch er?
Als sie vor ihrem Haus angekommen waren, drückte er ihr einen

leichten Kuß auf die Stirn und sagte: »Bis morgen abend, *chérie*.«
»Und was machen wir morgen abend?« fragte sie.
»Wenn Sie Lust haben, essen wir im Hause meines Cousins, bei dem ich wohne. Er und seine Frau kommen morgen von Monte Carlo zurück, und ich würde Sie ihnen gern vorstellen, ehe ich nach Lacon zurückkehre.«
»Ja, gern«, antwortete sie.
»Schön. Dann schicke ich Ihnen das Auto um acht, wenn es Ihnen recht ist.«
»Es ist mir recht.« Julie lächelte. Noch einmal beugte er sich herab und drückte ihr einen keuschen Kuß auf die Stirn. »Bis morgen«, murmelte er.
Am nächsten Abend war Julie etwas beklommen zumute. Die Einladung zu seinen Verwandten war ein deutlicher Hinweis auf sein Interesse. Aber das hätte sie noch nicht so beunruhigt, wie der Umstand, daß sie sich das Delon-Haus an den Champs-Élysées trotz Titel, Chauffeur und Rolls-Royce aus irgendeinem Grund bei weitem nicht so protzig vorgestellt hatte, wie es war.
Als sie die Stufen hinaufstieg, wurden ihr fast die Knie weich, und als sie die riesige, elegant eingerichtete Empfangshalle mit dem glitzernden Kronleuchter betrat, hoffte sie nur, diese Verwandten, wer immer sie sein mochten, würden nicht allzusehr von ihr enttäuscht sein.
Ein schweigendes Dienstmädchen nahm ihr den leichten Umhang ab und führte sie in den Salon. In dem nur schwach erleuchteten Raum stand René am Kamin. Er kam ihr entgegen, nahm zur Begrüßung ihre beiden Hände und küßte erst die eine, dann die andere.
»Es freut mich so, daß Sie gekommen sind. Aber ich fürchte, ich muß Sie enttäuschen. Meine Verwandten sind aufgehalten worden. Vermutlich konnten sie sich nicht vom Spieltisch trennen. Dabei habe ich mir solche Mühe gegeben.«
»Mühe?« fragte sie.
»Ja. Ich hatte ein großartiges Essen bestellt. Aber ihr Telegramm traf zu spät ein. Die Vorbereitungen waren schon zu weit gediehen. Würde es Ihnen etwas ausmachen, mit mir allein zu speisen? Hinterher können wir ja irgendwo hingehen.«
»Wie Sie wollen, René«, antwortete Julie.
»Schön. Ich habe hier im kleinen Salon anrichten lassen. Da ist es zu zweit gemütlicher. Aber erlauben Sie mir zuerst, Ihnen ein Glas Champagner anzubieten. Alain wird gleich servieren.«
Dieses »gleich« kam Julie wie eine halbe Ewigkeit vor; sie verhungerte fast über dem Warten. Der Champagner stieg ihr zu Kopf, und sie konnte Renés Ausführungen über seine Familie nur mit Mühe

folgen. Sie begriff nur eins: daß es eine lange Geschichte sein mußte. Als die Tür endlich aufging und Alain den ersten Gang auftrug, kam sie sich wie erlöst vor.
Das Mahl begann mit einer köstlichen Pastete. Darauf folgten eine Kaltschale, Fisch in Weinsoße und Ente auf Orangen. Ganz besonders gut war der Brunnenkresse-Salat. Den Schluß bildete ein schaumig gerührter Käse mit süßen Stachelbeeren.
Auch während des Essens wurde Champagner gereicht.
»Ein entzückendes Essen«, seufzte Julie, als sie zur Couch ging, während Alain schweigend abdeckte.
»Freut mich, daß Sie es genossen haben. Jetzt noch ein Täßchen Kaffee und einen Schluck Kognak, und dann muß ich mir irgendeine Unterhaltung für Sie einfallen lassen. Für ein Konzert ist es leider schon zu spät. Aber wie wäre es mit einem allerliebsten kleinen Café, in dem eine wirklich gute Chansonsängerin auftritt?«
Alain brachte den Kaffee und den Kognak. Nachdem er eingeschenkt hatte, entließ ihn René für den Rest des Abends. Dann entschuldigte er sich ebenfalls für einen Augenblick.
Als er zurückkam, nahm er neben ihr Platz. »Es plaudert sich doch angenehmer, wenn Alain nicht dauernd hereinplatzt«, meinte er und ergriff ihre Hand.
Sie lächelte ihm zu. »Ich glaube, ich trinke lieber keinen Kognak mehr«, murmelte sie, als er ihr das Glas reichte.
»Ein Schlückchen. Der Kognak ist vorzüglich.«
Gehorsam hob sie das Glas, und es rann warm und angenehm die Kehle hinunter.
»Ich möchte Sie gern nach Lacon einladen«, fuhr René fort. »Sie müssen sich das Schloß und die Weinberge einmal anschauen und meine Mutter kennenlernen. Sie ist zwar schon sehr alt und etwas schwierig im Umgang, aber auf der anderen Seite auch recht charmant.«
»Ich gehe bald fort von Paris«, murmelte Julie müde und nippte erneut an ihrem Kognak.
»Kehren Sie nach Amerika zurück?« fragte er.
Sie schüttelte den Kopf. »Nein, jetzt noch nicht. Ich möchte nur den August nicht in der Stadt verbringen. Da ist es hier so schrecklich heiß. In der Zeit wäre ich lieber in der Nähe von Wasser.«
»Dann ist Lacon genau das Richtige für Sie. Ringsum gibt es eine Menge Flüsse, Bäche, Weiher und Wasserfälle.«
»Das klingt verlockend. Vielleicht besuche ich Sie.«
Sie lächelte ihn an. Er nahm ihr das Glas aus der Hand, setzte es auf dem Tisch ab und küßte sie. Es war ein langer, leidenschaftlicher Kuß. Sein Schnurrbart kitzelte ihre Lippen angenehm aufregend.

Aber er hielt sie nur leicht umfaßt und traf auch keine Anstalten, sie an sich zu ziehen oder zu berühren. Nur sein Mund lag auf dem ihren, löste sich dann leicht, um mit der Zungenspitze sanft über ihre Lippen zu fahren, und preßte sich dann wieder fest auf sie.
Ihr wurde schwach vor Verlangen. Als sie schon meinte, es nicht mehr aushalten zu können, spürte sie endlich seine Hände auf ihrem Körper. Mit unendlicher Ruhe begann er, ihr das Kleid auszuziehen. Dann tastete er sich mit dem Mund abwärts, küßte sie, die Hände auf ihrem Rücken, leicht oberhalb des Unterrocks, und mit einemmal waren ihre Brüste nackt. Zart glitt er mit dem Mund über sie.
Je sanfter er war, desto leidenschaftlicher wurde sie. Aber plötzlich drückte er sie in die Kissen zurück und stand auf. Mit einem Handgriff sammelte er die verstreuten Kleidungsstücke zusammen und streckte ihr die Hand hin. »Komm«, flüsterte er. Er blickte unverwandt auf ihre vollen nackten Brüste und sagte sanft: »Schön.« Dann zog er sie hoch und führte sie durch die dunkle Empfangshalle in ein von vielen Kerzen erleuchtetes Zimmer. Hundertfach wurde der Kerzenschein von den Spiegeln am Frisiertisch und an den Pfeilern zurückgeworfen.
Auch Julie, oberhalb der Taille nackt und das Haar noch immer aufgesteckt, fand sich vielfach widergespiegelt. Sie blieb eine Weile so stehen, während sich René kurz entfernte. Dann trat er hinter sie, preßte seine nackte Brust an ihren Rücken, umschlang sie und schmiegte seinen Kopf an ihren. Seine Augen suchten die ihren im Spiegel und hielten sie fest, während seine Hände ihr Haar lösten.
Von neuem schlang er die Arme um sie und nahm ihre Brüste in seine Hände. Sie lehnte sich kurz und heftig atmend an ihn. Nach einer Weile zog er sie vom Spiegel weg und trat ein paar Schritte zurück. Wieder streichelte er sie zart, und die letzten Reste ihrer Unterwäsche glitten herab. Nackt bis auf die Strümpfe und den Strumpfgürtel stand sie vor ihm.
»Schön«, wiederholte er und ließ seine Augen über ihren Körper gleiten. Sie schwankte auf ihn zu. Er fing sie auf und zog sie zum Bett.
Dann blieb er eine Weile, in ihren Anblick versunken, vor dem Bett stehen. Ein seltsames Gefühl erfüllte sie. Ihr Körper glühte vor Verlangen, aber ihr Geist war wie abgelöst. Ich begehre ihn, dachte sie. Ich begehre ihn rasend, und doch . . . Sie dachte den Gedanken nicht zu Ende, denn plötzlich lag er neben ihr und berührte sie überall, war mit seinen Händen, seinem Mund an vielen Stellen gleichzeitig und hörte, selbst als sie schon zu zittern begann, nicht auf, sie zu liebkosen. Ein Sturm von Empfindungen raste über sie hin, bis sie nicht mehr an sich halten konnte und laut aufschrie. Als sie zitternd in

ausklingender Erregung dalag, fragte er: »Hat es dir gutgetan? Hat es dir gefallen?«
»Ja«, antwortete sie.
»Du bist wunderbar«, sagte er. »Ruh dich ein bißchen aus.« Er stand auf und ging aus dem Zimmer. Kurze Zeit darauf kam er wieder und weckte sie aus einer Art Halbschlaf.
»So liebe ich die Liebe«, erklärte er. Und Julie dachte: Ja, natürlich, und befolgte gehorsam seine Wünsche. Einmal stöhnte er auf, aber als sie darauf mit rascheren Bewegungen reagierte, stieß er sie weg. »Noch nicht«, sagte er, »noch nicht.« Sie spürte, wie seine Hand zum Nachtkästchen hinüberlangte und dann zu ihrem Körper zurückkam und ihn massierte. Wo er jetzt ihre Haut berührte, fing sie feurigkalt zu brennen an. Ein unzähmbares Verlangen überwältigte sie, und mit einemmal, ohne etwas dagegen machen zu können, wand sie sich auf dem Bett, während er seinen heißen Körper an sie preßte. Noch nie hatte sie ein Mann so rasend, so verzweifelt gemacht. Aber er traf immer noch keine Anstalten, sie ganz zu nehmen, brachte ihr nur auf verschiedene Weise Erleichterung, bis sie erschöpft stöhnte: »Nicht mehr! Bitte, nicht mehr!«
Dann schlief sie ein. Als sie wieder erwachte, merkte sie, daß er neues Feuer in ihr geweckt hatte. »Noch einmal«, flüsterte er seine Wünsche. Gehorsam beugte sie sich über ihn, bis er sie mit einem scharfen Griff wegzog, neben sich auf den Rücken drehte und sich auf sie warf. Als es endlich vorbei war, sank sie in einen abgrundtiefen Schlaf.
Als Julie am nächsten Morgen aufwachte, war René bereits fort. Die Kerzen waren heruntergebrannt, und Wachsgeruch hing in der Luft.
Sie zog die Decke bis zum Hals herauf und dachte über die vergangene Nacht nach. Er hatte eine grenzenlose Geduld bewiesen. Sie kannte die Männer gut genug, um zu wissen, daß nur wenige die Liebe so perfekt beherrschten. Mit Mark war es etwas anderes gewesen. Sie waren immer einig, waren eins gewesen. Aber die anderen nach ihm waren meistens enttäuschend gewesen, hatten nur ihrem Körper Erleichterung verschafft. Sie hatte das ihrer Trauer um Mark zugeschrieben, aber das konnte, wie die vergangene Nacht bewies, nicht der Fall sein. Sie gähnte und räkelte sich, und ihr Körper schmerzte, als wäre sie noch müde. Da klopfte es diskret an die Tür. Sie setzte sich auf, zog die Decke fest um sich und schaute sich verzweifelt nach ihren Kleidern um. Sie waren nirgends zu sehen, dafür lagen über der cremefarbigen Empire-Chaiselongue links vom Bett ein Nachthemd und ein Morgenrock. Sie sprang auf, raffte beides an sich und schlüpfte, während es zum zweitenmal klopfte, hastig hinein.

»*Entrez*«, sagte sie, den Rücken der Tür zugekehrt, während sie den Gürtel zuknotete.
»Mademoiselle wünschen zu frühstücken?«
Julie drehte sich um. Es war das Dienstmädchen, das ihr am Abend zuvor geöffnet hatte.
»Ja, bitte«, antwortete sie und verspürte plötzlich einen gewaltigen Hunger.
Als das Mädchen den Tisch gedeckt hatte, zog es die schweren Damastgardinen von den großen Fenstern zurück. Der Anblick des Gartens rief Julie die Woche mit Mark im »Picardy« in Erinnerung. Einen Augenblick lang verdunkelte sich der Tag, und die vorausgegangene Nacht wurde unwirklich wie ein Traum. Doch schon im nächsten Moment war alles vorbei, und Julie fiel mit wahrem Heißhunger über das Frühstück her, als hätte sie seit Tagen nichts mehr zu essen bekommen. Befriedigt stellte sie fest, daß sie seit langem nicht mehr mit solchem Genuß gefrühstückt hatte.
Wo war eigentlich René, und was machte er? Er erwartete doch nicht, daß sie sich anzog und ging? Noch dazu in ihrem Abendkleid? Sie seufzte. Unmöglich. Dann fiel ihr Blick auf den leichten, pfirsichfarbenen Seidenmorgenrock, den sie anhatte, und das weiche, dazupassende Nachthemd. Wo mochte er die Sachen herhaben? Von seiner Cousine?
Sie stand erschreckt auf. Wie, wenn seine Verwandten jetzt zurückkehrten und sie ohne Gepäck und ohne Kleider außer einem Abendkleid vorfanden? Und wo war es überhaupt, dieses Kleid? Sie ging zum Schrank hinüber und schaute hinein. Da hing es, ordentlich auf dem Bügel, daneben ein hübsches Nachmittagskleid aus lavendelfarbenem Georgette, und dann hingen da noch drei Kleider. Ihre Abendschuhe standen im Schuhgestell, samt zwei Paar Straßenschuhen. Er hatte an alles gedacht. In der Kommode war sicher ihre Unterwäsche, und im Frisiertischchen? Sie zog die Schubladen auf und fand, wie nicht anders zu erwarten, die nötigen Toilettenartikel – alle nagelneu. Er mußte das Ganze sorgfältig geplant haben. Also gab es gar keine Verwandten, die zum Essen dasein sollten. Oder zumindest hatten diese Cousins nie vorgehabt zu kommen.
Julie hatte den Gedanken noch nicht richtig zu Ende gedacht, als es wieder leise an die Tür klopfte. Es war abermals das Mädchen.
»Pardon, Mademoiselle, aber Monsieur le Comte läßt Sie bitten, sich doch, wenn es Ihnen recht ist, ihm und seiner Tante Madame Delon anzuschließen.«
»Bitte, richten Sie aus, daß ich komme«, murmelte Julie. Seine Tante? Hoffentlich war sie wirklicher als seine Cousine und sein Cousin.
Als Julie das einfache Musselinkleid aus dem Kleiderschrank anzog,

wunderte sie sich über Renés kühle Berechnung. Er mußte die Sachen extra für sie besorgt haben; alles war neu und ungetragen. Zudem saßen sie wie angegossen. Wie hatte er ihrer nur so sicher sein können? Schließlich war vor gestern nacht nichts zwischen ihnen vorgefallen, und sie kannte ihn erst seit zehn Tagen näher.
Als sie eine halbe Stunde später im Boudoir von Madame Delon saß und der alten Dame versicherte, es habe ihr nicht das geringste ausgemacht, am vergangenen Abend ohne sie zu dinieren, wurde Julie noch verwirrter.
»Sie sind für eine Amerikanerin sehr französisch«, meinte Madame Delon.
Sich zu René umwendend, antwortete Julie: »Aber ich bin ja französischer Abstammung. Hat Ihnen das René nicht gesagt? Er hat doch sonst an alles gedacht.« Als sie sich wieder Madame Delon zuwandte, begegnete sie einem fragenden Blick.
Da mischte sich René ruhig ein: »Meine Tant ist ziemlich taub, *chérie.* Sie liest von den Lippen ab. Ihre Augen sind nämlich noch bemerkenswert gut, während sie sich im Haus nicht mehr ohne Hilfe bewegen kann.« Als sich Julie zu ihm umdrehte, lächelte er vielsagend und setzte hinzu: »Sonst hätte ich es auch nicht gewagt.«
Julie spürte, wie ihr bei der Erinnerung an die vergangene Nacht das Blut ins Gesicht schoß. Ihr Körper wurde heiß vor Verlangen. Als er das in ihren Augen las, warnte er: »Vorsicht, *chérie.* Sie ist zwar taub, aber nicht blind; schwach, aber nicht dumm.«
Dann drehte er seinen Stuhl so, daß seine Tante ihm auf den Mund schauen konnte, und sagte: »Ich habe Mademoiselle Fontaine soeben erklärt, daß das Haus aus der Zeit Napoleons I. stammt. Sie hat eine Vorliebe für alte Häuser und wollte es schon gestern abend besichtigen, aber da war es dann leider zu spät. So habe ich ihr einen Rundgang für heute morgen versprochen.«
»Es war sehr freundlich von Ihnen, Madame Delon, mich zu empfangen«, ergänzte Julie ihrerseits. »Diese Seite von Paris kenne ich noch nicht. Nur wird es mir hinterher schwerfallen, mich wieder an meine kleine Pension zu gewöhnen.«
»Aber Sie bleiben doch, bis Sie nach Hause fahren. René hat mir erzählt, daß sie morgen Freunde besuchen wollen. Wir freuen uns jedenfalls über Ihre Anwesenheit. Wenn mein Sohn und meine Schwiegertochter und gar noch die Enkelkinder fort sind, ist es ein bißchen einsam im Haus. Deshalb war es eine nette Abwechslung für mich, René dazuhaben. Ich werde ihn sehr vermissen, wenn er zurückfährt. Wie gut, daß er Sie zu Ihren Bekannten mitnehmen kann. Bis dahin bleiben Sie selbstverständlich bei uns.«
Julie murmelte Worte des Dankes, während sie innerlich vor Wut

kochte. Was hatte er der alten Frau gesagt? Wie hatte er ihr die ganze Geschichte plausibel gemacht? Madame Delons nächste Sätze klärten sie auf.
»Wie schön, daß Sie hier einen alten Freund Ihres Vaters getroffen haben. Zu meiner Zeit hätten ja junge Damen nicht ohne Angehörige oder wenigstens eine Anstandsdame reisen dürfen. Aber der Krieg hat alles verändert, und die jungen Amerikanerinnen sind besonders selbständig. Sie kommen sogar bis nach Frankreich, um ihre verwundeten Landsleute zu pflegen.«
»Ja, sehr selbständig«, stimmte ihr René zu. »Aber jetzt, Tante Clothilde, haben wir dich schon zu lange in Anspruch genommen.« Er erhob sich und machte Julie ein Zeichen. Dann verabschiedete er sich wortreich, wobei er versprach, nachmittags den Tee mit ihr zu nehmen und Julie wieder mitzubringen.
Als sie endlich draußen im Korridor standen, flüsterte Julie: »Du hast ihr ja einen schrecklichen Bären aufgebunden. Warum?«
»Aber, *chérie*, nach der letzten Nacht solltest du das eigentlich wissen.« Er nahm sie beim Ellbogen und führte sie den Gang hinunter. Sie folgte ihm stumm. Doch als sie den Salon betraten, in dem sie am Abend zuvor zusammen gespeist hatten, fragte sie ungehalten: »Wie hast du das eigentlich mit den Kleidern gemacht?«
Er lachte. »Das ist mein Geheimnis.«
»Offensichtlich warst du deiner Sache sehr sicher.« Sie runzelte die Stirn.
»Nein, nicht unbedingt«, entgegnete er. »Aber man soll stets auf alles vorbereitet sein. Als wir zu Abend aßen, wurde dein Gepäck abgegeben. Die junge Mademoiselle ist die Tochter eines alten Freundes. Meine Tante hat Mademoiselle für ein paar Tage eingeladen, ehe sie unser Land verläßt.«
»Und wenn ich gestern abend nach Hause gegangen wäre?« fragte sie herausfordernd.
»Nun, dann hätte Mademoiselle eben überraschend wieder gehen müssen, und wir hätten ihr das Gepäck nachgeschickt. Aber, *chérie*, du bist nicht weggegangen«, sagte er und blickte sie verlangend an. »Und du bedauerst es hoffentlich auch nicht.«
»Nein«, entgegnete Julie entschieden. »Nicht im geringsten.«
Statt einer Antwort schloß er sie in die Arme. Sie hob das Gesicht, in der Erwartung, seinen Mund auf ihrem zu spüren, aber statt dessen küßte er sie auf die Wange, küßte ihren Hals und biß sie ganz leicht ins Ohr. Wollüstig bog sie sich ihm entgegen, aber dann war alles bereits vorüber. Einen Schritt zurücktretend, ließ er sie enttäuscht stehen.
»Ich habe heute geschäftlich zu tun. Am Abend gehen wir dann in

das kleine Café, von dem ich dir gestern erzählt habe.«
Sie war verstimmt. »Ich muß heute nachmittag zum Dienst«, sagte sie, »und weiß noch nicht, wann ich zurück bin.«
»Also sagen wir um acht? Da bleibt dir doch genügend Zeit?«
Sie nickte, wütend auf sich selbst, weil sie eingewilligt hatte, und wütend auf ihn, weil er sich und sie so zu beherrschen verstand.
Sie verabschiedeten sich kühl, und Julie beschloß, unter allen Umständen zu Hause zu bleiben. Doch am Abend fand sie sich wie selbstverständlich in ihrem Zimmer im Hause Delon wieder, wo sie sich sorgfältig umzog.
Je näher der Abend gekommen war, desto größer war ihr Verlangen geworden. René wartete in der Empfangshalle auf sie, und sie saßen bereits sittsam im Rolls-Royce, ehe Julie überhaupt zu Bewußtsein kam, daß sie sich nur kurz begrüßt hatten. Im Wunsch, ihm näher zu sein, rückte sie merkwürdigerweise von ihm ab.
»Du bist ärgerlich auf mich«, stellte er trocken fest.
»Ja.«
Er lachte. »Dann muß ich dich wohl um Verzeihung bitten.«
»Spiel nicht mit mir, René«, fuhr sie ihn wütend an.
»Aber es macht mir solchen Spaß«, erwiderte er. »Dann werden deine Augen so wild, und du ziehst einen Schmollmund wie ein ungezogenes Kind.« Er nahm ihre Hand und fuhr ihr mit dem Daumen leicht über das Handgelenk. »Es ist für eine ganze Weile unsere letzte Nacht, *chérie*. Verdirb sie nicht«, flüsterte er ruhig, und ihr Zorn verflog.
Nach dem Café schlenderten sie in Montmartre durch kleine dunkle Straßen, und immer wieder blieb er stehen, umarmte sie, küßte ihren Mund, bis sie den salzigen Geschmack von Blut auf den Lippen schmeckte. »Ich bin verrückt nach dir«, flüsterte er und führte sie in einen kleinen Park, wo er sie tief in den Schatten eines großen Kastanienbaumes zog. Das erinnerte sie an die längst vergangene Nacht im Weidengebüsch, nur daß sie diesmal trotz aller Küsse und heißen Zärtlichkeiten keine Erleichterung, sondern nur eine stetig wachsende Spannung verspürte. Als sie den Park verließen und zum Auto zurückgingen, war ihr geradezu schwindlig von dem Verlangen, genommen zu werden.
Im Auto saßen sie wieder in gebührlichem Abstand nebeneinander, und ins Haus zurückgekehrt, brachte er sie zu ihrem Zimmer und wünschte ihr ruhig eine gute Nacht. Fassungslos starrte sie ihm nach, wie er den Gang zu seinem Zimmer hinunterging und die Tür hinter sich schloß. Sie konnte es nicht fassen, daß er sie allein gelassen hatte.
Zitternd betrat sie ihr Zimmer und begann sich fieberhaft zu entklei-

den. Die Wirkung des Weins hatte nachgelassen, und sie wünschte, sie hätte mehr getrunken. Wie sollte sie schlafen können, wenn ein so wütendes Begehren in ihr tobte. Das Nachthemd in der Hand, stand sie mitten im Zimmer, als sich lautlos die Tür öffnete. Sie wirbelte herum.
»Du?« flüsterte sie. »Warum quälst du mich so?«
Ohne zu antworten, trat René zu ihr, hob sie hoch und trug sie zum Bett. Sie verspürte Lust, ihn zu schlagen, aber ihr Blut raste so, daß sie nicht mehr in der Lage dazu war. Hinterher, sagte sie sich, hinterher mache ich endgültig Schluß.
Er war wie besessen. Er setzte alle Mittel ein, um sie zum Höhepunkt zu bringen; doch kurz vorher hielt er inne, obwohl sie stöhnte: »Nicht aufhören, nicht aufhören.«
»Es ist besser so«, antwortete er, »langsam, langsam bis zum richtigen Augenblick.«
Und als der Augenblick schließlich da war, hatte sie das Gefühl, von ihren angestauten Empfindungen fast zerrissen zu werden.
»Siehst du?« sagte er und streichelte ihren zitternden Körper. »Siehst du?«
Es dauerte lange, bis sie sich beruhigt hatte, bis sie ganz entspannt und gelöst war. Sie fiel in einen tiefen, friedlichen Schlaf, den er nicht störte. Als sie am nächsten Morgen aufwachte, war er gegangen.
Das Mädchen brachte ihr den Koffer und half ihr beim Packen. »Monsieur le Comte wartet unten«, meldete es.
Im Auto auf dem Weg zur Pension bat René Julie, seine Frau zu werden. Das kam ihr so unerwartet, daß sie zunächst keine Antwort wußte.
»Ich liebe dich«, sagte er. »Und du empfindest gewiß ähnlich. Die vergangenen zwei Nächte ...«
»Ich ... ich kann jetzt noch nicht heiraten«, bat sie. »Ich ... ich habe dich ja sehr gern. Aber heiraten?«
»Sollen wir denn so weitermachen? Bis in alle Ewigkeit?«
»Natürlich nicht, aber ... ich kann doch nicht ... René, ich brauche Zeit. Wir müssen einander erst öfter sehen. Ich kenne dich ja erst seit zwei Wochen. Bleib in Paris ...«
»Ich kann nicht in Paris bleiben. Wenn du nein sagst, heißt es Abschied nehmen.« Er wechselte das Thema und erzählte von einer frivolen Komödie, die er einmal gesehen hatte.
Vor der Pension führte er ihre Hand an die Lippen. »Auf Wiedersehen, Julie. Und Dank für die wunderbaren Tage und Nächte. Ich werde sie nie vergessen.« Und fort war er. Ohne sich noch einmal umzudrehen. Einfach gegangen.

Wieder war sie allein. Sie füllte den Tag mit irgendwelchen sinnlosen Tätigkeiten aus und leerte fast jeden Abend eine ganze Flasche Wein, ehe sie einschlafen konnte.
In ihrer Verzweiflung vernachlässigte sie ihr Äußeres ebenso wie die wenigen ihr noch verbliebenen Pflichten. Sie verlor den Appetit, magerte ab und wachte morgens verkatert und müde auf.
Als sie einmal in einem Café auf einen neuen Bekannten wartete, überbrachte ihr der Kellner die Einladung eines alten Stammgastes, zu ihm an den Tisch zu kommen. Sie lehnte ab, denn mit einemmal stieg die Erinnerung an Sara Prescott in ihr auf. Voller Entsetzen verließ sie das Lokal, ohne auch nur mit einer Silbe an den Mann zu denken, mit dem sie hier verabredet war. Kilometerweit lief sie durch die Straßen von Montparnasse. Nur einmal unterbrach sie ihren Marsch, um sich das Hotel »Picardy« anzuschauen, in dem sie und Mark ihre letzte Woche miteinander verbracht hatten. Die blanken Tränen liefen ihr übers Gesicht.
Bei Anbruch der Dämmerung kehrte sie nach Hause zurück. Ihr Kopf war klarer geworden; in ihre Gedanken schien allmählich Ordnung zu kommen. Selbstmitleid. Saras Krankheit. Selbstmitleid und Wut auf ein Schicksal, das ihr den geliebten Mann genommen hatte. Was hatte Madame Gautier gesagt, daß sie, so jung sie auch sei, mit dreißig wie eine alte Frau aussehen werde. Sara, knapp achtundvierzig, hatte wie sechzig ausgeschaut. Aufgeschwemmt und rot im Gesicht – eine Trinkerin. Ich werde bald genauso sein, dachte Julie, wenn ich nicht mein Leben ändere. Ich brauche eine neue Aufgabe, ein neues Ziel.
Vor allem aber mußte sie sich körperlich mehr betätigen – und dem Wein entsagen. Sie fing an, Paris zu durchstreifen. Anfangs war ihr das ungewohnt, und sie lag nachts mit prickelnden Nerven wach. Nach und nach jedoch begannen die endlosen Spaziergänge zu wirken. Sie schlief wieder besser und wachte morgens – wie früher – ausgeruht und munter auf und sah dem Tag fast froh entgegen. Selbst ihre Trauer um Mark klang ab. Er war zwar für immer in ihrem Herzen, aber die Erinnerung an ihn verblaßte allmählich. Eines Tages würde sie einen anderen heiraten und Kinder haben. Und wenn es für die Liebe, die sie verloren hatte, auch keinen Ersatz gab, so konnte sie ihr Herz doch neu mit Liebe füllen.

Der Juli war gegangen, und Paris erstickte fast unter der schweren, drückenden Augusthitze. Die Gautiers hatten die Bäckerei geschlossen, um bei Madame Gautiers Verwandten in einem kleinen Dorf bei Marseille Urlaub zu machen. Wer es sich leisten konnte, floh die Stadt, deren Straßen sich zunehmend mit englischen und amerikani-

schen Touristen füllten.
An einem stillen, schwülen Tag, der gegen Abend Regen versprach, fiel Julies Blick in den Spiegel, und erstaunt stellte sie fest, wie sehr sie sich verändert hatte. Der Kummer war verschwunden, ihre Augen leuchteten wie in alten Tagen.
Plötzlich schoß es ihr durch den Kopf: Ich brauche ja nicht hierzubleiben. Ich könnte Kittys Einladung annehmen und in die Provence fahren. Und dann? Dann – New York, beschloß sie ebenso plötzlich. Zwar konnte sie sich noch nicht vorstellen, wie sie in New York leben würde, aber es war Zeit, die Zelte in Paris abzubrechen. Die Gautiers konnte sie brieflich benachrichtigen.
Als sie ihre Kleider durchging, um diejenigen, die sie Madame Gautier zurücklassen wollte, auszusortieren, wurde sie durch lautes Klingeln an der Haustür unterbrochen. Sie schaute zum Fenster hinaus und erkannte die vertraute Silhouette des Rolls.
René! Sie lief zum Spiegel, um sich ein bißchen herzurichten, und eilte die Treppe hinunter.
René kam ihr irgendwie jünger vor. Sein Gesicht war sonnverbrannt, und seine Augen funkelten. »Du siehst hinreißend aus«, sagte er, nahm ihre beiden Hände und wirbelte sie einmal herum. »Wenn du heute nichts zu tun hast, lade ich dich zu einem Picknick nach St-Cloud ein. Für Paris ist es heute zu heiß. Und ich weiß einen wunderhübschen Platz an einem kühlen Fluß. Klingt das nicht verlockend?«
»Ich bin frei und ledig.« Sie lachte. »Und komme nur zu gern mit.«
Unterwegs nach St-Cloud redeten sie, als hätten sie sich seit einer Ewigkeit nicht mehr gesehen. »Ich füchtete schon, du könntest Paris verlassen haben«, gestand er.
»Eine Woche später, und du hättest mich tatsächlich nicht mehr getroffen«, erwiderte sie.
»Was für ein Glück.« Er nahm ihre Hand und drückte sie.
Der Chauffeur trug die Decke und die großen Picknickkörbe an den von René ausgesuchten Platz. Um fünf Uhr sollte er zurück sein.
»Hast du noch mehr Leute eingeladen?« fragte Julie mit einem Blick auf die Körbe.
»Nein. Aber da ist Wein und kalte Poularde und Käse und Brötchen und Gebäck, und was weiß ich alles. Früchte, köstliche Birnen und wunderbare Pfirsiche . . .«
Sie aßen und tranken und redeten und ließen sich von der sanften Brise streicheln, während vor ihnen der kühle Bach in der Sonne glitzerte.
»Ich habe die ganze Zeit an dich gedacht«, sagte er, als sie alles wieder eingepackt hatten, »und mit meiner Mutter und meiner Tochter über

dich gesprochen. Du bist noch sehr jung«, fügte er anscheinend zusammenhanglos hinzu, aber sie wußte, was er damit sagen wollte.
»Das wird sich mit der Zeit ändern«, antwortete Julie.
»Ich könnte dein Vater sein.«
»Na und?« antwortete sie ruhig.
»Würdest du gern bei uns im Schloß leben? Das Dorf ist sehr klein, und Hautvilliers ist nicht Paris.«
»Hélène mag mich nicht«, erwiderte Julie.
»Hélène mag nur sehr wenige Leute.«
»Und deine Mutter?«
»Meine Mutter ist alt«, antwortete er. »Über achtzig und lebt nur in der Vergangenheit. Sie bettelt alle an, eine Partie Bridge oder Ecarté oder Tricktrack mit ihr zu spielen. Oder auch Schach, obwohl sie es kaum kann. Wenn du ihr einen Gefallen tust und manchmal mit ihr spielst, wird sie dich anbeten. Und wenn du ihr gar, sooft du in die Stadt kommst, Plätzchen mitbringst, kannst du sie um den kleinen Finger wickeln.«
Julie lachte. »Das klingt, als ließe es sich machen.«
»Also ja?« fragte er.
»Also – was?« fragte sie unschuldig zurück.
»Heiratest du mich?«
»Ja, René«, erwiderte sie ernst. Und es war, als hätten sie einen Vertrag geschlossen, einen Vertrag, den er sofort mit einem glühenden Kuß besiegelte.
Als sie mit heißem Gesicht in seinen Armen lag, fühlte sie sich mit einemmal sicher und geborgen. Jetzt hatte sich alles gelöst, und die Zukunft war nicht mehr leer und grau.
»Es ist genau wie früher«, murmelte sie. »Du bist meiner so sicher.«
»Ganz und gar nicht. Ich weiß nur, was ich will, und versuche, es zu bekommen.«
Sie kuschelte sich in seine Arme und sagte: »Du hast mir gefehlt.«
»Ganz arg oder nur ein bißchen?« neckte er.
»Ganz arg, vor allem nachts«, antwortete sie.
»Wir haben noch viele Nächte vor uns. Aber wir brauchen nicht auf die Nacht zu warten. Ich liebe dich auch gern bei Licht. Du bist schön.« Langsam knöpfte er ihr Kleid auf.
Das hat mir gefehlt, dachte Julie. Genau das brauche ich. Sie versuchte sich so zu beherrschen, wie er sich beherrschen konnte, aber es war ihr unmöglich. Er liebkoste sie, ohne sie aus den Augen zu lassen, und unter seinem dunklen, eindringlichen Blick schloß sie die Augen. Sie hörte sich wohlig aufstöhnen, und gleich darauf sagte er: »Und jetzt bist du besonders schön.«
Als sie dann, auf François wartend, noch plaudernd beisammensa-

ßen, fragte sie: »Wie bringst du das fertig?«
»Was fertig?«
»Mir so viel Vergnügen zu bereiten . . .«
»Und meines aufzuschieben?« beendete er den Satz.
»Ja.«
»Es macht mir Spaß. Es macht mir Spaß, dich zu beobachten und dich mit meinen Händen glücklich zu machen. Hinterher wird es für mich nur um so schöner.«
»Aber François kommt doch gleich«, entgegnete sie.
»Uns bleibt Zeit genug, heute nacht, nach der Hochzeit.«
»Nach der Hochzeit?« echote Julie. »Aber René, wie . . .«
»Du meinst, ich war mir schon wieder zu sicher? Ich habe bloß das Aufgebot bestellt, und heute nacht werden wir uns trauen lassen. Mein Freund, der Bürgermeister von St-Cloud, erwartet uns im Gasthaus.«
»Du wirst nie aufhören, mich zu überraschen«, antwortete Julie. »Eigentlich sollte ich dir böse sein, weil du so eingebildet bist, aber ich bin nur erstaunt.«
»Und glücklich, hoffentlich.«
Ein kurzer Schauer durchlief sie. »Ja«, erwiderte sie, während sie gleichzeitig dachte: Glück ist etwas anderes. Aber selbst das mochte sich mit der Zeit noch einstellen.

Die Trauung fand in einem Privatzimmer des Gasthauses statt; der dicke kleine Bürgermeister strahlte vor Vergnügen. Anschließend wurden Gebäck und Wein gereicht, und dann war alles vorüber.
»Ich fühle mich verheiratet recht wohl«, meinte Julie, als sie in ihre Zimmer zurückkehrten.
»Du hast auch allen Grund dazu«, entgegnete René. »Comtesse de Brugarde. Ich frage mich nur, ob dir die Liebe jetzt, nachdem du dazu verpflichtet bist, noch soviel Spaß macht.«
»Oh, ich freue mich schon darauf«, antwortete Julie einfach, als hätte er von einem Theaterstück oder Opernbesuch gesprochen.
Er lachte. »Du bist wirklich außergewöhnlich, meine kleine Braut. Sinnlich und offen – zum Verrücktwerden. Deshalb macht mir deine Zähmung auch solchen Spaß.«
»So nennst du das?« meinte sie und warf ihm einen fragenden Blick zu. »Aber vielleicht möchte ich heute abend nicht von dir gezähmt werden«, setzte sie dann hinzu.
»Sehr wohl, mein Kind, dann überlasse ich dich deinen eigenen Wünschen.« Er küßte ihr förmlich die Hand und lächelte, ohne die geringste Spur von Ärger. Er ging in sein Zimmer; verblüfft starrte sie auf die Tür, die sich hinter ihm schloß.

Dann lächelte sie, überzeugt, daß er genau wie das letztemal nachkommen würde. Sie machte in aller Muße Toilette, knipste das Licht aus und ging zu Bett. In der Erwartung, René jeden Augenblick an der Tür zu hören, lag sie lange Zeit im Dunkeln, bis ihr allmählich aufging, daß er sie ernstgenommen hatte. Was sollte sonst das alberne Spiel! Gereizt erhob sie sich und betrat sein Zimmer, ohne anzuklopfen. Er saß im Bett und las. Bei ihrem Eintreten schaute er auf.
»Ah, du hast dich zum Schlafen fertiggemacht«, sagte er liebenswürdig. »Und ich bekomme jetzt pflichtschuldig einen Gutenachtkuß?«
»René!« explodierte Julie. »Wie kannst du mir in unserer Hochzeitsnacht so etwas antun?«
»*Ich*, meine Liebe? Ich dachte, *du* wolltest allein sein.«
»Ich habe doch bloß Spaß gemacht.«
»Ist das euer berühmter amerikanischer Humor?« fragte er.
»Sei nicht grausam, René«, erwiderte sie.
»Komm her«, befahl er. »Zieh den Morgenrock und das Nachthemd aus.«
»Nein.« Sie trat einen Schritt zurück.
»Auch gut«, antwortete er und erhob sich lässig. Er hob sie hoch und legte sie aufs Bett. Er blieb am Bettrand sitzen und streichelte ihren Kopf, strich ihr das Haar aus der Stirn, folgte dem Haaransatz mit den Fingern bis zum Hals hinab, streifte zärtlich ihre Schultern und glitt dann mit den Fingerspitzen leicht ihre Arme hinunter, bis sie unwillkürlich erzitterte. Da lachte er leise auf und streckte über sie hinweg die Hand aus, um das Licht auszumachen. Gleich darauf schlüpfte er neben sie ins Bett und küßte sie, ein Kosewort murmelnd, sanft auf den Mund. Dann schlang er seinen Arm um sie und zog ihren Kopf an seine Schulter. »Gute Nacht, Kleines«, flüsterte er und atmete gleich darauf tief und regelmäßig.
»Schläfst du schon?« fragte sie ungläubig.
»Nein. Möchtest du ein bißchen plaudern?«
»Nein«, entgegnete sie.
Und wieder folgte ein langes Schweigen, bis sie sich enger an ihn drückte. Er begann, sanft das weiche Fleisch ihres Oberarms zu kneten. Da küßte sie seinen Hals. Er streichelte sie sanft und zärtlich am ganzen Körper, und wie elektrisiert setzte sie sich auf, um den Morgenrock auszuziehen.
»Steh auf«, flüsterte er. Sie gehorchte. Er knipste das Licht an, und unter seinen Blicken zog sie das Nachthemd über den Kopf. »Wunderbar!« sagte er. Er umfaßte ihre Taille und preßte sein Gesicht an ihren Bauch. »So ist es doch viel schöner.«
»Du bist ein Teufel«, beschuldigte ihn Julie. Aber schon einen Augenblick später stieß sie einen lauten Schrei aus. »Nicht, du tust mir

weh!« Doch René ignorierte ihren Protest, und nach einer Weile ging der Schmerz in ein starkes Lustgefühl über.
Als sie später wach neben René lag, überfielen sie Angst und Verwirrung. Sie ahnte, daß ihre Zukunft festgelegt, daß sie ihm hörig war. Selbst jetzt fieberte ihr Körper noch, obwohl seine Liebe deutliche Zeichen von Grausamkeit gezeigt hatte. »Wenigstens bin ich endlich befriedigt«, murmelte sie vor sich hin, drehte ihm den Rücken zu, rollte sich zusammen und schlief ebenfalls ein.

17

Von der Straße, die aus dem nur wenige Kilometer von Sedan gelegenen Dorf Les Deux Croix kam, führte ein schmaler Pfad zu einer kleinen Anhöhe hinauf, die durch die Büsche und Bäume am Wegrand ganz verdeckt war.
Für den zufälligen Wanderer war das nur ein Weg mehr, der auf einen Hügel mit Eichengebüsch und Gestrüpp führte. Aber die Bewohner von Les Deux Croix hätten bessere Auskunft geben können. Hinter den Bäumen lag nämlich das Haus, das Raoul Couline mit der Witwe seines Sohnes und deren fünfjährigem Sprößling bewohnte. Freilich, sie waren Fremden gegenüber nicht eben mitteilsam, und außerdem wurden sie selten nach solchen Dingen gefragt – ihr Dorf lag zu weit abseits des großen Verkehrs.
An einem Sonntag Ende August 1919 kehrte Giselle Couline, Raouls Schwiegertochter, den Marktkorb am Arm, die noch glatte Stirn in Falten gezogen, langsam aus dem Dorf zurück.
Anfangs, als Raoul den Amerikaner Mark Douglas ins Haus gebracht hatte, hatte sie nur eine Sorge gekannt: seine Wunden zu pflegen und ihn wieder zu Bewußtsein zu bringen. Wochenlang hatte er in der kleinen Dachkammer oben an der Wendeltreppe im Delirium gelegen. Sie hatte dicke, mit Gänsefedern gefüllte Kissen auf das Bett getürmt, in dem Mark bald vor Fieber glühte und bald vor Kälte schauerte, und nicht selten war sie zu ihm ins Bett gekrochen, um ihn mit ihrem Leib zu wärmen. Dann hatte er immer nur einen Namen gemurmelt: »Julie, Julie«, ohne dabei aufzuwachen.
Ende Februar endlich war er wieder so weit zu Kräften gekommen, daß er sich länger als nur ein paar Minuten wachhalten konnte. Jetzt fing er auch zu sprechen an – Englisch. Giselle wußte, daß es englisch war, konnte aber kein Wort verstehen. Sie antwortete ihm auf französisch, was er seinerseits nicht verstand. Als es ihm jedoch besser ging, probierte er selbst, französisch zu sprechen, und im Laufe der Wochen wurde sein Französisch immer fließender.

Der alte Roul stieg nur selten zu ihm hinauf. »Er wird mich fragen, wie er hierhergekommen ist, und sicher merken, wenn ich ihn anlüge«, sagte er und ging Mark weiterhin aus dem Weg.
Feigling, dachte Giselle, Feigling! Und dabei hatte er es doch riskiert, sich erwischen und wegen Plünderung des Schlachtfeldes verhaften zu lassen, nur um den schwerverwundeten Amerikaner in ihr Haus zu bringen.
Natürlich war das mit dem Plündern Unrecht gewesen. Das wußte sie auch. Aber schließlich hatten die Boches Jacques gleich zu Beginn der Schlacht von Verdun getötet. Und nun lag er auf dem heimatlichen Friedhof. Vater Raoul hatte es sich viel Geld kosten lassen, ihn aus dem Pariser Lazarett, wo er seinen Verwundungen erlegen war, nach Hause bringen zu lassen. Der Gedanke, daß man ihn, wie so viele andere, in einem namenlosen Massengrab hätte verscharren können, ließ sie schaudern.
»Jacques hätte genauso ausgeraubt werden können«, schimpfte sie, als Raoul anfing, sich auf den Schlachtfeldern herumzutreiben, um nach Beute zu suchen, nach Stiefeln, Helmen, Kleidern, Uhren und Gewehren, die er dann in Sedan um gutes Geld verkaufte.
Aber wie hätten sie sich ohne dieses Geld durchschlagen sollen? Die Ernte war schlecht und das Dorf von den Deutschen leergefressen.
Giselle und der alte Raoul hatten Mark belogen. Sie hatten ihm gesagt, der Waffenstillstand sei rückgängig gemacht worden, und die Deutschen hätten Paris erobert. Weil er so schwer krank war, daß sie ihm schon keine Chancen mehr gegeben hatten, hatten sie ihn den Behörden nicht gemeldet, und als er wieder gesund war, war es zu spät dafür. Also blieb ihnen keine Wahl, als zu lügen.
Hätte Mark das gewußt, wäre er bestimmt nicht zu halten gewesen. Und gerade das fürchtete Giselle. Mark war für sie in den vielen Monaten, in denen sie ihn gepflegt, in all den Nächten, in denen sie neben ihm gelegen hatte, zu einem Traumliebhaber geworden. Aber die eine Lüge zog dauernd neue Lügen nach sich. Ja, sie hätten versucht, die amerikanischen Streitkräfte, die momentan in der Normandie lagen, zu benachrichtigen. Nein, in Paris wären keine Amerikaner mehr. Die dort gewesen wären, wären alle tot oder in Gefangenschaft oder geflohen.
Immer, wenn sie sich liebten, stellte er ihr neue Fragen, manchmal hinterher, manchmal vorher. Schon beim erstenmal vor jetzt nicht ganz zwei Monaten war es so gewesen. Er war in die Nacht hinausgegangen, und sie hatte sich einen Schal über das Nachthemd geworfen und war ihm gefolgt. Hinter der Scheune hatte er gestanden, an einen Baum gelehnt, und den Mond angestarrt.
»Es ist kalt«, hatte sie gesagt, »sehr kalt für Juni. Sie haben gerade

das Schlimmste überstanden und dürfen sich keinesfalls von neuem erkälten.«

Schweigend, und ohne zu lächeln, hatte er sie lange angeschaut, bis sie die Augen niederschlug.

»Und dann müssen Sie mich unter einem Berg von Federbetten begraben und sich neben mich legen«, sagte er schließlich. Er hatte es also doch gemerkt.

»Das war die einzige Möglichkeit«, murmelte sie verwirrt. »In manchen Nächten war es so bitter kalt, und Sie waren so krank!«

»Den Deutschen muß es doch allmählich an Leuten fehlen«, meinte er unvermittelt. »Sie haben so große Verluste erlitten und brauchen außerdem Besatzungstruppen. Oder fügen sich etwa die Franzosen in ihr Schicksal?«

Sie begriff nicht ganz, worauf er hinauswollte. »Vielleicht werden die Deutschen am Ende doch geschlagen«, hatte sie schließlich geantwortet. »Und dann gehen Sie weg.«

»Ich gehe schon früher weg«, hatte er gesagt.

Aufgeschreckt hatte sie seinen Arm ergriffen und an ihre Brust gezogen: »Nein! Nein! Das dürfen Sie nicht. Die bringen Sie um!«

Sie hatte sich an ihn gelehnt, bis er sie um die Taille faßte und an sich drückte. Er hatte sie sehr schnell genommen, gleich dort auf dem Feld, zwischen dem gerade aufgegangenen Weizen. Er hatte sie hart und heftig genommen, als wäre er zornig, und doch hatte sie die Erfahrung aufgewühlt. Wir waren wie Tiere, dachte sie später, als ihr durch den Kopf ging, daß sie sich nicht einmal geküßt hatten und daß er lediglich ihr Nachthemd so weit hochgeschoben hatte, daß sie ihr Vergnügen haben konnten.

In den Tagen danach schien sein Zorn zu verrauchen. Es war schwer, ihr Verhältnis geheimzuhalten, aber Giselle wollte um alles in der Welt nicht den Verdacht ihres Schwiegervaters erregen. Wenn er abends zu einem Glas Wein ins Dorf hinunterging, brachte sie den kleinen Pierre zu Bett und schlüpfte in die Dachkammer hinauf. Und manchmal kam Mark, wenn Raoul auf dem Feld und das Kind beim Spielen war, zu ihr in die Küche, fuhr ihr mit der Hand unter die Schürze, preßte ihren Bauch und sagte: »Jetzt, ehe der Alte zum Essen heimkommt«, und gehorsam folgte sie ihm hinauf in die Kammer.

In letzter Zeit war es immer seltener dazu gekommen. Mark wurde immer ruheloser, bis es schließlich sogar Raoul auffiel. »Es dauert nicht mehr lange, und er verläßt uns«, hatte er erst kürzlich gemeint.

Giselle bog in den Weg zu ihrem Hof ein. Der Korb schien in letzter Zeit schwerer zu wiegen. Überhaupt schien alles schwerer zu sein,

und sie ahnte, daß es so nicht weitergehen konnte, daß bald etwas geschehen mußte. Vielleicht schlich sich Mark eines Nachts nach Sedan, um sich zu informieren! Sie zitterte bei dem Gedanken. Sie mußte sich ein Herz fassen und ihn aufklären, und zwar bald, ehe er von selbst hinter die Wahrheit kam.
Giselle machte sich nichts vor; an allem war sie selber schuld. Sie hätte Mark schon vor langem, gleich nach seiner Genesung, die Wahrheit sagen sollen. Aber sie hatte so nach ihm verlangt. Mein Gott! Sie war noch keine dreißig! Und im ganzen Dorf gab es keinen, der das Feuer in ihr so zu entzünden verstand. Gewiß, manche versuchten es. Der junge Marcel zum Beispiel, der Sohn des Bäckers, oder Henri, der Metzger, der selber seit drei Jahren verwitwet war. Aber Marcel war noch ein grüner Junge, sechs Jahre jünger als sie. Und Henri mit seinen achtunddreißig war zwar nicht zu alt, aber zu dick.
Doch irgend etwas mußte sie sich einfallen lassen – denn sie war schwanger. Manchmal, wenn sie sich ihren Träumen überließ, malte sie sich aus, Mark werde sie heiraten und auf dem Hof bleiben. Aber das war ein kindischer Wunschtraum, an dessen Verwirklichung sie selbst nicht glaubte.
Giselle hob den Kopf und blickte durch die Bäume. Wo es flach wurde, begann der Hof, dessen Grund bis zu dem Hügel reichte. Das alte Steinhaus, von hier aus noch nicht zu sehen, kam erst bei der nächsten Biegung in Sicht. Vermutlich saß Raoul auf der Bank neben der Tür und rauchte seine lange Tonpfeife, während Pierre vor ihm im Gras spielte. Mark war vielleicht im Stall und versorgte die beiden Kühe, oder er war auf dem Feld und starrte, auf die Hacke gelehnt, in die Ferne. Sie holte einmal tief Atem und setzte dann ihren Weg fort.
Hinter dichtem Gebüsch verborgen, beobachtete Mark sie. Giselle sah müde aus. Als Mädchen mußte sie schön gewesen sein. Sie war von zartem Wuchs und hatte große, sanfte, dunkelbraune Augen, die manchmal im Kerzenlicht oder unter dem Nachthimmel wie Bernstein aufglühten und ihn an die Augen einer Katze erinnerten. In solchen Augenblicken konnte man ihre ganze frühere Schönheit ahnen. Aber sie hatte zuviel erlebt – zuviel Sorgen und Kummer gehabt und zu hart arbeiten müssen. Ihre Haut war gröber geworden, und die schwere Arbeit auf dem Feld hatte tiefe Spuren auf ihrem Gesicht hinterlassen. Sie war warmherzig, leidenschaftlich und hingebungsvoll, hatte ihn gesundgepflegt und für ihn gesorgt und ihm mit ihrem Körper wohlgetan. Doch er hatte ihr nichts dafür geben können; er hatte nichts zu geben.
Anfangs hatte Mark tatsächlich geglaubt, daß der Krieg erneut ausgebrochen sei. Ebenso hatte er den Fall von Paris für wahr gehalten

und sich wochenlang um Julie Sorgen gemacht. War sie tot? Nein, das durfte nicht sein. In Gefangenschaft geraten? Aber sie war ja Zivilistin. Oder war sie mit den anderen Amerikanern geflohen? Schließlich hatte er sich für die letzte Möglichkeit entschieden und hielt auch an ihr fest, schon um nicht wahnsinnig zu werden. Ja, sie war entkommen und wahrscheinlich mit einem Truppentransport nach Amerika zurückgekehrt, vermutlich nach New York, wo sie als Angela Grant noch größere Triumphe feierte als früher.
In den letzten zwei Monaten waren ihm jedoch Zweifel gekommen. Wie konnten, wenn die Deutschen Sedan besetzt hatten, unten auf der Straße immer wieder junge Männer auftauchen, die doch eigentlich bei der Armee hätten dienen müssen, sei es bei der französischen oder der deutschen? Gestern hatte er ein ganzes Dutzend die Straße entlangradeln sehen, und das hatte ihn erst recht in der Meinung bestärkt, daß er belogen wurde.
Nachträglich fiel Mark auf, wie unruhig Giselle wurde, sooft er ihr Fragen über die deutsche Besatzung stellte: Kein Zweifel, sie machte ihm schon die ganze Zeit über etwas vor. Und der alte Raoul sprach ohnehin kaum mit ihm. Ab und zu, wenn er vom Teller aufschaute, begegnete er Raouls Blick. Angst und Trauer schienen in seinen Augen zu stehen.
Wie gut, daß er seinen Verdacht nie geäußert hatte. Morgen abend wollte er, wenn Raoul wie jeden Samstag im Dorfgasthaus saß und Giselle und Pierre schon schliefen, nach Les Deux Croix gehen und sich selbst von der Anwesenheit der deutschen Soldaten überzeugen. Sollte er sich geirrt haben, was er beim besten Willen nicht glauben mochte, blieb ihm noch immer ein Ausweg. Sein Französisch hatte sich mittlerweile so gebessert, daß den Deutschen bei einem kurzen Gespräch sein Akzent bestimmt nicht auffallen würde. Außerdem war er wie ein Einheimischer gekleidet, mit den Arbeitshosen, dem Pullover und den hochgeschnürten Stiefeln, die ihm Giselle beschafft hatte. Zur Not konnte er zudem Raouls alte Baskenmütze mitnehmen.
Aber wenn er recht behielt! Er fluchte leise. Warum hätten sie ihn belügen sollen, wenn sie nicht selber die Räuber waren, die ihm die Uhr, die Stiefel, den Stahlhelm und seine persönlichen Habseligkeiten abgenommen hatten? Schon bei dem Gedanken stieg kalte, mörderische Wut in ihm auf. Blicklos starrte er Giselle hinterher. Nach dem Abendessen verkündete Raoul die Absicht, entgegen seinen sonstigen Gewohnheiten, schon heute, am Freitag, ins Dorf zu gehen. Auf Giselles Fragen antwortete er lakonisch: »Ich habe eben Lust dazu.« Und mit einem Seitenblick auf Mark setzte er hinzu: »Vielleicht gibt es auch etwas Neues von den Alliierten.«

Mark täuschte Interesse vor. Giselle war ungewöhnlich nervös, und um Raouls Lippen spielte ein kleines höhnisches Lächeln. Sein Verdacht war also begründet! Er mußte noch heute nacht fort.
Als die Dämmerung hereinbrach, verzog er sich in den Stall. Er machte Ordnung und gab dem Esel frisches Heu. Seine Nerven waren zum Zerreißen gespannt.
Als er endlich ins Haus ging, saß Giselle gerade bei Pierre im Schlafzimmer und erzählte ihm ein altes Märchen von einem Schäferjungen, der eingeschlafen war und dessen Herde von den Wölfen geraubt wurde. Ich an Pierres Stelle, dachte Mark, könnte nach dieser Geschichte die ganze Nacht kein Auge zutun. Und tatsächlich, im selben Augenblick weinte das Kind: »Mama, ich fürchte mich.« Mark grinste insgeheim. Um Pierre zu beruhigen, stimmte Giselle ein Wiegenlied an, das von vielen Englein, dem lieben Gott und dem Herrn Jesus handelte, der als guter Hirte seine Hand über alle kleinen Kinder hielt.
Das würde sie noch eine Weile beschäftigen. Mark ging in die kleine Kammer, die Raoul als Schlafzimmer diente, um dessen Baskenmütze zu holen, die er unter einem alten Pullover an einem Haken entdeckte. Sie war ausgebeult und verschwitzt, würde ihm aber gerade passen, wenn er sie ein bißchen in die Stirn zog. Auf dem Rückweg blieb er im großen Zimmer stehen, um zu lauschen. Der *pot-au-feu* für morgen mittag blubberte leise über der noch immer glühenden Asche des offenen Herdes. Giselles Stimme war in ein leises, weiches Summen übergegangen; das Kind war also fast schon eingeschlafen. Draußen flüsterte der Abendwind. Sonst war alles still.
Mark überquerte den mit Steinplatten ausgelegten Flur und stieg unters Dach hinauf. Vollständig angekleidet legte er sich aufs Bett und schob Raouls Baskenmütze unter die Decke. Wenn Giselle heute nacht heraufkommen sollte, würde er sich schlafend stellen.
Im gleichen Augenblick waren ihre Schritte auf der Treppe zu hören. Er schloß die Augen. Sie trat an sein Bett und flüsterte seinen Namen, aber er rührte sich nicht. »Wach auf, Mark.« Das Flüstern wurde dringlicher. »Bitte, wach auf!« Er regte sich und murmelte etwas Unverständliches, worauf sie außer sich sagte: »Wach um Gottes willen auf! Du bist in Gefahr!«
Er schlug die Augen auf und setzte sich aufrecht hin. »In welcher Gefahr?«
»Du mußt fort. Morgen kommen sie. Heute abend knobeln sie die Sache aus, und morgen kommen sie.«
Er packte sie fest beim Arm und zwang sie, sich neben ihm aufs Bett zu setzen. »Heraus mit der Sprache«, befahl er. »Sag mir alles, und lüg mich nicht an, Giselle.« Er drohte ihr nicht, wie es ihr Vater und

sogar Jacques getan hatten und wie es gelegentlich selbst Raoul tat, und doch fürchtete sie sich vor Mark mehr als vor jedem anderen. Stockend und unter Tränen beichtete sie ihm die Wahrheit.

Als sie geendet hatte, schwieg er eine Zeitlang. Er überlegte fieberhaft. Der Krieg war aus, und zwar seit einem Dreivierteljahr. Julie war also weder tot noch in Gefangenschaft. Sie war entweder daheim oder wartete in Paris auf ihn. Plötzlich ging ihm auf, daß sie ihn für tot halten mußte. Mit einem einzigen Satz sprang er auf.

»Mark«, sagte Giselle, »Mark, ich liebe dich!«

»Das hast du schon einmal gesagt«, erwiderte er. »Und du tust mir leid, wegen allem, was passiert ist. Aber ich muß fort.«

»Sei vorsichtig«, bat sie. »Du kannst nicht durchs Dorf, sonst sehen sie dich und folgen dir. Hör mir gut zu. Halte dich unten am Weg nach links. Bis zum Wald ist es ein guter Kilometer. Dort stößt du rechter Hand auf einen Fußweg, der zur Hauptstraße führt. Dort wohnt ein Vetter von mir, der dich mit dem Ochsenwagen nach St-Mihiel bringt. Von dort kommst du leicht nach Paris.«

Mark ließ sich die Beschreibung ein paarmal wiederholen. Schließlich sagte sie: »Geh jetzt. Ich gebe dir etwas Geld, denn du mußt meinen Vetter und die Fahrkarte bezahlen.«

Dann stieg sie hinter ihm die Treppe hinunter und ging, während er an der Tür wartete, in Raouls Zimmer. Als sie nach ein paar Minuten wieder auftauchte, hatte sie die Hand voll Goldmünzen.

»Von Raoul?« fragte er. »Aber das merkt er doch.«

»Er hat noch viel mehr«, antwortete sie bitter. »Er meint, ich wüßte es nicht, aber ich weiß es doch. Er hat sie in einer Tasche unter den losen Ziegeln hinter seinem Bett versteckt. Wie hier, siehst du?« Sie lief zum Herd, zog einen Ziegel heraus und brachte ein Bündel Papiergeld und ein paar Münzen zum Vorschein.

»Dieses Versteck hier hat er mir selber gezeigt. Er zählt das Geld jeden Samstag. Und das andere?« Sie zuckte die Schultern. »Ich weiß nicht, wann er es zählt. Ich habe schon einmal ein paar Francs genommen, und er hat nichts gesagt; also zählt er es vielleicht nicht oft oder vergißt womöglich, wieviel es ist.«

Sie stopfte das Geld wieder zurück und sah ihn trotzig an. Zum erstenmal empfand er wirkliche Zärtlichkeit für sie. »Ich werde dich nicht vergessen«, sagte er schroff.

Sie nickte. »Geh jetzt«, sagte sie, beugte sich über die Lampe, drehte den Docht herunter, und mit einemmal war es stockfinster im Zimmer. Er spürte ihre Gegenwart, konnte sie aber nicht mehr sehen. Wortlos öffnete er die Tür und war schon im Begriff hinauszutreten, als ihn ein Geräusch verharren ließ. Vorsichtig zog er den Fuß wieder zurück.

Im nächsten Augenblick stand Giselle neben ihm. »Sie kommen den Weg herauf«, flüsterte sie. »Schnell in den Stall, durchs hintere Fenster.«
Aber er schüttelte den Kopf. »Nein, ich erwarte sie hier. Geh du zu Pierre ins Zimmer.«
»Sie bringen dich um! Ich sage dir, sie bringen dich um!« In ihrer Angst schrie sie leise auf, und er legte ihr rasch die Hand auf den Mund.
»Geh ins Zimmer«, sagte er sanft, »und komm nicht heraus, was auch passiert.«
Mit einem unterdrückten Seufzer war Giselle verschwunden. Er drückte sich flach an die Wand und wartete. Dem Geräusch der Schritte nach waren es mehr als zwei, aber nicht mehr als vier Männer.
Behutsam wurde die Tür aufgestoßen. Die Männer schwiegen, aber er konnte ihren heiseren, ungleichmäßigen Atem hören. Immer noch wartete er; erst als die Tür fast ganz offen stand, sprang er mit der Geschmeidigkeit und der Schnelligkeit eines Panthers vor, die Faust zum Schlag erhoben. Das ging so rasch, daß der erste Mann nicht begriff, was passierte. Er spürte nur etwas in der Magengrube und eine Klammer an der Kehle, und ein stechender Schmerz breitete sich in ihm aus. Dann wurde ihm schwarz vor den Augen. Lautlos sackte er zusammen. Der Mann hinter ihm stolperte über ihn, wurde aber von Mark aufgefangen und um die eigene Achse gedreht. Er stieß einen leisen Schrei aus, und im selben Augenblick blitzte etwas im bleichen Sternenlicht auf. Ein Messer durchbohrte Raouls Herz, und Blut spritzte aus der verletzten Schlagader, als er, von Mark halb gehalten, halb gestoßen, seinem Mörder in die Arme fiel.
Der Aufprall ließ die andern taumeln. Der vierte Mann ging zu Boden, der dritte fiel auf ihn, und zuoberst lag Raoul und überströmte die beiden anderen mit seinem Blut. Einen Augenblick lang blieben sie so liegen. Doch als sich Mark zögernd dem Ausgang zubewegte, rappelten sich die beiden unverletzten Männer wieder hoch. Der eine stürzte mit dem Messer auf ihn los, der andere, ein schlanker, eher zierlicher Kerl, griff ihn mit bloßen Händen an. Mark packte den Zierlichen und stieß ihn direkt in das gezückte Messer des anderen. Dann bekam er den Messerstecher zu fassen und schlug ihn mit einem wuchtigen Kinnhaken zu Boden.
Eine ganze Weile stand Mark nach Atem ringend da. Zwei der Männer waren tot. Das Blut breitete sich in einer großen Lache über den Boden aus. Der junge Mann mit dem Messer lag regungslos im Gras, und der erste, ein schwerer, dicker Mann, versperrte noch immer den Eingang.

Mark stieg über ihn hinweg und ging zu Giselles Schlafzimmer. Auf sein leises Klopfen öffnete sie sofort. »Zünde eine Kerze an«, sagte er. »Es ist vorbei.«
Benommen gehorchte sie und strich mit zitternden Händen ein Streichholz an. Die Flamme flackerte zuerst, fing sich dann, und das Zimmer wurde hell.
Als sie den Mann bei der Tür sah, schnappte sie nach Luft.
»Henri!« sagte sie. Dann fragte sie: »Ist das alles?«
Er schüttelte den Kopf. »Geh nicht hinaus«, erwiderte er. »Sie ... zwei sind tot ... ein Kleiner, Zierlicher mit spitzem Gesicht.«
»Armand – das ist Armand.«
Mark nahm ihr die Kerze ab, stellte sie auf den Tisch und legte ihr den Arm um die Schulter. »Auch Raoul ist tot«, setzte er ausdruckslos hinzu.
Giselle zitterte, hielt sich aber still. Einen Augenblick später fragte sie: »Ist das jetzt alles?«
»Nein, da war noch einer. Ich habe ihn bewußtlos geschlagen. Ein Junge mit lockigem Haar, größer als die anderen und schlank.«
»Marcel«, erwiderte sie. »Aber warum Marcel? Er gehörte doch gar nicht zu ihnen.«
»Ich weiß es nicht. Aber er hatte ebenfalls ein Messer. Sie hatten alle Messer und haben sich in dem Durcheinander gegenseitig umgebracht. Armand hat Raoul erstochen und Marcel, als er auf mich losging, Armand, der zwischen uns stand.«
An der Tür begann Henri zu ächzen, und wie elektrisiert fuhr Giselle auf. »Geh jetzt, ehe sie zu sich kommen. Und bring keinen mehr um. Ich bitte dich!«
Plötzlich begann sie zu zittern. »Und ich habe nichts gehört«, stieß sie keuchend hervor. »Nur Stöhnen und Schnaufen, aber sonst nichts. Sie müssen ganz ruhig gestorben sein.« Die Tränen liefen ihr übers Gesicht. Mark versuchte sie zu trösten, aber sie schüttelte ihn ab. »Beeil dich«, sagte sie. »Ich werde den Männern im Dorf sagen, daß sie sich gegenseitig umgebracht haben. Ich bringe das schon in Ordnung. Aber bitte, geh jetzt, geh endlich.« Aus dem Schlafzimmer rief Pierre im Schlaf, und sie schob Mark weg. »Geh«, wiederholte sie.
Er schaute sie an, nickte, nahm dann langsam ihr Gesicht in beide Hände, wischte die Tränen weg, beugte sich hinunter und küßte sie sanft und mit unendlicher Zärtlichkeit auf den Mund. »Auch ich werde dafür sorgen, daß alles wieder in Ordnung kommt«, sagte er. Er flüsterte ihr zu, was sie machen sollte, und war im nächsten Augenblick verschwunden.
Giselle wartete etwa zwanzig Minuten, dann schüttelte sie Henri und

Marcel: »Mein Schwiegervater und Armand haben sich statt des Amerikaners gegenseitig umgebracht. Ihr könnt von Glück sagen, daß ihr mit dem Leben davongekommen seid. Dieses Ungeheuer! Verflucht sei der Tag, an dem Raoul ihm das Leben gerettet hat! Aber was ist hier geschehen? Seit wann seid ihr denn hier?«
Sie überschüttete sie mit Fragen, und nach und nach begriffen sie trotz ihrer Benommenheit, welchen Ausweg sie ihnen wies.
»Ich muß ins Dorf, Lärm schlagen«, sagte Marcel erregt. »Ich muß Leute holen, die sich das mit eigenen Augen anschauen. Wir sind auf ein Glas Wein gekommen, und Armand hat Raoul angegriffen.«
»Ja, beeil dich, Marcel. Geh ins Dorf. Vor einer Stunde werdet ihr ohnehin kaum zurück sein, und der arme Henri blutet. Mach schnell.«
Nachdem der Junge weggelaufen war, half Giselle Henri in Raouls Schlafzimmer. »Leg dich hierher«, sagte sie und führte ihn zum Bett. »Ich hole Wasser und ein sauberes Tuch.«
Sie huschte in die Küche, zog den Ziegel hinter dem Herd weg, nahm das Geld heraus und stopfte es in ihre Schürzentasche. Dann legte sie den Ziegel wieder an seinen Platz zurück, ging in ihr eigenes Zimmer und versteckte das Geld nach einem Blick auf das schlafende Kind unter ihrer Matratze. Morgen würde sie das übrige Geld an sich nehmen und an einen sicheren Ort bringen. Erst dann holte sie Wasser und ein sauberes Tuch.
Sie hatte nicht viel Zeit. Vielleicht eine Dreiviertelstunde, aber bestimmt nicht mehr. Denn heute nacht mußte es geschehen. Henri mußte sie heiraten, damit das Kind einen Vater bekam. Wieder im Schlafzimmer, wusch sie Henri den Kopf, Gesicht und Hände.
Als sie so am Rand des schmalen Bettes saß, wußte sie genau, daß Henris Augen über ihren Körper wanderten. Unter dem Vorwand, ihn auf weitere Verletzungen zu untersuchen, beugte sie sich über ihn und streifte wie zufällig mit ihrer Brust sein Kinn. Sie spürte, wie sein Herz schneller schlug, und richtete sich lächelnd auf. »Armer Henri«, sagte sie. »Warum haben sie dich vorangehen lassen?«
Er glotzte sie an. »Dann hast du es also gewußt?« fragte er.
»Natürlich habe ich es gewußt. Ich bin doch nicht blind. Aber ich wollte es nicht. Ich wollte nicht, daß einer umgebracht wird. Aber jetzt, jetzt wollte ich, ich hätte ihn selber umgebracht, das Schwein!«
Sie machte eine Geste, als wollte sie ausspucken.
»Er wird uns alle ins Gefängnis bringen«, stöhnte er.
»Das wird er nicht. Und falls er es doch versucht, werde ich sagen, daß er die beiden anderen umgebracht hat. Das habe ich ihm schon angedroht. Er wollte mich schlagen, aber gerade in dem Augenblick hast du gestöhnt, und er dachte, du kämst zu dir. Wie ein aufge-

schreckter Hase lief er davon.«

»Wir haben Glück gehabt, Marcel und ich«, meinte Henri.

»Aber warum habt ihr Marcel überhaupt mitgenommen?« fragte sie. Er schaute weg. »Du kannst es mir ruhig anvertrauen, Henri.«

»Er hat gehört, wie wir die Sache besprachen«, brummte Henri, »und war dann nicht mehr zu halten. Er wollte unbedingt mit. Er war eifersüchtig auf den Amerikaner und fürchtete, du . . .«

Sie lachte. »Eifersüchtig auf den Amerikaner! Wenn ihr ihn gesehen hättet . . . ein Gesicht wie ein Affe und dürr wie einer dieser dürren Affen. Ich mag dürre Männer nicht.«

»Nicht?«

»Aber bestimmt nicht«, antwortete Giselle entschieden. »Oh, Henri, du hast Blut auf den Schuhen, ich muß sie dir ausziehen.« Sie machte sich daran, zog ihm Schuhe und Strümpfe aus und tastete seine Beine nach Schnittwunden ab. »Und jetzt die Arme«, sagte sie und fuhr ihm in die Ärmel. »Gut, und jetzt die Brust.« Sie schob den Pullover hinauf und knöpfte das Unterhemd auf, so daß seine fette, stark behaarte Brust sichtbar wurde.

»Gut.« Sie lächelte ihn an. »Alles in Ordnung.« Unter dem Vorwand, sein Hemd wieder zuzuknöpfen, beugte sie sich über ihn. Als ihre Brust seine Hand berührte, schnappte sie nach Luft und rückte ein bißchen näher. Einen Augenblick lang befürchtete sie, er könnte der offenen Einladung widerstehen. Dann hätte sie sich an Marcel halten müssen. Aber Marcel hatte weder Geld noch eine Zukunft und war überhaupt zu jung. Womöglich beschuldigte man sie, ihn verführt zu haben. So wartete sie noch den Bruchteil einer Sekunde, ehe sie sich langsam aufrichtete. Doch da endlich schlossen sich seine Hände um ihre Brüste und preßten sie fest.

»Oh«, murmelte sie zögernd und schaute ihm in die Augen, »das . . . das darfst du nicht«, und machte eine Geste, als wollte sie ihn wegstoßen.

Aber er ließ sie nur los, um sie ganz zu sich herunterzuziehen, und drehte sie schwerfällig, bis sie neben ihm lag, und küßte sie auf den Mund, den Hals und den Körper und begann an ihren Kleidern zu nesteln.

»Aber sie können doch jeden Augenblick wiederkommen«, murmelte sie.

»Ich will dich«, keuchte er heiser, »und wir haben Zeit.« Und im nächsten Augenblick war sie ihm behilflich.

Hinterher schlief er wie betäubt ein, während sie aufstand und sich anzog. Das wenigstens war gutgegangen. Nun hatte sie ihn in der Hand. Henri würde wiederkommen, sie aber wollte ihn fortschicken, bis er sie heiratete. Das allerdings mußte bald sein. Ein Kind konnte höchstens zwei Monate zu früh auf die Welt kommen, und selbst dann rechneten die alten Weiber noch nach und zerrissen sich den Mund. Aber sollten sie doch! Immerhin hielten sie es für Henris Kind. Gottlob hatte keiner, der noch am Leben war, Mark Douglas gesehen. Und zum Glück war Henri nicht so dunkel wie sie, so daß, falls das Kind rote Haare haben sollte ... nun ... im Dorf hatten ähnliche Eltern schon einmal ein rothaariges Kind gehabt. Außerdem hatte sie Raouls Geld.

Giselle ging in ihr Zimmer und bürstete sich das Haar. Dann schloß sie die Tür und wartete auf die Männer aus dem Dorf.

Als alles vorüber war, dämmerte es schon. Die Leichen waren weggebracht worden, und die Männer waren zufrieden nach Hause gegangen. Selbst der Priester hatte nicht allzu viele Fragen gestellt.

Als letzter ging Henri. Sie paßte ihn an der Haustür ab, als er aus Raouls Zimmer trat. Pierre saß still am Tisch bei seiner warmen Milch.

»Das Kind ist ja schon auf«, sagte Henri bedeutungsvoll, und sie schlug die Augen nieder.

»Dann komme ich heute nacht«, fügte er leise hinzu, aber sie schüttelte den Kopf. »Also morgen?« Aber wieder schüttelte sie den Kopf.

»Warum nicht, nach gestern? ...«

»Weil ... weil ich mich habe hinreißen lassen. Ich gehöre nicht zu den Frauen, die mit einem Mann unverheiratet zusammenleben. Angenommen, ich ...« Sie brach ab und warf einen nervösen Blick auf das Kind.

»Dann heirate ich dich«, flüsterte er.

»Aber angenommen, das Kind kommt zu bald, und die Alten reden?«

»Also gehen wir morgen zum Bürgermeister.«

»Ah, das ist gut. Bis morgen also.« Sie lächelte ihn strahlend an und setzte ein gehauchtes *»Chéri!«* hinzu.

Lange nachdem er gegangen war, stand sie noch unter der Tür und starrte den Weg hinunter. Henri hatte sich genauso verhalten, wie sie es erwartet hatte. Er war ausgehungert nach einer Frau, aber falls er jemals im Bett gut gewesen war, hatte er mittlerweile alles verlernt. Die Aussicht auf die vielen trostlosen Jahre, in denen sie Henri ertragen mußte, ehe sie ihn abweisen konnte, stimmte sie traurig. Gestern nacht hatte sie sich vorzustellen versucht, sie schliefe mit Mark oder Jacques; aber geholfen hatte das wenig.

Plötzlich fiel ihr wieder ein, daß Mark sie, ehe er gegangen war, zum erstenmal wirklich zärtlich auf den Mund geküßt hatte. Einen Au-

genblick lang hing sie der Erinnerung daran nach; doch dann wischte sie sich entschlossen die einzelne Träne ab, die ihr übers Gesicht lief.
»Ich gehe jetzt melken«, sagte sie zu Pierre, »und sehe nach den Hühnern. Und wenn du schön brav bist, mache ich dir ein feines Omelette.«
»Ist Mark mit Großvater fortgegangen?«
»Ja«, antwortete sie, nahm ihren Korb und ging in den Stall hinaus.

18

Schon als er den Zug in St-Mihiel verließ, kam Mark Paris stark verändert vor. Von der übertriebenen Fröhlichkeit und Hektik, die während seines letzten Urlaubs hier geherrscht hatten, war nicht mehr viel zu merken. Das Leben hatte sich wieder normalisiert.
Er hatte befürchtet, der amerikanische Verbindungsoffizier würde ihm Schwierigkeiten machen. Aber abgesehen davon, daß man seine Geschichte mit einigem ungläubigen Staunen zur Kenntnis nahm, gab es keine weiteren Anstände.
Nachdem er in einem französischen Offizierslager einquartiert worden war, bekam er von einem Captain der Botschaft, der, abgesehen von einer umfangreicheren Taille, etwa seine Statur hatte, eine anständige Uniform und einen Vorschuß.
Am frühen Nachmittag hatte er dann auch die ärztliche Untersuchung hinter sich, die die letzten Zweifel an seiner Geschichte zerstreuten. Anscheinend hatte man ihm die Geschoßsplitter aus den Beinen und der Kopfhaut mit einem Taschenmesser herausoperiert, und »damit«, wie der Arzt im Hauptquartier schimpfte, jene ». . . verheerende Infektion verursacht«.
Er gab ein Telegramm an seine Familie auf und ging zu seiner Pariser Bank, wo man zum Glück nichts von seinem angeblichen Tod wußte. Dann duschte er, rasierte sich, zog seine neue Uniform an und machte sich auf den Weg zu der alten Rot-Kreuz-Dienststelle, die jedoch geschlossen war. Ohne große Hoffnung, sie noch dort zu treffen, suchte er Julies alte Wohnung auf; vielleicht konnten ihm die Gautiers wenigstens ihre neue Adresse geben.
Still und leer lag die Straße in der Abenddämmerung da. Die Bäckerei war geschlossen. Ein Plakat im Schaufenster kündigte die Wiedereröffnung für September an. Er stieg die Stufen zur Pension hinauf und hoffte sehnsüchtig, Julie möge auf das Läuten hin erscheinen. Aber die Klingel schrillte durch das stille Haus, ohne daß sich etwas rührte.

Als er sich zum Gehen wandte, sah er, daß ihn von der Tür des Nachbarhauses ein Kind schweigend beobachtete.
»Guten Abend«, begrüßte er es. »Weißt du, wann die Gautiers zurückkommen?«
Stumm verschwand das Kind, doch schon einen Augenblick später erschien an seiner Stelle eine aufgeregt wirkende Frau.
»Die Gautiers sind in Marseille«, erklärte sie, »im Urlaub. Im September kommen sie zurück.«
»Und die amerikanischen Mesdemoiselles?«
»Die sind ausgezogen«, erwiderte die Frau. »Die Blonde hat vor ein paar Monaten geheiratet, und die große Schwarze« – die Frau machte eine Pause und zuckte die Schultern –, »keine Ahnung, was aus der geworden ist. Letzten Freitag war sie noch da. Dann, mit einemmal, war sie fort. Jedenfalls habe ich sie seit zwei Tagen nicht mehr gesehen. Madame Gautier hat mir erzählt, daß sie bald nach Amerika zurück wollte. Vielleicht ist sie inzwischen gefahren.«
»Danke, Madame.«
Mark wandte sich zum Gehen. Es war schon ein unglaubliches Pech: Um wenige Tage hatte er Julie verfehlt. Hätte er nur auf seine innere Stimme gehört und die Coulines ein paar Wochen früher verlassen. Dann hätte er Julie noch angetroffen, und sie wären jetzt gemeinsam auf dem Heimweg. Plötzlich überwältigte ihn die Sehnsucht nach ihr so stark, daß ihm die Tränen in die Augen traten. Es war wie ein körperlicher Schmerz. Er beschleunigte seine Schritte, um die Fassung wiederzugewinnen.
Am Quai d'Orsay ging er in ein kleines Lokal. An der Decke drehte sich langsam ein alter Ventilator, umsummt von Fliegen, die sich von dem leichten Luftstrom nicht stören ließen. Außer Mark waren noch drei weitere Gäste anwesend, lauter Arbeiter, die Wein tranken und sich mit leiser Stimme unterhielten.
Mark bestellte einen doppelten Whisky. Der Wirt brachte irgendwoher eine halbvolle Flasche Scotch zum Vorschein, goß ein, stellte das Glas vor Mark hin und sagte auf englisch: »Zehn Francs, Captain.«
Mark zahlte, leerte das Glas und hielt es zum Nachfüllen hin.
Eine halbe Stunde später hatte sich die Spannung in seiner Brust gelöst. Er erhob sich und trat auf die Straße hinaus.
»Les américains«, hörte er einen der Arbeiter sagen, *»ils ont les foies de fer.«*
Mark lachte, als ihm die Bedeutung der Worte aufging: Die Amerikaner haben eine Leber von Eisen. Und einen hohlen Kopf, fügte er im stillen hinzu. Julie befand sich entweder bereits an Bord eines Schiffes, oder ihre Abreise stand unmittelbar bevor. Aber das ließ

sich unschwer herausfinden. Von neuem Schwung beseelt, ging er zum »Medici-Hotel«, um Giselle Couline einen Brief zu schreiben und ihr für alle ihre Mühe zu danken. Er legte dem Brief Geld bei. Eigentlich hätte er etwas Nettes schreiben und ihr ein paar liebe Worte sagen wollen. Aber er fürchtete, der Brief könnte in fremde Hände fallen, und ging über ein paar höfliche Floskeln nicht hinaus.
Er zögerte sogar, ihr Bargeld zu schicken. Aber vermutlich hätte sie mit einem Scheck nichts anzufangen gewußt. Er sah noch den Ziegelstein auf dem Boden vor sich, unter dem das Geld versteckt war. Nein, Banken waren Giselle völlig fremd. Da ging er schon lieber auf ein Postamt und ließ den Brief einschreiben. Er adressierte den Umschlag, strich »Medici« aus und gab statt dessen als Absender seine Militäradresse an. Dann nahm er aus der mittleren Schublade des Schreibtisches etwas Siegelwachs, versiegelte das Kuvert, zündete ein Streichholz an und schaute zu, wie die roten Tropfen auf die Umschlagklappe fielen. Ihm stand wieder vor Augen, was letzte Nacht passiert war – wie sich die Blutlache auf dem Boden ausgebreitet hatte. Schon aus diesem Grund bedauerte er es, nicht schon früher geflohen zu sein.
Am nächsten Nachmittag hatte Mark alles versucht, um Julies Namen auf einer Passagierliste zu finden – vergeblich. Möglicherweise war sie nach England gereist oder hatte vor ihrer Abreise noch Bekannte besucht; vielleicht war sie auch nur umgezogen und wohnte jetzt in einem anderen Stadtteil.
Es war wie damals in New York, als er sie ebenfalls vergeblich gesucht hatte. Da fiel ihm eine letzte Möglichkeit ein: eine Anzeige unter »Privates«. In New York hatte das zwar keinen Erfolg gehabt. Aber in Paris würde eine englische Anzeige vielleicht eher auffallen. Den Rest des Nachmittags verbrachte er damit, die Annonce persönlich bei den verschiedenen Zeitungen aufzugeben. Sie lautete schlicht:

JULIE, HINTERLASSE BITTE EINE NACHRICHT BEI DER AMERIKANISCHEN BOTSCHAFT. MARK

Für kurze Zeit schöpfte er neue Hoffnung. Als jedoch am Wochenende noch immer keine Antwort eingegangen war, stand für ihn fest, daß sie Frankreich verlassen hatte und über England nach Amerika zurückgekehrt war.

Am Montag darauf nahm er den Zug nach Le Havre. Mittlerweile war er von Julies Rückkehr nach New York fest überzeugt. Zumindest würden Lew Belmont oder Madeline James wissen, wo sie war. Trotzdem überfielen ihn, als er an Bord der *Ile de la Cité* stand, neuerliche Zweifel. Am liebsten wäre er wieder an Land gegangen. Sehnsüchtig sah er zur französischen Küste hinüber, die allmählich im Dunst verschwamm. Sein Verstand sagte ihm, daß er Julie entgegenfuhr, sein Gefühl dagegen, daß er sich von ihr entfernte. Die lange Krankheit hatte ihn verweichlicht. Was er jetzt brauchte, war Arbeit, Bewegung und körperliche Anstrengung – und fürs erste ein harter Drink. Die Überfahrt dauerte doch verteufelt lang.

Als das Schiff in New York einlief, war Mark wieder ganz der alte. Er wußte, was er wollte: zuallererst heiraten. Dann wollte er in Kalifornien nach dem rechten sehen. Und schließlich gedachte er, mit Julie nach Prescottville zu gehen, um den Schaden, den die Prescotts und Miranda Latham angerichtet hatten, wiedergutzumachen.

Mit der Prohibition hatte Jason recht behalten. Aber nach allem, was Mark gehört hatte, waren die Gegner des Alkoholverbots keineswegs am Ende. In den Staaten, die das Gesetz nicht ratifiziert hatten, waren sie besonders aktiv. In Kalifornien gab es geradezu offene Meuterei.
Nach einem Artikel in *Le Monde* zu schließen, in dem der Rückgang des französischen Weinexportes beklagt worden war, war bereits ein blühender Whisky- und Weinschmuggel im Gange. Sobald er wieder Herr in Fontaine war, wollte auch er sich nach Möglichkeiten umtun, wie die Prohibitionsgesetze am besten umgangen werden könnten.

An dem Morgen, an dem das Schiff in den Hafen einlief, stand Mark an der Reling und starrte auf die immer näher rückende, drohend aufragende New Yorker Skyline. Es war noch früh am Tag, und dennoch lag über der Stadt bereits ein heißer, sommerlicher Dunst.
Mark hatte an Lew Belmont telegraphiert. Als das Schiff anlegte, musterte er die Gesichter der Wartenden, in der Hoffnung, unter ihnen Julie zu entdecken. Er konnte sie jedoch nirgends erblicken. Er wandte sich um und ging nach unten, um seinen Koffer zu holen.
Als er das Zollabfertigungsgebäude verließ, entdeckte er Madeline James, die sich lächelnd aus ihrem Auto beugte.
Strahlend lief er auf sie zu. Es war alles in Ordnung! Julie war nur irgendwo aufgehalten worden. Ein Stein fiel ihm vom Herzen. Beim Auto angelangt, war seine erste Frage: »Wo ist Julie?« Es dauerte eine Weile, bis ihm aufging, daß ihm Madeline im selben Augenblick die gleiche Frage gestellt hatte.
»Wo ist Julie?« wiederholte er. »Ich dachte, sie wäre bereits wieder in New York?«

»Und ich dachte, sie käme mit dir. Das Theater hat dein Telegramm an Lew weitergeleitet. Lew . . . aber steig erst einmal ein, Mark. Ist das dein ganzes Gepäck?«
»Ja.« Er setzte sich neben sie, und langsam bahnte sich der Chauffeur einen Weg durch die Menschen- und Fahrzeugmenge, die den Pier blockierte.
»Ich hätte geschworen, daß sie vor mir zurückgekommen ist«, sagte Mark. »Deswegen habe ich ja auch Lew telegraphiert. Wie geht es ihm überhaupt?«
»Lew ist tot«, antwortete Madeline dumpf. »Er ist im vergangenen Winter der Grippeepidemie erlegen. Ich habe es Julie geschrieben.«
»Aber ich habe Julie seit . . . ja, seit einem Jahr nicht mehr gesehen.«
»Das erklärt alles«, meinte Madeline. »Sie hat mir übrigens vor etwa einem Monat mitgeteilt, daß sie nach einem Besuch bei Kitty, dem Mädchen, mit dem sie in Paris zusammengewohnt hat, heimkommen will. So . . . aber Mark, dann hält sie dich ja noch für tot! Auch ich wollte es zuerst fast nicht glauben, als ich hörte, daß du noch lebst. Wo hast du bloß die ganze Zeit gesteckt?«
Er antwortete nicht; er mußte die Neuigkeiten erst verdauen. Julie war noch in Frankreich. Er lächelte gezwungen. Also hatte ihn sein Gefühl doch nicht getrogen. Liebende besaßen offensichtlich eine Art sechsten Sinn.
». . . anfangs wehrte sie sich mit allen Kräften gegen die Einsicht, daß du tot wärst. Ich konnte es ihr nachfühlen. Ich war ja dabei, als Lew . . . und habe doch lange gebraucht, bis ich mich damit abzufinden vermochte. Arme Julie! Sie hat sich immerzu eingebildet, du müßtest wiederkommen. Aber eines Tages schrieb sie, ein Freund von dir habe sie jetzt endgültig von deinem Tod überzeugt. Trotzdem wollte sie nicht nach Hause. Wenn du mich fragst, dann deshalb, weil sie noch immer . . . Und letzten Endes hat sie ja sogar recht behalten. Aber wo bist du nur so lange gewesen?«
»Das ist eine lange Geschichte. Wenn du sie hören willst, lade ich dich heute abend zum Essen ein – falls du frei bist.«
»Bin ich. Und komme gern mit.« Madeline lächelte. »Dann können wir auch über die alten Zeiten und die alten Freunde plaudern. Die Proben für die neue Show fangen erst nächste Woche an. Bis dahin bin ich frei.«
»Fein. Ich muß mich um meine Entlassung aus der Armee kümmern und bleibe also bestimmt noch eine Weile hier. Da kann ich dir Gesellschaft leisten.«
»Wo wirst du wohnen?«
Er zuckte die Schultern. »Darüber habe ich noch gar nicht nachgedacht.«

»Dann komm zu mir. Ich habe genügend Platz, und noch immer kocht einer der besten Köche von New York für mich.«
»Danke, Madeline. Aber ich schaue besser erst einmal, was die Armee mit mir vorhat. Dann rufe ich dich an, und wir verabreden uns. Einverstanden?«
»Ja.« Sie beugte sich vor.
»Wir setzen Captain Douglas bei der Kaserne ab, Hoff.«

Madeline war eine angenehme Gesellschafterin. Mark fand sie witzig und dabei ganz natürlich. Zudem war sie eine attraktive Erscheinung. Der Umgang mit ihr tat ihm außerordentlich wohl.
Er weilte schon fast eine Woche in New York, als Julies Telegramm eintraf. Er und Madeline waren ziemlich spät von einer Supershow nach Hause gekommen, und er wollte schon gehen, als ihr Blick auf das Telegramm auf dem Silbertablett in der Eingangshalle fiel. Fröhlich riß sie es auf. »Das ist von Julie. Sie ist . . .« Sie verstummte und schaute Mark bedrückt an.
»Was ist los?« fragte er.
»Es tut mir so leid«, antwortete sie und reichte ihm das Telegramm.
»Verheiratet«, stieß er hervor. »Mit René? Wer ist René?«
»Keine Ahnung. Sie hat ihn in keinem ihrer Briefe je erwähnt. Es muß sehr überraschend gekommen sein. Aber in dem angekündigten Brief wird ja mehr darüber stehen.«
Mark erhob sich, das Telegramm noch immer in der Hand. Er war totenblaß; alles Blut schien ihm zum Herzen geflossen zu sein. Er schwankte, und Schwindel packte ihn. Er hörte Madelines erschreckten Ausruf und spürte auch ihre Hand auf seinem Arm, vermochte aber nicht zu antworten. Er brauchte seine ganze Kraft, um seiner Gefühle Herr zu werden.
»Das wär's also«, sagte er schließlich und lächelte dünn.
»Trink etwas«, schlug Madeline vor. »Ich habe noch genügend da. Lew hat klug vorgesorgt.«
Sie ging ins Wohnzimmer und knipste das Licht an. »Ich bin gleich wieder da«, sagte sie und kam ein paar Minuten später mit einem Tablett zurück, auf dem Karaffen und Gläser standen.
»Bitte, setz dich doch, Mark«, bat Madeline. Wortlos kam er zur Couch, setzte sich und nahm den Whisky mit einem rauhen »Danke« entgegen.
Nach einer Weile sagte Madeline: »Du kannst ihr keinen Vorwurf machen, Mark. Sie wußte ja nicht, daß du noch lebst. Sie hatte jeglichen Halt verloren, als man ihr sagte, daß du tot seist. Ihre Briefe klangen schrecklich hoffnungslos; in ihrem letzten gestand sie mir, sie wäre regelrecht zur Trinkerin geworden. Dieser René, wer immer

das ist ... vielleicht hat sie sich nur aus Verzweiflung an ihn geklammert.«

»Ich mache ihr ja gar keinen Vorwurf«, antwortete er. »Ich möchte nur wissen, wer dieser Mann ist.«

»Ich lasse es dich wissen, sobald ich ihren Brief habe«, versprach Madeline. »Im übrigen bin ich auch ein bißchen enttäuscht. Ich hatte mich so auf ihre Rückkehr gefreut. Komisch, aber ich glaube, Julie ist meine einzige wirkliche Freundin. – Da«, fuhr sie fort und goß ihm nach. »Das ist eine Nacht zum Trinken.«

Später wurde ihr klar, daß sie sich in der Woche, in der sie mit Mark ausgegangen war, selbst etwas vorgemacht hatte. Sie hatte geglaubt, ihm nur freundschaftliche Gefühle entgegenzubringen. Doch je weiter die Nacht voranschritt, desto inniger wurden ihre Freundschaftsbeweise, bis Mark sie plötzlich in die Arme schloß und zu küssen begann. »Das nennt man sich trösten«, sagte er. Und ohne ein Wort weiter führte sie ihn die Treppe zu ihrem Schlafzimmer hinauf, wo sie sich stumm und erfahren liebten. Als sie hinterher noch vor sich hindämmerte, schien ihr der Raum mit Gespenstern bevölkert. Neben ihr schrie Mark im Schlaf, aber sie konnte seine Worte nicht verstehen. Nein, dachte sie, wir haben uns nicht nur gegenseitig getröstet. Er ist wütend auf Julie, weil sie heute nacht in den Armen eines anderen liegt. Und mit mir hat er sie bestraft.

Wie schon vor dieser Nacht holte Mark Madeline auch an den folgenden Abenden nach der Probe ab, begleitete sie in die Stadt zum Essen und brachte sie dann nach Hause.

Madeline empfand es als angenehm, wieder einen Mann um sich zu haben, und hegte bereits leise Hoffnungen, dieser Zustand möge bleiben. Julie war verheiratet, und Mark Douglas war hier. Vielleicht wurde eines Tages noch mehr aus ihnen. Sie mußte heiraten und wollte heiraten. Und Mark war unbestreitbar eine gute Partie. Was für Kinder konnten sie miteinander haben! Lauter Rotschöpfe. Aber solche Träume brachten sie am Ende selbst zum Lachen, und sie dachte: So ist es mir schon einmal gegangen. Trotzdem machte sie nicht Schluß mit Mark, und als die Show Premiere hatte, war sie davon überzeugt, daß sie bekam, was sie wollte.

Mitte der Woche traf Julies Brief ein. Madeline rang lange mit sich, dann verbrannte sie ihn. Sie hatte selbst erlebt, wie Mark auf Steven Randall losgegangen war, und erinnerte sich aufs deutlichste, wie er Julie seinem Nebenbuhler noch am Vorabend der Hochzeit abspenstig gemacht hatte. Was also hätte ihn hindern sollen, über den Atlantik zurückzujagen und dasselbe Spiel noch einmal zu spielen? Ein Trauschein? Von solchen Kleinigkeiten ließ sich Mark kaum beeindrucken.

Es ist besser für Julie, redete sie sich ein, wußte aber genau, daß es ihr nicht so sehr um Julies als um ihr eigenes Glück ging. Zum erstenmal seit langem fühlte sie sich wieder lebendig und blickte der Zukunft hoffnungsfroh entgegen.

Im Augenblick brauchte Mark sie nur, weil er einsam war. Aber warum sollte sich aus ihrer Beziehung kein dauerhaftes Verhältnis entwickeln? Bei Lew war es damals auch so gewesen, nur daß diesmal keine Ehefrau zwischen ihr und ihren Wünschen stand. Deshalb traf es sie wie ein Schlag, als Mark ihr ein paar Tage später eröffnete, er werde nach Kalifornien gehen.

»Ich verliere anscheinend einen guten Freund nach dem anderen«, sagte sie und versuchte zu lächeln.

Er schluckte hart. »Soeben habe ich einen Brief von der Ranch erhalten. Meine jüngste Schwester, Valerie, ist vor ein paar Wochen gestorben. Sie ist, seit sie im Alter von neun Jahren Gehirnhautentzündung gehabt hat, immer zart und anfällig gewesen. Im März bekam sie Grippe und hat sich, wie meine Schwester Grace meint, nicht mehr davon erholen können.« Er brach ab.

»Das tut mir leid für dich«, sagte Madeline und schlang ihm die Arme um den Hals. Er machte sich ganz steif.

»Nun, so kann's gehen« antwortete er abwesend. »Aber wozu die Ranch halten, wenn Val tot ist? Meine beiden anderen Schwestern möchten verkaufen, und dazu brauchen sie mich.«

»Kommst du hinterher nach New York zurück?« fragte sie.

»Das weiß ich noch nicht. Ich dachte ... vielleicht bleibe ich eine Zeitlang an der Küste. Und vielleicht gehe ich auch zurück nach Prescottville. In der Zwischenzeit bin ich jedenfalls unter dieser Adresse in Kalifornien zu erreichen. Schreib mir bitte, wenn du etwas von Julie hörst. Ich wüßte gern, wo sie steckt.«

Der verzweifelte Ausdruck in seinen Augen verriet seinen Kummer, und ihr Gewissen regte sich, daß sie ihm Julies Brief unterschlagen hatte.

»Es kommt schon alles in Ordnung«, erwiderte sie.

Er lächelte mühsam und zog ironisch eine Augenbraue in die Höhe. »Das behaupten die Pfarrer auch immer. Jedenfalls war es schön mit dir, Madeline. Wenn ich zurückkomme, rufe ich dich an.«

Er beugte sich zu ihr hinunter und küßte sie flüchtig. »Paß gut auf dich auf«, sagte er. »Und Dank für alles.«

»Dank für alles«, wiederholte sie laut, als sich die Tür hinter ihm geschlossen hatte. »Als hätte ich ihm geholfen, einen Job zu ergattern.« In einem Anfall von Enttäuschung packte sie ein Kissen und schleuderte es gegen die Wand. Aber sie traf nur die Stehlampe, die beinahe umfiel.

Zum Teufel, sagte sie sich. Und das gerade jetzt, wo ich mich so an ihn gewöhnt habe. Aber er kam ja wieder, allein schon, um Julies neuen Namen zu erfahren. Über kurz oder lang, wenn sie nur die nötige Geduld aufbrachte ... Sie hing dem Gedanken nicht weiter nach: Sie sah sein trauriges Gesicht wieder vor sich.
Was er wohl gemacht hätte, wenn sie ihm Julies Brief gezigt hätte? Nein. Sie schüttelte den Kopf. Geändert hätte sich nichts. Es hatte keinen Sinn, Julie aus ihrer Ruhe aufzustören oder sich in ihre Ehe einzumischen. Falls Mark nicht nach New York zurückkehrte, war es besser, sie erfuhr erst gar nicht, daß er noch am Leben war.

19

Obwohl ihr René schon manches über sich und seine Familie erzählt hatte, fühlte sich Julie völlig unvorbereitet auf das Leben im Schloß de Brugarde. Auf der Fahrt von Paris nach Lacon hatte sie sich an der schönen Landschaft nicht sattsehen können. Doch je näher sie Hautvilliers gekommen waren, um so aufgeregter war sie geworden. Die Gegend erinnerte sie in vielem an zu Hause. Und als sie mitten zwischen Weinbergen auf den Brugardeschen Besitz zurollten, erwartete sie einen Moment lang tatsächlich, Prescottville vor sich auftauchen zu sehen.
Das Schloß lag in einem Park mit gepflegtem Rasen, geometrisch angelegten Blumenbeeten und vielen alten Bäumen. Es war ein hohes, anmutiges Gebäude aus zartrosa Backstein mit weißen Marmorsäulen, zu dessen massivem Eingangsportal breite Treppen hinaufführten.
Julie kam es wie ein Märchenschloß vor. Erst später, als sie das Haus genau in Augenschein nahm, entdeckte sie die Schäbigkeit hinter all dem Glanz. Ein Gutteil der Möbel hätte neu gepolstert werden müssen, und die meisten Teppiche waren abgetreten. Die Damastportieren an den Fenstern waren abgewetzt, und die Stores bestanden fast nur noch aus geflickten Stellen.
René erklärte ihr, der Krieg hätte ein so großes Loch in sein Kapital gerissen, daß er sich um das Haus nicht hätte kümmern können. Er setzte jedoch auf den Nachkriegsaufschwung: der werde ihm wieder auf die Beine helfen. Nur die Dienerschaft werde er vorderhand nicht aufstocken können.
»Aber du hast doch genug Diener«, meinte Julie.
»Nicht genug für unser Haus. Um es wirklich in Ordnung zu halten, brauchten wir mehr. Deswegen werden die meisten Zimmer im Augenblick auch nicht benutzt. Sie werden nur einmal im Jahr aufge-

schlossen, um zu lüften. Das spart Zeit und Arbeit. Und die Räume brauchen wir ja nicht, wenigstens vorläufig nicht. Wenn du einmal fünf oder sechs Kinder hast, müssen wir uns freilich etwas anderes überlegen.«

»Fünf oder sechs?« wiederholte Julie erschrocken. »Laß mich doch erst einmal mit einem oder zweien anfangen, René!«

Er lachte sie aus und behauptete, nur Spaß gemacht zu haben. Aber mit der Zeit wurde ihr klar, daß es ein recht ernster Spaß gewesen sein mußte; denn er überwachte sie von Monat zu Monat und verkündete jedesmal heiter: »Nun, dann eben das nächstemal.«

Am zweiten Tag nach ihrer Ankunft begehrte die alte Gräfin, Renés Mutter, sie zu sehen.

»Gestern abend war sie zu müde«, erklärte René. »Du mußt ihrem Alter und ihren Einfällen einiges zugute halten. Sie hat manchmal sonderbare Einfälle. Versprichst du mir das?«

»Ich verspreche es dir«, erwiderte Julie.

»Gut. Dann hole ich dich um elf Uhr ab.«

»Wohin gehst du?« fragte sie.

»In mein Zimmer natürlich. Gleich wird dir Isabelle das Frühstück bringen und beim Baden und Anziehen helfen, und du wirst sehen, im Handumdrehen ist es elf Uhr.«

»Aber können wir nicht zusammen frühstücken?«

»Wie? Damit das Personal etwas zu klatschen hat? Wie sie Monsieur le Comte im Bett mit Madame la Comtesse angetroffen haben?«

»Aber wir sind doch verheiratet!«

»Sehr richtig. Aber doch nicht den Dienstboten, sondern uns zuliebe, nicht wahr?«

Verwirrt starrte sie auf die Tür, die er hinter sich zugeschlagen hatte. Gestern nacht war er zu ihr gekommen, nachdem sie schon eingeschlafen war. Da er sie nicht aufgeweckt hatte, war sie am Morgen sehr überrascht gewesen, ihn an ihrer Seite zu finden. Noch mehr überrascht aber hatte es sie, daß er gar nichts von ihr gewollt hatte. Und jetzt störte sie weniger sein unvermittelter Abgang als vielmehr die Tatsache, daß er dem Dienstbotenklatsch soviel Gewicht beimaß.

»Guten Morgen, Madame la Comtesse«, sagte eine helle Stimme von der Tür her. Als Julie sich umdrehte, sah sie ein junges Dienstmädchen, das ihr schon gestern abend aufgefallen war.

Lächelnd erwiderte sie: »Guten Morgen.«

Es war ein reizendes, frisches Mädchen mit funkelnden blauen Augen und einem Kirschenmund, der jederzeit zum Lachen bereit schien. Das dichte, lockige Haar war offensichtlich mit aller Gewalt unter die Haube gezwängt worden; es schien, wie das ganze Persönchen überhaupt, beim leisesten Anlaß aus dem beengenden Gefäng-

nis herausplatzen zu wollen.
»Sind sie Isabelle?« fragte Julie, als das Mädchen das Tablett hinstellte und die Vorhänge aufzog.
»Ja, Madame la Comtesse. Ich soll Ihr Kammermädchen sein, wenn Sie es möchten.«
Julie lachte. »Ich habe nichts dagegen, Isabelle.«
Isabelle wurde rot und knickste zum Dank.
»Sind Sie schon lange hier?« fuhr Julie fort.
»O ja, Madame la Comtesse. Ich bin hier auf dem Château zur Welt gekommen. Mein Vater ist der Torhüter. Meine Mutter war das Mädchen von ...« – sie zögerte – »... und heiratete dann meinen Vater.«
»Das Mädchen von wem?« fragte Julie.
Isabelle schlug die Augen nieder. »Pardon, Madame la Comtesse, ich hätte es nicht sagen dürfen.«
»Nun, ich verrate es niemandem«, erwiderte Julie und lächelte. »Aber Sie müssen meine Neugier befriedigen.«
»Von la Comtesse de Brugarde.«
»Von Comte de Brugardes Mutter?«
»Nein, Madame la ...«
»Ah, ich begreife«, meinte Julie. »Nun, seien Sie unbesorgt, ich werde Sie nicht verraten.« Also von Renés erster Frau, Emilie.
»Soll ich Ihnen das Bad einlassen?« fragte Isabelle.
»Ja, bitte. Aber beim Anziehen brauche ich Sie nicht.«
»Nie, Madame?«
»Fast nie.« Julie lachte.
»Aber was soll ich dann machen, außer daß ich Ihre Kleider in Ordnung halte, das Frühstück bringe und mich um Ihr Zimmer kümmere?«
»Wenn Ihnen die Zeit lang wird, können Sie ja einen Spaziergang machen«, neckte Julie.
»Unmöglich. Wenn mich Madame Arnaud, die Wirtschafterin, spazierengehen sieht, findet sie schnell etwas für mich zu tun.«
»Sie brauchen es ihr ja nicht auf die Nase zu binden. Von mir erfährt sie's bestimmt nicht«, meinte Julie. »Und jetzt das Bad, Isabelle.«
»Ja, Madame la Comtesse.« Sie eilte davon.

Kurz vor elf kam René wieder, um Julie abzuholen. Sie gingen den langen Gang hinunter. Am Ende dirigierte er sie nach rechts, ein paar Stufen hinauf, ein paar Stufen hinunter und einen zweiten Gang entlang. »Ohne Führer werde ich mich hier bestimmt nie zurechtfinden«, sagte sie zu ihm.
»In ein paar Tagen hast du dich daran gewöhnt«, versicherte er.

René blieb vor einer Tür am Ende des Ganges stehen und klopfte. Durch ein großes Fenster konnte Julie auf die Gartenseite hinausschauen: direkt an das Château grenzten riesige Blumenbeete in strengen geometrischen Mustern, und dahinter lagen die Wirtschaftsgebäude und Ställe. Endlich würde sie auch wieder reiten können!

Ein ältliches Dienstmädchen öffnete. Sie knickste vor René und dann, als sie vorgestellt wurde, auch vor Julie. Aus dem Zimmer bellte eine gebieterische Stimme los: »Schon gut, bring sie herein. Bring die neue Gräfin herein, lieber Graf.«

Julie konnte die alte Frau zuerst nirgends entdecken. Das Zimmer war mit Möbeln im Stil Louis' XV. vollgestopft. Es gab zahllose Tischchen, zum Teil mit hübschen Einlegearbeiten in Marmor, die sämtlich mit gerahmten Fotografien und Nippes vollgestellt waren. Auf der einen Seite befand sich ein großes französisches Fenster, das auf einen schmiedeeisernen Balkon hinausführte. Davor stand ein großer Spieltisch mit drei schön geschnitzten Bergère-Stühlen und einem Polstersessel mit hoher Lehne. Und in diesem Ungetüm saß Renés Mutter, eine winzige, vogelähnliche Person.

René führte Julie zu ihr hin. Förmlich begrüßte er sie: »Gestatten Sie mir, Ihnen meine Frau, Julie Fontaine de Brugarde, vorzustellen.« Als die alte Dame nickte, fuhr er fort: »Julie, das ist meine Mutter, la Comtesse Véronique de Brugarde.«

Ob ich jetzt wohl einen Knicks machen muß? fragte sich Julie aufgeregt und nahm die knochige Klaue, die ihr die Gräfin entgegenstreckte und die sich überraschenderweise fest und warm anfühlte. »Du darfst mich küssen«, sagte Renés Mutter und bot ihr erst die eine und dann die andere Wange dar, während sie ihrerseits die Luft neben Julies Ohr küßte.

»Laß uns jetzt bitte allein«, befahl sie ihrem Sohn.

»Aber ich dachte, wir würden dich beide besuchen.«

»Unsinn!« erwiderte sie. »Geh jetzt. In einer halben Stunde kannst du nach Julie schicken. Marianne«, wies sie das wartende Mädchen an, »wir nehmen einen Tee.«

»*Oui*, Madame la Comtesse«, entgegnete Marianne und eilte davon, gefolgt von René, der Julie noch einen Blick zuwarf, aus dem sowohl Amüsement wie Ärger sprachen.

»So, jetzt sind wir allein. Wer bist du, und woher kommst du? Wer waren deine Eltern? Fontaine? Das ist ein französischer Name. Aber du bist Amerikanerin. Was tust du in Frankreich?«

Die Fragen wurden in einem schnellen Stakkato hervorgestoßen, und noch ehe Julie die eine richtig beantwortet hatte, folgte schon die nächste. Julie haspelte ihre Geschichte bis zum Rotkreuzdienst mit

einer solchen Geschwindigkeit herunter, daß ihr, als Marianne mit dem Teewagen zurückkam, ganz schwindlig war.
»Meine Schwiegertochter schenkt selber ein«, erklärte die alte Gräfin Marianne. Die stellte den Wagen pflichtgemäß vor Julie hin.
Das Geschirr war aus hauchdünnem Porzellan mit Goldrand und blaßgoldenem Blattmuster. Das Silber mußte, so wie es sich anfühlte, uralt sein; nur die Teekanne machte einen stabileren Eindruck.
Renés Mutter wartete schweigend, während Julie den Tee eingoß. Dann bot sie ihr Zucker an.
»Sehr gut«, meinte die alte Gräfin anerkennend. »Wie ich sehe, servierst du den Tee auf französische Art und nicht wie diese halbwilden Engländer, die Zucker hineintun, Wasser dazuschütten und das Ganze noch mit Zitronenscheiben garnieren. *Mon Dieu*, wie kann man bloß so etwas trinken!«
Dank den Nonnen in St. Veronica, dachte Julie.
»Und jetzt zu meinem Sohn. Im Grunde ist er zu alt, um sich wieder zu verheiraten. Er ist fünfzig, und du bist zu jung. Trotzdem ist es wahrscheinlich besser für ihn, eine junge Frau zu nehmen, wenn er sich schon einen Erben wünscht. Er hätte das nur vor Jahren tun sollen! Meine liebe Emilie ist schon seit zwanzig Jahren tot. Fünf Jahre Trauer hätten vollauf genügt, meinst du nicht auch?« Sie reckte den Kopf zu Julie hin, die, durch diese plötzliche Wendung des Gesprächs ins Vertrauliche so verblüfft, nur stumm nicken konnte.
Aber das ist ja nun erledigt. Ihr müßt euch jetzt so schnell wie möglich kirchlich trauen lassen. Du kannst meinen Hochzeitsschleier tragen. Für mein Hochzeitskleid bist du freilich zu groß. Also mußt du dir ein weißes Kleid machen lassen. Marianne!« Sie klatschte in die Hände, und sofort kam Marianne angelaufen. »Du sagst Marguerite Bescheid, sie möchte heute abend kommen und Madame la Comtesse Maß für ein Kleid nehmen. Sie soll die alten Spitzen verwenden, die ich aufgehoben habe, und mit Seide füttern – ein schlichtes Kleid, denke ich. Und die alten Spitzen passen bestimmt gut zu meinem Schleier.«
Wieder knickste das Mädchen und verschwand.
»Damit ist das erledigt. Pater Giroud wird euch trauen. Mein alter Freund, der Bischof, wird wohl damit einverstanden sein, wenn wir euch das Aufgebot erlassen. Also nächsten Samstag. Bis dahin ist alles fertig. Aber bis dahin bitte keinen Skandal! Eine Ziviltrauung ist gar nichts, und ihr dürft keine unehelichen Kinder haben. Sonst gibt es Nachfolgestreitigkeiten, wenn die Monarchie wiederhergestellt ist.«
Sie ist nicht ganz bei Trost, dachte Julie. Monarchie? Wovon redet sie?
»Wenn ihr richtig getraut seid, werdet ihr euren Sohn zeugen, mei-

nen Enkel, den zukünftigen Comte de Brugarde. Schließlich wird René nicht ewig leben.«
Marianne kam herein, Isabelle sei da, um Julie in ihre Suite zurückzugeleiten. Erleichtert erhob sich Julie, während ihre Schwiegermutter bemerkte: »Ich habe unsere kleine Unterhaltung sehr genossen. Du bist beredt, meine Liebe, ohne einen doch mit deiner Konversation zu ermüden, wie so viele junge Mädchen.«
Julie gelang es, nicht laut loszuprusten, bis sie wieder in ihrem Zimmer war.
An diesem Abend speisten sie und René allein an einem großen Tisch, an dem leicht zwanzig Personen Platz gefunden hätten. Als sie das René sagte, lachte er. »Das große Speisezimmer ist unten. Das hier ist mehr für den engsten Familienkreis gedacht.«
Beim Essen erzählte ihm Julie, die rechts von ihm saß, von ihrem Besuch bei seiner Mutter. »Ich kann nicht glauben, daß sie wirklich mit einer Restauration rechnet«, schloß sie.
»Warum nicht? Alle guten Aristokraten erwarten eine Restauration der Monarchie.«
»Du auch?«
»Ich? Erwarten? Nein, dazu bin ich zu realistisch. Aber im Herzen bin ich Royalist, wenn ich mich auch nach außen als Republikaner gebe.«
»Und am Samstag sollen wir kirchlich getraut werden. Außerdem empfahl sie mir, bis dahin sehr vorsichtig zu sein, denn es wäre doch ein Skandal, wenn ein Kind vor der kirchlichen Trauung gezeugt würde.«
Sie erwartete, daß er lachen würde, statt dessen entgegnete er: »Mach dir nichts aus ihren Reden. Ich habe ihr alles erklärt, aber sie kann sich nichts mehr merken. Tu einfach, was sie vorschlägt. Sie ist zu alt und zu krank, um ihre Zimmer zu verlassen. Wenn sie an ihrer Idee von einer kirchlichen Hochzeit festhält, werde ich ihr sagen, daß sie stattgefunden habe.«
»Aber sie hat schon Kleider bestellt und läßt ihren alten Schleier hervorsuchen«, gab ihm Julie zu bedenken.
»Wenn sie darauf besteht, kannst du Kleid und Schleier ja am Samstagvormittag anziehen und dich ihr darin zeigen. Am Sonntag gehen wir dann, wie immer, zur Messe.«
»Ihr besucht jeden Sonntag die Messe?« rief Julie entsetzt.
»Sagen wir: die meisten Sonntage. Es kann ja mal etwas dazwischenkommen. Aber du tust ja, als hättest du in deinem Leben noch nie die Messe besucht. Du bist wie Hélène, die sich immer x-mal bitten läßt, wenn sie hier ist.«
»Mich brauchst du nicht x-mal zu bitten«, antwortete Julie steif.

»Aber eine Frömmigkeit zu heucheln, die ich nicht empfinde, habe ich keine Lust. Auch den Brugardes und ihren Freunden zuliebe nicht.«

Sie versuchte noch eine Weile, ihm ihren Standpunkt klarzumachen. Doch als er nichts erwiderte, verstummte sie beleidigt, und der Rest der Mahlzeit verlief in völligem Schweigen.

Hinterher gingen sie in den Salon, wo der Kaffee und Kognak serviert wurden. Da redete er zum erstenmal wieder. »Du mußt mich heute abend entschuldigen, Julie. Ich habe noch zu tun. Bis morgen früh.« Damit zog er sich zurück.

Sosehr hatte sie in ihrem ganzen Leben noch niemand gedemütigt. Noch nie hatte sich jemand geweigert, mit ihr zu reden.

Plötzlich überkam sie der ununterdrückbare Wunsch zu fliehen. Was hatte sie hier verloren? Wie war sie zu dieser Ehe gekommen und in dieses Haus? Mark! Mit einem Schlag stand er ihr wieder vor Augen, und wieder spürte sie den alten, verzweifelten Schmerz.

Sie mußte raus hier! Sie sprang auf und lief auf den Gang hinaus. Aber wohin jetzt? Hinaus ins Freie jedenfalls, weg von der einsamen, schäbigen Pracht des Château de Brugarde. Sie hastete die Treppe hinunter und schlüpfte zum Hauptportal hinaus. Oben auf den breiten Marmorstufen blieb sie einen Augenblick unschlüssig stehen. Aber im nächsten Augenblick schon war sie unten. Eingehüllt in die dunkle, warme Nacht, eilte sie zum Tor, öffnete es und trat hinaus. Nur vom Mondlicht geleitet, lief sie über die Felder bis zum Fuße des Weinbergs, wo sie endlich innehielt.

Vor ihr stiegen die Weinbergterrassen auf. Sie schritt zwischen den Stöcken hindurch und streckte immer wieder die Hand aus, um die Blätter oder Trauben zu berühren. Dabei wanderten ihre Gedanken zurück in die alte Heimat. Sie fühlte sich sonderbar getröstet, obwohl ihr Herz vor Erinnerung schmerzte.

Nach einer Weile beschloß sie umzukehren. Aber so einfach war das nicht. Nach ein paar Schritten merkte sie, daß sie sich verirrt hatte. In der Ferne erblickte sie ein kleines Haus mit erleuchteten Fenstern. Kurz entschlossen ging sie darauf zu.

Auf ihr Klopfen wurde die Tür von einem Mann in Socken und eilig übergeworfener Jacke geöffnet. Er war mittelgroß, hatte dichtes braunes Haar, durchdringende blaue Augen und ein vom Wetter gegerbtes, sonnverbranntes Gesicht.

»Entschuldigen Sie«, sagte sie, »aber ich habe mich verirrt. Ich war noch ein wenig spazieren ...«

»Meine Güte«, erwiderte der Mann auf englisch. »Dann sind Sie bestimmt die neue Comtesse de Brugarde. Sie sind mir gleich so bekannt vorgekommen. Ich habe Sie nämlich bei Ihrer Ankunft gesehen. Darf ich mich Ihnen vorstellen: Mein Name ist Michael Lynch.«

»Mein Mann hat mir schon von Ihnen erzählt. Sie reiten Pferde zu und ...«

»Richtig. Ich bin Pferdehändler.« Er grinste. »Wenn Sie einen Augenblick erlauben, Gräfin, ziehe ich mir nur schnell etwas über und zeige Ihnen den Weg.«

Er verschwand, war aber im Nu zurück.

»Sie sind gar nicht so weit von zu Hause weg«, meinte er, und zog die Tür hinter sich zu.

»Ich habe gar nicht gemerkt, wo ich den Weg verloren habe.«

»Wahrscheinlich sind Sie von der anderen Seite des Weinbergs gekommen. Das Haus liegt direkt da unten hinter den Bäumen. Sehen Sie?«

»Da bin ich ja gerade in die entgegengesetzte Richtung gegangen«, meinte sie. »Wo wäre ich denn hier hingekommen?«

»Nach Hautvilliers.«

»Nur gut, daß ich Ihr Licht gesehen habe.«

»Sie sollten mit Nachtspaziergängen warten, bis Sie sich bei Tag besser auskennen. Ich habe mich anfangs auch verlaufen.«

»Wie lange sind Sie schon in Frankreich? Sie sind kein Engländer, nicht wahr?«

»Engländer? Gott bewahre! Ich bin Ire und bin schon vor dem Krieg hierhergezogen.«

»Dann sind Sie auch im Krieg gewesen?«

»Ich? Nein. Dieser Krieg ging uns Iren nichts an.«

»Sie waren sozusagen neutral?«

Er lachte amüsiert. »Wenn Sie so wollen, ja. Mein Leben sind die Pferde. Der Graf und ich kommen gut miteinander aus. Warum also etwas ändern? Aber wir sind angelangt, Gräfin. Dort unten am Weg liegt das Château. Sehen Sie?«

»Ja. Herzlichen Dank, Mr. Lynch.«

»Nennen Sie mich Michael, Gräfin. Nur das Personal des Grafen nennt mich Mr. Lynch.«

Erfrischt durch den Spaziergang und aufgemuntert durch die Begegnung mit Michael Lynch, fühlte sich Julie wieder ganz normal. Der Streit mit René war zu albern gewesen. Sie mußte die Sache sofort in Ordnung bringen.

Als sie ins Haus zurückkehrte, begann sie Pläne für die nächsten Tage zu schmieden. Es gab dies und das im Haushalt zu erledigen, und zwischendurch konnte sie ausreiten und die Umgebung erforschen. Außerdem stand die Weinlese bevor, und sie konnte dort wieder anknüpfen, wo sie vor Jahren bei Joe Damien aufgehört hatte.

Vielleicht eignete sie sich eines Tages doch noch einige Kenntnisse vom Weinbau an.
Sie hörte René den Gang herunterkommen und in sein Zimmer gehen. Sie wartete ein paar Minuten, klopfte dann an die Verbindungstür und trat ein. René lag bereits im Bett. Sie ging zu ihm und sagte kleinlaut: »Es tut mir leid, René. Die Nerven müssen mir durchgegangen sein. Es ist alles so plötzlich gekommen.«
»Schon gut, *chérie*«, erwiderte er aus dem Dunkel. »Verzeih mir meine schlechte Laune, und komm ins Bett.«
Sie kroch neben ihn, kuschelte sich an ihn und mit einemmal fühlte sie sich getröstet: Sie gehörten doch zusammen.

Die folgenden Monate verliefen ruhig. Nach und nach begann sie sich einzuleben. Sie frühstückte im Bett, meist in Gesellschaft von Isabelle, die sich bei näherer Bekanntschaft als lustig und gesprächig erwies. Dann folgte eine Besprechung mit Madame Arnaud, der Wirtschafterin, die Julie mit größter Vorsicht behandelte, denn Madame Arnaud mißtraute ihrer amerikanischen Herkunft und wachte eifersüchtig über ihre Kompetenzen. Anschließend besuchte sie Renés Mutter, wobei sie die alte Frau getrost drauflosplaudern und sich von ihr auch Emilie nennen ließ, wenn die Comtesse gerade wieder einmal Vergangenheit und Gegenwart durcheinanderbrachte.
Gegen Mittag ritt Julie meist aus, und nach dem Essen las sie, schrieb Briefe, folgte Einladungen oder schlief ein wenig. Nachmittags ging sie in die Weinberge und schaute bei der Ernte zu; als die Lese vorbei war, fing sie an, sich in der Kellerei umzusehen. Das allerdings war nicht ganz so einfach – Monsieur Bonnefous besaß keineswegs Joe Damiens Geduld. Er war zwar höflich, empfand ihre Fragen und Besuche aber offensichtlich als lästig, was sie freilich nicht weiter störte.
René hatte von seiner anfänglichen Leidenschaftlichkeit nichts verloren. Und immer fielen ihm neue Abwechslungen, neue Liebesspiele ein. Dadurch weckte er eine solche Sinnlichkeit in ihr, daß sie manchmal, wenn René fort war, vor Begierde fast verging. Wenn sie sich über irgend etwas beklagen konnte, so nur darüber, daß René nie über etwas Wichtiges mit ihr sprach. Hatte sie eine ernsthafte Frage an ihn, fertigte er sie stets mit einem amüsierten »Ach Liebling, das ist zu kompliziert für dich« ab.
An einem Samstag gegen Ende Oktober traf Julie auf einem Spazierritt auf Michael Lynch. Er war plötzlich aus einem schmalen Weg vor ihr aufgetaucht.
»Einen schönen guten Morgen, Gräfin.« Er lächelte, als sie näher kam. »Ein schöner Tag, nicht wahr?«

»Ja, ein schöner Tag«, stimmte sie zu. Unbegreiflicherweise freute sie sich über ihr Treffen.

Eine Zeitlang ritten sie in einträchtigem Schweigen nebeneinander her. Als sie auf das Château zukamen, meinte er: »Sie sollten mehr über Pferde lernen. Sie lieben sie. Den Grafen hingegen interessieren nur die Zucht und der Verkauf. Die Tiere selber sind ihm egal. Wenn ich mir heute den Hals breche, muß er ein Vermögen für einen Ersatzmann auf den Tisch legen. Hier ist keiner in der Lage, das Gestüt weiterzuführen.«

»Und Sie meinen, ich wäre dazu fähig?« fragte Julie. »Aber ich verstehe nicht das geringste davon. Ich kann zwar reiten und notfalls mein eigenes Pferd versorgen; ich habe auch schon den Stall ausgemistet. Aber was die Zucht und alles, was damit zusammenhängt, angeht – ich weiß noch nicht einmal, wie man ein gutes Pferd von einem schlechten unterscheidet.«

»Sie könnten es lernen. Was haben Sie schließlich vom Wein verstanden, ehe Sie anfingen, den armen Kellermeister zu traktieren?«

»Eine Ahnung besaß ich schon. Meine Familie hatte . . . hat eine Kellerei in Amerika.«

Lynch lachte. »Sie haben den guten Bonnefous ganz schön aus der Ruhe gebracht. Der Graf setzt keinen Schritt in seinen Bereich. Er hat die Kellerei geerbt und kümmert sich nur um die geschäftliche Seite; da hält er es mit dem Wein wie mit den Pferden.«

»Dann müssen Sie notgedrungen als unser Pferdefachmann hier bleiben«, meinte Julie. »Ich würde gern das eine oder andere lernen, zum Beispiel, woran man ein gutes Fohlen erkennt. Aber ein Ersatz für Sie könnte ich nie werden, Michael. Schon René würde aufs heftigste protestieren. Er möchte nicht, daß die Damen seiner Familie mit irgendwelchen nützlichen Dingen in Berührung kommen, die auch nur den leisesten Anspruch an ihre Intelligenz stellen.«

Julie hatte das als Witz gemeint, aber einmal ausgesprochen, hingen die Worte wie eine Anklage in der Luft. Michael schien das freilich nicht zu bemerken.

Als sie den Hof erreichten, tauchte Hélène aus dem Stallbüro auf.

»Entschuldige, Hélène«, rief ihr Julie entgegen. »Ich wußte nicht, daß du so bald kommen würdest. Sonst hätte ich meinen Ausritt natürlich verschoben.«

»Meinetwegen doch nicht«, erwiderte Hélène und schlenderte lässig auf die Neuankömmlinge zu. »Guten Morgen, Michael«, begrüßte sie Lynch.

»Guten Morgen, Madame«, grüßte er zurück.

»Ich wäre allerdings auch gern ausgeritten«, fuhr sie fort. »Genaugenommen bin ich sogar in der Absicht heruntergekommen, Sie zu

bitten, mir eine der neuen Stuten auszusuchen. Aber wie ich sehe, haben Sie in meiner Stiefmutter bereits eine Reitgefährtin gefunden.« Sie lachte kurz und unangenehm auf. Ihre Blicke sprachen Bände. »Madame«, sagte Michael eine Spur zu herzlich, »ich suche Ihnen nur zu gern ein Pferd aus. Wollen Sie es morgen früh?«
»Morgen früh ist mir recht«, erwiderte Hélène. »Aber vielleicht zeigen Sie mir jetzt schon mein Reittier.«
»Selbstverständlich, Madame«, antwortete Michael. Er hatte einen roten Kopf bekommen, als wäre er ärgerlich.
»Bis zum Mittagessen also«, sagte Julie zu Hélène. »Oder soll ich auf dich warten?«
»Aber nein«, erwiderte Hélène kühl. »Der . . . der Ausritt hat dich gewiß ermüdet.«
Julie spürte, wie ihr das Blut ins Gesicht schoß, aber es gelang ihr, sich zu beherrschen. »Ich bin nicht im geringsten müde, Hélène. Ich reite jeden Mittag aus und habe großen Spaß daran, auch wenn ich sonst nicht das Vergnügen von Mr. Lynchs Gesellschaft habe.« Und zu Michael gewandt, fügte sie hinzu: »Es hat mich gefreut, daß ich Sie getroffen habe, Mr. Lynch.«
»Das Vergnügen war ganz auf meiner Seite, Madame la Comtesse«, erwiderte er, offensichtlich amüsiert. Hélène hingegen konnte ihren Ärger kaum verbergen.
Auf dem Weg zum Haus stellte Julie fest, daß dieser Flirt zwischen Michael und Hélène sie störte. Michael war viel zu gut für sie. Denn Hélène hatte sich auch bei näherer Bekanntschaft nicht als besonders liebenswert entpuppt, auch wenn sie offene Feindschaft bis jetzt vermieden hatte. In letzter Zeit hatte sie sich sogar Mühe gegeben, etwas netter zu ihr, Julie, zu sein.
An diesem Abend brachte René sie auf ihr Zimmer, ohne sich, wie sonst, erst in seinem umzuziehen. Er machte einen außergewöhnlich erregten Eindruck, als könnte er sich nur mit Mühe zurückhalten, während er gewöhnlich ganz kühl und beherrscht war.
Doch diesmal hatte sich die Tür kaum hinter ihnen geschlossen, da packte er sie, preßte sie mit aller Gewalt an sich und küßte sie leidenschaftlich auf den halbgeöffneten Mund.
»Komm hierher«, flüsterte er und führte sie zum Spiegel, so daß sie hineinschauen mußte wie in der ersten Nacht in Paris im Hause der Delons.
Dann begann er sie auszuziehen, ohne ihr Spiegelbild dabei aus den Augen zu lassen. Als sie vollständig nackt war, zog er sie von neuem fest an sich und begann sie am ganzen Körper zu liebkosen. Es war sonderbar aufregend, sich selbst dabei zuzuschauen. Dennoch regte sich in Julie noch ein anderes, abwehrendes Gefühl. Ohne sie aus den

Armen zu lassen, kleidete er sich selber aus, doch wenn sie sich umdrehen wollte, hielt er sie eisern fest. Die Knie wurden ihr weich, aber er ließ sie nicht los, während er nicht aufhörte, sie überall zu streicheln. Mit verschleierten Augen verfolgte sie seine Bewegungen, die sie zugleich aufwühlten und abstießen. Als seine Hände nach unten glitten, um ihre Schenkel auseinanderzuspreizen, hatte sie die Empfindung, als berührte sie ein kalter, fremder Gegenstand. Seine Augen schauten im Spiegel dem eigenen Tun gebannt zu. Sein Gesicht war naß vor Schweiß und sein Mund schlaff vor Erregung, als er versuchte, in sie einzudringen. Plötzlich schauderte es sie, was er irrigerweise für ein Zeichen von Erregung hielt. Er verdoppelte seine Anstrengungen, bis sie am ganzen Leib zitterte. Da hörte er auf und zog sie zum Bett. »Heute nacht«, keuchte er, »machen wir ein Kind.« Dabei preßte er sich fest an sie. Aber während des letzten Aktes dieses wahnsinnigen Ausbruchs hatte Julie das Gefühl, ersticken zu müssen, und vor lauter Abscheu verkrampfte sich ihr Körper so, daß sie durchdringend aufschrie. Und wieder mißdeutete er diesen Schrei. Seine Erregung erreichte den Höhepunkt. Das halte ich nicht aus, dachte sie und biß sich auf die Lippen, um es ihm nicht ins Gesicht zu schreien. Schließlich aber war alles vorüber, und als er stöhnend auf ihr lag, widerstand sie dem Wunsch, ihn abzuschütteln. Endlich wälzte er sich erschöpft zur Seite. Sie duldete stumm sein sanftes Streicheln, bis er eingeschlafen war. Dann rückte sie von ihm ab und rollte sich auf der anderen Seite des Bettes zusammen. Sie hielt die Arme fest um sich selbst geschlungen, als fürchtete sie, durch irgend etwas verletzt zu werden.

Sie konnte sich den Vorfall in keiner Weise erklären. Ihre Nerven waren zum Zerreißen gespannt, aber sie konnte nicht weinen. Kurz vor Morgengrauen fiel sie endlich in einen unruhigen Schlaf, aus dem Isabelle sie mit dem Frühstück weckte.

Nach den Ereignissen der vergangenen Nacht hatte Julie keinen rechten Appetit. Sie machte sich rasch fertig, bestellte Madame Arnaud ab und verschob den Besuch bei ihrer Schwiegermutter auf den Nachmittag. Dann eilte sie, ohne wie gewöhnlich erst ein Pferd anzufordern, gleich zu den Ställen, wo sie Michael traf, der sie höflich begrüßte.

»Sie sind reichlich früh dran, Gräfin. Ich werde Ihr Pferd, Tokay, selber satteln; die Knechte haben zu tun.«

»Danke«, erwiderte Julie und war unfähig, das Zittern in ihrer Stimme zu unterdrücken. Aber falls er es merkte, gab er es nicht zu erkennen. Ruhig redete er weiter, während er den Gurt festzurrte und das Pferd aus dem Stall führte.

»Zum Essen bin ich zurück«, sagte Julie. »Heute morgen möchte ich

mich einmal richtig ausreiten.«
Sie schwang sich in den Sattel und fühlte sich gleich wohler. Es tat gut, das Pferd zwischen den Schenkeln zu spüren. Dennoch zügelte sie sich. Erst als sie außer Sichtweite war, ließ sie das Tier auf der Straße nach Hautvilliers in vollen Galopp fallen. Nach einer Viertelstunde nahm sie das Tempo etwas zurück, um das Pferd verschnaufen zu lassen, und schaute sich die ihr unbekannte Gegend an. Es war ziemlich einsam hier; nur hier und dort stand ein einzelnes Haus an der Straße.
In einer Kurve zweigte ein schmaler Pfad in das dichte Unterholz ab. Die Einsamkeit lockte sie, und schon bald war die Straße hinter ihr verschwunden. Kurz darauf endete der Weg an einem Waldzaun. Julie stieg ab, um das Pferd daran entlangzuführen. Auf der linken Seite, halb verdeckt hinter einer großen Hecke, befand sich ein Tor. Neugierig schaute Julie zwischen den Eisenstäben hindurch. Sie erblickte ein altes, efeuüberwachsenes herrschaftliches Haus, einen ungepflegten Rasen und verwilderte Blumenbeete – Überreste einer glanzvollen Vergangenheit. Inmitten von Wäldern, abseits von der Hauptstraße gelegen, machte das Haus einen düsteren, verlassenen Eindruck. Die ehemaligen Besitzer waren sicher vor der Einsamkeit geflohen.
Julie führte das Pferd am Zügel, ohne wieder aufzusteigen, zur Straße zurück. Aus irgendeinem Grund erinnerte sie das verlassene Haus an das Heim ihrer Kindheit. Auch dort lebte niemand mehr, und vielleicht war es ebenso am Verfallen wie dieses hier – ein Gedanke, der sie schaudern ließ. Seit ihrer Heirat hatte sie nicht mehr an die Prescotts geschrieben. Es war höchste Zeit, das endlich nachzuholen. Aber nachdem sie sich mit Marks Tod abgefunden hatte, hatte sie jeden Gedanken an ihr früheres Leben und auch an Prescottville verdrängt.
Ihr wurde klar, daß sie endlich etwas tun mußte. In den ersten Wochen ihrer Ehe hatte sie mit dem Gedanken gespielt, das alte Haus zu verkaufen. Doch jetzt hatte sich die Situation schlagartig geändert. Die vergangene Nacht hatte sie so verstört, daß sie sich ihrer selbst und ihrer Zukunft keineswegs mehr sicher war.
Den ganzen Morgen grübelte sie über ihre Lage nach. Vielleicht war es nur ein einmaliges Vorkommnis gewesen, weil sie so müde gewesen war? Aber der Gedanke, René könnte bald wieder zu ihr kommen, erfüllte sie mit demselben Widerwillen, den sie auch in der vergangenen Nacht empfunden hatte.
Plötzlich, ganz in der Nähe des Châteaus, strauchelte Tokay. Julie stieg ab, um seine Hufe zu untersuchen. Als sie die linke Hinterhand hochhob, wieherte das Tier auf und scheute. Julie streichelte seinen

Kopf und versuchte, es durch sanften Zuspruch zu beruhigen. Beim Weiterführen merkte sie, daß es hinkte. Zu Hause angelangt, überließ sie Tokay einem Pferdeknecht.

Dann lief sie zu Michael Lynchs kleinem Haus, um ihn von dem Vorfall zu unterrichten. Als sie an die Tür kam, hörte sie Stimmen im Innern.

»... dumm von dir, mitten am Tag herzukommen.«

»Soll ich mich lieber nachts fortstehlen? Tagsüber finde ich leichter eine Ausrede.«

Hélène!

»Dummerweise ist es bei mir gerade umgekehrt«, antwortete Michael Lynch. »Drum sei lieb und geh zu deinem Mann nach Hause. Ich möchte deswegen nicht gern meinen Job verlieren.«

»Du und dein Job! Ich kann dich jederzeit hinauswerfen lassen.«

»Das bezweifle ich. Dein Vater ist kein solcher Narr, dir zuliebe einen der besten Männer hinauszuwerfen, die er bekommen kann.«

»Du bist sehr eingebildet«, erwiderte Hélène mit vor Aufregung schriller Stimme.

»Du entdeckst heute lauter Fehler an mir. Willst du nicht lieber gehen?«

»Ich denke nicht daran.«

Plötzlich trat Stille ein. Julie nutzte das Schweigen, um laut an die Tür zu pochen. Drinnen waren hastige Schritte zu hören, dann sagte Michael: »Ich komme gleich.« Einen Augenblick später öffnete er die Tür.

»Entschuldigen Sie die Störung«, sagte Julie, »aber Tokay lahmt, und ich glaube, Sie sollten ihn sich einmal anschauen.«

»Da gehe ich am besten gleich mit Ihnen«, sagte er und schloß die Tür hinter sich. »Oder wollen Sie gleich ins Château hinauf?«

»Ich bin spät dran; das Essen dürfte fast fertig sein.« Sie verabschiedete sich.

Michael Lynch und Hélène. Armer Guy, der keine Ahnung davon hatte. Mit einemmal graute ihr vor dem Mittagstisch mit Hélène, die immer Kopfschmerzen hatte, Guy, dem Hahnrei, und René mit seiner neuen, fremden Leidenschaft. Sie mußte eine Weile allein sein.

In ihrem Zimmer angelangt, klingelte sie Isabelle und sagte ihr, sie hätte Halsweh und könnte nicht zum Essen kommen. »Nein, nichts Festes für mich, nur Suppe und Brötchen und Milch«, erklärte sie dem besorgten Mädchen. »In ein, zwei Tagen ist alles wieder in Ordnung.«

Als Isabelle gegangen war, zog sie sich schnell aus und kroch dankbar ins Bett. Die lange, schlaflose Nacht und der Morgenritt hatten sie doch sehr ermüdet. Als René zu ihr heraufkam, schlief sie bereits.

20

Nach dem Abendessen stattete ihr Hélène einen Besuch ab. Sie war die letzte, die Julie hätte sehen mögen. Dennoch machte sie gute Miene zum bösen Spiel und bat Hélène, einzutreten und Platz zu nehmen.
»Nein, danke«, antwortete Hélène und blieb am Fußende des Bettes stehen. »Ich muß schon sagen, du siehst nicht besonders krank aus«, stellte sie fest.
»Wie schön«, antwortete Julie gleichmütig. »Ich fühle mich auch schon wieder ein bißchen besser. Schlaf ist doch die beste Medizin.«
»Du hast uns heute gehört«, wechselte Hélène abrupt das Thema.
»Euch gehört?« wiederholte Julie in geheucheltem Erstaunen.
»Mach mir nichts vor«, erwiderte Hélène. »Ich weiß, daß du uns gehört hast. Und auch Michael hat nicht den geringsten Zweifel. Ich möchte nur wissen, was du jetzt vorhast.«
»Ich? Nichts. Ich bin mit Mr. Lynch einer Meinung: er sollte auf keinen Fall hinausgeworfen werden. Außerdem kann ich gut den Mund halten, zumal ich nicht einsehe, wozu es gut sein sollte, deinen Vater oder deinen Mann aufzuregen. Es würde sich ja doch nichts ändern, außer daß Mr. Lynch am Ende eben doch gehen müßte.«
»Weshalb legst du dich eigentlich so für Michael ins Zeug? Du kennst ihn doch kaum.«
»Er versteht etwas von Pferden, und auf so jemanden stößt man nicht alle Tage. Zudem ist er, wie du weißt, gelernter Tierarzt.«
»Ich weiß alles über Michael. Schließlich haben wir uns schon geliebt, ehe ich Guy geheiratet habe.«
Julie starrte sie an.
»Schockiert dich das? Michael ist ein phantastischer Liebhaber.«
»Warum hast du dann ...«
»Guy geheiratet? Einen Angestellten meines Vaters konnte ich doch schlecht heiraten, nicht wahr? Guy ist ein alter Freund der Familie. Ich kann ihn gut leiden. Außerdem wollte ich hier in der Gegend bleiben, und Guys Wohnsitz ist ganz in der Nähe. Wenn ich einen anderen Mann genommen hätte ... Jacques Molinet zum Beispiel ... hatte ich in die Gascogne ziehen müssen. Das wäre mir denn doch zu weit weg gewesen.«
»Du hast dir also deinen Mann nach seinem Wohnort ausgesucht?«
»Und warum hast du meinen Vater geheiratet?« fragte Hélène. »Doch nicht aus Liebe? Schließlich ist er viel älter als du, und du hast bestimmt vor ihm schon andere Liebhaber gehabt. Nach allem, was man hört, sind Schauspielerinnen nicht gerade zimperlich.«
»Offensichtlich können sie den verdorbenen Töchtern der französi-

schen Aristokratie kaum das Wasser reichen«, antwortete Julie trokken.
»Du hast Vater doch nur seines Geldes und seiner gesellschaftlichen Stellung wegen genommen. Ich verachte dich.«
»Aus welchen Gründen auch immer ich deinen Vater geheiratet habe, mit Geld oder gesellschaftlichem Rang hatte das nichts zu tun. Ich bin unabhängig, und mag ich auch weniger Geld haben als du, mir reicht es.«
Hélène lachte. »Ich bin froh, daß wir endlich klare Verhältnisse zwischen uns schaffen. Damit ich es dir rundheraus sage: Ich habe dich nie leiden können. Du an der Stelle meiner Mutter! Meine Mutter war schön und anmutig und ...« Sie brach ab. »Wenn ich denke, daß du jetzt die Comtesse de Brugarde bist – du, eine gemeine kleine Hure«, stieß sie wütend hervor. »Ich weiß nicht, was in meinen Vater gefahren ist. Du mußt ihm weisgemacht haben, daß du verrückt nach ihm bist. Wie hast du das nur fertiggebracht? Ich wette, dir graut vor seinen Berührungen.«
Julie erblaßte in Erinnerung an die vergangene Nacht, und triumphierend rief Hélène: »Da haben wir's ja!«
»Was haben wir?« fuhr Julie auf, die allmählich die Beherrschung verlor. »Du mußt ja verrückt sein. Du kommst zu mir, weil du Angst hast, ich könnte sagen, was ich gehört habe, und nachdem ich dir versprochen habe, den Mund zu halten, fängst du an, mich zu beschimpfen.«
Hélène wurde mit einemmal still, und Julie nutzte ihren Vorteil aus. »Mir ist es ja gleich, was du mit Michael Lynch treibst. Aber ich an deiner Stelle hielte eisern den Mund, solange ich nicht sicher wäre, selber mit heiler Haut davonzukommen. Und jetzt wäre ich mit deiner gütigen Erlaubnis gern allein.«
Am Montag darauf fuhr René wegen dringender Geschäfte nach London. Er war traurig, daß Julie ihn nicht begleiten konnte. Für Julie dagegen bedeutete seine Abwesenheit eine dreiwöchige Gnadenfrist. Sie hatte es vermeiden können, mit René in den letzten Tagen zu schlafen, und fühlte sich deshalb über die bevorstehende Trennung recht erleichtert. So gewann sie Zeit, mit ihren Problemen fertig zu werden.
Der nächsten Begegnung mit Michael Lynch sah sie mit einigem Bangen entgegen. Gewiß hatte ihm Hélène von ihrer Unterhaltung erzählt, und sie fürchtete, er würde darauf zurückkommen.
Aber er begrüßte sie wie immer, unbekümmert und freundlich, und plauderte liebenswürdig mit ihr, während er ihr Pferd sattelte. Genau das jedoch ärgerte sie plötzlich, und unwillkürlich platzte sie heraus: »Sehen Sie, es geht mich ja wirklich nichts an. Aber Hélène hat

mir nun einmal alles gesagt ...«

»Ach das«, sagte er und hielt die Augen auf den Gurt gerichtet, den er gerade festzurrte. »Es tut mir leid, Gräfin, daß Sie da mit hineingezogen wurden. Aber Sie sind mir bei weitem lieber als er. Er würde gleich mit der Peitsche kommen, und wo sollte das hinführen?«

Julie antwortete nicht. Sie betrachtete Michaels muskulösen Körper und stellte sich daneben Renés zarte, schlanke Gestalt vor. Nein, sie waren keine ebenbürtigen Gegner, weder körperlich noch altersmäßig.

»Ich mag Guy«, erklärte Julie nach einer Weile unvermittelt.

»Ich auch«, antwortete er zu ihrer Überraschung. »Er ist ein feiner Kerl, und ich habe nie etwas dagegen gehabt, daß ihn Hélène geheiratet hat. Aber ich habe mich auch nie gesträubt, die verlassene Soldatenfrau zu trösten.« Plötzlich lachte er auf, als wäre das Ganze ein gewaltiger Spaß. »Ich habe nur etwas dagegen, mich jedes Wochenende über einen Mann lustig zu machen, dessen Frau mir hinter seinem Rücken zuwinkt. Ich hoffe, ich habe mich klar genug ausgedrückt, Gräfin.«

»Sie sollten mir das gar nicht erzählen«, meinte Julie.

»Ich hätte es auch nicht erwähnt, Gräfin. Aber nachdem Sie das Thema angeschnitten haben ...«

»Lassen wir es gut sein«, schnitt sie ihm das Wort ab und kam sich sehr töricht vor.

»Wünschen Sie Begleitung, Gräfin? Soll ich nach einem der Burschen schicken, oder soll ich Sie selber begleiten?«

Julie lehnte dankend ab und saß auf.

Als sie nach kurzer Zeit noch einmal einen Blick zurückwarf, stand er unverändert an derselben Stelle, an der sie ihn hatte stehenlassen, und hob grüßend einen Arm.

In der letzten Woche vor Renés Rückkunft stellte Julie fest, daß sie schwanger war. Ein Besuch bei Dr. Villon in Lacon bestätigte ihre Vermutung. Sie nahm die Neuigkeit mit Gelassenheit hin. Erst als sie bereits wieder im Dorf war, durchzuckte es sie wie ein Blitz: Jetzt habe ich etwas, was mir allein gehört, was ich lieben kann. Ich werde nie wieder allein sein.

Mit einem Schlag sah die Welt anders aus. Wahrscheinlich war die Schwangerschaft an ihrem plötzlichen Widerwillen gegen René schuld. Es war ein ganz natürlicher Vorgang gewesen, weiter nichts, verursacht durch die Umstellungen in ihrem Körper. Deshalb also hatte sie mit einemmal so anders reagiert. Oh, René würde sich freuen. Sie konnte seine Rückkehr kaum erwarten.

René freute sich weit mehr, als Julie vermutet hatte. Er war unglaublich fürsorglich. Jede Anstrengung wurde ihr verboten, und auch mit dem Reiten war es vorbei. Wenn sie unbedingt einen Ersatz brauchte, konnte sie ja den alten Jagdwagen nehmen. Er würde ihr ein zahmes Shetlandpony kaufen, oder sie nahm mit einem der Esel vorlieb. Und daß sie ja nicht den ganzen Tag treppauf, treppab lief . . . So ging es weiter, bis sie sich in ihrer Verzweiflung schließlich an den Doktor wandte, um nicht ihre ganze Bewegungsfreiheit zu verlieren.

Etwa in der zweiten Woche nach Renés Rückkehr fiel Julie auf, daß er überhaupt nicht mehr zu ihr gekommen war und daß sie ihn auch gar nicht vermißt hatte. Sicher war das ganz natürlich. Zwar hatte sie nie jemanden danach gefragt, aber vermutlich wurden die sexuellen Beziehungen während der Schwangerschaft abgebrochen – eine Vorstellung, die ihr für den Augenblick nicht unangenehm war.

Julies Wohlbefinden wuchs im Laufe der Wochen noch. Hélène hatte die Neuigkeit mit schlecht verhohlenem Ärger aufgenommen, Guy dagegen voller Entzücken und gleich bei seinem nächsten Besuch ein allerliebstes altmodisches Sträußchen aus seinem Treibhaus mitgebracht.

Die alte Gräfin hatte sofort angefangen, alle möglichen Anziehsachen für den Enkel in Auftrag zu geben – sie war nicht davon abzubringen, daß es ein Junge sein würde.

»Wie schön für dich, liebe Emilie«, sagte sie ruhig, während sie mit zitternden Händen in den Spitzen und Bändern und Stoffresten kramte. »Ach, wenn ich nur noch ein bißchen besser sähe«, klagte sie. »Ich konnte so hübsch sticken und möchte doch so gern etwas selber machen. Vielleicht geht es mit dem Häkeln noch. Ja, das ist es. Ich häkle ihm eine Decke.«

Und sofort ließ sie sich Garn und eine Häkelnadel bringen und machte sich mit Eifer an die Arbeit. Ein paar Tage lang hielt sie die Decke beschäftigt, dann vergaß sie sie und mit ihr den Enkel.

Nachdem ihr René mit Zustimmung des Arztes das Reiten untersagt hatte, wußte Julie nicht, wohin mit ihrer Kraft, zumal der Graf ihr auch keine langen Spaziergänge erlaubte.

So besann sie sich am Ende tatsächlich auf die Möglichkeit, mit dem Jagdwagen ein Stück wegzufahren, um sich dann nach Herzenslust auszulaufen. Aber auch die Tage dieses Vergnügens waren gezählt. Als der erste Schnee fiel, durfte sie, solange die paar Flocken liegenblieben, nicht aus dem Haus.

Diese nicht nachlassende Fürsorge war das einzig Lästige an der Schwangerschaft. »Wenn ich es zuließe«, beschwerte sich Julie bei ihrem Arzt, »würde er mich wie eine arabische Prinzessin in einer Sänfte herumtragen lassen, so daß ich vor lauter Fett bald nicht mehr laufen könnte.«

»Das dürfen Sie ihm nicht übelnehmen«, meinte der alte Mann versöhnlich. »Denken Sie daran, wie es mit seiner ersten Frau gegangen ist.«

»Wie war sie eigentlich?« fragte Julie neugierig. »Natürlich habe ich schon ein, zwei Fotos von Emilie gesehen, aber ich kann mir kein rechtes Bild von ihr machen.«

»Sie war außerordentlich hübsch«, sagte der Arzt, »weit hübscher als ihre Tochter – klein, zart und lebhaft. Allerdings auch sehr launisch. Aber nicht sehr gesund – das gerade Gegenteil von Ihnen, obwohl Sie natürlich auch eine schöne Frau sind.« Er machte eine kleine Verbeugung. »Im übrigen geht es Ihnen, nach allem, was ich sehe, sehr gut. Es gibt nicht den geringsten Grund zur Beunruhigung. Überlassen Sie es Ihrem Mann, sich Sorgen zu machen. Sie brauchen sich nichts zu denken.«

Im Dezember wurde es unerwartet warm, und Julie nutzte den Witterungsumschlag, um wieder einmal auszufahren und ordentlich spazierenzugehen. Sie hatte ein einsames Fleckchen gefunden, weitab von allen neugierigen Augen, wo sie sich richtig wohl fühlte. Bald würde es freilich auch damit vorbei sein. Wenn ihr Bauch noch dicker wurde, würde sie brav zu Hause bleiben müssen.

Als sie wieder in den Wagen geklettert war und der Esel sich in einen leichten Trab setzen wollte, riß ein Zuggurt, und der Wagen fiel um. Julie stand gleich wieder auf, unverletzt; aber sie vermochte weder den Esel loszuschirren noch den Wagen wieder aufzustellen.

Bekümmert starrte sie auf die Bescherung. Der Weg zurück war weit. Da fiel ihr plötzlich das Haus mitten im Wald wieder ein, auf das sie bei einem früheren Spazierritt gestoßen war. Bis dahin konnte es nicht allzuweit sein, und sicher bekam sie dort Hilfe. Auf diese Weise erfuhr auch niemand, was geschehen war. Denn wenn ihr René auf die Schliche kam, war es mit solchen Unternehmungen ein für allemal aus.

Der Waldweg zog sich länger hin, als sie es in Erinnerung hatte. Schrecklich, wie spät es schon war! Und natürlich war das Tor auch noch zugesperrt. Immerhin entdeckte sie innen eine Glocke, die, als sie daran zog, laut losschepperte.

»Pssst«, sagte eine Stimme in der Nähe. »Sie wecken doch das Baby auf.«

Julie schaute durch das Tor, konnte aber niemanden entdecken.

»Entschuldigen Sie«, rief sie halblaut. »Mir ist ein kleines Malheur passiert. Mein Wagen ist umgekippt, und da dachte ich ...«

»Pssst«, wiederholte die Stimme unwirsch. »Sie wecken das Baby auf. Einen Augenblick, bitte.«

»Entschuldigung«, wiederholte Julie. Gleich darauf kam eine außerordentlich fette kleine Frau mit weißgepudertem Gesicht und in einem weißen Kleid um die Ecke. »Was wünschen Sie?« fragte sie.
»Mein Jagdwagen ist umgestürzt«, erklärte Julie. »Und weil ich den Wagen nicht allein wiederaufrichten kann, dachte ich, vielleicht könnte mir einer der Männer – vielleicht der Gärtner – helfen.«
»Nein. Das geht nicht. Niemand darf hier hinaus«, antwortete die Frau. »Früher hat das einmal jemand versucht und ist schwer dafür bestraft worden.« Sie hielt sich an den Eisenstäben fest. Julie überlief ein Schauder, als sie die braunen, tief eingesunkenen Augen in dem aufgedunsenen Gesicht betrachtete. Die Frau war zweifellos verrückt. War das Haus womöglich ein Sanatorium?
Unwillkürlich trat sie einen Schritt zurück, doch die Frau zwängte ihre Hand durch die Stäbe und packte Julie mit eisernem Griff am Handgelenk. »Gehen Sie nicht«, bat sie. »Ich helfe Ihnen gern, wenn ich kann. Können Sie das Tor aufmachen?«
Stumm schüttelte Julie den Kopf.
»Versuchen Sie es. Dann nehme ich meinen Sohn, und wir laufen weg. Das hier ist ein schrecklicher Ort, und wir sind schon so lange da.«
»Ich ... ich gehe und schaue, ob ich jemanden finde, der uns helfen könnte«, stieß Julie hervor.
»Nein, Sie dürfen nicht gehen. Sie verraten mich sonst, und dann werde ich bestraft.« Tränen rollten ihr über die fetten Wangen und hinterließen feine Spuren in dem weißen Puder.
»Ich verrate Sie nicht«, erwiderte Julie so sanft wie möglich. »Ich weiß ja selber, wie es ist, wenn man hinaus will. Vertrauen Sie mir nur.« In der Ferne hörte man es rufen. Die Frau umklammerte Julies Handgelenk noch fester.
»Sie haben gemerkt, daß ich mit jemandem rede«, sagte sie. »Schnell. Was soll ich tun?«
»Lassen Sie mich gehen«, erklärte Julie bestimmt.
»Wie heißen Sie?« fragte die Frau.
»Julie«, antwortete sie.
»Julie? Und weiter?«
»Julie de Brugarde.«
Die Frau ließ ihr Handgelenk los und klatschte freudig in die Hände. »Dann sind wir ja miteinander verwandt«, sagte sie. »Ich bin Emilie de Brugarde.« Sie richtete sich auf. »Ich bin die Frau des Comte René de Brugarde«, fuhr sie fort. »Und wenn Sie meinem Mann sagen, wo ich bin, kommt er und holt uns ab. Er weiß nämlich nicht, daß wir entführt worden sind.«
Starr vor Entsetzen musterte Julie die Frau, die munter drauflosplap-

perte. Emilie! Das konnte doch nicht wahr sein! Fett, unsinnig fett! Dennoch war eine entfernte Ähnlichkeit mit der einst so schönen Frau festzustellen. Und als die unentwegt redende Frau plötzlich in Lachen ausbrach, glaubte Julie, Hélène de Brugarde vor sich zu sehen, wenngleich um Jahre älter und viele Pfunde schwerer.

»Auf Wiedersehen«, flüsterte Julie, wandte sich um und floh den Weg hinunter.

»Wo bist du, Emilie? Was treibst du da? Komm weg vom Tor. Allain, so hilf mir doch«, rief eine Frauenstimme, abwechselnd flehend und befehlend.

Dann hörte Julie nichts mehr. Emilie am Leben! Verrückt! Eingesperrt! Emilie, die angeblich tot war! Julie spürte einen unwiderstehlichen Drang zu lachen. Warum? Warum hatten sie das getan? Schließlich wäre doch auch eine Scheidung möglich gewesen. Oder gab es so etwas in Frankreich nicht? Sie hatte keine Ahnung. Als sie die Landstraße erreicht hatte, rannte sie, ohne sich um den Esel zu kümmern, der noch immer unter dem umgestürzten Wagen lag, in Richtung des Schlosses davon.

Sie hatte beinahe den halben Weg zurückgelegt, als ihr Michael Lynch in seinem kleinen Auto entgegenkam.

»Ich dachte mir doch, daß etwas passiert ist. Steigen Sie ein, Gräfin. Wenn der Graf etwas merkt, ist der Teufel los.«

Automatisch gehorchte sie, noch immer ganz benommen von ihrer Entdeckung. Bigamie! Es war regelrechte Bigamie. Was wurde aus ihrem Kind? Sie stöhnte laut. Michael Lynch, der ihr ins Auto half, erkundigte sich besorgt: »Ist etwas nicht in Ordnung, Gräfin?«

»Ja.« Wahrhaftig: nichts war in Ordnung. Sie war gar nicht verheiratet, und ihr Kind würde unehelich geboren werden, genau wie Renés Mutter es befürchtet hatte. Sie brach in Gelächter aus und gleich darauf in Tränen.

»Ist ja schon gut, Gräfin«, besänftigte Michael sie. »Es ist ja nichts weiter passiert. Oder haben Sie sich wehgetan?«

Sie schüttelte den Kopf und versuchte mit aller Kraft, sich zusammenzunehmen. »Nein«, sagte sie. »Nein, ich habe mir nichts getan. Ich bin nur furchtbar erschrocken und jetzt sehr müde. Das ist alles.«

Dann stieg sie ein. Er schlug die Tür hinter ihr zu, lief ums Auto herum und setzte sich neben sie.

»Der Motor stirbt im Leerlauf immer ab«, erläuterte er. »Jetzt müssen wir leider etwas warten, bis er abgekühlt ist. Erst dann kann ich ihn wieder ankurbeln.«

»Der Jagdwagen ist umgekippt. Und allein habe ich den Esel nicht aus dem Geschirr befreien können. Deshalb bin ich gelaufen, um Hilfe zu holen.«

»Sind Sie sicher, daß Sie sich nicht verletzt haben?«
»Absolut. Aber es ist ein bißchen einsam auf der Straße hier«, erwiderte sie und konnte nur mit Mühe ein Schaudern unterdrücken.
»Das ist es in der Tat. Für Sie in Ihrem Zustand ganz bestimmt nicht der richtige Spazierweg, Gräfin.«
»Ich werde ihn auch nicht zum zweitenmal ausprobieren.«
»Wenn es Ihnen recht ist, schauen wir kurz nach dem Esel. Das dauert nicht länger als ein paar Minuten. Auf alle Fälle sind Sie im Château zurück, ehe der Graf nach Hause kommt.«
Sie antwortete nicht, sondern lehnte den Kopf zurück, schloß die Augen und überließ sich den Gedanken, die auf sie einstürmten. René hatte sie betrogen, und ihre Lage war aussichtslos. So viele Jahre lang hatte sie das Risiko auf sich genommen, schwanger zu werden, ohne verheiratet zu sein, und nichts war passiert. Und jetzt war sie das Opfer einer bösen Täuschung geworden.
»Es gibt schon ein paar Häuser hier«, hörte sie Michael sagen, »die Straße ein Stück weiter hinauf. Eins davon ist unbewohnt oder doch so gut wie unbewohnt. Dort leben eine alte Frau und ihr Sohn. Einmal habe ich mir dort eine ganz schöne Abfuhr geholt, als ich nach dem Weg zum Château fragte. Die Frau ist eine richtige alte Hexe: eine Nase wie ein Adlerschnabel, graues Haar und einen Buckel. Der Sohn sieht ihr sehr ähnlich, nur daß er nicht bucklig ist. Aber er hat merkwürdige Augen. Manchmal kann man ihn auf der Straße treffen. Sie dagegen scheint das Haus nie zu verlassen. Ah, da sind wir ja. Sehen Sie nur, der Esel hat sich allein aufgerappelt und frißt erst einmal tüchtig. Hungrig, alter Freund?« rief er. »Bin gleich zurück«, sagte er zu Julie und stieg aus.
Michael kannte das Haus also und warnte sie davor. Vielleicht wußte er auch, daß Emilie de Brugarde dort lebte!
»Schon passiert«, sagte er, als er wieder einstieg. »Ich habe den Esel angebunden und lasse ihn von einem der Burschen holen. Den Wagen können wir liegenlassen. Er ist zu alt. Wir müssen uns etwas Besseres für Sie einfallen lassen.«
»Ich fahre sowieso nicht mehr allein aus. Ich bin zu jenem Haus gegangen, und ich habe ...« Sie unterbrach sich und schluckte. »Ich habe mich wahnsinnig erschreckt.«
»Kein Wunder, daß Sie so blaß waren. Mich hat die Begegnung damals auch ziemlich mitgenommen.«
»Lebt außer der alten Frau und dem Sohn noch jemand in dem Haus?« fragte Julie.
»Soviel ich weiß nicht, obwohl es mich nicht wundern sollte, wenn eine Diebesbande dort ihr Versteck hätte.«
»Es gibt Schlimmeres als Diebe«, meinte Julie vielsagend.

»Und was wäre das?«
»Teufel.«
»Hüten Sie sich vor solchen Behauptungen! Meine Großmutter pflegte immer zu sagen: ›Man soll den Teufel nicht an die Wand malen!‹« Er lachte.
Ich bin dem Teufel begegnet, dachte Julie. Ich habe ihn geheiratet.
»Danke fürs Nachhausebringen, Michael«, sagte sie laut. »Wie sind Sie überhaupt auf die Idee gekommen, nach mir zu suchen?«
»Ihr Mädchen, Isabelle, hat sich Sorgen um Sie gemacht und ist zu mir gekommen. – So, da wären wir. Sie können gleich durch den Garten hinaufgehen. Und wenn es Ihnen lieber ist, verschweigen wir dem Grafen die Geschichte. Mir kommt es nicht darauf an, um des lieben Friedens willen ein Geheimnis für mich zu behalten.«
»Mir auch nicht«, sagte sie und lächelte leicht, als sie seinem offenen Blick begegnete. René war noch nicht heimgekommen, und Julie ging direkt auf ihr Zimmer, wo eine besorgte Isabelle eifrig nähte. Als sie eintrat, sprang sie auf. »O Madame ...« stotterte sie, »ich ...«
»Ist schon gut, Isabelle. Ich bin froh, daß Sie mir Mr. Lynch geschickt haben. Lassen Sie mir bitte ein Bad ein? Und dann möchte ich ruhen, ehe ... bis mein Mann nach Hause kommt.«

Julie lag im Morgenrock auf dem Bett, als sie René in seinem Zimmer hörte. Immer wieder hatte sie sich den Kopf zerbrochen, was sie ihm sagen sollte. Jetzt, als der Augenblick gekommen war, befiel sie ein Zittern. Mühsam stand sie auf, zog ein Kleid über und kämmte sich. Als sie fertig war, blieb sie eine ganze Weile vor der Verbindungstür stehen, ehe sie sie schließlich öffnete und eintrat.
René war gerade dabei, sich eine Krawatte umzubinden. Überrascht schaute er auf. »Ich dachte, du schliefst«, sagte er. »Du siehst recht blaß aus, *chérie*. Fühlst du dich nicht wohl?« Besorgt trat er mit ausgestreckten Händen auf sie zu, aber sie wich ihm aus.
»Du elender Lügner«, sagte sie klar und deutlich. »Du hast mich betrogen. Du hast alle betrogen. Oder wissen die andern Bescheid? Was für ein Mensch bist du bloß!« Seine Miene verriet Angst und Unruhe. »Mein Gott! Wovon redest du? Bist du ... Ich habe dich noch nie so reden hören. Du weißt ja nicht, was du sagst.«
»Nicht, was ich sage? Ich weiß nicht, was ich sage, wenn ich dich der Bigamie bezichtige?«
Er wurde blaß. »Bigamie? Wieso Bigamie?«
»Ich bin heute ausgefahren ... auf der alten Straße nach Hautvilliers, und der Jagdwagen ist umgestürzt ...«
»Ich habe es doch immer gewußt! Ich hätte dir nicht soviel Freiheit

lassen dürfen. Du hättest dir den Tod dabei holen können. Begreifst du denn nicht, daß du aufpassen mußt? Wie kannst du nur so starrköpfig sein?«

»Es hat keinen Sinn, René. Ich weiß alles. Dir geht es nicht um mich, sondern um das Kind. Ich bin heute Emilie begegnet. Sie ist verrückt. Vielleicht ist sie sogar erst verrückt geworden, nachdem sie mit einem Teufel wie dir zusammengelebt hat. Aber wie hast du es nur fertiggebracht? Sie einzusperren ... mein Gott! Warum hast du sie nicht in ärztliche Behandlung gegeben?«

Da er nicht den kleinsten Versuch machte, sie zu unterbrechen, fuhr sie mit immer schrillerer Stimme fort, ihn weiter zu beschuldigen, bis er sie blitzschnell um die Taille packte und ihr die Hand auf den Mund preßte. Wütend biß sie hinein, aber er lockerte den Griff nicht, obwohl sie sein Blut schmeckte. Er durchbohrte sie mit seinen Blikken und stieß heiser hervor: »Halt den Mund! Noch ein Wort weiter, und ich bringe dich um. Verstanden? Ich bringe dich um!«

Sein Griff raubte ihr den Atem. Sie spürte, wie sie schwach wurde und plötzlich in seinem Arm zusammensank. Da ließ er sie los, rieb ihr ängstlich die Handgelenke und redete schnell und leise auf sie ein: »Es tut mir leid, *chérie,* sehr leid. Aber siehst du, du darfst so etwas nicht sagen. Es würde meinen Ruin bedeuten und den Tod meiner Mutter, und Hélène ... Hélène würde darüber wahrscheinlich selber den Verstand verlieren. Hélène darf nie davon erfahren. Warum, glaubst du wohl, habe ich die ganze Geschichte geheimgehalten? Ärzte? Natürlich hatte Emilie Ärzte! Hoffnungslos, lautete ihre Diagnose. Sie habe eine zu schwache Konstitution. Sie werde nicht mehr lange leben. Und ich wollte nicht, daß sie in einer Anstalt dahinsiechte. Stell dir vor, was das für Hélène bedeutet hätte! Ich mußte mir etwas anderes einfallen lassen. Da kam mir der Zufall zu Hilfe. Bei uns lebte eine entfernte Cousine von Emilie, ein Waisenkind, die sich um Emilie kümmerte. Und Emilie ...« Er verstummte und starrte in Julies entsetztes Gesicht. »Emilie hat sie umgebracht! Sie hat ihr eine Stopfnadel in den Hinterkopf gestochen. Es hat äußerlich kaum geblutet. Ich habe sie aufgebahrt und für Emilie ausgegeben. Emilie selbst habe ich dann heimlich dorthin bringen lassen ... wo du sie gesehen hast.«

Julie hatte mit wachsendem Entsetzen zugehört. Mord und Wahnsinn – und René, der beides deckte. Nur eins war ihr wirklich ins Bewußtsein gedrungen: René hatte gedroht, sie umzubringen. Und sie zweifelte keine Sekunde lang an der Ernsthaftigkeit dieser Drohung. Sie mußte fort.

Mühsam richtete sie sich auf, befreite sich aus Renés Griff und sagte, so fest sie konnte:

»Das war zuviel auf einmal, René. Ich ... ich kann nicht mehr. Ich muß mich hinlegen. Du willst doch sicher nicht, daß ich das Kind verliere.«

»Nein, nein, natürlich nicht ...« Er brach ab. »Laß mich dir helfen«, sagte er sanft, und sie duldete, daß er sie in ihr Zimmer führte, ihr beim Ausziehen des Kleides und beim Anziehen des Morgenrocks half.

»Ich kann heute nichts essen«, sagte Julie matt. »Vielleicht lasse ich mir später von Isabelle etwas Suppe und Brot heraufbringen.« Seufzend schloß sie die Augen, als wäre sie unaussprechlich müde. Sie hörte ihn in sein Zimmer hinübergehen und die Tür hinter sich schließen, aber ein sechster Sinn sagte ihr, daß er nur so getan hatte, daß er in Wirklichkeit noch in ihrem Zimmer war. Deshalb verharrte sie eine Zeitlang in ihrer Stellung und drehte sich erst nach einer geraumen Weile auf die Seite, als wäre sie endgültig am Einschlafen. Sie hatte den Eindruck, eine Ewigkeit so dazuliegen, ehe sie das leise Klicken einer heimlich geöffneten Tür und das entsprechende Klicken beim Schließen hörte. Als sie sich daraufhin umdrehte und die Augen aufschlug, sah sie ihre Vermutung bestätigt: Das Zimmer war leer.

Wie sie die nächsten Stunden überstand, hätte sie später nicht mehr sagen können. Sie dachte nur noch an eines: an Flucht. Wie im Fieber erwog sie alle Möglichkeiten. Sie mußte die Nacht abwarten und durfte nur das Nötigste mitnehmen. Außerdem brauchte sie ein Fahrzeug, wenn sie bis nach Paris wollte. Dazu kam die Belastung durch die Schwangerschaft ...

Wer konnte ihr helfen? Michael Lynch. Daß ihr sein Name einfiel, kam ihr wie ein Geschenk des Himmels vor. Michael. Er war die einzige Chance, die sie hatte. Wenn er sie freilich verriet ... Aber daran wollte sie nicht denken. Sie mußte es wagen. Noch zweimal kam René am späteren Abend in ihr Zimmer, aber beide Male tat sie, als schliefe sie, und fuhr unter seiner Berührung unruhig auf, als träumte sie schlecht. Erst nach Mitternacht begab er sich zu Bett. Julie konnte ihn noch lange in seinem Zimmer auf und ab gehen hören. Doch endlich erlosch auch sein Licht. Nachdem sie noch eine Zeitlang gewartet hatte, stahl sich Julie aus dem Bett und suchte im Dunkeln ein paar Kleider, ihr Schmuckkästchen, ihr Bankbuch, ihren Paß und die anderen Ausweispapiere zusammen.

Als sie fertig war, blieb sie zögernd an der Tür stehen. Sie preßte das Ohr an das Holz und lauschte angestrengt, ob sich irgendein ungewohntes Geräusch vernehmen ließ. Aber alles war ruhig. Sie öffnete lautlos die Tür und schlich sich an der Mauer entlang den Gang hinunter. Oben an der Treppe, die in die dunkle Halle hinunterführte,

glaubte sie eine Bewegung hinter sich zu spüren. Sie wirbelte herum, und im selben Augenblick packte René ihren Koffer.
»Nein!« schrie sie entsetzt auf. »Nein!«
»Du gehst mir nirgendwohin«, zischte er giftig. »Ich ahnte es doch!«
Sie versuchte, ihm den Koffer zu entreißen. Dabei rutschte sie aus, überschlug sich ein paarmal und stürzte endlich schreiend die ganze Treppe hinunter. Ein stechender Schmerz durchfuhr sie.
Ich sterbe, dachte sie, ich sterbe wie Eileen. Sie hörte René schreien, dann ging das Licht an. Sie versuchte aufzustehen, aber die Anstrengung war zuviel für sie. Als sie sich am Treppengeländer hochziehen wollte, verlor sie das Bewußtsein.

21

In den Wochen nach dem Verlust des Kindes lag Julie matt und teilnahmslos in ihrem Zimmer. Willig ließ sie sich von einer sehr stillen Isabelle Medikamente und Essen einflößen, und ohne Widerspruch duldete sie Renés Besuche.
Die Fehlgeburt war wie ein Alptraum vorübergegangen, und nur Emilies Gesicht und Renés schreckliches Geständnis waren ihr noch gegenwärtig. Während ihrer allmählichen Genesung war sie zu der Einsicht gelangt, daß es für sie kein Entrinnen aus diesem Gefängnis gab. Sollte ein zweiter Fluchtversuch schiefgehen, würde René nicht die kleinsten Gewissensbisse haben, sie umzubringen.
Noch immer war sie so kraftlos, daß sie jeder Anspielung auf das, was passiert war, aus dem Wege ging, wie sie auch nichts gegen Renés Vorstellungen einwandte, sie möchten noch einmal von vorn anfangen. »Ich weiß, es war ein Schock für dich«, gab er ihr zu bedenken. »Aber du darfst andererseits nicht vergessen, wie sehr ich dich begehrt habe. Du weißt doch, wie es zwischen uns war. Und so wird es auch wieder werden.« Sie war sogar imstande, ihren tiefen Abscheu zu verbergen und ein mattes Lächeln aufzusetzen.
Nach und nach kehrten dank Isabelles hingebungsvoller Pflege Julies Kräfte wieder und mit ihnen ein gewaltiger Appetit. Schlagartig konnte sie, die wochenlang von Haferschleim, Suppe und milden Speisen gelebt hatte, nicht genug zu essen bekommen.
Als sie an einem Vorfrühlingstag im Februar warm eingepackt auf der Terrasse im Freien lag und das Gesicht der Sonne zukehrte, hatte sie zum erstenmal seit ihrer Krankheit wieder das Gefühl, lebendig zu sein.
Abermals dachte sie an ihre Zukunft. Zuerst einmal mußte sie gesund werden und zu Kräften kommen. Wenn sie sich wieder ohne

fremde Hilfe bewegen konnte, dann ... dann mochte sich ein Weg finden lassen, diesem Gefängnisdasein zu entfliehen. Sie durfte nur nichts überstürzen, nicht zu impulsiv handeln, wie sie es schon so oft getan hatte: als sie sich aus dem Kloster geschlichen hatte, aus Prescottville davongelaufen war oder, aus lauter Verzweiflung über Marks Tod, René geheiratet hatte. In all diesen Fällen hatte sie die Folgen nicht bedacht und mögliche Fehlschläge nicht einkalkuliert. Nein, diesmal mußte sie vorsichtig und gewitzt zu Werke gehen.
Einen Monat später war sie schon einen Schritt weiter. Sie war inzwischen gänzlich wiederhergestellt und konnte reiten und laufen wie früher. Nur Renés Forderungen entzog sie sich noch, unter dem Vorwand, es sei »zu früh«. Ein Vierteljahr, hatte Dr. Villon gewarnt, und sie hatte René gegenüber ein halbes daraus gemacht.
Als er eines Tages von neuem auf Emilie zu sprechen kam, war Julie auf der Hut. »Du mußt mich verstehen, René«, sagte sie. »Es war grausam von dir, obwohl ich begreifen kann, warum du es gemacht hast. Ich liebe dich«, log sie, »aber was soll aus unseren ... unseren Kindern werden, wenn jemand dahinterkommt ...«
»Und doch wolltest du von mir fortlaufen«, warf er ein.
»Weil ich wütend, verletzt und gedemütigt war. Ich mußte immerzu an das Kind denken. Welcher Sohn ließe sich gern einen ...« Sie brach ab und blinzelte, als müßte sie die Tränen zurückhalten.
Das Wort »Sohn« hatte seine Wirkung nicht verfehlt. »Ich weiß, ich weiß«, sagte er unruhig. »Glaubst du denn, daß mich das nicht quält? Aber schau ... Emilie kann nicht ewig leben. Du hast sie gesehen. Du weißt Bescheid. Wenn alles vorbei ist, können wir die Sache in Ordnung bringen. Laß das nur meine Sorge sein.«
»Aber wenn Emilie tot ist, brauchen wir nichts mehr in Ordnung zu bringen«, entgegnete Julie. »Unsere Eheschließung in St-Cloud ist gültig, wenn niemand sie in Frage stellt.«
»Ja, ja«, pflichtete er ihr hastig bei. Er wich ihrem Blick aus, und das brachte sie auf den Gedanken, ihre Ehe könnte gar nicht gültig sein. Vielleicht war der Bürgermeister, dieser kleine, dicke, freundliche Mann, nur ein bezahlter Schauspieler gewesen! Ein halbes Jahr Abstinenz, hatte sie René erklärt, und das halbe Jahr war fast um. Aber noch immer war kein handfester Fluchtplan in ihr gereift. René ließ sie genau überwachen. Selbst Isabelle, der sie früher hatte vertrauen können, war nicht mehr bereit, ihr mit kleinen Lügen behilflich zu sein. Und ihren Paß und die anderen Ausweispapiere hatte René an sich genommen. Weil sie Angst hatte, von neuem sein Mißtrauen zu wecken, wagte sie es auch nicht, ihn darum zu bitten.
Allein durfte sie überhaupt nicht mehr ausreiten. Stets wurde sie von einem Stallburschen begleitet. Wenn sie einen Wunsch äußerte,

wurde ihr alles gebracht. Wenn sie einkaufen wollte, wurde sie im Rolls oder in der Kutsche zur Stadt gefahren.
Allein Michael Lynch würde ihr helfen können. Aber sie fand keine Gelegenheit, mit ihm zu sprechen. Ihn tagsüber in seinem Haus aufzusuchen war ihr zu riskant, und nachts wagte sie sich nicht mehr aus dem Haus.
So vollbrachte sie Tag für Tag wahre Wunder an Verstellungskünsten, während sie nachts bei dem Gedanken, daß ihre Schonzeit gnadenlos zu Ende ging, oft schlaflos dalag. Im Grunde war sie im Château de Brugarde ebenso gefangengehalten wie Emilie in dem einsamen Waldhaus bei Hautvilliers.
Ihre nervliche Anspannung wuchs von Tag zu Tag. Über kurz oder lang mußte René nachts zu ihr kommen. Als es dann schließlich passierte, war sie am wenigsten darauf gefaßt. Sie hatte zum Abendessen mehr Wein getrunken als sonst und hinterher mit René noch Kognak und Kaffee zu sich genommen. Schließlich hatte sie sich zurückgezogen und war auch dank des Alkohols bald eingeschlafen. Als sie erwachte, lag René neben ihr und streichelte sie.
Noch ganz schlaftrunken, schreckte sie hoch. Er jedoch besänftigte sie: »Es ist alles in Ordnung, *chérie.* Du mußt deine Angst vor einem weiteren Kind endlich einmal überwinden. Sei ganz entspannt.«
Dennoch verkrampfte sie sich unter seinen Händen, und plötzlich hellwach, verspürte sie einen überwältigenden Ekel. Verzweifelt bemühte sie sich, ihre Gefühle zu verbergen – umsonst, ihr Abscheu war zu groß. Vor lauter Angst, er könnte sie durchschauen, fing sie zu zittern an. Im selben Augenblick ließ er von ihr ab. »Du machst mir nichts vor, Julie«, sagte er. »Ich bin kein grüner Junge mehr, der von seinem Verlangen so besessen ist, daß er alles für ein Zeichen der Lust nimmt.«
»Es tut mir leid«, flüsterte sie. »Du hast recht. Ich habe Angst. Gib mir noch etwas Zeit.«
»Zeit wofür?« Die Worte knallten wie Peitschenhiebe, als er das Licht anmachte. »Zeit, um mich einzulullen, damit du mich verlassen und einen Skandal auslösen kannst?« Mit vor Wut aschgrauem Gesicht kam er zum Bett zurück. »Angst! Du hast vor nichts Angst, außer vor mir. Und das zu Recht, meine Liebe. Denn wie sollte ich dein Verschwinden erklären, selbst wenn du den Mund hieltest? Oder soll ich zum drittenmal heiraten, um einen Sohn zu bekommen? Ich will nun einmal einen Sohn und Erben! Und ich werde ihn bekommen. Und zwar von dir!«
Er packte sie und warf sie mit dem Gesicht nach unten aufs Bett, sprang rittlings auf sie und zog ihre Gesäßbacken auseinander. Entsetzt merkte sie, daß er es auf diese Weise mit ihr treiben wollte. Die

Erinnerung an Holt stieg vor ihr auf. Sie entwand sich ihm und schlug stumm und wütend um sich, bis sie sich auf die Seite rollen konnte. So rangen sie minutenlang miteinander, bis er ihr plötzlich von der anderen Seite kam und sie auf den Rücken warf. Im nächsten Augenblick war er schon über ihr und versuchte, obwohl sie sich stocksteif machte, in sie einzudringen. Vergebens.
Mit einemmal ging ihr die Wahrheit auf: In jenen Nächten endloser aufregender Liebesspiele hatte er nicht etwa eine übermenschliche Selbstbeherrschung geübt, sondern nur seine Impotenz verborgen. Dank seiner Erfahrung und seines Geschicks hatte er sie so in die Irre geführt, daß ihr die Frage, warum er sie nicht auf ganz normale Weise liebte, nie in den Sinn gekommen war.
Die Erkenntnis, daß er die Fähigkeit verlor, in sie einzudringen, machte ihr Mut. Er hingegen wurde, je länger es dauerte, um so wütender, bis sie Angst bekam, er könnte sie umbringen.
So gab sie zum Schein plötzlich nach, um ihn, seine Überraschung ausnutzend, mit einer gewaltigen Kraftanstrengung wegzustoßen. Im nächsten Augenblick war sie bei der Tür. Er jedoch setzte ihr nach, packte sie bei den Haaren und zwang sie auf die Knie. In dieser Stellung versuchte er, ihr sein halb erschlafftes Geschlecht in den Mund zu stoßen. Sie schrie vor Ekel gellend auf.
Vor Wut geriet er außer sich. Er schlug sie ein paarmal ins Gesicht, daß ihr Kopf hin und her schwankte. Dann hob er sie wie eine Stoffpuppe auf und warf sie aufs Bett. »So geht es dir von jetzt an Nacht für Nacht, bis du Vernunft annimmst«, schrie er und stürzte aus dem Zimmer.
Ein paar Minuten lang lag Julie reglos auf dem Bett und weinte. Dann endlich vermochte sie aufzustehen und schloß die Türen ab, überzeugt, nie wieder schlafen zu können.
Am Morgen war ihr Gesicht rot und verschwollen. Unter dem einen Auge hatte sie einen dunklen Bluterguß.
Sie kleidete sich sorgfältig an und versuchte sich mit Hilfe von Puder etwas herzurichten – ohne großen Erfolg. Dann ging sie durch einen Seitenausgang zu den Ställen. Es war erst kurz nach sechs. Wahrscheinlich war noch kein Mensch auf. Wenn die Sattelkammer offen war, konnte sie den Sattel zur Box ihres Pferdes tragen, Tokay aufzäumen und wegreiten. Es würde einige Zeit dauern, ehe man ihr Verschwinden bemerkte.
Die Kammer war abgeschlossen. Ohne große Hoffnung lief sie zum Büro, das natürlich ebenfalls abgeschlossen war. Sie ging zurück zu Tokays Box und tätschelte den Hals des Pferdes, unfähig, sich den nächsten Schritt zu überlegen. Ihr blieb nur eins: auf Michael Lynch zu warten. Verzweifelt preßte sie das Gesicht an die Seitenwand der

Box, während Tokay den Kopf zu ihr herunterbeugte und seine Nüstern in ihr Haar drückte.
So fand Michael sie, als er bald darauf in den Stall kam. »Sie hier, Gräfin? Was ist los?« fragte er und starrte auf ihr verschwollenes, tränennasses Gesicht.
»Bitte!« flehte sie. »Bitte, Sie müssen mir helfen! Ich muß hier fort. Ich muß nach Hause. Bitte!«
Er schaute sich vorsichtig um. »Still!« sagte er. »Wenn Sie hier erwischt werden, ist alles aus. Aber was haben Sie bloß mit Ihrem Gesicht gemacht?«
Stockend erzählte sie ihm alles, was passiert war. Sein Gesicht versteinerte. »Und sie lebt! Aber ich darf es niemandem sagen, sonst bringt er mich um. Wenn Sie mir nicht glauben, überzeugen Sie sich selbst. Sie brauchen bloß zu dem Haus zu reiten und zu warten. Irgendwann taucht sie im Garten auf. Sehr fett – nicht wie auf den alten Fotos. Ich wollte Tokay satteln und davonreiten. Aber die Sattelkammer war abgeschlossen, und so habe ich auf Sie gewartet. Bitte, Michael, helfen Sie mir.« Ohne zu antworten, nagte er an seinen Lippen, und sie fürchtete schon, alles wäre umsonst gewesen. »Sie helfen mir doch, nicht wahr?« fragte sie noch einmal verzagt.
»Aber natürlich«, antwortete er. »Ich habe nur eben überlegt, wie. Ich gehe morgen in Urlaub – oder richtiger, trete eine Geschäfts- und Erholungsreise an. Das heißt, ich soll mich unter anderem für den Grafen auch nach Pferden umsehen. Er erwartet mich nicht vor einem Monat zurück. Können Sie es noch bis morgen nachmittag aushalten?«
»Ich weiß nicht recht ...«
Er schaute sie mitleidig an. »Armes Mädchen«, meinte er. »Nur ein Verrückter konnte so etwas tun.« Er streichelte ihr Gesicht. »Aber das verheilt wieder. Also passen Sie auf! Sie gehen jetzt ins Haus zurück. Ich schicke Ihnen den Burschen wie gewöhnlich mit Ihrem Pferd. Wenn Sie etwas mitnehmen wollen, bringen Sie es gleich mit. Viel darf es ohnehin nicht sein, das wissen Sie ja.«
Stumm schüttelte sie den Kopf. Nun, nachdem er versprochen hatte, ihr zu helfen, hatte sie mit einem Schlag ihre ganze Willenskraft verlassen. Sie fühlte sich hilflos, unfähig, einen Gedanken zu fassen.
»Kopf hoch!« fuhr er fort. »Jetzt ist nicht die Zeit, den Mut zu verlieren. Ich habe Ihnen doch gesagt, ich helfe Ihnen. Aber Sie müssen mich dabei unterstützen. Zuerst einmal gehen Sie brav ins Haus zurück. Lassen Sie sich nichts anmerken! Für alles übrige sorge ich. Und sagen Sie, sie wollten heute nicht vormittags, sondern am Nachmittag ausreiten. Das macht es uns leichter.«
»Ich danke Ihnen«, sagte Julie mit zitternden Lippen. »Ich kann Ih-

nen nicht genug danken.«
»Danken Sie mir überhaupt nicht«, entgegnete er unwirsch. »Ich habe nichts übrig für Männer, die eine Frau so zurichten.« Plötzlich grinste er sie an. »Also, Gräfin, tun Sie, was ich Ihnen gesagt habe. Wir haben eine lange Reise vor uns und Zeit genug, uns zu unterhalten.«
René war noch nicht auf, aber das Frühstückstablett stand schon auf dem Tisch vor den Fenstern, und aus dem Badezimmer konnte sie Isabelle summen hören, die ihr das Bad einlaufen ließ.
Ruhig zog sich Julie aus, streifte Nachthemd und Morgenrock über und setzte sich an den Frühstückstisch, mit dem Rücken zum Zimmer, so daß sie mit Isabelle sprechen konnte, ohne ihr das Gesicht zuzuwenden.
»Danke, weiter brauche ich nichts«, sagte sie. »Das heißt, geben Sie doch bitte Bescheid, daß ich heute erst nach dem Mittagessen ausreiten möchte. Nur zu einem kurzen Ritt – etwa gegen drei.«
»Ja, Madame«, erwiderte Isabelle.
Den restlichen Morgen verbrachte Julie in ihrem Zimmer. Kurz nach elf stattete ihr René einen Besuch ab.
»Du reitest heute morgen nicht aus?« fragte er, als wäre nichts geschehen.
»Ich wollte warten, bis ich wieder einigermaßen normal aussehe«, antwortete sie.
»Dann gehst du heute gar nicht aus?«
»Doch. Es ist schon besser geworden. Und nach dem Mittagessen reite ich ein bißchen aus. Das Essen allerdings möchte ich, wenn du mich entschuldigen willst, lieber auf dem Zimmer nehmen. Draußen kann ich einen Schal tragen; am Eßtisch wäre das doch etwas merkwürdig.«
Sie schaute ihn nicht an, aus Angst, er könnte ihr Zittern bemerken und ihr Vorhaben erraten.
»Du hast mich so gereizt, daß ich die Beherrschung verlor«, erwiderte er. »Das passiert mir selten. Und ich hoffe, dir ist klar, daß du an den Vorfällen der vergangenen Nacht selber schuld bist. Du hast mich die ganze Zeit über belogen. Ich habe gestern nämlich mit Dr. Villon gesprochen. Und als sich dabei herausstellte, daß du mich in dem einen Punkt belogen hast, konnte ich dir auch in anderen Dingen nicht mehr glauben.«
»Lassen wir das, René«, entgegnete Julie müde. »Wahrscheinlich fällt es dir nie schwer, eine Entschuldigung dafür zu finden, daß du dir nimmst, was du willst, und tust, was dir Spaß macht. Und was das Lügen angeht – wenn du vor Jahren nicht gelogen hättest, wäre Hélène noch jung genug gewesen, um zu vergessen. Auf jeden Fall aber

hättest du dich von Emilie scheiden lassen können. Unheilbarer Wahnsinn – das hätte sicher als Scheidungsgrund genügt.«
»Und wie hätte ich den Skandal vertuschen sollen, daß Emilie ihre Cousine umbrachte?« Als sie nicht antwortete, fuhr er fort: »Ich habe dich gebeten, mir meine Handlungsweise zu vergeben. Ich habe dir die näheren Umstände erklärt. Vielleicht . . . möglicherweise . . . habe ich nicht sehr klug gehandelt. Vielleicht wäre die Wahrheit, wie du meinst, besser gewesen. Aber ich mußte auch noch auf andere Rücksicht nehmen: auf meine Mutter, die Emilie liebte; auf Hélène, die ihre Mutter anbetete. Emilie war nämlich sehr fröhlich gewesen, ausgesprochen liebenswert. Wie hätte ich ihre Veränderung erklären sollen? Jahrelang versuchte ich ihre Ausfälle zu verheimlichen. Aber dann wurde es hoffnungslos. Und nach ihrer letzten Tat wußte ich, daß sie unheilbar war. Hätte ich damals die Wahrheit gesagt, wäre sie für immer in eine Anstalt gebracht worden. Was für eine seelische Belastung für Hélène!«
Da schaute ihn Julie doch an. Als sie sein gequältes Gesicht sah, fühlte sie Mitleid in sich aufsteigen, das sie jedoch schon im nächsten Augenblick unterdrückte. Er war hinterhältig und schlau und wollte etwas von ihr – einen Sohn, einen Erben. Wenn er sie dazu brachte, Mitleid mit ihm zu haben, konnte und würde er den bewundernden älteren Ehemann seiner jungen Gräfin weiterspielen.
»Ich möchte dir nur eines sagen«, erwiderte sie kalt. »Du kannst mich schlagen, mißbrauchen, schlecht behandeln wie gestern nacht, aber einen Sohn wirst du auf diese Weise nicht von mir bekommen. Ich habe dich gebeten, mir Zeit zu lassen. Gut, ich habe dich über die Auskunft von Dr. Villon belogen. Weil ich dich . . . schonen wollte.« Er lächelte dünn, und sie senkte die Augen. »Glaub, was du willst«, fuhr sie fort. »Aber wenn ich dich hätte vernichten wollen, hätte ich die Geschichte Isabelle erzählt, und in ein paar Stunden wäre sie in ganz Lacon bekannt gewesen.« Sie spürte, wie sich ihre Muskeln verkrampften, und hoffte, er käme nicht auf den Gedanken, daß sie in Wirklichkeit nur geschwiegen hatte, weil sie niemandem von der Dienerschaft traute – außer Michael Lynch.
»Das hätte dir nicht viel genützt«, erwiderte René. »Als du krank warst, habe ich Madame Arnaud gesagt, du phantasierst und bildest dir ein, Emilie gesehen zu haben, wahrscheinlich wegen des schrecklichen Zufalls, daß auch du ein Kind verloren hast.«
»Das hast du nicht!« rief sie. Kein Wunder, daß Isabelle neuerdings so wachsam war!
»Und wenn Isabelle heute morgen mein Gesicht gesehen hätte?«
»Dann hätten wir gesagt, du wärst gestern im Bad ausgerutscht. Nichts einfacher als das!«

»Ich begreife.«
»Darüber hinaus habe ich noch andere Vorsichtsmaßnahmen getroffen. Ich habe Emilie anderswo untergebracht. Niemand würde dir also glauben – du würdest dich höchstens lächerlich machen. Denn ich will, daß du hierbleibst. Ich will, daß du dich benimmst. Und ich will, daß du mir in allen Dingen gehorchst. Als ich noch jünger war, war ich zu sentimental. Ich hätte Emilie umbringen sollen. Das hätte uns allen viel Ärger erspart und das Leben der armen Cousine gerettet. Mit dir dagegen, Julie, würde ich nicht so rücksichtsvoll verfahren. Denn das Leben wäre wertlos für mich, wenn mein Geheimnis ans Licht käme. Ich hätte keine Wahl und würde mich erschießen. Zuvor aber würde ich es dir heimzahlen.«
»Vielleicht möchtest du gleich damit beginnen?« warf Julie ein, vom Mut der Verzweiflung gepackt. »Denn wie du gestern nacht selber angedeutet hast, bleibt mir keine Möglichkeit, dir vorzuspiegeln, ich schätzte deine Annäherungsversuche.«
Sie sah die Wut in seinem Gesicht aufflammen und trat instinktiv einen Schritt zurück.
»Mutig gesprochen«, höhnte er. »Aber es sind eben nur Worte. Nach dem Abendessen, das ich auswärts einnehme, komme ich zu dir. Und mach dir nicht erst die Mühe, die Tür abzuschließen, Julie. Notfalls trete ich sie ein.« Mit diesen Worten verließ er das Zimmer.
Trotz seiner Warnung verriegelte Julie beide Türen und begann zusammenzusuchen, was sie am Nachmittag mitnehmen wollte. Sie wickelte ihren Schmuck, ihr Sparbuch und die kleinere Summe Bargeld in ein Taschentuch, das sie mit einer Nadel an ihrem Büstenhalter feststeckte. Dann schaute sie die Ringe an ihren Fingern an. Den Hochzeitsring würde sie vorerst behalten, um ihn, wenn sie Frankreich erst einmal verlassen hatte, wegzuwerfen. Die beiden anderen dagegen zog sie gleich ab und warf sie in die Schublade.
Weil sie nichts zum Umziehen mitnehmen konnte, entschied sie sich für ihre warme Winterunterwäsche, für Wolljacke und Reitrock sowie Wollstrümpfe und Stiefel. Außerdem zog sie die dicke Reitjacke und einen Extraschal über.
Als ihr Isabelle das Essen brachte, war sie mit ihren kleinen Vorbereitungen fertig.
»Madame haben sich erkältet?« fragte Isabelle. »Soll ich Feuer machen?«
»Nein, danke, Isabelle. So ist es gerade richtig. Ach, Isabelle?«
»Ja, Madame?«
»Mein blaues Kleid müßte gebügelt werden. Ich möchte es heute abend anziehen.«
Isabelle ging zum Schrank und nahm das Kleid heraus.

Damit war auch dieser Punkt erledigt. Sollte ihr Verschwinden bemerkt werden und René Isabelle ausfragen, bestätigte diese Anordnung ihre Absicht zurückzukehren.
Kurz vor zwei brachte der Bursche Tokay. In Gedanken damit beschäftigt, was Michael arrangiert haben mochte, ritt Julie los, von ihrem Begleiter in respektvollem Abstand gefolgt. Da sie Michaels Absichten nicht kannte, zögerte sie am Tor. Normalerweise nahm sie einen der Wege, die von Michaels Haus wegführten.
»Wenn Madame la Comtesse einmal anderswohin reiten wollen«, sagte der Bursche ruhig, »wäre vielleicht die Straße auf der anderen Seite zu empfehlen.«
Gehorsam machte sie kehrt und ritt an den Ställen und Michaels Haus vorbei. Von Michael selbst war keine Spur zu sehen. So ritten sie etwa eine halbe Stunde, bis Julie entschied, es sei genug für heute.
»Kehren wir um«, sagte sie. Der Bursche murmelte etwas Zustimmendes. Sie begann zu fürchten, Michael könnte sie im Stich gelassen haben. Offensichtlich war das nur ein ganz gewöhnlicher Ausritt. Bleischwer lag Julie das Herz in der Brust.
Als sie bereits die Ställe und das Dach des Château erblickte, kam ihr Michael wie zufällig entgegen.
»Guten Tag, Madame la Comtesse«, begrüßte er sie und fügte dann, zu dem Burschen gewandt, hinzu: »*Alors*, Michel, was fehlt Tokay?«
Der Bursche ritt vor; er schien nicht zu begreifen.
»Etwas an der linken Hinterhand. Hast du nicht gesehen, wie er gerade eingeknickt ist, als Madame la Comtesse die Zügel anzog?«
»Nein, Monsieur Lynch. Er ist den ganzen Weg gut gelaufen. Ich hätte es ja merken müssen, wenn er nur das kleinste bißchen gelahmt hätte; ich bin immer hinter der Gräfin hergeritten.«
»Sie steigen besser ab, Madame«, erklärte Michael. »Da bin ich ja gerade noch rechtzeitig dazugekommen. Ich möchte nicht, daß das Pferd Sie abwirft.« Er half ihr aus dem Sattel und gab Michel die Zügel.
»Führ ihn langsam, bitte. Ich schaue ihn mir gleich an, wenn ich Madame la Comtesse nach Hause gebracht habe.«
»Ich kann allein gehen«, antwortete Julie.
Sie sah, wie Michael mit Michel einen raschen Blick tauschte, und ihr ganzer Körper spannte sich. »Lieber nicht, Gräfin. Sie kennen doch den Grafen. Er ist noch immer um ihre Gesundheit besorgt. Gewiß würde er uns beide sofort entlassen, wenn Sie stolperten oder gar zu Fall kämen.«
Sobald der Bursche die Pferde in den Stall gebracht hatte, machte sich Julie neben Michael auf den Weg.
»Langsam«, warnte Michael. »Wir gehen jetzt zu den Bäumen hin-

auf, schlagen einen Bogen und verziehen uns erst einmal zu mir.«
»Ich dachte ...« begann sie.
»Pst!« mahnte er. »Das ist der heikelste Teil. Wenn wir jetzt gesehen werden, weiß ich auch nicht weiter. Machen Sie mir nur alles nach.«
Der Weg schien kein Ende zu nehmen. Zum Teil krochen sie, um nicht gesehen zu werden, fast auf allen vieren. Julie schlug das Herz bis zum Hals. Endlich hatten sie die Rückseite von Michaels Haus erreicht.
»Das hätten wir geschafft«, meinte Michael erleichtert. »Und jetzt nichts als hinein.«
Julie schlüpfte durch die offene Tür, er hinterdrein, schloß sie nur halb. »Geben Sie mir irgend etwas«, sagte er leise. »Ein Taschentuch zum Beispiel.«
Sie gab es ihm.
»Gut. Und jetzt gehen Sie ins Schlafzimmer und bleiben dort. Machen Sie kein Licht, und rühren Sie sich nicht vom Fleck, bis ich zurück bin. Falls jemand an die Tür kommen sollte, kriechen Sie unters Bett. Die Haustür ist verriegelt, und diese Gartentür hier sperre ich ab. Es gibt nur einen Schlüssel dazu. Wenn ich allein komme, pfeife ich. Wenn ich jemanden mitbringe, kriechen Sie, wie gesagt, unters Bett. Das hören Sie schon. Denn dann rede ich beim Hereinkommen.« Damit war er verschwunden.
Sie hörte, wie sich der Schlüssel im Schloß drehte. Michael ging pfeifend davon. Der erste Teil ihrer Flucht war also geglückt. Mit einemmal ließ die Spannung nach, und sie begann zu zittern. Mit Mühe schleppte sie sich ins Schlafzimmer, wo sie auf das Messingbett sank. Es tat gut, hier zu sitzen, und sie verspürte ein überwältigendes Bedürfnis, sich auf der flauschigen Bettdecke auszustrecken, blieb aber, aus Angst einzuschlafen, kerzengerade sitzen.
Nur das Ticken des Weckers unterbrach die Stille. Vier Uhr dreißig. Höchstens noch eine halbe Stunde, und man würde anfangen, sie zu vermissen. Sie starrte die Uhr an. Der Zeiger schien sich nicht zu bewegen. Wenn doch wenigstens Michael zurückkäme!
Es war schon nach fünf, als er endlich eintraf. Sie hörte ihn beim Näherkommen pfeifen. Der Schlüssel drehte sich im Schloß, und im nächsten Augenblick war er im Haus und rief leise: »Alles in Ordnung. Kommen Sie heraus.«
Sie stand auf und ging in die Küche. Er sah sehr zufrieden aus. Obwohl die Spannung ihr die Kehle abschnürte, erwiderte sie sein Lächeln.
»Alles in Ordnung. Aber wir müssen uns beeilen. Seien Sie so nett und richten Sie uns etwas zum Mitnehmen her. Ich habe Brot und Käse und etwas kalten Braten. Wickeln Sie die Sachen ein und ver-

gessen Sie auch nicht einen Schluck Wein. Er steht dort drüben.«

»Sicher sucht man mich schon«, meinte Julie.

»Machen Sie sich keine Sorgen. Ich habe Ihr Taschentuch ins Château getragen und gesagt: ›Das hat die Gräfin auf dem Rasen verloren, als ich sie nach Hause brachte.‹ Also wird man denken, Sie seien im Haus. Begreifen Sie? Dann habe ich mir Tokay angeschaut, dem so wenig fehlt wie Ihnen und mir, und ihm Ruhe verordnet. Die Stallburschen habe ich angewiesen, Ihnen morgen, falls Sie ausreiten wollten, ein anderes Pferd zu schicken. Und jetzt bin ich hier. Daß ich im Begriff bin abzureisen, ist bekannt. Und bis jemand merkt, daß Sie ebenfalls fort sind, sind wir schon ein ganzes Stück auf dem Weg nach Brest.«

»Aber wenn man Ihnen folgt?« fragte sie.

»Hier, machen Sie weiter mit dem Packen. Mich vermutet man allenfalls in Le Havre, denn ich will ja nach Dublin, erinnern Sie sich nicht?«

»Und wieso dann nach Brest? Warum fahren wir nach Brest?«

»Weil ich dort einen freundlichen Kapitän kenne, der mich und ein paar alte Freunde nach Cork bringt. Sie fahren mit uns. Und von Cork aus sind Sie, ehe Sie sich's versehen, auf großer Fahrt nach Amerika. Ich habe ein paar Sachen für Sie mitgebracht, die Sie jetzt anziehen müssen.«

Als Michael seine eigenen Sachen zusammengesucht hatte, zog Julie die Kleider an: einen einfachen Bauernkittel und einen langen schwarzen Schal. Draußen dunkelte es schon, und aus dem Dorf tönte schwach das Angelusläuten herüber.

»Wir kommen ein bißchen spät weg«, meinte Michael. »Also los jetzt. Sie legen sich im Auto flach auf den Boden. Ich lege Gepäck auf Ihren Sitz und decke Sie zu. Und Sie dürfen sich nicht rühren, bis wir ein Stück gefahren sind. Verstanden?«

»Ja«, antwortete sie.

»Also gut, gehen wir.« Er öffnete die Haustür, schaute den Weg hinunter und hinauf und bedeutete ihr schweigend, zu kommen. Im nächsten Augenblick war sie im Auto, von ein paar Sachen zugedeckt, und Michael warf den Motor an. Da rief jemand. O nein, dachte sie, nicht jetzt, wo ich fast schon frei bin! Über dem Aufdröhnen des Motors hörte sie Michael zurückschreien. Und dann saß er schon hinter dem Steuer, und sie fuhren an.

»Bis nächsten Monat«, hörte sie ihn rufen. Als sie den Weg hinunterholperten, sagte er ruhig: »Kein Grund zur Aufregung. Es war nur einer der Burschen, der auf Wiedersehen sagen wollte. Ich werde das hier doch ein bißchen vermissen.«

»Kommen Sie denn nicht zurück?« fragte sie.

»Nein, und ich hatte es auch nie vor. Ein so edler Ritter bin ich denn doch nicht, Gräfin. Hätte ich vorgehabt zurückzukommen, hätte ich Ihnen vielleicht nicht geholfen.«

22

In der Morgendämmerung des zweiten Tages erreichten sie den kleinen bretonischen Fischerort St-Malo. Julie, die in der letzten langen Nacht kaum ein Auge zugetan hatte, fühlte sich müde und wie zerschlagen. Michael dagegen, der, mit Ausnahme einer kurzen Rast von wenigen Stunden, die ganze Zeit über gefahren war, schaute frisch und munter und glücklich aus.

»Da liegt sie«, sagte er und deutete, als sie langsam am Kai entlangrollten, auf die See hinaus. Julie erkannte die dunkle Silhouette eines Fischkutters.

»Ein Fischerboot«, sagte sie.

»Ja, und zwar ein gutes«, antwortete er. »Das Auto lassen wir hier und tragen unsere Sachen hinaus auf den Pier. Sie helfen mir doch, Gräfin?«

»Sie sollten mich von jetzt an lieber Julie nennen«, erwiderte sie. »Ich bin keine Gräfin und war nie eine. Und außerdem hat mich sowieso nur Renés Personal ›Gräfin‹ genannt.«

Er lachte. »Sie sind in Ordnung«, sagte er. »Also gut, Julie. Sie fahren als meine Frau nach Cork, als ein nettes, kleines, irisches Mädchen, das kein Wort Französisch kann. Ziehen Sie den Schal ein bißchen höher ins Gesicht. Der Kapitän ist in Ordnung, aber für die übrigen kann ich mich nicht verbürgen.«

Er gab ihr nur die leichtesten Gepäckstücke. Trotzdem war sie, als sie an Bord kamen, völlig außer Atem. Nach einem kurzen Wortwechsel holte der wachhabende Matrose den Kapitän, einen stattlichen Mann, der sich brummend die Jacke zuknöpfte.

Wortlos und mit gesenktem Kopf folgte Julie der Unterhaltung. Michael verstand sich wahrhaftig aufs Lügen. Das hier war seine kleine irische Frau, zu Tode geängstigt, das arme Ding, den ganzen Weg von Cork herübergekommen, nur um festzustellen, daß sie wieder zurück mußte. Gewiß brachte es der Kapitän nicht übers Herz, das arme Geschöpf am Pier sitzenzulassen. Andernfalls müßte Michael mit ihr zurückbleiben, und wer würde dann das Umladen vor dem Hafen arrangieren?

Der Kapitän erhob Einwände. Doch als Michael die noch zu übernehmende Fracht erwähnte, stimmte er mürrisch zu. »Aber es gibt nur eine Kajüte: meine«, sagte er. »Sie können die Frau schließlich nicht

zu den Männern legen. Also muß ich meinen Platz räumen und mich unten einquartieren.«
Michael ging mit dem Kapitän einen Schritt beiseite, so daß sie seine nächsten Worte nicht verstehen konnte. Aber gleich darauf kam er zu ihr zurück und führte sie in einen kleinen, behaglichen Raum.
»Eine Koje für zwei«, meinte er lächelnd. »Wahrscheinlich erwarten Sie jetzt von mir, daß ich auf dem Boden schlafe.«
»Nein, ich schlafe auf dem Boden«, erwiderte sie.
So stritten sie sich ein paar Minuten lang freundschaftlich, bis er sagte: »Wir können ja in Schichten schlafen. Jetzt kommen erst einmal Sie dran. Ich habe sowieso noch mit dem Kapitän zu reden.«
Nachdem er gegangen war, legte sich Julie vollständig angezogen auf die Koje. Draußen schlug das Wasser gegen die Schiffswand, und die Sonne ging auf. Es war ein schöner Tag, kalt und klar, und die salzige Luft, die durch das Bullauge hereinkam, roch frisch und sauber. Nach einer Weile schlief sie ein. Als sie wieder aufwachte, hatte das Schiff den Hafen schon ein gutes Stück hinter sich gelassen. Irgendwer hatte das Bullauge geschlossen – vermutlich Michael. Sie setzte sich auf und schaute sich um. Da war er auch, auf dem Stuhl des Kapitäns, die Füße gegen den Innenbordtisch gestemmt, und schlief tief und fest.
Der erste Tag verlief ohne Zwischenfall. Julie war nach dem Aufwachen aufgestanden und hatte Michael gerade so weit geweckt, daß sie ihn aufs Bett verfrachten konnte, dann ging sie an Deck. Die Fischer starrten sie neugierig an, bis schließlich einer auf sie zutrat und in gebrochenem Englisch sagte: »Wird grob, die See. Unten ist es besser.«
Sie lächelte, als verstünde sie ihn nicht, und ging weiter. Die frische Brise tat ihr gut und hob ihre Lebensgeister. Sie hatten es geschafft. In ein paar Tagen schon würde sie an Bord eines Schiffes nach Amerika sein. Sie mußte nur eine Gelegenheit finden, Madeline zu telegraphieren.
In der nächsten Nacht fragte sie Michael, weshalb die Überfahrt eigentlich so lange dauerte. »Es ist doch gar nicht so weit nach Irland?« meinte sie.
»Würden wir schneller fahren, wäre das verdächtig. Die Männer sind hier, um zu fischen, und nicht, um Touristen zu transportieren.« Er lächelte.
»Und wo sind Ihre guten Freunde«, fragte sie, »die mit Ihnen kommen sollten?«
»Unten im Laderaum, hoffe ich.«
»Es ist Schmuggelgut, nicht wahr?« fragte sie.
»Sie wissen am besten gar nichts davon«, antwortete er. »Und wer darf heute als erster in die Koje?«

»Sie«, entgegnete sie prompt und wollte aufstehen.
Aber er drückte sie zurück. »Das geht nicht«, meinte er bedauernd. »Was würde meine arme alte Mutter sagen, wenn sie wüßte, daß ich eine Dame auf dem Stuhl sitzen lasse, während ich im Bett schnarche?«
Er lächelte zu ihr herunter, Mitleid im Blick, und ohne selber recht zu begreifen warum, brach Julie in Schluchzen aus.
»Da haben wir die Bescherung«, sagte er. »Ich bin die Freundlichkeit in Person, und Sie tun, als hätte ich Sie geschlagen ...« Er stockte. »Oh, entschuldigen Sie«, sagte er sanft, setzte sich neben sie, legte ihr einen Arm um die Schultern und drückte ihren Kopf an sich. »Ist ja schon gut. Sie sind eine tapfere, liebenswerte Frau. Und Sie haben Mut. Das hat mir von allem Anfang an an Ihnen gefallen.« Er strich ihr das zerzauste Haar glatt und wischte ihr die Tränen vom Gesicht. Es tat gut, zu spüren, wie sie die starken Arme eines Mannes voll Zärtlichkeit umfaßten. In all den Monaten mit René hatte sie keine Zärtlichkeit mehr erfahren. All seine Liebkosungen hatten nur ein Ziel verfolgt: ihre Leidenschaft zu wecken und sie und ihn auf einen fieberhaften Höhepunkt zu treiben. Im Grunde hatte er sie sexuell gequält, bis sie nur noch an eins, die letzte Befriedigung, hatte denken können.
Die Erinnerung daran ließ sie noch heftiger weinen. Michael drückte sie auf das Bett zurück. Neben ihr sitzend, strich er ihr über die Stirn und redete ihr beruhigend zu.
Nach einer Weile versiegten ihre Tränen. »Ich bin so müde«, murmelte sie.
»Dann schlafen sie ein bißchen«, sagte er und wollte aufstehen, aber sie hielt ihn am Arm fest. »Gehen Sie nicht, Michael. Bleiben Sie bei mir.« Sie wandte ihr Gesicht der Hand zu, die ihr Haar streichelte, küßte sie und schmiegte ihre Wange hinein.
Nach einer Weile sagte sie ruhig: »Hier ist Raum für zwei, Michael.« Sie rückte zur Wand, um ihm Platz zu machen. Eine Zeitlang lagen sie nebeneinander, ohne sich zu berühren. Er hatte die Arme unter dem Nacken verschränkt, sie die Hände locker auf dem Bauch gefaltet.
»So geht das nicht«, sagte er schließlich. »Ich möchte nicht das Elend einer Dame ausnützen, aber ich bin auch nicht aus Stein.«
Sie schauten sich an, und als ihre Gesichter so nah beieinander waren, passierte es wie von selbst. Seine Küsse waren beruhigend, selbst als sie allmählich stürmischer wurden, seine Hände heilten die Erinnerung an jenen letzten wütenden Überfall von René, und als er in sie drang, regte es sich leise und süß in ihr, als löste sich die Härte ihres Herzens.

Kaum hatten sie die Bucht von St-Malo verlassen, wurde die See sehr stürmisch. Der Kutter rollte und schlingerte immer heftiger, je näher sie Land's End kamen. Julie lag in ihrer Koje und litt für eine kurze Weile unter einem bösen Anfall von Seekrankheit; erst als sie sich ganz auf die Bewegungen des Schiffes einstellte, wurde es besser.
Am Morgen des zweiten Tages tauchte die irische Küste auf, und der Seegang beruhigte sich. Julie ging an Deck, wo sie bestürzt feststellte, daß sie von der Küste abhielten. Sofort kehrte sie in die Kajüte zurück, um Michael danach auszufragen.
»Wir können doch nicht am hellichten Tag in den Hafen einlaufen«, erklärte er. »Wir fahren wieder ein bißchen hinaus, als wollten wir vorbeisteuern. In Wirklichkeit treffen wir heute nacht ein paar Meilen vor der Küste ein anderes Fahrzeug. Aber zerbrich dir darüber nicht den Kopf. Bis dahin ist noch lange Zeit. Und ich denke doch, daß du für die Jakobsleiter gelenkig genug bist.«
»Was ist das – eine Jakobsleiter?« wollte sie wissen.
»Das erfährst du noch zeitig genug.« Michael grinste. »Aber nur keine Angst. Ich bring' dich schon sicher herunter.«
Seine Worte hatten sie beruhigt. Doch als der Kutter kurz vor Mitternacht Anker warf, fühlte sich Julie nicht mehr ganz so sicher. An dem Kutter hatte ein kleineres Fischerboot angelegt. An die Reling geklammert, schaute Julie zu, wie die Fischer der Bootsbesatzung dicke Segeltuchbündel zuwarfen. Das ging etwa eine halbe Stunde so, dann kam Michael, der das Verladen überwacht hatte, zu ihr zurück.
»Jetzt geht's hinüber zum Festland«, sagte er. »Siehst du das dort, Julie?«
Er deutete über Bord, und sie erblickte eine hin und her schwingende nasse Strickleiter. »Sieht aus, als könnte sie jeden Augenblick davongeweht werden«, meinte sie zweifelnd.
»Keine Bange. Ich steige zuerst hinunter, und du folgst mir. Es geht schon. Du mußt dich nur richtig festhalten. Und du darfst weder hinauf noch hinunter schauen. Am besten machst du mir einfach alles nach.«
Im nächsten Augenblick war er über Bord und kletterte mühelos an der pendelnden Leiter hinunter. Dann kam er wieder zurück und rief sanft: »Los jetzt, der Mann hilft dir. Runter mit dir! Nur Mut!«
Der Fischer neben ihr half ihr über Bord. Kaum stand sie auf der obersten Sprosse, rutschte das Seil weg. Ihr blieb fast das Herz stehen, doch dann fand ihr Fuß Halt, und zögernd, Zentimeter für Zentimeter, tastete sie sich hinunter, während ihr Michael von unten Mut zusprach. Sie fühlte sich versucht hinunterzuschauen, um sich zu überzeugen, daß er wirklich gleich unter ihr war, aber seiner War-

nung eingedenk, hielt sie die Augen unverwandt auf die Schiffswand gerichtet. Der Gischt sprühte bis zu ihr herauf, und die Nässe machte den Abstieg noch beschwerlicher. Doch gleich würde ihr Michael die Hände entgegenstrecken. Seiner Stimme nach zu schließen, war er direkt unter ihr. Als er sie schließlich in die Arme nahm, stand sie bereits auf dem schwankenden Deck des irischen Fischerbootes.

»Du bist immer ein Stück unter mir geblieben«, sagte sie vorwurfsvoll.

Er lachte, und seine Zähne blitzten im Licht der Fackeln. Sein Gesicht leuchtete von einer elementaren Freude, die sie an Mark erinnerte und ihren Ärger schnell verrauchen ließ.

»Na, jedenfalls habe ich es geschafft«, sagte sie.

»Ja, das hast du. Ein Abenteuer, das du deinen Enkeln erzählen kannst. Aber es kommt noch mehr. Schnell in den Laderaum.«

Er half ihr hinunter und führte sie in eine Nische, die man offensichtlich zwischen den vorher verladenen Bündeln für sie ausgespart hatte. Im Lagerraum selbst war es unangenehm feucht und dunkel, und es roch stark nach Fisch.

»Ich gehe wieder hinauf«, erklärte Michael. »Du mußt dich ganz ruhig verhalten. Falls wir zufällig gestoppt werden und jemand an Bord kommt, wird dich das hier vor dem Gefängnis bewahren.« Er kramte herum und fuhr dann fort: »Ich binde dir die Hände zusammen, natürlich nicht zu fest, aber laß bitte den Strick an seinem Platz. Er ist der Beweis dafür, daß du mir auf die Schliche gekommen bist und ich dich entführt habe, damit du nicht auspackst.«

»Aber . . .« Bei seiner Berührung zuckte sie zurück.

»Nur keine Aufregung«, sagte er. »Es geschieht doch zu deinem Besten. Wenn wir geschnappt werden, droht uns samt und sonders das Gefängnis und vielleicht noch Schlimmeres. Du willst doch nicht aufgehängt werden?«

»Ich bin schon ruhig«, antwortete Julie mit zaghafter Stimme.

»So ist's recht. Ich komme herunter, sobald wir angelegt haben.«

Sie ließ sich die Hände auf den Rücken binden und unterdrückte das Zittern, das sie unwillkürlich überlief.

»So, das reicht«, meinte er. Er ließ die Ladeluke offen, damit sie sich nicht so allein fühlte. Aber es war bedrückend, hier so zwischen den ungefügen Ballen zu liegen. Von draußen drang kein Laut herein. Selbst die gedämpften Stimmen, die sie beim Verladen gehört hatte, waren verstummt. Eine leichte Brise wehte durch die Luke, während das Boot rollend und schlingernd durch die mondlose Nacht auf den Hafen zutuckerte.

Irgendwann hörte sie außer Lärm, den Matrosen und Schiffsschraube machten, noch ein anderes Geräusch. Zuerst erklang ein scharfes

Quieken, und dann huschten kleine Füße über den Boden. Ratten. Sie biß sich in die Backe, bis ihr der Schmerz die Tränen in die Augen trieb. Sie durfte nicht schreien. Sie würden sonst alle aufgehängt. Sie spürte ein leichtes Kitzeln an den Beinen und begriff zu ihrem maßlosen Entsetzen, daß eines der Tiere sie beschnupperte. Das Kitzeln hörte auf, und sie hörte die Ratte davonlaufen. Eine Woge von Hysterie wallte in ihr hoch, und sie glaubte verrückt werden zu müssen, wenn sie nicht laut aufschreien durfte.

Gleich darauf verdunkelte sich der trübe Lichtfleck der Luke, und einen schrecklichen Augenblick lang glaubte sie, jemand habe die Luke zugeschlagen. Doch dann hörte sie, wie Schritte die Treppe herunterkamen. Unter lautem Quieken flüchteten die Ratten in ihre Löcher.

»Julie?« Es war Michael.

Sie brach vor Erleichterung in Schluchzen aus und preßte sich, als er sie zu beruhigen suchte, dicht an ihn. »Ratten!« stieß sie hervor. »Ratten!«

Ein Streichholz flammte auf, und in seinem schwachen Schein glänzten in einer Ecke zwei perlgroße Augen auf. Wieder krabbelte es, und dann war alles still.

»Pst«, sagte er. »Es tut mir wirklich leid. Ich hatte nicht an die Biester gedacht. Schsch! Wir sind schon fast im Hafen. Du mußt nur noch kurze Zeit aushalten. Heute nacht schläfst du in einem ordentlichen Bett. Das Schlimmste haben wir hinter uns.«

Als sie durch die dunklen, stillen Straßen von Kinsale gingen, begann sich der Himmel tiefviolett zu färben, und Julie meinte: »Es dämmert ja schon.«

»Das ist der irische Frühling«, antwortete er. »Es ist erst vier Uhr. In einer guten Stunde geht die Sonne auf. Aber keine Angst. Bis dahin sind wir längst im Bett. Wir sind schon da«, fuhr er fort, als sie in eine enge Gasse einbogen. Michael ging auf eins der schmalen Häuser zu, öffnete behutsam die Tür und zog sie leise hinter sich zu.

»Ist das dein Haus?« fragte sie.

»Ein freundliches Haus. Wir werden erwartet ... zumindest ich. Deine Anwesenheit kläre ich morgen auf.«

Gehorsam folgte sie ihm durch einen dunklen Gang, bis er vor einer Tür haltmachte. »Mal sehen«, sagte er und zündete ein Streichholz an. Im flackernden Licht einer Petroleumlampe waren ein einfaches Bett, ein Waschtisch und ein Stuhl zu erkennen.

»Wir scheinen nun einmal zu *einem* Bett verdammt zu sein.« Er lachte. »Also komm schon, Julie.«

»Mir ist alles einerlei«, seufzte Julie. »Ich bin so müde, daß ich im Stehen einschlafen könnte.«
»Ich auch«, stimmte er zu. Schweigend zogen sie sich aus, Julie bis auf den Unterrock und Michael bis auf die Unterwäsche. Sie war als erste im Bett. Nachdem er das Licht gelöscht hatte, schlüpfte er neben sie, schlang den Arm um ihre Schultern, und im nächsten Augenblick war sie, den Kopf an seiner breiten, vertraueneinflößenden Brust, eingeschlafen.

Als Julie erwachte, stand die Sonne schon hoch am Himmel. Michael war bereits gegangen. Sie wusch sich, kleidete sich an und versuchte vor dem zerbrochenen Spiegel an der Wand ihr Haar einigermaßen in Ordnung zu bringen.
Ein feiner Essensgeruch lag in der Luft. Mit einemmal spürte sie, wie hungrig sie war. Kurz entschlossen öffnete sie die Tür, die auf einen schmalen Durchgang hinausging. An seinem Ende entdeckte sie einen kleinen Verschlag, offensichtlich die Toilette; rechter Hand führte eine Tür in das Hauptgebäude.
Immer dem Essensgeruch folgend, gelangte Julie schließlich in ein großes Zimmer mit einem viereckigen Tisch an der einen und einem alten kaputten Sofa an der anderen Wand. Außerdem gab es da ein paar Stühle, einen großen alten Kohlenofen, auf dem zwei Töpfe brodelten, und rechts daneben einen kleineren Tisch mit Geschirr. Sie durchquerte das Zimmer und guckte neugierig in die Töpfe, als Michael hereinkam.
»Ach, du bist schon auf«, sagte er. »Mrs. Nagle ist eben zum Einkaufen gegangen, wird aber gleich zurück sein. Dann können wir essen.«
»Ich komme um vor Hunger«, erwiderte Julie.
»Halt dich solange an Brot und Tee.« Er ging zum Teekessel, der auf der Warmhalteplatte des Ofens stand, und holte ihr Brot, das braun und krustig war. Heißhungrig fiel sie darüber her.
Während sie aß, erläuterte ihr Michael in großen Zügen, welche Reisevorbereitungen er für sie getroffen hatte.
»Es ist kein Luxusdampfer«, meinte er. »Aber ich habe selber mit dem Kapitän gesprochen. Du bist gut aufgehoben bei ihm. Er bringt dich nach New York. Es ist ein Frachtschiff, das morgen nacht von Cork ausläuft. Ein britisches Schiff, aber der Kapitän und der größte Teil der Mannschaft sind Iren. Zudem ist der Kapitän einer der Unsern. Du brauchst also keine Angst zu haben.«
»Ihr habt Gewehre geschmuggelt, nicht wahr?« fragte Julie.
»Es ist besser, du weißt nichts davon«, versicherte ihr Michael. »Das Leben hier in Cork ist gefährlich. Nach Beendigung ihres eigenen kleinen Krieges haben uns die Engländer eine Guerillastreitmacht

geschickt, und so weiß man nicht mehr, wem man trauen kann.«
»Warum?« fragte Julie.
»Das ist eine lange Geschichte, Julie, die bis auf den Einfall der Sachsen zurückgeht. Seitdem haben sich die Iren so oft gegen die Engländer empört, daß niemand mehr alle Aufstände aufzählen könnte. Der jetzige Krieg aber wird bis zum bitteren Ende ausgefochten. Wir werden die Engländer ein für allemal aus Irland vertreiben.«
»Warum wollt ihr sie nicht hier haben?« fragte Julie.
»Warum habt ihr in Amerika euch von England losgesagt?« fragte Michael dagegen.
»Um frei zu sein«, antwortete sie, ohne nachzudenken.
»Und genau das wollen wir auch.«
»Ich verstehe«, sagte sie.
»Jetzt aber Schluß mit der Politik. Nach dem Essen kaufe ich dir etwas zum Anziehen. Denn das, was du jetzt anhast, ist nur noch ein trauriger Fetzen.«
»Du bist wunderbar zu mir, Michael. Wie kann ich das je wiedergutmachen?«
»Leg in deiner Heimat ein Wort für Irland ein. Und schick uns etwas, womit man Gewehre kaufen kann.«
»Das werde ich«, sagte sie. »Ich verspreche es dir.«
In diesem Augenblick kam Mrs. Nagle herein, die Arme voller Tüten. »Alles wird teurer«, seufzte sie. »Aber ich habe ein schönes Stück Hammelfleisch für heute abend. Außerdem habe ich von deinem Geld, Michael, Kartoffeln, Kohl, Mehl und Tee für einen Monat erstanden.«
»Da bin ich längst über alle Berge. Julie verläßt uns übrigens morgen schon.«
Nun wandte Mrs. Nagle ihre Aufmerksamkeit Julie zu und meinte lächelnd: »Was müssen Sie bloß von mir denken? Ich begrüße Sie kaum, obwohl Sie doch Michael und den Jungen zur Seite stehen. Hätte ich eine Ahnung von Ihrem Besuch gehabt, hätte ich Michael ein Bett im Wohnzimmer hergerichtet. Du armer Kerl, mußtest nach einer solchen Reise auf dem Boden schlafen!«
»Mein Rücken tut auch ordentlich weh«, antwortete Michael unverfroren. »Aber ein eigenes Bett heute nacht wird Wunder wirken.«

Später meinte Julie: »Im Lügen bist du wirklich groß.«
»Was hast du denn? Waren wir nicht sehr brav in der vergangenen Nacht? Und außerdem«, fügte er grinsend hinzu, »darfst du nicht meinen, daß mir die gute Frau auch nur ein Wort geglaubt hat.«
»Und was soll das heißen, daß ich dir und den Jungen zur Seite stehe?« bohrte sie weiter.

»Hast du das nicht versprochen?«
»Das schon. Aber erst später.«
»Ich hatte nicht den geringsten Zweifel daran, daß du das tun würdest. Wenn du so willst, habe ich dein Versprechen nur vorweggenommen.«
Sie lachte unwillkürlich.
»Du bist ein sonderbarer Mensch, Michael«, meinte sie dann.
»Ja, so muß es wohl sein«, erwiderte er. »Also, wir sind uns einig, du wartest hier auf mich. Am besten bleibst du nach dem Abendessen auf dem Zimmer.«
»Wie lange bleibst du fort?«
»Zwischen zehn und elf bin ich zurück – mit deinen neuen Kleidern. Hoffentlich erwische ich die richtige Größe. In meinem ganzen Leben habe ich noch keine Frauenkleider gekauft.«

Es war beinahe elf, ehe er zurückkam. Nach dem langen, einsamen Abend begrüßte ihn Julie ungewöhnlich herzlich.
»Du hast mich doch nicht etwa vermißt?« fragte er.
»Seit dem Abendessen bin ich allein. Mrs. Nagle ist zu einer Kirchenveranstaltung gegangen und hat, als ich sie vor einiger Zeit zurückkommen hörte, offenbar Besuch mitgebracht. Deshalb bin ich lieber hiergeblieben.«
»Heute abend hat es eine kleine Schießerei gegeben, bei der es zwei der Burschen erwischt hat. Mrs. Nagle hat sie mitgenommen, und der Doktor hat sie in ihrem Wohnzimmer verarztet. Die Burschen werden bald wieder auf den Beinen sein. Aber einer der Jungen, noch keine fünfzehn, ist tot.«
»Ein vierzehnjähriger Junge?«
»Wir brauchen jeden«, erklärte Michael kurz. »Wer kann und will, macht mit. Der Junge war übrigens an der Schießerei gar nicht beteiligt. Er war nur gerade als Kurier unterwegs, als er von den ›Blacks and Tans‹, dem englischen Militärkommando, über den Haufen geschossen wurde.«
»Entsetzlich, dieses Morden!« Julie schauderte es.
»Die Hauptsache ist, wir siegen«, antwortete er entschlossen. Dann nahm er die beiden Pakete und warf sie aufs Bett. »Aber genug davon. Hier, schau dir die Sachen an, ob sie dir passen.«
Julie packte das erste Paket aus. Ein hübscher blauer Rock und eine dazupassende Bluse kamen zum Vorschein. Das zweite Paket enthielt einen warmen fliederfarbenen Tweedmantel.
»Es gab nichts Besseres«, meinte Michael. »Aber wenn du darin die Gangway hinaufgehst, hält dich bestimmt niemand für einen blinden Passagier. Probier die Sachen bitte einmal an.«

Ohne sich etwas dabei zu denken, schlüpfte Julie aus ihrem Bauernkittel und langte, nur mit Büstenhalter und Hose bekleidet, nach dem Rock. Da fiel ihr plötzlich auf, wie Michael sie ganz still und in sich versunken anschaute. Ohne zu merken, was sie tat, legte sie den Rock aufs Bett zurück. Ihm schoß das Blut ins Gesicht.
»Ich habe dich bisher noch nie richtig angesehen«, sagte er leise.
»Ich dich auch nicht«, antwortete sie. Und während sie abwartend dastand, spürte sie, wie ihr Körper zum Leben erwachte. Als könnte er ihre Gedanken lesen, kam er langsam auf sie zu. Sie roch den starken männlichen Geruch, und ihr Verlangen wuchs. Als er die Hand ausstreckte und ihre Brüste berührte, zog sie vor aufbrandender Lust scharf die Luft ein. Dann glitten seine Hände tiefer und zogen sie an sich, und sie preßte sich an ihn und spürte, wie seine Erregung stieg. Im nächsten Augenblick war sein Mund auf ihrem. Aber diesmal waren es keine beruhigenden Küsse. Es waren tiefe, aufwühlende Küsse, die ihre Lippen öffneten und ihren Mund erforschten. Gierig erwiderte sie diese Küsse; als er sie von sich schob, entfuhr ihr unbewußt ein leiser Schrei des Protestes. Doch er streifte ihr nur die Wäsche ab, und dann glitten seine Hände schon wieder über ihren Körper. Er beugte sich zu ihr hinunter und küßte ihre Brüste, und sie schmiegte sich an ihn. Sanft, aber bestimmt führte er sie zum Bett, und mit einem schnellen Griff hatte er den Pullover über den Kopf gezogen, während seine Augen nicht von ihr ließen.
Sie lag auf dem Bett und flüsterte: »Mach schnell.«
Ein wohliges Gefühl überkam sie beim Anblick seines nackten Körpers, seiner breiten Brust, der harten Arme und der starken, muskulösen Schenkel. Dann kam er zu ihr und suchte, halb neben ihr sitzend, halb liegend, mit seinem Mund ihren Körper. Seine Zunge versengte ihre Haut. Einmal stöhnte sie auf, packte ihn am Haar und zog ihn neben sich.
»Magst du das?« flüsterte er.
»Ja«, antwortete sie, »oh, ja!«
Ihr ganzer Leib schien zu brennen. Sie konnte nicht länger still liegen und begann sich wie in Schmerzen zu winden. Ihre Hände glitten ruhelos über seinen Körper und erforschten seine geheimsten Stellen. Instinktiv spürte er, wann sie bereit war. Sein Geschlecht wurde ganz hart, und sein Atem ging heiser und stoßweise. Die Zeit dehnte sich ins Unendliche, bis die Wogen der Lust über ihnen zusammenschlugen und ihre Körper sich in wilder Ekstase aufbäumten. Noch immer preßte sich sein Mund auf den ihren und erstickte ihr tiefinneres Stöhnen.
Eine kleine Weile lag er total ermattet da, dann rollte er beiseite, zog sie in seine Arme und küßte sie auf das Haar und das Gesicht, bis sie

sich wieder beruhigt hatte. Lange lagen sie schweigend nebeneinander, bis Michael sagte: »Es ist die letzte Nacht, Julie. Wir wollen sie in guter Erinnerung behalten.« Sie wandte sich ihm erneut zu, aufblühend unter den Empfindungen, die ihr so lange versagt gewesen waren.

Dann schliefen sie, und am Morgen vereinigten sie sich abermals, als liebten sie sich schon seit einer Ewigkeit.

Die Trennung am Abend war schmerzlich. Sie wollte bei Michael bleiben und mit ihm teilen, was immer die Zukunft brachte, und doch wußte sie zugleich, daß es Zeit war zu gehen.

»Ich werde dich nie vergessen«, sagte sie, als sie sich an Bord des Frachters *Seeker* zum Abschied küßten.

»Schiffe, die in der Nacht vorüberziehen«, erwiderte er. »Mehr war für dich und mich nicht vorgesehen. Paß auf dich auf. Und laß mich wissen, wenn du gut nach Hause gekommen bist.«

»Das werde ich«, sagte sie und klammerte sich so fest an ihn, daß er sie mit Gewalt von sich lösen mußte.

»Jetzt wird alles wieder gut«, sagte er. Er streichelte sanft ihr Gesicht und meinte: »Die Striemen sind auch schon verheilt.« Dann war er fort. Ohne sich noch einmal umzusehen, die Hände in den Jackentaschen vergraben, den Kopf in den Nacken geworfen und eine kleine Melodie vor sich hinpfeifend, entfernte er sich mit raschen Schritten.

Madeline James war allein im Haus und wollte eben baden, als es klingelte. Da sie niemanden erwartete, ließ sie sich beim Ausziehen nicht stören. Aber es läutete von neuem, anhaltend und mit Nachdruck. So wurde sie schließlich unsicher. Vielleicht war es doch etwas Wichtiges – ein Telegramm von Cecilia, die übers Wochenende kommen sollte, oder womöglich sogar Mark Douglas. Er war, als er das letztemal in New York gewesen war, ebenfalls unangemeldet erschienen.
In der Hoffnung, es könnte Mark sein, warf sie den Bademantel über und ging hinunter. Seit Februar hatte sie ihn nicht mehr gesehen. Und damals hatte sie sich nicht besonders wohl in ihrer Haut gefühlt: Die Lüge, sie hätte von Julie noch immer nichts gehört, hatte ihr Gewissen beschwert. Außerdem war er unerwartet früh wieder abgereist, diesmal nach Prescottville.
Anfangs hatte sie befürchtet, Julie könnte ihren Verwandten geschrieben haben. Aber da Mark in den zwei Briefen, die er ihr schickte, nichts dergleichen erwähnte, schloß sie, Julie habe keine Verbindung zu den Bekannten in ihrer Vaterstadt aufgenommen.
Um Weihnachten herum hatte sie sich dann endlich aufgerafft und Julie mitgeteilt, daß Mark noch am Leben und in die Staaten zurückgekehrt war. Gleichzeitig hatte sie angefragt, ob sie Mark ihre, Julies, Anschrift übermitteln solle. Aber weder auf diesen noch auf die folgenden Briefe hatte sie je eine Antwort erhalten. Offensichtlich wollte Julie, mit ihrem neuen Leben zufrieden, nichts mehr mit der Vergangenheit zu tun haben. Es war also richtig, daß sie Mark gegenüber geschwiegen hatte.
Madeline war fest überzeugt, nur Mark oder der Telegrammbote könnten so stürmisch läuten. Um so überraschter war sie, als statt dessen eine einfach gekleidete, ländlich aussehende Frau vor ihrer Tür stand. Sie brauchte eine ganze Weile, ehe sie Julie erkannte.
»Mein Gott, Julie, was ist passiert? Du siehst . . .« – sie konnte sich gerade noch rechtzeitig besinnen – »so anders aus!«
»Hallo, Madeline«, antwortete Julie und versuchte zu lächeln. Und im nächsten Augenblick lagen sich die beiden Frauen in den Armen und redeten gleichzeitig aufeinander ein.
»Komm herein, komm herein«, sagte Madeline, zog Julie ins Haus und schloß die Tür. »Wie schön, daß du wieder da bist! Du . . .« Als sie Tränen über Julies Gesicht laufen sah, unterbrach sie sich. »Aber Julie, was ist denn? Stimmt etwas nicht? Du siehst ja entsetzlich aus.«

»Immer noch dieselbe alte taktvolle Madeline«, erwiderte Julie, halb lachend, halb weinend. »Entschuldige«, murmelte sie und wischte sich die Augen. »Aber es tut so gut, wieder daheim zu sein. Es tut so gut, dich wiederzusehen, Madeline. Es ... ach, es gibt soviel zu erzählen.«

»Warum hast du mir nie geantwortet?« fragte Madeline. »Ich habe dir zuletzt zu Weihnachten geschrieben ...«

»Du hast mir geschrieben?« unterbrach Julie sie. »Ich habe keinen einzigen Brief von dir bekommen. Ich hatte mich schon darüber gewundert, aber ... Es ist eine lange Geschichte«, sagte sie schließlich. »Wahrscheinlich haben sie den Brief ... Ich meine, nachdem ich so krank war, haben sie wohl meine Post zurückgehalten.«

»Wer? Und du warst krank? Was hast du gehabt?« fragte Madeline. »Aber warte noch mit dem Erzählen. Reden können wir später. Geh erst einmal hinauf in mein Zimmer und mach dich frisch, nimm ein Bad oder wonach dir der Sinn steht. Ich mache uns inzwischen etwas zu essen. Ausgerechnet heute hat mein Mädchen Ausgang. Nun geh schon«, drängte sie Julie, die unschlüssig dastand. »Hol dir ein Kleid aus meinem Schrank. Welches du willst. Und zieh das Zeug aus. Wo hast du das bloß her?« Madeline war sich bewußt, daß sie überstürzt durcheinanderredete, aber sie brauchte Zeit zum Nachdenken. Wenn Julie ihren Brief nicht erhalten hatte, wußte sie auch nicht, daß Mark noch am Leben war.

»Ich hätte gern einen Kaffee. Ein Bad brauche ich eigentlich nicht. Ich möchte mich lieber mit dir unterhalten.«

»Alles der Reihe nach«, befahl Madeline diktatorisch. »Los jetzt. Das Wasser in der Wanne ist noch heiß. Ich habe es eben eingelassen, als du geläutet hast. Wenn du fertig bist, komm in die Küche. Irgend etwas habe ich bis dahin schon fertig.«

»Na schön. Dann bade ich zuerst. Und ein neues Kleid kann weiß Gott nicht schaden. Die *Seeker* war nicht gerade für Damen eingerichtet.«

»Die *Seeker?*« Madeline zog die Augenbrauen hoch. Aber als Julie zu näheren Erläuterungen ansetzte, fiel sie ihr gleich ins Wort: »Nein, das hat Zeit. Ich möchte die Geschichte von Anfang bis zu Ende hören.«

Während sie in der Küche ein Mittagessen improvisierte, Kaffee kochte und den Tisch deckte, dachte sie fieberhaft nach. Sollte sie Julie erzählen, daß Mark am Leben war? Offensichtlich hatte sie keine Ahnung davon. Oder vielleicht doch? Irgend jemand in Prescottville mußte doch gewußt haben, wo sie sich aufhielt. Mark allerdings hatte ihre Anschrift nicht gekannt. Sie ließ die Zuckerdose sinken. Wenn sie es nicht weiß, dachte sie, werde ich es ihr auch nicht berich-

ten. Jedenfalls jetzt noch nicht.
Als Julie die Treppe herunterkam, hatte sich Madeline wieder gefaßt. »Jetzt siehst du eher wieder wie du selbst aus«, sagte sie. »Komm, setz dich. Alles ist fertig.«
Sie selbst aß mit gutem Appetit, während Julie, zu sehr mit Erzählen beschäftigt, trotz aller Ermahnungen von den Speisen nur kostete.
Es dauerte lange, bis sie mit ihrer Geschichte am Ende war.
»Wenn du mich fragst«, meinte Madeline schließlich, »ich hätte mir diesen Lynch nicht durch die Lappen gehen lassen. Du mochtest ihn doch?«
»Ja«, antwortete Julie. »Es war sogar mehr als *mögen*. Trotzdem, ich weiß nicht . . .« Sie schaute ins Leere und setzte nachdenklich hinzu: »Ich glaube, keiner wird mir je wieder soviel bedeuten wie Mark. René . . . nun, ich war einsam und verzweifelt . . . Wenn das Kind am Leben geblieben wäre, wäre natürlich alles anders gekommen. Aber so?«
»Vor allem«, riet ihr Madeline, »mußt du dich erst einmal richtig ausruhen und dich hier wieder eingewöhnen. Morgen gehen wir einkaufen. Und dann gehst du zum Friseur. Wie gefällt dir meine Frisur?« Sie schüttelte ihre rote Lockenpracht.
»Sehr hübsch. Aber ich weiß nicht recht . . .«
Madeline lachte. »Zieh doch kein so saures Gesicht, Julie«, sagte sie aufmunternd. »Wenn du dich wieder eingelebt hast, kommt alles von selbst in Ordnung.«
»Wahrscheinlich hast du recht«, erwiderte Julie ohne Überzeugung. Am Ende ihrer Reise angelangt, hatte sie mit einemmal kein Ziel mehr. Aber möglicherweise hatte Madeline wirklich recht. Vielleicht mußte sie nur erst einmal zur Ruhe kommen. In den ersten Tagen ließ Madeline Julie vollkommen in Frieden. Nach einer Woche jedoch meinte sie: »Jetzt reicht's, Julie. Du hast lange genug Trübsal geblasen. Morgen kaufen wir ein. Und dann arrangiere ich, wenn möglich, daß du dich bei Ziegfeld vorstellst. Ich selbst werde den Vertrag für seine neue Show wahrscheinlich unterschreiben. Ich brauche Arbeit, und genau das brauchst du auch.«
Julie, noch immer ohne Pläne und Interessen, willigte aus Höflichkeit ein, obwohl ihr allein schon bei der Vorstellung graute, in die Stadt gehen und sich durch die Läden quälen zu müssen.
Als der erste Schritt jedoch gemacht war und sie ihre Lethargie einmal überwunden hatte, begann sie sich besser zu fühlen. Sie ging mit und ohne Madeline einkaufen, nahm Einladungen an und ging immer häufiger mit Madeline und deren Bekannten aus.
Da ihr Vermögen, das ihr Jason auf eine New Yorker Bank überwie-

sen hatte, beträchtlich gewachsen war, kaufte sie bedenkenlos, ja wie wild drauflos. Es gab so viele neue Stoffe – köstliche Tafte in leuchtenden Farben und zarte Chiffons – und so viele Kleider für die verschiedensten Gelegenheiten: Tennisröcke, Autokostüme und die neuen einteiligen Badeanzüge mit den kleinen Ärmeln und den Beinansätzen, die nur den halben Oberschenkel bedeckten und zu denen schwarze Strümpfe getragen wurden, daß man gar nicht wußte, wo anfangen.
Zu dieser Mode paßte auch ihr langes Haar nicht mehr, und so ließ sie es schneiden. Mit den schwarzen Locken sah sie wie eine Zigeunerin aus.
Auch die Stadt hatte sich sehr verändert. Die Autos hatten Pferde und Kutschen verdrängt, und überall machte sich der Nachkriegsboom bemerkbar. An der Fifth Avenue, der Park Avenue und am oberen Madison Square schossen immer höhere Wolkenkratzer aus dem Boden.
Als Julie eines Nachmittags auf dem Nachhauseweg an einem Zeitungsstand die vieldiskutierte neue Bildzeitung *The New York Daily News* ausgelegt sah, blieb sie stehen und kaufte ein Exemplar. Die Schlagzeile sprang ihr förmlich ins Auge:

FRANZÖSISCHER GRAF IN MORD- UND SELBSTMORD-SKANDAL VERWIKKELT

Ihr Herz begann wie rasend zu klopfen, und unbekümmert um ihre Umgebung schlug sie die Zeitung auf.
René war tot, und das Haus, in dem Emilie all die Jahre eingesperrt gewesen war, war bis auf den Grund abgebrannt. Die zwei Wärter hatten die beiden Leichen aus dem brennenden Haus geborgen.
Julie überflog den Bericht; ihr Name wurde Gott sei Dank nirgends erwähnt. Nur im letzten Absatz kam die Rede auf eine »angebliche zweite Gräfin«, deren Existenz von der Tochter des Grafen jedoch entschieden bestritten wurde. Nach ihrer Aussage hatte es sich lediglich um eine Freundin ihres Vaters gehandelt, eine Schauspielerin, die er aber nie geheiratet habe.
Ganz benommen faltete Julie die Zeitung wieder zusammen und ging weiter. Die Pariser Sûreté, die Kriminalpolizei, war durch einen anonymen Brief aus St-Malo informiert worden. Michael! Sie hörte ihn förmlich sagen: »Eines Tages bezahlt er mir dafür.« Aber die Detektive, die zur Aufklärung des Falles in das Schloß gekommen waren, hatten sich durch Renés charmanten Protest einwickeln lassen. Sie hatten höflich im Haus gewartet, während er vorgeblich auf sein Zimmer gegangen war, um sich umzuziehen. In Wirklichkeit war er

Hals über Kopf zu Emilie gelaufen. Als ihnen endlich klar wurde, daß er sie hereingelegt hatte, war es bereits zu spät gewesen.
Arme, verrückte Emilie! Arme, arrogante, stolze Hélène, die jetzt doch noch die Wahrheit über ihre Mutter erfahren hatte! Sie alle taten ihr leid ... alle, außer René. Er war tot, und das war gut so.
»Da hast du ja Glück gehabt, Julie«, meinte Madeline, als sie ihr die Neuigkeit berichtete. »Aber du hast immer Glück gehabt. Bei mir hätten bestimmt Name und Geburtsdatum in der Zeitung gestanden.«
Julie schaute sie an. »Nein«, erwiderte sie ruhig, »du kennst Hélène nicht. Das Château, die Weinberge – jetzt gehört alles ihr. Sie muß die Dienerschaft bestochen oder eingeschüchtert haben. Mein Name hätte bloß weitere Untersuchungen nach sich gezogen.«
»Trotzdem bist du ein Glückspilz«, beharrte Madeline. »Du ahnst gar nicht, wie sehr.«
»Wieso?«
»Ich muß dir etwas gestehen. Zuerst, als du gekommen bist, wollte ich es dir nicht gleich sagen. Aber seither habe ich dauernd Angst, irgendwer könnte mir zuvorkommen. Sitzt du auch gut, Julie?«
»Was soll das?« fragte Julie verwirrt.
»Mark Douglas ist noch am Leben«, erklärte Madeline ohne weitere Umschweife. »Vergangenen August ist er nach Amerika zurückgekommen.«
»Das kann ich nicht glauben«, hauchte Julie. »Das ist zuviel. Nein, ich kann nicht ...« Sie verstummte und sah Madeline flehend an. »Du ... ist das wirklich wahr? Ich würde nicht ertragen ... Ich meine ...« Ihr Gesicht war schneeweiß, ihre Augen riesengroß.
»Ich habe ihn selber gesehen«, erwiderte Madeline.
Sie hatte Wochen gebraucht, um sich zu diesem Entschluß durchzuringen. Und jetzt, nachdem sie ihr Geheimnis preisgegeben hatte, wurde sie nervös. Sie stotterte vor Aufregung und beobachtete ängstlich Julies Gesicht, während sie alles beichtete. Doch je weiter sie in ihrem Bericht kam, um so mehr begann Julie zu strahlen.
»Und wo ist er jetzt?« fragte Julie, als Madeline zu Ende war. »Noch immer in Kalifornien?«
»Nein, in Prescottville, in deinem alten Haus«, entgegnete Madeline. »Aber Julie, da ist noch etwas.«
»Was? Etwas Schlimmes? Das könnte ich jetzt nicht ertragen.«
»Mark hat sich sehr verändert, seit er erfahren hat, daß du geheiratet hast.«
»Verändert? Inwiefern?«
Madeline zuckte die Schultern. »Ich kann es nicht recht erklären. Zuerst war er wütend, dann traurig, und als ich ihn das letztemal sah,

war er ganz in sich gekehrt . . . ich kann es einfach nicht erklären.« Julie erhob sich, breitete plötzlich die Arme aus und rief: »Oh, das macht nichts. Das macht nichts! Er lebt. Ich wußte es ja!« Ihre Stimme überschlug sich vor Freude. »Ich habe es immer gewußt. Ich hätte es gespürt, wenn er tot gewesen wäre. Erinnerst du dich? Ich habe es dir geschrieben. Aber damals schien es purer Wahnsinn, und ich glaubte . . . Und doch ist es nicht wahr. War nie wahr. O Madeline, er lebt! Warum hast du mir das nicht gleich gesagt?«

»Ich habe gefürchtet . . .« erwiderte Madeline und schaute weg. »Du hast soviel durchgemacht. Und da habe ich gefürchtet, der Schock . . . und außerdem . . . Aber schließlich habe ich es dir ja jetzt gesagt. Ich hatte gedacht, du wüßtest es. Ich hatte ja keine Ahnung, daß du meinen Brief nicht erhalten hattest.«

»Den Weihnachtsbrief? Mein Gott, war das eine schreckliche Zeit. René muß ihn geöffnet und weggeworfen haben . . . Weihnachten«, wiederholte sie plötzlich. »Aber wenn du meinen Brief im August bekommen hast, warum hast du mir dann nicht gleich geschrieben, daß Mark . . .« Sie verstummte, als sie Madelines niedergeschlagene Augen sah, und fragte dann noch einmal: »Warum nicht, Madeline?«

»Wenn du es absolut wissen willst: Marks wegen. Er wollte unbedingt deinen Namen und deine Adresse auskundschaften. Er war außer sich. Aber ich erinnerte mich noch gut daran, wie er dich seinerzeit Steven Randall weggeschnappt hat. Und diesmal warst du bereits verheiratet. Also verschwieg ich Mark lieber die ganze Sache. Hinterher dachte ich: Eigentlich muß Julie die Angelegenheit selbst entscheiden, und schrieb dir. Als keine Antwort kam, dachte ich, du wolltest uns alle vergessen, weil du glücklich seist. Schließlich lebtest du in einem Schloß und hattest einen Grafen zum Mann . . . Ich wäre die letzte gewesen, die dir daraus einen Vorwurf gemacht hätte.«

»Du hast Mark im Grunde nie leiden können?« fragte Julie.

»Das ist nicht wahr«, erwiderte Madeline und schlug die Augen auf. Sie starrten sich in gespanntem Schweigen an. Dann sagte Julie ruhig: »Nein, es ist nicht wahr. Du konntest ihn leiden. Du kannst ihn leiden. Du hast nicht mir zuliebe geschwiegen, sondern um Marks willen. Du wolltest ihn für dich.«

Madeline stand auf und erwiderte abwehrend: »Angenommen, es wäre so, so vergißt du doch, daß er frei war und daß ich frei war, während du verheiratet warst.«

»Wenn du es ihm gestanden hättest, Mark wäre mir nachgereist. Zumindest als . . . nein, schon ehe ich das mit Emilie herausgefunden hatte.«

»Denk einmal einen Augenblick nach, Julie. Du hast immer alles gehabt, was du wolltest. Du hast nie für deinen Unterhalt sorgen oder um einen Mann kämpfen müssen. Stets war irgend jemand da, der dir geholfen hat, angefangen bei Lew. O ja«, sagte sie und hob die Hand, »auch Lew wollte dich. Meinst du, es macht Spaß, so etwas zu wissen?«

»Ich habe nie . . .« fing Julie an.

Aber Madeline unterbrach sie: »Laß nur. Es ist ja alles vorbei.« Dann fuhr sie fort: »Ich bin dir immer eine gute Freundin gewesen, Julie. Und bin es noch. Schließlich habe ich dir zuletzt ja doch geschrieben.«

»Ja«, war alles, was Julie herausbrachte. Danach trennten sie sich. Madeline, um zu einer Verabredung zu gehen, Julie, um ihre Sachen in die neuen Koffer zu packen, die sie inzwischen gekauft hatte.

Sie war wie benommen. Ein einziger Gedanke beherrschte sie: Ich muß sofort nach Prescottville. Erst als sie mit Packen fertig war, fing sie an, die Neuigkeit in ihrer ganzen Bedeutung zu begreifen. »Er lebt, er lebt«, murmelte sie wieder und wieder. Und in weniger als vierundzwanzig Stunden würde sie ihn wiedersehen. Sie konnte morgen den Frühzug nehmen und noch vor Abend in Prescottville sein. Im Geist traf sie bereits die nötigen Vorbereitungen. In Hammondsport würde sie einen Mietwagen nehmen, jawohl, und direkt zu Mark fahren. Wenn er in Prescottville war und, wie Madeline behauptet hatte, in ihrem alten Haus wohnte, war er sicher auch wieder in der Kellerei. Sie sah sich schon wie früher auf ihn warten, wenn er über die Felder die Auffahrt heraufgeritten kam. Vor Erregung begann sie zu zittern, als die so lange unterdrückten Erinnerungen plötzlich wieder aufbrachen: wie sie ihn berührt hatte; wie sie seine Hand gehalten hatte; wie sie ihren Kopf an seine Schulter gelegt und den rauhen Stoff seiner Jacke gespürt hatte. Vor Glück tat ihr das Herz fast unerträglich weh.

Oh, nichts zählte mehr, jetzt, da sie sich wiederhatten. Nichts von dem, was geschehen war, konnte sie noch berühren. Sie versuchte sich sein Gesicht vorzustellen, wenn er sie sah, konnte es aber nicht. Ihre Gedanken überstürzten sich und hielten sie noch lange wach.

Als sie am nächsten Morgen in aller Frühe aufstand, saß Madeline bereits am Kaffeetisch. »Ich fahre heute nach Hause«, eröffnete sie ihr. »Madeline, es . . . es tut mir leid wegen gestern abend. Du bist stets gut zu mir gewesen. Du und Lew, ihr . . . außerdem kommt es ja gar nicht darauf an.«

Einen Augenblick lang antwortete Madeline nicht, sondern schaute Julie nur über den Rand ihrer Kaffeetasse an.

Als sie sich schließlich niedersetzte, sagte sie: »Auch mir tut es leid. Oh, nicht daß ich versucht habe, Mark Douglas zu kapern. So heuchlerisch bin ich nicht. Außerdem kennst du mich, Julie; ich könnte dir gar nichts vormachen. Aber ich bin auch nicht so egoistisch, daß ich dir jetzt nicht Glück zu wünschen vermöchte. Nach den letzten Jahren hast du es weiß Gott verdient. Zwar verletzt es meinen Stolz, zuzugeben« – sie stockte und grinste in altgewohnter Weise, wie stets, wenn sie einen Witz auf ihre Kosten riß –, »aber du darfst es gerne wissen: Mark wollte mich nicht. Heiraten ist wohl nicht gerade seine Lieblingsbeschäftigung.«

»Auch das ist mir mittlerweile egal«, meinte Julie. »Mir geht es nur um eins: bei ihm zu sein, ob verheiratet oder nicht. – Machst du nun eigentlich bei der neuen Ziegfeld-Show mit?«

Madeline schüttelte den Kopf. »Ich gehe nach Hollywood. Der berühmte Players-Lasky hat mir ein gutes Angebot gemacht. Und New York habe ich satt. Cecilia ist fast erwachsen und kaum noch zu Hause. Und in einem Jahr kommt sie schon aus der Schule. Im übrigen kann sie mich in Hollywood genausogut besuchen wie hier.«

Madeline begleitete Julie zum Bahnhof und kam noch in den Zug mit, bis das Gepäck verstaut war. »Paß gut auf dich auf, Julie, und grüß Mark von mir«, sagte sie zum Abschied.

»Wir sehen uns ja bald wieder«, erwiderte Julie. »Denn du kommst doch zu unserer Hochzeit?«

»Vielleicht denkst du, wenn du erst einmal zu Hause bist, anders darüber«, antwortete Madeline undurchsichtig.

»Was meinst du damit?« fragte Julie. »Ist Mark, ich meine, hat er . . .« Sie brachte es nicht über die Lippen. »Du hast mir doch nichts verschwiegen, Madeline? Mark ist doch nicht etwa . . . verheiratet?« Jetzt waren die Worte heraus, und mit einemmal hatte sie einen trokkenen Mund.

»Nein, natürlich nicht«, erwiderte Madeline schnell. »Auf Wiedersehen, Julie. Ich wünsche dir das Allerbeste.« Und ohne eine Entgegnung abzuwarten, lief sie davon. Julie dagegen fühlte sich während der ganzen Reise hin und her gerissen zwischen der Angst, Mark könnte für sie unerreichbar geworden sein, und der festen Überzeugung, nichts hätte sich zwischen ihnen geändert.

24

»Es ist genau wie früher«, sagte Joe Damien, »ein gutes Frühjahr, eine gute Ernte.« Lächelnd strich er über die frischen Triebe der alten Weinstöcke.

»Manches hat sich auch geändert«, antwortete Mark. »Aber wir werden es schon schaffen, und wenn ich unsern Wein illegal verkaufen

oder allen Diözesen Amerikas Meßweinkonzessionen abringen muß.«
Joe wiegte bedenklich den Kopf. »Steuben ist uns ein ganzes Stück voraus. Und so sicher ich mir bin, daß Jason Prescott einen bedeutenden Anteil der Steuben-Aktien aufgekauft hat, beweisen können wir es bis jetzt nicht, Mark.«
»Das macht nichts«, entgegnete Mark. »Wenn bei der morgigen Sitzung alles nach Plan verläuft, spielt es keine Rolle, wie viele Aktien die Prescotts halten.«
»Bist du sicher, daß du diesmal auf Miranda Latham zählen kannst?« fragte Joe.
»Ganz sicher«, erwiderte Mark kurz. »Hast du übrigens Julies letzten Brief noch? Denn das ist ein bißchen kitzlig. Seit ihrer Heirat mit diesem Franzosen hat kein Mensch mehr etwas von ihr gehört. Das wäre ein Grund für Jason, Einspruch zu erheben und notfalls sogar vor Gericht zu gehen. Mit anderen Worten, er könnte uns so lange die Hände binden, bis uns keine Chance mehr bleibt, die Kellerei zu retten.«
»Ich weiß. Aber ich habe den Brief noch und auch ihre Stimmen. Wenn Miranda auf unserer Seite ist, können wir deine Wiederbestellung zum Geschäftsführer sicher durchbringen. Ich habe nur Sorgen, ob Miranda uns wirklich unterstützt!« Er lachte. »Was hast du ihr denn versprochen?«
»Daß ich ihr den Mond vom Himmel hole jedenfalls nicht«, erwiderte Mark trocken. »Überhaupt bereitet mir die morgige Sitzung nicht halb soviel Kopfzerbrechen wie die Frage, wie ich auch nur einen Pfennig Gewinn herauswirtschaften soll, solange die Befürworter der Prohibition das Land austrocknen.«
Am Fuße des Weinbergs trennten sie sich. Joe kehrte in die Kellerei zurück, Mark schwang sich aufs Pferd, um seinen Vetter Art in der Douglas-Molkerei aufzusuchen. Er mußte an Miranda denken. Sie auf seine Seite zu bringen war nicht einfach gewesen. Sie hatte Reue und Bußfertigkeit für sein Verhalten in Kalifornien erwartet. Bei seinen ersten Wiederannäherungsversuchen war sie noch etwas eingeschüchtert gewesen; aber sie hatte sich bald gefangen und zu seinem Verdruß ein umständliches Katz-und-Maus-Spiel angefangen.
Ihm jedoch war klar, daß es sie um so stärker zu ihm hinzog, je länger er auf der Hut war und ihren Wünschen nicht nachgab. Bis jetzt hatte er sie noch nicht mit ins Bett genommen – möglicherweise mußte er es heute nacht tun. Er wollte Fontaine unter allen Umständen wieder in die Hand bekommen, und wenn er dafür mit Miranda und jedem einzelnen Mädchen bei Viola draußen hätte schlafen müssen ...
Er lachte vor sich hin. Nein, auf Miranda konnte er zählen. Sie hatte

ihm ihre Unterstützung zwar nur widerstrebend versprochen, aber wenn er ihr mit Heirat winkte, würde sie ihn kaum im Stich lassen. Er bog in den Hof der Molkerei ein. Wenn möglich, wollte er Lillian aus dem Weg gehen und nur mit Art sprechen. Er traf seinen Cousin am Zaun beim Bullenpferch im Gespräch mit Sam Howard.

»Genau der Mann, den ich suche«, rief Sam, als Mark abstieg. »Ich glaube, ich habe eine Neuigkeit für dich über die Steuben-Aktionäre, Mark. Ganz sicher bin ich mir allerdings noch nicht. Bei diesen Privatgesellschaften schaut man nie recht durch, wem was gehört, aber einer meiner Gewährsleute behauptet, die Prescotts seien kräftig eingestiegen.«

»Irgendwelche Beweise?« fragte Mark.

»Leider noch nicht«, erwiderte Sam. »Aber es kann nicht mehr lange dauern. Wenn also die Gesellschafterversammlung morgen gegen dich stimmt, kannst du auf die *Banner*-Redaktion zählen. ›Interessenkonflikt‹ nennt sich so etwas.«

»Zu dumm, daß wir keine Beweise haben, um Jason morgen notfalls unter Druck zu setzen«, meinte Mark.

»Notfalls?« fragte Art. »Aber du verfügst doch über die Stimmenmehrheit? Oder ist irgendwer abgesprungen? Miranda vielleicht?«

Mark schüttelte den Kopf. »Der einzig schwache Punkt ist nach wie vor, daß niemand etwas von Julie gehört hat. Früher hat sie Joe ab und zu geschrieben, aber seit einem Jahr hat sie kein Lebenszeichen mehr von sich gegeben.« Sam und Art tauschten einen kurzen Blick, und Sam meinte: »Julie kommt eines Tages bestimmt wieder! Und in der Zwischenzeit übt Joe für sie das Stimmrecht aus.« Er lachte und klopfte Mark freundschaftlich auf die Schulter. »Laß mich wissen, wie die Abstimmung ausgefallen ist.«

»Bleibst du zum Abendessen, Sam?« fragte Art.

»Leider nicht. Ich muß die Zeitung für morgen vorbereiten. Schließlich will ich über Marks neue Bestallung berichten.« Er grinste. »Nun erweise dich meines Vertrauens aber als würdig, Mark!«

Als er gegangen war, fragte Art: »Du bleibst aber doch zum Abendessen, Mark?«

»Ich denke, nicht ...« fing Mark an.

»Ach, komm schon. Lillian ist fast schon überzeugt, daß du doch nicht so schlecht bist. Du kennst sie ja. Bei ihr weht der Wind aus derselben Ecke wie bei Miranda.«

»Die Frauen können mir gestohlen bleiben«, entgegnete Mark trokken. Doch unwillkürlich tauchte Julies Gesicht vor ihm auf, wie er es in jener Nacht in New York gesehen hatte, als er vor ihrem Haus gewartet hatte. Er wandte sich ab und ging voraus zum Haus. »Also, komm schon«, meinte er. »Ich bin am Verhungern, und Lillian ist die

beste Köchin von ganz Prescottville.«
Es war schon fast neun Uhr, als Mark vor Mirandas Haus anhielt. Eine flüchtige Bewegung am oberen Fenster zeigte ihm, daß er schon erwartet worden war. Er wußte genau, was nun folgen würde. Nervös würde ihm Carmen öffnen, Miranda dagegen würde eine angemessene Weile bis zu ihrem Erscheinen verstreichen lassen, als wäre sie durch seine Ankunft in einer anderen, wichtigeren Tätigkeit unterbrochen worden.
Alles verlief, wie er es vorausgesehen hatte. Mit einem kaum unterdrückten kleinen Angstschrei machte ihm Carmen auf. Er mußte lächeln.
»Ist Mrs. Latham zu Hause?« fragte er.
»Ich werde nachsehen, Monsieur«, erwiderte sie und führte ihn ins Wohnzimmer. Dann enteilte sie, um einige Minuten später mit der Nachricht zurückzukehren, Madame habe zu tun, werde aber gleich hier sein.
Mark machte es sich auf dem Sofa bequem. Mit zehn Minuten mußte er mindestens rechnen. Der unabänderliche Ablauf dieses Zeremoniells amüsierte und ärgerte ihn zugleich. Je häufiger er Miranda in diesen Tagen sah, desto weniger fühlte er sich zu ihr hingezogen. Und doch hatten sie einmal gut zueinander gepaßt, hatten sich leidenschaftlich geliebt.
Als er die Wohnzimmertür aufgehen hörte, sprang er auf. Miranda rauschte in einem langen, fließenden Gewand herein, wie es kein Mensch mehr trug. »Sehr hübsch«, sagte er zuvorkommend.
»Danke. Gefällt es dir? Es ist eins jener griechischen Gewänder, wie sie Isadora Duncan trägt. Carmen ist sehr geschickt mit der Nadel. Und mir gefällt die Bewegungsfreiheit, die einem diese Art Kleider läßt.«
Sie rauschte zum Sofa und klopfte einladend auf den Platz neben sich.
»Ein verführerisches Kleid«, meinte er und starrte ihr wie gebannt auf den Busen, der sich weich und sanft unter dem Stoff abzeichnete.
»Ich wünschte, ich wirkte auch auf die Prescotts so verführerisch. Du machst dir keinen Begriff, wie sie mir zugesetzt haben, morgen mit ihnen zu stimmen.«
Leicht schmollend drehte sie sich zu ihm herum. Jetzt hilft alles nichts, dachte er und folgte ihrer unmißverständlichen Einladung. Er beugte sich vor und küßte ihren halb offenen Mund. Ihre Zunge streckte sich ihm entgegen; er hielt sie zwischen seinen Zähnen fest und biß leicht hinein. Sie kreischte auf, bog den Kopf zurück und schaute ihn verliebt an.
»Du hast mir gefehlt, Mark«, sagte sie vieldeutig.

Er antwortete nicht, sondern beugte pflichtschuldig den Kopf, faßte sie um die Taille und streichelte ihre Brüste. Im nächsten Augenblick aber ließ er sie wieder los, schaute ihr ins Gesicht und sagte: »Nein, Miranda. Früher, als noch die alten Fentons bei dir waren, war es anders. Aber Carmen – Carmen traue ich nicht.«
»Mir ist es egal«, erwiderte sie.
»Aber mir nicht«, antwortete er bestimmt. »Wir brauchen Ruhe und Zeit. Was würdest du zu einem Wochenendausflug sagen?«
»Oh, das wäre großartig, Mark. Wann?«
»Bald«, sagte er aufs Geratewohl. »Und vielleicht . . . aber es ist noch zu früh, um darüber zu reden. Ich habe nämlich eine Überraschung für dich.«
»Was für eine, Mark?«
Sie war von ihm abgerückt und hatte sich erwartungsvoll zurückgesetzt.
Er erhob sich. »Wenn ich es dir sage, ist es keine Überraschung mehr.« Er lächelte. »Ich gehe jetzt lieber«, fuhr er fort. »Du bist mir in diesem Kleid viel zu verführerisch. Also bis morgen, drüben in Fontaine.«
»Bis morgen«, stimmte sie zu. »Um elf Uhr.«
Sie brachte ihn zur Tür, aber weil Carmen gerade die Treppe herunterkam, verboten sich endlose Gutenachtküsse von selbst.
»Bis morgen also«, sagte Mark noch einmal und drückte ihr die Hand. Ihre enttäuschte, ärgerliche Miene amüsierte ihn im stillen. Das wäre also geschafft. Als er in der Dunkelheit langsam über die Felder zurückritt, fühlte er sich mit einem Male müde. Er stand kurz vor dem Sieg, ja, der Sieg war ihm so gut wie sicher. Aber wie anders hatten die Träume ausgesehen, denen er sich damals auf der Rückfahrt von Frankreich hingegeben hatte! Da hatte er nicht nur an Fontaine gedacht, sondern vor allem an Julie und Valérie. Und nun? Gut, Fontaine würde er bekommen; aber Val war gestorben und Julie irgendwo verheiratet . . .
Er gab Rusty die Sporen und ritt das letzte Stück im Galopp. Gleich darauf war er beim Stall, nahm dem Pferd den Sattel ab und rieb es trocken, ehe er ihm eine Decke überwarf.
Als er in den Hof kam, sah er einen Lichtschimmer aus dem Haus dringen. Er wunderte sich, wer wohl zu dieser Zeit, mitten in der Nacht, hier sein mochte. Er beschleunigte seinen Schritt. Hoffentlich bedeutete es keine schlechte Nachricht, jetzt, im letzten Augenblick vor dem Abschluß.
Als er die Tür aufriß, stand ihm Julie gegenüber. Es traf ihn wie ein Schlag. »Du«, konnte er gerade noch hervorstoßen, da flog sie ihm mit den Worten entgegen: »Mark, o Mark! Bist du es wirklich? Bist

du wirklich noch am Leben?«
Als er sich nicht rührte, blieb sie wie angewurzelt stehen. Aus seinem blassen Gesicht war alle Farbe gewichen. Verwirrt und ärgerlich, wie ihr schien, starrte er sie an.
»O Mark, schau mich nicht so an«, flehte sie und hob die Arme, um sie ihm um den Hals zu legen. »Ich habe nicht geglaubt, daß ich dich je wiedersehen würde.«
Im gleichen Atemzug sagte er: »Julie, ich kann es nicht glauben. Was willst du hier?« Sie hob den Kopf, und ihre Augen glänzten feucht. Ausgehungert stürzte er sich auf ihren zitternden Mund.
Seine Berührung ließ alles andere um sie versinken. Sie nahm nur noch das Dröhnen in ihren Ohren wahr und schmerzende Süße, die seine Lippen in ihr weckte. Enger und enger drängte sie sich an ihn, und als er ihren Kopf hob, um ihr ins Gesicht zu schauen, flüsterte sie fast unhörbar: »O Mark, wie lange ist es her!«
»Ja«, antwortete er ebenfalls flüsternd und küßte ihre Halsgrube. Aber plötzlich brach er ab. »Was willst du eigentlich hier?«
»Nicht jetzt«, flüsterte sie, »nicht jetzt.« Halb trug und halb zog er sie ins Schlafzimmer.
Aber er war anders, hatte sich verändert. Das wurde ihr von dem Augenblick an klar, als er neben ihr lag. Die Zärtlichkeit der ersten Küsse war verschwunden. Er schien fast ärgerlich, irgendwie wütend.
»Was ist los?« fragte sie. Doch statt einer Antwort fing er an, sie zu streicheln. Gefühle wurden in ihr wach, die kein anderer je in ihr geweckt hatte. Ein verzweifeltes Verlangen nach ihm erfüllte sie, und doch hätte in ihrer sehnsüchtigen Erwartung die Zeit stillstehen können, solange nur seine Liebkosungen nicht aufhörten und sein Mund feurig auf ihrer Haut brannte.
Sie fing an zu stöhnen und sich auf dem Bett zu winden. Er keuchte: »Jetzt, jetzt«, und sie fühlte sein Gewicht auf sich. Dann waren sie wie zusammengeschweißt. Sie hielten sich eng umschlungen und bewegten sich in gemeinsamem Rhythmus. Er krallte sich in ihren Körper, und der Schmerz tat ihr unerträglich wohl. Als sie schließlich im letzten Rausch der Lust untergingen, hatte sie das Gefühl, mit Mark zusammen irgendwo hoch über der Erde dahinzutreiben.
Später, als er ihr schon den Rücken zugedreht hatte, schlief sie endlich ebenfalls ein, einen Arm um seine Taille geschlungen und eng an ihn geschmiegt. Der Schlaf war wie eine Fortsetzung der Liebe; denn sie erwachten ohne Gefühl für die Zeit, die vergangen war.
Die Sonne, die ins Zimmer schien, weckte Julie. Sie streckte die Hand nach Mark aus, aber sein Platz war leer. Sie setzte sich auf und schaute sich um. Er war im Bad. Sie lächelte und wartete, daß er noch einmal zu ihr kam.

Da hörte sie ihn auch schon den Gang herunterkommen. Ein Handtuch um die Hüften geschlungen, trat er ins Zimmer. Sein Morgengruß klang fröhlich.
Aber irgend etwas stimmte nicht . . . Das war nicht der Mark, den sie kannte. Vergangene Nacht . . . er hatte sehr wenig zu ihr gesagt, nicht ein einziges der zärtlichen Worte, die er sonst für sie gefunden hatte.
»Mark?« fragte sie vorsichtig.
»Ja?« Er hatte das Handtuch abgestreift und stieg in seine Kleider.
»Ich habe dir soviel zu erzählen. Ich möchte soviel wissen, soviel erklären.«
»Erklärungen sind unnötig«, antwortete er abweisend. »Spar sie für deinen Mann auf. Du hast bekommen, was du wolltest. Wann fährst du zurück?«
»Zurück? Ich fahre nicht zurück. Und ich habe keinen . . .« Sie verstummte. Ein Auto kam die Auffahrt herauf.
»Wer ist das?« fragte sie und setzte sich auf.
Er machte ihr ein Zeichen, still zu sein, und ging hinaus. Sekunden später hörte sie Miranda Latham sagen: »Guten Morgen, Liebling. Du bist gestern so früh gegangen.« In ihrer Stimme klang ein leiser Vorwurf mit. »Ich dachte, ich komme zu dir und . . .« Sie brach ab, und nach einer Weile sagte sie lachend und ein bißchen atemlos: »Aus dir werde ich doch nie schlau werden, Mark Douglas. Willst du mich denn hier im Hof stehen lassen?«
»Ich wollte gerade zur Kellerei hinüber«, erwiderte Mark. »Ich möchte heute beizeiten dort sein. Und es ist besser, wenn wir nicht miteinander gesehen werden. Wir treffen uns ja um elf.«
»Und können dann dort weitermachen, wo wir stehengeblieben sind«, schnurrte sie. »Du weißt ja, ich kenne keine Skrupel, Mark.«
»Ja, ich weiß, du bist skrupellos«, antwortete er. Abermals trat eine Pause ein, und dann schrie Miranda in gespielter Empörung auf.
Zitternd saß Julie da, unfähig, sich mit den Tatsachen abzufinden. Miranda. Er war gestern nacht bei Miranda gewesen, von Miranda gekommen . . . Ihr Gesicht wurde purpurrot, und ihr Herz krampfte sich zusammen.
Sie sprang aus dem Bett und zog sich in fliegender Hast an. Aber als sie ihr Kleid zuknöpfte, hörte sie den Motor anspringen, und noch ehe sie die Küchentür erreicht hatte, bog der Wagen schon in die Straße ein. Mark winkte lächelnd hinterdrein.
Als er sich umwandte und Julie vor dem Haus stehen sah, war sein Lächeln wie weggeweht. Mit einem Fluch kam er auf sie zu.
»Du Schuft!« schrie sie ihm entgegen. »Du elender Betrüger!«
»Betrüger?« Er zog die Augenbrauen hoch. »Wen soll ich betrogen

haben, wenn ich fragen darf? Ich bin nicht mit dir verheiratet. Mit dir ist ein französischer Herr namens René verheiratet. Wenn also irgend jemand betrügt . . .«

»Du bist vergangene Nacht von ihr gekommen, und dann hast du . . . Oh!« Scham und Ekel überwältigten sie.

»Ich habe dich nicht hergebeten«, erwiderte er kalt. »Du bist von selber gekommen. Als ich dich gestern hier traf, warst du bereit fürs Bett. Und du warst schon immer ein verführerischer Anblick, Julie.«

»Mich braucht man nicht hierherzubitten«, gab sie empört zurück. »Du scheinst zu vergessen – das ist mein Haus. Und ich habe vor, mich hier niederzulassen.«

»Du willst dich hier niederlassen?«

»Ja. Du glaubst doch nicht, daß ich wieder zu den Prescotts gehe? Du kannst ja zu Miranda ziehen. ›Liebling, du bist gestern nacht so früh gegangen‹«, äffte sie Miranda nach. »Es wäre mir ja noch egal, daß du . . . die Sache wieder gekittet hast . . . meinetwegen. Aber daß du dich nach der letzten Nacht draußen hinstellen und sie küssen und ihr versprechen kannst, gleich zu kommen – was bist du bloß für ein Mann?«

»Einer, der im nächsten Augenblick die Geduld verliert«, antwortete Mark mit stahlharter Stimme. »Es stimmt, das ist dein Haus.« Er machte eine leichte Verbeugung. »Sobald ich zurückkomme, werde ich meine Sachen packen.«

Erst als er gegangen war, fiel ihr ein, daß sie ihm überhaupt keine Erklärung gegeben hatte. Er mußte sie nach wie vor für verheiratet halten. Sei's drum! dachte sie störrisch. Ziellos lief sie durchs Haus. Bei der dritten Runde durch die stillen Räume mit den Schonbezügen über den Möbeln packte sie der Tätigkeitsdrang.

Schon wenige Augenblicke später hatte sie ihr Reitkostüm angezogen und war draußen in den Ställen, um Marks Pferd zu satteln. Sie konnte sich genausogut jetzt bei den Prescotts zurückmelden. Holt und Jason waren in der Bank, also war vermutlich nur Millicent im Haus. Außerdem konnte sie mit Margaret reden, ob nicht die eine oder andere ihrer vielen Nichten, Cousinen oder Freundinnen bei ihr arbeiten wollte. Das Haus mußte unbedingt wieder in Schuß gebracht werden. Entschlossen ritt sie los. Sie band Rusty an dem alten Pfosten fest und ging den restlichen Weg zum Haus zu Fuß. Und mit einemmal schien die Zeit zurückgedreht. Es war fast wie in jenem Frühling vor fünf Jahren, als sie aus dem Kloster nach Hause gekommen war. Der Park stand in voller Blüte, der Teich glänzte in der Sonne, und Fliederduft erfüllte die Luft. Doch damals war sie ein Mädchen gewesen, unerfahren und kindisch, und jetzt war sie eine gereifte Frau.

Sie drückte auf die Klinke und trat ein. Es war sonderbar still im Haus. Durch die unverschlossenen Türen ging sie weiter bis in die leere Gesindestube. In der Küche roch es nach frischem Essen. Also konnte die Köchin nicht weit sein. Außerdem war es erst zehn Uhr dreißig. Vielleicht war Margaret gerade im Küchengarten.
Julie ging in die Halle zurück und stieg die Treppe hinauf. Ihr früheres Zimmer sah noch genauso aus, wie sie es verlassen hatte. Das Bett war frisch bezogen, die Vorhänge waren sauber. Sie brauchte bloß ein paar persönliche Sachen auszupacken, und schon sah es aus, als wäre sie nie weg gewesen. Die Tür zu Holts Zimmer war geschlossen, ebenso die zu Jasons. Ohne wirklich eine Antwort zu erwarten, klopfte sie an und schaute in beide Räume, um sich mit eigenen Augen von der Abwesenheit der Eigentümer zu überzeugen.
Tante Millicents Tür war nur angelehnt. Trotzdem klopfte sie ebenfalls an. Doch erst beim zweiten Klopfen ließ sich Millicents schwache Stimme vernehmen.
»Ich bin's – Julie«, sagte sie, als sie das Zimmer betrat. Die Rollos waren heruntergelassen, und es herrschte eine Art Halbdunkel in dem Raum. Millicent lag im Bett und schaute unbeschreiblich krank und elend aus. Ihr Haar, das, als Julie davongelaufen war, noch kaum einen grauen Faden aufgewiesen hatte, war schlohweiß, und ihr Gesicht war voller Runzeln.
»Julie«, sagte Millicent schwach. »Du sollst geheiratet haben und in Frankreich leben?«
»Ja, ich habe in Frankreich gelebt«, antwortete Julie. Sie trat ans Bett und ergriff Millicents Hand, die sich trocken und heiß anfühlte.
»Ich bin sehr krank gewesen«, erzählte Millicent. »1918 habe ich die Grippe gehabt. Das Herz« – sie klopfte sich auf die Brust–, »ich habe mich nie richtig davon erholt. Jetzt muß ich viel liegen; fast die ganze Zeit muß ich das Bett hüten oder im Rollstuhl sitzen.« Als Julie ihrem Blick folgte, entdeckte sie den Stuhl; eine ordentlich zusammengelegte Decke lag darauf. »Meine Beine«, fuhr Millicent fort, »wollen seitdem auch nicht mehr recht.« Eine Träne rollte ihr über die Wange.
»Du brauchst mehr Luft und Licht«, meinte Julie. »Das Zimmer ist ... ungelüftet. Das macht man heute nicht mehr. Ich habe in den Rotkreuzlazaretten eine Menge gelernt. Laß mich die Fenster aufmachen und die Rollos hochziehen, und du wirst sehen, du fühlst dich gleich besser.«
»Um Gottes willen! Dr. Vincent sagt, Zugluft schadet mir.«
Julie verkniff es sich, Dr. Vincent einen altmodischen Kauz zu nennen, und meinte statt dessen: »Nun, Zugluft natürlich – aber doch nicht frische Luft.«

Sie zog die Rollos hinauf, holte einen Schal und öffnete die Fenster. »Da siehst du«, sagte sie. »Riech doch! Ist die Luft nicht herrlich?«
»Du hast dich verändert«, meinte Millicent, als Julie wieder zum Bett kam, um sie aufzurichten und ihr den Schal umzulegen. »Du bist älter und – nun ja: sanfter geworden.«
»Älter auf jeden Fall«, erwiderte Julie. »Schließlich werde ich nächste Woche dreiundzwanzig.«
»Wo wirst du denn absteigen?« fragte Millicent und fügte aus einer plötzlich aufsteigenden Angst heraus hinzu: »Doch nicht hier?«
»Nein, nicht hier. Ich werde das alte Haus wieder beziehen.«
»Mark Douglas ist aber zurück«, meinte Millicent. »Er wohnt in deinem Haus.«
»Ich weiß«, entgegnete Julie. »Ich habe ihn schon getroffen.«
»Und dein Mann?« fragte Millicent.
»Ich habe keinen Mann«, erwiderte Julie fest. »Das war ein Irrtum. Aber das erzähle ich dir ein andermal. Fürs erste soll dir genügen: Ich war nie verheiratet.«
»Aber ...«
»Ein andermal«, wiederholte Julie geduldig. »Im übrigen solltest du ruhig ein bißchen nach draußen, Tante Millicent. Bei schönem Wetter könntest du ausfahren oder dich an einen geschützten Platz in den Garten setzen. Es täte dir bestimmt gut.«
»Laß dich mit Holt auf keinen Streit ein«, sagte Millicent unvermittelt. »Holt ist ... oder kann doch ...«
»Ich weiß alles über Holt«, erwiderte Julie. »Mach dir keine Sorgen.«
»Deshalb habe ich ... deshalb habe ich dich damals fortgeschickt.« Millicent wirkte müde. »Ich wußte, daß Holt dich haßt. Wenn ich auch nie dahintergekommen bin, warum ...«
»Pst! Zerbrich dir nicht den Kopf darüber, Tante Millicent. Das alles liegt lange zurück. Ich habe nicht vor, mich mit Holt anzulegen.«
»Gut.« Millicent lehnte sich in die Kissen zurück und schloß die Augen. »Die Luft tut gut«, sagte sie, »und merkwürdigerweise ist mir auch gar nicht kühl. Dabei friert mich manchmal sogar bei geschlossenen Fenstern.«
Auf dem Gang erklangen plötzlich Schritte, und im nächsten Augenblick trat Jenny ins Zimmer, ein Päckchen in der Hand.
»Du meine Güte!« rief sie. »Die Fenster sind ja offen, Miss Prescott! Sie werden sich gewiß erkälten. Aber wie denn, Mrs. Prescott ...« Als sie Julie entdeckte, riß sie weit die Augen auf und verstummte. »Du liebe Zeit, Miss, ich hätte Sie fast nicht wiedererkannt«, stotterte sie endlich.
»Lassen Sie die Fenster offen, Jenny«, verlangte Millicent. »Haben Sie die Medizin?«

»Ja, Ma'am, hier ist sie.« Sie packte das Päckchen aus und stellte die Medikamente neben Millicent. »Ich hole gleich etwas Wasser.« Als sie aus dem Zimmer geeilt war, sagte Millicent: »Es war nett von dir, mich zu besuchen, Julie, aber jetzt bin ich sehr müde. Komm bitte ein andermal wieder.«

»Gern«, versprach Julie.

Beim Hinausgehen schaute sie sich nach Amos oder Margaret um. Margaret war in der Küche. Sie sprach sie auf eine Haushilfe an und erfuhr zu ihrer Freude, daß eine verwitwete Nichte von Margaret die Stelle gewiß gern antreten würde.

»Mein Gott, wie sich hier alles verändert hat, Miss«, meinte Margaret. »Ihre Tante ist bettlägerig. Auch Ihrem Onkel geht es nicht allzugut, seit Mark Douglas zurück ist und ihm den Kampf angesagt hat. Und Mr. Holt – nun, mit dem war es noch nie einfach«, seufzte sie. »Aber Gott sei Dank können Amos und ich uns bald auf unser Altenteil zurückziehen. Amos ist schon fast siebzig, und ich bin nicht viel jünger. Aber immer, wenn wir darüber reden, wird alles noch schlimmer.«

»Leitet Mark wieder Fontaine?«

»Heute beim Frühstück haben sie darüber geredet. Mr. Holt war richtig wütend, und Ihr Onkel hat gesagt, er würde nicht zulassen, daß Joe Damien für Sie stimmt ... was immer das heißen mag. Aber momentan verbieten sich Aufregung und Geschrei hier sowieso. Wenn Ihre Tante laute Stimmen hört, bekommt sie sofort einen Anfall. Amos und ich wollen froh sein, wenn wir zu unserer Tochter Abby ziehen können. Da sind dann die Enkel und jetzt noch das neue Baby. Sie müssen nämlich wissen, daß ich schon Urgroßmutter bin.«

»Das habe ich nicht gewußt.« Julie lächelte. »Herzlichen Glückwunsch, Margaret, auch wenn Sie nicht danach aussehen.«

Julie langte über den Tisch und nahm sich einen Apfel aus der Fruchtschale. »Er ist für Rusty«, erklärte sie. »Ich habe ihn vor dem Haus angebunden.«

»Mr. Douglas' Pferd? Und wo ist Ihr Mann?« fragte Margaret mißtrauisch.

»Ich habe keinen Mann«, antwortete Julie. »Und ich hatte nie einen. Es war alles ein Irrtum.«

»Wie bei Mrs. Latham und Mr. Douglas, wollen Sie sagen?«

»Nicht ganz«, erwiderte Julie. »Bei mir war es wirklich ein Mißverständnis.«

»Mrs. Latham und Mr. Douglas sind ja wieder Freunde«, fuhr Margaret fort. »Wie man hört, soll sie ihm sogar ihre Stimmen geben. Ich möchte bloß wissen, wie er das fertiggebracht hat. Vor ein paar Jahren hat sie sich richtig vor ihm gefürchtet. Sie werden auf der Sit-

zung heute vormittag ja sicher auch für Mr. Douglas stimmen?«
»Sitzung? Heute vormittag?« fragte Julie verständnislos.
»Aber gewiß. Haben Sie nichts davon gehört? Ich dachte, Mr. Douglas oder Mr. Damien hätten es Ihnen gesagt.«
Sitzung! Das also war des Rätsels Lösung. Deshalb war Miranda vorbeigekommen. Und das hatte Mark mit dem Treffen um elf gemeint. Sie schaute auf die Küchenuhr. Schon fast Viertel nach elf. Wenn sie sich beeilte ...
Laut sagte sie: »Ach ja, die Gesellschafterversammlung. Die hätte ich um ein Haar vergessen. Jetzt muß ich aber laufen. Ich komme schon reichlich spät.«
Sie hetzte Rusty die Straßen zur Kellerei hinüber. Zwanzig Minuten später stand sie atemlos vor der Bürotür. Sie wartete, um sich etwas zu beruhigen, und lauschte.
»... ich sage Ihnen, so einfach läßt sich die Lage nicht beurteilen.« Es war Jasons Stimme. »Und du, Mark, kannst nach all den Jahren nicht einfach mir nichts, dir nichts zurückkommen und deinen alten Platz beanspruchen.«
»Ich komme aber nach all diesen Jahren einfach mir nichts, dir nichts zurück«, erwiderte Mark. »Und soweit ich die Lage beurteilen kann, werden Willis Bradford und Mr. van Houten und du und Holt ein bißchen unglücklich sein. Und das ist alles. Denn schließlich verfügen wir über die nötigen Stimmen, Jason.«
»Ihr habt die von Julie«, hob Jason an.
Da strich sich Julie ihr Kleid glatt, holte tief Luft und machte die Tür auf.
»Jetzt nicht mehr, Onkel Jason«, sagte sie. »Ich bin wieder da und durchaus imstande, für mich selbst zu stimmen.«
Ihr Erscheinen schlug wie ein Blitz ein. Alle starrten sie an wie ein Gespenst. Nur Joe Damien lächelte.
»Ach, Julie, du bist wieder da?« sagte er. »Das löst unsere Probleme.«
»Das hoffe ich«, antwortete sie ruhig. »Denn sicher habt ihr euch nicht versammelt, um Fontaine zu verkaufen?«
»Nein«, erwiderte Joe. »Es geht um die Wiedereinsetzung Marks als Manager. Und Mr. Prescott hat meine Berechtigung, für dich zu stimmen, bestritten: Niemand wüßte, wo du stecktest.«
»Nun, Julie ...«, fing Jason umständlich an.
»Ihr braucht meine Stimme, damit Mark wieder Geschäftsführer wird?« fragte Julie.
»Natürlich brauchen sie sie«, antwortete Jason eifrig. »Und dir kann es doch egal sein, Julie. Vermutlich fährst du ja ohnehin bald nach Frankreich zurück.«

»Nein, ich fahre nicht zurück. Ich lasse mein Haus wiederherrichten und ziehe dort ein.«
»Und dein Mann?« fragte Miranda. »Kommt er nach? Ich kann es kaum erwarten, ihn kennenzulernen.«
»Ich habe keinen Mann«, antwortete Julie. Sie sah Mark an; sein Gesicht war maskenhaft starr. Nur die Farbe seiner Augen verdunkelte sich. Also hatte ihn die Neuigkeit doch getroffen.
»Du meine Güte«, schnurrte Miranda. »Mark hat aber doch erzählt, du hättest einen Franzosen geheiratet.«
»Ich war nie verheiratet.«
»Nicht verheiratet?« platzte Jason heraus.
Julie stand noch immer bei der Tür. Endlich schienen die Männer zu begreifen und erhoben sich, um ihr einen Stuhl anzubieten. Sie setzte sich so, daß sie Jason und Holt direkt ins Gesicht schauen konnte.
»Also«, sagte sie, »nachdem ich zurück bin, steht einer Fortsetzung der Diskussion ja wohl nichts im Wege.«
»Ich hätte gern ein Wort mit dir allein gesprochen, Julie«, sagte Jason.
Sie stand sofort auf. »Aber natürlich, Onkel Jason.« Er erhob sich ebenfalls.
»Ich möchte gern mitkommen, wenn es recht ist«, warf Holt ein.
»Nein«, fertigte ihn Julie schroff ab. »Entweder rede ich mit Onkel Jason allein oder überhaupt nicht.«
»Wie du willst.« Holt lehnte sich zurück, in seinem Gesicht zuckte es.
Draußen vor dem Büro kam Julie unverzüglich zur Sache. »Wenn du mich nur herausgeholt hast, um meine Stimme für euch zu gewinnen, Onkel Jason, so muß ich dir sagen . . .«
Er hob eine Hand. »Hör mich erst an. Es stimmt, wir haben versucht, dir mit Mark etwas vorzumachen – aber doch zu deinem eigenen Besten.« Sie musterte ihn belustigt, und gereizt fuhr er fort: »Natürlich auch zu unserem Besten. Aber jetzt machst du dich zum Narren, Julie. Mark hat Miranda Latham wieder eingewickelt. Ich habe unter dem Siegel der Verschwiegenheit erfahren, daß sie sich in Kürze verloben wollen.«
Aber Julie lachte. »Laß, Onkel Jason. Ich bin nicht mehr so leichtgläubig und dumm wie mit achtzehn.«
»Du brauchst es natürlich nicht zu glauben«, antwortete er. »Trotzdem habe ich nicht die Absicht, Mark Douglas die Führung dieser Gesellschaft noch einmal zu übertragen. Notfalls gehe ich vor Gericht.«
»Was willst du ihm vorwerfen?«
»Fahrlässige Mißwirtschaft. Avery Bertram führt jetzt die Bücher

und kann beweisen, daß der Gewinn unter Marks Geschäftsführung erheblich zurückgegangen ist.«
»Und was ist seitdem aus Fontaine geworden? Du willst doch nicht behaupten, daß ihr neuerdings einen Profit erwirtschaftet?«
»Angesichts der Prohibition ...«
»Ich stimme für Mark«, meinte Julie. »Und ich stimme für die Weiterführung von Fontaine. Über diese beiden Punkte brauchen wir uns nicht zu unterhalten. Wenn du vor Gericht gehen willst, bitte. Ich stelle mich jedenfalls auf Marks Seite.« Ohne eine Antwort abzuwarten, ging sie ins Büro zurück.
Wütend folgte er ihr. »Julie ist überzeugt, daß Mark der richtige Mann für diesen Job ist«, erklärte er den übrigen. »Also müssen wir uns wohl mit dem Gedanken vertraut machen, daß uns nur noch eine Möglichkeit bleibt: vor Gericht zu gehen. Wenn ich mir vor Augen halte, wie meine Aktien gefallen sind, während ...«
»Du Heuchler«, entgegnete Mark mit kaum verhehlter Wut. »Du hast alles getan, um Fontaine zu ruinieren. Ich habe doch seit meiner Rückkehr gesehen, wie ihr gewirtschaftet habt: Da sind ein paar unbedeutende Verträge für die Herstellung von medizinischem Champagner und ein oder zwei Kontrakte für Kochwein, das ist alles. Die Safttrauben dagegen verrotten unverkauft am Stock. Du hast nicht ein einziges Mal versucht, ins Meßweingeschäft einzusteigen. Wenn hier von Mißwirtschaft die Rede ist, kann sich das nur auf dich und deinen Geschäftsführer Avery Bertram beziehen. Du hast die Prescott-Bank nur dazu benutzt, Steuben zu begünstigen und in die eigene Tasche zu arbeiten. Ja, meine Herren«, fuhr er, an Bürgermeister Bradford und Mr. van Houten gewendet, fort, »Sie sind genauso betrogen worden wie wir.«
Holt wollte wütend aufspringen, aber sein Vater packte ihn und zog ihn auf seinen Sitz zurück. »Laß, Holt, laß nur!«
»Und nun«, fuhr Mark fort, nachdem sich Holt widerstrebend gefügt hatte, »mein Vorschlag, meine Herren – oh, ich bitte um Entschuldigung: und meine Damen! Mein Vorschlag ist, aus den Prohibitionsgesetzen den größtmöglichen Nutzen zu ziehen. Fontaine kann sich durchaus über Wasser halten, wenn wir ins Meßweingeschäft einsteigen, Safttrauben verkaufen und die Produktion von medizinischen Weinen forcieren.«
»Solange die Prohibition herrscht, hat Fontaine keine Chance, wieder auf die Beine zu kommen«, beharrte Jason ärgerlich.
»Ich bin anderer Ansicht. Früher oder später werden die Leute, die heute den Fusel trinken, der ihnen angeboten wird, wieder etwas Ordentliches haben wollen. In der Zwischenzeit kann ich Fontaine über die Runden bringen, wenn es mir gelingt, genügend Diözesankon-

trakte an Land zu ziehen. Meßwein ist zwar nicht der größte Markt der Welt, aber fürs erste genügt er uns.«
»Steuben bietet uns einen erheblichen Zuschlag auf den Börsenkurs der Fontaine-Aktien und darüber hinaus eine Option auf Steuben-Aktien«, warf Holt ein. »Mit anderen Worten: Hier können wir einen wirklichen Gewinn realisieren, nicht irgendeinen Traumgewinn. Das solltest du bedenken, Miranda, und auch meine Cousine täte gut daran, einen Gedanken darauf zu verwenden, selbst wenn es ihr schwerfällt.«
»Damit sind wir beim springenden Punkt«, sagte Mark bestimmt. »Macht gemeinsame Sache mit mir, und wir sanieren Fontaine. Oder folgt Jason, steckt euren Gewinn ein, und fertig. Eins kann ich euch jedoch versichern: In nicht allzu ferner Zeit wird Wein zum Riesengeschäft, und der Wert eurer Aktien steigt auf das Zwei- und Dreifache.«
»Ich stimme mit Nein«, sagte Jason. »Und wenn ich überstimmt werde, gehe ich vor Gericht.«
Mark erhob sich. »Wenn du vor Gericht gehst, wirst du auch deinen Anteil an Steuben offenlegen müssen – deinen Anteil und den Holts. Außerdem wirst du unter Eid darüber aussagen müssen, wie du die Prescott-Bank und die von ihr verwalteten Hypotheken mißbraucht hast, um Fontaine zu ruinieren. Woher hat Steuben eigentlich soviel Geld, um Fontaine aufzukaufen? Beteiligt sich die Firma vielleicht selbst am Alkoholschmuggel?«
»Ich besitze keine Steuben-Aktien. Und Holt auch nicht«, polterte Jason, aber sein Gesicht war um einen Schein blasser geworden. »Und was Schmuggelgeschäfte angeht – wie kommst du auf eine solche Idee?«
»Ich habe so meine Quellen«, erwiderte Mark undurchsichtig.
»Ich fürchte, ich muß für Mark stimmen«, erklärte Miranda.
»Joe?« wandte sich Mark an ihn.
»Ja. Ich stimme für dich.«
Dann machte Mark die Runde bei den übrigen. Von Holt erhielt er ein verstocktes Nein, van Houten und Bradford äußerten sich unbestimmt. »Und du, Julie?« fragte er zum Schluß.
Nach kurzem Zögern erwiderte sie: »Ja, natürlich. Fontaine soll weitergeführt werden. Ich stimme für dich, Mark.«
»Laß uns gehen, Vater«, sagte Holt und warf Mark einen mörderischen Blick zu. »Julie hat noch nie zu ihrer Familie gehalten. Ich hoffe nur, wir bleiben von deiner Gesellschaft verschont, Julie.«
In das verlegene Murmeln der anderen hinein sagte Jason: »Julie ist meine Nichte. Meine Tür bleibt immer für sie geöffnet, was sie auch tut.« Und zu Julie gewandt, fügte er hinzu: »Wahrscheinlich hast du

heute morgen gleich nach deiner Ankunft Tante Millicent aufgesucht?«
»Ja, ich war bei Tante Millicent«, erwiderte Julie, »aber gekommen bin ich nicht heute morgen. Im übrigen habe ich ohnehin vor, in meinem eigenen Haus zu wohnen. Meine Sachen sind bereits dort. Ich bin gestern nacht eingetroffen.«
Erregt zog Miranda die Luft ein. »Gestern abend«, wiederholte sie. »Aber Mark wohnt doch dort!«
»Das Haus hat zwölf Zimmer«, entgegnete Julie ruhig.
»Und alle gehören Julie«, fügte Mark gleichmütig hinzu. »Ich bin nämlich zu meinem Vetter gezogen.« Das ist das Ende, sprachen seine Augen zu Julie, und sie enthielt sich jeden weiteren Kommentars. Dann erfolgte der allgemeine Aufbruch. Holt folgte seinem Vater ins Freie, während Bürgermeister Bradford und Mr. van Houten zurückblieben, um Mark zu gratulieren. Joe Damien hielt Julie die Tür auf, um ihr den Vortritt zu lassen, aber sie sagte: »Nein, danke Joe. Ich möchte erst noch mit Mark sprechen.«
Miranda, die neben Mark gewartet hatte, schaute ärgerlich auf, machte aber keine Anstalten zu gehen. »Wenn du erlaubst, Miranda«, meinte Julie, »es dauert nicht lang.«
»Ich muß sowieso nach Hause«, antwortete sie bissig. »Dann also bis heute abend, Mark!« Er nickte, die Augen auf Julie gerichtet, und Miranda stürmte hinaus.
»Warum hast du mir nichts von der Versammlung gesagt?« fragte Julie.
»Gestern nacht habe ich es, ehrlich gesagt, vergessen«, antwortete er. »Und heute morgen schienst du mir nicht in der richtigen Stimmung dafür. Ich hatte Angst, du könntest dich von deinem Zorn fortreißen lassen.«
»Als ob ich je so gehandelt hätte!« antwortete sie hitzig.
»Nein, das hast du nicht«, erwiderte er.
»Mark, ich muß mit dir reden.«
»Es gibt nicht viel zu reden«, sagte er. »Wie es scheint, warst du nicht verheiratet. Und vermutlich soll ich dich jetzt fragen, warum.«
»Das ist eine lange Geschichte, aber ich kann mich auch kurz fassen«, antwortete sie und berichtete in großen Zügen, was alles geschehen war.
»Da wurde die liebliche Maid also von einem echten Ritter ohne Furcht und Tadel gerettet«, meinte Mark, als sie geendet hatte.
»Er war . . . er ist ein sehr guter Mensch«, verteidigte Julie Michael.
»Aber ja, Michael Lynch, Gentleman«, antwortete er. »Alles aus edler Ritterlichkeit, ohne das geringste Interesse an dir als Frau zu nehmen.«

Ihr Herz schlug schneller, und sie spürte eine verräterische Röte in ihr Gesicht steigen. Trotzdem sagte sie: »Wir waren Freunde. Er war gut zu mir.«

Ohne zu antworten, ging er zum Fenster und schaute hinaus.

»Uns scheint es bestimmt zu sein, einander immer wieder kurz über den Weg zu laufen«, meinte er endlich.

»Nein!« rief sie. »Das ist jetzt vorbei. Wir sind hier. Es ...«

Er kehrte sich zu ihr um. »Julie, laß uns jetzt nicht weiter darüber reden. Ich komme später zu dir, um meine Sachen abzuholen. Da haben wir Zeit.«

»Willst du damit sagen, daß du immer noch ausziehen willst?« fragte sie ungläubig.

»Ja. Mir scheint, Prescottville hat genug zu klatschen, ohne daß wir noch einen Extragesprächsstoff liefern müßten.«

»Aber du ...«

»Später, Julie«, wiederholte er. »Vor mir liegt ein langer Tag. Sei lieb und warte bis heute abend. Ich komme zwischen acht und neun.«

Den Rest des Tages verbrachte Julie mit hausfraulichen Aufgaben. Sie ging einkaufen, nahm die Schonbezüge ab und lüftete alle Räume; schließlich putzte sie sogar noch die Küchenfenster und den Küchenboden.

Als es endlich Abend war, nahm sie ein Bad, zog sich um und versuchte etwas zu essen; aber ihr Magen rebellierte. Nun, das würde alles in dem Augenblick besser werden, in dem Mark kam. Es war ein Fehler gewesen, ihm im Büro die Geschichte mit René erzählen zu wollen. Allein in diesem Haus, in dem sie schon so oft beisammengewesen waren, wäre es einfacher gewesen.

Langsam schleppten sich die Stunden dahin. Es war schon kurz nach halb neun, als sie ein Auto die Auffahrt heraufkommen hörte. Sie flog ins Schlafzimmer, um einen prüfenden Blick in den Spiegel zu werfen.

Als sie aus dem Schlafzimmer kam, ging die hintere Tür auf. Sie lief den Gang hinunter und rief: »Mark, ich warte schon seit Stunden auf dich ...« Doch im nächsten Augenblick blieb sie wie angewurzelt stehen: Im Türrahmen stand, mit der Peitsche wippend, Holt Prescott.

25

Im ersten Schreck über Holts Anblick blieb Julie stumm und wie erstarrt stehen. Sie spürte kaum, wie die Angst in ihr hochkroch. Holts Lippen waren in lächerlicher Wut verzerrt.

Fieberhaft begann ihr Verstand zu arbeiten. Wohin konnte sie sich flüchten? Die rückwärtige Tür war durch Holt versperrt. Und zu hoffen, vor ihm den Vordereingang zu erreichen, war vermessen. Also riß sie sich zusammen. »Was hast du hier verloren, Holt?« fragte sie ihn so ruhig, wie es ihr nur möglich war. »Das hier ist mein Haus. Und jeden Augenblick kann Mark kommen.«
»Mark ist bei Miranda. Vermutlich will auch er nichts mehr mit dir zu tun haben. Selbst ein Hurenbock wird der Huren überdrüssig.«
»Mach, daß du hinauskommst!« schrie Julie wütend. »Wenn Mark dich hier trifft, wird er dich nicht so zart behandeln wie damals Fred im ›Belmont‹. Ich hätte dich seinerzeit gleich von der Polizei verhaften lassen sollen.«
»Nur daß du das nicht mir, sondern dir zuliebe unterlassen hast, um mit deinem neuen Liebhaber nicht gleich in einen Skandal verwickelt zu werden. Wie hieß er doch noch? Ach ja, Mr. Randall. Es scheint doch recht schwierig für dich zu sein, einen Ehemann zu finden, Julie.«
»Hinaus!« sagte Julie noch einmal, schon etwas beherzter, weil er bis jetzt noch keinen Schritt näher gekommen war.
»Das hat Zeit«, antwortete er sanft, »das hat noch lange Zeit.«
Er knallte mit der Peitsche und verfehlte ihr Gesicht nur um Fingerbreite. Entsetzt fuhr sie zurück, beherrschte sich aber noch einmal.
»Diesmal kommst du mir nicht so einfach davon, Holt«, sagte sie deutlich. »Ich rette dich nicht. Ich laufe nicht wieder wie ein Angsthase davon. Ich bleibe hier in Prescottville und sage jedem, was für ein Mensch du bist.«
»Nicht, wenn ich mit dir fertig bin«, meinte er, immer noch mit derselben sanften Stimme. Dann schoß er so schnell auf sie zu, daß sie bei dem Versuch, nach rückwärts auszuweichen, stolperte. Sie geriet endgültig in Panik. Kopflos stürzte sie davon. Er jedoch zog ihr die Peitsche so hart und erbarmungslos über den Rücken, daß sie vor Schmerz aufschrie. Wieder und wieder schlug er zu, bis sie halb ohnmächtig zusammenbrach. »Das ist noch längst nicht alles«, zischte er, als wäre er von Sinnen. »Dir steht noch einiges bevor. Und wenn ich mit dir fertig bin, wirst du keine Geschichten mehr erzählen.«
Der nächste Schlag streckte sie zu Boden, und im selben Augenblick stand er, keuchend vor Erregung, über ihr. Er schleuderte die Peitsche beiseite und zerrte sie auf die Knie, und dann suchten seine Hände ihren Hals. Sie begriff, was er vorhatte, und schrie und wand sich verzweifelt, um sich seinem Griff zu entziehen. Aber je mehr sie sich wehrte, desto größer wurde seine Erregung. So hielt sie schließlich still und versuchte ihre ganze Kraft darauf zu konzentrieren, ihn abzuschütteln. Vergebens. Unerbittlich schlossen sich seine Hände um

ihre Kehle, bis sie keine Luft mehr bekam. Verzweifelt schlug sie um sich, doch er war zu stark für sie.
Sie merkte, wie ihre Kräfte schwanden. Dann zerriß ein schrecklicher Schmerz ihr die Brust, und ihr wurde schwarz vor Augen.
Mit einemmal jedoch spürte sie einen Luftzug, und Schritte erschütterten den Boden. Holt ließ sie los, und sie sank hilflos zu Boden. Mühsam schleppte sie sich zum Ofen hinüber und versuchte sich daran aufzurichten, ließ jedoch, da er noch heiß war, sofort wieder los. Immerhin hatte der Schmerz sie halb aus ihrer Betäubung geweckt, und mit schreckgeweiteten Augen sah sie, wie zwei Männer einen tödlichen Zweikampf ausfochten: Holt . . . und . . . o Gott! Mark.
In diesem Augenblick kam Mark frei. Seine Faust schoß mit ungeheurer Gewalt nach vorn, und Holt sackte zusammen. Als er versuchte, wieder auf die Beine zu kommen, kniete sich Mark über ihn, packte ihn bei den Schultern und schlug seinen Kopf mehrmals auf den Boden.
»Nicht, Mark, nicht!« keuchte Julie. »Um Gottes willen, du bringst ihn ja um!« Sie rappelte sich hoch und fiel Mark in die Arme. »Mark, wenn du ihn umbringst, hängen sie dich auf! Wenn du mich auch nur ein bißchen liebhast, hör auf!« Sie weinte und schüttelte ihn, bis er Holt losließ.
Schwer atmend stand er auf.
»Steh auf!« sagte er rauh. »Steh auf!« Aber Holt blieb reglos mit geschlossenen Augen liegen.
»Mark, bitte«, sagte Julie und spürte, wie ihr abermals schlecht wurde, »mir tut alles weh.« Im nächsten Augenblick war er neben ihr, hob sie auf und trug sie ins Schlafzimmer. Als er sie aufs Bett legte, schrie sie auf: »Mein Rücken!«
Er drehte sie um und fluchte: »Was hat er mit dir gemacht?«
»Er . . . hat die Peitsche genommen«, stammelte sie. »Er wollte mich umbringen. Er dachte . . . er sagte, alle würden dich für den Mörder halten. O Mark, es tut so weh, und ich klebe überall, und . . .«
»Schscht!« sagte er, ging zur Kommode, tauchte ein Tuch in die Waschschüssel und kam damit zurück. »Das wird dir zuerst wehtun«, warnte er. Sie stöhnte auf, als das kalte Wasser ihren Rücken berührte. »Es ist schlimm, aber die Wunden sind nicht tief«, tröstete er sie. »Ich werde dich jetzt ausziehen, und dann wird alles wieder gut.«
»Mark, ich muß . . .«
»Horch«, unterbrach er sie. Sie hörten das Auto anspringen, und mit einem Fluch rannte Mark zur Tür.
Ein paar Sekunden später rief er ihr zu: »Bleib hier. Ich schicke dir

jemanden. Ich muß Holt verfolgen.«

Sie lag lange zitternd da, bis sie schließlich ein Auto die Auffahrt herauffahren hörte. Und schon rief Art Douglas: »Keine Angst, Julie. Es sind nur Lillian und ich.« Da brach sie in leises Schluchzen aus.

Sie wollten sie mitnehmen, aber sie weigerte sich. »Nicht, ehe Mark zurück ist«, sagte sie, »bitte.« Sie saß im Wohnzimmer in einem lose herunterhängenden Gewand und einem Morgenrock am äußersten Rand des Sofas. Lillian hatte ihre Wunden gesäubert und verbunden und ihr beim Waschen und Anziehen geholfen.

»Wenigstens hat er dein Gesicht verschont«, sagte sie.

Art lief rastlos im Zimmer auf und ab. »Wo, zum Kuckuck, bleibt Mark bloß?« fragte er endlich gereizt.

»Er wird schon kommen«, erwiderte Lillian. »Er wartet nur draußen bei Viola auf die Polizei.«

»Bei Viola?« schreckte Julie auf. »Polizei?«

»Lillian, lernst du das nie?« fragte Art ärgerlich. »Als Mark uns anrief«, wandte er sich dann an Julie, »sagte er, er hätte Holt bis zu Viola verfolgt, dann aber aus den Augen verloren. Nun sitzt Holt dort zwar in der Falle, aber weil Jason das halbe Haus gehört, denkt Viola nicht im Traum daran, Mark das Zimmer, in dem sich Holt befindet, zu verraten.«

»Onkel Jason?« fragte Julie.

»Ja, Onkel Jason. Und Holt ist sein Sohn. Und deshalb verrät auch niemand etwas über seine Eigenheiten bei den . . .«

»Ich bitte dich, Art!« rief Lillian entsetzt. »Davon will niemand etwas hören.«

»Ich schon«, schaltete sich Julie ein. »Ich möchte es wissen. Mark ist doch nicht in Gefahr?«

»Aber nein, natürlich nicht . . . nur . . .«

»Nur was?«

»Nichts«, erwiderte Art kurz angebunden.

In eben diesem Augenblick stand Mark bei Viola an der Bar und redete auf Tom Parrott, den Polizisten, ein, der mit Sergeant Little auf seinen Anruf hin gekommen war.

»Holt ist hier und auf Mord aus«, erklärte er gerade zum zwanzigstenmal. Er war wütend. Verdammte Narren! Er hätte Viola die Wahrheit selber herauspressen sollen. Jetzt stand sie neben dem Sergeant und schäkerte mit ihm, während der an seiner Mütze herumfingerte, als wollte er gleich gehen.

»Der Sergeant scheint fertig«, meinte Tom.

»Sie wollen jetzt doch nicht so einfach davonlaufen?« fragte Mark. »Ich habe Ihnen doch gesagt, daß er heute nacht seine Cousine geschlagen hat.«

»Das ist eine reine Familienangelegenheit.« Der Sergeant war zu Mark und Tom getreten. »Wenn seine Cousine Anklage erheben will – bitte. Aber von uns aus können wir nicht das ganze Haus auf den Kopf stellen. Wir haben keinen Durchsuchungsbefehl, Mark. Außerdem glaube ich nicht, daß Holt hier jemanden zusammenschlägt.«

Mark hielt sich nur mit Mühe zurück. »Wer sonst ist Ihrer Meinung nach hier so einflußreich, daß er hereinkommen und die Mädchen zusammenschlagen kann, wie es ja schon ein halbes dutzendmal geschehen ist, ohne daß auch nur eines der Mädchen seinen Namen preisgibt?«

Der Sergeant schaute verstimmt drein. »Hüten Sie Ihre Zunge! Das ist üble Nachrede. Wir sind schließlich hergekommen, um für Ruhe und Ordnung zu sorgen. Nun wissen wir zwar, daß Sie sich mit den Prescotts in den Haaren liegen . . .«

In dem Moment gab es einen Tumult an der Tür, und eins der Mädchen kam halbnackt hereingestürzt und schrie: »Oh, mein Gott, er hat sie umgebracht. Francie ist tot!«

»Halt den Mund, du Gans!« rief Viola und hob die Hand, um das Mädchen ins Gesicht zu schlagen.

Doch Mark schob sich dazwischen und fing den Schlag auf.

»Wer hat Francie umgebracht?« fragte er in die plötzliche Stille hinein.

»Ich . . . ich weiß nicht«, stammelte das Mädchen. »Ich habe . . . ich habe Lärm in ihrem Zimmer gehört und . . . und dann ist ein Mann herausgelaufen, und . . . und dann bin ich hinein, und da ist sie gelegen, und ihr Gesicht . . .« sie bekam einen Schreikrampf, und es bedurfte der vereinten Anstrengungen von Viola und zwei oder drei Kunden, um das Mädchen auf ihr Zimmer zu bringen.

»Julie!« rief Mark. »Er wird zu Julie zurückfahren!« Er stürzte zu seinem Auto. Obwohl die Polizisten hinter ihm herschrien, er solle auf sie warten, warf er den Motor an. Im selben Augenblick sah er Holts Auto vom Weg in die Straße einbiegen und in südlicher Richtung davonfahren. In nächsten Moment war er ebenfalls auf der Straße und trat das Gaspedal durch. Vor sich sah er die entschwindenden Rücklichter von Holts Auto, und hinter sich hörte er das Heulen der Polizeisirene.

Julie! Er hätte Julie nicht allein lassen dürfen. Aber schließlich hatte er Holt die ganze Zeit nicht aus den Augen gelassen. Nur Violas Aufpasser hatten ihn daran gehindert, Holt festzunehmen.

Julie. Sie war noch gar nicht richtig zurück, und schon war die Hölle los. Aber er, Mark, hätte das wissen müssen. Statt dessen hatte er erwartet, Holt würde Miranda in die Zange nehmen, und deshalb Mi-

randa gewarnt. Miranda! Holt hatte einen großen Vorsprung. Die Straße verlief parallel zu der nach Fontaine. Falls er sie nicht verließ, gelangte er auf die Hauptstraße. Das aber hätte einen Umweg nach Fontaine bedeutet. Hätte er zu Julie gewollt, wäre er bei der Kreuzung nach Norden abgebogen.
Mark hupte, zum Zeichen, daß er das Tempo drosseln werde, und die Polizei hupte zurück und raste im nächsten Augenblick an ihm vorbei.
»Idioten«, brummte er laut und hielt vor Mirandas Haus. Von Holts Auto war nichts zu sehen. Trotzdem lief er den Weg zur Tür hinauf. Da auf sein Klopfen niemand antwortete, drehte er den Knopf. Er gab nach.
Aus dem Wohnzimmer drangen gedämpfte Geräusche. Als er die Tür hinter sich schloß, tauchte Mirandas Mädchen Carmen aus dem dunklen Flur auf. Sie stieß einen leisen Schrei aus. Warnend legte er den Finger auf die Lippen, und sie nickte schweigend. Dann versuchte er geräuschlos die Tür zum Wohnzimmer zu öffnen. Versperrt! Das Fenster – er mußte versuchen, durchs Fenster einzusteigen. Also rannte er wieder hinaus und suchte einen Stein oder irgendeinen anderen schweren Gegenstand, um damit das Fenster einzuschlagen. Im gleichen Augenblick erklang im Zimmer ein lauter Schrei, und er fuhr mit der Faust durch die Scheibe. Im nächsten Augenblick war er drin und tastete sich durch die Vorhänge. Da heulte die Polizeisirene auf. Also hatten sie ebenfalls kehrgemacht! dachte er grimmig.
Im Zimmer waren heisere Obszönitäten zu hören. Ein Schlüssel drehte sich im Schloß, und Schritte hasteten den Korridor entlang. Mark schob die Vorhänge auseinander. Miranda saß auf der Couch, die Kleider halb vom Körper gerissen. Ihre Augen waren vom Grauen gezeichnet, aber sie war lebendig.
»Bist du verletzt?« fragte er.
»Mark, es war schrecklich. Er ... er ...«
»Bleib hier«, befahl er und trat auf den Flur hinaus. »Gehen Sie zu Mrs. Latham hinein«, wies er das zitternde Mädchen an und lief aus dem Haus. Soeben wurde Holt in Handschellen zu dem wartenden Polizeiauto geführt.
Mark trat auf den Sergeanten zu. »Mrs. Latham ist nichts passiert«, sagte er.
»Woher wußten Sie, daß er es auf Mrs. Latham abgesehen hatte?« fragte Sergeant Little.
»Weil Mrs. Latham bei der Abstimmung in Fontaine heute morgen für mich und gegen die Prescotts gestimmt hat. Vermutlich hat Holt darin einen Treuebruch gesehen. Hören Sie, Sergeant, mit Ihrem Einverständnis würde ich mich gern um Mrs. Latham kümmern und

dann nach Julie schauen. Falls Sie mich brauchen: Ich bin bei meinem Vetter Art zu finden.«
»Sie werden wohl ein paar Aussagen machen müssen«, meinte der Sergeant und fügte, mit dem Kopf auf das Auto deutend, hinzu: »Die Sache wird dem Vater ganz schön an die Nieren gehen.«
»Kann schon sein«, antwortete Mark gleichgültig. »Aber entschuldigen Sie mich jetzt, Sergeant, ich möchte weiterkommen.«
». . . und er hatte die verrückte Idee, daß man alles dir in die Schuhe schieben würde«, sagte Miranda.
»Kein Wunder, nach der Affäre vor dem Krieg«, erwiderte Mark.
Sie schaute weg. »Haben wir nicht ausgemacht, die Vergangenheit ruhen zu lassen? Du hast gesagt, wir wollten von vorn anfangen. Du hast sogar ein bißchen mehr durchblicken lassen.«
»Ich habe nur gesagt, daß die Zukunft vor uns liegt«, unterbrach er sie. »Den Rest hast du selber dazugeträumt.«
»Aber du hast dich verhalten, als ob . . .«
»Als ob mir an dir etwas läge?« fragte er. »Ganz recht. Aber ich habe dir nur mit gleicher Münze heimgezahlt. Du hast mich gebraucht, und ich habe dich gebraucht. Immerhin habe ich dir nebenbei das Leben gerettet. Wir waren alle schon zu Julie unterwegs, bis du mir plötzlich einfielst.«
Zitternd kreuzte sie die Arme über der Brust. »Er . . . Holt . . . hat sich wie ein Schwein benommen. Er hat mich . . .«
»Verschone mich damit«, bat Mark. »Ich bin froh, daß du mit dem Leben davongekommen bist, Miranda. Aber wir sind fertig miteinander – für immer. Ich wünsche dir alles Gute.«

Als Mark vor dem Fontaineschen Haus vorfuhr, winkte ihm Art schon von der Tür aus zu.
»Wie geht es ihr?« fragte er, kaum hatte er das Haus betreten.
»Übel zugerichtet, natürlich, aber keine wirklich ernsthafte Verletzung. Freilich wird es eine Zeitlang dauern, bis die Wunden verheilt sind.«
Mark folgte seinem Vetter ins Wohnzimmer, wo ihn Lillian mit einem Schwall von Fragen empfing. Julie hingegen sagte kein Wort, sondern starrte Mark nur aus großen, vor Erleichterung glänzenden Augen an.
Er versuchte die Fragen zu beantworten, wehrte aber schließlich ab: »Ich muß erst einmal schlafen. Julie, du solltest mit zu Art gehen.«
»Nein, ich bleibe hier«, widersprach sie.
Zu müde zum Streiten, schickte Mark Art und Lillian fort und meinte: »Natürlich kümmere ich mich um sie.« Auf Lillians Einwand, was die Leute denken sollten, konnte er nur müde lächeln.

Als er zurückkam, trat ihm Julie unter der Wohnzimmertür entgegen. »Ich möchte auch ins Bett«, sagte sie. »Heute nacht mag ich nicht mehr reden. Nur eins, Mark.«
»Ja?«
»Ich liebe dich, und nur dich allein.«
Er gähnte gewaltig. »Das hast du mir schon öfter gesagt«, meinte er, nahm sie bei der Hand, brachte sie zum Bett, legte sie sanft hinein, zog dann die Schuhe aus, legte sich neben sie und war im nächsten Augenblick eingeschlafen.

26

In den Wochen, die auf Holt Prescotts Verhaftung wegen Mordes folgten, kam der Alltag in Prescottville praktisch zum Erliegen. Pausenlos trafen Reporter ein, und von Elmira bis Pen Yan waren die Gasthäuser, Pensionen und Hotels mit Neugierigen überfüllt. So ein Mord kam schließlich nicht alle Tage vor: Der Sproß einer angesehenen Familie der Stadt tötete eine Prostituierte in einem Haus, das seinem Vater gehörte, versuchte Vergewaltigung und Mord an einer hübschen jungen Witwe und peitschte seine schöne Cousine, Julie Fontaine. Beide Damen aber waren nicht etwa von der Polizei, sondern von dem gutaussehenden Kriegshelden Mark Douglas gerettet worden.
Jason ließ nichts unversucht, um die Neuigkeiten vor Millicent geheimzuhalten, und hatte bis zu einem gewissen Grad auch damit Erfolg; jedenfalls konnte ihr das Schlimmste verheimlicht werden.
Kurz vor Beginn der Verhandlung suchte Jason Julie auf, um sie zu bitten, nicht vor Gericht auszusagen: »Es ändert zwar nichts«, sagte er, »aber es würde uns doch einige Unannehmlichkeiten ersparen.«
»Das geht leider nicht«, erklärte ihm Julie. »Ich habe es versprochen. Außerdem stehe ich *sub poena*. Und, Jason ...«
Er sah sie mit blicklosen, wässerigen Augen an.
»Holt ist offensichtlich nicht normal. Jedenfalls sagte mir sein Anwalt, er täte gut daran, auf Unzurechnungsfähigkeit zu plädieren.«
»Nein«, erwiderte Jason heftig. »Er soll nicht in ein Irrenhaus kommen. Lieber möchte ich ihn ... lieber möchte ich ihn tot sehen. Schande«, brummte er. »Schande. Du und Mark ... du ...«
»Mach mir oder Mark keine Vorwürfe, Jason. Du bist selber schuld.«
Da zeigte sich ein durchtriebener Ausdruck auf seinem Gesicht, und er sagte: »Weißt du, Julie, wenn die Rede auf dich kommen sollte ... nun, ich bin nicht ganz so dumm, wie du vielleicht glaubst ... ich bringe deine Schauspielerinnenkarriere zur Sprache. Die Leute glau-

ben dann – oder jedenfalls einige –, du hättest Holt Avancen gemacht und ihn dann abblitzen lassen. Und außerdem ist da noch deine Affäre in Frankreich . . . und mit einem Wort an die Reporter hier und da . . .«

Er drohte ihr! Er wagte tatsächlich, ihr zu drohen! Er wollte ihr Schweigen für seines kaufen! Wut wallte in ihr auf, und sie sagte: »Wenn wir schon dabei sind, Jason, ich habe nichts weiter zu verbergen. Aber wenn du alle schmutzige Familienwäsche in der Öffentlichkeit waschen mußt, dann hör mir gut zu. Ich habe in New York Sara Prescott getroffen, und ich weiß, wie ich mit ihr in Verbindung treten kann. Außerdem habe ich dich und Tante Millicent in der Nacht, in der ich fortlief, überrascht. Ich will damit sagen, wenn mir auch nur ein Wort, eine Verleumdung gegen mich oder Mark zu Ohren kommt, werde ich ohne zu zögern zurückschlagen. Überleg es dir einmal. Und versuch dir Millicents Gesicht vorzustellen.«

Er sackte in sich zusammen, und der riesige Fleischkoloß schien in dem Maße zusammenzuschrumpfen, in dem ihn der Mut verließ, der ihn aufrechterhalten hatte. »Ich bin ruiniert«, sagte er. »Ich bin ruiniert«, wandte sich ab und verließ das Haus.

Voll ruhigem Bedauern schaute sie ihm nach. Er und Millicent hatten ganz nach ihren Vorstellungen gelebt und sich nicht um andere gekümmert. Mitleidlos hatten sie sich über Saras Leben hinweggesetzt und sie mehr oder weniger zum Teufel geschickt. Sie hatten einen Sohn gezeugt und aufgezogen, der bewies, daß inzestuöse Beziehungen zu Mißgeburten führen können. Holt war zwar kein Idiot, aber doch ein krimineller Psychopath, ein gefährlicher Mensch, der schließlich nicht einmal vor einem Mord zurückgeschreckt war. Sie sah mit Grauen dem Prozeßbeginn entgegen.

Aber letzten Endes blieb er ihr erspart, denn einen Tag vor Prozeßbeginn erhängte sich Holt Prescott in seiner Zelle.

»Nun ist ja gottlob alles vorbei«, hatte Mark gesagt.

Mark. Seit Holts Verhaftung war er sehr zurückhaltend gewesen. Er hatte gewartet, bis Pauline ins Haus gekommen war, und sie, Julie, dann zärtlich und fürsorglich behandelt, sich aber auf Distanz gehalten. Als sie auf sein langes Untertauchen in Frankreich zu sprechen gekommen war, hatte er ihr von seiner Krankheit in Les Deux Croix und der Französin berichtet. Stets aber redete er so mit ihr, als wären sie nur gute Freunde, zwischen denen es nie eine leidenschaftliche Beziehung gegeben hatte. Nicht ein einziges Mal hatte er die Möglichkeit eines gemeinsamen Lebens mehr erwähnt. Trotzdem war er während ihrer Genesung täglich bei ihr vorbeigekommen. Manchmal hatte er ihr Blumen oder ein Buch oder Süßigkeiten mitgebracht. Bleiben oder über etwas Ernsthaftes reden jedoch wollte er

nicht, sondern er ging stets bald nach einem Kuß auf Backe oder Stirn wieder.
Jetzt, wo sie wieder aufstehen konnte, kam er nur noch gelegentlich. Ein- oder zweimal war sie ihrerseits in die Kellerei hinübergegangen, wo er sie höflich, fast förmlich empfangen hatte. Und immer wieder hatte sie gemerkt, wie er sie mit einem halb nachdenklichen, halb traurigen Blick anstarrte. Aber als sie ihn einmal daraufhin angesprochen hatte: »Mark, ist etwas? Irgend etwas stimmt doch nicht«, hatte er abgewehrt: »Nein. Das bildest du dir nur ein.«
Aber so konnte es nicht weitergehen. Sie war jetzt genesen und wollte ihr normales Leben wiederaufnehmen. Da aber Mark ihr Leben war, mußten sie sich einmal aussprechen, je früher, desto besser. Am besten sogar gleich. Julie ging zum Telefon und rief im Büro an. Da Mark nicht da war, hinterließ sie die Nachricht, sie habe ihm etwas Dringendes mitzuteilen, er möge sie um sieben zu Hause aufsuchen.
Im Grunde war sie froh, daß sie ihn nicht erreicht hatte. So hatte sie am Telefon nicht lang und breit erklären müssen, was sie so dringlich von ihm wollte. Dann zog sie sich an und ging in die Küche, um Pauline für anderthalb Tage zu beurlauben.
Pauline, klein, hager und in gewisser Weise auch hübsch, war eine Neuausgabe von Margaret. Sie war freudig überrascht, aber auch ein bißchen ängstlich. »Das soll doch nicht heißen, daß Sie nicht mit mir zufrieden sind, Miss Julie?« fragte sie.
»Ganz im Gegenteil. Ich bin sehr zufrieden mit Ihnen. Schauen Sie sich das Haus doch nur an. Es ist genau wie früher. Sie sind eine Perle, Pauline, und ich hoffe nur, ich werde Sie nicht so bald verlieren.«
»Nein, *Ma'am*, bestimmt nicht. Mir ist nicht nach Wiederheiraten zumute. Bob ist . . . nun, vorbei ist vorbei. Eines Tages vielleicht, aber nicht so bald. Wenn Sie freilich meinen Vater hörten, dächten Sie, ich hätte überhaupt nichts anderes im Sinn.« Sie lächelte.
»Dann machen Sie sich ein paar schöne Stunden. Bis morgen nachmittag also«, sagte Julie, »und falls jemand nach mir fragt, solange sie noch hier sind, sagen Sie, ich sei noch ein bißchen ausgegangen und komme gegen sieben zurück.«

Als Mark an diesem Abend ankam, saß sie auf der vorderen Veranda ruhig in einer Hollywoodschaukel und hielt einen Gedichtband aufgeschlagen im Schoß. Sie hatte lange überlegt, ehe sie sich für das mehrfarbig gemusterte blaßblaue Baumwollkleid und das blaue Band im Haar entschieden hatte. Nach ihrer Meinung wirkte sie jetzt kühl und hübsch.
»Hallo, Julie«, begrüßte Mark sie, als er die Treppe heraufkam. Er

steckte noch in Jeans, Hemd und Reitstiefeln, war also offensichtlich nicht erst nach Hause gegangen. »Hallo, Mark«, erwiderte sie ernst, »setz dich ein bißchen zu mir«, und lud ihn mit einer Geste ein, neben ihr Platz zu nehmen. Er zog sich jedoch einen Korbstuhl heran und setzte sich ihr gegenüber.

»Was hast du denn so Dringendes?« fragte er mit einem schwachen Lächeln auf den Lippen. »Genau betrachtet, siehst du weder bedrückt, gequält noch beunruhigt aus.«

»Und doch bin ich es«, entgegnete sie. »Und zwar deinet- beziehungsweise unseretwegen. Seit jener Nacht mit Holt steht etwas zwischen uns ...«

»Ja«, sagte er und schaute weg.

»Und was, Mark?«

»Ich ... ich weiß selber nicht«, antwortete er. »Es ... es war mir einfach zuviel. Da war ... nun, da war die Sache in Frankreich. Oh, ich weiß, der Graf war schlecht, und sicher habe ich kein Recht, zu erwarten, daß du unter den Umständen damals nicht versuchtest, dir selber wieder ein neues Leben aufzubauen. Aber irgendwie, Julie, scheine ich dich immer entweder in den Armen eines anderen Mannes anzutreffen oder doch gleich hinterher.«

»Das ist nicht wahr. René ...«

»Lassen wir René aus dem Spiel«, sagte er plötzlich hitzig. »Aber was hast du mit diesem Michael Lynch gehabt? Und tische mir jetzt nicht wieder die Geschichte von dem unschuldigen Mädchen auf, das von einem ritterlichen Iren gerettet wird.«

»Mir geht es doch nicht darum, dir irgendwelche Geschichten aufzutischen«, entgegnete sie und nahm sich zusammen, um nicht die Beherrschung zu verlieren. »Doch was soll das Ganze? Was hattest du denn in all den Jahren gemacht? Doch nicht etwa auf mich gewartet? Dabei hast du gewußt, daß ich lebe. Trotzdem – mit wie vielen Frauen bist du zusammen gewesen, seit ... nun, seit jene Französin gut zu dir war? Diese junge Witwe, die dir zur Flucht verholfen und Geld für dich gestohlen hat? Was war sie für eine? Eine Heilige, die sich opferte? Und dann Miranda.« Sie hörte selber, wie ihre Stimme schrill wurde, und sie wußte, jetzt war es um ihre Beherrschung geschehen. Aber das war ihr ganz egal. »Was hast du mit Miranda zu schaffen gehabt? Natürlich habt ihr einander geliebt. Und was gehen mich die Gründe dafür an? Und dann Madeline. Was war denn mit Madeline? Ich kann es dir sagen, Mark, denn ich kenne dich. Ich weiß, warum du die Vergangenheit nicht zur Sprache bringen willst. Nicht etwa meinetwegen – deinetwegen.«

Im nächsten Augenblick stand er auf den Füßen. Sie sprang ebenfalls auf. »Bei Männern ist das etwas anderes«, schnaubte er. »Aber das

wirst du nie begreifen. Die anderen Frauen haben mir nichts bedeutet. Ich . . . Männer brauchen das.«
»Wieso nicht auch die Frauen?« fuhr sie hoch. »Warum sollen Frauen anders sein?«
»Weil sie eben anders sind«, erwiderte er.
»Weil sie es sein sollen. Von Kindheit an redet man uns ein, daß Jungen Jungens sein dürfen, Mädchen aber kleine Damen sein müssen. Ha! Aber sogar Eileen ist schwach geworden, weil Fleisch und Blut eben bei allen schwach sind.«
»Und doch gibt es einen Unterschied«, entgegnete er halsstarrig. »Ich kann mir dich in den Armen eines anderen Mannes nicht vorstellen und werde auch nie vergessen, wie du von diesem Lynch geredet hast. Offenbar hast du auf dieser Reise herausgefunden, daß es Unterschiede in der Liebe gibt?«
»Ja, für mich schon. Aber nicht für dich – und nicht für René. Es gibt Männer, denen das verdammt egal ist.«
»Ich darf dich bitten, mich nicht mit deinem verrückten Mann in einen Topf zu werfen«, sagte Mark mit einemmal sehr ruhig.
»Und warum nicht? Du hast doch gerade selbst gesagt, es kommt dir nicht darauf an, mit wem du schläfst.«
»Dreh mir das Wort nicht im Mund um«, warnte er.
»Ich mache, was ich will. Ich liebe dich. Und du liebst mich. Schau mir doch einmal in die Augen und bestreite es. Versuch es doch.«
»Ich bestreite es ja gar nicht«, sagte er mit der gleichen ruhigen Stimme.
»Nun gut, dann schau mich an.« Sie stemmte die Hände in die Hüften und starrte ihn an, doch als sie seinem unnachgiebigen Blick begegnete, durchzuckte sie doch ein Funken Angst. Dadurch aber nur noch wütender gemacht, rief sie hastig: »Auch schön, wenn du mich nicht willst. Es gibt genug andere Männer; es gibt Männer in Hülle und Fülle. Und du hast selbst gesagt, daß ich den Männern gefalle . . .« Sie verstummte, als er sie mit hartem Griff packte.
»Jetzt reicht es aber«, sagte er heiser. »Jetzt reicht es! Ich sollte dir den Kragen umdrehen.«
Er hielt sie so fest im Arm, daß sie den einen Arm nicht rühren konnte. Sein Gesicht war gleich über ihrem, und seine Augen glühten dunkel. Da hob sie den freien Arm, schlang ihn um seinen Hals, schmiegte sich an ihn und streckte ihm den Mund zum Kuß entgegen.
Es folgte ein Augenblick der Spannung. Sie konnte den Schweiß seines Körpers riechen und spürte seinen Atem heiß auf ihrem Fleisch. Seine Muskeln waren hart und die Sehnen an seinem Hals angespannt. Obwohl die Situation nur den Bruchteil einer Sekunde währ-

te, stellte sie sich die Frage, ob sie nun gewonnen oder verloren hatte. Doch dann begegnete sein Mund dem ihren und grub sich schmerzhaft hinein. Sie aber nahm seine Härte hin und erwiderte das heftige Kneten ihres Fleisches mit aller Zärtlichkeit, deren sie fähig war. Schließlich fühlte sie, wie der Druck nachließ. Er küßte sie zärtlich und lange; seine Arme hielten sie innig umfangen, während seine Hände sanft über ihren Rücken und ihre Schultern strichen.

»Ich liebe dich«, flüsterte sie. »Und ich habe nie einen anderen geliebt. Wie denn auch, wen denn?« Sie streichelte seinen Hals und glitt ihm mit den Händen über den Rücken und zog ihn an sich.

Schließlich sagte er ungelenk: »Es hat keinen Sinn, dagegen anzukämpfen. Ich brauche dich, Julie.«

Wie auf Befehl wandten sie sich um, gingen ins Haus und durch die Zimmer, ohne einen Blick für ihre Umgebung, bis zu ihrem ureigensten Platz am Ende des Ganges. Zu manchen Zeiten hatte er sie zärtlich geliebt, zu anderen war er heftig und fordernd, ja hart gewesen, aber noch nie wie diesmal.

»Mein Lieb«, sagte er. »Nie mehr ein anderer.«

»Nie«, murmelte sie und überließ sich ganz der Verzückung seiner Umarmung.